永远的"唐土"
——日本平安朝物语文学的中国叙述

丁 莉 著

北京大学出版社
PEKING UNIVERSITY PRESS

图书在版编目(CIP)数据

永远的"唐土":日本平安朝物语文学的中国叙述/丁莉著.—北京:北京大学出版社,2016.1

ISBN 978-7-301-26835-3

I.①永… II.①丁… III.①日本文学–古典文学研究–平安时代(794~1192) IV.①I313.062

中国版本图书馆CIP数据核字(2016)第025142号

书　　　名	永远的"唐土"——日本平安朝物语文学的中国叙述
	YONGYUAN DE "TANGTU"——RIBEN PING'ANCHAO WUYU WENXUE DE ZHONGGUO XUSHU
著作责任者	丁　莉　著
责任编辑	兰　婷
标准书号	ISBN 978-7-301-26835-3
出版发行	北京大学出版社
地　　　址	北京市海淀区成府路205号 100871
网　　　址	http://www.pup.cn　新浪微博:@北京大学出版社
电子信箱	zpup@pup.cn
印　刷　者	三河市博文印刷有限公司
电　　　话	邮购部 62752015　发行部 62750672　编辑部 62759634
经　销　者	新华书店
	650毫米×980毫米　16开本　24印张　400千字
	2016年1月第1版　2016年1月第1次印刷
定　　　价	68.00元

未经许可,不得以任何方式复制或抄袭本书之部分或全部内容。
版权所有,侵权必究
举报电话:010-62752024　电子信箱:fd@pup.pku.edu.cn
图书如有印装质量问题,请与出版部联系,电话:010-62756370

本书是在教育部人文社会科学研究青年基金项目（09YJC752001）结项报告基础之上完成。出版获得2013—2014年度北京大学卡西欧奖教金出版资助奖和2015年度北京市社会科学理论著作出版基金资助,在此表示感谢。

目　录

序章 ··· 1
　一、永远的"唐土" ································· 1
　二、平安朝物语文学的中国叙述 ····················· 7
　三、本书关注的问题及研究方法 ····················· 10

第一部　物语中的"唐土"

第一章　"渡唐物语"中的遣唐使与遣唐使的"渡唐物语" ········· 17
　一、"渡唐物语"中的遣唐使 ························ 17
　二、遣唐使的"渡唐物语":《入唐求法巡礼行记》 ····· 33
第二章　入宋僧的"渡唐物语"与"对中国意识" ············· 48
　一、奝然 ··· 49
　二、寂照 ··· 53
　三、成寻与《参天台五台山记》 ····················· 59
第三章　《宇津保物语》的"唐土" ······················· 68
　一、"渡唐物语"的前奏曲:《竹取物语》与遣唐使 ····· 68
　二、《宇津保物语》与遣唐使 ······················· 71
　三、物语中的"波斯"与"唐土" ····················· 77
　四、第一部"渡唐物语"的意义和特点 ················ 80
第四章　《滨松中纳言物语》的"唐土" ··················· 87
　一、建构想象的资源与基础 ························· 87
　二、唐土想象与写作 ······························· 92
　三、想象与书写反映的文化心理 ····················· 99

第五章 《松浦宫物语》的"唐土" ······ 104
  一、建构想象的基础与资源 ······ 104
  二、异域想象与唐土形象 ······ 110
  三、藤原定家的唐土憧憬和大国小国观 ······ 116
终　章 ······ 120
  一、"渡唐物语"的主人公们 ······ 120
  二、"异域之眼" ······ 122
  三、"异域想象"与唐土形象 ······ 124

第二部　物语中的"唐物"与"唐文化"

第一章 "唐物"与"唐文化" ······ 131
  一、何为"唐物"？ ······ 131
  二、"唐文化"的概念 ······ 143
第二章 《竹取物语》的异国方物 ······ 147
  一、"佛之石钵" ······ 148
  二、"蓬莱之玉枝" ······ 152
  三、"唐土之火鼠裘" ······ 156
第三章 《宇津保物语》的"唐物"与"唐文化" ······ 161
  一、丰富多彩的"唐物"及其来路 ······ 161
  二、充溢"唐物"的建筑 ······ 165
  三、"唐物"的使用和赠予场面 ······ 169
  四、"唐文化"：权威、典范和标准 ······ 173
第四章 《源氏物语》的"唐物"与"唐文化" ······ 176
  一、丰富的"唐物" ······ 176
  二、"唐物"与人物形象 ······ 191
  三、三种文化符号的多重对比和映照：唐土、高丽与大和 ······ 207
终　章 ······ 219
  一、"唐物"：富贵荣华、高雅优美的象征 ······ 219
  二、"唐文化"：权威、典范和标准 ······ 221
  三、"唐"与"和"的并列、对比和互动 ······ 222
  四、三种文化符号：唐土、高丽与大和 ······ 224

第三部 物语中的中国故事

- 第一章 平安朝文学对中国文学的受容 …………………… 229
  - 一、引用与化用 ………………………………………… 229
  - 二、翻译与翻案 ………………………………………… 231
  - 三、直接翻案与间接翻案 ……………………………… 235
- 第二章 《今昔物语集》和《唐物语》之前的受容基础 …… 237
  - 一、上阳人的故事:"打窗声" ………………………… 237
  - 二、王昭君的故事:"胡角一声霜后梦" ……………… 243
  - 三、杨贵妃的故事:"浅茅原野上,唯有秋风吹" …… 256
- 第三章 《今昔物语集》的中国故事及受容特点 …………… 262
  - 一、上阳人的故事:追悔莫及的皇帝 ………………… 262
  - 二、王昭君的故事:思恋昭君的皇帝 ………………… 264
  - 三、杨贵妃的故事:明白"道理"的皇帝 …………… 267
- 第四章 《唐物语》的中国故事及受容特点 ………………… 274
  - 一、上阳人的故事:与杨贵妃争宠? ………………… 274
  - 二、王昭君的故事:从"不贿赂"到"被嫉妒" …… 277
  - 三、杨贵妃的故事:"人非木石皆有情" ……………… 281
- 终　章 …………………………………………………………… 301
  - 一、上阳人故事的嬗变 ………………………………… 301
  - 二、王昭君故事的嬗变 ………………………………… 303
  - 三、杨贵妃故事的嬗变 ………………………………… 305
  - 四、小结 ………………………………………………… 307
- 结语 ……………………………………………………………… 309
- 参考文献 ………………………………………………………… 312
- 附录:引用文献日文原文 ……………………………………… 327
- 后记 ……………………………………………………………… 373

序　章

一、永远的"唐土"

"唐土"是古代日本对中国的称呼,也冠于中国传来的物品之上,例如"唐土船""唐土书"等。①不仅是物品,称呼中国人也使用"唐土人""唐人"的说法。

古代日本人普遍有一种"唐土"情结,唐朝907年灭亡,中国进入宋、元、明朝之后,在日本人的心目中中国依然是"唐土"。直到江户时代(1603—1867),日本的典籍中依然称中国为"唐""唐土",称中国人为"唐人",反映了"唐土"②在日本人心中的永恒地位。

唐朝前后绵延近三百年,是以中国为中心的东亚世界形成的时期,对日本人来说则是一个学习和输入典籍文化的时期。先后成行的十九次遣唐使跨海航行,将大量的典籍文物带回日本,使得日本视唐为文明的典范,致力于对唐文化的摄取。

日本平安朝(794—1192)正是一个在大量摄取中国文化的基础之上,日本本国文化得以逐渐形成的重要时期。经历了大量吸纳和接收中国文化的"唐风文化"时期之后,在"唐风文化"的基础上日本进行消化与创新,从而逐渐形成日本本国文化,进入所谓"国风文化"时期。十世纪以后,日本自身的文化自觉意识加强,在对外意识上往往表现出"日本中心主义",但那也是以对唐土的崇拜和景仰为前提的。可以说,整个日本平安朝,虽然各个时期其内涵表现有所不同,但唐土一直都是人们崇敬与憧憬的对象。

这种崇敬与憧憬,从表象上分析可以分成以下三种情况。

---

① 『日本国語大辞典』第二版、小学館、2000年。
② 本书中"唐土"均作为平安朝日本人所理解的"中国"之意使用,为免烦琐,以下文中不再一一注引号。

想象异域

十三世纪的文学评论《无名草子》把月、文、梦、泪、佛等作为世间值得称颂之事物。在"月"中这样描写道:

> 无论春夏或秋冬,但凡月明之夜,无趣之心也油然生出趣味,不解风情之事也自然忘却。不知道的过去、现在和未来,没见过的高丽、唐土,全都成为遥思憧憬的对象,都是因为仰望这清澄的月亮啊。①

月明之夜,思绪浮想联翩。过去、现在、将来的未知之事,高丽、唐土等未见之异国,都成为人们望月怀思憧憬的对象。

对绝大多数日本文人贵族来说,唐土都是从未去过更未见过的异国。人们对于遥远的异国,充满了各种想象。这其中,自然也有人试图克服艰难险阻,去往自己憧憬的唐土。日本天台宗山门派创始人圆仁随承和年间的最后一次遣唐使入唐,从承和二年(835)朝廷开始着手组织遣唐使团开始到承和五年(838)七月终于抵达扬州府为止,其间三次渡海,饱经风险、备尝辛苦。另一位天台僧人成寻向朝廷申请入宋未得到许可,竟然铤而走险率七名弟子搭乘宋朝商船秘密出国渡宋。因怕人发现众僧人藏匿船中一室内,不敢发出声音,其间辛苦窘迫之状不可言尽。

圆仁和成寻都将他们在中国的耳闻目睹、亲身经历记录了下来,以"异域之眼"记录了最真实的唐土。

圆仁和成寻虽然历经千辛万苦,但毕竟是渡唐的成功者。心向唐土,但最终渡唐失败,不能如愿踏上唐土之地的也有人在。镰仓幕府第三代大将军源实朝一直相信自己的前生是中国医王山的寺院长老,一心想要参谒自己前生所居之处,于是命令建造大型船只,计划亲身渡唐。镰仓幕府的官方史书《吾妻镜》记载了相关史实,例如建保四年(1216)十一月二十四日的记录为:

> 癸卯、晴、将军家为拜先生御住所医王山给、可令渡唐御之由依思食立、可修造唐船之由、仰宋人和卿、又凫从人被定六十余辈、朝光奉行之、相州奥州频以虽被谏申之、不能御许容、及造船沙汰云々。②

---

① 樋口芳麻呂・久保木哲夫校注・訳『松浦宮物語・無名草子』、新編日本古典文学全集、小学館、1999年、pp. 181—182。
② 『校訂増補・吾妻鏡』、国書刊行会、1943年、p. 637。本书中所引用的日本汉文资料均改为简体汉字,以下同。

这一天,源实朝下定决心要渡唐拜谒前生住所医王山,并命宋人陈和卿负责修造渡唐之船。当时中国已进入南宋时期,但《吾妻镜》仍然记载是"渡唐"。到了第二年,据《吾妻镜》建保五年(1217)四月十七日记载,唐船造好后试航时却发生倾斜,无法入海远航,最终源实朝渡唐之志未能实现。

而源实朝的和歌老师藤原定家则选择了另一种方式。他结合自己丰富的汉学知识,再加上无限的想象,用笔描绘出了自己心中憧憬的唐土。虽然不能亲自渡唐,但定家运用知识(knowledge)与想象(imagine)在物语中建构了自己理想的唐土。

钟爱"唐物"

"唐物"为中国产或是经由中国进口的物品。憧憬大陆文明的平安贵族自然对渡海而来的"唐物"钟爱有加。

最初,日本朝廷享有"唐物"的优先购买权,唐商船到达之后,由藏人所派遣的"唐物使"替朝廷先行购买。但往往在官使还未到之前,贵族、富豪们就纷纷派遣使者到大宰府争相购买,为此,朝廷不得不屡次下令禁止私自以高价抢购。但限令实际上并不能起到限制"竞买"的作用,贵族富豪们的抢购风甚嚣尘上,禁令屡禁不止,形同虚设。后来,朝廷干脆取消了从藏人所派遣"唐物使"的做法,将所需物品的清单交给大宰府,由大宰府购买进献。

朝廷可以通过"唐物使"、大宰府等确保获得"唐物"的渠道。有权有势的贵族们也是各施其能,想尽办法获取心仪的"唐物"。例如,平安朝中期的摄政、作为三代天皇的外戚独揽大权的藤原道长就非常钟爱"唐物",热衷收集各种"唐物"。他本人的日记《御堂关白记》及其他一些史料中记载了他通过各种渠道所获得的丰富的唐物。

藤原道长作为当时最有权势的人,"唐人"(宋商)来朝后,大宰府的官员往往会派人先通报他,再由他上奏天皇。例如,据《御堂关白记》记载,长和元年(1012)九月二日,大宰大弍平亲信派人来通报"唐人文裔"(即宋商周文裔)到达的消息,藤原道长便立刻上奏天皇。① 同年九月二十一日,平亲信又派人通告藤原道长说"唐人来着",翌日,经众人商讨,决定此次不派"唐物使",由大宰府进献,相关事宜则由藤原道长上奏天皇。②

大宰府购买的"唐物"运送到京城后,皇帝亲自过目,其仪式被称之为

---

① 『御堂関白記』中、大日本古記録、東京大学史料編纂所·陽明文庫編、岩波書店、1953年、p.166。
② 同上书,p.167。

"唐物御览"。天皇过目之后,会将部分物品赏赐给皇族及亲信、大臣等,藤原道长自然也可以由此获得各种赐品。例如,据《御堂关白记》记载,长和元年(1012)五月二十日,大宰大式奉上的"唐物"经三条天皇御览之后,藤原道长获赐"金物",中宫则获得"琉璃灯炉"。①长和二年(1013)二月二日大宰大式将宋商货物的解文送到藤原道长处,二月四日,道长奏上唐物解文,天皇"唐物御览"之后,藤原道长又获赐锦、绫、绀青以及丁子、麝香、甘松等香药。②长和四年(1015)二月,大宰大监藤原藏规进献宋商周文裔所献的孔雀和鹅等珍禽,三条天皇"唐物御览"后赐给了藤原道长。《御堂关白记》记载说,藤原道长将孔雀养在自家,孔雀接连生蛋,但过了一百天却也没能孵化出来。③

当然,大宰府官员也会直接进献"唐物"给他。《小右记》记载大宰权帅藤原隆家通过藤原道长向天皇进献种种香料、药品、唐锦、唐绫等,隆家还又进献给中宫和藤原道长槟榔、色革等物。④《御堂关白记》长和五年(1016)十一月九日又记载藤原隆家托人送给道长香药。⑤

不仅如此,藤原氏专权的全盛时期,就连宋商也会投其所好,直接赠送各种"唐物"给他。《御堂关白记》宽弘三年(1006)十月二十日记载:

> 二十日,已丑。参内。左仗着座。唐人令文持来所及之处之苏木、茶垸等。持来《五臣注文选》《文集》等。⑥

据此记载,"唐人"(宋商)曾令文送给藤原道长"苏木、茶碗"以及《五臣注文选》和《白氏文集》两本书。藤原道长不仅喜爱贵重、珍奇的舶来品,更是中国书籍的爱好者。《御堂关白记》长和四年(1015)七月十五日又记载说:

> 又、唐僧常智、送《文集》一部。其回礼送貂裘一领。⑦

"唐僧"(宋僧)常智送给他一部《白氏文集》,藤原道长也送了貂裘作为回礼。事实上,这一时期平安朝的大臣公卿,像藤原忠平、藤原实资等都与

---

① 『御堂関白記』中、大日本古記録、東京大学史料編纂所·陽明文庫編、岩波書店、1953年、p. 156。
② 同上书,p. 200。
③ 『御堂関白記』下、大日本古記録、東京大学史料編纂所·陽明文庫編、岩波書店、1954年、p. 8、p. 23、长和四年四月十日、八月二十九日。
④ 『小右記』二、増補史料大成 別巻、臨川書店、1975年、p. 19、长和四年九月二十四日。
⑤ 『御堂関白記』下、大日本古記録、東京大学史料編纂所·陽明文庫編、岩波書店、1954年、p. 81。
⑥ 『御堂関白記』上、大日本古記録、東京大学史料編纂所·陽明文庫編、岩波書店、1952年、p. 196。
⑦ 『御堂関白記』下、大日本古記録、東京大学史料編纂所·陽明文庫編、岩波書店、1954年、p. 20。

宋商有直接交往，他们从宋商那里购得书籍和苏芳、茶碗、锦、绫等各种心仪的"唐物"。

藤原道长钟爱中国书籍，根据上面的记录，曾令文和常智各自送了他一本《白氏文集》，入宋僧寂照的弟子念救回国后也曾送给他一本摺本的《白氏文集》。① 曾令文除了《白氏文集》，还送了一本《五臣注文选》，这是《文选》的注释书。在此之前，宽弘元年（1004）十月三日，源乘方还曾送给他《文选集注》和《元白集》各一本，藤原道长在日记中记录下了他的心情："感悦无极。"②

倾慕"汉诗文"

藤原道长对《白氏文集》等中国书籍的心仪也反映了当时的时代潮流，那就是对中国诗文的倾慕和热爱。

在日本，一般称中国的古典诗歌为"汉诗"，文章为"汉文"。日本人在学习中国的"汉诗文"的基础之上，也模仿着用汉字创作"汉诗文"。因此日语语境中的"汉诗文"通常将用汉字创作的文学作品统称为"汉文学"，其中既包括中国古典诗歌文章，也包括日本人用汉字创作的诗文。

平安朝初期嵯峨天皇（786—842）时代，"唐风文化"兴盛到了极点，对大唐文化的崇拜、称颂和赞美的时代潮流渗透朝廷上下，于是《凌云集》《文华秀丽集》《经国集》三部敕选汉诗文集应运而生。

嵯峨天皇去世后，仁明天皇（810—850）在位期间，白居易诗文传到日本，对日本文学产生了重要的影响。关于白诗的传入，日本现存最早的记载是承和五年（838）大宰少式藤原岳守从唐商人带来的物品中检出《元白诗集》，献给仁明天皇，因有功而获赐从五位上的一段记录。③ 翌年，遣唐使又带回白居易的诗文集。承和十四年（847），入唐僧圆仁回国时也带回了《白家诗集》六卷。从此，白居易文学对日本汉文学、假名文学等都产生了巨大的影响。

---

① 『御堂関白記』中、大日本古記録、東京大学史料編纂所・陽明文庫編、岩波書店、1953年、p.243、長和二年（1013）九月十四日条。
② 原文为："乘方朝臣、『集注文選』并びに『元白集』を持ち来たる。感悦、極まり無し。是れ聞こえ有る書等なり。"『御堂関白記』上、大日本古記録、東京大学史料編纂所・陽明文庫編、岩波書店、1952年、p.113、寛弘元年（1004）十月三日条。
③ 『日本文徳天皇実録』、国史大系第3巻、黒板勝美・国史大系編集会編、吉川弘文館、1966年、p.31、卷三。仁寿元年九月二十六日藤原岳守卒传载"五年为左少弁，辞以停耳不能听受。出为大宰少贰。因检校大唐人货物，适得元白诗笔奏上。帝甚耽悦，授从五位上"。

平安前期文人、著名汉诗人都良香(834—879)将对白居易的倾慕之心写进《白乐天赞》一诗：

> 有人于是，情窦虚深。拖紫垂白，右书左琴。
> 仰饮茶茗，傍依林竹。人间酒癖，天下诗淫。
> 龟儿养子，鹤老知音。治安禅病，发菩提心。
> 为白为黑，非古非今。集七十卷，尽是黄金。①

诗中不仅勾画出平安朝文人们心目中热爱琴书茶酒、自由洒脱的白居易形象，还盛赞《白居易集》"集七十卷，尽是黄金"，反映了当时的日本人对白诗的倾慕。

白居易文学传入日本后，以空前的规模在日本流行，对日本文坛造成了巨大的影响。当时在日本谈及汉诗文，必称《文选》和《白氏长庆集》两部书。清少纳言在《枕草子》第一九三段《文》中说："文，以《文集》为最。《文选》。博士所书写之奏启。"②所谓"文"是指汉文书籍，清少纳言认为《白氏文集》是文中之最，甚至将其置于《文选》之前。

事实上，不仅是嵯峨天皇、小野篁、岛田忠臣、菅原道真等著名汉诗人的诗文作品深受白诗影响，平安期和歌也从白诗中获得了丰富的灵感，其表达方式、选材取材等都得到了革新和拓展。白诗的影响也不仅是在韵文世界，在《枕草子》《源氏物语》等平安朝散文文学中，也处处可见对白诗的活用。如同严绍璗所指出的那样：

> 对日本中古时代的文学界来说，白居易文学并不仅只是作为一种异国的文学珍品，供人鉴赏和研究，它更多的是作为一种文学创作的楷模，供作家们在自己的创作活动中仿效。③

此后至少几百年间，日本的文学作品，包括汉诗、和歌、物语、歌论、愿文、唱导文、谣曲等各种文学形式中都渗透了白居易文学的痕迹。

平安朝著名汉诗人大江维时(888—963)生于文章道汉学之家大江家族，大江家族持续百年左右一直在宫廷开设《白氏文集》讲座，大江维时也曾给醍醐、村上两代天皇侍读。大江维时编纂的《千载佳句》是一本唐诗佳句

---

① 中村璋八・大塚雅司著『都氏文集全釈』，汲古書院，1988年，p.32、卷三。
② 引自林文月译《枕草子》，洪范书店，2000年，p.220。
③ 严绍璗《中日古代文学关系史稿》，湖南文艺出版社，1987年，p.180。

选,收录1000多联佳句,其中白居易的诗有500多联,占全书的一半。然而如此熟知和深爱白诗的大江维时在其汉诗集《日观集》序言中却发出了"我朝遥寻汉家之谣咏,不事日域之文章"①的感叹,这是作为有识之士对当时社会唐文化一边倒的风潮所进行的反思,是对本国文章兴盛的期待,也从一个侧面反映了文人们普遍热爱"汉家遥咏"的时代思潮。

二、平安朝物语文学的中国叙述

平安朝物语文学

本书的研究对象是平安朝的物语文学,那么什么是"物语"呢?物语是日本平安时代至镰仓时代盛行的一种文学类型,相当于古代的小说。

在日语里,"物语"这个词本身其实是一个合成词,中心词是"语"(讲述),"物"只是一个接头词。"物"这个词的意思就好像"物ごころ(物心,对事物朦朦胧胧开始理解)""物おもい(物思,对事物左思右想而忧虑)""物のあはれ(物哀,被事物触发产生的情趣和哀感)"等词语中的"物"一样,既是一种事物、对象,同时又是一个很抽象模糊的概念。

"物语"这一概念弹性很大,可以包含很多类型的文学样式,传奇物语、和歌物语、历史物语、说话文学等都称为"物语"。但是日本上代文献中《古事记》《日本书纪》中所记录的神话、传说,以及《日本灵异记》中的佛教传说等却并不被称为"物语"。进入平安朝,在上代丰富的口头传承的基础上,随着假名文字的产生和发展,形成了一种独特的假名文学,即"物语"。

物语文学在产生之初,就形成了两大体系。最早的物语作品《竹取物语》成书于九世纪后半期,作者在多种民间传承的基础上,又参考了中国书籍和佛经等,经过改编、润色和再创作,完成了一篇充满传奇色彩的作品。因此,《竹取物语》又被称作"传奇物语"或"创作物语(作り物语)"。另一个体系是以和歌为中心,并配以短小散文的"和歌物语"。主要的作品有《伊势物语》《大和物语》《平中物语》等。

传奇性较强的"创作物语"和抒情性较强的"和歌物语"两个体系相互影响相互交错推进了物语的进一步发展。早期物语篇幅都比较短小,《竹取物

---

① 《日观集》已散佚,其序收录于《朝野群载》卷一。『朝野群載』、国史大系第29卷、黒板勝美・国史大系編集会編、吉川弘文館、1966年、p.7。

语》是短篇,《伊势物语》等和歌物语也都是和歌小故事组成的短篇集。到了平安中期,才产生了第一部长篇物语《宇津保物语》。《宇津保物语》成书于十世纪末,共二十卷,是早于《源氏物语》的日本第一部长篇物语。这篇作品既继承了《竹取物语》的传奇色彩,和歌物语的抒情性,同时又极具写实性,增加了许多现实生活的内容,采用了现实的写作手法。

十一世纪初,在先行物语的基础上产生了物语文学中最气势恢宏、规模庞大的作品《源氏物语》。《源氏物语》不仅继承和融入了"创作物语"和"和歌物语"两个体系的特点和方法,还汲取了女性日记文学中细腻入微的心理描写手法,可以说是一部"集大成"的作品,被称之为物语文学的高峰。

《源氏物语》问世之后,平安时代后期的物语作品延续其风格,诞生了《夜半惊醒》《狭衣物语》等受其影响很深的作品。另外,也诞生了一些新题材的作品。例如,十一世纪中期的《滨松中纳言物语》和十二世纪后期的《松浦宫物语》,这两部作品都描写了主人公渡唐及其在唐生活的经历,被称之为"渡唐物语"。

此外,成书于十二世纪初的《今昔物语集》虽然也被称为"物语",但其实属于"说话文学",其中收录的故事被称为"说话"。所谓"说话",包括神话、传说以及宗教故事、世俗故事和民间故事等,"说话文学"一般指像《今昔物语集》这样的由短小故事构成的短篇集。十二世纪末到十三世纪初成书的《唐物语》,严格说来已经是镰仓初期的作品了,但因其全书收录的都是中国故事,非常具有特色,因此也放入本书的考察范围。

以上所介绍的物语中,本书的主要研究对象包括《竹取物语》《宇津保物语》《源氏物语》《滨松中纳言物语》《松浦宫物语》《今昔物语集》《唐物语》等七部作品。

中国叙述

本书以平安朝物语文学为研究对象,使用"中国叙述"这一概念来表示物语文学作品中跟中国有关的描写和内容。具体说来,包括以下三个层面的意思:

第一个层面是中国形象。形象学是比较文学研究中的一个引人关注的研究方向和领域。二十世纪五十年代法国比较文学家卡雷及其学生基亚倡导研究他国形象,他们认为这是研究"人们所看到的外国",并称之为"有前途的研究领域"。其后迪塞林克将Imagologie(形象学)这一名称首次引入比较文学,对比较文学形象学予以重新定位。1989年,法国学者巴柔进一步确定了形象学研究的内核在于对"他者"形象的定义,确立了当代比较文学视野中的形象学的基本原则。在我国,孟华提出了注重"自我"与"他者"的互动性,注重对"主体"的研究,注重文本的内部研究以及注重总体分析等形象学研究的基本理念,为这一研究方向在中国的推广提供了学术指向。①

本研究的第一个层面就是上述理论主张的一个具体实践。形象学研究一国文学中对"异国"形象的塑造或描述,本研究关注的是日本古代平安朝文学中对中国形象的塑造和描述。在中日古代文学的研究领域,仅有张哲俊的《中国古代文学中的日本形象研究》②是运用形象学理论进行的比较文学研究,但是至今还未看到有研究日本古代文学作品中中国形象的著作。③

第二个层面是中国元素。所谓中国元素,是指物语作品中关于音乐、绘画、服装、室内装饰等"唐文化"以及来自中国的舶来品"唐物"的描写。但是加引号的"唐文化"并非完全等同于中国文化,"唐文化"作为一种文化价值体系已经融入日本内部,是一种"内化"了的中国元素。

长久以来,《源氏物语》被看作是"国风文化"的瑰宝,因此其中关于"唐物""唐文化"等方面的描写并没有受到关注。近年来,日本有学者开始着手研究,开辟出《源氏物语》研究的一个新视角。例如河添房江将《源氏物语》置于东亚语境之下,从"唐物"角度所做的一系列研究可以说代表了学界的最新成果。④但除此以外,日本学界的相关研究仍然很少,国内尚未见到。

本书致力于在先行研究的基础上,对几部相关作品中的"唐物"与"唐文化"元素进行梳理。由于日本平安朝是一个"唐"与"和"双重文化体系并存的时代,不仅是"唐物""唐文化"等中国元素本身,通过研究"唐"与"和"各自不同的文化分工、性别学角度下扮演的不同角色,以及它们之间的互动关系,可以发现这一时代的文化特征。在东亚视阈之下,还关注了物语中的天竺、渤海、高丽等文化元素。

---

① 孟华《比较文学形象学论文翻译、研究札记》,孟华主编《比较文学形象学》,北京大学出版社,2001年,pp.1—10。
② 张哲俊《中国古代文学中的日本形象研究》,北京大学出版社,2004年。
③ 另有吴光辉的《日本的中国形象》(人民出版社,2010年)是从中日关系史、社会文化学角度的研究。
④ 河添房江『源氏物語時空論』、東京大学出版会、2005年;『源氏物語と東アジア世界』NHKブックス、日本放送出版協会、2007年;河添房江『唐物の文化史―舶来品からみた日本』岩波新書1477、岩波書店、2014年。值得一提的是,就在本书书稿完成之时,河添房江的另一本相关著作被翻译成了中文正式出版,这也是河添的研究首次被译成中文。丁国旗、丁依若译《光源氏が愛した王朝ブランド品 源氏風物集》,新星出版社,2015年。

第三个层面是中国题材。也就是研究平安朝文学对中国题材的撷取和利用。在日本古代文学中,中国题材不仅出现在汉诗、和歌等韵文领域,也广泛运用于物语、说话等散文领域。《今昔物语集》是日本文学史上第一部大量而集中地从中国取材的日本古典作品,《唐物语》则是日本古代仅有的一部全部以中国为题材的短篇物语集。

关于《今昔物语集》和《唐物语》的"出典",日本已经有大量丰富的研究[1],国内也有王晓平、王向远等学者的研究。[2]本书这一层面的研究并非"出典"研究,也不是研究单向输入的影响研究。本研究更为关注平安朝文学的受容方法和中国故事作为母题在平安朝文学中的变异,关注《今昔物语集》和《唐物语》在先行和歌和文的受容基础上对中国故事进行再创作的方法,关注变异的过程和结果,并力图从文化语境中去解析其变异。

三、本书关注的问题及研究方法

以上对本书题目"永远的'唐土'——日本平安朝物语文学的中国叙述"的各个概念进行了阐述,对各个层面的前人研究也进行了简单概述。在此进一步明确本书关注的问题和具体研究方法。本书关注的是日本平安朝文学中与中国有关的描写和叙述,试图以平安朝物语文学文本为研究材料,采用实证研究的方法,研究文学作品中的中国形象、中国元素和中国题材。结合平安朝贵族对唐土憧憬的表象,以及物语作品本身的内容和特点,本研究从以下三个层面展开:

第一个层面的研究,以被称为"渡唐物语"的作品为研究材料,主要包括《宇津保物语》《滨松中纳言物语》《松浦宫物语》等。这类作品的特点是直接描写日本人渡海赴唐,描写了在唐土发生的故事。由于"渡唐物语"是以遣唐使、入宋僧侣等日本人渡海到中国的历史事实为背景的,因此首先对平安朝日本人赴唐的历史进行梳理,探讨遣唐使、入宋僧侣等的"渡唐"经历以及他们眼中的真实的唐土,包括入唐僧圆仁在《入唐求法巡礼行记》中、入宋僧成寻在《参天台五台山记》中描写的在唐经历及其唐土观等。

在此基础上,研究《滨松中纳言物语》和《松浦宫物语》中作者参考绘画、

---

[1] 详见第三部论述。
[2] 王晓平《佛典·志怪·物语》第七、八章,江西人民出版社,1990年;王晓平《东亚文学经典的对话与重读》,复旦大学出版社,2011年。王向远《中国题材日本文学史》,上海古籍出版社,2007年。

典籍等想象出的中国,描述出作者通过想象虚构所塑造的中国形象,与《入唐求法巡礼行记》《参天台五台山记》等基于真实了解的中国叙述形成对比。

第二个层面以《竹取物语》《宇津保物语》《源氏物语》等作品为主要对象。首先对《竹取物语》中的异国方物进行考察,将作品中相关描写与西行求法僧、丝绸之路、中日海上贸易等古代东亚的人员交流、物品贸易等历史背景联系起来,从东亚视阈进行深入挖掘。

然后对《宇津保物语》《源氏物语》中关于"唐物"以及包括音乐、绘画、服装、室内装饰等在内的"唐文化"描写进行深入研究。研究不仅限于表象,更尝试挖掘了"唐物"与"唐文化"与人物形象塑造乃至主题的深层关系。

第三个层面以《今昔物语集》《唐物语》为主要对象,研究其中的中国故事是怎样或直接取材于中国典籍,或间接取材于日本先行作品,又是怎样进行再创作、发生"变异",而最终实现"物语化"的过程。重点选取在平安朝文学中非常受青睐的三个红颜悲命的故事:上阳人、王昭君和杨贵妃故事,由此探讨汉诗文、中国故事在日本丰富的受容方法和形式。

《今昔物语集》《唐物语》中的大量中国故事并非平地而起、突然生成,在其之前已有很深厚的受容基础。中国的汉诗文传入日本之后,日本人在理解的基础上进行利用(原文引用、化用),或是吸收之后译为和歌和文(翻译),抑或是从中获取灵感进行创作(翻案),有着各种各样丰富的受容方法。受容形式也多种多样,包括日本汉诗、和歌、歌论、物语、绘画等等。《今昔物语集》和《唐物语》中的中国故事都是在先行的受容基础之上创作而成,而又各自发生了"变异",反映了各自不同的特点。

本书通过对日本古代文学作品中的中国叙述进行研究,希望能够透视出这一时期日本文学与文化的特征,并进一步揭示中国文学、文化对日本文学、文化的巨大影响。对现今的中国读者来说,不仅可以感受到彼时日本人对中国的重视和尊重之情,进一步加深对中日两国文学、文化交流历史的认识,相信对今天思考两国的文化交流关系也会有一定的现实意义和参考价值吧。

第一部　物语中的"唐土"

平安朝物语作品中,有几部具体描写或内容涉及日本人渡海赴唐的作品,被称之为"渡唐物语"。例如《宇津保物语》《滨松中纳言物语》及《松浦宫物语》等。

其实早在被誉为"物语开山鼻祖"[①]的《竹取物语》中就已经有了对"渡唐"日本人的描写。《竹取物语》成书于九世纪后期,作者不详,一般认为是一位精通佛典和汉籍的男性文人。作品的主要情节是:以伐竹为生的老翁在发光的竹子里发现了一个女婴,女婴三个月就长成一个超凡脱俗、美貌绝伦的女子,使得家中满堂生辉,于是取名为"辉夜姬"。世间男子都对辉夜姬仰慕倾心,有五个贵公子前来求婚,于是辉夜姬出了五个难题,分别让他们去寻找佛祖的石钵、蓬莱的玉枝、火鼠裘、龙首明珠以及燕子的安产贝。贵公子们一一失败后,辉夜姬最后甚至拒绝了皇帝的求婚,向伐竹翁言明身世。原来她本是月宫仙子,因犯天条才被罚下人世。八月十五夜,辉夜姬在天人接应下,穿上羽衣归返月宫。

物语中描写右大臣阿倍御主人想要托唐商王卿代为购买火鼠裘,于是派遣得力家臣小野房守带着他的亲笔信,登上停泊在博多港的唐国贸易船,随船到唐土将信交给王卿。小野房守后来又随唐船回到日本,带回了火鼠裘。在平安朝物语中,小野房守应当是第一个渡海赴唐的日本人。

但这只是作品的一个小插曲,渡海赴唐也并非是《竹取物语》的主要情节。因此真正意义上最早的"渡唐物语"应该要算是《宇津保物语》。

《宇津保物语》成书于平安中期十世纪末,共二十卷,是早于《源氏物语》的日本第一部长篇物语。作品以清原俊荫、俊荫女、仲忠、犬宫一家四代琴艺代代相传的故事为主线,穿插众男子向绝代佳人贵宫求婚以及贵族之间权力之争等情节。琴艺相传的故事富于传奇色彩,关于求婚及政治斗争的

[①]《源氏物语》《赛画》卷中提到:"物语的开山鼻祖是竹取翁。"

描写则极具写实性。

作品开篇首卷《俊荫》卷描写主人公清原俊荫被任命为遣唐使随员渡唐,但俊荫因遭遇海难到达的却是波斯国,之后继续西行,经历种种艰难险阻之后喜得宝琴,并获得仙人真传。后来他携带宝琴重返波斯,拜见波斯国王后踏上归途返回日本。整部作品中其实并没有关于他到达唐土的描写。然而俊荫回到日本后,作品中提到他的渡唐经历时,"波斯国"的名字不再出现,全部统一成他是从唐土归来的表述。关于这一点,将在第三章详述。

真正描写了日本人渡唐以及在唐土经历的作品是平安朝后期的《滨松中纳言物语》与《松浦宫物语》。作为"渡唐物语",这两部作品也许更有代表性。作品舞台横跨中日两国,描写了在唐土和日本之间发生的悲欢离合和爱情故事。

《滨松中纳言物语》成书于十一世纪中期,它不同于此前以《源氏物语》为代表的主要描写平安贵族和宫廷生活的物语,不仅首次描写了异国唐土的场面,而且通过"转世"的方法让人物自由穿越于日本和唐土之间,手法新颖,独树一帜,可以说从整个物语文学史来看都是一部大放异彩的作品。

《滨松中纳言物语》作者不详,一般认为是菅原孝标女在《更级日记》之后创作的,推算应该是在平安后期的后冷泉时代(1045—1068)。现存传本为五卷本,首卷失传。作品原名《御津之滨松》,所谓御津是指遣唐使船出发的港口,即难波(大阪)码头;滨松则是指海滨的松树,比喻留在家乡的恋人。这一书名最早源于《万叶集》卷一收录的山上忆良在唐思念故国时所咏的和歌:

诸公归日本,早做故乡人,
遥想御津岸,滨松待恋频。[①]

《滨松中纳言物语》卷一中主人公同样也是身在唐国,思念远在故乡的恋人时咏了一首"御津之滨松"的和歌:

日本之御津,吾爱是滨松,
今夜思念我,出现在梦中。[②]

《御津之滨松》这一书名便取自这首和歌,由于主人公的官职为中纳言,

[①] 杨烈译《万叶集》上,湖南人民出版社,1984年,p.18。
[②] 译文为笔者译。

后世得名为《滨松中纳言物语》。

另一部"渡唐物语"《松浦宫物语》一般认为是藤原定家(1162—1241)年轻时候的作品。作品中的时间设定为上代藤原京(694—710)时代,描写了遣唐副使橘氏忠渡唐及在唐的生活,包括他与唐朝的华阳公主、邓皇后的恋爱故事,以及在唐朝战乱中大显身手,帮助皇后平定战乱后又参与治国等故事。

《松浦宫物语》的书名取自主人公橘氏忠母亲所咏的一首和歌:

> 日月西沉处,今起我思慕,
> 松浦宫中候,直至吾子归。①

氏忠被任命为遣唐副使之后,母亲在松浦山上建造了一处殿宇等候他归来,称为"松浦宫"。日语中"松(まつ)"与等候之意的"待(まつ)"同音,是双关语。这首和歌与"御津之滨松"相反,是身在日本的母亲盼望儿子从唐土归来的和歌。松浦山是今天的"镜山",位于日本九州岛佐贺县唐津市。

其实除了这几部作品以外,平安朝有可能还有更多的"渡唐物语"②,只是都已失传,现今流传下来的只有这几部而已。这些"渡唐物语"的产生也并非偶然,都是以遣唐使、入宋僧等日本人渡海到中国的历史事实为背景的。其中关于唐土的描写与想象,从一个特殊的角度反映了当时日本人的唐土观,值得关注。

第一部前两章将先对平安朝日本人赴唐的历史进行一个大概的梳理,探讨遣唐使、入宋僧等的"渡唐"经历及其他们眼中真实的唐土,考察《入唐求法巡礼行记》《参天台五台山记》等基于真实体验的"渡唐物语"③。在此基础上,再考察文学作品描写的想象的唐土以及这种想象和写作中反映出的文化心理。

---

① 译义为笔者译。
② 例如《滨松中纳言物语》中就提到一部《唐国物语》,但现已失传。
③ 本书将《入唐求法巡礼行记》《参天台五台山记》也称为"渡唐物语",它们是基于真实体验的"渡唐物语"。

第一章 "渡唐物语"中的遣唐使与遣唐使的"渡唐物语"

本章首先提取"渡唐物语"中与遣唐使相关的内容,将其溯源到历史语境中进行考察,以进一步加深对作品的理解。然后再对遣唐使的"渡唐物语",即随遣唐使同行渡唐的请益僧圆仁所著的《入唐求法巡礼行记》进行考察,考察其中所描写的唐土的"理想"与"现实"。

一、"渡唐物语"中的遣唐使

平安朝几部"渡唐物语"中,《滨松中纳言物语》(以下简称《滨松》)的主人公渡唐是为了寻找转世成唐土皇子的父亲,并非是作为遣唐使。除此之外,另外两部作品《宇津保物语》(以下简称《宇津保》)和《松浦宫物语》(以下简称《松浦宫》)的主人公都是以遣唐使的身份渡唐的。

1. 遣唐使的选任

历史上,遣唐使通常包括以下四等官员:大使一人,副使一至二人,判官四人,录事四人。其下的随员包括文书、医师、译语(翻译)、画师、乐师等以及工匠水手等技术领域的人员。为了防备漂流到海岛遭土人袭击,船上还搭载不少射手。此外,每次还带有若干名留学生和学问僧。[①]

遣唐使因为是代表国家的人物,选拔标准是非常严格的。通常选任的都是第一流的优秀人才,通晓经史、擅长文墨而且汉学水平较高,熟悉唐朝情况。例如孝谦朝的大使藤原清河、副使吉备真备,桓武朝的判官菅原清公,仁明朝的大使藤原常嗣、副使小野篁,宁多朝的大使菅原道真、副使纪长

---

① 『延喜式』(卷三十・大藏省・诸使给法)中对遣唐使团的构成有详细的记录。

谷雄等人皆为一代名流,也都是闻名后世的学者文人。①

《宇津保》的俊荫是在征集遣唐大使和副使时被召去的,其身份应该是大使或副使,《松浦宫》的氏忠是遣唐副使,都是遣唐使团中最高官员。俊荫和氏忠都是一流的优秀人才,作品花费了不少笔墨来描写他们的才华。

《宇津保》描写俊荫从小聪颖过人,七岁时便效仿父亲,与"高丽人"吟诗作答。十二岁成人礼之后,皇上派曾经三次赴唐学习的博士出难题也没能考倒他。俊荫长大后更是容貌俊秀、才华横溢,十六岁那年遣唐使船出船之时,"征集遣唐大使和副使时,尤其挑选学问精深之人",于是才学满腹的俊荫也被召去。

在主人公的人物设定方面,《松浦宫》很明显是受到了《宇津保》的影响。主人公氏忠也是七岁时便会作汉诗,精通诸般艺能。皇上听说后,把他叫到殿上出题考他,他出口成诗,作出令人赞叹的诗句。后来学习音乐甚至超过了老师,全靠自己感悟音乐之妙。十二岁时在皇帝面前举办成人礼,被任命为内舍人。由于才华过人,深得皇帝信任,十六岁时已经兼任式部少辅、右少弁、中卫少将等多个官职。

作品还描写遣唐大使是由相当于正五位上的式部大辅安倍石麻吕担任,氏忠被任命为遣唐副使之后,又经过博士、专家的种种考试,在他十七岁的春天,升迁为正五位下官员,紧接着四月十日便作为遣唐副使登上了渡唐的使船。根据《续日本纪》的记载,后期任命的遣唐大使是相当于四位官的官员,副使则是相当于五位官的官员。②

遣唐使不仅是学问才华过人,相貌风采也当不同凡响。《宇津保》的俊荫容貌秀美,《松浦宫》的氏忠更是面如冠玉,连唐土也无人能及。史书中所记载的遣唐使节也的确是仪表堂堂、温文尔雅。例如《续日本纪》卷三庆云元年(704)七月甲申条记载文武朝的遣唐使粟田真人到了唐朝后,得到了唐人"仪容大净"的称赞。

> 秋七月甲申朔。正四位下粟田朝臣真人自唐国至。初至唐时。有人来问曰。何处使人。答曰。日本国使。
>
> (中略)
>
> 唐人谓我使曰。亟闻。海东有大倭国。谓之君子国。人民丰乐。礼义

---

① 木宫泰彦《日中文化交流史》,胡锡年译,商务印书馆,1980年,p. 101。
② 古濑奈津子《遣唐使眼里的中国》,郑威译,武汉大学出版社,2007年,p. 10。

敦行。今看使人。仪容大净。岂不信乎。语毕而去。①

不仅是日本史书,中国史书《旧唐书》也记载说他"容止温雅":

> 长安三年,其大臣朝臣真人来贡方物。朝臣真人者,犹中国户部尚书,冠进德冠,其顶为花,分而四散,身服紫袍,以帛为腰带。真人好读经史,解属文,容止温雅。②

另一位孝谦朝的遣唐大使藤原清河受到唐玄宗召见时被称赞道:"彼国有贤主君、观其使臣、趋揖有异。"③唐玄宗因赞叹日本使臣的礼仪,"加号日本为有义礼仪君子之国"。④不仅如此,还命画工描绘日本遣唐大使副使的容貌,藏入库中以作留念。他归国时,唐玄宗专门赐诗一首:

> 送日本使
> 日下非殊俗。天中嘉会朝。
> 朝余怀义远。秭尔畏途遥。
> 涨海宽秋月。归帆驶夕飚。
> 因惊彼君子。王化远昭昭。⑤

可见,遣唐使所选的是学问、礼仪、风度皆不凡之人。遣唐使出发时,会得到朝廷的赏赐,一旦平安归国后,天皇更是会给他们晋职升官,以示慰问和奖励。但是由于旅途艰难多险,很少能平安无事返回日本,所以一旦被任命,就意味着漂洋过海、生死莫测,极有可能成为不归之路。

《宇津保》描写俊荫是父母钟爱的独子,得知他被选为遣唐使之后,三人抱头痛哭。《松浦宫》的氏忠被选上之后,父母虽然深感大事不妙,但知道像氏忠这样凡事杰出之人终究会被选上,又不能劝阻。氏忠自己也流下"血泪",悲叹不已。

这些描写都反映了遣唐使的实际情况。《日本后纪》卷十一(《日本纪略》逸文延历二十二年(803)三月二十九日)记载了第十八次遣唐大使藤原葛野麻吕在践行宴上"涕泪如雨"的情形。

---

① 『続日本紀』、国史大系第2巻、黒板勝美・国史大系編修会編、吉川弘文館、1966年、p. 21、巻三。
② 《旧唐书》,二十四史,中华书局,1997年,p. 5340,卷一九九上,列传第一四九上东夷。
③ 《延历僧录》佚文,此部分佚文收录于《东大寺要录》。筒井英俊校訂『東大寺要録』、全国書房、1944年、p. 21、巻一。
④ 同上。
⑤ 同上书,p. 22。

> 庚辰。遣唐大使葛野麻吕。副使石川道益赐饯。宴设之事一依汉法。酒酣。上唤葛野麻吕于御床下赐酒。天皇歌云。
> 许能佐气波。于保逖波安良须。多比良可尔。何倍理伎未势止。伊婆比多流佐气。(和歌意为:此酒虽不丰,愿祝平安归)
> 葛野麻吕涕泪如雨。侍宴群臣无不流涕。赐葛野麻吕御被三领。御衣一袭。金二百两。道益御衣一袭。金一百五十两。①

桓武天皇赐宴为遣唐大使藤原葛野麻吕、副使石川道益饯行。天皇将大使召至近前,赐酒并作和歌咏道:"此酒虽不丰,愿祝平安归",大使听后竟然"涕泪如雨",侍宴群臣亦"无不流涕"。藤原葛野麻吕涕泪如雨的原因与其说是感戴皇恩,莫如说是联想到自己前途叵测,悲从心起所致吧。

《万叶集》中收录了二十余首与遣唐使相关的和歌,内容多为祈祷神灵保佑路途平安,倾诉离别悲伤的。例如,山上忆良著名的长歌《好去好来歌》赠给天平五年遣唐大使多治比真人广成,歌中咏道:

> 人才满朝廷,圣上若神明,
> 光辉照大地,垂爱选子卿,
> 子卿世家子,祖上天下名,
> 选卿赐圣旨,遣君大唐行,
> 大唐道路远,难忍别离情,
> 海边与海上,处处有御神,
> 诸般大御神,导船路可循,
> 天地大御神,倭国大御神,
> 飞翔在天空,观此海上巡,
> 事毕还朝日,更烦大御神,
> 手扶大船樯,归如绳直伸,
> 自从智可岬,直到大伴津,
> 船回大和国,直泊御津滨,
> 御船祝无恙,早归慰国人。(卷五、八九四)②

被选为遣唐使乃圣上垂爱,卿乃世家之子、名门之后,被选上是无比光

---

① 『日本紀略・前編』、国史大系第10巻、黒板勝美・国史大系編修会編、吉川弘文館、1966年、p. 279。
② 杨烈译《万叶集》上,湖南人民出版社,1984年,p. 194。

荣之事。但渡唐道路遥远,与亲人别离难忍。这些内容都咏出了当时遣唐使的实际情况和感受。同时,祈祷诸般神灵庇佑,保佑使者平安归来等也成为这类和歌的主要内容。卷十九一首作者未详的"天平五年赠入唐使歌"以遣唐使妻口吻所咏,歌中祈祷日本的住吉大神能够保佑遣唐使一行的平安。

　　　神圣大和国,京师是平城,
　　　自京下难波,住吉有御津,
　　　御津乘船舶,渡海直西行,
　　　遣使日没国,重任在吾君,
　　　尊严护佑者,住吉大御神,
　　　愿神领船舶,愿神立船身,
　　　船泊各矶港,摇船各处停,
　　　莫遇大风浪,沿途皆太平,
　　　率船归本国,家国两安宁。(卷十九、四二四五)①

难波港的住吉神社供奉保佑航海平安的住吉大神,在此举办"遣唐之舶开局祭",即船舶的下水仪式,同时人们往往在此祭祀住吉大神,祈求其保佑遣唐使船一切顺利。②

此外,倾诉离别悲伤也是一个重要主题。以下两首分别是母亲咏给遣唐使船上即将出发的儿子和就任遣唐使的儿子献给母亲的离别悲歌。

天平五年癸酉遣唐使舶发难波入海之时,亲母赠子歌一首并短歌
　　　萩花是鹿妻,一鹿只一子,
　　　我儿似鹿儿,独儿爱无比,
　　　吾儿上旅途,我在家祭祀,
　　　竹珠垂作帘,棉帘垂户里,
　　　我思我独儿,为儿求福祉。(卷九、一七九〇)③

阿倍朝臣老人遣唐时奉母悲别歌一首
　　　天云将远隔,远极倍思亲,

---

① 杨烈译《万叶集》下,湖南人民出版社,1984年,p. 771。
② 古濑奈津子《遣唐使眼里的中国》,郑威译,武汉大学出版社,2007年,p. 15。
③ 杨烈译《万叶集》上,湖南人民出版社,1984年,p. 367。

>别日行来近,悲哀满此身。(卷十九、四二四七)①

《宇津保》和《松浦宫》中所描写的父母和儿子抱头痛哭、悲伤离别的场景与这两首和歌相似,反映了遣唐使时代的历史事实。

2. 遣唐使的航程

历史上,从舒明天皇二年(630)第一次遣使开始,到宽平六年(894)九月停派为止,遣唐使前后共任命过二十次(其中包括只有任命并未成行的四次)。②

遣唐使大致可以分为前后两期。③前期指第一次至第七次。前期走"北路",即先从北九州岛的博多启程,经壹岐、对马,沿朝鲜半岛西海岸北上,横渡黄海,在山东半岛登陆,然后由陆路向都城长安进发。由于北路主要是沿着海岸前行,安全性较高,除了偶尔发生事故,基本上能够安全往返,只是耗时日久。

《日本书纪》所引的《伊吉连博德书》详细记录了齐明五年(659)遣唐使的行程:

>秋七月朔丙子朔戊寅、遣小锦下坂合部连石布·大仙下津守连吉祥、使于唐国。仍以道奥虾夷男女二人、示唐天子。〈伊吉连博德书曰、同天皇之世、小锦下坂合部石布连·大山下津守吉祥连等二船、奉使吴唐之路。以己未年七月三日、发自难波三津之浦。八月十一日、发自筑紫大津之浦。九月十三日、行到百济南畔之岛。岛名毋分明。以十四日寅时、二船相从、放出大海。十五日日入之时、石布连船、横遭逆风、漂到南海之岛。岛名尔加委。仍为岛人所灭。便东汉长直阿利麻·坂合部连稻积等五人、盗剩岛人之船、逃到括州。州县官人、送到洛阳之京。十六日夜半之时、吉祥连船、行到越州会稽县须岸山。东北风。风太急。廿二日、行到余姚县。所剩大船及诸调度之物、留着彼处。润十月一日、行到越州之底。十五日、乘驿入京。廿九日、驰到东京。④

---

① 杨烈译《万叶集》下,湖南人民出版社,1984年,p.772。
② 关于派遣遣唐使的次数有各种说法,一般认为是二十次。此处参考石井正敏的遣唐使一览表,「外交关系」(『唐と日本』、吉川弘文馆、1992年、pp.74—76),(古濑奈津子《遣唐使眼里的中国》,郑威译,武汉大学出版社,2007年,pp.2—7)。
③ 还有分成三期、四期等的分法。此处参考古濑奈津子《遣唐使眼里的中国》的分法。
④ 坂本太郎·家永三郎·井上光贞·大野晋校注『日本書紀』下、日本古典文学大系、岩波书店、1965年、p.339。

齐明五年(659)的这次遣唐使可以说是取道北路而遇难最甚的一次。遣唐使船七月三日自难波的三津浦出发,八月十一日从筑紫大津之浦即博多起航,然后西行至百济南端岛屿。第一舶横遭逆风漂到了南海的尔加委岛,被岛上人所害,只有五人盗取岛人船只逃到中国括州,后被送至洛阳。另一艘则漂流至越州会稽县须岸山,后辗转到达长安。

遣唐使从日本出发登船的港口是在难波的三津浦(也写作御津浦),即现在的大阪市南区三津寺町。遣唐使船从三津沿濑户内海西下,到达筑紫后在大津浦靠岸。大津浦即现在的博多,是大宰府的门户,包括遣唐使船在内的所有开到外国的船舶都要在这里停泊。

后期遣唐使(第八次以后)改走"南路",即从博多出发,经五岛列岛(值嘉岛),然后直接横渡东海,并抵达长江沿岸这一线路。改行此路后,虽然航海天数减少很多,但危险性较高,几乎每次都会有人员遇难,给奉使者及其亲属造成的心理压力甚大,视遣唐为畏途。充任遣唐使如同冒死赴敌,须有殊死的决心。

再来看看"渡唐物语"中的相关描写。《宇津保》描写俊荫一行三艘船中有两艘遇难,大多数人都溺水而亡,唯有俊荫所乘之船幸免于难漂流到波斯国。

事实上,遣唐使的往返船只不仅多次遇难,也常常漂流到其他地方。例如,齐明五年(659)的第一舶就漂流到了尔加委岛(南岛);孝谦朝的第一舶因风漂流到了安南,当时船上载有大使藤原清河以及留学生阿倍仲麻吕等人;圣武朝遣唐使团多治比广成一行返日时,四艘船出海不久即遇风暴,大使所乘的第一艘漂流至种子岛,第二艘被吹回唐朝,判官平群广成的第三艘漂到昆仑国①,船上一百五十多人有的被杀,有的病死。第四艘失踪,最终下落不明,未能返回日本。此外还有承和六年(839)菅原梶成一行漂流到了南海。②

遣唐使遇难、漂流的事件虽然很多,但没有漂流到波斯国的记录。有学者认为,733年出发、第二年回国的遣唐使一行中平群广成等漂到昆仑国(或林邑国)的事例,以及840年菅原梶成等漂到南海的事例有可能是直接的历史原型。③

根据《续日本纪》的记载,平群广成于天平十一年(739)十月二十七日随

---

① 今中印半岛南部一带。《唐丞相曲江张先生文集》卷七《敕日本国王书》作"林邑国"。
② 木宫泰彦《日中文化交流史》,胡锡年译,商务印书馆,1980年,pp.91—92。
③ 田中隆昭「『うつほ物語』『源氏物語』における遣唐使と渤海使」(『アジア遊学』27、2001年5月)。

渤海客入京,十一月三日条又详细记录了平群广成自天平五年(733)赴唐后的坎坷经历。

> 十一月辛卯。平郡朝臣广成等拜朝。初广成。天平五年随大使多治比真人广成入唐。六年十月事毕却归。四船同发从苏州入海。恶风忽起彼此相失。广成之船一百一十五人漂着昆仑国。有贼兵来围遂被拘执。船人或被杀或迸散。自余九十余人着瘴死亡。广成等四人。仅免死得见昆仑王。仍给升粮安置恶处。至七年。有唐国钦州熟昆仑到彼。便被偷载。出来既归唐国。逢本朝学生阿倍仲满。便奏得入朝。请取渤海路归朝。天子许之。给船粮发遣。十年三月。从登州入海。五月到渤海界。适遇其王大钦茂差使。欲聘我朝。即时同发。及渡沸海。渤海一船遇浪倾覆。大使胥要德等卅人没死。广成等卒率遗众。到着出羽国。①

平群广成于天平五年(733)随遣唐大使多治比真人入唐。天平六年(734)事毕归国时从苏州入海,却因遭遇暴风,广成所乘之船漂流到昆仑国。船上的人或被杀,或逃散,或病死,只有广成等四人幸免于难,得以见到昆仑王。后来偷偷坐船回到唐国,在阿倍仲麻吕的帮助下,由唐朝提供船粮,从登州入海到了渤海国。此时已是天平十年(738)五月,适逢渤海王大钦茂欲遣使到日本,于是便随船同行,不料渤海船只也遇浪倾覆,大使等人溺死。广成侥幸漂流到了出羽。②

关于菅原梶成,《日本文德天皇实录》卷五仁寿三年(853)六月上载有其卒传,其中也详细描述了漂流至南海的经历。

> 六月辛酉。侍医外从五位下菅原朝臣梶成卒。梶成。右京人也。业练医术。最解处疗。承和元年从聘唐使渡海。朝廷以梶成明达医经。令其请问疑义。五年春解缆。着于唐岸。六年夏归本朝。路遭狂飙。漂落南海。风浪紧急。皷舶舻。俄而雷电霹雳。栀子摧破。天昼黑暗。失路东西。须臾寄着。不知何一岛。岛有贼类。伤害数人。梶成殊祈愿佛神。觉得全济。与判官良岑长松等合力。即采集破舶材木。造一船共载。尔时便风引舶。得着此岸。朝廷嘉其诚节。十年为

---

① 『続日本紀』、国史大系第 2 卷、黒板勝美・国史大系編修会編、吉川弘文館、1966 年、p. 156、卷十三。
② 日本旧国名,相当于今天东北地区的山形、秋田二县。

针博士。次为侍医。卒于官。①

菅原梶成于承和元年(834)随遣唐使渡唐,承和六年(839)回日本时遭遇狂风漂流至南海,岛上"贼类"伤人无数,菅原梶成祈祷神佛得以保命。后来他与判官良岑长松合力,用破船的木材再造一船,最终得以回到日本。

承和元年(834)的遣唐使是实际成行的最后一次遣唐使,此次遣唐使与《宇津保》的相关描写有着重要的联系。除了南海漂流事件,其中的几个历史人物被看作是作品中人物的原型。关于这一点,将在第三章中考察。

《松浦宫》中氏忠的行程是按照历史上遣唐使的行程顺序来描写的,即①京都→②难波浦→③大宰府→④唐土。作品描写氏忠出发时,父亲本来打算送他到难波浦,但母亲坚持要送他到国境边上,于是父母最终将他一直送到了大宰府。氏忠和父母三月二十日到达大宰府,停留多日后于四月十日从大宰府出发,由于没有遇到风雨一路顺利,出航第七天夜里就到了明州,即今天的浙江省宁波。氏忠一行的路线是从大宰府到明州,可见走的是后期遣唐使所走的南路。

取道南路的后期遣唐使几乎每次都会遇险。除了因为造船术幼稚,横穿东海之航线困难重重以外,没有充分掌握东海的气象知识、不懂得利用季节风等也是原因之一。木宫泰彦指出,后期遣唐使通常是三、四月间先从难波津出发到筑紫,到了六、七月再从筑紫出发,这恰是逆着西南季节风,所以航行难免遭到困难。而返航时"但凡从四月到七月恰当常刮西南季节风时回国的全都平安无事,反之,凡是从十月到三月回国的,不但要逆着东北季节风,而且还不得不穿过冬季的狂风巨浪,因而大都免不了要覆舟漂流。"②

森克己也指出,六、七月逆风起航的遣唐使船,几乎无一例外每次都遭遇海难,从这些记录也可以看出,日本的遣唐使对于季节风与渡海时期的关系基本是无知的。③另一方面,当时的中国船只却比较懂得顺应季节风,"关于平安时代来航的中国船只,对其来航季节进行统计的话,阴历七月为最多","而从博多回国时,起航最多的时期是三、四月和八月。"④

也就是说,从日本博多港出发到中国,刮西北风的八、九月或是西北风转东南风之前的三、四月起航,从中国回到日本时刮西南风的四到七月起航

---

① 『日本文徳天皇実録』、国史大系第3巻、黒板勝美・国史大系編修会編、吉川弘文館、1966年、p. 53、巻五。
② 木宫泰彦《日中文化交流史》,胡锡年译,商务印书馆,1980年,pp. 94—95。
③ 森克己『遣唐使』、日本歴史新書、至文堂、1955年、p. 59。
④ 同上书,p. 56。

是最合理安全的。《松浦宫》描写氏忠一行去程和回程都非常安全顺利,去程出发是在四月十日,这一时期并非是遣唐使出航最多的六、七月,而是能够利用西北风的四月。回程是七月十五日,也是能够利用西南风的七月。

这就说明《松浦宫》的作者藤原定家在设定主人公渡唐和返回日本的时间时,并没有依照历史上遣唐使的出船时期,而很有可能是参考了航行相对比较顺利的中国商船的航海日程。这不仅说明作者相关知识丰富,也能看出其用意在于借用中国商船的出船时期,让主人公顺利抵达唐土,再顺利返回日本。

3. 遣唐使与琴艺

《宇津保》《滨松》《松浦宫》等渡唐物语中的主人公都是乐器名手,其中《宇津保》和《松浦宫》还描写了主人公在唐土学习琴艺的经历。

《宇津保》是一部以传授琴艺为主线的作品,整部作品融入了对宝琴的赞美和对琴艺的尊重。主人公俊荫在渡唐途中遭遇海难漂泊至波斯国,之后继续西行,经历种种艰难险阻之后喜得宝琴,并获得仙人真传。

俊荫回国之后在天皇面前演奏一曲,顿时瓦崩石裂、六月飞雪,天皇大为震惊,请他当老师教授皇子琴艺却被他拒绝。另一名在唐学得琴艺及其他多种乐器的良岑行政归国后受到重用,被任命为乐师,教授皇子们琵琶、筝等乐器。有意思的是,俊荫回到日本后,作品中提到他的渡唐经历时,全部统一成他是从唐土归来的表述。也就是说,他是在唐土获得的宝琴,在唐土学得的琴艺。

《松浦宫》的氏忠先是聆听高楼里八十岁老者陶红英的琴声,为之感动。后又在陶红英的指点下,到商山去寻找华阳公主。氏忠在商山高楼跟随公主学习琴艺,更是被公主的美貌和才艺所打动,演绎出一段浪漫的爱情故事。

历史上的确也有遣唐使渡唐后在唐学习琴艺的记录。上节提到,选拔遣唐使时,因为是代表国家的人物,往往选通晓经史、学问精深之人。即使没有什么学问,也得是有一技之长之人才有可能被选上。例如仁明朝的准判官良岑长松和藤原贞敏就是以善弹琴和琵琶而入选遣唐使之列的。

关于良岑长松,史料记载不多,根据《日本三代实录》元庆三年(879)十一月十日的下述记载,他于承和元年(834)被任命为遣唐使准判官而赴唐,归途中遇风暴漂流到南海,险些丧命,后于承和七年(840)回国,回国后升任宫内大辅。

> 十日乙丑。散位从四位上良岑朝臣朝臣长松卒。长松者。大纳言赠从二位安世之子也。承和之初为常陆权大掾。俄先为伊予掾。兼为遣唐准判官。聘礼既讫。归舶解缆。遭风漂堕南海贼地。殆致殒命。仅以得还。同七年授从五位下。数年拜侍从。寻加从五位上。迁丹波介。后进正五位下。俄而缝殿头。遂至从四位下。未几加从四位上。迁宫内大辅。累迁诸陵头。武藏。大和。河内。山城等国守。长松无他才能。以善弹琴。配聘唐使。卒时年六十六。①

《日本三代实录》说良岑长松无其他才能,是因善于弹琴,才被选为遣唐使的。关于他在唐的学习以及回国的表现等都没有具体记载。据佐伯有清考证,良岑长松的儿子良岑远年后来当过"雅乐头",说明良岑长松的琴艺得到了传承。②

仁明朝的另一位准判官藤原贞敏(807—867)也是以善弹琵琶被选入遣唐使之列,他渡唐后又继续拜师学艺的经历从《日本三代实录》贞观九年(867)十月的记录中可见。

> 四日己巳。从五位上行扫部头藤原朝臣贞敏卒。贞敏者。刑部卿从三位继彦之第六子也。少耽爱音乐。好学鼓琴。尤善弹琵琶。承和二年为美作掾兼遣唐使准判官。五年到大唐。达上都。逢能弹琵琶者刘二郎。贞敏赠砂金二百两。刘二郎曰。礼贵往来。请欲相传。即授两三调。二三月间。尽了妙曲。刘二郎赠谱数十卷。因问曰。君师何人。素学妙曲乎。贞敏答曰。是我累代之家风。更无他师。刘二郎曰。于戏昔闻谢镇西。此何人哉。仆有一少女。愿令荐枕席。贞敏答曰。一言斯重。千金还轻。既而成婚礼。刘娘尤善琴筝。贞敏习得新声数曲。明年聘礼既毕。解缆归乡。临别刘二郎设祖筵。赠紫檀紫藤琵琶各一面。是岁。大唐大中元年。本朝承和六年也。七年为参河介。八年迁主殿助。少选迁雅乐助。九年春授从五位下。数岁转头。齐衡三年兼前介。明春加从五位上。天安二年丁母忧解官。服拜扫部头。贞观六年兼中介。卒时年六十一。贞敏无他才艺。以能弹琵琶。

---

① 『日本三代実録』、国史大系第4卷、黒板勝美・国史大系編修会編、吉川弘文館、1966年、p. 462、卷第三十六。
② 佐伯有清『最後の遣唐使』、講談社学術文庫、2007年、p. 176。

历仕三代。虽无殊宠。声价稍高焉。①

藤原贞敏于承和五年（838）渡唐之后，到上都（长安）跟刘二郎学得秘技琵琶曲，两三月之内便尽了妙曲，让刘二郎大为欣赏，赠他曲谱数十卷。这段记录中还可见刘二郎和藤原贞敏的对话。刘二郎问："君师何人？"贞敏答："是我累代之家风，更无他师。"刘二郎说此乃戏言，昔闻谢镇西，乃是君师。谢镇西即是东晋的谢尚，《晋书》说他"善音乐，博综众艺"，他精通各种乐器，多才多艺，在很多领域均有造诣，后进号镇西将军。刘二郎说谢镇西是藤原贞敏的老师，虽是句玩笑话，但说明对藤原贞敏琴艺的赞美和欣赏。后来他还让女儿刘娘也嫁给藤原贞敏，刘娘善弹琴筝，藤原贞敏又向她习得一些新曲。藤原贞敏回国前，刘二郎设宴送别，赠送他紫檀紫藤琵琶各一面。

然而据圆仁的《入唐求法巡礼行记》记载，藤原贞敏并未随大使一同去往长安，而是留在了扬州。②《琵琶谱》（宫内厅书陵部本）后记云，开成三年（838）八月七日，藤原贞敏通过节度使下属、负责遣唐使事务的军官王友真，向扬州观察府提出希望拜会琵琶博士。扬州观察府介绍了琵琶博士廉承武，于是自九月七日始，藤原贞敏在扬州开元寺北的水馆向廉承武学习琵琶，九月二十九日学成之时，获赠琵琶谱。③

关于藤原贞敏，后世出现了很多传说故事，例如《平家物语》第七卷十八《青山琵琶》中记录说：

> 嘉祥三年（850年），扫部头藤原贞敏西渡唐土，得遇大唐琵琶博士廉承武，承他传授给三支名曲，回国之际又赠给玄象、狮子丸、青山三面琵琶。传说渡海的时候，或许是神龙对此有些舍不得，便兴起狂风巨浪，狮子丸当即沉于海底，只带回二面琵琶，成为皇宫里的宝物。④

这个故事中藤原贞敏也是师从琵琶博士廉承武习曲，廉承武不仅传授他名曲，还赠送给他三面琵琶，其中一面狮子丸在回国渡海时沉入海底，传

---

① 『日本三代実録』、国史大系第4卷、黑板勝美・国史大系編修会編、吉川弘文館、1966年、p. 221、卷十四。
② 据《入唐求法巡礼行记》载，大使藤原常嗣一行于承和五年（838）十月五日乘船赴京。承和五年十一月二十九日条载判官藤原贞敏卧病辛苦，发心作画，十二月九日又载藤原贞敏在扬州开元寺设斋，显然未跟从大使赴京。
③ 佐伯有清『最後の遣唐使』、講談社学術文庫、2007年、p. 122。
④ 申飞译《平家物语》，北京燕山出版社，2000年，p. 254。

奇色彩非常浓厚。中世时期的故事集《古事谈》卷六之二十二"贞敏、从廉承武习琵琶之事"中藤原贞敏则成了廉承武的女婿,一二年之间跟随廉承武究习琵琶之曲。

藤原贞敏回日本后,在"雅乐寮"任"雅乐助""雅乐头"等要职,成为宫廷的琵琶大师。《续日本后纪》承和六年(839)冬十月载:

> 冬十月己酉朔。天皇御紫辰殿。赐群臣酒。……亦令遣唐使准判官正六位上藤原贞敏弹琵琶。群臣具醉。赐禄有差。①

天皇在紫宸殿设宴时,也要让藤原贞敏弹奏琵琶助兴,可见对他的欣赏和重视。《日本三代实录》对藤原贞敏的评价与良岑长松较为相似,说他无他才艺,以能弹琵琶历仕三代。藤原贞敏和良岑长松二人也被看作是《宇津保物语》中的清原俊荫、良岑行政的原型,具体将在第三章考察。

4. 遣唐使与异国恋情、中日混血儿

《滨松》这部作品的主人公中纳言虽然不是以遣唐使身份赴唐的,但作品中描写的中日之间的异国恋情、通婚以及混血儿的存在等,都是遣唐使时代有据可查的历史事实。

中纳言与唐后之间跨越国界的爱情故事是作品的重要情节之一。中纳言到达唐土后,深深爱上了唐后。唐后本人就是唐的亲王(唐太宗的后裔秦亲王)与日本皇子的女儿所生的混血儿,她出生在日本,后来被父亲带回唐并在唐长大。唐后与中纳言结缘之后,又生下一个酷似中纳言的男孩,后来被中纳言带回日本抚养。

《松浦宫》受到《滨松》的影响,也描写了主人公氏忠与唐朝华阳公主、邓皇后的异国恋情。作者藤原定家更是将想象力发挥到了极致,将两段异国恋情描写得浪漫唯美,如梦如幻。

遣唐使时代,来到唐朝的遣唐使成员有不少与唐女恋爱、结婚、生子。例如,根据《日本三代实录》的记载,藤原贞敏在唐娶了刘二郎善弹琴筝的女儿刘娘。

大宝二年(702)随第八次遣唐使入唐的日本学问僧弁正入唐后还俗并与唐女结婚,生下秦朝庆、秦朝元两子。日本第一部汉诗集《怀风藻》中收录

---

① 『続日本後紀』、国史大系第3卷、黑板勝美・国史大系編集会編、吉川弘文館、1966年、p.92、卷八。

了弁正的两首汉诗,还附有弁正的生平小传。

> 辨正法师者。俗姓秦氏。性滑稽。善谈论。少年出家。颇洪玄学。太宝年中。遣学唐国。时遇李隆基龙潜之日。以善围棋。屡见赏遇。有子朝庆朝元。法师及庆在唐死。元归本朝。仕至大夫。天平年中。拜入唐判官。到大唐见天子。天子以其父故。特优诏厚赏赐。还至本朝寻卒。①

根据《怀风藻》的记载,弁正入唐后在长安城谒见唐玄宗,以善围棋而受唐玄宗赏识,后客死于唐。《怀风藻》中收录了弁正所作五言汉诗《在唐忆本乡》,"日边瞻日本,云里望云端。远游劳远国,长恨哭长安"等诗句中流露出作者对故国的怀念之情。

弁正的两个儿子一个回到日本,一个则与父亲一起终老于唐。开元六年(718),十二岁的秦朝元随第九次遣唐使回到日本。秦朝元在日本颇受重视,据《续日本纪》天平二年(730)三月的记载,太政官舍人亲王上奏称若无翻译的话,无法与诸蕃夷域沟通,应让秦朝元等人收弟子,教授汉语。秦朝元生在唐长在唐,汉语才是他真正的母语,可以想象,像他这样的混血儿回到日本后,可以充分发挥语言优势,教授日本人汉语,培养中日之间的翻译。天平四年(732),秦朝元被任命为第十次遣唐使团判官,十多年后以遣唐使团成员身份得以再次回到唐朝,受到唐玄宗的接见。玄宗因为他父亲的缘故,还重重赏赐了他。天平六年(734),再次回到日本的秦朝元受到朝廷重用,从外从五位下升至外从五位上,任图书头,负责保管和抄写宫内书籍。

《滨松》的主人公中纳言在离开唐土回国时将他与唐后之间生下的男孩带回日本。历史上也确有这样的事例,养老元年(717)随第九次遣唐使入唐的羽栗吉麻吕与唐女成婚后生下两子羽栗翔、羽栗翼,天平六年(734)羽栗吉麻吕带着两个儿子随第十次遣唐使回到日本。《类聚国史》卷一八七佛道十四还俗僧中有相关记载。

> 桓武天皇延历十七年五月丙午。正五位下羽栗臣翼卒云々父吉麻吕。灵龟二年。以学生阿倍朝臣中麻吕傔人入唐。娶唐女。生翼及

---

① 小岛宪之・大野晋校注『懐風藻・文華秀麗集・本朝文粋』、日本古典文学大系、岩波书店、1964年、p. 96。

翔。翼年十六。天平六年。随父归国。以聪颖见称。①

和秦朝元一样，回国后的羽栗翼和羽栗翔后来又都随遣唐使团回到唐朝。羽栗翼作为录事随宝龟八年(777)的遣唐使团渡唐，羽栗翔也是作为录事随天平宝字三年(759)的遣唐使团回到唐朝，终老于唐。

羽栗翼和羽栗翔的父亲羽栗吉麻吕当年是作为遣唐留学生阿倍仲麻吕的随从入唐的，同行的留学生还有吉备真备和学问僧玄昉等人。阿倍仲麻吕在唐生活了五十多年，终生滞唐未归，终于长安。羽栗吉麻吕回国之前，阿倍仲麻吕也曾以双亲年迈为由请求归国，但因玄宗皇帝挽留，未能实现。直到太平胜宝四年(752)，以大使藤原清河为首的第十二次遣唐使②入唐，翌年事毕归国时，阿倍仲麻吕才获准同船回国。但却因遭遇风暴，漂到了安南(越南)，遭到当地土人袭击，同船一百八十多人大多遇难，仅藤原清河和阿倍仲麻吕等十余人幸免，于次年六月辗转回到长安。

藤原清河改名河清，被任命为秘书监。他久居长安十数年，后在唐结婚，生一女儿取名喜娘。藤原清河本人直到770年去世未能再回日本，而他的女儿喜娘却跟随遣唐使团回到了日本。据《续日本纪》的记载，喜娘于宝龟九年(778)十一月随第十六次遣唐使团回日本，途中所乘的第一船被风浪打成两截，坐在船尾的喜娘幸未落水，漂至肥后国天草郡。

> 乙卯。第二船到泊萨摩国出水郡。又第一船海中中断。舳舻各分。主神津守宿祢国麻吕。并唐判官等五十六人。剩其舻而着甑岛郡。判官大伴宿祢继人。并前入唐大使藤原朝臣河清之女喜娘等卌一人。剩其舳而着肥后国天草郡。③

弁正的儿子秦朝元回到日本后，自身又作为遣唐使一员再次出使唐朝。羽栗吉麻吕的两个儿子羽栗翔和羽栗翼回国后也都又作为遣唐使团成员再次回到唐朝，羽栗翔后来终生滞唐未归。关于藤原清河的女儿喜娘回到日本后的情况却没有留下任何记录，有学者推测说她很有可能随宝龟十年(779)以布势清直为大使送唐使孙兴等回唐朝的遣唐使船再次回到唐

---

① 『類聚国史・後編』、国史大系第6卷、黑板勝美・国史大系编修会编、吉川弘文馆、1965年、p.321、卷一八七佛道十四。
② 因746年派遣的第十一次遣唐使并未成行，因此是实际成行的第十一次遣唐使。
③ 『続日本紀』、国史大系第2卷、黑板勝美・国史大系编修会编、吉川弘文馆、1966年、p.444、卷三十五。

朝。①

总之，遣唐使由于长期居留中国，与唐朝女性之间的异国恋情、"国际婚姻"自然带来很多悲欢离合。"渡唐物语"之中不乏相关描写，例如《滨松》的唐后被父亲带回中国后，一直思念留在日本的母亲。滨松中纳言回到日本后一直无法忘记唐后，为了慰藉相思之苦，便把唐后同母异父的妹妹吉野姬当作唐后的替身关怀备至。《松浦宫》的橘氏忠在唐土与华阳公主结成姻缘，后来氏忠回到日本，华阳公主为了与他长相厮守甚至转世到日本。

《宇治拾遗物语》卷十四所收的"鱼养之事"也讲述了一个因遣唐使在唐娶妻生子后回国造成的悲欢离合的故事。

> 从前，有位遣唐使在唐娶妻生子，孩子尚且年幼之时，遣唐使却要回日本。临行前，他向妻子保证说："有别的遣唐使来时，我让他们给你捎信。等这个孩子长到不需要乳母照顾时，我定来接他。"遣唐使回国后，孩子母亲每当有遣唐使来时，都会去打听有没有消息，但却音信全无，母亲心中怨恨，抱着孩子面向日本的方向，写了个"遣唐使某某的儿子"的牌子系在孩子脖子上，嘴里念叨着："如果前世有缘，父子定会重逢"，将孩子扔进了海里。
>
> 孩子父亲一日骑马路过难波海边，忽然见到海面上漂来一个白色的东西，像鸟儿一样浮在水面。走近一看，好像是一个孩子。父亲觉得很奇怪，便拉住缰绳再靠近一看，原来是一个又白又可爱的四岁左右的孩子，随波漂来。父亲赶紧拉马近前，才看到原来孩子是被一条大鱼驮着。父亲让随从将他抱起来一看，脖子上挂的牌子上写着："遣唐使某某的儿子"。原来这就是自己的孩子，自己在唐时本来说好了要去接他，但因没有音信，孩子母亲一气之下便将孩子扔进了大海。然而因为缘分够深，竟然骑在鱼背上来了，父亲感慨万分，非常疼爱这个孩子将他养大。有遣唐使赴唐时，将事情经过写在信中托人带给孩子母亲。母亲本以为孩子已经死了，听说后大喜，也觉得这是世间罕见之事。
>
> 这个孩子长大成人之后，写得一手好字。因为曾经被鱼救过，所以取名为鱼养。南都七大寺的匾额都是他所题的字。②

鱼养的母亲不能像《松浦宫》中的华阳公主那样通过转世去到日本寻找

---

① 高木博『万葉の遣唐使船』、研究選書36、教育出版センター、1984年、p. 189。
② 译文为笔者译。

孩子父亲,对方又音信全无,于是一气之下把孩子扔进了海里,没想到前世因缘让父子重逢,皆大欢喜。故事最后提到鱼养写得一手好字,江户时代橘行精所编的《本朝能书传》记述说鱼养是书法家朝野宿祢鱼养,也有可能是遣唐使吉备真备在唐国所生的孩子。

关于吉备真备有很多传说故事,《本朝能书传》的说法究竟是真是假无从判别。但是不论真伪,这一故事与"渡唐物语"里所描写的异国恋情、中日混血儿等一样,都是以遣唐使时代的历史事实为背景的。[①]

二、遣唐使的"渡唐物语":《入唐求法巡礼行记》

承和五年(838)六月十三日,第十九次遣唐使船从博多起航,这也是日本实际成行的最后一次遣唐使。僧人圆仁以请益僧的身份同行,开始其求法巡礼之行,并撰写了《入唐求法巡礼行记》。《入唐求法巡礼行记》(以下简称《行记》)可以说是一部遣唐使的真实的"渡唐物语"。

1. 最后一次遣唐使的选任和行程

承和年间的最后一次遣唐使是遣唐使渡海之艰辛的一个典型例子,共经历了三次航行,最后一次才成功。

根据《续日本后纪》中的记载,首次航行于承和元年(834)就开始人事任命及一系列准备,承和三年(836)四月二十九日,天皇授予遣唐大使藤原常嗣和副使小野篁节刀,同年五月十四日,四艘船起航。此次航行未能成功,第一艘和第四艘以"两舶并已完无"[②]的状态漂到肥前国,第三艘更是损失惨重,一百余人不知去向,三个多月后的八月二十五日,在对马岛上确认只有三人生存。承和三年(836)九月,遣唐大使和副使自大宰府入京,奉还节刀,朝廷开始修理遣唐使船。

第二年,也就是承和四年(837)三月十一日,天皇赐宴为大使和副使饯行。

> 甲戌。赐饯入唐大使参议常嗣。副使篁。命五位以上赋春晚陪饯

---

① 关于唐日混血儿,王勇『唐から見た遣唐使・混血児たちの大唐帝国』(講談社選書メチエ、講談社、1998年)有详细考证。
② 『続日本後紀』、国史大系第3卷、黒板勝美・国史大系編修会編、吉川弘文館、1966年、p. 56、卷五、承和三年(836)七月十七日条。

> 入唐使之题。日暮群臣献诗。副使同亦献之。但大使醉而退出。①

送别宴上,天皇命群臣以"春晚陪饯入唐使"为题赋诗,但大使却因醉而提前退出,不难揣测其再次出行前的复杂心情和无奈。十五日,天皇再次下赐节刀,二十四日一行出发前往大宰府。此次起航的具体日期没有记载,但据《续日本后纪》记载,七月二十二日第一艘和第四艘因遇逆风漂流到壹岐岛,第二艘也漂到了值贺岛。

> 癸未。大宰府驰传言。遣唐三舶。共指松浦郡旻乐埼发行。第一第四舶。忽遇逆风。流着壹伎岛。第二舶左右方便漂着值贺岛。②

从这一记录可以看出,第二次出航只有修好的第一、二、四这三艘船舶出行,第三艘并未再修。但出航的三艘船又全被逆风吹回,再次以失败告终。

承和五年(838),当第三次建造船舶、准备第三次起航时,由于遣唐副使小野篁称病不能出发,只得由大使藤原常嗣率第一、第四艘船出发,第二艘则由判官藤原丰任船头。《续日本后纪》承和五年七月五日载:"大宰府奏。遣唐使第一四舶进发"。③关于此次遣唐使渡海的情况,圆仁在《行记》中有详细的记录,但《行记》记录说是承和五年(838)六月十三日午时出发的。二者时间之所以不一致,可能《续日本后纪》的七月五日是"大宰府奏"时,也就是大宰府向朝廷汇报的时日,而实际出发的日期则应该是《行记》所记载的六月十三日。④

关于第三次航行的情况,《续日本后纪》中几乎没有记载。只在承和六年(839)九月十七日简单记录了遣唐大使藤原常嗣归国报告的情形。

> 乙未。天皇御紫辰殿。右大臣从二位兼行皇太子傅藤原朝臣三守奏大唐勅书。独召大使藤原朝臣常嗣。升自东阶。天颜咫尺。勅曰。远涉危难之途。平安参来〈乎〉喜赐〈都都〉大坐。常嗣朝臣称唯。拜舞庭中。更召殿上置酒焉。于时使旨及路中艰难。一一以闻。内侍持御被一条。御衣一袭伫立。大臣命常嗣朝臣云。今勅〈久〉。汝衔国命。

---

① 『続日本後紀』、国史大系第3巻、黒板勝美・国史大系編修会編、吉川弘文館、1966年、p.65、卷六、承和三年(836)七月十七日条。
② 同上书,p.68,卷六。
③ 同上书,p.77,卷七。
④ 濱田寛「最後の遣唐使と円仁『入唐求法巡礼行記』」(『アジア遊学』27、2001年5月)、p.115。

远涉沧海。每闻险难。怜愍殊深。仍赐缠头物。即称唯。赐御被。拜舞退出。①

藤原常嗣向天皇汇报了路中种种艰难,但关于此次遣唐使船的抵达情况,以及抵达之后在唐的详细活动等,都只能依靠《行记》的记录了。

据《行记》记载,由于没有顺风,使船在九州志贺岛停泊数日后,于六月二十三日从有救岛(宇久岛)出发驶入大海,一路上险情不断,艰苦备尝。圆仁在《行记》中详实地记载了路途中的种种艰辛和惊险:

廿八日 (前略)爰东风切扇,涛波高猛,船舶卒然趋升海渚。乍惊落帆,舵角摧折两度。东西之波,互冲倾舶,舵叶着海底。舶舻将破,仍截桅弃舵,舶即随涛漂荡。东波来,船西倾;西波来,东侧。洗流船上,不可胜计。船上一众,凭归佛神,莫不誓祈,人人失谋。使头以下至于水手,裸身紧逼裈。船将中绝,迁走舻舳,各觅全处。结构之会,为澜冲,咸皆差脱。左右栏端,结绳把牵,竞求活途。淦水泛满,船即沈居沙土。官私杂物,随淦浮沉。

廿九日 晓,潮涸,淦亦随竭。令人见底:悉破裂,沙埋摀楸。众人设谋:"今舶已裂,若再逢潮生,恐增摧散歟!"仍倒桅子,截落左右舻棚。于舶四方建棹,结缆摀楸。亥时,望见西方遥有火光,人人对之,莫不忻悦。通夜瞻望,山岛不见,唯看火光。

二日 早朝,潮生,进去数百町许,西方见岛,其貌如两舶双居。须臾进去,即知陆地。流行未几,遇两潮洄洑,横流五十余町。舶沈居泥,不前不却。爰潮水强遒,掘决舶边之淤泥,泥即逆沸,舶卒倾覆,殆将埋沉。人人惊怕,竞依舶侧,各各带裈,处处结绳,系居待死。不久之顷,舶复左覆,人随右迁。随覆迁处,稍逮数度。又舶底第二布材折离流去。人人销神,泣泪发愿。②

圆仁一行几天之中经历了行入浅滩、船舵折断、舶舻将破、截桅弃舵、船没沙土、船底破裂、船陷淤泥、掘泥船覆等种种险情。面对险象环生的危险状况,人们所能做的也只是向神佛祈祷,或是用绳子将自己系在栏杆上,寻

---

① 『続日本後紀』、国史大系第3卷、黒板勝美・国史大系編修会編、吉川弘文館、1966年、p.91、卷八。
② 白化文、李鼎霞、许德楠修订校注《入唐求法巡礼行记校注》,花山文艺出版社,1992年,pp.4—8。引用时将原文中繁体字皆改为简体字。

求活路。就在船舶倾覆,人们都以为必死、泣泪发愿之时,前日派去通报的射手壬生开山带着六名唐人坐船来迎接,一行终于获救,当天抵达扬州海陵县白潮镇桑田乡东梁丰村。圆仁不无感慨地记录下了登陆的日期:"日本国承和五年七月二日,即大唐开成三年七月二日。虽年号殊。而月日共同"。①

2. 圆仁的使命和行程

圆仁(794—864)是平安时期天台宗僧人,俗姓壬生,下野(今栃木县)都贺郡人。十五岁时到比叡山修行,师从日本天台宗开山祖师最澄。承和五年(838)以请益僧的身份入唐,七月二日抵达扬州海陵县,承和十四年(847)九月二日从登州赤山浦渡海归国。《行记》便是圆仁在唐近十年求法巡礼的记录。

所谓请益僧,又称还学僧,指带着特定的问题到中国学习后随来船回国的短期留学生,其地位高于留学僧。圆仁之所以入唐是为了到天台山或长安请求解决天台宗疑问,其目的非常明确。

根据《日本三代实录》贞观六年(864)一月十四日圆仁卒传记载,众僧劝说圆仁"吾师为法早可入唐"。②《慈觉大师传》中,师最澄在圆仁梦中现身,"吾将使汝为求法入唐。但怆漂流风波之上,辛苦船舫之中。我甚愍之",圆仁听了先师的一番话,下定决心要渡唐。其后先师又出现在梦中教导他说:"汝往大唐,就真言门,先问天部。就天台门,先问中道。"③虽然这段记载说最澄在梦中出现向圆仁传达自己的意向,带有明显的传说色彩,但圆仁跨海入唐,的确是为了解决日本天台宗存疑的种种宗教教义疑问,即请求"唐决"。④据王勇考证,《元亨释书》卷二(《圆澄传》后半部分)记录了日本天台宗第二代座主圆澄遗言,其中提到先师最澄入唐求法回国前曾向国清寺座主许诺说:"常遣请益、留学二僧,请决圆教深旨。"圆澄本人未能入唐,将三

---

① 白化文、李鼎霞、许德楠修订校注《入唐求法巡礼行记校注》,花山文艺出版社,1992年,p. 8。
② 『日本三代実録』、国史大系第4巻、黒板勝美・国史大系編修会編、吉川弘文館、1966年、p. 124、卷八。
③ 『慈覚大師伝』、続群書類従第8輯下、塙保己一編、続群書類従完成会、1958年、p. 686。
④ 日本僧人平素累积的教义上的种种问题汇集而成的问题集,被称为"未决",唐朝僧人对这些问题的解答,则称为"唐决"。

十多条疑问托付给了圆仁。①请益僧圆仁和留学僧圆载搭乘最后一批遣唐使船,是携带着天台座主圆澄所托付的天台宗疑问,以天台山国清寺为目标渡海出发的。

以大使藤原常嗣为首的第一船乘员在海陵县上岸不久,便由水路去往扬州。经扬州都督李德裕奏报朝廷,准大使、判官等少数人入京,请益僧、留学僧则原地待命。圆仁、圆载于八月一日向扬州官衙提交了申请去台州国清寺的公文。四日一早,扬州官府又来书询问,二人作如下答书:

> 还学僧圆仁
> 右。请往台州国清寺寻师决疑。若彼州无师,更赴上都,兼经过诸州。
> 留学问僧圆载
> 右。请往台州国清寺随师学问。若彼州全无人法。或上都觅法,经过诸州访觅者。②

对于扬州府的例行询问,圆仁圆载的答复非常明确,是请往台州国清寺"寻师决疑"和"随师学问"。然而圆载的请愿被准允了,圆仁却因是请益僧资格,属短期留学,请求未得到批准,敕报中给出的理由是"使者等归国之日近,自扬州至台州路程遥远。僧到彼,求归期,计不得逢使等解缆之日,何以可得还归本国?"③开成四年(839)二月二十七日,圆仁无奈地将"天台山书一函并纳袈裟及寺家未决、修禅院未决等"④等交给留学僧圆载,吩咐他完成日本天台宗宗门的使命。二十八日,圆载等人在勾当王友真的陪同下离去,而圆仁只能在日记中记录下了他"惜别惆怅"⑤的心情。

圆仁用了三个半月左右的时间,从扬州到楚州、徐州、海州,几经辗转,最后抵达山东登州,投身赤山法华院。在法华院住了九个多月后,圆仁决定去朝拜五台山,他用了两个多月的时间,经历登州、青州、贝州、赵州、镇州,于开成五年(840)四月二十八日抵达五台山。五月十六日这天,圆仁写道:

---

① 王勇《最后一次遣唐使的特殊使命——以佚存日本的唐代文献为例》,《甘肃社会科学》,2010年第5期,p.93。
② 白化文、李鼎霞、许德楠修订校注《入唐求法巡礼行记校注》,花山文艺出版社,1992年,p.28。
③ 同上书,pp.120—121。
④ 同上书,p.124。
⑤ 同上书,p.125。

"早朝,出竹林寺,寻谷东行十里,向东北行十里,到大花严寺,入库院住。"①他遇到了住在大华严寺的天台宗高僧志远和尚。志远和尚听说天台宗在日本日渐兴隆,大喜过望,还说起自己804年在天台山见过圆仁的师傅最澄和尚。五月十七日,圆仁把从日本带来的延历寺关于天台宗教义的三十个疑难问题呈上,请志远决释,志远告诉圆仁这些问题已经得到解答。五月十八日,圆仁见到了台州国清寺的一封书信,说是留学僧圆载已将延历寺未决三十条送天台山,"国清寺修座主已通决之"②。五月二十三日,圆仁开始抄写经卷,"始写天台文书日本国未有者"③。这些都说明圆仁渡唐是为了求法,为了"请决圆教深旨",这也是他赴唐的最大目的和使命。

巡礼五台山后圆仁入唐都长安,在长安居留求法五载十月有余,适逢唐朝会昌佛难,圆仁也深罹其厄。他最赏识的弟子惟晓于会昌三年(843)七月二十四日病故,圆仁本人也不得已以假还俗为代价,会昌五年(845)五月十六日从长安出发回国。途经东都(洛阳)、郑州、卞州、泗州、楚州、扬州,再赴登州赤山于新罗村留住一年,会昌七年(847)九月二日搭乘新罗商船离开登州赤山浦,九月十八日返回日本大宰府到鸿胪馆前,十二月十四日弟子南忠来访,日记就此结束。

圆仁在唐约九年零二个月,历唐文宗、武宗、宣宗三代,足迹遍及现在的江苏、安徽、山东、河北、山西、陕西、河南等七个省、二十个州府、三十个县所在的广大地方。"它在了解中唐时代我国的地理人情、风俗制度与人民生活,以及政治、宗教等方面,提供了一个外国人所知所见的第一手宝贵史料。"④

3. 圆仁眼中的唐土:理想的"圣地"

圆仁的时代,唐朝已是整个东方佛教文化的中心,也是日本知识阶层、僧侣们向往的文化大国。到唐朝求学寻法是很多日本人的向往,圆仁也不例外,带着对唐的崇拜和向往来到中国。

圆仁是抱着"求法"的目的抵达唐朝的。他本来试图拜访先师最澄驻足的天台山国清寺,讨教天台宗佛学,但因请益僧身份未能实现夙愿,只得于开成四年(839)随遣唐使从扬州踏上归途。当舟泊海州时,圆仁与新罗译语金正南共谋,偕弟子惟正等一行四人下船,冒充新罗人潜行登陆,但被当地

---

① 白化文、李鼎霞、许德楠修订校注《入唐求法巡礼行记校注》,花山文艺出版社,1992年,p.276。
② 同上书,p.285。
③ 同上书,p.294。
④ 同上书,前言,p.7。

村正识破,于是又被护送登上遣唐使团第二船。圆仁因求法未遂,叹息不止,当船抵达山东登州府时,又离船登陆,投入文登县赤山法华院。后来他得知天台大师云集五台山,著名的天台宗座主志远法师就在五台山弘扬天台教义,于是就决定改变初衷,不去浙江天台山而决定巡礼山西五台山。

开成五年(840)三月五日,圆仁又向中国官府申请巡礼五台圣地。他在奏状中写道:"圆仁等本心志慕尺教,修行佛道。远闻:中华五台等诸处,佛法之根源,大圣之化处。西天高僧,踰险远投;唐国名德,游兹得道。圆仁等旧有钦羡,涉海访寻,未遂夙愿。(中略)今欲往赴诸方,礼谒圣迹,寻师学法。"①圆仁在奏状中明确表达了自己的夙愿,那便是"礼谒圣迹,寻师学法"。后来,他终于获得朝廷公验,四月二十八日,来到"佛法之根源、大圣之化处"的五台山。

五台山被看作是文殊菩萨的道场,这一说法起源于《华严经》等多部佛经。据《大方广华严经》《菩萨住处品》载,文殊师利菩萨住处名"清凉山",文殊菩萨率一万菩萨长住其中应化。

大方广佛华严经菩萨住处品第二十七

东北方有菩萨住处。名清凉山。过去诸菩萨常于中住。彼现有菩萨。名文殊师利。有一万菩萨眷属。常为说法。东南方有菩萨住处。名枝坚固。过去诸菩萨常于中住。彼现有菩萨。名天冠。②

另一部佛经《佛说文殊师利宝藏陀罗尼经》则含有把文殊与五台山联系在一起的一个预言:释迦牟尼曾告诉金刚密迹菩萨说自己灭度后,文殊童子会去到"大振那国"的五顶山为众生说法。

佛说文殊师利法宝藏陀罗尼经

尔时世尊复告金刚密迹主菩萨言。我灭度后于此赡部洲东北方。有国名大振那。其国中有山号曰五顶。文殊师利童子游行居住。为诸众生于中说法。及有无量诸天龙神夜叉罗刹紧那罗摩睺罗伽人非人等。围绕供养恭敬。于是世尊复告金刚密迹主言。是文殊师利童子。有如是等无量威德。神通变化自在装严。广能饶益一切有情。③

---

① 白化文、李鼎霞、许德楠修订校注《入唐求法巡礼行记校注》,pp. 225—226。
② 新脩大正大藏経テキストデータベースhttp://21dzk.l.u-tokyo.ac.jp/SAT/ddb-bdk-sat2.php。
③ 同上。

由于佛典中的这些记载,五台山被看作是圣山,其地位神圣无比。在唐代,五台山已成为佛教圣地和国际性佛教道场,佛寺林立,鼎盛时期寺院达三百余座。圆仁作为一名外国佛教徒,对五台山佛教圣地自然是充满了无限景仰。

《入唐求法巡礼行记》第三卷对五台巡礼做了详细记录。圆仁一行首先从中台开始,遍巡西、北、东、南五台,在五台山求法巡礼达五十多天。四月二十八日圆仁抵达五台山,当他远远望见中台时,便伏地礼拜,《行记》中是这样描写的:"五顶之圆高,不见树木,状如覆铜盆。望遥之会,不觉流泪。树木异花,不同别处,奇境特深。此即清凉山金色世界。文殊师利现在利化。"① 圆仁遥望圣地,感动得落下泪来,五台山的一草一木在他看来都与别处不同。

所谓"清凉山金色世界"也是基于佛经的描述,《大方广华严经》《如来光明觉品》中说文殊师利菩萨乃诸佛之师,是从东方金色世界来。

<blockquote>
大方广佛华严经如来光明觉品第五

皆见十方各有一大菩萨。各与十世界尘数菩萨眷属具。来诣佛所。所谓文殊师利。乃至贤首等。是诸菩萨所从来国。金色世界乃至如实色世界。各于本国不动智佛乃至伏怨智佛所。净修梵行。尔时一切处文殊师利。②
</blockquote>

对圆仁来说,五台山是文殊菩萨化现的"大圣境",他觉得这里的山水花草乃至动物都可能是文殊菩萨的化身,因此"见极贱之人亦不敢作轻蔑之心。若逢驴畜,亦起疑心:恐是文殊化现欤?举目所见皆起文殊所化之想。圣灵之地,使人自然对境起崇重之心也"③。

怀着对五台山的景仰和崇敬,圆仁花了不少笔墨描写了五台山芳香的花草、茂郁的松杉、清凉的幽涧,把五台山美丽的自然景色描写成了人间天堂、梦中仙境。

<blockquote>
然中台者,(中略)奇花异色满山而开。从谷至顶,四面皆花犹如铺锦,香气芬馥熏人衣裳。人云:"今此五月犹寒,花开未盛。六七月间花
</blockquote>

---

① 白化文、李鼎霞、许德楠修订校注《入唐求法巡礼行记校注》,花山文艺出版社,1992年,p. 268。
② 新修大正大藏経テキストデータベース http://21dzk.l.u-tokyo.ac.jp/SAT/ddb-bdk-sat2.php。
③ 白化文、李鼎霞、许德楠修订校注《入唐求法巡礼行记校注》,花山文艺出版社,1992年,p. 277,开成五年五月十六日条。

开更繁",云云。看其花色。人间未有者也。①

　　遥见四台,历然在眼前。回首遍观五顶:圆高超然,秀于众峰之上。千峰百岭,松杉郁茂,参差间出。五顶之下,深溪邃谷,不见其底。幽泉涧水,但闻流响。异鸟级翔众峰之上,羽翼凌高而飞台上顶者稀矣。(中略)山中多寒,五六七月,遍五台五百里内奇异之花开敷如锦,满山遍谷,香气熏馥。每台多有葱韭生。②

从这些文字中可以感受到圆仁置身五台山时内心的激动和狂喜。虽然《行记》这部作品的史料价值似乎更高于其文学价值,但这些基于实际见闻的风景描写文字细腻优美,充分显示了圆仁的汉文功底。

五台山是文殊菩萨的道场,流传着很多关于文殊显灵的故事。在《行记》中,圆仁也叙述了自己亲眼所见的五道光明、色光云以及圣灯等神奇景象,例如:

　　寻岭东行廿里许到上米普通院。在堂里,忽见五道光明直入堂中照,忽然不现矣。③

　　天色美晴,空色青碧,无一点翳。共惟正、惟晓、院中数僧于院阁前庭中见色光云,光明晖曜,其色殊丽,炳然流空,当于顶上,良久而没矣。④

　　初夜台东隔一谷岭上空见有圣灯一盏,众人同见而礼拜。其灯光初大如钵许,后渐大如小屋。大众至心高声唱大圣号。更有一盏灯近谷现,亦初如笠,向后渐大。两灯相去远望十丈许,焰光焰然。直至半夜,没而不现矣。⑤

这些描写也许是基于圆仁所听说的各种关于五台山的传说,也反映了他对佛教圣地的崇拜和景仰。此外,圆仁在看到五台山中设斋,不论僧俗男

---

① 白化文、李鼎霞、许德楠修订校注《入唐求法巡礼行记校注》,花山文艺出版社,1992年,pp. 286—287,开成五年五月二十日条。
② 同上书,pp. 301—302,开成五年七月二日条。
③ 同上书,p. 292,开成五年五月二十二日条。
④ 同上书,p. 297,开成五年六月二十一日条。
⑤ 同上书,p. 303,开成五年七月二日条。

女大小皆平等供养时,还记述了一个关于文殊化现的传说,这是这部日记中为数不多的传说之一。说是从前大华严寺设斋时,男女乞丐贫穷人等皆来受供,施主嫌弃不悦。乞丐中有一怀孕女子,除了自己的还要索要肚中孩子的饭食,施主便骂她,不给她饭食。没想到女子竟然变作文殊师利,骑金毛狮子腾空而去。于是众人各自发愿:"从今以后,送供设斋,不论僧俗男女大小尊卑贫富,皆平等供养。"①圆仁所亲眼见到的现今五台山斋会的情形和其中体现的众生平等的思想让他深受触动。

> 今见斋会:于食堂内,丈夫一列,女人一列。或抱孩儿,儿亦得分。童子一列,沙弥一列,大僧一列,尼众一列,皆在床上,受供养。施主平等行食。②

圆仁一行在五台山逗留五十余日,才与志远法师等依依惜别。归国之后,他以五台山大华严寺为楷模,在京都比叡山延历寺建造了文殊楼。《三代实录》中记载说他是巡礼五台山时,感遇文殊化现以及圣灯、圆光,赖此大圣之感应,才得以实现求道之大愿的。

> 昔者慈觉大师入唐求法之日。巡礼台山之时。感遇文殊化现师子圣灯圆光。赖此大圣之感应。得遂求道之大愿。欲使彼大圣之应化。感来于我本朝。镇护国家。利益黎庶。由是祈乞于五台现化之处。掘取五峰清净之土。经历一纪。跋涉万里。秘藏洁块。将来此间。埋置五方之坛下。构造二重之高楼。专令兼云勾当其事。③

圆仁为了让"大圣之应化"降临日本,特意掘取五台清静之土带回日本,埋在比睿山延历寺五方坛下,在上面建造文殊楼。然而遗憾的是,他未能见到文殊楼建成就与世长辞了。

如同美国著名东亚学者、《行记》的翻译者和研究者E.O.赖肖尔(Edwin O. Reischauer)所指出的那样:"圆仁的'巡礼记录'固然是指其整个中国旅行,但在他广阔的旅行范围中,真正的巡礼地是五台山,也就是位于现在山

---

① 白化文、李鼎霞、许德楠修订校注《入唐求法巡礼行记校注》,花山文艺出版社,1992年,p. 302,开成五年七月二日条。
② 同上。
③ 『日本三代実録』、国史大系第4卷、黒板勝美・国史大系編修会編、吉川弘文館、1966年、pp. 377—378、卷二十九、贞观十八年六月十五日条。

西省东北部的圣地'五峰'。"①对圆仁来说,五台山是他整个在唐巡礼之旅中最美妙、最精彩的体验,在他看来,五台山既是佛教圣地,也是人间仙境。

4.圆仁眼中的唐土:残酷的现实

圆仁在五台山历时两月后离开向长安进发。八月二十三日到长安,参谒功德使之后得牒获准寄住资圣寺。圆仁在长安向大兴善寺元政、青龙寺义真等高僧学习密法,从元政受金刚界大法,从义真习胎藏界法并蒙灌顶,还搜集了不少佛典、佛画。

然而,唐武宗即位改元会昌后,开始实行尊崇道教、贬抑佛教的政策,圆仁不巧经历了这样一个特殊的历史时期,让他又亲眼见到了唐土的种种残酷现实。会昌元年(841)六月十一日,圆仁听说了一件能看出武宗对佛教态度的事,

> 今上降诞日。内里设斋。两街供奉大德及道士集谈经。四对论议。二个道士赐紫,尺门大德总不得着。南天竺三藏宝月入内对君王,从自怀中拔出表进,请归本国。不先谘,开府恶发。②

皇帝尊崇道士赐给紫衣,和尚却"总不得着",这已是个排佛的信号。六月十五日,南天竺僧人宝月的弟子甚至遭到棒打,这使圆仁深感不安。《行记》中紧接着下一条记录便是八月七日,圆仁作出反应,"为归本国,修状进使",上表申请公验归国。

但当时政治环境已经发生变化,会昌二年三月巡院帖到资圣寺,对原帖状"令发遣保外客僧出寺"的处理意见是"奉军容处分:'不用发遣,依前收管者。'"③圆仁一行无奈只得继续留在长安,也因此他直接目击和见证了大规模的排佛、毁佛、灭佛事件,并在《行记》中对其始末经过都做了翔实的记述。

会昌二年(842)十月九日,朝廷下诏命令逃兵、罪犯、犯淫养妻、不修戒行等有异行的僧尼必须还俗,禁止僧尼出寺,可谓是拉开了会昌法难的帷幕。直至会昌三年(843)正月十八日,京城"左街还俗僧尼共一千二百三十二人,右街还俗僧尼共二千二百五十九人"④,此举使长安城内约有三千五百人还俗。

---

① E.O.ライシャワー著、田村完誓訳『円仁・唐代中国への旅』、原書房、1984年、p.177。
② 白化文、李鼎霞、许德楠修订校注《入唐求法巡礼行记校注》,花山文艺出版社,1992年,p.391。
③ 同上书,p.399。
④ 同上书,p.412。

进入会昌三年(843),官方的法令和措施频频颁布,毁佛力度进一步升级。六月十一日,武宗召佛道入内论议,但只赐道士紫衣,僧人依旧"不得着紫"。六月十三日,太子詹事韦宗卿不识时务,进所撰《涅盘经疏》二十卷,武宗看后勃然大怒,立贬韦宗卿,令焚毁经疏。同时,"敕中书门下、令就宅追索草本烧焚"①,不使外传。

这份敕书反映了武宗对佛教的基本态度,其中说:"(韦宗卿)忝列崇班,合遵儒业;溺于邪说,是扇妖风。……而韦宗卿素儒士林,衣冠望族,不能敷扬孔墨,翻乃溺信浮屠,妄撰胡书,辄有轻进。况中国黎庶久染此风,诚宜共遏迷聋,使其反朴;而乃集妖妄,转惑愚人。"②由此可看出武宗视佛教为"邪说""妖风",认为佛教愚弄黎民,宜禁斥,显然对佛教要严加制裁。

会昌四年(844)三月,武宗下旨不许供养佛牙,同时严禁赴五台山、法门寺等拥有佛指的四大寺院巡礼供养佛指,使得"四处灵境绝人往来,无人送供"③。到了七月,又下令"毁拆天下山房兰若、普通佛堂、义井、村邑斋堂等;未满二百间,不入寺额者。其僧尼等尽勒还俗,宛入色役"④。十月的敕令进一步升级,"毁拆天下小寺,经、佛般入大寺,钟送道士观。其被拆寺僧尼,粗行不依戒行者,不论老少,尽勒还俗,递归本贯,宛入色役"⑤。这些敕令使得长安城里坊内佛堂三百余所尽毁,僧尼锐减,佛徒栖身之处所剩无几。

在圆仁看来,武宗之所以执意毁佛,都是偏爱道教、听信道士谗言的结果。《行记》中有一段专论武宗崇道毁佛的记述:

> 今上(笔者注:指唐武宗)偏信道教,憎嫉佛法,不喜见僧,不欲闻三宝。长生殿内道场,自古以来,安置佛像经教。抽两街诸寺解持念僧三七人番次差人,每日持念,日夜不绝。今上便令焚烧经教,毁拆佛像。起出僧众,各归本寺。于道场内安置天尊、老君之象,令道士转道经,修练道术。国风:每年至皇帝降诞日,请两街供奉讲论大德及道士于内里设斋行香。请僧谈经,对释教道教对论义。今年只请道士,不请僧也。看其体色,从今以后,不要僧人人内。道士奏云:"孔子说云:'李氏十八子昌运未尽,便有黑衣天子理国。'臣等窃惟黑衣者是僧人也。"皇帝受其言,因此憎嫌僧尼。意云:"李字十八子。为今上当第十八代。恐李

---

① 白化文、李鼎霞、许德楠修订校注《入唐求法巡礼行记校注》,花山文艺出版社,1992,p.421。
② 同上。
③ 同上书,p.439。
④ 同上书,pp.445—446。
⑤ 同上书,p.454。

家运尽,便有黑衣夺位欤?"①

武宗令毁道场佛经、佛像,而以天尊老君之像取而代之,对道士之言深信不疑,也因此愈发憎恶僧尼,毁佛举动继续升级,向道教的倾斜也越来越明显。从圆仁笔下可以看出,武宗本人对佛、道的不同态度以及道士的煽动是导致"会昌佛难"的原因。

会昌五年(845),随着武宗迷恋道教至狂热的程度,毁佛也达到了高潮。武宗让人在宫中修建仙台,又让道士炼仙丹。三月三日,高一百五十尺的仙台建成,武宗两度上台,均不见有道士成仙,责问缘由,道士云:"缘国中尺教与道教并行,黑气越着,碍于仙道,所以登仙不得。"②武宗深信是受佛教黑气阻碍才不能够得道成仙,于是数日后再次下敕文,要求天下僧尼五十以下都要还俗,意欲尽除黑气,得道成仙。不仅如此,甚至还宣布说:"般土之坑极深,令人恐畏不安,朕欲得填之。事须祭台之日,假道设斋庆台,总追两街僧尼集左军里,斩其头,用填坑者。"③为了把穿黑衣的僧人斩尽杀绝,甚至想用深坑活埋他们。这个想法虽未变为现实,但其崇道毁佛的举动一再升级,对僧人、经佛等实施了种种残酷迫害。

会昌五年(845)四月的敕令依年龄、戒行及有无祠部牒等让天下僧尼依次还俗。关于外国僧侣,则规定"若无祠部牒者,亦勒还俗递归本国者"④。这样就把圆仁等没有祠部牒的外国僧人统统划入了还俗之列,并驱逐出境。

五月十四日,圆仁不得不身着俗衣,入京兆府办理公验。次日,圆仁一行离开京城长安,踏上了归途。从长安一路至海岸,所经之处处有毁佛迹象,圆仁也留下了珍贵的记录。

六月二十二日,到泗州,见到著名的普光王寺已今非昔比,"庄园、钱物、奴婢尽被官家收捡。寺里寂寥,无人来住。州司准敕欲拟毁拆"⑤。

六月二十八日,到扬州,"见城里僧尼正裹头,递归本贯。拟拆寺舍,钱物、庄园、钟等官家收检"。⑥又听说有敕牒来云:"天下铜佛、铁佛尽毁碎,称量斤两,委盐铁司收管讫。具录闻奏者。"⑦

---

① 白化文、李鼎霞、许德楠修订校注《入唐求法巡礼行记校注》,花山文艺出版社,1992年,p.440,会昌四年三月条。
② 同上书,p.458。
③ 同上书,p.459。
④ 同上书,p.462。
⑤ 同上书,p.476。
⑥ 同上书,p.479。
⑦ 同上。

八月十六日,到登州时又听到敕令,"天下金铜佛像,当州县司剥取其金,称量进上者"①。圆仁痛心无比,感叹道:"虽是边地,条流僧尼,毁拆寺舍,禁经毁像,收检寺物,共京城无异。况乃就佛上剥金,打碎铜铁佛,称其斤两。痛当奈何!"②

圆仁本是为了学习佛法赴唐入长安,然而离开时却不得不身着俗衣,被迫觅船回国,途中又目睹种种毁拆寺舍、佛像的行为,对他来说,一定是心痛至极。他在日记中详细记录了种种毁佛的敕令,对佛家僧众所遭受灭顶之灾的关心远甚于对一己安危的担忧。

会昌法难直到会昌六年(846)三月武宗驾崩后才得以结束。关于武宗毁佛的原因,除了他个人对道教的倾心、道术的偏好以外,因历代皇帝提倡佛教,使得僧尼之数迅速上升,佛教界的腐败、过度膨胀给国家财政造成巨大负担等也是背景之一。武宗曾在废佛敕书中这样写道:

> 且一夫不田,有受其饥者;一妇不蚕,有受其寒者。今天下僧尼,不可胜数,皆待农而食,待蚕而衣。寺宇招提,莫知纪极,皆云构藻饰,僭拟宫居。晋、宋、梁、齐,物力凋瘵,风俗浇诈,莫不由是而致也。③

可见,武宗认为僧人靠农民供养是一大社会问题,佛教寺院的增多、僧尼队伍的扩大使得耗资日益庞大,对社会生产和民众生活带来严重危害。

此外,日本学者气贺泽保规还指出,同时期景教、祆教、摩尼教等外来宗教均遭到了镇压,佛教属于外来宗教自然也不例外,会昌毁佛"显示了唐朝排除外来宗教、振兴本土宗教的一种民族意识"④。

从圆仁直观的日记中,清晰可见会昌法难的全过程。会昌毁佛是在朝廷严令下自上而下逐步展开的,声势浩大,对于佛教界来说是一场前所未有的法难。圆仁虽然饱尝苦难,但同时对他来说也是一次珍贵体验。他作为一名佛教家,"身临其境经历了在毁佛之前唐代佛教大放异彩的回光返照,并亲眼目睹了佛教崩溃瓦解的情景"⑤。

除了会昌法难以外,《行记》还描写了蝗灾、饥荒、朝廷官吏腐败等很多当时残酷的社会现实。开成年间,中国北方地区蝗灾肆虐,人民生活十分困

---

① 白化文、李鼎霞、许德楠修订校注《入唐求法巡礼行记校注》,花山文艺出版社,1992年,p.489。
② 同上书,p.490。
③ 《旧唐书》,二十四史,中华书局,1997年,p.605,本纪第一八上,武宗纪。
④ 气贺泽保规著《绚烂的世界帝国 隋唐时代》,石晓军译,广西师范大学出版社,2014年,p.12。
⑤ 同上书,p.332。

苦。圆仁于开成四年到达山东半岛,并由此入河北、山西、恰恰是经历了蝗灾期,穿越了蝗灾区。开成五年正月二十一日,圆仁记载道:"青州以来诸处,近三四年有蝗虫灾,吃却谷稻。缘人饥贫,多有贼人,杀夺不少。又行客乞饭,无人布施。"①各地连续三四年蝗灾,将农作物吃尽,连讨饭都很困难。三月到达登州,"比年虫灾,百姓饥穷,吃橡为饭"②,登州农民无饭可吃,只能吃橡子充饥。河北蝗灾也极其严重,同年四月,圆仁过黄河到达德州清河县,农民无饭可吃,只能吃榆叶羹。镇州的寺院连粥饭也没有,"缘近年虫灾,今无粮食"③。圆仁离开五台山,八月到达晋州稷山县时,"黄虫满路,及城内人家,无地下脚。斋后西行六十五里,黄虫满路,吃粟谷尽。百姓忧愁"④。从圆仁的这些记录中可以看出开成五年蝗灾范围之广,持续时间之长,灾情之严重。

除了自然灾害以外,还有关于军纪败坏、草菅人命等记载。士兵捉杀百姓冒充叛人,"于街衢而斩三段。两军兵马围着杀之。(中略)寻常街里被斩尸骸满路,血流湿土为泥"⑤的血腥场面,甚至还有"两军健儿每斩人了,割其眼肉吃"⑥的令人发指的"人吃人"事件,圆仁也都一一记录在《行记》中。社会凋敝、官匪横行、灾祸连年,这是圆仁眼中的另一个日趋衰败的唐土。

《行记》是圆仁根据亲身游历时的旅行日记直接整理而成的,是对于唐土的实测知识,也是珍贵的史料。它"最突出的成就是以自己耳闻目睹的亲身经历来对中国历史进行大量的细节描写和记载"⑦,如实地记载了大唐王朝走向衰落的一段历史。

圆仁的《行记》与《滨松》《松浦宫》等渡唐物语中描写的"想象的唐土"不同,是圆仁在自己的耳闻目睹和亲身经历的基础上所描写和记载的"真实的唐土"。圆仁眼中的唐土,既是他所憧憬的理想圣地、人间天堂;也有灭佛毁佛的恐怖现实、黎民百姓的艰辛生活以及皇帝的无道之极。他以一个外国人的特殊眼光和感情记载了十年间艰苦卓绝的历程,也观照了日本知识阶层所憧憬的唐土的最为真实的一面。

---

① 白化文、李鼎霞、许德楠修订校注《入唐求法巡礼行记校注》,花山文艺出版社,1992年,p.204。
② 同上书,p.223。
③ 同上书,p.266。
④ 同上书,p.333。
⑤ 同上书,p.445,会昌四年七月十五日条。
⑥ 同上。
⑦ 鲜于煌《试论日本圆仁对中国唐代历史详尽描写的重要意义》,《四川外语学院学报》2000年7月,p.109。

第二章 入宋僧的"渡唐物语"与"对中国意识"

唐朝是中国历史上辉煌的时代,是"绚烂的世界帝国",日本通过遣唐使带回大量典籍文物,竭尽全力输入唐朝的文化产品,汲取唐朝的文明成果。唐土自然成为日本人心目中文明的典范和中心,是无限向往和憧憬的对象。但随着唐朝的衰落,两国之间的交往以及日本人的"对中国意识"也发生了一定的变化。

宽平五年(893),入唐僧中瓘托唐商王讷致书朝廷,通报"大唐凋敝"之状,菅原道真奏上《请令诸公卿议定遣唐使进止状》,日本朝廷于翌年(894)九月三十日停派遣唐使。

907年,朱温杀掉唐昭宗李晔,不久又废黜唐哀帝建立后梁,唐政权就此灭亡,中国步入五代十国的时期。日本在延喜年间(901—923)制定"渡海禁制""年纪制度"等制度,采取"锁国"政策。这一时期,中日两国没有正式的官方交往,往来于两国之间的商船继续推动了文化交流的发展,日本僧人也陆续搭商船来华求法。

960年,中国进入宋王朝时期,中日之间依然没有官方交往,但民间贸易和僧侣往来十分活跃,尤其是僧侣在这一时期的中日文化交流中扮演了重要角色。

宋朝与日本平安朝廷之间因为没有正式的官方关系,日本人入宋受到严格限制,当时唯有以参拜五台山、天台山等圣地为目的的僧侣得以入宋。北宋一百六十余年之间,日本入宋僧著名的有奝然、寂照、成寻等人,《宋史》卷四百九十一、《列传第二百五十·外国七·日本国》中记录下了他们的名字和在宋情况。

由于日本本国文化、宗教等方面的发展,日本一方面继续吸收和引进大陆先进的文化思想,另一方面也开始宣扬日本本国文化,反映了一种民族自信的提升。

通过奝然、寂照、成寻等人在宋的言行表现可以看出一个比较突出的特点,那就是木宫泰彦所指出的那样:"北宋时代的入宋僧,虽然承袭前代遗风,崇拜中国,向往中国文化,但另一方面却试图夸耀日本的国体和日本文化的优点。"①

本章以奝然、寂照、成寻为对象,通过考察他们的"渡唐物语"及他们在宋的言行和各种表现,分析其"对中国意识"的变化。

一、奝然

奝然(938—1016)是平安朝首位入宋僧,继他入宋之后,许多日本僧人陆续来到宋朝。奝然称得上是一个承前启后的人物,《宋史·日本国传》中有一大半篇幅都是记载其入宋经历的。

1. 入宋巡礼

《本朝文粹》卷十三所收的《奝然上人入唐时为母修善愿文》是奝然入宋之前为母亲祈祷冥福,请庆滋保胤代笔所作的愿文。奝然在其中这样叙述自己的入宋心愿:

> 奝然有心愿。如来可证明。奝然天禄以降。有心渡海。本朝久停方贡之使而不遣。入唐间待商贾之客而得渡。今遇其便。欲遂此志。奝然愿先参五台山。欲逢文殊菩萨之即身。愿次谒中天竺。欲礼释迦之遗迹。
>
> (中略)
>
> 若适有天命。得到唐朝。有人问我。汝是何人。舍本土朝巨唐。有何心有何愿乎。答曰。我是日本国无才无行一羊僧也。为求法不来。为修行即来也。②

奝然强调自己从天禄年间以来就有心渡海,但日本已久停遣使,只好搭乘宋朝的贸易商船赴宋,以遂此愿。他表示到中国的最大愿望是要参拜日本佛教徒向往的圣地五台山,"欲逢文殊菩萨之即身"。其次是拜谒中天竺,"欲礼释迦之遗迹"。他还说若是唐人问自己为何而来,自己会答说:"为求

---

① 木宫泰彦《日中文化交流史》,胡锡年译,商务印书馆,1980年,p.280。
② 『本朝文粹』,新日本古典文学大系、岩波书店,1992年、pp.334—335。

法不来,为修行即来也。"

石井正敏指出,奝然所谓的"修行",是与"求法"相对的一个概念。因为他的愿望是参拜以文殊菩萨信仰而闻名的圣地五台山,以及参拜释迦之圣迹,因此可以将其"修行"看作是"巡礼",也就是说通过"巡礼"(巡访圣地)来祈祷消除自身罪障。这与抱着寻师求法的目的入唐的遣唐使时代的留学僧有着明显的差别。①

奝然也像圆仁一样,将在宋经历记录下来,著有留宋日记四卷,可惜都已散佚,今天已无法看到。但从《奝然日记》②等及其他相关资料中,可以看到奝然在宋期间参拜、巡礼了天台山、五台山、白马寺、龙门等各地佛迹,完成了他的心愿。

奝然于983年(宋太宗雍熙元年,日圆融天皇永观元年)八月带着六名弟子搭乘宋商陈仁爽、徐仁满等归国的商船入宋。一行在浙江台州附近上岸,参拜了天台山开祖智者大师创设之真身堂寺等地。十月获准入京,由台州使者陪同北上,途中在扬州停留,住在开化寺地藏院,又专门参拜了鉴真大师原住寺院龙兴寺,礼拜佛舍利、佛牙等。当年十二月十九日到达宋都汴京,二十一日拜谒宋太宗。

984年春,奝然带领弟子们参拜了汴梁大小寺院后,上奏表示希望参拜五台山,得到宋太宗敕准并赐予公凭。于是赴五台山朝拜,用了将近两个月的时间参访五台山各个佛教圣地、寺院,实现了多年的心愿。后又到洛阳参拜了中国最早的寺院白马寺以及龙门石窟中的大石佛。之后离开洛阳继续西行,到陕西长安拜谒青龙寺。后来又到中国其他佛教圣地巡礼,前后在中国逗留了三年。直到986年夏,才搭乘浙江台州宁海县郑仁德的商船回到日本。

2. 奝然献书

奝然于983年(宋太宗雍熙元年,日圆融天皇永观元年)十二月抵达汴京,宋太宗亲自召见了奝然师徒。《宋史·日本国传》中关于奝然的记载如下:

> 雍熙元年,日本国僧奝然与其徒五六人浮海而至,献铜器十余事,并本国职员令、王年代纪各一卷。奝然衣绿,自云姓藤原氏,父为真连;

---

① 石井正敏「入宋巡礼僧」(荒野泰典、石井正敏編『アジアの中の日本史5 自意識と相互理解』、東京大学出版会、1993年)、pp. 265—266。
②《法华验记》(《大日本佛教全书·游方传丛书》第四)残本中引用了《奝然日记》。

真连,其国五品品官也。奝然善隶书,而不通华言,问其风土,但书以对云:"国中有五经书及佛经、白居易集七十卷,并得自中国。土宜五谷而少麦。交易用铜钱,文曰'干文大宝'。畜有水牛、驴、羊,多犀、象。产丝蚕,多织绢,薄致可爱。乐有中国、高丽二部。四时寒暑,大类中国。国之东境接海岛,夷人所居,身面皆有毛。东奥州产黄金,西别岛出白银,以为贡赋。国王以王为姓,传袭至今王六十四世,文武僚吏皆世官。"①

遣唐使的时代,从中国购求书籍一直是使团主要任务之一,中国的文化典籍源源不断地输往日本。王勇指出,遣唐使时代的中日书籍之路,负载大量中国书籍东流,促进了日本文化的发展。但同时也有少量日本的文化典籍输入中国。②例如,九世纪初(804年)入唐的请益僧最澄就携带《法华经》《无量义经》等大量佛书入唐。十世纪(926年)五代时期,日本兴福寺僧人宽建一行携带菅原道真等文人诗集和小野道风的书法作品渡海而来。

回赠书籍,一方面反映出日本在长期学习唐朝文化之后取得了丰硕成果,另一方面将反映这些成果的典籍带到中国来也可以加强中国对日本的了解,当然其中也不乏含有夸耀日本文化水准的意图在内。例如,宽建携带菅原道真等文人诗集就是为了"流布唐国",携带代表当时最高水平的小野道风的书法作品前来也不无在唐炫耀之意。

在拜谒宋太宗时,奝然将日本的《职员令》和《王年代记》各一卷献给了宋朝。奝然所献的《职员令》是关于日本官僚制度方面的典籍,唐代有《职官令》,这显然是模仿唐制而成的。至于《王年代记》一书,据《宋史·日本国传》所载,该书记述了从天之御中主神到神武天皇之前二十三代创世天神的谱系,以及从神武天皇到守平天皇共六十四代的承继关系和一些简要的历史概况。奝然就日本"国王以王为姓,传袭至今王六十四世,文武僚吏皆世官",宣扬了日本万世一系永传不变的国体。木宫泰彦指出,奝然献上《王年代记》,就是因为"想要向外国夸耀金瓯无缺的日本国体"③。

天子一世世代相袭,大臣禄位亦能代代相传,这也是中国皇帝的政治理想。宋太宗听说日本"国王一姓传继,臣下皆世官",不禁叹息道:"此岛夷耳,乃世祚遐久,其臣亦继袭不绝,此盖古之道也。中国自唐季之乱,宇县分

---

① 《宋史》,二十四史,中华书局,1997年,p.14131,卷四九一,列传第二五〇,外国传七,日本国传。
② 王勇《日本文化——模仿与创新的轨迹》,高等教育出版社,2012年,p.220。
③ 木宫泰彦《日中文化交流史》,胡锡年译,商务印书馆,1980年,p.270。

裂,梁、周五代享历尤促,大臣世胄,鲜能嗣续。朕虽德惭往圣,常夙夜寅畏,讲求治本,不敢暇逸。建无穷之业,垂可久之范,亦以为子孙之计,使大臣之后世袭禄位,此朕之心焉。"①

由此可见奝然虽"不通华言",但他以书作答的一番话极为奏效,让宋太宗大发感慨,立志要"建无穷之业,垂可久之范,亦以为子孙之计,使大臣之后世袭禄位"②。

宋朝是继唐末五代分裂割据、政权更迭之后而建立的一个朝代。宋太宗是继其兄宋太祖之后的第二个国君,当时全国统一事业尚未完成,割据势力仍然存在,封建统治还不够巩固。奝然从异国带来的政治新闻对于正励精图治的宋太宗无疑是一个很大的激励。

奝然虽然不会说汉语,但擅长隶书,与宋太宗以笔谈方式进行交流,为宋太宗介绍了日本的风土人情,提到日本国的五经书、佛经、《白居易集》七十卷都来自中国。他的介绍基本勾勒出了日本的国家轮廓,表明日本是一个在政治、经济、文化方面已经具备一定文明水平的国家。

宋太宗对奝然甚为器重,赏赐给他许多物品,还包括宋制三等以上的高官才能穿戴的紫衣,又赐予"法济大师"称号,这是很高的荣誉。

3. 奝然传说

宽和二年(986)六月,奝然携带宋太宗御赐的五千余卷新版《大藏经》及佛像等,乘坐台州宁海县商人郑仁德的船只离岸,踏上回国的旅途。翌年二月十一日,他护送佛像、佛经上京,日本朝廷举行了盛大的迎接仪式,"天下贵贱靡然归向。先是。被下宣旨。雅乐寮供音乐"③。奝然返归,轰动京都朝野,所受的盛大欢迎可谓史无前例,带回的佛经和佛像也引发朝臣们争相参拜。

与奝然入宋以及回国后的种种风光相比,后世流传的奝然传说却极为负面。汉学家大江匡房(1041—1111)的语录体著述《江谈抄》卷四记录了一个关于奝然的故事。说是奝然入唐后,将收录于《和汉朗咏集》行旅篇的日本诗人橘直干的有名诗句"苍波路远云千里,白雾山深鸟一声"中的"云"改为"霞","鸟"改为"虫"后谎称是自己的作品,不料却被唐人识破讽刺他说:

---

① 《宋史》,二十四史,中华书局,1997年,p. 14134,卷四九一,列传第二五〇,外国传七,日本国传。
② 同上。
③ 『日本紀略・後篇』、国史大系第11卷、黒板勝美・国史大系編修会編、吉川弘文館、1965年、p. 161。

"应咏作'云'、'鸟',方能称为佳句。"这个故事在《和汉朗咏集》古抄本的注释中已经可见,说明在大江匡房之前就已经流传。

镰仓时代成立的《古今著闻集》第四卷引用《江谈抄》的故事,并在文末添加一段感想,对身为高僧的奝然的行径颇不以为然,但也对此则故事的真实性表示怀疑。

这则故事影响很大,直到江户时代还引发了很多争论。例如江户学者林瑜在《梧窗诗话》里鄙视奝然无才造假的行为;① 津阪孝绰在《夜航诗话》里又为奝然喊冤,强调名僧不会如此剽窃他人的作品。②

这个故事的真伪无从考证,其重点也许并非在于奝然,而在于强调日本人(橘直干)所作的汉诗文优秀,传到唐土后连唐人都认为是佳句,借用唐人(宋人)的评价来凸显橘直干的汉文才华。奝然因其入宋之事过于有名,只是被借用了名字罢了。

《滨松中纳言物语》描写中纳言一行翻越华山时,吟诗一首:"苍波路远云千里",随行的博士们听后落下泪来,接下句吟道:"白雾山深鸟一声。"这里也借用了橘直干的这两句汉诗,不仅因为诗句内容与中纳言一行的心境正好吻合,也说明这两句汉诗在日本广为流传,被公认为优秀的作品。

二、寂　照

寂照俗名大江定基,出生于历代专心学问、把研究诗文历史作为家业的中层贵族大江家族。寂照从小接受教育,掌握了很好的学识修养,出家之后师从比睿山的源信。源信学识渊博,著有《往生要集》,是日本净土宗历史上举足轻重的人物,同时也是造诣极高的天台高僧。

源信一直与中国佛教界保持有联系,还曾经将自己所著的《往生要集》等送给宋僧。寂照入宋时,源信托他带去关于天台宗的疑问二十七条。长保五年(1003)八月,寂照从肥前出发前往宋朝,九月到达明州。宽弘元年(1004)到达汴京,获宋真宗谒见。这之后,寂照携源信关于天台宗的疑问二十七条去拜访了天台山四明的传教沙门知礼。

拜访中国高僧,请求解答,看起来和圆仁入唐一样,是为了"求法"。但木宫泰彦认为,这并非说明寂照入宋的目的也是"求法",而只是仿效前代入

---

① 林瑜《梧窗诗话》,《域外诗话珍本丛书》第7卷,北京图书馆出版社,2006年,p. 25。
② 津阪孝绰《夜航诗话》,《域外诗话珍本丛书》第3卷,北京图书馆出版社,2006年,p. 67。

唐寻求"唐决"的先例,甚至有可能只是源信故意试试外国高僧的水平罢了。①《源信寂传》中记录比睿山高僧安海看到源信的二十七条疑问后说:"是等肤义,岂须远问?"安海自己作了上、中、下三种答案,说:"宋国答释,不出我三种而已。"安海死后,从宋朝送来知礼的回答,果然与安海所作的中、下两种答案相似。②《本朝高僧传》的作者师蛮也评论说:"殊不知信师之意欲试异域之学匠也。既答释来。多不契其意。况又不出安海中下之释邪。"③这些都说明随着日本佛学研究的发展,对中国佛教和佛教界的看法、态度都发生了很大的变化,而佛教界的这种看法和态度,又逐渐渗透到其他领域,使得日本人的中国观、对中国意识整体都发生了变化。

1. 日本书法之妙

关于寂照有很多传说故事,但真实确凿的历史史料却很少。如同西冈虎之助所说:"寂照的传记,可以说始于传说也终于传说。"④当然这一说法并不完全准确,但说明寂照的传记资料有很大的传说成分。寂照入宋后的大部分史实,除了《宋史·日本国传》的简单记载外,多出自与寂照同时代的宋朝翰林学士杨亿的《杨文公谈苑》逸文。

首先来看看《宋史·日本国传》的相关记载:

> 景德元年,其国僧寂照等八人来朝,寂照不晓华言,而识文字,缮写甚妙,凡问答并以笔札。诏号圆通大师,赐紫方袍。⑤

寂照与奝然一样,也得到了皇帝的召见,与皇帝之间的问答也是用笔谈方式进行。寂照也被赐予紫方袍,及"圆通大师"称号,受到优厚的待遇。

《杨文公谈苑》逸文中的相关部分如下:

> 景德三年,予知银台通进司,有日本僧入贡,遂召问之。僧不通华言,善书札,命以牍对,云:"住天台山延历寺,寺僧三千人,身名寂照,号圆通大师。国王年二十五,大臣十六七人,郡寮百许人。每岁春秋二时集贡士,所试或赋或诗,及第者常三四十人。国中专奉神道,多祠庙,伊

---

① 木宫泰彦《日中文化交流史》,胡锡年译,商务印书馆,1980年,p. 267。
② 『源信寂伝』、大日本史料、东京大学史料编纂所、东京大学出版会、1957年、p. 197。
③ 『本朝高僧伝』、大日本仏教全书、仏书刊行会、1913年、p. 170、卷十「源信伝」。
④ 西冈虎之助「入宋僧寂照についての研究」(西冈虎之助著作集第三卷『文化史の研究Ⅰ』、三一书房、1984年)、p. 261。
⑤ 《宋史》,二十四史,中华书局,1997年,p. 14136,卷四九一,列传第二五〇,外国传七,日本国传。

州有大神,或托三五岁童子降言祸福事。山州有贺茂明神,亦然。书有《史记》、《汉书》、《文选》、《五经》、《论语》、《孝经》、《尔雅》、《醉乡日月》、《御览》、《玉篇》、《蒋鲂歌》、《老子》、《列子》、《神仙传》、《朝野佥载》、《白集六帖》、《初学记》。本国有《国史》、《秘府略》、《交观词林》、《混元录》等书。释氏论及疏钞传集之类多有,不可悉数。"寂照领徒七人,皆不通华言。国中多有王右军书,寂照颇得其笔法。上召见,赐紫衣束帛,其徒皆赐以紫衣,复馆于上寺。寂照愿游天台山,诏令县道续食。三司使丁谓见寂照,甚悦之。谓,姑苏人,为言其山水可见,寂照心爱,因留止吴门寺,其徒不愿住者,遣数人归本国,以黑金水瓶寄谓,并诗曰:"提携三五载,日用不曾离。晓井斟残月,春炉释夜渐。鄱银难免侈,莱石自成亏。此器坚还实,寄君应可知。"谓分月俸给之,寂照渐通此方言,持戒律精至,通内外学,三吴道俗以归向。寂照东游,予遗以印本《圆觉经》并诗送之。后寄书举予诗中两句云:"身随客槎远,心学海鸥亲。"不可忘也,《圆觉》固目不暂舍云。后南海商人船自其国还,得国王弟与寂照书,称野人若愚,书末云:"嗟乎! 绝域殊方,云涛万里。昔日芝兰之志,如今胡越之身。非归云不报心怀,非便风不传音问,人生之限,何以过之?"云云,后题宽弘四年九月。又左大臣藤原道长书,略云:"商客至,通书,谁谓宋远? 用慰驰结。先巡礼天台,更攀五台之游,既果本愿,甚悦。怀土之心,如何再会。胡马独向北风,上人莫忘东日。"后题宽弘五年七月。又治部卿源从英书,略云:"所谘《唐历》以后史籍,及他内外经书,未来本国者,因寄便风为望。商人重利,唯载轻货而来。上国之风绝而无闻,学者之恨在此一事。"末云:"分手之后,相见无期,生为异乡之身,死会一佛之土。"书中报寂照俗家及坟墓事甚详悉。后题宽弘五年九月。凡三书,皆二王之迹,而野人若愚章草特妙,中土能书者亦鲜及。纸墨尤精。左大臣乃国之上相,治部九卿之列。[1]

  这段逸文首先是关于皇帝召见的叙述,与《宋史·日本国传》中的记载基本一致。只是逸文中详细记录了寂照对日本国基本情况以及国内藏书情况的介绍。

  这之后记录了寂照与中日官吏的交友关系和书信往来。中国官吏三司使丁谓对寂照倍加关照,留他在自己的家乡居住,甚至还把自己的俸禄分给

---

[1]《历代笔记小说大观:杨文公谈苑·后山谈丛》,上海古籍出版社,2012年,pp.16—17。

他用。日本方面,天皇的弟弟和左大臣藤原道长等地位尊贵的人也都写信给他,说明寂照在日本的地位。无论在日本还是在中国,寂照都很受达官显贵的器重,说明他学识人品皆不同凡响,是一个具有良好修养、受人敬重的文化人。

有意思的是,这则史料中提到日本人的书法继承王羲之的风格,"国中多习王右军书,寂照颇得其笔法",又说"凡三书,皆二王之迹,而野人若愚章草特妙,中土能书者亦鲜及",说的是日本国内寄给寂照的三封书信均继承了王羲之王献之的书法风格,尤其是天皇弟弟所书的"野人若愚"尤其精妙,连中土能书者亦鲜有能与之媲美的。这一评价相当高,也从一个侧面说明宋人的日本观有了很大改变。

张哲俊指出,寂照在中国文化史上青史留名,主要是因为他的书法"婉美可爱"①,被塑造成了善书的日本僧人形象。日本的书法受到了不少宋代文人的称赞,而日本藏书之丰也闻名于文人之间,欧阳修及其他宋人诗文中频频提及日本藏有逸书之事,把人文日本的形象表现得十分突出。②

宋人的日本观之所以大有改变,与入宋日僧的宣扬和实际表现大有关系。当然,日本此时无论在哪一方面都大有进步,书法方面也已达到极高境界。这些也是日本人的中国观、对中国意识发生改变的原因。

2. "飞钵"和"文殊化现"传说

关于寂照有很多传说故事,尤以《续本朝往生传》和《今昔物语集》为甚,里面的寂照传说成为其他传说故事的原型。

寂照传说中极为有名的"飞钵"传说最早出现在《续本朝往生传》中,以后又在《今昔物语集》《宇治拾遗物语》《发心集》等作品中出现。《续本朝往生传》的记载如下:

> 到大宋国。安居之终列于众僧末。彼朝高僧修飞钵法。受斋食之时。不自行向。次至寂照。寂照心中大耻。深念本朝神明佛法。食顷观念。爰寂照之钵飞绕佛堂三匝。受斋食而来。异国之人悉垂感泪。皆曰。日本国不知人。令奋然渡海。似表无人。令寂照入宋。似不惜

---

① 王钦臣《王氏谈录·训子·赠日本僧诗》中赞美寂照字体"婉美可爱"。张哲俊《中国古代文学中的日本形象研究》,北京大学出版社,2004年,p.141。
② 同上书,p.154。

人。云々。①

　　寂照不会宋朝高僧们的飞钵法，但由于"深念本朝神明佛法"，钵不仅飞起来还绕佛堂三周，让宋人都感动得垂泪。《今昔物语集》卷十九第二"参河守大江定基出家的故事"也包含了飞钵传说。故事里说看到寂照的飞钵之后，上至皇帝下至大臣百官都向寂照恭敬礼拜，皇帝自此虔诚地向他皈依。②

　　关于寂照的传说可以说以渡宋这一事件为节点发生了明显的变化。渡宋前的寂照传说主要是关于他对妻子的爱心及道心。他在妻子逝去后由于过度悲伤，甚至多日都不忍埋葬。另一方面，他为了坚定自己的道心，故意让家仆杀鸡，自己在一旁观察，实在看不下去便放声大哭，但道心却愈发坚定。

　　渡宋之后的寂照传说主要是关于寂照在中国的各种"英雄事迹"，"飞钵"传说便是如此。此外，还有一则关于"文殊化现"的传说，说的是寂照参拜五台山时，一个全身疮疖脓肿的女子也来乞食，众僧见后都非常厌恶，大声喊着要赶她走，寂照却制止了僧人们，送给女子一些食物。结果这女子竟然是文殊菩萨的化现，她入浴冲洗之后，屋檐上方便升起紫色祥云。众僧纷纷向祥云礼拜，但为时已晚。

　　"飞钵"传说中寂照刚开始不会飞钵法，《续本朝往生传》中说他"心中大耻"，《今昔物语集》中则说"如果不能让钵飞动起来的话，就会让我的国家蒙羞"③，在这些传说中，寂照被塑造成一个具有强烈民族自尊心的形象，非常注重维护国家体面。

　　森正人认为寂照渡宋后的这些传说反映了当时日本人的一种心态，并将其称之为"对中华意识"。那是一种长期以来形成的对中国文化的自卑情结，以及基于这种自卑情结的对抗意识和优越感，对抗意识和优越感其实是自卑情结的扭曲体现，这种复杂、微妙的意识便是"对中华意识"④。

　　"飞钵"传说中寂照让异国之人"悉垂感泪"，"文殊化现"传说中中国僧

---

① 大江匡房『続本朝往生伝』，群書類従第5輯，塙保己一編，続群書類従完成会，1980年，p.425。
② 山田孝雄等校注『今昔物語集』四，日本古典文学大系，岩波書店，1965年，pp.59—60。原文为："其ノ時ニ天皇ヨリ始メテ、大臣・百官皆礼ミ貴ブ事無限シ。其ノ後、天皇、寂照ヲ帰依シ給フ事無限シ。"
③ 同上书，p.59。原文为："我レ若シ鉢ヲ不令飛ズハ、本国ノ為ニ極ニ恥也。"
④ 森正人「対中華意識の説話―寂照・大江定基の場合―」(『伝承文学研究』25、1981年4月)，p.14。

人都厌恶满身疮疖的女子,只有寂照慈悲为怀,是真正有德行的出家之人。这些内容都体现了日本人的民族自信和优越感,但这种自信和优越感却是建立在长期以来对中国文化的自卑情结之上的。这些传说对于理解当时日本人的中国观具有一定的价值。

3. "转世"传说

关于寂照的传说中,"转世"传说也很有代表性。《今昔物语集》卷十七第三十八"律师清范知文殊化身的故事"讲的是寂照的好友清范律师转生为中国皇子,与寂照在中国相遇的故事。

> 从前,有位学僧人称律师清范,他是山阶寺的僧人,清水寺的别当。这位律师深通佛法,像佛陀一样对世人充满悲悯。尤其是他的说经无人能与之相比。他到各地去向人们说法,听了他的说法之后,许多人都发心入道。
>
> 当时,有位叫寂照入道的人,入道前的俗名为大江定基。他才华出众,在朝廷任职期间发心入道,随后出家为僧。
>
> 这位寂照入道在清范律师为俗人时就与之结为知己,相互之间从无隔阂。一次,清范律师将自己随身带着的数珠送给了寂照入道。清范律师过世四五年后,寂照远渡去了中国。寂照手持清范律师送给他的数珠参见中国皇帝时,旁边一位四五岁的皇子跑出来,一看到寂照入道便操着日本语说道:"那数珠没丢,你还用着呢?"寂照深感此事奇异,他说道:"皇子这么说究竟是什么意思?"皇子说:"你一直仔细保管使用的这挂数珠是我送给你的啊!"这时,寂照入道才明白:"我珍藏的这挂数珠确实是清范律师送的,这么说律师转生为皇子了。"于是他接着问道:"您为什么到这里来了呢?"皇子说:"这里有需要拯救的人,所以我到这里来了。"皇子说完便跑回宫殿的深处去了。
>
> 这时,寂照心想:"人们都说清范律师是文殊菩萨化现,他的说法超群盖世,令天下的人发心入道,这么说他果真是文殊菩萨的化身啊!"想到这些寂照忍不住感动得流下眼泪,朝着皇子离去的方向深深敬拜。
>
> 这真是一件让人听了感动不已的事情。
>
> 此事是陪同律师前往中国的人回国后讲述的。①

---

① 金伟、吴彦译《今昔物语集》,万卷出版公司,2006年,p.875。

日本人转世成为年幼的中国皇子,这一情节与《滨松中纳言物语》如出一辙。虽然转世的主体在《滨松》是亡父,这个故事则是精通佛法的生前好友,但都是转世成为中国的皇子。

森正人指出,在唐土和日本之间转世的僧人故事有很多。例如,《圣德太子传》中圣德太子的前生是中国衡山的僧人,是为了超度日本众生而转世成日本的太子;《大日本国法华经验记》卷上第三《比睿山建立传教大师》中,最澄和尚前生是天台大师智𫖮,是为了弘扬佛法而转世到日本;《今昔物语集》卷第十一第七《婆罗门僧正为见行基从天竺来朝的故事》中,行基是文殊菩萨的化身,文殊菩萨为了济度日本众生而转世到了日本。《古事谈》第三、《十训抄》第十中,寂照自己也是从中国的峨眉山转世而来的。但是这些转世通常都是从中国到日本,从中国转世而来的背景充分说明该人物的卓越和杰出,很明显地体现出了以中国为大、对中国的崇拜意识。①

清范律师和《滨松》中的转世与这些转世故事正好相反,是从日本转世到中国,而且是转世为唐土的皇子。故事中还提到清范律师是文殊的化身,也就是说他是从日本转世到中国,去教化、超度中国人的。这与之前的转世传说中,文殊菩萨从中国转世到日本去教化、超度日本人的模式完全相反。森正人认为,这其实也是"对中华意识"的一种具体体现,即在对中国的自卑感、"劣等意识"的基础上产生的一种强调日本优越性的意识。②

三、成寻与《参天台五台山记》

成寻是平安中期的天台宗僧侣,他在奝然入宋约九十年、寂照入宋约六十多年后入宋。成寻著有《参天台五台山记》,这是唯一一部保存完整的日本僧人入宋日记,它与圆仁的《入唐求法巡礼行记》被誉为"日本僧侣中国旅行记之双璧"③。

延久二年(1070),成寻向后三条天皇奏请渡宋。他的入宋目的正如他自己在申请书中陈述的那样,是"巡礼五台山并诸圣迹等状"④。然而这一愿

---

① 森正人「对中華意識の説話—寂照,大江定基の場合—」(『伝承文学研究』25、1981年4月)、pp. 25—26。
② 同上文,p. 26。
③ 塚本善隆「成尋の入宋旅行記に見る日中仏教の消長—天台山の巻」(塚本善隆著作集第六卷『日中仏教交渉史研究』、大東出版社、1974年)、p. 71。
④ 『朝野群載』、国史大系第29卷上、黒板勝美·国史大系編修会編、吉川弘文館、1964年、p. 461、卷二十異国。

望并未得到朝廷首肯,1072年(宋神宗熙宁五年,日本延久四年)三月,成寻在等待大宰府的入宋申文无望的情况下铤而走险,率七名弟子搭乘宋朝商船秘密出国。《参天台五台山记》同年三月十五日条记载了当时因怕人发现藏匿船中的窘迫情形:"海边人来时,诸僧皆隐入一室内,闭户绝音,此间辛苦,不可宣尽"①。

根据《参天台五台山记》的记载,1072年(宋神宗熙宁五年,日本延久四年)三月十五日,成寻一行从肥前国松浦郡壁岛出发,于当月二十五日到达苏州大七山,二十六日到达明州别岛。1073年(延久五年)六月十二日成寻本人留宋不归,将宋神宗给日本朝廷的文书以及新译经、佛像等托付给了即将启程归国的赖缘等人,赖缘等乘宋商孙吉之船出发,日记到此结束。

《参天台五台山记》共八卷,是成寻一年零三个月(1072年四月—1073年七月)在中国巡礼的旅行日记。在此期间,成寻先后参拜天台山、五台山,到东京汴梁朝见宋神宗,足迹遍及北宋江南及中原的大部分地区。他对巡礼见闻和经历基本上是逐日记载,但是如同市川浩史所指出的那样,日记也有三个重点(高潮)部分:天台山巡礼;五台山巡礼;在宋朝都城开封的祈雨。②

1. "感泪无极"的天台、五台山巡礼

1072年四月十三日,成寻一行抵达杭州凑口。五月一日取得赴天台山牒文之后即便出发,过钱塘江,经越州、三界镇、剡县、新昌县等地,于十二日到达台州天台县。

十三日,成寻遥拜赤城山,想到这是智者大师入灭之处便"感泪难抑"③。到国清寺门前时,寺主、副寺主等数十人来迎接,吃茶交谈,成寻形容双方"宛如知己"④。在寺主引导下,成寻面对罗汉院五百罗汉一一烧香礼拜,"感泪无极"⑤。后参大师堂,看见天台诸大师影像,更是"悲泪难禁"⑥。

十四日,成寻参拜三贤院。三贤指的是丰干、拾得和寒山,分别是阿弥陀、普贤和文殊菩萨的化现。又参拜地主山王、定惠院和明心院。来到定惠

---

① 王丽萍校点《新校参天台五台山记》,上海古籍出版社,2009年,p.2。引用时将原文中繁体字皆改为简体字。
② 市川浩史「成尋の入宋——院政期における本朝・異国意識のひとこま」(『院政期文化論集第三巻時間と空間』,森話社,2003年),p.241。
③ 王丽萍校点《新校参天台五台山记》,上海古籍出版社,2009,p.48。
④ 同上。
⑤ 同上。
⑥ 同上书,p.49。

院,成寻写道:

> 智证大师传云:"将右大臣给充路粮砂金卅两买材木。于国清寺止观院,起止观堂,备长讲之设。又造三间房,填祖师之愿,即请僧清观为主持人。"①

智证大师便是日本天台宗寺门派创始人圆珍。成寻引用《圆珍传》,特意提到国清寺止观院止观堂(定惠院)为圆珍所建,而圆珍其实是用了日本右大臣藤原良房所给的资金。

十八日,成寻乘轿登山,参天台大师真身塔,见"龛内坐大师真身",烧香礼拜,"泪更难禁"②。参拜大慈寺、佛陇道场,也是不断拭泪。后见日本国元灯上人影像时,更是"感泪颇下"③。在参拜石桥时,成寻又再次引用智证大师之语,用"感泪无极"来表达自己追随大师前来参拜的激动心情。

> 智证大师云:"每披天台山图,恒瞻花顶、石桥之形胜,未遇良缘,久以存思,遂以渡海。"今小僧追大师前踪,遂宿念,拜石桥,感泪无极。④

十九日,成寻再次参拜石桥,以五百十六杯茶和铃杵真言供养罗汉时出现了吉兆"灵瑞"。知事僧大惊,来告说五百余杯茶均出现八叶莲花花纹,成寻见后,"随喜之泪,与合掌俱下"⑤。

成寻于八月离开天台山,十月到达汴京觐见宋神宗之后便踏上了去五台山的旅程。十一月一日,成寻同其弟子一行由官兵和可供差遣的驿马保驾护航,从京都起程赴五台山。十一月二十七日,一行抵达宝兴军宝兴驿站,成寻"始见东台顶,感泪先落"⑥。

二十八日,登上五台山顶,先下马拜北台,遥拜西台、中台和南台,东台则因隔山看不见。五台山诸僧共数百人前来迎接,声势浩大。成寻一行参拜真容院文殊宝前,觉得"堂内庄严,不可思议",当夜榻于文殊像前,"终夜于禅床睡"。途中,成寻一行还看见"西堂顶现五色云"⑦,这也是现灵瑞的征兆。

---

① 王丽萍校点《新校参天台五台山记》,上海古籍出版社,2009,p. 53。
② 同上书,p. 59。
③ 同上书,p. 61。
④ 同上书,p. 63。
⑤ 同上。
⑥ 同上书,p. 399。
⑦ 同上书,p. 406。

二十九日这天开始下雪。本来已经连续二十八天没有下雪,成寻一行到达五台山顶之日开始下雪,"是希有事也"①。成寻认为这定是文殊菩萨在欢迎自己,说院内诸僧也都有此感。二十九日至十二月一日,成寻一行在真容院付僧正觉惠大师的引伴下,朝礼了真容院的四重文殊阁、宝章阁、集圣阁等和太平兴国寺的文殊阁、浑金经藏、万圣阁、金佛阁等,还礼拜了金刚窟文殊菩萨宅和大华严寺等。十二月二日,一行过华严岭至宝兴驿站,循原路返京。

成寻的天台、五台山巡礼是一个"感泪无极"的过程,天台山、五台山是成寻心中的灵山圣地,是憧憬、崇敬的对象。他早在入宋前申请许可时就在申请书中这样写道:

> 五台山者。文殊化现之地也。故华严经云。东北方有菩萨住处。名清凉山。过去诸菩萨。常于中住。彼现有菩萨。名文殊师利。有一万菩萨眷属。常为说法。又文殊经云。若人闻此五台山名。入五台山。取五台山石。踏五台山地。此人超四果圣人。为近无上菩提者。
>
> 天台山者。智者大师开悟之地也。五百罗汉。常住此山矣。诚是炳然经典文。但以甲于天下之山。故天竺道猷。登华峰而礼五百罗汉。日域灵山。入清凉山。而见一万菩萨。②

申请中说要去文殊菩萨现身说法之地五台山,以及五百罗汉的圣地、智者大师开悟之地天台山,以"遂圣迹巡礼之望",特请天皇令大宰府发给许可牒文。可见,成寻入宋的重要目的就是巡礼天台山和五台山,追溯日本天台宗的根源,重新认识天台宗,同时借助文殊菩萨和五百罗汉的功德,获得开悟的智慧,悟出佛教的真谛。

当他终于实现自己的愿望,踏上心中的灵山圣地时,瞻礼灵迹,甚至喜逢灵瑞,对成寻来说自然是"感泪无极"了。面对灵山圣地,成寻的崇敬之情溢于言表,其憧憬和崇敬之意与圆仁在五台山的心情并无两样。

---

① 王丽萍校点《新校参天台五台山记》,上海古籍出版社,2009,p.407。
② 『朝野群载』、国史大系第29卷上、黑板勝美・国史大系編修会編、吉川弘文館、1964年、p.461、卷二十异国。

2. 祈雨得验

成寻一行于十二月返回汴京,居太平兴国寺传法院。翌年延久五年(1073)三月,受宋神宗之托,在皇宫内廷的瑶津亭祈雨。祈雨成功后,被神宗赐予紫衣和"善慧大师"之称号。

关于成寻最有名的事迹便是这一祈雨得验之事。除了他自己在《参天台五台山记》中记录以外,《续本朝往生传》《真言传》卷六、《元亨释书》卷十六、《本朝高僧传》卷六十七中都载有相关传说故事。《续本朝往生传》中的《成寻传》有一半的内容都是关于他祈雨的内容。

根据《参天台五台山记》的记录,延久五年(1073)三月一日,御使供奉官宣旨云:"正、二月无雨,五谷可绝。令祈雨,可勤仕否?"①于是成寻应旨祈雨,他将应旨时的心理活动描述如下:"偏为求菩提,巡礼圣迹,寻胜地来,须固辞,而蒙无涯朝恩,将何以报? 依此事所受申也。"②

三月二日,神宗召成寻等僧人入皇宫后苑修祈雨秘法。三月三日天晴,成寻写道:

> 前前大师等从日本来给,未有如此事,小僧始有此事,为本国无验大耻辱也。依此事致诚修行,三日以内、欲感大雨。③

成寻觉得如果祈雨不灵验将成为本国的"大耻辱",这与上节中提到寂照在宋因不会宋朝高僧的飞钵法,便觉"心中大耻"(《今昔物语集》为"为本国之耻")是同样的心态,都是害怕如若不能成功就会给自己国家蒙羞。

三月四日依旧天晴,成寻又这样写道:"后夜时候,中心思之,今日已及三日,而天晴无雨气,本尊诸尊可助成给。"④祈雨三日,依旧没有下雨,成寻暗自担心,心中默默祈祷佛祖保佑。就在当天夜里,电闪雷鸣,下起了大雨,且一下就是三天。天降甘霖,祈雨得验,成寻也算是保住了面子。

成寻祈祷的灵验给宋朝朝廷从上到下都留下了深刻的印象。后来,一个叫张太保的官员询问在日本是否也有其他像成寻一样拥有祈雨灵验的人。成寻答道:"多多也",列举了从弘法大师到仁海的真言密宗的请雨经法传统。张太保又问他为何不修请雨法,而修法华经法。成寻说自己非真言

---

① 王丽萍校点《新校参天台五台山记》,上海古籍出版社,2009年,p. 576。
② 同上书,p. 578。
③ 同上书,pp. 584—585。
④ 同上书,p. 586。

宗,非弘法大师门徒,不学请雨经法,又说:

> 成寻是天台宗智证大师门徒,祖师从青龙寺法全和尚,究学真言秘奥,有水天祈雨秘法,有俱哩迦龙祈雨法,智学传受而修法花法,所以何者。①

成寻通过这段自述表明自己是天台宗智证大师圆珍的门徒,说明了圆珍所传的以讲颂《法华经》来祈雨的道理,也宣传了天台宗智证大师传承之高明。

张太保又问日本有多少象成寻一样得感应的人,成寻回答说:"胜自成寻人数十人,等辈人数十人,至于成寻者,日本国无智无行哑羊僧也。依有巡礼天台、五台本意深所参来也。"②张太保表示不相信,说从未听说过三日就能感应下大雨,而且成寻与诸大师问答诸宗义时都胜人一等,因此发出感慨,"与阇梨等辈少欤? 况于胜和尚人乎。"张太保说无法相信日本还有法力比成寻更高的人,说明对成寻已是佩服得五体投地了,而成寻却只是淡淡地说:"受戒之后,未曾虚妄。"③

事实上,成寻在日记中详细记载祈雨的过程以及他与张太保的这段对话,很有夸耀自身及日本天台宗法力之嫌,也是一种"日本中心主义"意识的体现。④成寻觉得自己用降雨的神通力令中国的皇帝心服口服,弘扬了日本的国威。

3. 成寻的文化宣扬与文化自信

成寻入宋,携带了圆仁的《慈觉大师巡礼记》三卷和奝然的《奝然日记》四卷。⑤携带先于他渡唐、渡宋的圆仁和奝然的著作,一方面有当作指南书的意图,另一方面也有向前人学习,欲有所作为的想法。通过《参天台五台山记》的记载,可以看出成寻在宋从多方面对日本文化进行宣扬,展示日本佛教繁荣昌盛的状况。

成寻渡宋时,携带了天台真言经书达六百余卷。在宋期间,他将不少经

---

① 王丽萍校点《新校参天台五台山记》,上海古籍出版社,2009年,p.593。
② 同上。
③ 同上。
④ 森公章「入宋僧成尋とその国際認識」(『成尋と参天台五臺山記の研究』,吉川弘文館、2013年)、pp.50—56。
⑤《参天台五台山记》卷第四熙宁五年(1072)十月十四日载,成寻谒见宋神宗时,"依宣旨进上",p.282。

书借给宋人,其中一部分被抄写后收藏于传法院。例如,熙宁五年十月二十五日条中,成寻将《大日经义释》二十卷、《金刚顶经疏》七卷、《苏悉地经疏》七卷、《最胜王经文句》十卷、《法华论记》十卷、《安养集》十卷共六十四卷书借给宋僧阅览,又提到也"借献"了《智证大师传》。关于《安养集》,在熙宁五年七月十日条中还提到说天台山国清寺寺主仲芳以及鸿植阇梨"感安养集无极"①。《安养集》的作者源隆国是成寻的舅舅。

此外,成寻还将源信的《往生要集》和《源信僧都行状》介绍给了译经三藏文慧大师,其目的是"为令知源信僧都行业"②。关于《往生要集》,源信本人曾托宋商带到中国,后来宋商周文德写信给源信说《往生要集》收藏在天台山国清寺,且"缁素随喜,贵贱归依"③,五百多人因此发心出家。但成寻在宋却看到完全不一样的情况,他写道:"始自国清寺,诸州诸寺往生要集不流布由闻之","于日本所闻,全以相异"④。他将《往生要集》借给宋僧文慧大师,但次日午时文慧大师附上"往生要集已略览之,甚妙"的条子便返还回来,反应很是冷淡。从这些平实的记述中仍然可以感到成寻失望之情。

成寻从日本还带去了皇太后、太皇太后的供养物,例如,在参拜五台山大华严寺真容菩萨院文殊圣容殿时,供奉了日本皇太后托付的五部佛经:妙法莲华经一部八卷、无量义经一卷、观普贤经一卷、阿弥陀经一卷和般若心经一卷,这些佛经是先皇亲笔抄写的。此外还有太皇太后宫亮生前的镜子一面和遗发三结,都安置在真容殿内供养。⑤

成寻将日本的书法作品也带到宋朝,有机会就向宋朝高僧们显耀。在汴京时,他曾拿出三井寺僧侣庆耀所写的梵字《不动》、梵字《文殊真言》一卷、《尊胜真言》一卷给太平兴国寺传法院的宋朝高僧看,说诸大师"皆以感叹","梵汉两字共以称美",成寻也满意地写道:"庆耀供奉震旦振名了"⑥。后来他又拿给居住在传法院的梵僧看,说"令见日本庆耀供奉梵字,三人梵僧感叹无极"⑦,"同令见耀公梵字,见感无限"⑧。

---

① 王丽萍校点《新校参天台五台山记》,上海古籍出版社,2009年,p. 135。
② 同上书,pp. 339—340,熙宁五年十月二十五日条。
③ 『朝野群載』、国史大系第29卷上、黒板勝美·国史大系編修会編、吉川弘文館、1964年、p. 463、卷二十異国。
④ 王丽萍校点《新校参天台五台山记》,上海古籍出版社,2009年,p. 340,熙宁五年十月二十五日条。
⑤ 同上书,pp. 413—419,熙宁五年十二月一日条。
⑥ 同上书,p. 303,熙宁五年十月十八日条。
⑦ 同上书,p. 450。
⑧ 同上书,p. 452。

成寻的这些文化宣扬活动,一方面说明他努力将日本的书籍、信息带到中国传播,为中日文化交流做出了贡献,另一方面也反映了他对本国文化的自信。

关于成寻的文化自信,还有一个很明显的表现就是成寻在日记中称中国为"大宋国"的同时,也称日本为"大日本国"。成寻受到宋神宗接见,在回答神宗关于"本国世系"的问题时,称日本为"大日本国"①。在给皇帝的上表文中,署名为"大日本国延历寺阿阇梨"②,这与圆仁在《行记》中称自己为"日本国朝贡使数内僧圆仁"③的态度完全不同。

成寻的文化自信和自负还表现在他对中国僧人学识的评判和批评上。熙宁五年四月三十日条记载说天台国清寺僧四人来访,其中一人提到赤城处咸教主精通天台教,但熙宁五年七月三十日,成寻见到处咸之后却大不以为然,在日记中写道:"见咸教主答,最以不许也。"④熙宁五年六月十二日条记载说在天台国清寺,日宣阇梨送来杭州孤山智圆阇梨所作弥陀经疏和钞,成寻看后却认为是日本传来的,愤懑不平地写道:"予见之最可云谬说。"⑤熙宁五年八月十四日条又记载他在越州景德寺用笔谈询问寺主几个问题,但寺主却都答不上来。熙宁五年九月二十一日条说他在泗州普照王寺问寺主泗州大师涅槃多久了,是什么时候涅槃的,寺主回答说已过去多年无人知晓。等到成寻用笔写下泗州大师的涅槃时间后,寺主又称"知也",成寻不禁评论道:"颇前后相异"。⑥

森公章在分析平安朝贵族的对中国意识时指出,平安贵族的对中国意识有两个方面:以中国为大国的"事大主义"(以小事大)和以日本为中心的"日本中心主义"。十世纪以后"日本中心主义"日渐明显,十世纪到十一世纪则成为主流的国际意识。⑦他还指出,成寻对中国僧侣的学识、行为进行评判,说明在他的意识之中日本已经能够与中国匹敌甚至凌驾于中国之上,"总结起来可以认为,尽管成寻感恩中国皇帝的恩情,遵循对中国皇帝的礼

---

① 王丽萍校点《新校参天台五台山记》,上海古籍出版社,2009年,p. 294,熙宁五年十月十五日条。
② 同上书,p. 85,熙宁五年六月二日条,这一天成寻让能书之人书写上表文。
③ 白化文、李鼎霞、许德楠修订校注《入唐求法巡礼行记校注》,花山文艺出版社,1992,p. 47,承和五年九月二十条。
④ 王丽萍校点《新校参天台五台山记》,上海古籍出版社,2009年,p. 146。
⑤ 同上书,p. 119。
⑥ 同上书,p. 244。
⑦ 森公章「平安貴族の国際認識についての一考察－日本中心主義的な立場の『定立』」(『古代日本の対外認識と通交』、吉川弘文館、1998年)。

节,但在实际的外交场合,他的种种行为是基于日本中心主义的立场的"①。

作为平安朝最有代表性的几位入宋僧,奝然、寂照和成寻在宋的文化活动有一定的共性,那就是为日本赢得了赞叹。奝然的宣传使得宋太宗对日本"万世一系"的政体大加赞扬;寂照的笔法博得宋朝士大夫和文士对日本书法等艺术的赞赏;成寻祈雨的成功更是获得了朝廷上下对成寻求雨秘法的钦佩。

另一方面,入宋僧的文化心理也有一定的共性,那就是在与宋人交往时极力维护自己国家的自尊,展示本国本民族文化中优秀的地方。本书中用"对中国意识"来分析平安朝日本人的中国观,可以看到每个时期的"对中国意识"都有不同的特点。遣唐使时代的"对中国意识"是"事大主义",是对中国文化的憧憬和崇敬,处处以之作为典范和标准。到了入宋僧的时代,"对中国意识"则要复杂得多,它既是森公章所说的"日本中心主义",是民族自尊、自信的体现,这种民族自尊、自信往往表现为对中国的对等、对抗意识甚至是优越感;同时对等、对抗意识和优越感又是建立在长期以来对中国文化的自卑情结之上的,是自卑情结的扭曲体现,即森正人所说的"对中华意识"。也就是说,到了十世纪以后日本平安朝中后期,日本人的"对中国意识"并非只是从"尊他"到"尊我"的简单变化,对中国文化的崇敬之情与建立在自身文化自信上的对等、对抗心理和优越感相互交织,呈现出复杂、微妙的两面性。

---

① 森公章「入宋僧成尋とその国際認識」(『成尋と参天台五臺山記の研究』、吉川弘文館、2013年)、p. 57。

第三章 《宇津保物语》的"唐土"

前两章通过历史史料还原历史语境,试图解读历史上遣唐使和入宋僧所谱写的真实的"渡唐物语"。在接下来的几章里,将探讨平安朝"渡唐物语"中描绘的唐土,"渡唐物语"与遣唐使、入宋僧等历史事实的关系,其中所体现的"对中国意识"和文化心理等。

一、"渡唐物语"的前奏曲:《竹取物语》与遣唐使

《宇津保物语》是第一部"渡唐物语",但在它之前,"物语开山鼻祖"《竹取物语》已经将眼光投向海外,描写了日本人渡海出行的小插曲。

《竹取物语》中,辉夜姬对前来求婚的五个贵公子出了五个难题,让他们分别去寻找佛之石钵、蓬莱之玉枝、火鼠之裘、龙首之辉玉和燕之安产贝。其中寻找蓬莱之玉枝和龙首之辉玉的两个故事中描写了渡海出行的情节。

1. 车持皇子的"伪出海"与遣唐使路线

辉夜姬的第二个难题是要寻找东海蓬莱仙山上生长的"以白银为根、以黄金为茎、结白玉果实"的玉枝。负责寻找蓬莱玉枝的车持皇子是个很有心计的人,他自导自演了一出"伪出海"的好戏。他向朝廷诈称患病,需要到筑紫国温泉疗养,请得病假。另一方面让仆人转告辉夜姬说要启程去取玉枝,假装动身赴筑紫,手下们也都齐聚难波港送行,而他仅带着几名心腹开船出发。这样一来,目送大船出发远去的人们都以为车持皇子已赴筑紫国。

当时派遣遣唐使的路线是先从京都出发到难波港后坐船西行,到达筑紫国博多港后等待顺风之日再出发赴唐。车持皇子计谋多端,他让手下都到难波港去为他送行,让所有人都以为他去了筑紫国,消息传到辉夜姬耳

中,便会以为他是去往筑紫国等待顺风之日出发去蓬莱。

但其实车持皇子的船仅在三天后就又回到了难波港。上岸后,他迅速召来技术高超的工匠为他打造玉枝,又找了一处人迹罕至的地点造起三重大宅,将工匠安置其中,自己也隐居宅内。

车持皇子的玉枝打造工程就这样秘密进行着,等玉枝终于打造出来后,他又秘密来到难波港,派人通知府上说他已归来。于是众人纷纷来迎接,他便装出一副历经长途跋涉、疲惫不堪的样子。皇子让人将玉枝装入长柜中,盖上锦缎,从难波港搬运到京都去。一路声势浩大,围观人群纷纷议论说:"车持皇子带着优昙华之花①回来了。"

车持皇子片刻不耽搁便赶去求见辉夜姬,身上穿的还是出海时的行装。他编造了一个历尽千辛万苦终于抵达海上仙山蓬莱,获取玉枝的完美故事,其中对渡海的艰辛苦难是这样描述的:

> 大前年二月十日左右,在下由难波港启程,乘船入海。当船在海上时,应该航向何方,心中其实毫无头绪。但我心想,此行若不能如愿,活在世上又有何意义?于是便让船随风漂流。又想到,倘若身死,那也无法;但只要一息尚存,总会找到仙山蓬莱。航船在波涛中颠簸多日,终于驶离本国,飘向远洋。海上有时恶浪滔天,几乎要掀翻航船;有时狂风大作,将船刮到不知名的异国,鬼怪出没,差点将我们杀害;有时在茫茫大海迷失了方向,茫然失措;有时粮食吃尽,只能以草根充饥;有时又有可怖妖魔纷至,要生吞我们;有时被迫以海贝为食,苟延性命;有时旅途中得病,完全无助,唯有听天由命。②

这段文字虽然是车持皇子编造的"伪渡海行",但是极为生动逼真、非常有现实感,描述的也都是遣唐使船、商船等实际航海中可能发生的种种艰难困苦,让人联想到圆仁在《行记》中的真实描写。

至于"鬼怪""妖魔"则是比喻漂流所至岛屿上的当地人,因为往往会被当地人所杀害。例如,齐明五年(659)的遣唐使船漂流到了南海的尔加委岛,大多数人都被岛上人所害。天平六年(734)从唐回国的遣唐使船漂流到昆仑国,船上人也有不少被杀,这些在史料中都有记载。

---

① 梵语优昙波罗华(Udumbara)的略称。意译为瑞应、灵瑞、祥瑞、灵异等。佛典所说的优昙华是每三千年开一次花的想象植物,据说此花开时,将有金轮王或佛出现,而金轮王或佛出现时,此花必开。

② 王新禧译《竹取物语·御伽草子》,陕西人民出版社,2013年,pp.11—12。

车持皇子看似夸张的这段描述其实正是对当时实际航海中有可能遭遇的各种艰难困苦的真实写照。

2. "龙首之辉玉"与南海漂流

《竹取物语》中另一个渡海故事是第四个难题"龙首之辉玉"。大伴御行大纳言先是以重金悬赏,让自家家仆出海去找。不料家仆们根本不相信世间有如此宝物,将大纳言赏赐的财物平分之后各自散去。

大纳言大举营建新宅,为迎娶辉夜姬做好万全的准备。但日复一日,一直不见家仆们的回音。他苦苦等候,心中焦虑,来到难波港向船夫一打听才得知根本没有人去。无奈只能自己雇船入海,巡游海上,来到了筑紫海边。

> 就在此时,忽然间天昏地暗,风暴大作,将船刮得帆倾楫歪,失去方向,不知航向何处。后来船被飓风刮到大海中央,滔天恶浪猛撞船身,航船几乎就快沉没。天上电闪白光、雷鸣轰隆,骇得大纳言心惊肉跳,手足无措,哀叹道:"吾有生以来从未见如此可怕景象,这该如何是好呀?"
>
> 船夫也吓得涕泪交流,悲声道:"我年年驾船往来海上,这样可怖的景象见所未闻。就算此船侥幸不沉,头顶落雷也会劈死我们。即使神佛保佑,船在人存,可也终究会被刮到南海去啊。(后略)"①

这段描写同样鲜活生动,极具现实感。距离《竹取物语》成书时期(九世纪后期)最近的一次遣唐使,也就是承和五年(838)出发承和六年(839)回国的最后一次遣唐使。回程中第二艘船漂流到了南海,菅原梶成、良岑长松等人都在船上。《日本文德天皇实录》卷五仁寿三年(853)六月载有菅原梶成的卒传,其中记载了遇难时的情形:

> 六年夏归本朝。路遭狂飙。漂落南海。风浪紧急。鼓舶舻。俄而雷电霹雳。栀子摧破。天昼黑暗。失路东西。须臾寄着。不知何一岛。岛有贼类。伤害数人。梶成殊祈愿佛神。僾得全济。②

---

① 王新禧译《竹取物语·御伽草子》,陕西人民出版社,2013年,p. 19。
② 『日本文德天皇実録』、国史大系第3卷、黑板胜美·国史大系编修会编、吉川弘文馆、1966年、p. 53、卷五。

从"风浪紧急""雷电霹雳""楫子摧破"等文字来看,《竹取物语》描写的情景与之非常相似,很有可能是参考和利用了类似的相关资料。

史料记载菅原梶成祈祷神佛才得以保命,《竹取物语》也描写大纳言听从船夫的话向航海神"楫取御神"祷告,雷声才渐渐止息,"楫取御神"指的是船夫们在船舱内祭拜的保佑航海安全的神。

由于大风猛吹不歇,将大纳言的船吹回了日本播磨国明石海岸。但他心有余悸,还以为是被风吹到了南海之滨,于是连站都站不起来,瘫倒在船底。

物语中形象地描写了船夫和大纳言的闻"南海"色变,对被风刮到"南海"所表现出的恐惧感。如同河添房江所指出的那样,对漂流到南海的恐惧,既是船夫和大纳言共有的记忆,也是一种集体记忆。① 也就是说,历史上遣唐使船时常遇难的"南海"之地,已成为当时航海出行之人共同的恐怖记忆。《竹取物语》中的航海故事里也充分反映了这种记忆。

《竹取物语》中虽然没有关于遣唐使的描写,但其中两段渡海故事,都与当时遣唐使渡海的历史事实不无关系,是参考了遣唐使船的路线、渡海之艰辛、漂流到南海等史实写成的。

二、《宇津保物语》与遣唐使

有了《竹取物语》的铺垫,《宇津保物语》第一次正面描写了遣唐使、遣唐使的渡海、漂流等。作品不仅将时代背景设定为朝廷派遣遣唐使的时代,还塑造了包括主人公清原俊荫在内的几个个性鲜明的遣唐使形象。

1. 遣唐使"清原俊荫"的渡唐故事

《宇津保物语》开篇就描写了主人公清原俊荫非同凡响的身世和成长经历。他是清原王和皇女(公主)所生之子,自幼聪明过人、无人可比。连父母都说:"这个孩子太不一般,真想看看他长大成人后的样子。"父母不去教育他,也没有刻意让他读书。他长大后不但个子比同龄人高,心智也聪慧过人。

俊荫七岁就能仿效父亲与来访的"高丽人"吟诗作答,皇帝听说这事后

---

① 河添房江「『竹取物語』と東アジア世界—難題求婚譚を中心に」(永井和子編『源氏物語時空論』、東京大学出版会、2005年)、p.32。

也觉得非常不寻常,想要考考他。等他十二岁成人之后,皇帝派去一位叫中臣门人的博士考他。中臣门人是曾经三度留学唐朝的资深博士,他出的题因太难从来无人能答,那些才华横溢的学生们都被难倒,连一行字都写不出来。但是俊荫却提交了一份完美的答案,让天下人为之惊叹。于是此次式部省省试只有俊荫一人通过,荣升进士。

第二年,皇上又让这位中臣门人博士出考秀才的题来考俊荫。考试在藏书丰富的校书殿举办,博士出的考题愈发艰深,但俊荫思如涌泉,没有答不上来的问题。他的文章饶有趣味,让皇帝也叹为观止。于是俊荫再次荣升,升为式部丞。

历史上选任的遣唐使都是第一流的优秀人才,是通晓经史、擅长文墨的学者文人。《宇津保》开篇这些描写为俊荫后来被选上遣唐使做了一个很好的铺垫。

历史上的遣唐使不仅学问才华过人,相貌风采也不同凡响。清原俊荫的形象也正是按照这一标准所塑造的,作品描写他不仅"容貌秀美",而且"才华无双"。[①]他是父母的掌上明珠,父母百般疼爱,觉得"眼珠也还有两个"[②],但心爱的儿子却是独一无二的。俊荫十六岁那年,正值遣唐使船出船之时,朝廷征集遣唐大使和副使,尤其要挑选学问精深之人,"容貌秀美,才华无双"的俊荫自然是顺理成章地被选上了。

被选为遣唐使就意味着漂洋过海、生死莫测,俊荫的父母悲痛得无以言喻,"一辈子就这一个孩子。他相貌出众,才华过人。即使早晨刚见面,晚上晚归也要担心得留下红泪,更何况是要去到如此遥远的地方,恐怕再也不能见面"[③]。"红泪"即血泪,作者略带夸张地描写了俊荫父母对他的挚爱和不舍。拥有这样一个"容貌秀美、才华无双"的孩子本是父母最大的骄傲,但却正因为"容貌秀美、才华无双"被选为遣唐使,踏上一条不归之路。

史料往往只记载历史事件,从中很难了解当事人的内心世界。历史上那些被选为遣唐使的人们究竟经历了哪些悲伤、痛苦、无奈和无助呢?虽然从藤原葛野麻吕的"涕泪如雨",从小野篁的拒绝登船等可以窥知一二,但毕竟还是看不到直接描写其心理活动的记载。《宇津保》虽然是虚构的物语,却将遣唐使及其家人的最真实的内心世界呈现给了读者。

---

① 中野幸一校注·訳『うつほ物語1』、新編日本古典文学全集、小学館、1999年、p. 20。中文为笔者译,以下同。
② 同上书,p. 20。
③ 同上书,p. 21。

在与父母抱头痛哭、悲伤离别之后,俊荫无奈也只能踏上了赴唐的旅程。这次遣唐使派遣了三艘船,就在快要到唐土的时候,刮起了暴风,三艘船中有两艘不幸遇难,船上大多数人都沉入海底,只有俊荫所乘之船漂流到了波斯国。

历史上遣唐使遇难的事件虽多,但没有漂流到波斯国的记录。天平六年(734)从唐朝回国的遣唐使一行中,平群广成等所乘之船漂流到昆仑国;承和五年(838)出发承和六年(839)回国的遣唐使一行中,菅原梶成、良岑长松等人所乘的第二艘船漂流到了南海,这些事实都很有可能是直接的历史原型。①

除了俊荫以外,作品中还描写了几个渡唐的人物。例如那个两次给俊荫出考题、曾三次赴唐学习的博士中臣门人。多次赴唐学习的博士似乎不只中臣门人一人,《吹上下》卷中也提到"多次渡唐的历代博士"②。此外还有穷苦学生藤原季英的父亲藤原南荫,曾任"遣唐大弁"赴唐。③大富豪神南备种松之孙源凉学琴的师父丹比弥行也曾赴唐,丹比弥行虽然弹得一手好琴,却愤世嫉俗隐居山中。源凉在宫中演奏时,弹的就是师傅弥行"从唐土带回的很像南风、被叫做十三千的琴,和波斯风相同"。④作品描写了多名以遣唐使、留学生身份赴唐的人物,说明所设定的时代背景是一个日本频繁派遣遣唐使的时代。

有意思的是,除了以遣唐使身份赴唐的人物以外,作品还描写了一个被唐人掳掠回国的人物良岑行政。良岑行政十岁时,父亲到筑紫去监督抵达的唐船,他也一同随行。不料唐人见到良岑后,感叹道:"(这孩子)丝毫不比我们本国人差啊"⑤,于是把他夺去带回了唐土。良岑在唐苦读书本,"凡贤人所做之事无一不学"⑥,又学会多种乐器。他十岁渡唐,苦学八载,十八岁上搭乘贸易船回到日本。回国后受到皇帝重用,被任命为乐师,教授皇子们琵琶、筝等乐器,官职升任六位藏人兼任式部丞,后又升为兵卫佐。

良岑行政这一人物设定酷似主人公俊荫,他自小生得俊美聪颖,连皇帝都赏识他,认为他将来定能出人头地。他也是父母心爱的独生子,被唐人夺

---

① 关于这一点,有不少日本学者已指出。例如,田中隆昭「『うつほ物語』『源氏物語』における遣唐使と渤海使」(『アジア遊学』27、2001年5月)。
② 中野幸一校注·訳『うつほ物語1』、新編日本古典文学全集、小学館、1999年、p. 520。
③ 同上书,p. 495。
④ 中野幸一校注·訳『うつほ物語2』、新編日本古典文学全集、小学館、2001年、p. 289。
⑤ 中野幸一校注·訳『うつほ物語1』、新編日本古典文学全集、小学館、1999年、p. 177。
⑥ 同上书,p. 178。

走之后,父母过于思念和悲伤而死去。良岑赴唐也学得琴艺,回国后也被任命为乐师。不同的只是俊荫是作为遣唐使赴唐,良岑则是被唐人强行带走的;俊荫回国后回绝了担任乐师之命,良岑则奉命做了乐师。

关于良岑被唐人强行带走这一情节设定,中野幸一指出,很有可能是在遣唐使已废止这一作品成立时的社会背景之下,将遣唐使入唐的设定换作了被唐人掳掠。这样一来,良岑的渡唐故事既是俊荫的翻版,却又不同于俊荫故事的传奇性,更具有现实感。①

《宇津保》这部作品虽然时代背景设定为日本派遣遣唐使的时代,但实际上作品成书之时遣唐使早已成为历史。承和五年(838)派遣的遣唐使是最后一次,也就是说九世纪中期以后就再没有实际成行的遣唐使了,而《宇津保》成书于十世纪末期,距最后一次遣唐使的派遣已经过去了一个多世纪。

可以说,对《宇津保》同时代的读者来说,遣唐使已成为恒久的"记忆",主人公清原俊荫的渡唐故事就是"记忆"的再现。而良岑行政的渡唐故事则是在中国商船仍然频繁往来这一"现实"基础上,虚构出的另一个现实版的渡唐故事。

2. 第一部"渡唐物语"与最后一次遣唐使

第一部"渡唐物语"《宇津保》成书于十世纪末,其中描写的渡唐故事以及人物造型都与承和年间最后一次遣唐使有密切关系。可以说,最后一次遣唐使的历史事实为第一部"渡唐物语"提供了丰富的素材和原型。

承和元年(834)任命的遣唐使是实际成行的最后一次遣唐使,其后五十多年日本再无遣唐使之举,直到宽平六年(894),朝廷任命菅原道真为大使拟再次派遣遣唐使,却因菅原道真的建议而终止,延续了二百多年的派遣遣唐使之举也由此告终。

最后一次遣唐使是周折最多、多灾多难的一次,从最初任命到使团成员归来历时六年半,赴唐时曾前后三次渡海。承和元年(834),朝廷任命藤原常嗣为大使,小野篁为副使,经筹备两年之后,承和三年(836)七月二日,四艘船从筑紫启航,全船多达六百多人。但不幸遇上逆风,第三艘遇难,船上一百四十多人大多数溺死,只有少数人漂流到对马、肥前等地。承和四年(837)七月,经重修船舶后第一、二、四三艘船再次出发,但又遇上逆风,第一

---

① 中野幸一校注·訳『うつほ物語1』、新編日本古典文学全集、小学館、1999年、pp. 178-179、頭注。

艘和第四艘漂流到壹岐岛，第二艘也漂回到了值贺岛。承和五年(838)六月，准备第三次出发时，副使小野篁称病不发。于是由大使藤原常嗣率第一、四舶出发，第二舶由判官藤原丰率领于数十日后出发。大使所乘的第一艘船上，还载有天台请益僧圆仁和留学僧圆载等人。

后期遣唐使通常都是由四艘船只组成，被称为"四艘之船"①。最后一次遣唐使因第一次出发时第三艘遇难沉船，因此第二次和第三次都是三艘船出发。《宇津保》中俊荫一行出发时也只有三艘船，与最后一次遣唐使的情况相同。

最后一次遣唐使第三次出发终于抵达唐土，但承和六年(839)归国时，又出现了波折。赴唐时由判官藤原丰所率之第二舶，因藤原丰在唐病故，由准判官良岑长松率领单独开出，遣唐知乘船事菅原梶成也在船上。这艘船遇风漂流到了南海"贼地"，菅原梶成分乘一小船回到大隅(鹿儿岛县)，良岑长松所乘第二舶在两个月后才回到大隅。《宇津保》中俊荫一行三艘船中有两艘遇难，只有俊荫所乘之船漂流到了波斯国。漂流到波斯国的描写很有可能是参考了良岑长松、菅原梶成漂流到南海的历史事实。

在人物形象方面，清原俊荫这一人物塑造与最后一次遣唐使也有着密切关系。例如，在唐学习琴艺的准判官藤原贞敏，拒绝乘船的副使小野篁等都被看作是清原俊荫的原型。

大井田晴彦认为，《宇津保》作者对遣唐使派遣是持批判态度的，这一点与小野篁完全一致。不仅如此，他认为小野篁也是主人公清原俊荫的重要原型人物之一。②

首先，从俊荫身上也可以看到对遣唐一事的否定和批判态度。俊荫十六岁乘船渡唐，在外漂泊二十三年，直到三十九岁才乘坐贸易船回到日本。这时发现父母都已去世，已然是物是人非。他向嵯峨帝诉说自己的渡唐之旅，感叹道："自幼离开父母远赴唐土，却又不幸遭遇风暴漂流到未知的国度，没有比这更让人悲叹之事了。等到终于回归踏上国土，父母已逝、人去楼空。从前，我遵从圣旨，多次应试，被派到唐土。但从此与父母别离，再不能相见，悲伤不能言喻。如今已经没有教琴的气力了。"③他以此为由，不仅

---

① 古濑奈津子《遣唐使眼里的中国》，郑威译，武汉大学出版社，2007年，p.9。
② 大井田晴彦「清原俊蔭と小野篁―『うつほ物語』発端の基盤―」(『名古屋大学文学部研究論集文学54』、2008年3月)；「『うつほ物語』の俊蔭漂流譚」(『王朝文学と交通』、平安文学と隣接諸学7、竹林舎、2009年)。
③ 中野幸一校注・訳『うつほ物語1』、新編日本古典文学全集、小学館、1999年、pp.43—44。

回绝了嵯峨帝让他做太子琴师的要求,还辞去宫中所有职务和官位,笼闭在家专心传授琴艺给女儿。俊荫的言辞和辞官之举都表达了他的愤懑和不满。

关于小野篁称病不肯上船一事,《日本文德天皇实录》仁寿二年(852)小野篁卒传中记载说:

> 篁家贫亲老。身亦尪瘵。是篁汲水采薪。当致匹夫之孝耳。[①]

这里把小野篁拒绝上船的原因解释为是为了尽孝。如果说小野篁因为拒绝渡唐,最终能够"事母至孝"[②],尽了孝心,那么俊荫则正好相反,因为渡唐而背上了不孝之罪。

此外,《宇津保》中嵯峨院的原型是历史上的嵯峨上皇,从嵯峨院和俊荫的关系中也可以看到历史上嵯峨上皇与小野篁的君臣关系的影子。嵯峨帝(退位后称嵯峨院)非常欣赏俊荫的才华,听说他回国喜出望外,立刻召见他,封任为式部少辅、东宫学士,不久后又升任式部大辅兼左大弁。式部大辅是掌管大学寮的式部省的次官,左大弁与右大弁一样,都是弁官局的长官,从属于太政官,这是和他父亲清原王生前同样的官职,也是作为一名文人极为荣誉的官职。

历史上,嵯峨上皇虽然对小野篁装病拒绝乘船,甚至还写一首《西道谣》讽刺遣唐之事而恼怒,将他发配到隐岐岛,但在此之前,热爱汉诗文的嵯峨上皇其实对小野篁的文才非常欣赏,二人之间的亲密的君臣关系可以通过一些诗文记录了解到。例如,《江谈抄》第四卷中收录了一个有名的小故事,说是嵯峨天皇在召见小野篁时,为了考验他而赋汉诗曰:"闭阁惟闻朝暮鼓,登楼遥望往来船。"小野篁奏曰:"圣作甚佳,惟'遥'改'空'更妙也。"天皇感慨道:"此乃白乐天句,'遥'本作'空',汝之诗情已同乐天矣",对小野篁的赞赏之情溢于言表。[③]

除了俊荫以外,还有几个渡唐的人物形象的原型也都可以从最后一次遣唐使中找到。例如,以善弹琴和琵琶而被选为遣唐使的良岑长松和藤原

---

① 『日本文德天皇実録』、国史大系第3巻、黒板勝美·国史大系編修会編、吉川弘文館、1966年、p.43、巻四。
② 同上。
③ 後藤昭雄·池上洵一·山根対助校注『江談抄·中外抄·富家語』、新日本古典文学大系、岩波書店、1997年、p.107、第四(五)。

贞敏被看作是清原俊荫和良岑行政的原型。①物语中藤原季英的父亲、"遣唐大弁"藤原南荫与承和遣唐大使藤原常嗣也不无关系。藤原常嗣于承和六年(839)八月回到日本,第二年承和七年(840)四月逝去,死时的官位是"从三位左大弁",藤原南荫的官位与之相同。

可以说,承和年间最后一次遣唐使的历史事实从人物形象、故事情节等多个层面为《宇津保》的渡唐故事提供了丰富的素材和原型。

三、物语中的"波斯"与"唐土"

《宇津保》虽然是"渡唐"物语,但却并没有关于"唐土"场面的描写。俊荫在渡唐途中遭遇海难漂泊至"波斯国",之后继续西行,经历种种艰难险阻之后喜得宝琴,并获得仙人真传。后来他携带宝琴重返波斯,拜见波斯国王后踏上归途返回日本。整个故事自始至终其实并没有关于他抵达唐土以及有关唐土的描写。

1. "波斯"在哪儿?

俊荫所到的"波斯国"到底是哪儿呢?关于"波斯国"的地理位置,一直以来,学界有波斯和南海(南洋群岛)两种说法。

如果看作是波斯,即今天的伊朗地区的话,一是很难想象从日本到中国的遣唐使之船会漂流到波斯地区,再就是与作品中的相关描写有矛盾的地方。例如,作品描写俊荫从"波斯国"继续西行,遇见仙人,获得宝琴。俊荫和七位仙人弹琴的地方应该是"波斯国"以西的地方,但作品中却说是"佛之御国以东"。而且俊荫回国时再次回到"波斯国",说明这里的"波斯国"应该是和日本贸易较为方便的地方,至少应该是印度以东,靠近中国的地方。这都说明不应该是今天的波斯。②

正因如此,多数学者认为"波斯国"是指西南方位的国家,今天苏门答腊岛的一部分。③物语最后一卷《楼之上下》卷中,仲忠将祖父俊荫诗文集中的诗歌及情景绘制成屏风,作品描写仲忠所用的诗歌是"治部卿的诗集中,在

---

① 中村忠行「俊蔭のモデル」(『台大文学』4の4、1939年9月)、石川徹「宇津保物語の人間像―源氏物語との比較を中心に―」(『平安時代物語文学論』、笠間書院、1979年)。
② 河野多麻校注『宇津保物語一』、日本古典文学大系、岩波書店、1959年、p.451、補注13。
③ 野口元大校注『うつほ物語』、校注古典叢書、明治書院、1969年、p.9、頭注;中野幸一校注・訳『うつほ物語1』、新編日本古典文学全集、小学館、1999年、p.21、頭注等。

比唐土更远、比天竺更近的国家①所作的诗歌"②。所谓"比唐土更远,比天竺更近的国家"换言之就是"唐土以西,天竺以东的国家",这样看来,俊荫漂流所至的"波斯国"是指南洋群岛的可能性就更大了。

虽然南海说法获得大多支持,但也还是有不少学者支持波斯说法。例如,川口久雄就认为对波斯国西方乐园的描写中有西亚古代传说的影子,"宇津保物语作者将俊荫漂流的异国设定为波斯国,描写俊荫去到西方乐园,在天女和仙人的引导下,找到生命之树——世界树,带着生命之树的树心——拥有神秘力量的宝琴而归。这个故事后面,不难看到波斯、苏美尔等西亚古代元素的投影"③。

山口博也认为《宇津保》具有"西域性"和"传奇性",末卷《楼之上下》卷中描写俊荫女儿尚侍演奏"波斯风"宝琴,将首卷《俊荫》卷的"传奇性"延续到了最后,是用传奇物语的方式进行了收尾。④

笔者以为,要确定"波斯国"的具体地理位置,且保证它与作品中其他描写不冲突,其前提是作者本身是严格参考了地理、历史事实而写成的。然而《宇津保》似乎并不是这样的作品,尤其是波斯国漂流故事中更多的是虚构和想象的成分。或许我们可以这样理解:俊荫漂流所至的波斯国从作品中叙述的位置来看,是在"唐土以西,天竺以东",大概是今天南洋群岛地区。但是这个波斯国更多具有的却是古波斯的西域性和传奇性,是作者虚构出的一个"南海中的波斯国"。

2."波斯"为何变成了"唐土"?

其实不仅是"波斯国"的问题,《宇津保》作为第一部"渡唐物语"还蕴含着一个更大的矛盾,那就是俊荫漂流到"波斯国",本没有抵达"唐土",然而他回到日本后,作品中提到他的渡唐经历时,"波斯国"的名字不再出现,而全部统一成他是从"唐土"归来的表述。

例如,俊荫死后,其孙仲忠首次在朱雀帝面前演奏时,朱雀帝想起"俊荫朝臣从唐土归来,在嵯峨帝面前演奏时,曾经隐约听到过",本以为那样美妙的琴声不会再有了,没想到仲忠的演奏竟然更胜一筹。⑤

---

① 原文"国家"是复数:"国々"。
② 中野幸一校注·訳『うつほ物語3』、新編日本古典文学全集、小学館、2002年、p. 567。
③ 川口久雄「『宇津保物語』に投影した海外文学」(『西域の虎』、吉川弘文館、1974年)、p. 80。
④ 山口博『王朝歌壇の研究·文武聖武光仁朝篇』、桜楓社、1993年、p. 320。
⑤ 中野幸一校注·訳『うつほ物語1』、新編日本古典文学全集、小学館、1999年、p. 109。

《藏开中》卷中仲忠给皇帝讲读祖父俊荫的诗文集,说集子里的汉诗是"俊荫从京城出发到筑紫,再从筑紫渡海到唐土期间,以及回到京城后挂念女儿时等各个时期、种种心情下吟咏的"①。

《楼之上上》卷中,朱雀上皇回忆往事说:"俊荫朝臣从唐土归来上朝时,献上的琴与普通的琴音色完全不同,琴声响彻天地,让人心头大震。"②

最为前后矛盾的是最后一章《楼之上下》卷的描写,母亲问仲忠送给嵯峨上皇什么礼物,仲忠回答说:"上皇好像喜欢高丽笛,那就将唐土皇帝作为回礼所赐的高丽笛送给他吧。"③如上所述,整部作品中没有俊荫抵达唐土的描写,也就不可能有俊荫与唐土皇帝互赠礼物之事。《俊荫》卷描写俊荫再次回到波斯国时,将带回的宝琴中取出几面,送给波斯国王、王后和太子各一面,但是也并没有提到波斯国王的回礼。

为什么作品在大结局里要把俊荫赠琴的对象从"波斯王"换成"唐土皇帝"? 又为什么要让"唐土皇帝"回赠"高丽笛"? 这些看似自相矛盾的表述似乎已无法用作者的虚构、想象来解释了,它涉及文本内部的前后统一、一致性的问题。

关于这一点,先行研究中已有从各个角度的解释。例如,高桥亨认为"唐土(morokosi)"一词不仅指狭义的"唐",可以泛指广义的"异乡"。俊荫虽然没有到达唐土,但是作品需要把他塑造成为一个"充分汲取了遣唐使成果的文人"④。田中隆昭也认为在作者的意识当中,波斯国也包含在"唐土morokosi"里。⑤河添房江则指出,在《楼之上下》卷中,已经没有强调"波斯国"的特殊性的必要了,波斯国乃至以西的地域全部都溶解在"唐土"这一广大空间之中,统一在"唐土"的权威之下。⑥

这几位学者虽然是从不同角度进行论证,但实际上有两个观点是共通的。一、唐土是一个泛指异乡、异国的广义概念,在作者的意识当中,"波斯国"也可包含在唐土内部。二、唐土具有权威性。将俊荫漂流地称之为"唐""唐土",是为了利用唐土的权威来突出俊荫作为遣唐使的非凡经历以及他在汉学、音乐方面的成就,尤其是琴艺的高超。

---

① 中野幸一校注·訳『うつほ物語2』、新編日本古典文学全集、小学館、2001年、p. 476。
② 中野幸一校注·訳『うつほ物語3』、新編日本古典文学全集、小学館、2002年、pp. 465—466。
③ 同上书,pp. 618—619。
④ 高橋亨『物語と絵の遠近法』、ぺりかん社、1991年、p. 149。
⑤ 田中隆昭「うつほ物語 俊蔭の波斯国からの旅」(『アジア遊学』、1999年4月)、p. 69。
⑥ 河添房江『源氏物語時空論』、東京大学出版会、2005年、p. 42。

对于以上这两个观点,笔者也完全同意,并且认为《宇津保》中的唐土不仅只是一个广义上的地理概念,其实也是一个广义上的文化概念,正因如此才会出现唐土皇帝回赠"高丽笛"的描写,因为"高丽"这一文化符号也被包含在了唐土之中,如同"波斯国"也被包含在唐土之内一样。

综观《宇津保》全篇,俊荫以遣唐使身份渡唐的非凡经历以及他从唐土带回的宝琴、在唐土学到的琴艺如同护身符一般庇护着他的子孙后代,成为其家族荣华兴盛、功成名就的原点。也就是说,为了突出俊荫及其家族的超凡脱俗,就需要"唐土"这一绝对权威来作强有力的支撑。关于文化意义上的"唐土"及其权威性的问题,将在第二部详细论证。

四、第一部"渡唐物语"的意义和特点

平安朝物语中,将作品空间扩大到日本国外、描写异国的作品并不多见。《宇津保》作为第一部"渡唐物语",描写了主人公俊荫坐上遣唐使船远赴唐土,在异国他乡获得宝琴、学得琴艺的故事。

《竹取物语》中虽然有两个渡海的小故事,但都是"伪异国行",并没有真正到达外国①,而且从内容上规模上与《宇津保》的"渡唐"故事都无法相比。可以说,现存平安朝物语中,是《宇津保》开创了描写日本人的异国行和异国体验的先河,对其后的两部"渡唐物语"《滨松》和《松浦宫》起到了巨大的影响。

1. "渡唐物语"与琴

《宇津保》是以清原俊荫家族的秘琴传授为主线的作品,"琴"是作品的重要主题之一。

主人公俊荫漂流到了波斯国后,白马引领他从现实进入到传奇仙境中。他先是来到一片旃檀林中,拜三位仙人为师求得古琴秘法,然后追寻斧头伐木的声音见到正在伐木的阿修罗。恶神阿修罗也被俊荫的孝心所感动,但却决不答应给他自己所伐的树。在佛的帮助下,阿修罗终于同意把树的下端送给俊荫,俊荫用它制作成三十面宝琴。

---

① 火鼠裘的故事中,阿倍御主人派家臣小野房守乘坐唐国贸易船到唐土购买,小野房守从唐土购得后又随船回到日本。此处虽有"渡唐"描写,但"渡唐"只是获取火鼠裘的手段,并非故事的主要情节。

终于获得梦寐以求的宝琴之后,俊荫独居在清凉的旃檀林中弹琴三年,然后又来到美丽的西方花园。这里是天人下凡的圣地,当俊荫在春日璀璨的阳光下,在一棵开满鲜花的大树底下开始演奏时,一位仙女带着七位仙人乘着祥云下凡而来。仙女告诉俊荫天意决定他必将成为弹琴世家之祖,并给三十面琴中音色最为优美的两面命名为"南风"和"波斯",指示他去寻找弹奏极乐净土之乐的自己(仙女)的七个孩子,学习琴技。

　　俊荫按照仙女的指示继续西行,与孔雀、龙、虎狼、大象等动物相遇后,找到了分别住在七座山上的七子。第七座山呈琉璃色,春花与红叶都分外美丽,凤凰和孔雀在花上玩耍,净土的音乐似乎从风中传来。俊荫与七子在第七座山上合奏弹琴,琴声传到了佛祖耳里,派文殊前来探个究竟。原来七子是忉利天天女之子。后佛祖现身,讲述了俊荫前世的因缘,并预言第七位仙人的后代将会投胎转世为俊荫的第三代。

　　俊荫学得琴技后踏上归途,旋风刮起,将他要带回国的琴都卷上了天空。俊荫经由波斯国,搭乘贸易船回到日本。在皇帝面前弹奏一曲,大殿上的瓦片便如花瓣一般四处散落;再弹一曲,六月炎夏竟下起了鹅毛大雪。他谢绝了皇帝让他担任琴师的旨意,辞掉官职在家专心传授女儿琴技。于是俊荫在异乡学到的琴技和带回的宝琴经由俊荫之女、仲忠、犬宫四代人代代相传。

　　以上就是《宇津保》所描写的俊荫在异乡学得琴艺、获得宝琴并开始琴艺传承的经过。"琴"这一母题也为之后的《滨松》和《松浦宫》所继承,成为作品中重要的意象和元素。

　　《滨松》的主人公中纳言与唐后的第一次邂逅就是被唐后美妙的琴声吸引,跟随琴声来到唐后的住处,看见美丽的唐后,惊为天人。后来中纳言即将回国之际,八月十五中秋月夜,皇帝在未央宫给他开送别宴会,在皇帝的一再劝说之下,唐后弹奏一曲,琴声清澈明亮。作者将唐后琴声比作《宇津保物语》俊荫之女的琴声,说"琴声响彻云霄,宇津保物语里的内侍督所弹的南风、波斯风的音色想来也不过如此了吧。"[①]

　　这里所说的内侍督就是俊荫之女,《初秋》卷中,俊荫之女为朱雀帝演奏,因琴声优美,被赐予内侍督的封号。俊荫在将南风、波斯风两面宝琴传给女儿时,告诉她说:"这两面琴只能在幸福和不幸达到极限时才能弹奏。"[②]

---

① 池田利夫校注・訳『浜松中納言物語』、新編日本古典文学全集、小学館、2001年、p. 99。
② 中野幸一校注・訳『うつほ物語1』、新編日本古典文学全集、小学館、1999年、p. 83。

俊荫之女遵守父亲的遗言,在最无助和最幸福时才弹奏了这两面宝琴。《俊荫》卷中,她带着儿子仲忠隐居在北山大杉木的洞窟里,当东国武士来袭将二人团团包围、束手无策时,俊荫女取出"南风"弹奏,顿时树倒山崩,包围他们的武士全被埋在了山下,二人躲过了这场劫难。《楼之上下》卷中,八月十五日中秋夜,仲忠在高楼举办母亲和女儿的演奏会,这对家族来说应当是最荣耀、最幸福的时候。俊荫之女应嵯峨院、朱雀院的要求演奏宝琴,顿时雾散云涌、斗转星移。演奏"波斯风"时,更是电闪雷鸣、大地震动,发生了种种奇异的现象。

《滨松》中引用的"宇津保物语里的内侍督所弹的南风、波斯风"就是指俊荫之女在最无助和最幸福时的两次演奏。《滨松》并没有对《宇津保》的内容进行任何说明,这种直接引用的方式说明《宇津保》这部作品对《滨松》同时代的读者来说已是耳熟能详,不需要任何解释说明了。同时也说明,《滨松》的唐后在弹琴这一点上与《宇津保》的俊荫女是一脉相承的。[①]

《松浦宫》的作者藤原定家赋予了主人公橘氏忠和《宇津保》的俊荫同样的音乐使命,那就是要在唐土学习琴技和琴曲。不仅在人物设定方面橘氏忠与俊荫十分相似,就连在唐学得琴技,并将之带回日本发扬光大这一情节也都一样。

氏忠入唐后,一天信步徜徉时被高楼里传来的美妙琴声吸引,结识了琴的弹奏者——一位八十高龄的老翁。老翁对他说了下面一席话:

> 你之所以会远离父母、来到我国,都是因为前世因缘注定要你在你的国家将琴音发扬光大。(中略)如今世上没有人能够比华阳公主更加懂得琴之精神,你就是那个注定要获得公主传授的人。公主八、九月月圆之时,定会在商山笼闭,调试琴音。公主年方二十,比老身年轻六十三岁。虽身为女子,但因前世习琴,在此世间停留良久,自然悟出些门道,从仙人处学得琴曲。(中略)你学会琴艺之后,在这个国家绝对不得弹奏给别人听。(中略)你带上此琴,去商山寻访公主吧。学得琴艺之后,在这个国家千万不可以弹奏。[②]

《松浦宫》关于琴艺传授的这段描写很明显是受到《宇津保》的影响,甚

[①] 张龙妹《平安物语文学中的古琴》(《日语学习与研究》,2012年第6期)中也指出《滨松》中唐后善琴的构思来源于《宇津保》。

[②] 樋口芳麻呂・久保木哲夫校注・訳『松浦宮物語・無名草子』、新編日本古典文学全集、小学館、1999年、p.36。

至可以说是俊荫学琴故事的翻版。《宇津保》中,俊荫在西边花园里弹琴时,空中响起祥和的音乐声,仙女脚踏紫色祥云,带着七个仙人从天而降。仙女也对俊荫说了如下一段话:

> 这么说来,你就是我们在等的人,所以才会留在此地。天意注定你将在人世间弹琴振兴琴之家族。我因从前稍微犯戒,被贬落到由此往西、佛祖之国往东的中间的地方。在那里居住了七年,生了七个孩子。他们在那儿弹奏极乐净土的仙乐。你去那里,学习他们的琴技,然后回日本国去。这三十张琴中音色尤其优美的两张我来命名吧,一张叫南风,一张叫波斯风。这两张琴,只可在我那山里的七个孩子面前弹奏,绝对不得弹奏给他人听。①

将两者对比便可知道,《松浦宫》的老翁的作用就相当于《宇津保》的仙女。仙女昭示了俊荫的命运,并告诫他学得琴艺之后在此地一定不得弹奏给别人听。老翁也扮演了同样的角色,对氏忠来说是昭示命运和警告劝诫的引导者。《宇津保》中传授琴艺的是仙人,《松浦宫》中传授琴艺的华阳公主也是从仙人处学得,琴和琴艺起源于天界,这一点二者也都相同。

此外,《松浦宫》的氏忠向华阳公主学习琴艺是在商山的"高楼"里,"高楼"这一传授琴艺的场所也与《宇津保》一样。仲忠为了传授琴艺给女儿犬宫,专门修建了两座高楼,俊荫之女便开始在高楼上传授琴艺给孙女犬宫。《松浦宫》的商山"高楼"应该也是模仿了《宇津保》的高楼。

再就是《松浦宫》中"飞琴"的意象也可以从《宇津保》中找到源头。《松浦宫》描写华阳公主在五凤楼把水晶玉石作为信物交给氏忠,约好转世到日本再相见。临死前,她用白色的扇子扇了扇自己的琴,琴便升空飞走了。直到后来氏忠回到日本,遵照华阳公主的嘱咐参拜泊濑寺、与公主重逢之后,那琴才从云中飞了回来。"飞琴"意象最早出现在《宇津保》中,俊荫用阿修罗给的桐树下段树枝制作了三十面琴,是旋风帮他把琴带到檀树林。后来他要回日本时,也是一阵旋风把他要带走的琴卷上天空带走。

《宇津保》被称之为"琴之物语",宝琴传承是贯穿全篇的主线。《滨松》虽然不再以宝琴传授为主题,但弹琴依然是作品的重要情节。而《松浦宫》则继承了《宇津保》的宝琴传承这一主题,具体到主人公学琴的使命、传授琴艺的高楼、"飞琴"的意象等方面可以说都是来源于《宇津保》。

---

① 中野幸一校注・訳『うつほ物語1』、新編日本古典文学全集、小学館、1999年、p. 30。

2. 佛教元素的传承与变奏

第一部"渡唐物语"《宇津保》与之后的《滨松》和《松浦宫》最大的不同就是《宇津保》只是"渡唐物语"而非"在唐物语",它并没有描写在唐土发生的故事。作者描写了遣唐使航海遇难,描写三艘船唯有俊荫所乘之船幸免于难,漂流到波斯国。接下来呈现给读者的是一个包含大量佛教元素的异乡漂流故事,是一个传奇、空想的世界。

《滨松》和《松浦宫》则与之不同,并没有描写旅途的艰难,主人公都顺利抵达了唐土。《滨松》的中纳言一行平安无事,没有遇到狂风暴雨,顺利抵达"温岭"。《松浦宫》的氏忠一行也是出人意料的顺利,启程第七天夜里就抵达了"明州"(今天的宁波)。两部作品既是"渡唐物语",更是"在唐物语",重点描写的是到达唐土之后的体验和生活,讲述主人公与唐人之间发生的各种故事,呈现的是非常有现实感的唐土世界。

但尽管如此,《滨松》和《松浦宫》还是继承了《宇津保》异乡漂流故事中的佛教元素。《宇津保》的异乡漂流故事,从俊荫在异乡漂流体验的内容来看,其实是一个关于琴的具有浓厚佛教色彩的故事,就像河野多麻所说的那样:"宇津保物语的琴的故事始于佛教信仰。"[①]

首先,故事中出现了阿修罗。阿修罗为印度最古诸神之一,易怒好斗,通常被视为恶神,与帝释天(因陀罗神)争斗不休,以致出现了修罗场、修罗战等名词。恶神阿修罗出现在"琴之物语"中是有一定必然性的,因为佛教中阿修罗之琴为"欲听之则无弹者,而随意自出声。此阿修罗之福德所使然也"[②]。《大智度论》中用阿修罗琴来比喻法身菩萨为众生说法,心无所分别,"如阿修罗琴。常自出声随意而作无人弹者"[③]。

阿修罗为了消除万劫之罪、摆脱万恶之身,奉仙女之命守护山上的桐树。仙女便是后来昭示俊荫命运的忉利天仙女,由于过去犯戒,被贬落到"由此往西、佛国往东,两者居中的地方"[④]。

阿修罗、忉利天等元素在《滨松》与《松浦宫》中分别以不同形式得到了继承和新的阐释。例如,《滨松》卷四描写回国后的中纳言频频梦到唐后,一天夜里他听到了来自空中的声音,说唐后在这个世界的缘分已尽,重生到天

---

① 河野多麻校注『宇津保物语一』、日本古典文学大系、岩波書店、1959年、p.9、解説。
② 丁福保编《佛学大辞典》,中国书店,2011年,p.1441,"阿修罗琴"。
③ 《大智度论》十七。新脩大正大藏経テキストデータベース http://21dzk.l.u-tokyo.ac.jp/SAT/ddb-bdk-sat2.php。
④ 中野幸一校注・訳『うつほ物語1』、新編日本古典文学全集、小学館、1999年、p.30。

上了。卷五又描写唐后出现在中纳言梦中,告诉他自己会投胎到日本的吉野姬腹中。也就是说,唐后先是升到忉利天之后再投胎到吉野姬腹中而转世。中世的文学评论《无名草子》批评说这样的描写太不真实,读者会想:"忉利天的寿命应该是很长的,怎么会有这样的转世呢?"[1]《滨松》的作者为什么要让唐后转世经历"死亡——升天——转生"三部曲呢?关于这一点,作品中并没有给出答案。但可以想象,也许作者心目中的唐后原本就是忉利天天女下凡,与《宇津保》的忉利天仙女一样,是因为犯戒才被贬落人间,升天只是天女回归天界。只不过《滨松》的唐后在人间爱上了中纳言,因为感情羁绊而甘愿放弃忉利天之生,宁可再次投胎人世。

《松浦宫》则将这些元素进行了进一步地演绎。唐土的邓皇后隐瞒身份与氏忠频频私会,直到氏忠即将回国前才透露了自己的身份,并且讲述了自己与氏忠的前世因缘。原来,唐土的叛将宇文会乃是阿修罗化身,阿修罗化作宇文会要灭唐,文皇帝则派玄奘向天帝求助。于是天帝派第二天(即忉利天)的天众和天童降落人间,去帮助文皇帝平定内乱、治国兴民。忉利天的天众和天童便是皇后和氏忠。

天帝派天众和天童去制服阿修罗,这一情节应该是源于佛经中常见的天帝派天众去与阿修罗作战的描写。例如隋代阇那崛多译《起世经》斗战品第九里描述了帝释派三十三天去与阿修罗众作战的种种情形。

> 有时诸天与阿修罗起大斗战。尔时帝释告其所领三十三天言。诸仁者。汝等诸天。若与修罗共为战斗。宜好庄严善持器仗。若诸天胜。修罗不如。汝等可共生捉毗摩质多罗阿修罗王。以五系缚之。将到善法堂前诸天会处。三十三天闻帝释命。依教奉行。尔时毗摩质多罗阿修罗王。亦复如是告诸修罗言。若诸天众共阿修罗斗战之时。天若不如。即当生捉帝释天王。以五系缚之。将诣诸阿修罗七头会处。立置我前。诸修罗众。亦受教行。诸比丘。当于彼时。帝释天王。战斗得胜。即便生捉阿修罗王。以五系缚之。将诣善法堂前诸天集处。[2]

以上引用的是开头部分,详细描写了诸天在与阿修罗的作战中得胜,生

---

[1] 樋口芳麻呂・久保木哲夫校注・訳『松浦宮物語・無名草子』、新編日本古典文学全集、小学館、1999年、p. 239。
[2] 新脩大正大藏経テキストデータベースhttp://21dzk.l.u-tokyo.ac.jp/SAT/ddb-bdk-sat2.php。

捉阿修罗王,将其五花大绑的场面。

《宇津保》所描写的阿修罗与忉利天天女都与俊荫获得宝琴及琴艺传承有关。阿修罗将其砍下的树枝下段交给俊荫,在天人仙女的帮助下,这段树枝被制作成了三十张宝琴。忉利天天女告诉俊荫去寻找自己的孩子七天子,俊荫后来找到他们学到了琴艺。天女最终得到佛的宽恕回到天上,其第七子转世为俊荫的后代。

《松浦宫》中,氏忠作为下凡的天童,其"渡唐"肩负两项任务:一是和天众(唐后)齐心协力打败阿修罗(宇文会);另一个则是学习琴艺,以便回到日本普及传播,如同高楼里弹琴的八十岁老者陶红英对他讲述的那样:"你远离父母来到我们国家,是因为前世因缘注定要向日本国传播琴艺。"

《松浦宫》继承了《宇津保》《俊荫》卷中阿修罗与忉利天天女等佛教元素,并在佛经中阿修罗与天帝所领诸天作战故事的基础之上,构思了天帝派天众和天童(邓皇后和氏忠)下凡打败阿修罗化身宇文会等情节。有意思的是,作者还加入了唐朝文皇帝派玄奘为使者向天帝求助的情节,说明作者非常了解玄奘西行求法的史实,让大名鼎鼎的"玄奘三藏"作为唐朝文皇帝的使者去"西天"找天帝求助。

至于《宇津保》中与阿修罗和忉利天天女相关的琴艺传授的情节,《松浦宫》则塑造了另一个人物华阳公主来承担。华阳公主不仅将琴艺全部传授给氏忠,而且后来转世到日本的泊濑寺,与氏忠结为夫妇并怀了孕,预示着氏忠的后代即将诞生,延续二人的琴艺。华阳公主的琴艺是她小时候在商山斋戒之时仙人下凡所传授,继承了《宇津保》中琴和琴艺起源于天界这一点。由此可见,《宇津保》《俊荫》卷所讲述的俊荫与阿修罗、忉利天天女相见以及琴艺传授的故事,在《松浦宫》中通过邓皇后和华阳公主两名女性分别再现并且演绎成了两个故事,也即是氏忠渡唐的两个任务:帮助皇后大战宇文会及学习琴艺并带回日本。

综上所述,《宇津保》所描写的俊荫的异乡体验虽然并非是在唐土的体验和经历,但是其中关于琴的构思以及阿修罗、忉利天天女等佛教元素为其后的"渡唐物语"所继承,形成新的变奏。

第四章 《滨松中纳言物语》的"唐土"

《滨松中纳言物语》的作者一般认为是平安朝中期的女作家、和歌歌人菅原孝标女。菅原孝标女是汉学家菅原道真的后人,著有《更级日记》等作品。一千年前日本平安朝的一名女性作家,要想描写自己从未去过的遥远异国,描写异国的地理和风土人情等,可以说绝非易事。

作者是在怎样的文学基础和知识资源的基础之上,建构出想象中的唐土?关于唐土的描写与想象,又反映出怎样的"对中国意识"和文化心理?这些都是本章关注的重点。

一、建构想象的资源与基础

关于唐土的描写与想象并非凭空产生,有一定的文学基础,也有知识积累和资源。对日本平安朝的贵族女性来说,她们并不像大多数男性贵族、文人那样一定要修习汉文,要学习三史五经、研读老庄或是背诵《文选》等。虽然也有个别像紫式部那样汉文学修养较高的女性,但对大多数女性来说,即便学习,最多也只是阅读像是《千字文》《蒙求》《李峤百二十咏》等较为浅显易懂的汉文作品。她们接触中国、中国文学的主要方式更多的是通过插图、画卷等绘画资源,抑或是通过日本汉文学的间接了解。

1."唐绘"

《滨松》作者的一个重要的资源是"唐绘",这一点从作品的叙述中可以直接看出。在描写唐土的风景时,作品中不止一次出现"跟画上一样"[①],"如

[①] 原文是「絵にしるしたる同じことなり」。池田利夫校注・訳『浜松中納言物語』、新編日本古典文学全集、小学館、2001年、p.32。

同逼真的唐绘一般"①等描写,说明"唐绘"是作者的重要参考资料之一。所谓"唐绘"是指从中国传入日本的绘画,也泛指模仿中国绘画的内容、形式和技法,或是描绘中国题材、具有中国风格的日本绘画。

作品描写中纳言一行顺利抵达唐土,唐帝的使者到函谷关迎接他们,周围的风景"好像唐国物语中的画一样"②。《唐国物语》是当时流传的一部物语,但现今已失传,无从知道其具体内容。十一世纪后期的中篇物语《狭衣物语》中,主人公狭衣身边的女人要么投河、要么出家,爱慕已久的源氏宫又做了斋院③,狭衣面对种种不如意,自嘲说"我也像唐国中纳言那样,找个带孩子的修行人算了。"④这里所说的"唐国中纳言",一般认为很可能就是《唐国物语》的主人公。由于这是有关《唐国物语》的唯一资料,学者们也尝试对其内容进行推测。关于主人公渡唐这一点没有争论,但是关于后一句的意思,有"我也找个带孩子的修行人算了"("子持ち聖"指生了孩子后出家的女性)和"我也当个带孩子的修行人算了"("子持ち聖"指狭衣自己,指男性)两种说法。

由于资料有限,无法推测出《唐国物语》的具体内容和情节。但是有两点可以肯定:一、同为"渡唐物语",《滨松》的"渡唐"构思很有可能是参考了《唐国物语》;二、《唐国物语》被制作成了画卷,说明在当时是一部受人欢迎、广为流传的作品。《唐国物语》画卷是典型的"唐绘",也是《滨松》的重要参考资料之一。

日本平安朝产生的"物语"这种文学形式在其发展过程当中与"绘画"发生了千丝万缕的联系,很多作品都被制作成了插图、画卷。例如,《源氏物语》《蓬生》卷描写末摘花不善与人交际,闲时只会"偶尔取出旧藏的《唐守》、《藐姑射老妪》,赫映姬的故事等的插图本来,随意翻阅,聊供消遣。"⑤《唐守》与《藐姑射老妪》都是早期的物语作品,现已失传。赫映姬的故事指的自然是《竹取物语》。由此可以看出《竹取物语》等早期物语在《源氏物语》的时代

---

① 原文是「上手の書きたりし唐絵にたがはず」,池田利夫校注・訳『浜松中納言物語』、新編日本古典文学全集、小学館、2001年、p.39。
② 同上书,p.32。
③ 平安时代侍奉贺茂神社的斋王,由皇族中未婚的皇女或女王担任。
④ 三谷栄一・関根慶子校注『狭衣物語』、日本古典文学大系、岩波書店、1965年。原文为「もし唐国の中納言のやうに、子持ち聖や設けんずらん」(p.196),「子持ち聖」的意思不明,笔者参考古典文学大系的补注(p.488)做了如上翻译。
⑤ 丰子恺译《源氏物语》,人民文学出版社,2006年,p.289。原文为:"唐守、藐故射の刀自、かぐや姫の物語の絵に描きたるをぞ時々のまさぐりものにしたまふ。"

已经被制作成了插图,也就是所谓的"物语绘"①。

《源氏物语》《赛画》卷描写梅壶女御和弘徽殿女御拿出各自收藏的"物语绘"进行品评时,左方梅壶女御出的是物语的鼻祖《竹取物语》的画卷,右方弘徽殿女御拿出的则是《宇津保物语》的画卷。最终,《宇津保物语》画卷因"笔法兼备中国、日本两国风格"②,既有让人耳目一新的异国情境,又有令人熟悉亲切的本国风光,以趣味无穷取胜。

上一章分析了第一部"渡唐物语"《宇津保》对《滨松》和《松浦宫》的影响,后期物语形成过程中不可避免地会受到早期物语的影响。而这种影响不仅只是通过文字,也很有可能是通过绘画形式。

玉上琢弥著名的"物语音读论"③指出早期物语形成时,人们对绘画("物语绘")的兴趣超过文字本身,因此物语的阅读行为其实是欣赏绘画,文字部分则是让侍女"音读"(读出声音)。这一观点由于过于强调绘画的重要性,相对弱化了作品语言文字部分的作用,因此受到了后来学者的批判。但是它指出的在物语受容和鉴赏中绘画的重要性,是非常有参考价值的。尤其是女性的阅读行为中,绘画占了非常大的分量。

《滨松》就是一个很好的例子,作品描写唐土风景时说"好像唐国物语中的画一样",这就等于公开了作者的阅读行为和资料来源。作者在描写唐土时脑中浮现的是《唐国物语》中的绘画,说明绘画对其写作的重要性。

值得注意的是,很多"唐绘"都是日本的画师绘制的中国题材绘画,画师也并没有见过真实的唐土。因此,"唐绘"并不是写实画,只是基于画师想象的充满异国(唐土)风情的绘画而已。对平安朝女性来说,除了"物语绘"以外,"唐绘"在生活中也是常见的,例如屏风画以及美术工艺品上的图案等。

2. 中国故事

《滨松》这部作品中出现了很多中国人名,例如潘岳、王子猷、李夫人、西王母、东方朔、杨贵妃、王昭君、上阳人等等,但是这并不能说明作者具有深厚的中国文学基础,因为这些中国文学中的经典故事传到日本之后,以多种形式得到接受、传播和再创作。作者即使没有丰富的中国文学修养,也能够通过绘画、物语等通俗易懂的方式了解和熟知。

---

① 根据物语中的人物、场景等制作成的绘画,称之为"物语绘"。
② 丰子恺译《源氏物语》,人民文学出版社,2006年,p.309。
③ 玉上琢弥「昔物語の構成上·中·下」(『国語国文』13-6、13-8、13-9、1943年6·8·9月)、『源氏物語音読論』、岩波現代文庫、2003年など。

例如,《长恨歌》《王昭君》等深受当时日本人喜爱的中国题材故事,多被制作成了画册、画卷等等。《源氏物语》《桐壶》卷描写桐壶天皇在缅怀逝去的桐壶更衣时,朝夕披览一本《长恨歌》画册。《长恨歌》画册以《长恨歌》为题材,桐壶帝浏览画册,借同样命运的杨贵妃来缅怀已故的桐壶更衣。《源氏物语》《赛画》卷中,光源氏与紫姬选画时,觉得"描写长恨歌与王昭君的画"①虽然有趣味,但因故事内容不吉利,所以便没有拿出来。说明这些中国题材故事的画册、画卷等对平安朝贵族来说都是身边之物,在日常生活中随时可以阅读、欣赏。这些中国题材的"唐绘"与《唐国物语》的绘画一样,应该都是《滨松》作者重要的参考资料。

除了被制作成画册、画卷以外,很多广为人知的中国题材故事还被翻案、改写成物语,配上和歌等。《滨松》的作者菅原孝标女在另一部作品《更级日记》中也提到说,听说《长恨歌》被写成了物语,自己也想一睹为快。十二世纪初成书的《今昔物语》"震旦部"以及十二世纪末、十三世纪初成书的《唐物语》中都收录了大量的中国题材故事。

有意思的是,《滨松》中出现的几乎所有的中国人名也都出现在了《唐物语》中。《唐物语》是日本文学史上第一部完全以中国故事为题材的短篇物语集,因其成书时间比《滨松》晚了一个多世纪,所以《滨松》不可能会是受到《唐物语》的影响,但是却可以推测这些中国题材的故事都是当时广为流传,为人们所熟知和喜爱的。

除了"唐绘"、物语等形式以外,也不排除作者直接阅读中国典籍的可能性。然而,由于平安朝女性阅读得更多的是"和文"而非"汉文",可以推测,作者即便阅读,应该也是一些简单易懂的读物。三角洋一指出,作品中所涉及的中国故事基本上超不出《千字文》《蒙求》《李峤百二十咏》等书的内容,如果再加上三史、《文选》或是一些小说传奇之类基本便能全部覆盖。甚至可以推测,作者主要阅读范围是《千字文》《蒙求》等启蒙性读物,由于对类似或相关的故事产生了兴趣,从而进一步参考了三史、《文选》等书籍。②

3. 日本汉文学

此外,日本的汉文学也是建构中国想象的重要文学基础。值得注意的是,作品中人物所吟咏的汉诗全都是收录在《和汉朗咏集》中的诗歌。《和汉

---

① 丰子恺译《源氏物语》,人民文学出版社,2006年,p.307。
② 三角洋一「日本における受容」(『白居易研究講座』第四卷、勉誠社、1994年),p.37。

朗咏集》是十一世纪初藤原公任所编的一部汉诗和歌合璧的作品,是日本受容中国诗歌的一部重要作品。

第一卷描写中纳言翻越华山时吟诗一首:"苍波路远云千里",随行的博士们听后落下泪来,接下句吟道:"白雾山深鸟一声。"①这两句诗其实都是取自《和汉朗咏集》"行旅"篇的日本诗人橘直干的作品。后来,中纳言去河阳县探访唐后时,侍女们一边赏菊一边吟诗,所吟的"兰惠苑岚"和"此花开后"②两首诗也都是《和汉朗咏集》"菊"中所收的汉诗,前一首是日本诗人菅原文时的"兰惠苑岚紫摧后,蓬莱洞月照霜中",后一首则是元稹的诗句"不是花中偏爱菊,此花开后更无花"。

由于《和汉朗咏集》中引用了很多中国故事、典故等,作者也很有可能是通过《和汉朗咏集》知晓这些故事。例如,作品描写中纳言容貌俊美、光彩照人,让唐土的大臣公卿们纷纷感叹道,"从前河阳县令潘岳是唐土的第一美男子,但若论亲和力与魅力,中纳言比潘岳还要更胜一筹,即便是唐土也无人可及。"③关于潘岳及其故事,《文选》中收录了潘岳其人的《秋兴赋》,《晋书·潘安传》中有妇女们见到貌美的潘岳,便向他的车上丢掷瓜果的所谓"掷果盈车"的故事,北周庾信《枯树赋》的"若非金谷满园树,即是河阳一县花",《春赋》中的"河阳一县并是花,金谷从来满园树"等所咏的也是潘岳河阳一县花的故事。但《蒙求》中的"岳湛连璧"(夏侯湛与潘岳的连璧)或是《和汉朗咏集》也许才是作者的第一手资料。《和汉朗咏集》"妓女"篇中引用了《游仙窟》中用来形容崔女郎的句子:"容貌似舅 潘安仁之外甥 气调如兄 崔季珪之小妹"④。

《滨松》第三卷中,中纳言回国之后皇帝向他询问唐土的情况,皇帝说唐土的女人一定都貌美如花,像是杨贵妃、王昭君、李夫人、上阳人等,但不知男人如何? 中纳言回答说:"从前,河阳县的潘岳名气很大。邻居女子暗恋他,窥视他三年,他都没有察觉。"⑤邻女登墙窥视三年的典故出自宋玉的《登徒子好色赋》,是宋玉为了表白自己不贪恋女色而举的例子,《滨松》作者张冠李戴把这个故事放在潘岳身上了。这也说明作者的中国文学知识并不严谨,不一定参考了中国原典,而很有可能来自于日本汉诗文、日本改编的物

---

① 池田利夫校注・訳『浜松中納言物語』、新編日本古典文学全集、小学館、2001年、p. 32。
② 同上书,p. 41。
③ 同上书,p. 34。
④ 川口久雄・志田延義校注『和漢朗詠集・梁塵秘抄』、岩波書店、1965年、p. 232。
⑤ 池田利夫校注・訳『浜松中納言物語』、新編日本古典文学全集、小学館、2001年、p. 267。

语甚至是绘画,在这个过程中混淆了。

归纳以上,大概可以推测出《滨松》的作者在描写异国唐土时的资源和基础可以分为:1.绘画资源:物语作品、中国题材故事的画册、画卷等"唐绘",也包括各种美术工艺品上中国风格的图案等等。2.文学基础:中国书籍以《蒙求》等较为浅显的启蒙性读物为主,日本的主要是《和汉朗咏集》等日本汉诗文作品。3.口传等其他资源。

二、唐土想象与写作

《滨松》的作者基于以上资源,再加上自己的想象,塑造了一个怎样的唐土呢? 以下从女性人物形象和地理位置两方面来探讨作者所描绘的唐土形象及成因。

1. 源自"唐绘"的想象:端丽优雅的唐女

《源氏物语》《桐壶》卷在形容《长恨歌》画册中杨贵妃的唐朝装束时,用了"うるはし"(端丽优雅)一词。江户末期国学家本居宣长在注释书《源氏物语 玉之小栉》第五卷中对"うるはし"一词进行了说明:"うるはし在古籍中是美丽之意。但在物语中,不仅只是美丽,还表示端庄严谨、正而不乱之意。"①

《滨松》整部作品中,"うるはし"一词共出现了十六次,全部用于关于唐土的人或事。用于人物共十一次,唐后四次,唐朝女官三次,唐帝、唐朝亲王、杨贵妃、王昭君等人物各一次。尤其是在描写唐土的女性时,反复使用一个固定模式,即「髪上げ、かんざし、うるはしき」(盘发、插簪、端丽优雅)。例如,描写中纳言第一次见到唐后时,唐后便是「髪上げうるはしき御さまにて」(头发盘起,端庄优雅的样子)。同时还同日本女性的发型进行对比,说日本女性是自然垂发,额头刘海也是自然垂下,而唐后则是「うるはしくて、簪して髪上げられたる」(端庄美丽,头发盘起来插上簪子),更显优雅脱俗。

这样的形容其实并非只是在《滨松》中出现,《紫式部日记》《荣华物语》《夜之寝觉》等同时代作品中都有同样的描写。《紫式部日记》描写皇上巡幸土御门邸时,两名内侍「髪上げうるはしき」(盘发、端丽优雅)的形象仿

---

① 本居宣长『源氏物語玉の小櫛』,『本居宣長全集』第四卷、筑摩書房、1976年、p. 325。

佛是精心描绘的唐绘一般。①《荣华物语》卷八描写了同样的场景,一条天皇巡幸土御门邸时,两名内侍「髪上げうるはしき」(盘发、端丽优雅),"仿佛是唐绘中的人物,又如同天人下凡。"②《夜之寝觉》卷一中,女主人公中君梦见天人下凡来传授琵琶秘籍给她,天人的形象被描写成「髪上げうるはしき、唐絵のさましたる」(盘发、端丽优雅,像唐绘里画得那样)。③值得注意的是,这些描写有一个共通的特点,那就是在描写「髪上げうるはしき」(盘发、端丽优雅)的女性形象时,反而会用"仿佛唐绘一般"来形容。

今天我们在形容女性的美丽时,也时常会用"仿佛画中人物一般"来形容,说明"画中人"便是美丽的代名词。《滨松》的作者以及同时代的人们并没有机会见到真实的中国女性,所有的印象都来自于绘画。也正因为如此,绘画中「髪上げうるはしき」(盘发、端丽优雅)的唐朝女性的形象超越时间和空间,成为一种永恒的美。这也说明「簪して、髪上げうるはしき」(盘发、插簪、端庄美丽)的形象正是当时的人们通过绘画形成的唐朝女性的"刻板印象"。

绘画既能够唤起想象力,也有可能让想象模式化。作者描写未曾亲眼见过的异国女性,其信息来源又主要是绘画,这就必然造成描写的模式化。不过除了「髪上げうるはしき」(盘发、插簪、端庄美丽)的模式化描写以外,如同盐田公子所指出那样,作者还巧妙地使用了象征手法,将某种固定的意象与女性相结合。④例如中纳言第一次见到唐后是在一个"赏菊的黄昏",此后作品中每次描写唐后时都会提及"赏菊的黄昏"。尤其是描写中纳言回国后怀念唐后时,"赏菊的黄昏"成为唐后的代名词,中纳言通过回忆"赏菊的黄昏"重温初次见到唐后时的激动心情。作者通过这种手法,巧妙地用"赏菊的黄昏"来唤起读者对唐后的记忆,让读者见"词"如见人,以此避免用不熟悉的手法去描写不熟悉的异国女性。

除了"赏菊的黄昏"以外,满月的月光也被用来形容唐后超凡脱俗之美,形容如同"一轮圆月从堆积的云层中露出头来,月光皎洁"⑤。神尾畅子指出,"月光"是天人之属性,让人联想到《竹取物语》的辉夜姬,作者将这一属

---

① 藤冈忠美・中野幸一・犬養廉・石井文夫校注・訳『和泉式部日記・紫式部日記・更級日記讃岐典侍日記』、日本古典文学全集、小学館、1971年、p. 191。
② 松村博司・山中裕校注『栄花物語』、日本古典文学大系、岩波書店、1964年、p. 268。
③ 阪倉篤義校注『夜の寝覚』、日本古典文学大系、岩波書店、1964年、p. 46。
④ 塩田公子「浜松中納言物語と松浦宮物語―『唐国らしさ』をめぐって」(藤井貞和『物語の方法』、桜楓社、1992年)、p. 120。
⑤ 池田利夫校注・訳『浜松中納言物語』、新編日本古典文学全集、小学館、2001年、p. 99。

性赋予唐土女性,是为了更突出其异国性。①

在这一点上,《松浦宫》也继承并发扬了《滨松》的方法。《松浦宫》在描写三个主要的女性人物——日本女性神奈备皇女,中国女性邓皇后和华阳公主时,分别用白菊、梅花和秋月作为人物的象征。《松浦宫》的作者藤原定家虽然汉学知识丰富,但他毕竟也未去过中国,没有亲眼见过异国女性。在这种情况下,采用这种"以花(月)代人"的象征手法非常有效,可以"扬长避短",回避具体描写,也给予读者更大的想象空间。

《滨松》的作者根据"唐绘"中的印象,再加上自身想象,努力描写自己从未见过的异国美女。"黄昏时分,菊花盛开,盘发插簪的美丽女子",仿佛"云层中探出头来的圆月,月光皎洁",这些描写本身就形成了一幅"唐绘",给读者留下深刻的印象。

2. 源自日本汉文学的想象:长安城外的"河阳"与"洞庭"

在地理方面的描写,由于作者并未去过中国,关于中国的知识也并不精深,作品在地名、地理位置等方面不够严谨,出现了不少混乱和矛盾。例如,作品描写中纳言乘船到达温岭,从温岭到杭州,再从杭州经历阳翻越华山到达函谷关。中纳言的目的地是长安,华山是陕西省的名山,而函谷关却位于河南,从华山再到函谷关等于是走回头路,这是一个明显的地理知识上的错误。诸如此类的错误其他也还可见,也正因如此,这部作品一直以来评价都不是很高,很多日本学者都指出物语作者对唐了解甚少、知识肤浅。明治时期的著名国文学者藤冈作太郎甚至酷评道:"拘泥于一个'唐'字,便罗列无用之说。如果真是对他国情形有所见闻,描写又怎会落得如此浅薄?"②

此后,松尾聪、山川常次郎等多数学者延续了这种论调,认为作品对唐的描写幼稚粗糙,错误百出。③但另一方面,也有须田哲夫等学者认为作者菅原孝标女出自辈出文章博士、大学头的名门菅原家,仅从这一背景来看也不应当犯太低级的错误,因此对其所描写地理路径重新考证,认为并无不当之处。④广濑昌子也认为作品中的相关描写并非任意想象,而是严格参考了

---

① 神尾暢子「松浦宮の唐土女性―月光と女性美」(『学大国文』45、2002年3月)、p. 48。
② 藤岡作太郎(秋山虔他校注)『国文学全史2 平安朝篇』、平凡社、1974年、p. 184。
③ 松尾聡「浜松中納言物語に於ける唐の描写について」(『文学』第1卷第7号、1933年10月)、山川常次郎「『御津の浜松』における日支関係」(『古典研究』616、1941年6月)など。
④ 須田哲夫「浜松中納言物語に於ける作者の唐知識論」(『文学・語学』5、1957年9月)。

遣唐使的航线以及出航和返航的时期。①

笔者以为,既然已知作者并未去过中国,关于中国的知识也并不精深,那么再深究作品中的地名、行程是否准确,与实际是否相符等意义也就不大。重要的是作者是基于何种资源,又是如何通过想象进行描写的,去关注作者创作的方法。

前面提到,除了"唐绘"以外,《滨松》作者所描写的唐土在很大程度上参考的是日本汉文学。作品中人物所咏的汉诗全部出自于日本的汉诗集《和汉朗咏集》。而作品中出现的中国地名,也都可以从平安朝前期和中期的汉文学作品中找到出处。笔者对作品中的中国地名进行了整理,使用《平安朝汉文学综合索引》进行调查,发现这些地名都可以从平安朝汉文学作品中找到出处。

《滨松中纳言》中的唐土地名	平安朝汉文学作品中的使用情况(用例数)
うむれい(温嶺)	なし 温州2(麗1、菅1)
かうしう(杭州)	6(兼1、新2、句1、資1、粹1)
こほうだう→未詳	
れきやう(歷陽)	1(粹)
くわざん(華山)	8(華、扶、麗、朗、泥、粹、續2)
函谷の関	函谷9(無2、江1、朗1、泥1、新2、續1、序1) 函関1(粹1)
かうやうけん(河陽県)	河陽(日本)27(凌3、華7、経1、扶1、無3、兼1、菅1、泥1、雑1、粹3、續2、明2、朝1)
	河阳(中国)11(凌2、背1、无1、兼1、江1、雑1、善1、粹2、集1)
とうてい(洞庭)	29(華4、経1、麗1、背2、無3、鳩1、兼3、菅1、江1、新1、天1、殿1、粹5、續3、集1)
えうしう(雍州)	8(無、田、粹、續2、集、三、明)
さんいう(山陰)	6(背1、江2、粹1、續1、朝1)
しょくさん(蜀山)	なし 商山21(凌1、扶1、無4、江1、作1、朗2、泥2、新3、資1、粹3、續2)

---

① 広瀬昌子「浜松中納言・松浦宮物語の地名表現について」(『甲南国文』39、1992年3月)。

桃源	２８（麗１、背１２、兼３、菅３、江４、粋２、続３）
ちやうり(長里)	長安３２（凌１、華４、無１１、江１、法１、泥１、新１、資２、粋３、続２、集１、三２、朝２）
ちゃうが(長河)	長江６（法２、句１、続１、集１、朝１）
昆仑山	27（経１、扶１、麗１、鳩１、兼３、性３、都１、江１、朗１、新１、粋８、続４、集１）

(凌：凌雲集；華：文華秀麗集；経：経国集；扶：扶桑集；麗：本朝麗藻；背中右記部類紙背漢詩集；無：本朝無題詩；鳩：鳩嶺集；兼：和漢兼作集；性：性霊集；田：田氏家集；菅：菅家文草；後：菅家後集；紀：紀家集卷十四断簡；江：江吏部集；法：法性寺関白御集；朗：和漢朗詠集；泥：泥之草再新；新：新撰朗詠集；句：類聚句題抄；雑：雑言奉和；善：善秀才宅詩合；殿：殿上詩合；資：資実長兼両卿百番詩合；粋：本朝文粋；続：本朝続文粋；集：本朝文集卷十一一六十一；三：三十五文集；明：明衡往来；朝：朝野群載。)[①]

以下就以"河阳"和"洞庭"这两个地名为例去考察作家对异国地理的写作与日本汉文学的关系。

"河阳县"是女主人公唐后居住的地方，是作品中的重要场所。"三皇子在皇宫附近、河阳县之地营造了精美的宫殿，以此为自宅，与母后同住"[②]，根据作品的描述，河阳位于皇宫附近，中纳言从都城很轻易就能到达河阳，住在河阳的三皇子也能够随时入宫拜见皇上。如果这个"河阳县"是参照中国的"河阳县"写成的话，那么它应该位于河南，距离唐朝京城长安[③]遥遥千里，绝不可能是在皇宫附近。

"洞庭"也是作品中的地名之一，洞庭位于京城以西，是红叶美不胜收之地，离皇宫也很近。十月一日中纳言随皇上出游洞庭欣赏红叶，翌日便来到三皇子所在的河阳县。而事实上洞庭位于中国湖南省北部长江以南，并非长安以西，离长安、河阳更是遥遥千里，绝非出行翌日就能到达的距离。

作品中的"河阳县"也好，"洞庭"也好，其地理位置如果用实际存在的中国地名来比对的话，只能用作者所犯的地理知识错误来解释。但其实这些地名都是日本汉诗文中时常吟咏的，作品描写的并非实际存在的中国的"河阳"和"洞庭"，而是通过日本汉诗文所想象出来的"河阳"和"洞庭"。

河阳早在平安初期的勅选汉诗集《凌云集》《文华秀丽集》中就已出现。《文华秀丽集》中收录的嵯峨天皇的代表作之一《河阳十咏》便是一个典型的

---

① 『平安朝漢文学総合索引』、吉川弘文館、1987年。
② 池田利夫校注・訳『浜松中納言物語』、新編日本古典文学全集、小学館、2001年、p.34。
③ 作品描写的唐朝京城经多方考证，只可能是长安，而非东都洛阳。

例子。其中第一首咏道:

> 三春二月河阳县。河阳从来富于花。
> 花落能红复能白。山岚频下万条斜。

藤原冬嗣的和诗"河阳花"咏道:

> 河阳风土饶春色。一县千家无不花。
> 吹入江中如濯锦。乱飞机上夺文纱。①

晋潘岳的"河阳一县花"的故事为当时的日本文人所熟知,这两首汉诗都是以这个故事为背景所咏的。但嵯峨天皇和藤原冬嗣诗中所咏的景色却并非是潘岳所在的"河阳县",而是嵯峨天皇在淀川以北营造的离宫"河阳宫",咏的是河阳宫春天鲜花盛开的景色。据史料记载,嵯峨天皇常常去淀川北岸游猎,因此在北岸山崎驿站建行宫。由于山崎是山城国唯一的驿站,因此成为行宫之后仍然有驿站功能,被称为河阳站。菅原道真在《菅家文草》中也留下了题为"致河阳站,有感而泣"的诗歌,吟咏他与旧友王府君在河阳站依依惜别的场景。②也就是说,嵯峨天皇和藤原冬嗣诗中"河阳从来富于花","一县千家无不花"等前半句作为背景咏的是潘岳"河阳一县花"的故事,而后半句咏的则是眼前的日本"河阳宫"的景色,一首诗中既咏了中国的河阳县,也咏了日本的河阳宫。③

池田利夫指出了菅原一族与河阳宫的关联:菅原道真的祖父菅原清公是日本汉文学史上重要的诗人,是嵯峨、淳和两朝重臣,三大勅选汉诗集均收录了他的汉诗。菅原清公的诗文中虽未见到有直接吟咏河阳的,但嵯峨天皇频繁行幸河阳离宫之时,菅原清公想必也随行并参加了诗宴。④池田认为,对《滨松》的作者菅原孝标女来说,平安初期的河阳离宫已然年代久远,她是否知道其存在无从考证,但她对自己先祖的事迹不可能没有了解。⑤虽然这种推理无法确证菅原孝标女是以嵯峨天皇的河阳宫为模板来描写的"河阳县",但至少可以推测女主人公唐后的居所"河阳县"是以日本汉诗文

---

① 小岛宪之校注『懷風藻・文華秀麗集・本朝文粋』、日本古典文学大系、岩波書店、1964年、pp. 276—279。
② 川口久雄校注『菅家文草・菅家後集』、日本古典文学大系、岩波書店、1966年、p. 292。
③ 日本汉诗文中的"河阳"既有吟咏中国"河阳县"的,也有吟咏日本河阳宫的。参看 p. 95 附表。
④ 池田利夫「浜松中納言物語における唐土の背景―特に日本漢文学と関わる一、二の問題」(『野鶴群芳・古代中世国文学論集』、2002年10月)、pp. 109—110。
⑤ 同上文, p. 122。

为背景想象而成的。

事实上,与《滨松》作者菅原孝标女同时代的汉诗中,仍然将山崎一带的地名咏作河阳。例如《本朝无题诗》中收录了藤原明衡及其子藤原敦基题为"夏日游河阳别业"的汉诗,从"晨辞东洛更南辕,适至河阳渐及昏","暂到河阳辞洛下,终朝乘兴及黄昏"[1]等诗句可以看出,诗人早晨从京城城东向南出发,黄昏时分就到了河阳之地。

这种朝发夕至的距离感与《滨松》中描写的平安京城与河阳县的距离感基本一致。可以推断,《滨松》作者正是通过想象日本汉诗文中频繁吟咏的平安京城近郊的河阳之地,按照河阳(山崎)与平安京的距离感来描写作品中的河阳县的。

再来看洞庭。《楚辞·九歌·湘夫人》中的"帝子降兮北渚,目眇眇兮愁予。袅袅兮秋风,洞庭波兮木叶下"的诗句传入日本后深受文人喜爱,《本朝文粹》中菅原道真的"洞庭波白,燕塞草衰"的诗句便是在此基础上写成,"洞庭"对当时的日本人来说也是一个非常亲切熟悉的地名。

平安初期三大敕选汉诗集之一《文华秀丽集》中,嵯峨天皇在"和内史贞主秋月歌"中咏道:"洞庭叶落秋已晚",另一首"神泉苑九日落叶篇"中又咏道:"商飙掩乱吹洞庭。坠叶翩翻动寒声。寒声起。洞庭波。随波泛泛流不已。"对此,巨势识人的和诗为:"观落叶。落林塘。半分红兮半分黄。洞庭随波色泛映。"[2]这两首咏的都是神泉苑的落叶,并将其喻为洞庭。位于平安皇宫东南方的神泉苑,是天皇、贵族游乐的庭院,庭院以水池为中心,水池常被比作洞庭湖。神泉苑自古以来就是天皇游幸之地,《日本后纪》弘仁三年(812)二月十二条记载嵯峨天皇在神泉苑举办"花宴节","幸神泉苑。览花树。命文人赋诗。赐绵有差。花宴之节始于此矣"[3],这也是日本关于赏花的最早记录。《宇津保物语》《吹上下》卷中描写了在神泉苑举办"红叶贺",皇帝上皇巡幸神泉,举办诗文管弦之宴的情景。《滨松》所描写的"洞庭"也是一个红叶尤为美丽,皇帝巡幸游玩并举办诗文管弦之宴的地方。

如上所述,日本的汉诗人在吟咏山崎、神泉苑等风景时,往往将其比作唐土的名胜之地。片桐洋一认为这种作诗的方法好像是面对一幅"唐绘",

---

[1] 本間洋一注釈『本朝無題詩全注釈』、新典社、1994年、p. 73、卷六、p. 418、p. 419。
[2] 小島憲之校注『懐風藻・文華秀麗集・本朝文粹』、日本古典文学大系、岩波書店、1964年、pp. 310−312。
[3] 『日本後紀・続日本後紀・日本文徳天皇実録』、国史大系第3卷、黒板勝美・国史大系編修会編、吉川弘文館、1966年、p. 111。

诗人沉浸在自己构建的"唐绘"的世界中,并将其进一步美化和理想化,"描绘的世界是唐土的世界,描绘的景物也是唐土的景物。诗人好像是在欣赏绘画,任思绪徜徉在画中。将眼前的景色作为媒介,将其比拟成被想象得更加完美的唐土之地,任思绪徜徉,吟咏诗歌。在这个时候,是不可能让日本的风土介入其中的。"①

《滨松》的作者也许正是借鉴了日本汉诗人的这种"比拟"的作诗方法,将之用于"渡唐物语"的创作中。她跟诗人们一样,是将平安京城周边的河阳宫以及被喻为"洞庭"的神泉苑"比拟"成唐土的河阳和洞庭,任思绪徜徉。也因此,虽然实际的河阳县、洞庭湖相互之间远隔千里,但在作者的脑海里,它们都是平安京城周边的风景。

三、想象与书写反映的文化心理

1. 中日对比:日本本位与优越感

《滨松》的作者由于并无实际赴唐的经验,因此常常以日本为本位进行想象,在描写唐的建筑物、风俗习惯、女性的容貌、人物性格等时,往往先提及日本的情况,通过与日本的对比来进行说明。

例如,中纳言去河阳县探望三皇子时,被唐后的琴声吸引来到其住所前,作品这样描写道:"(这宅邸)不像日本京城的房屋是丝柏树皮的颜色,看似是反复涂刷了绀青色。而室内的家具摆设又像是涂刷了朱红色,几乎都是鲜红色的。"②

中纳言看到唐后和侍女们弹琴合奏的场面,观察唐土女性的发型时,也是先写日本女性的发型:"中纳言回想起日本女性是自然垂发,刘海也是整齐地垂在前额,让人一看就感到亲切,优雅而沉静;眼前的女性也是端丽优雅,用簪子将头发向上盘起,也许因为唐后气质高贵吧,看上去无比美丽,非同寻常。"③

在介绍中国的地名时,也是举出日本的例子来说明,例如,提到杭州时,

---

① 片桐洋一「漢詩の世界・和歌の世界—勅撰三詩集と『古今集』をめぐっての断章」(『文学』53-12、1985年12月)、p. 196。
② 池田利夫校注・訳『浜松中納言物語』、新編日本古典文学全集、小学館、2001年、p. 39。
③ 同上书,p. 40。

便介绍说杭州湾让人想起日本石山寺旁的近江之海(琵琶湖)。①介绍"长里"这一地名时,说相当于日本的"西京"。②描写京城南边的大河"长河"时,说就像日本的大堰川、宇治川一样是水流湍急的大河。③提到未央宫时,又说它相当于日本的"冷泉院"④。甚至在描写人物性格时,作者也不忘和日本人的性格进行对比。例如,唐土第一皇后的妹妹、第一大臣的女儿五公主爱慕中纳言,大臣将中纳言请到自家府上且强行留宿,正当中纳言不知所措之时,大臣的儿子三郎向中纳言说明了事情的原委:"我家五妹是父亲最钟爱的女儿,但这几个月却病卧在床,起不得身。见父亲难过叹息不止,五妹才说:'若是得见日本的中纳言,我的心情便能得到慰藉吧。'所以父亲是为宽慰五妹之心才留你住下。"中纳言听后心想:"这个国家的习惯还真是毫不掩饰、直言不讳,眼前这人(指三郎)毫无缺点可言,才学风采俱佳且地位高贵,却如此直率,想必直言不讳在此地并非坏事。要按照日本人含蓄委婉的习惯来看,真是觉得可笑啊。"⑤

　　这种中日对比的方法在成寻的《参天台五台山记》中也可见到。成寻在记录中国各地的见闻时,往往使用"如日本……""全异日本……"等句式,以日本为标准,和日本的同样事物进行比较。例如描写杭州凑口时说"大桥亘河,如日本宇治桥"⑥,见到首都开封的皇城门时说"见皇城南门宣德门。(中略)如日本朱雀门。今日回皇城四面、大略九町许、如日本皇城"⑦。不仅是建筑,描写食物、动物、仪式、作法等也都会同日本做比较。例如:"李思恺买作饭与志,味如日本饼淡,大如茄,顶颇细"⑧,"见兔马二疋,一疋负物,一疋人乘。马大如日本二岁小马"⑨。说中国的上元节"京内灯如日本"⑩,描写佛事作法时又说:"午前真言供养佛牙、午后讲。五人并坐高座、次第说经、

---

① 池田利夫校注・訳『浜松中納言物語』、新編日本古典文学全集、小学館、2001年、p.31。
② 同上书,p.73。
③ 同上书,p.79。
④ 同上书,p.94。
⑤ 同上书,p.60。
⑥ 王丽萍校点《新校参天台五台山记》,上海古籍出版社,2009年,p.21,卷一熙宁五年四月十三日条。
⑦ 同上书,pp.329—330,卷四熙宁五年十月二十四日条。
⑧ 同上书,p.22,卷一熙宁五年四月十五日条。
⑨ 同上书,p.23,卷一熙宁五年四月十七日条。
⑩ 同上书,p.507,卷六熙宁六年正月十八日条。

各读一卷文字。全异日本作法。"①

成寻的中日对比基于实际在唐的所见所闻,和日本做比较是为了将中国的信息和见闻以通俗易懂的方式描述并传达。而《滨松》的作者则是以日本为本位的中国想象,通过对比凸显异国风情,以弥补描写上的不足。

在这种对比中,可以看到作者有意无意流露出的一种自负和优越感。这种自负主要体现在对日本的中纳言的描写上,说日本的中纳言即便到了唐土,其外表和文才也是最佳的,无人能及。作品描写中纳言容貌俊美、光彩照人,让唐土的人们惊叹不已。大臣公卿们更是纷纷感叹道:"从前河阳县的潘岳在我国名声远扬,其容貌无人能比。但要说魅力无穷、光华万丈,潘岳可是远远不及了。"②不仅外表过人,中纳言还具有超凡的才华,"当场出题让他作诗也好,开办管弦之宴考他也好,本国之人竟然无人能超越他。唐人都觉得应该向中纳言学习。连皇帝都在想,本国还有什么学艺能够教授给他"③。

接下来作品又用略带夸张的笔调描写唐的高官达贵只要是有女儿的都想把女儿嫁给他,都希望女儿最好是能生下中纳言的孩子。第一大臣家的五公主更是从前一年洞庭湖赏红叶时见到中纳言之后,便犯了相思病卧床不起,于是父亲第一大臣带领大队人马亲自去中纳言的住处拜访他,以赏花为借口将他请到家中。

描写渡唐日本人的优秀、在唐的出色表现等,可以说反映了当时的一种时代氛围,与前面提到的奝然传说、寂照传说等是同种心理之产物。但《滨松》作者作为女性,与男性文人的"对中国意识"还不太一样。男性文人学习中国文化,对中国文化首先抱有无比的憧憬和崇拜,在自身文化自信增强的背景下呈现出自卑感和优越感相互交织、混合的极为复杂、微妙的心理。这一点在藤原定家的《松浦宫物语》中也有所体现。

相比之下,《滨松》作者的优越和自负感要简单和单纯得多,是一种以日本为本位进行想象的产物,其立意在于刻画一个近乎完美的渡唐日本人形象。

---

① 王丽萍校点《新校参天台五台山记》,上海古籍出版社,2009年,p.635,卷七熙宁六年三月二十四日条。
② 池田利夫校注・訳『浜松中納言物語』、新編日本古典文学全集、小学館、2001年、p.34。
③ 同上书,p.34。

2. 中日融合：跨越国界的亲情与爱情

这部作品中虽然有对中日之间在风俗习惯、人物外貌性格等差异的描写，但由于"唐"与"和"之间跨越国界的亲情与爱情是作品的重要主题之一，因此从这个意义上来看，"唐"与"和"之间的差异和距离在亲情、爱情、血缘这一层面已被化解而融为一体。

唐后是中纳言倾慕和热爱的对象，也是作品塑造的理想的女性形象。作者在描写理想的女性唐后时，既用了表示中国风格"端庄美"的"うるはし"一词，也用了体现日本风格"亲和美"的"なつかし"一词，让这两种美在唐后身上同时得到体现。

作品通过"转世""唐"与"和"的混血儿形象等描写了跨越国界的亲情。例如，中纳言的亡父式部卿宫转世为唐土第三皇子，中纳言不辞万里渡唐寻父。两人相见后，虽然皇子还只是七、八岁的孩子，但并未忘却前世父子之缘，父子重逢感慨万分，泪流不止。第三皇子的母后——唐后是"唐"的亲王（唐太宗的后裔秦亲王）与日本皇子的女儿所生的混血儿，她出生在日本，后来被亲王带回唐在唐长大。而她的母亲一直留在日本，后来削发为尼。于是，日本的中纳言的父亲是唐土的皇子，而唐后的母亲则是日本的尼姑，两段跨越国界的亲情构成作品情节的一条主线。

主人公中纳言与唐后之间跨越国界的爱情故事是作品的另一条主线。中纳言到达唐土后，深深爱上了唐后，他按照梦中启示与酷似唐后的女子结下一夜之缘，后来才知道女子正是唐后，唐后还生下了一个酷似中纳言的男孩，后来被中纳言带回日本抚养。中纳言与唐后的爱情故事中还穿插了唐土第一大臣的五女儿对中纳言的大胆示爱等情节。最后结局是从唐土传来唐后驾崩的噩耗，中纳言沉浸在深深的悲痛中。但这之前唐后曾托梦说要转世为自己同母异父的妹妹所生的女儿，于是给读者留下了一个悬念。

总之，作品通过转世、混血等情节，塑造出多个同时具有"唐"与"和"双重身份的人物形象：唐后、唐后与中纳言所生之子、唐的第三皇子、唐后妹妹的女儿等等。这样一来，在血缘、亲情和爱情的层面上，"唐"与"和"相互交融，构成一个紧密相连的共同体。

作品中描写的唐日之间的异国恋情、通婚以及唐日混血儿的存在等是遣唐使时代有据可查的历史事实，如第一章提到的弁正和唐女所生的秦朝庆、秦朝元兄弟，羽栗吉麻吕与唐女结婚所生的羽栗翔、羽栗翼，还有第十二次遣唐大使藤原清河在唐所生的喜娘等。应该说，《滨松》的作者正是以这些历史事实为基础,描写了多个混血儿形象。

关于转世,第二章也已提到,在唐土和日本之间转世的传说很多,但大多是僧侣转世,而且一般都是从唐土转世到日本。《滨松》的转世是双向的,既有日本转世到唐土,也有唐土转世到日本。《滨松》的转世是为了让作品中人物超越时空,超越国家、血缘、年龄的限制自由往来和交融,让跨越国界的亲情和爱情成为可能。

中世的文学评论《无名草子》在评论《滨松》时评价说:"唐土与日本混为一谈,不真实。"① 而将唐土与日本通过血缘、亲情和爱情紧密联系、融为一体正是作品的重要主题之一,也是作品的魅力之所在。因为《滨松》的构思、题材都是《源氏物语》等之前的平安朝物语中从未有过的,对当时的读者来说,定然也是非常新颖。

《源氏物语》是一座高峰,它之后的物语作品受其影响过大,很难再有新的创意。《滨松》的作者之所以将舞台扩大到异国唐土,也许正是为了追求《源氏物语》中所没有的创意,通过"转世"的手法,描写了"唐"与"和"之间的血缘、亲情和爱情,超越了国家、社会、文化的差异。《无名草子》虽然评论说有的地方不真实,但还是给了这部作品很高的评价:"语言、内容皆新颖,富有情趣、让人感动,凡创作物语,皆该如此用心。"②

---

① 樋口芳麻呂・久保木哲夫『松浦宮物語・無名草子』、新編日本古典文学全集、小学館、1999年、p.239。
② 同上书,p.235。

第五章 《松浦宫物语》的"唐土"

《松浦宫物语》的作者藤原定家(1162—1241)是平安末期、镰仓初期的著名歌人,在和歌创作方面展现出稀世才华,形成了哀婉艳丽的歌风。在和歌歌论歌学方面以及对古典和歌集、物语的整理和研究方面都有卓著业绩,为后世留下了大量传本,被称之为定家本。不仅如此,定家还热衷于佛典和汉籍的抄写,通过他的日记《明月记》可以得知,定家曾经抄写过《法华经》《阿弥陀经》《摩诃止观》等近二十部佛经,以及《文选》《北史》《齐书》《周书》《隋书》等多部汉籍。

藤原定家虽然汉学知识丰富,但他也并没有去过中国,所描写的唐土也还是在文学和知识积累的基础上想象而成,并非基于实际渡唐的亲身见闻。在这个意义上,与《滨松》的作者菅原孝标女是完全一样的。

以下就来探讨一下藤原定家作为一名学识丰富的男性文人,又是在怎样的文学基础和知识资源的基础之上,建构出作者想象中的唐土?关于唐土的描写与想象,又反映了作者怎样的"对中国意识"和文化心理?

一、建构想象的基础与资源

1. 中国典籍

藤原定家不仅是一代歌学宗师,在汉文学方面也有很深的造诣。他的日记《明月记》中出现了20多部汉籍书名,可以看出他对《白氏文集》《文选》《尚书》《左传》《孝经》《汉书》《贞观政要》《晋书》等汉籍都是熟读于心的。此外,《松浦宫》中还出现了《群书治要》的书名。《群书治要》是唐初著名谏官魏征等人受命于唐太宗李世民,博采经、史、子等六十五种典籍编辑成的巨著,辑录了历代帝王治国的资政史料及精要。《群书治要》在日本颇受重视,据《日本三代实录》贞观十六年(874)四月二十八日条载:"顷年天皇读群书治要。是日御读竟焉"①,说的是清和天皇近年一直在读《群书治要》,这一天全部阅读完毕。藤原定家在《松浦宫》中专门写到《群书治要》,想必也是其用心诵读之书。

藤原定家的唐土想象首先是建立在他深厚的汉学素养和文学基础之上的,源于他对"汉籍"(中国典籍)的揣摩和理解。关于他在《松浦宫》中是如何巧妙利用和参考中国典籍的,荻原朴对此早已有精密细致的考证。②

根据荻原朴的研究,主人公氏忠的原型是《汉书》卷六十八《霍光金日䃅传第三十八》中的霍光和金日䃅两个人物。首先来看金日䃅,《松浦宫》的氏忠年轻英俊、才华横溢,深得文皇帝器重;而金日䃅"长八尺二寸,容貌甚严"③,"上甚信爱之,赏赐累千金,出则骖乘,入侍左右"④。氏忠生性严谨,看到打扮得像花一样的舞姬、美女也不为之所动⑤;金日䃅也是"武帝游宴见马,后宫满侧"时,"数十人牵马过殿下,莫不窃视,至日䃅独不敢"⑥。

《松浦宫》中,看到皇帝重用氏忠,大臣们进谏说:"对一个远方来客、旅途中人,一个乳臭未干的年轻人如此亲近、重用,定会成为圣代之瑕。"⑦但皇帝不仅不听,反而与之更加亲近。而《汉书》中也有类似描写说"贵戚多窃怨,曰:'陛下妄得一胡儿,反贵重之!'上闻,愈厚焉。"⑧

不仅如此,《松浦宫》中还直接引用"金日䃅"的例子来比喻氏忠。文皇帝听了大臣们的进谏之后说:"汉武帝时金日䃅,也非本国人。录用人才只需看其形、从其心。"⑨此处,借文皇帝之语,说明日本的弁少将氏忠同匈奴休屠王太子金日䃅一样,虽非本国人,却值得重用。

---

① 『日本三代実録』、国史大系第4卷、黒板勝美・国史大系編集会編、吉川弘文館、1966年、p.342、卷二十五。
② 荻谷朴「松浦宮物語作者とその漢学的素養(上)」(『国語と国文学』第18巻第8号、1941年8月);「松浦宮物語作者とその漢学的素養(下)」(『国語と国文学』第18巻第9号、1941年9月)。
③ 《汉书》,中华书局,1997年,p2959,卷六八,霍光金日䃅传第三十八。
④ 同上书,p.2960。
⑤ 樋口芳麻呂・久保木哲夫『松浦宮物語・無名草子』、新編日本古典文学全集、小学館、1999年、p.33。
⑥ 《汉书》,中华书局,1997年,p.2959,卷六八,霍光金日䃅传第三十八。
⑦ 樋口芳麻呂・久保木哲夫『松浦宮物語・無名草子』、新編日本古典文学全集、小学館、1999年、p.32。
⑧ 《汉书》,中华书局,1997年,p.2960,卷六八,霍光金日䃅传第三十八。
⑨ 樋口芳麻呂・久保木哲夫『松浦宮物語・無名草子』、新編日本古典文学全集、小学館、1999年、p.32。

除了金日磾以外，萩原朴指出氏忠形象还有一部分是以霍光为原型的。《松浦宫》中，唐帝病情加重时，将氏忠唤至床前，叮嘱他在自己死后定要辅佐太子。先帝在病床前托孤重臣这一情节在《汉书》中也可见到，武帝临终时，霍光、金日磾等人都在病床前听命。霍光被任命为大司马大将军，与金日磾、上官桀、桑弘羊同受遗诏，辅佐少主。

《松浦宫》中，唐帝驾崩之后，其弟燕王起兵发动叛乱，氏忠在作战中大显身手打败了凶猛的敌将宇文会，从此天下太平。《汉书》中燕王旦谋反，也是霍光诛除谋反之人，后燕王自杀，霍光则"威震海内"，辅佐昭帝执政，"百姓充实，四夷宾服"。①

《汉书》是藤原定家熟知的文献，金日磾的故事除了在《松浦宫》中直接引用以外，其日记《明月记》在建保元年五月十九日条中也提到说："有杨子云之才有金日磾之忠"②，说明他对《汉书》的了解和熟读程度。

萩原朴的考证周到细密，也很有说服力。但是氏忠与金日磾、霍光的人物形象还是有很大距离。氏忠是作为日本的遣唐副使渡唐来到中国，金日磾虽然也是异域之人，但却是匈奴太子，是因父亲被杀才随母亲弟弟一同降汉，与氏忠的生平完全没有共同点。霍光除了病床前托孤及诛除谋反之人等大的情节有相似之处以外，具体到人物形象上也看不出有更多的共同点。

2. 传说和史实：吉备真备与吉备大臣入唐传说

藤原定家创作《松浦宫》的时期，一般认为是文治（1185—1190）·建久（1190—1199）年间，即十二世纪末。如果从氏忠的遣唐使身份，及其渡唐、在唐之出色表现等情节来看的话，这一时期在日本广为流传的关于吉备真备的传说等很有可能是定家创作的重要资源，历史上的吉备真备自然也就成为《松浦宫》的主人公橘氏忠的原型人物。

吉备真备（695？—775）是日本奈良时代的著名学者、政治家，曾经两次出任遣唐使。养老元年（717），他作为遣唐留学生与阿倍仲麻吕等人随第九次遣唐使团渡唐，天平七年（735）归国。天平胜宝四年（752）又作为遣唐副使再次赴唐，在唐与阿倍仲麻吕重逢，天平胜宝六年（754）回国。在藤原仲麻吕之乱中，他作为中卫大将指挥讨伐军，以机智谋略镇压叛乱而立功，于

---

① 《汉书》，中华书局，1997年，p. 2936, 卷六十八，霍光金日磾传第三十八。
② 今川文雄『訓読・明月記』，河出書房新社，1978年，p. 67，第三卷。

天平神护元年(765)被授予功勋二等,后来一路高升,最终升任从二位右大臣[①],人称吉备大臣。

关于吉备真备,后世流传了各种各样的传说。其中最有名的是十二世纪初《江谈抄》所收的《吉备入唐间事》和十二世纪末的《吉备大臣入唐绘卷》。《江谈抄》是汉学家大江匡房(1041—1111)的语录体著述,由其弟子藤原实兼记录而成。除此以外,十一世纪末十二世纪初的《扶桑略记》、十三世纪初的《吉备大臣物语》、《长谷寺验记》等也都载有相关传说,可见从十二世纪初到十三世纪初,关于吉备真备的传说有着较广的流传。

吉备真备传说有一个共通的特点:都是叙述日本人吉备真备凭借神佛的保佑和超自然能力破解中国人所出的难题,在唐土大显神通。这一点与前面提到的寂照的"飞钵"传说异曲同工,反映了当时的时代风潮和人们的对外意识。

《江谈抄》《吉备入唐间事》开头为:"吉备大臣入唐习道期间,诸道、艺能广为通达,又聪慧。唐土之人颇为羞愧"[②]。故事的主要内容是:唐人认为博达聪慧的吉备是个威胁、不能输给他,经密议之后把他关在高楼里。此时安倍仲麻吕的鬼魂来找他,说自己是被关在楼里没有饭吃而饿死的。吉备回答安倍鬼魂的问题,将他的后代子孙在日本的情况讲给他听,鬼魂为此感恩,帮助吉备巧妙应对了阅读文选、下围棋、读野马台诗等唐人的种种考验。唐土皇帝吃惊于吉备的才能,再次把他关进高楼,不给他食物想要饿死他。这时吉备拿出双六的棋筒和骰子封住了唐土的日月,唐人大惊、天下大乱。吉备告诉唐人说是自己因蒙冤向日本的神佛祈祷所致,只要能被释放回国,日月便会重现,于是他终于得以回到日本。

故事末尾还记载了大江匡房的一段话,说这个故事是自己的外祖父橘孝亲的先祖口传下来,并非荒唐之言、无稽之谈。又说文选、围棋、野马台诗能传到日本都是托吉备大臣的德行之福。

十二世纪末的《吉备大臣入唐绘卷》是当权者后白河院周边制作的多部绘卷中的一部。绘卷"词书"即文字部分的内容与《江谈抄》的《吉备入唐间事》基本相同,很有可能是在《江谈抄》的基础之上制作而成。而且《吉备大臣入唐绘卷》的"词书"内容短小,甚至可以推测有可能是根据绘画进行了简

---

① 学者升迁做官做到大臣级的,在近世以前只有吉备真备和菅原道真两人。
② 後藤昭雄・池上洵一・山根対助『江談抄・中外抄・富家語』、新日本古典文学大系、岩波書店、1997年、p.63。

化和一定的改写。^①但遗憾的是,《吉备大臣入唐绘卷》中吉备真备入唐直至被关进高楼的开头部分"词书",以及后半部分野马台诗的考验及之后的部分连画带词等均已缺失。

久保田淳指出《松浦宫》的橘氏忠与吉备大臣入唐传说中的吉备真备有很多共同点。[②]后来久保田孝夫又进一步指出正如《唐国物语》及其绘卷是《滨松》的重要素材一样,吉备真备传说以及《吉备大臣入唐绘卷》等绘画资料也很有可能是《松浦宫》的重要素材。[③]

的确,无论是《江谈抄》的《吉备入唐间事》还是《吉备大臣入唐绘卷》,吉备真备入唐传说讲述的基本故事是一个优秀的日本人渡唐后在唐的出色表现,以及他在唐得到日本神佛的保佑而最终圆满归国。从故事的基本思路和脉络来看,吉备真备入唐传说与《松浦宫》是一致的。

以《江谈抄》《吉备入唐间事》为例,开篇就描写吉备大臣诸道、艺能广为通达,人又聪慧,让唐人都颇为羞愧。《松浦宫》也描写氏忠才貌双全,皇帝召他入宫,测试他各种学问、技艺,"无论什么事情,本国(唐土)人均不及他,也有人心生不满。"[④]

吉备真备在唐遇到困难时,便向"本朝的佛神 神为住吉大明神佛为长谷寺观音"祷告。[⑤]《松浦宫》中,住吉大神和长谷寺观音也是代表日本的神佛,保佑着主人公氏忠。氏忠一方面得到住吉大神之助大显身手打败了凶猛的敌将宇文会,另一方面又通过长谷寺观音的保佑与华阳公主结成姻缘。华阳公主转世前交给他一块水晶玉石作为信物,让他把玉带到日本供有观音的泊濑寺。泊濑寺也叫初濑寺,就是指奈良初濑供奉长谷观音的长谷寺。后来氏忠回国之后,遵照华阳公主的嘱咐参拜泊濑寺,大作三七二十一天法事之后,终于与转世的公主再度重逢,结为夫妻。

吉备真备因才能出众,唐人不让他回国,还想把他关在高楼里饿死。《松浦宫》中也描写有人上奏唐后说,氏忠年纪轻轻就被任命为龙武大将军,如

---

① 小峯和明「吉備大臣入唐絵巻とその周辺」(『立教大学日本文学』86、2001年7月)、p. 5。
② 久保田淳「『松浦宮物語』の橘氏忠」(『国文学』20-15、1975年11月)、p. 166。
③ 久保田孝夫「吉備真備伝と『松浦宮物語』—絵伝から物語へ」(『日本文学』47-5、1998年5月)、p. 61。
④ 樋口芳麻呂・久保木哲夫『松浦宮物語・無名草子』、新編日本古典文学全集、小学館、1999年、p. 31。
⑤ 後藤昭雄・池上洵一・山根対助『江談抄・中外抄・富家語』、新日本古典文学大系、岩波書店、1997年、p. 68。

此高位之人就不能再回本国。①也有人想要害他,或是毒死他。②然而最终吉备真备平安回国,氏忠也回到日本,与在松浦宫等候他的母亲重逢。

虽然《松浦宫》不像《滨松》那样,有"好像唐国物语中的画一样"这类直接描写,因此很难证明《吉备大臣入唐绘卷》是《松浦宫》的直接出典,但《松浦宫》成立的十二世纪末,刚好是包括《吉备大臣入唐绘卷》在内的吉备真备传说、绘卷流行的时期,这些传说、绘卷都有可能是作者建构想象的重要基础和资源。

除此以外,通过《公卿补任》(称德天皇天平宝字八年(764))、《续日本纪》(宝龟六年(775)十月二日条)、《扶桑略记》(天平七年(735)四月二十六日条)等史书中的记载可以勾勒出吉备真备其人的真实传记,这些也很有可能是定家创作《松浦宫》时的重要资料。

首先,《松浦宫》的时代设定为"藤原京"时代,即以藤原京(今天奈良县橿原市)为都的持统、文武、元明三朝(694—710),而吉备真备生于持统天皇九年(695),刚好是藤原京时代。

吉备真备于养老元年(717)作为遣唐留学生与阿倍仲麻吕等人入唐,阿倍仲麻吕留下一首著名的《望乡》歌:"翘首望长天,神驰奈良边;三笠山顶上,想又皎月圆。"《松浦宫》中,遣唐大使名叫"安倍关麻吕",一行抵达明州后,大使咏歌一首:"三笠山顶上,月光明如水;吾辈乘舟来,照亮前行路。"这首和歌很明显是模仿了阿倍仲麻吕的《望乡》歌。

天平胜宝四年(752),吉备真备作为遣唐副使再次赴唐。《松浦宫》的橘氏忠也是被任命为遣唐副使而赴唐。

吉备真备在惠美押胜(藤原仲麻吕)发动叛乱之际,作为中卫大将指挥讨伐军,以机智谋略镇压叛乱而立功,天平神护元年(765)被授勋二等。氏忠在唐土燕王之乱中大显身手,将燕王方面的大将军宇文会斩首,活捉燕王。平定叛乱之后,氏忠被任命为龙武大将军。

根据以上这些相似和共同点,可以推测吉备真备便是《松浦宫》橘氏忠的原型人物。藤原定家在创作时,不仅参考了吉备真备其人的基本史实,也参考了当时广为流传的吉备真备传说。

---

① 樋口芳麻吕・久保木哲夫『松浦宫物语・無名草子』、新編日本古典文学全集、小学館、1999年、p. 99。
② 同上书,p. 101。

二、异域想象与唐土形象

藤原定家在《松浦宫》中描写了唐土的两个截然不同的侧面：一个是描写唐土的战乱和战后执政，极具现实性；另一个则描写在唐土发生的浪漫、唯美的爱情故事，极具浪漫性。平安朝物语中几乎没有描写兵法、政治的作品，《松浦宫》以唐土的战乱、治国等故事为题材，可以说是作品的一大特色。

1. 唐土的战乱和政治

藤原定家在《松浦宫》中用大幅篇章描写了异国唐土的战乱，可谓是开创了这类物语的先河。之所以会选择这样的题材，与他生活在一个战乱的时代不无关系。藤原定家生存之年（1162—1241）正值源平合战的战争年代，他开始撰写日记《明月记》是在治承四年（1180）十九岁上，而这一年也是极为动荡的一年，五月源赖政拥护后白河法皇次子以仁王以对抗平清盛，八月源赖朝奉以仁王之命，举兵讨伐平氏。定家在治承四年（1180）九月的日记中写道："世上征讨叛乱之声虽然盈耳，但我并不关注，红旗征戎均非我事。"① 尽管他口口声声"红旗征戎均非我事"，但毕竟还是无法两耳不闻窗外事，他从以仁王与源赖政假称"最胜亲王"名号向源氏传送征讨平氏的旨令一事联想到了中国的陈胜吴广起义，说是"陈胜吴广大泽起义，只称是公子扶苏、项燕"。② 可见有着深厚汉学修养的藤原定家从身边的战乱中"脱身而出"，将想象力驰骋到遥远中国的战场上去了。

《松浦宫》中关于战乱部分的主要内容是：日本的弁少将氏忠作为遣唐副使渡唐后，深得唐的文皇帝器重，参与朝政。唐帝病情加重时，将氏忠唤至床前，叮嘱在自己死后定要辅佐太子。唐帝驾崩之后，其弟燕王起兵发动叛乱。氏忠跟从皇后皇子逃往蜀地，在与敌方作战时，得到日本住吉大神之助而大显身手打败了凶猛的敌将宇文会，从此天下太平。

物语中，邓皇后无论是战乱中的指挥，或是战乱后的治国都英明有加，被塑造成为一代名君的形象。例如：指挥作战时，她亲自提议伏兵之策、夹击之案。治国时，她亲自树立诽谤之木，听取臣下的意见，又任命立下汗马

---

① 今川文雄『訓読・明月記』第一卷、河出書房新社、1977年、p. 19。原文为"世上乱逆追討耳に満つと雖も、之を注せず。紅旗征戎吾が事にあらず"。
② 同上，原文为"陳勝・呉広、大沢より起り、公子扶蘇項燕と称するのみ。最勝親王の命と称し、郡県に徇しと云々。"

功劳的氏忠为龙武将军等。她还抒发自己的治国见解,这些见解洋洋洒洒、长篇大论,用汉文风格写成。关于邓皇后的形象,萩原朴指出《后汉书》卷十皇后纪中和熹邓皇后是其原型。[①]邓皇后是东汉汉和帝之后,汉和帝驾崩之后,面对着"主幼国危"的局面,25岁的邓绥临朝称制。邓绥以贤德著称,《后汉书》中记录了她治国执政的种种逸事。邓绥邓皇后与《松浦宫》的邓皇后不仅同姓,同样美貌过人,也同样治国有方,有很多共同之处。藤原定家很有可能是以和熹邓皇后为原型加上想象塑造了邓皇后的人物形象。

另一方面,弁少将氏忠赴唐后被卷入战乱,在战乱中大显身手,平定战乱之后又参与治国的这部分内容中,除了住吉明神的部分有一首和歌之外,全篇都用汉文风格统一起来,可以看出作者丰富的汉学修养。尤其是氏忠率兵追击宇文会等战争场面的描写极为逼真,这是平安朝贵族文学中从未有过的。藤原定家在《松浦宫》中逼真的战争描写甚至先于《平家物语》等军记物语,可以说是开了先河。

其中最精彩的就是氏忠带领五六十人采用夹击战术打败宇文会三万大军的场面。氏忠一方采取的战术是,天快亮的时候,在山峰上绵延二三十里处全部点上烽烟,趁着敌军路过之时,大声叫喊着冲下山去,前后包抄。敌军以为是被包围了,军心大乱,向着海边逃跑。氏忠又带兵乘胜追击,彻底击败对方。

这一包抄、夹击的战术有可能是参考了吉备真备的相关历史纪录。《续日本纪》宝龟六年(775)十月二日所载的吉备真备的"薨传"提到吉备真备讨伐藤原仲麻吕有功,被封为参议中卫大将一职。

> 八年仲满谋反。大臣计其必走。分兵遮之。指麾部分甚有筹略。贼遂陷谋中。旬日悉平。以功授从三位勋二等。为参议中卫大将。[②]

吉备真备被封的参议中卫大将一职,在《松浦宫》中是氏忠的父亲橘冬明的官职。氏忠自己在唐被封为龙武大将军,回到日本后被封任为参议右大弁中卫中将。

天平宝字八年,藤原仲麻吕(惠美押胜)谋反时,吉备真备预料到他必定会逃跑,于是兵分两路去追赶、堵击,因为指挥有谋略,敌兵中计,最终平定

---

① 萩谷朴「松浦宮物語作者とその漢学的素養(上)」(『国語と国文学』第18巻第8号、1941年8月)、pp. 892—894。
② 『続日本紀』、国史大系第2巻、黒板勝美・国史大系編修会編、吉川弘文館、1966年、p. 423、巻三十三。

了战乱。吉备真备采用的是"分兵遮之"的包抄、夹击战术。《续日本纪》天平宝字八年(765)九月十八日条对这场战役进行了详细的记载：

> （前略）遁自宇治。奔据近江。山背守日下部子麻吕。卫门少尉佐伯伊多智等。直取田原道。先至近江。烧势多桥。押胜见之失色。即便走高嶋郡。而宿前少领角家足之宅。是夜有星。落于押胜卧屋之上。其大如瓮。伊多智等驰到越前国。斩守辛加知。押胜不知而伪立盐烧。为今帝。真光朝猎等皆为三品。余各有差。遣精兵数十而入爱发关。授刀物部广成等拒而却之。押胜进退失处。即剩船向浅井郡盐津。忽有逆风。船欲漂没。于是更取山道。直指爱发。伊多智等拒之。八九人中箭而亡。押胜即又还。到高嶋郡三尾埼。与佐伯三野。大野真本等。相战从午及申。官军疲顿。于时。从五位下藤原朝臣藏下麻吕将兵忽至。真光引众而退。三野等剩之。杀伤稍多。押胜遥望众败。乘船而亡。诸将水陆两道攻之。押胜阻胜野鬼江。尽锐拒战。官军攻击之。押胜众溃。独与妻子三四人剩船浮江。石楯获而斩之。及其妻子从党卅四人。皆斩之于江头。独第六子刷雄以少修禅行。免其死而流隐岐国。①

惠美押胜从宇治逃到近江（滋贺县），被佐伯伊多智等人烧了势多桥（滋贺县濑田川上的桥），于是又逃到高岛郡（滋贺县高岛町）。此时佐伯伊多智已赶到越前国（福井县），斩杀了越前国守、押胜的儿子辛加知。押胜不知此事，继续向越前国方向的爱发关进军，遭物部广成之抗击。于是坐船走水路却遇上逆风，走山路又遭佐伯伊多智之堵击，只好撤回高岛郡。最终，官兵水陆两道攻之，惠美押胜"众溃"。这次的作战谋略正是吉备真备策划、指挥的。

吉备真备的"分兵遮之"的水陆两道的包抄战术与《松浦宫》的氏忠采取的前后包抄、夹击战略有异曲同工之效。藤原定家很有可能是参考了史书中所记载的吉备真备所指挥的这场重要战役以及他采取的战略战术，在此基础之上充分发挥想象力，将异国的战场描写得生动逼真。

---

① 『続日本紀』、国史大系第2卷、黑板勝美・国史大系編修会編、吉川弘文館、1966年、pp. 305—306、卷二十五。

2. 浪漫梦幻的唐土

萩原朴指出,物语的女主人公即唐土的邓皇后具有两个完全不同的侧面:一方面是文皇皇后,一国之母,女性君主;另一方面则是弁少将一心爱慕的美丽、娇媚的女子。① 与邓皇后的这两个不同侧面相对应的是定家在《松浦宫》中描写的两个截然不同的唐土:一个是充满战乱和政治风云的唐土;另一个则是孕育爱情故事的浪漫、仙境般的唐土。

浪漫梦幻的唐土以主人公橘氏忠在唐的两段爱情故事为主线展开。一段是与文皇帝之妹华阳公主的爱情故事。橘氏忠渡唐之前,本与日本的神南备皇女相互爱慕、两小无猜。入唐后按照弹琴老翁的指点,赴商山向华阳公主学习古琴秘曲,并与公主结好。其后不久公主暴病身亡,临终前将一水晶球作为信物赠予氏忠。另一段是与邓皇后的爱情。叛乱平定之后,牡丹花开的四月时节,橘氏忠与吹箫女发生了一夜之情,但吹箫女从此杳无音信。六月中旬,邓皇后遣女官送来一枝牡丹花,并告知与氏忠的前世因缘,氏忠这才知道吹箫女正是邓皇后。

这两段爱情故事最后的结局是:橘氏忠回国后,遵照华阳公主临终前的嘱咐,在泊濑寺做了二十一天的法事,换得华阳公主复生,二人喜结良缘。然而氏忠仍然时常思念邓皇后,公主怀孕后他再次赴泊濑寺为公主祈祷顺产时,拿出皇后所赠的镜子把玩,发现皇后竟然出现在镜中,音容笑貌如见其人,且散发出浓郁的香气。浑身沾满香气的氏忠回到家中,让公主疑惑不已,嫉妒有加。氏忠心中爱慕两位女性,也不知如何是好,乱了思绪。

在这两段爱情故事中,定家充分运用"月""梅""梦"等元素,将异国唐土描写成一个浪漫梦幻的国度。

例如,在氏忠与华阳公主的相遇、相知的恋爱故事中,作者多处描写了"月""月光""月影"等。"八月十三日,清澈明净的月色"中,氏忠离开住所、信步徜徉,只见"各种各样秋天的花朵,知名的不知名的,绽放得五彩缤纷。眼前一片无边无际的原野,更远处是茫茫的大海,月光映在翻腾的波涛上。氏忠眺望远方,顺着道路延伸的方向策马加鞭、快速前行。夜已深,皎洁的月光中仿佛听到远方传来松籁之声,只见高高的山上隐隐约约有座高楼,里面

---

① 萩谷朴「松浦宮物語作者とその漢学の素養(上)」(『国語と国文学』第18卷第8号、1941年8月)、pp. 894—899。

有人在弹琴。"①高楼里弹琴的八十岁老者陶红英,早已预料到了氏忠的来访,他将所弹之琴交给氏忠,让他去商山寻找华阳公主学习琴艺。

氏忠第一次登上商山的高楼窥见华阳公主时,只见她"盘发、插簪的容貌看似夸张,却绝不让人感到疏远。高雅亲切、清秀可爱,如同清澈夜空中洁白明净的秋月。"②此处,用"秋月"来比喻华阳公主的美丽,月亮成为唐土的女性美的象征。

氏忠在高楼跟随公主学会琴艺,与公主合奏甚欢。临别之际,公主心绪波动,长久仰望天上的月亮。二人相约九月十三夜再会,继续传授琴艺。华阳公主的琴艺是"年幼时在商山斋戒,一个秋天的月夜,仙人下凡所教",此后公主"八月九月满月之时,一定闭于山中潜心弹琴"③。关于学琴的描写,如前所述,是受到了《宇津保物语》的影响,而"月"元素的充分运用,不仅将氏忠与华阳公主的恋爱描写得浪漫唯美,也将唐土描写成了一个浪漫的仙境。

在氏忠与邓皇后的恋爱故事中,除了"月"以外,"梅"这一原产于中国、极具异国(中国)情调的花也成为重要的元素之一。

卷二首先从氏忠的视角描写道:"十四日的夜里,皎洁的月亮拨开云层、徐徐升起。皇后长久凝视月亮,其侧影美妙无比,无可比拟。"④其后又描写氏忠于春日夕晚信步出游,来到"一座不太高的山上,山村里的梅香比外面更为浓郁,隐约听到松籁声,月亮离开山的棱线,渐渐暗下去。夜空晴朗,万里无云,清澈无比"⑤。正是在这个梅香袭人的月夜,氏忠邂逅了"吹箫女",并与之共度良宵一夜。但吹箫女从此杳无音信,懊恼不已的氏忠在宫中每每闻到微风吹过盛开红梅时带来的香味,就浮想联翩,联想到此前梅香袭人的月夜。

在最终揭示"吹箫女"身份时,作者又描写了同样产自中国、极具中国风情的牡丹花。四月二十余日,宫中牡丹盛开之时,吹箫女与氏忠相约用牡丹花枝告知自己的住所。五月,氏忠来到曾经梅香袭人的山村,却发现屋子里只留下了一片牡丹花瓣,虽然开花时节已过去很久,但花瓣却并未褪色,一

---

① 樋口芳麻呂・久保木哲夫『松浦宮物語　無名草子』、新編日本古典文学全集、小学館、1999年、pp. 33—34。
② 同上书,p. 40。
③ 同上书,p. 43。
④ 同上书,p. 83。
⑤ 同上书,p. 85。

如盛开时的鲜艳。谜底最终揭晓是在六月十几日,作品先是再次用"月光"来形容皇后的美貌:"容貌光彩夺目,仿佛浑然不知暑热,如同空中皎洁的月光般清澈美丽。"① 同时又加上了"牡丹"元素,描写皇后派女官送来一枝牡丹,透露了自己的身份。"月""梅"和"牡丹"不仅与皇后的形象重合,成为皇后的象征,同时也在各种场景起到了渲染气氛,烘托情感,推动情节发展的作用。

不仅如此,在描写神秘的吹箫女时,作品还赋予其《高唐赋》中描写的巫山神女的形象特点。宋玉《高唐赋》开篇中有如下描写:

> 昔者楚襄王与宋玉游于云梦之台,望高唐之观,其上独有云气,崒兮直上,忽兮改容,须臾之间,变化无穷。王问玉曰:"此何气也?"玉对曰:"所谓朝云者也。"王曰:"何谓朝云?"玉曰:"昔者先王尝游高唐,怠而昼寝,梦见一妇人曰:'妾巫山之女也。为高唐之客。闻君游高唐,愿荐枕席。'王因幸之。去而辞曰:'妾在巫山之阳,高丘之阻,旦为朝云,暮为行雨。朝朝暮暮,阳台之下。'旦朝视之,如言。故为立庙,号曰'朝云'。"②

这段楚王与神女之间的浪漫离奇的爱情故事延伸出巫山神女似云似雨、如梦如幻的文学意象,而这一意象被藤原定家巧妙借用,用于描写共度良宵后便无踪无影的神秘吹箫女。

神秘的吹箫女绝不透露身份,与氏忠约会后便踪迹全无,让他无从找寻。后来她造访氏忠在宫中的官舍,氏忠怨恨她连住处都不告诉自己,感叹道:"难道是传说中的巫山之云,湘浦之神在骗我吗?"③ 湘浦之神指的是舜妃娥皇和女英,舜死后二人殒身于湘江,化为湘水之神。

氏忠临近回国,女子再次来造访时,氏忠只恨她"不知是云还是雾,飘忽不定踪影全无",感叹道:"春宵苦短,只怕鸡鸣破晓。分不清是梦是幻,心中的迷雾何以能烟消云散?"女子答歌一首:

朝云徒然起,最是惆怅生。

---

① 樋口芳麻呂・久保木哲夫『松浦宮物語・無名草子』、新編日本古典文学全集、小学館、1999年、p.119。
② (梁)萧统编,(唐)李善注《文选》,中华书局,1977年,pp.264—265。
③ 樋口芳麻呂・久保木哲夫『松浦宮物語・無名草子』、新編日本古典文学全集、小学館、1999年、p.93。

云中若绝迹,何处山头寻?①

吹箫女引用《高唐赋》的"朝云"来指代自身,此后作品中也多处用"朝云"来指代她,氏忠思念她时感叹"也不知是否朝云暮雨之化身"②,她终于揭晓自己身份时,也自称:"我并非以朝云为名与你疏远"③。

点睛之笔是跋文中引用的白居易的"花非花"一诗,

花非花雾非雾 夜半来天明去
来如春梦几多时 去似朝云无觅处④

诗句内容与前面关于"朝云"的描写前后呼应,首尾一致。宛若巫山神女般的神秘吹箫女"来如春梦几多时 去似朝云无觅处",氏忠与神秘女子的如梦如幻的恋爱故事也构成了了唐土的另一面:浪漫梦幻的唐土。

三、藤原定家的唐土憧憬和大国小国观

1. 唐土憧憬

"月""梅""梦"都是藤原定家所钟爱的元素,这一点从他的和歌以及《每月抄》《明月记》等和歌论、日记作品中可窥一斑。

《明月记》治承四年二月里有如下叙述:

> 十四日。天晴。明月无片云。庭梅盛开。芬芳四散。家中无人,一身徘徊。夜深归寝所。灯光髣髴,尚无睡意。更向南出,赏梅之间,忽闻起火之因。⑤

这是定家十九岁时写的日记。晴朗的月夜,空中万里无云,庭院中的梅花芬芳四散,定家尚无睡意,一个人独自徘徊赏梅。"明月无片云"是《明月记》中最常用的词句,可见定家从年轻时就喜欢"月""梅"等富有浪漫色彩的

---

① 樋口芳麻呂・久保木哲夫『松浦宮物語・無名草子』、新編日本古典文学全集、小学館、1999年、pp. 103—104。
② 同上书,p. 107。
③ 同上书,p. 115。
④ 同上书,p. 139。
⑤ 今川文雄『訓読・明月記』第一巻、河出書房新社、1977年、p. 13。

事物,喜欢"明月无片云"、即一丝云彩都没有的清澈月夜。

定家在和歌中也常常咏月,不仅如此,他还往往结合"月""梦"等元素,吟咏以"唐土"为主题的和歌。例如:

心向唐土飞,他乡路不知。
我心向明月,月却非路标。(41)

清月挂空中,我自无眠夜。
心向唐土飞,逐梦上云端。(695)

心向唐土飞,无奈路途远。
月明清辉洒,原来在梦中。(1047)①

"心向唐土飞"等歌句反映了定家对未曾所见的唐土的憧憬之情,而这类和歌共通的咏歌模式可以归纳为:"月明之夜、憧憬唐土、如梦似幻"。

前面也提到过,中世的文学评论《无名草子》在"月"中这样描写道:

> 无论春夏或秋冬,但凡月明之夜,无趣之心也油然生出趣味,不解风情之事也自然忘却。不知道的过去、现在和未来,没见过的高丽、唐土,全都成为遥思憧憬的对象,都是因为仰望这清澄的月亮啊。②

仰望明月,憧憬唐土等遥远异国,这与定家和歌中所咏的意境完全一致。也说明对唐土、对异国的憧憬是当时贵族文人的普遍心情。

《松浦宫》这部作品充分反映了藤原定家对唐土的憧憬,定家运用他最钟爱的"月""梅""梦"等元素描绘出他心目中浪漫梦幻、如仙境般的唐土形象。不仅如此,定家还在作品中对唐土的自然和人文大加赞美,这种赞美有时甚至是以对日本的贬损为代价的。

例如,作品描写氏忠一行抵达唐土明州后,当地地方官来迎接,大家一起作诗赏乐,"人们说话的声音、小鸟啼叫的声音,都与日本不同,新鲜而饶有趣味"③。这段描写刚好和氏忠从唐土回到日本后的感受形成鲜明的对

---

① 久保田淳『訳注・藤原定家全歌集上下』、河出書房、上1985年、下1986年。
② 樋口芳麻呂・久保木哲夫『松浦宮物語・無名草子』、新編日本古典文学全集、小学館、1999年、pp. 181–182。
③ 同上书,p. 29。

比,"山上的草木,鸟儿的啼叫,种种事物看过去都这么难看、不体面"①。

再比如说,氏忠见到华阳公主后,心潮澎湃,"连在故国觉得异常美丽的神奈备皇女,和眼前的公主相比,也显得土气、不够端庄了"②。为了衬托华阳公主的美丽脱俗,不惜贬低曾经爱慕过的日本皇女,说她土气,不够端庄。氏忠见到神秘的吹箫女之后则更是心醉神迷,他不禁心想:"这个国家的习俗就是这样吗?连如此偏僻的山里都藏有这样的佳人。"③

2. 大国小国观

森克己指出,随着遣唐使时代带回的中国文化在日本被吸收、消化以及被日本化,日本人的自信逐渐增长,觉得日本文化也并不一定不如大陆文化。吉备大臣入唐传说就反映了日本人从自卑感到优越感的反转,而这种变化是从十一、十二世纪开始的。④

吉备大臣入唐传说是《松浦宫》的重要资料之一,其本质是一种"外交神话",反映了日本人最本质的对外意识,即对大国的自卑感与对本国的优越感相互混杂交织的复杂情绪。⑤

这种对大国的自卑感与对本国的优越感混杂交织的复杂情绪其实也就是十一、十二世纪平安朝中后期日本人的最基本的"对中国意识"。这一意识可见于奝然、寂照、成寻等入宋僧身上,也可见于吉备大臣入唐传说、寂照的"飞钵"传说、"文殊化现"传说中,反映了当时的一种时代氛围。

《松浦宫》产生于这样的时代氛围之下,不可能不受影响。对于定家来说,唐土首先是憧憬的对象,是值得尊敬的大国。作品描写氏忠回国之后,日本皇帝大为喜悦,认为"连在大国都被认可,获得了官位"⑥,于是把他提升成了公卿的一员。

另一方面,作品又不惜笔墨地描写了日本人氏忠之优秀,说皇帝测试他,考他种种学问、艺道,无论考什么都非常优秀,连本国唐土之人都难以企

---

① 樋口芳麻呂・久保木哲夫『松浦宮物語・無名草子』,新編日本古典文学全集、小学館、1999年、p. 134。
② 同上书,p. 40。
③ 同上书,p. 87。
④ 森克己「吉備大臣入唐絵詞の素材について」(『新修日本絵卷物語全集6 粉河寺縁起絵・吉備大臣入唐絵』解説、角川書店、1977年)、p. 34。
⑤ 小峯和明「吉備大臣入唐絵卷とその周辺」(『立教大学日本文学』86、2001年7月)、p. 3。
⑥ 樋口芳麻呂・久保木哲夫『松浦宮物語・無名草子』,新編日本古典文学全集、小学館、1999年、p. 133。

及。燕王叛乱,唐后请求氏忠出兵相助时又说:"和国是勇士之国,国虽小,有强大的神灵护佑,且人心贤明。"①《松浦宫》描写氏忠的优秀、在唐的出色表现等,与吉备大臣入唐传说、寂照传说以及《滨松》的中纳言如出一辙。

通过《松浦宫》的描写可以看出,藤原定家的"对中国意识"同样也具有两面性:一方面中国是大国,是浪漫仙境、理想之国;另一方面日本虽是小国,但有强大的神灵护佑,且人心贤明。

---

① 樋口芳麻呂・久保木哲夫『松浦宮物語・無名草子』、新編日本古典文学全集、小学館、1999年、p.59。

终 章

"渡唐物语"这个概念一般指具体描写或内容涉及日本人渡海赴唐的物语作品,主要是指《宇津保物语》《滨松中纳言物语》以及《松浦宫物语》等。

本书从广义角度将《入唐求法巡礼行记》《参天台五台山记》等历史上实际渡唐的遣唐使、入宋僧留下的真实的渡唐记录、游记也称为"渡唐物语",这是基于真实体验的另一类"渡唐物语"。

一、"渡唐物语"的主人公们

《宇津保》《松浦宫》等物语都是以派遣遣唐使为背景的,通过提炼其中与遣唐使有关的情节,并将其置于历史语境中进行溯源,可以发现虚构的物语里不仅有遣唐使时代的历史真实的描写,还刻画了遣唐使赴唐时的内心世界,描写了赴唐之后的各种传奇故事,给读者无限的想象空间。

《宇津保》的俊荫是在征集遣唐大使和副使时被召去的,其身份应该是大使或副使,《松浦宫》的氏忠是遣唐副使,都是遣唐使团中最高官员。俊荫和氏忠都是一流的优秀人才,七岁便能吟诗,十二岁成人便深得皇帝欣赏和信任,十六岁便被选为遣唐使。俊荫和氏忠不仅才华过人,容貌也非常秀美,不同凡响。

历史上遣唐使因为是代表国家的人物,选拔标准的确也非常严格,不仅是学识才华,容貌、风采、举止、礼仪都是选拔衡量的条件。相关文献记载中,用"容止温雅""仪容大净"等词来形容遣唐使。

由于旅途艰难多险,很少能平安无事返回日本,所以一旦被任命为遣唐使,就意味着漂洋过海、生死莫测,极有可能成为不归之路。《宇津保》和《松浦宫》都描写了俊荫和氏忠被选为遣唐使之后,和父母抱头痛哭、悲伤离别的场景。

史书往往只记载历史事件,从中很难了解当事人的内心世界。虽然从第十八次遣唐大使藤原葛野麻吕在践行宴上"涕泪如雨"等记载中可以窥知一二,但毕竟还是看不到直接对其心理活动的描写。"渡唐物语"虽然是虚构的作品,却将遣唐使及其家人的最真实的内心世界呈现给了读者。《万叶集》中收录了二十余首与遣唐使相关的和歌,内容基本都是祈祷神灵保佑路途平安和倾诉离别悲伤的,从中也可以了解到遣唐使及其家人的痛苦和无助。

关于具体航程,《宇津保》描写俊荫一行三艘船中有两艘遇难,大多数人都溺水而亡,唯有俊荫所乘之船幸免于难漂流到波斯国。历史上,遣唐使的往返船只不仅多次遇难,也常常漂流到其他地方。734年平群广成等漂到昆仑国,839年菅原梶成等漂到南海的事例被看作是俊荫漂流的历史原型。

相比之下,《松浦宫》中氏忠一行去程和回程却都非常安全顺利,去程出发是在四月十日,这一时期并非是遣唐使出航最多的六、七月,而是能够利用西北风的四月。回程是七月十五日,也是能够利用西南季节风的七月。说明《松浦宫》的作者藤原定家在设定主人公渡唐和返回日本的时间时,并没有依照历史上遣唐使的出船时期,而很有可能是参考了航行相对比较顺利的中国商船的航海日程,让主人公顺利抵达唐土,再顺利返回日本。

《宇津保》和《松浦宫》还描写了主人公在唐土学习琴艺的经历,历史上的确也有遣唐使渡唐后在唐学习琴艺的记录。仁明朝的准判官良岑长松和藤原贞敏以善弹琴和琵琶而入选遣唐使之列,藤原贞敏在唐跟刘二郎学得秘技琵琶曲,还娶了刘二郎的女儿。藤原贞敏与良岑长松也被看作是《宇津保》中的清原俊荫、良岑行政的原型。

《滨松》描写日本的中纳言到了唐土之后,爱上了美丽的唐后,唐后生下一个酷似中纳言的男孩,后来被中纳言带回日本抚养。《松浦宫》也描写了主人公氏忠与唐朝华阳公主、邓皇后的异国恋情。《滨松》主人公中纳言虽然不是以遣唐使身份赴唐的,但作品中描写的中日之间的异国恋情、通婚以及混血儿的存在等,都是遣唐使时代有据可查的历史事实。历史上比较有名的中日混血儿有大宝二年(702)随第八次遣唐使入唐的日本学问僧弁正在唐所生的秦朝庆、秦朝元,养老元年(717)随第九次遣唐使入唐的羽栗吉麻吕与唐女所生的羽栗翔、羽栗翼,以及太平胜宝四年(752)入唐的第十二次遣唐使大使藤原清河的女儿喜娘等等。遣唐使时代,来到唐朝的使团成员有不少与唐女恋爱、结婚、生子。"渡唐物语"里所描写的异国恋情、中日混血儿等都是有史可依的历史事实。

基于真实体验的两部游记则描写了作者自身渡唐、渡宋的种种经历。《入唐求法巡礼行记》的作者圆仁也是遣唐使团一员,他以请益僧的身份随承和五年(838)六月启程的第十九次遣唐使入唐,会昌七年(847)九月十八日返回日本大宰府。《行记》记载了他在唐近十年的旅程及他在自己的耳闻目睹和亲身经历的基础上所描写和记载的"真实的唐土"。

《参天台五台山记》的作者成寻在第一位入宋僧奝然入宋后约九十年,于1072年搭乘宋朝商船秘密出国入宋。成寻在宋约一年零三个月,《参天台五台山记》是他在宋巡礼的旅行日记。

二、"异域之眼"

入唐请益僧圆仁的《入唐求法巡礼行记》和入宋僧成寻的《参天台五台山记》这两部基于真实体验的"渡唐物语"具有非常宝贵的史料价值。葛兆光在谈到朝鲜、日本史料中涉及中国的历史资料的价值时,使用"异域之眼"一词来描述,说这些史料中"可以看到很多本国人忽略,而异域人所关心的历史细节,这些细节是本国文献所不载的。这很正常,大凡到了外国,人们注意到的常常是与本国相异的东西,那些一眼看去觉得不同的事物,会自然凸现在视野中,而生活于其中的本国人,却常常会因为熟悉而视而不见,因此被淡忘和忽略"[1]。

《入唐求法巡礼行记》和《参天台五台山记》这两部真实的"渡唐物语"正是以"异域之眼",以外国人的特殊眼光和感情记载了中国的历史细节和种种事物,观照了唐土最为真实的一面。

鲜于煌认为《行记》中对中国历史的大量细节描写和记载,不仅可以弥补正史的不足,还可纠正正史的许多错误和偏见。他具体列举了十条《行记》对中国历史记载的重要贡献,如第一次详细记载了中国百姓对日本使者的深厚友谊;第一次详细记载了五个县的粮食差价;第一次详细比较了日本、新罗(今朝鲜)、大唐三国的讲经仪式;第一次详细记载了中国有关"俗讲"等等。[2]通过《行记》的异域之眼,可以看到圆仁对唐土的崇拜和向往,看到他眼中以佛教圣地五台山为代表的理想的唐土形象。另一方面,也可以看到

---

[1] 葛兆光《想象异域 读李朝朝鲜汉文燕行文献札记》,中华书局,2014年,p. 15。
[2] 鲜于煌《日本圆仁〈入唐求法巡礼行记〉对中国历史记载的重要贡献》,《重庆大学学报〈社会科学版〉》,2000年第6卷第1期,p. 119。

唐朝"会昌法难"的全过程,看到灾害、饥荒、军纪败坏、草菅人命等残酷现实,看到一个衰败、凋敝的唐土形象。圆仁眼中的唐土,既有他所憧憬的理想圣地、人间天堂;也有灭佛毁佛的恐怖现实、黎民百姓的艰辛生活以及皇帝的无道之极。憧憬与失落,典范与衰败交织在一起,构成了圆仁眼中唐土形象的两极性。

成寻的《参天台五台山记》记载了他在宋十六个月的所见所闻,从时间上看远远不及圆仁的近十年的记录。但仅从字数来看,《行记》却只有它的三分之二,可见其内容之详尽与丰富了。曹家齐将《参天台五台山记》与宋人的旅行日记相比,指出现存宋人的几部旅行日记虽也包含丰富的内容,具有重要的史料价值,但若与《参天台五台山记》相比,则甚显简略。至于为何宋人所记较为简略,那是因为"本国每每忽略最习见"事之故,"宋人旅行日记所记内容虽不尽统一,但多数则是以记述每日里程、所经地名和与友人的聚会、偕游为主,间及一些趣事和景物。我们今日认为重要之内容,当时人则认为是寻常见惯之事,没有记录之必要"。而"成寻作为日本人,一方面,对在中国所见人和事都感到好奇和崇敬,另一方面,其甚知来中国意义之重大,想尽可能多多记述所见所闻,带回国去,供后来人参考。因此《参天台五台山记》所记内容详尽与丰富,超过任何一部宋人同类作品。"[1]曹家齐还指出了现存宋人著述中失载或记述不详,而《参天台五台山记》中可补文献不足或堪纠史籍之失当之处,包括宋代驿传制度、古代官府文书、宋代乘轿风俗等。[2]

通过《参天台五台山记》的异域之眼,可以看到入宋僧成寻巡礼天台、五台山等灵山圣地时"感泪无极"的过程,看到他所表现出的和圆仁同样的憧憬和崇敬。还可以看到他对所到之处风土人情、社会生活的细致观察和记录。例如,成寻记录下了北宋大都市杭州的繁华景象:在杭州大运河及两岸,"津屋皆瓦葺,楼门相交","卖买大小船,不知其数","河左右家皆瓦葺,无隙并造庄严","大桥两处,皆以石为柱,并具足物。以贵丹画庄严"。[3]记录了在日本难以见到的动物,兔马(驴)、大象、鹦鹉、骆驼等。熙宁五年四月十七日条,成寻详细记录了所见到的兔马(驴)的样子:"见兔马二疋,一疋负物,一疋人乘。马大如日本二岁小马,高仅三尺许,长四尺许,耳长八寸许,

---

[1] 曹家齐《略谈<参天台五台山记>的史料价值》,《宋史研究论丛》2006年00期,p. 538。
[2] 同上文,pp. 539—542。
[3] 王丽萍校点《新校参天台五台山记》,上海古籍出版社,2009年,pp. 20—21,卷一熙宁五年四月十三日条。

似兔耳形。"①成寻还记载了日常生活中的各种食物,如各种水果、饼、茶、酒等。熙宁五年四月七日,记录了美味的糖饼:"食糖饼,以小麦粉作果子也。其体似饼,大三寸许,圆饼,厚五分许,中入糖,其味甘美。"②同年四月十五日,成寻又吃到了另外一种饼——作饭,"李思恺买作饭与志,味如日本饼淡,大如茄,顶颇细,以小麦粉、小豆、甘葛并糖作果子也。"③这些从外国人的视角对于宋代社会生活、风俗习惯的记载,为研究宋代的社会生活史提供了全新的史料。

三、"异域想象"与唐土形象

与基于真实体验的两部游历日记不同,《宇津保》《滨松》《松浦宫》等虚构的物语作品对唐土的描写都是基于对异乡、异域的想象。

在《宇津保》之前,被称之为"物语开山鼻祖"的第一部物语《竹取物语》就已经开始了异域想象。寻找蓬莱之玉枝、龙首之辉玉等故事中描写了为寻找宝物,以异域为目标渡海出行的故事。其中对渡海的艰辛苦难之叙述,对漂流到南海的恐惧等描写,都是以遣唐使船渡海的历史事实为背景的。

《宇津保》开创了描写日本人的异域行和异域体验的先河,第一次正面描写了日本人的"渡唐"故事。作品不仅将背景设定为朝廷派遣遣唐使的时代,还塑造了包括主人公清原俊荫在内的几个个性鲜明的遣唐使形象。历史上承和年间最后一次派遣遣唐使的史实为之提供了丰富的素材和原型。

《宇津保》虽然是"渡唐"物语,但却并没有关于唐土场面的描写。对于异域的想象并非是对唐土,而是关于俊荫遭遇海难漂泊所至的"波斯国"及西方乐园。俊荫去到西方乐园,在天女和仙人的引导下,带着拥有神秘力量的宝琴而归,这一充满传奇性的故事看似与唐、唐土并无直接联系。但其实在这部作品中,唐土是一个泛指异乡、异域的广义概念,在作者的意识当中,"波斯国"也可包含在唐土内部。俊荫回到日本后,作品中提到他的渡唐经历时,"波斯国"的名字不再出现,全部统一成他是从"唐土"归来的表述,这是为了利用唐土的权威来突出俊荫作为遣唐使的非凡经历以及他在汉学、音乐方面的成就,尤其是琴艺的高超。

---

① 王丽萍校点《新校参天台五台山记》,上海古籍出版社,2009年,p.23,卷一熙宁五年四月十七日条。
② 同上书,p.18。
③ 同上书,p.22。

《宇津保》虽然没有直接描写唐土的场面，但其中关于"琴"的构思和情节以及阿修罗、忉利天天女等佛教元素等为其后的"渡唐物语"所继承，并形成新的变奏，可以说从多方面对其后的"渡唐物语"起到了巨大的影响。

平安朝后期最有代表性的两部"渡唐物语"——《滨松中纳言物语》和《松浦宫物语》都描写了日本人渡唐后在唐的种种经历，描写了发生在唐土和日本之间的悲欢离合、爱情故事。《滨松》的作者一般认为是平安朝中期的女作家、和歌歌人菅原孝标女。《松浦宫》的作者藤原定家则是平安末期、镰仓初期的著名歌人和文学家。一个是对中国、中国文学只是略有所知的女性作家，一个是汉文学知识丰富的男性文人，但他们都并没有实际渡唐的经历，所描写的唐土是在自身文学和知识积累的基础上想象而成，而并非基于实际渡唐的亲身见闻。

《滨松》的作者进行异域想象的资源和基础是"唐绘"、中国故事和日本汉文学作品。作者根据"唐绘"的印象描写未曾亲眼见过的异国女性，采用「髪上げうるはしき」（盘发、插簪、端庄美丽）等模式化描写。同时，又巧妙地使用象征手法，通过想象将某种固定的意象与女性相结合，"黄昏时分，菊花盛开，盘发插簪的美丽女子"，如同"云层中探出头来的圆月，月光皎洁"，这些描写本身就形成了一幅"唐绘"，给读者留下深刻的印象。在对唐土的地理进行描写时，如同日本汉诗人在吟咏日本的山崎、神泉苑等地的风景时，将其比作河阳、洞庭等唐土的名胜之地一样，《滨松》的作者也将实际上远隔千里的河阳、洞庭都想象成了平安京城周边的风景。

《松浦宫物语》的作者藤原定家建构异域想象的基础和资源是《汉书》等中国典籍，吉备真备的相关史料和传说等。《松浦宫》不仅直接引用《汉书》中"金日磾"的例子来比喻氏忠，《汉书》中霍光和金日磾两个人物也与氏忠的人物形象有一定的关系。《松浦宫》成立的十二世纪末，刚好是吉备真备的传说、绘卷流行的时期，这些传说、绘卷也都有可能是作者建构想象的重要基础和资源。除此以外，史书中有关历史上吉备真备其人的记录也很有可能是定家创作《松浦宫》时的重要资料。例如，氏忠带领五六十人采用包抄、夹击战术打败宇文会的三万大军，这是作品中最精彩的战争场面。这一包抄、夹击的战术有可能是参考了《续日本纪》中所记载的吉备真备的"分兵遮之"的水陆两道包抄战术。藤原定家参考史书中关于战役及吉备真备的战略战术的记录，在此基础之上充分发挥想象力，将异国的战场描写得生动逼真。

藤原定家在《松浦宫》中描写了两个截然不同的唐土：一个是充满战乱

和政治风云的唐土,极具现实性;另一个则是孕育爱情故事的浪漫、仙境般的唐土,极具浪漫性。尤其是在描写孕育爱情故事的唐土时,定家充分运用"月""梅""梦"等元素,将异国唐土描写成一个浪漫梦幻的国度,也反映了作家对唐土的憧憬和向往。

唐土描写与文化心理

"渡唐物语"中的异国想象与唐土描写,从一个特殊的角度反映了当时日本人的"对中国意识"。

遣唐使时代,日本大量输入中国的典籍文物、文章制度,日本以唐化为最高的理想进行改革,中国文化占据了意识形态的中心位置,唐土自然也就成为日本人心目中憧憬和崇拜的国家。

《宇津保》中多次赴唐留学的博士被看作是汉学权威,唐朝的先例、故事等常常在各种场合被引用,被当成典范、标准和判断依据。作品充满对唐文化的尊重和赞美,唐土在作品中既是汉诗文、音乐的权威,也是方方面面的典范和标准。

《入唐求法巡礼行记》的作者圆仁也是带着对唐土的崇拜和向往而来。圆仁的时代,唐朝早已是整个东方佛教文化的中心,也是日本僧人向往的文化大国。圆仁在《行记》中称自己为"日本国朝贡使数内僧圆仁"[①],这是典型的以中国为大国的"事大主义"(以小事大),也是盛唐时期大多数日本人的"对中国意识"。

随着日本自身文化的发展,日本人的本国文化意识开始觉醒,文化自信和自负逐渐提升,以中国为大国的"事大主义"(以小事大)逐渐转变为以日本为中心的"日本中心主义",简单说来就是从自卑感到优越感的变化。但是这种优越感仍然建立在长期以来形成的对大唐文化的崇拜憧憬、对唐的自卑情结之上,因此往往形成一种复杂、微妙的"对中国意识"——自卑感与优越感相互混杂交织的复杂情绪。

平安朝最有代表性的几位入宋僧——奝然、寂照和成寻在宋的文化活动有一定的共性,那就是在与宋人交往时极力维护自己国家的自尊,同时竭力展示本国文化优秀的地方。

[①] 白化文、李鼎霞、许德楠修订校注《入唐求法巡礼行记校注》,花山文艺出版社,1992,p.47,承和五年九月二十条。

成寻在《参记》中详细记述了他在唐祈雨成功的始末以及他与唐人张太保的对话,包括张太保的惊讶、佩服之语等,很有夸耀自身及日本天台宗法力之嫌。这也是一种"日本中心主义"意识的体现,成寻觉得自己用降雨的神通力令中国的皇帝心服口服,弘扬了日本的国威。此外,他在宋还从多方面对日本文化进行宣扬,展示日本佛教繁荣昌盛的状况。成寻在日记中称中国为"大宋国"的同时,也称日本为"大日本国",这些都反映了他的文化自信和优越感。

《滨松》和《松浦宫》都描写了渡唐日本人的优秀、在唐的种种出色表现。入宋僧寂照的"飞钵"传说、十二世纪流行的吉备真备传说等也都是讲述日本人凭借神佛的保佑和超自然能力在唐土大显神通的故事,反映了当时的时代风潮和人们的对外意识。

受时代氛围的影响,《滨松》的描写也不例外地表现出一种优越感,塑造了一个优秀的渡唐日本人形象,描写他即便到了唐土,其外表和文才也是最佳的,无人能及。但女性作家的这种优越感不像男性文人那样以对中国文化的崇敬和自卑感为前提,似乎更为简单,只是一种以日本为本位的想象的产物。

通过《松浦宫》的描写,可以看出作者藤原定家的"对中国意识"与当时的男性文人一样具有两面性,但定家的"对中国意识"中并没有对等、对抗的成分,而是一种"公平"的大国小国观:一方面中国是大国,是浪漫仙境、理想之国;另一方面日本虽是小国,但有强大的神灵护佑,且人心贤明。

第二部 物语中的"唐物"与"唐文化"

平安朝物语中,除了描写日本人渡海赴唐的"渡唐物语"以外,还有不少内容虽然与"渡唐"并无直接关系,但是描写了大量"唐物"和"唐文化"的作品。

其中最有代表性的莫过于《源氏物语》了。《源氏物语》成书于十一世纪初,正值日本"国风文化"的鼎盛时期,作品描写的又是平安朝的宫廷贵族生活,因此被看作是最能代表日本"国风文化"的作品,是形成日本传统审美情趣的重要源泉。但另一方面,《源氏物语》也是一部融入了大量异国文化的作品,尤其是中国文化。作品中虽然没有渡唐的情节,也没有关于唐土具体情景的描写,但有关从中国进口的舶来品——"唐物",以及汉诗文、"唐乐"、"唐绘"等"唐文化"的描写在作品中随处可见,"唐物""唐文化"的相关描写与人物形象塑造乃至主题都有着密切关系。

除了《源氏物语》以外,先于《源氏物语》成书的长篇物语《宇津保物语》中也有大量"唐物"和"唐文化"的相关描写,就连"物语的鼻祖"《竹取物语》中也描写了作者想象中的"唐物"。

在第二部中,将以《竹取物语》《宇津保物语》和《源氏物语》这三部物语为对象,研究作品中描写的"唐物""唐文化"及其意义。

在此之前,拟先对"唐物"与"唐文化"的概念做进一步界定,对平安朝输入"唐物""唐文化"的基本历史事实进行梳理,以便深化对作品中相关内容的理解。

第一章 "唐物"与"唐文化"

一、何为"唐物"?

1. "唐物"概念的界定

"唐物"这一概念在研究史上曾被用于广义上所有从外国进口到日本的物品,例如研究宋日贸易的泰斗、日本学者森克己就将其定义为"唐物即进口物品"。①《日本国语大辞典》第一版、第二版也都将其解释为"从中国或其他外国进口来的舶来品的总称"。

另一方面,也有一种狭义的用法,即"唐物"是指中国制品或是通过中国的"唐船"所带来的舶来品。例如,《日本国语大辞典》在第二版中增加了一个补充说明:

> 平安时代用来表示舶来品的词汇有"货物""杂物""方物""土物""远物"等,"唐物"一词用于中国制品或是经由中国进口的物品,不用于从渤海及新罗进口的物品。史书、记录以外的文献资料中也未见用于和中国无关的舶来品。因此可以认为,平安时代的"唐物"并非泛指一般的舶来品,而是用于其字面意思。②

的确,"唐物"一词最初只是指来自于中国的舶来品或是经由中国进口的舶来品。但是后来其词义逐渐扩大,甚至可以指代所有来自于外国的商品。《角川古语大辞典》是这样解释的:

> 从中国传入的物品。唐锦、唐织物等舶来品的总称。室町时代,被

---

① 森克己『新訂・日宋貿易の研究』,森克己著作選集第 1 卷、国書刊行会、1975 年、p. 191。
② 『日本国語大辞典』第二版、小学館、2003 年。

誉为奢侈品,主要有织金缎、缎子、茶道用具、沉香、麝香、唐绘等种类。在日本模仿制作的也称"唐物"。近世这一称呼还包括从南洋进口的物品,以及广义上从长崎进口的各种舶来品,经营这些舶来品的店铺被称为"唐物屋"。①

事实上,平安朝物语作品中虽然有大量带有"唐"字的物品,例如"唐绫""唐绮""唐柜""唐衣""唐绘"等等,但也不见得全都是指从中国进口的物品。有的只是"唐朝式样或风格",也不乏是模仿进口的"唐物"在日本制作的。例如,所谓"唐衣"是指宫廷女性的一种唐风正装,平安朝初期"唐风文化"盛行时期,嵯峨天皇曾于弘仁九年(818)下令将仪式和服装全部依照唐法改为"唐风"。"唐衣"本指女性的唐风服装中被称为"背子"的装束,"背子"无袖,是短上装,类似现代的背心。后来加上较窄的袖子,成为宫廷正装"十二单"中的一件,被称为"唐衣"。"唐衣"和"裳"是宫廷女官在正式场合一定要穿的正装。②再比如说"唐绫",除了中国进口的以外,藤原定家的日记《明月记》宽喜元年(1229)十二月二十九日条记录说日本京中的织匠都会编织"唐绫",可以想象当时在日本制作生产"唐绫"的情景。③"唐绘"也是一样,原本是指中国传入日本的绘画,后来在日本也开始制作描绘中国题材的绘画,或是模仿中国画的技法、风格等,这些在日本制作的绘画也称之为"唐绘"。

本书研究的是文学文本中的中国文化元素,因此拟对"唐物"进行广义把握,对是否是真正进口的"唐物"不作严格界定,将"唐朝式样或风格"的物品、在日本模仿制作的物品也纳入考察范围。同时由于《宇津保》和《源氏物语》中都描写了渤海使的来访,渤海使是九世纪日本朝廷所接待的唯一的官方使节,渤海国又深受唐文化影响,因此对渤海使所带来的舶来品也进行了关注,作为广义的"唐物"加以考察。

2. "唐国信物"到"唐物"

"唐物"一词最早以"唐国物""唐国信物"等形式出现,见于《日本后纪》延历二十四年(805)七月二十七日的记录:

> 献唐国物于山科后田原崇道天皇三陵。④

---

① 『角川古語大辞典』、角川書店、1982年。
② 近藤富枝『服装から見た源氏物語』、文化出版局、1982年、p.28。
③ 今川文雄『訓読·明月記』第五卷、河出書房新社、1977年、pp.86—87。
④ 『日本後紀』、国史大系第3卷、黒板勝美·国史大系編修会編、吉川弘文館、1966年、p.46、卷十三。

在此之前还有两则相关的记载,七月十四日载:"葛野麻吕等上唐国答信物。"七月二十四日里又记载:"赐亲王已下参议已上及内侍唐国彩帛各有差。"①

根据前后记载可知,延历二十四年(805)六月八日归国的遣唐大使葛野麻吕一行所带回的"唐国答信物"中,二十四日赐给亲王以下参议以上以及内侍等"唐国彩帛",二十七日又献给山科(天智)、后田原(光仁)、崇道(早良)等已故天皇的园陵。

类似的例子还有《日本纪略》大同二年(807)正月十七日的记载:

献唐国信物于诸山陵。②

正月二十七日又载:

大唐信物绫锦香药等、班赐参议已上卿。③

可见唐国信物为绫、锦、香药等,在献给诸山陵之后,又班赐④给了参议以上官员。

木宫泰彦指出,输入唐朝的文化产品是派遣遣唐使的主要目的之一。"遣唐使到唐后,对唐朝进呈礼物及其他方物,唐朝则照例回敬礼物,并对使节按照级别各有赏赐,这显然可以看作是用国际礼仪的形式来进行官营贸易。"⑤日本进呈的礼物以日本出产的银、缍、丝、棉、布之类为主,唐朝所赠的答礼似乎以彩帛、香药等为主。遣唐使回国后常以这类物品奉献神社、山陵,或分给参议以上官员。

保科富士男对七到九世纪史料中所载日本和唐朝之间互赠礼物的名称进行了统计,指出在日本和唐朝正式外交关系中,日本进呈给唐朝的礼品被称为"国信(物)",而唐朝的礼品则被称为"唐国信物""大唐信物""答信物"等。⑥可以看出,"信物"一词是用于正式外交关系中的赠品。

"唐物"一词最早见于史料是《日本后纪》大同三年(808)十一月十一日

---

① 『日本後紀』、国史大系第3卷、黒板勝美・国史人系編修会編、吉川弘文館、1966年、p.45。
② 『日本紀略』、国史大系第10卷、黒板勝美・国史人系編修会編、吉川弘文館、1965年、pp.285—286、卷第十五。
③ 同上。
④ 即颁赐;分赏。《汉书·武帝纪》:"因以班赐诸侯王。"
⑤ 木宫泰彦《日中文化交流史》,胡锡年译,商务印书馆,1980年,p.104。
⑥ 保科富士男「古代日本の対外関係における贈進物の名称—古代日本の対外意識に関連して」(『白山史学』25、1989年)、pp.76—77。

的记载。

> 戊子。勅。如闻。大嘗会之杂乐伎人等。专乖朝宪。以唐物为饰。令之不行。往古所讥。宜重加禁断。不得许容。①

据该条记载,杂乐伎人等违背国法,以"唐物"为饰。文中说此行为屡禁不断,应当再次明令禁止。可见,早在平安初期,就有了对"唐物"使用的限制和禁令。

村井康彦指出,开始用"唐物"这一惯用词来称呼被带到日本的贵重的唐国物品是从遣唐使船(最后一次遣唐使派遣前后)变为唐商船的时期。② 的确,从史料中也可看出,"唐国物""唐国信物"等称呼逐渐演变为"唐物",到了承和年间(834—848)即最后一次遣唐使派遣以后,"唐物"一词也就越来越多见了。

据《续日本后纪》记载,仁明朝派遣的最后一次遣唐使的大使藤原常嗣于承和六年(839)回到肥前国松浦郡生属岛时,

> 又信物要药等。差检校使。取陆路递运。自余人物等。陆行水漕可有议定。③

遣唐使一行带回了"信物要药",日本朝廷特地指派"检校使"指令由陆地递运。关于藤原常嗣带回的这批"唐物",据《续日本后纪》承和六年十月三日载:

> 奉唐物于伊势大神宫。④

即供奉于伊势神宫外,又据十月二十五日条载:

> 建礼门前张立三幄。杂置唐物。内藏寮官人及内侍等交易。名曰官市。⑤

即在建礼门前搭起三座帐幕,将所带回的"唐物"杂置于其中,称为"宫

---

① 参考皆川雅樹「『唐物』研究と『東アジア』的视点—日本古代・中世史研究を中心に」(『アジア遊学』47「唐物と東アジア:舶載品をめぐる文化交流史」、勉誠出版、2011年)、p.8。
② 村井康彦『日本の文化』、岩波ジュニア新書、2002年、pp.63—64。
③ 『続日本後紀』、国史大系第3巻、黒板勝美・国史大系編修会編、吉川弘文館、1966年、p.91、卷八。
④ 同上书,p.93。
⑤ 同上书,p.94。

市",让内藏寮官人及内侍等前来选购。

有意思的是,最后一次遣唐使藤原常嗣所带回的这批物品,既被称为"信物",又被称为"唐物"。强调是出使唐朝,从官方渠道带回时所用的是"信物",而带回日本后供奉伊势神宫或是在"宫市"交易时则被称为"唐物"。由此可见,"信物""唐国信物"强调的是正式外交关系中所获得的唐国礼品,相比之下"唐物"则强调是从唐朝带回日本的物品。

皆川雅树通过对九世纪前期的相关史料进行考证,指出"唐物"是以承和遣唐使的派遣为契机开始使用的词。对承和遣唐使带回的"信物要药",朝廷指派"检校使"指令由陆地运送,"检校使"后来则发展成为朝廷行使"先买权"的"唐物使"。①

3. 跨海而来的"唐物":遣唐使与渤海使

在派遣遣唐使的时期,唐朝和日本官方互赠礼品,这也可以看作一种变相的官方贸易形式,唐朝皇帝还会赐给遣唐使团成员物品,这些都使得丰富的"唐物"跨海而来,进入日本。

例如,《续日本纪》天平七年(735)四月二十六日记载了入唐留学生吉备真备带回的物品:

> 入唐留学生从八位下下道朝臣真备献唐礼一百卅卷。太衍历经一卷。太衍历立成十二卷。测影铁尺一枚。铜律管一部。铁如方响写律管声十二条。乐书要录十卷。弦缠漆角弓一张。马上饮水漆角弓一张。露面漆四节角弓一张。射甲箭廿只。平射箭十只。②

吉备真备回到日本后,向天皇献上了《唐礼》一百三十卷、天文历书(《太衍历经》一卷、《太衍历立成》十二卷),以及音乐书(《乐书要录》十卷)等书籍。除了书籍以外,还有日时计(测影铁尺)、乐器(铜律管、铁如方响、写律管声)以及各种弓(弦缠漆角弓、马上饮水漆角弓、露面漆四节角弓)和箭(射甲箭、平射箭)等。吉备真备带回的《唐礼》《太衍历经》《太衍历立成》对日本朝廷完善礼仪、改革历法有很大影响,带回的乐器和乐书更是对于唐乐在日本的传播起到积极作用。中国早已失传的《乐书要录》现仍在日本保存,

---

① 皆川雅樹「九世紀日本における『唐物』の史的意義」(『専修史学』34、2003年3月)、p.10。
② 『続日本紀』、国史大系第2巻、黒板勝美・国史大系編修会編、吉川弘文館、1966年、p.137、卷十二。

成为研究唐代音乐的重要资料。吉备真备在唐留学历时十九年,所以能够收集到大量丰富的书籍和"唐物",是遣唐使带回"唐物"的一个典型例子。

除了获得唐朝赐赠物品外,遣唐使团成员有时还会通过公开或不公开的贸易渠道购买所需的"唐物"。例如,圆仁的《入唐求法巡礼行记》记载了遣唐使团人员回国时,去购买"勅断色"等禁止买卖的物品,以及因为购买香药被追,舍弃二百余贯钱等事。

> 不久之间,第四舶监国信并通事盐缘买勅断色,相公交人来唤,随相人入州去。(中略)长官兼从白鸟、清岑、长岑、留学等四人为买香药等下船到市,为所由勘追,舍二百余贯钱逃走,但三人来。①

可见,遣唐使团中甚至有不惜触犯唐朝国法去购买"唐物"之人,可以想象他们对"唐物"需求之盛。

除了遣唐使以外,渤海使也为日本带去了丰富的"唐物"。渤海国(698—926)是东亚古代历史上的一个以靺鞨族为主体的政权,其范围相当于今中国东北地区、朝鲜半岛东北及俄罗斯远东一部分。698年,粟末靺鞨首领大祚荣自称"震国王",建立政权。713年,唐玄宗册封大祚荣为"渤海郡王"并加授新置忽汗州都督,由此改称"渤海"。762年,唐朝诏令将渤海升格为国,封祚荣孙大钦茂为渤海国王。

据史料记载,从神龟四年(727)渤海国首次派遣使节到日本,直至926年为契丹所灭的近二百年间,渤海使赴日有三十多次,其中平安时期就有二十三次。

在日本与唐和新罗间的官方往来画上了终止符后,渤海就成为其对外往来的唯一的对象国。九世纪日本渤海关系的一个特征,就是渤海单方面地向日本派遣使节团,而这一时期日本朝廷所接待的唯一的官方使节便是渤海使。

渤海使节一般在能登、加贺、越前(今日本石川、新泻、福井县)等地登陆,而后再去往平城京、平安京。渤海使在京城献上"方物""信物",日本朝廷对渤海使节按级别又回赠礼物,这实际上也是一种采取国家礼仪形式的官方贸易。

《续日本纪》神龟五年(728)正月条记录了渤海第一次遣日使团抵达日

---

① 白化文、李鼎霞、许德楠修订校注《入唐求法巡礼行记校注》,花山文艺出版社,1992年,p.115,开成四年二月二十日。

本后,渤海使高齐德向圣武天皇献上国书和方物的情形。

> 甲寅。天皇御中宫。高齐德等上其王书并方物。其词曰。武芸启。山河异域。国土不同。延听风猷。但增倾仰。伏惟大王。天朝受命。日本开基。奕叶重光。本枝百世。武芸忝当列国。滥惣诸蕃。复高丽之旧居。有扶余之遗俗。但以天崖路阻。海汉悠悠。音耗未通。吉凶绝问。亲仁结援。庶叶前经。通使聘邻。始乎今日。谨遣宁远将军郎将高仁义。游将军果毅都尉德周。别将舍航等廿四人。赍状。并附貂皮三百张奉送。土宜虽贱。用表献芹之诚。皮币非珍。还惭掩口之诮。主理有限。披瞻未期。时嗣音徽。永敦邻好。①

渤海王大武艺在书中称渤海"复高丽之旧居,有扶余之遗俗",希望与日本"永敦邻好",同上还献上了貂皮三百张。

天平十一年(739),渤海第二次遣日使团抵日后,又献上"大虫皮、罴皮各七张、豹皮六张、人参三十斤、蜜三斛"等方物。②

马一虹指出,渤海使进入平安京后将"方物""土毛"等献上,再从朝廷得到"赐禄",除了这种所谓的"朝贡贸易"方式以外,未获准入京的使节团成员就停留在登陆地或归国出航地,秘密从事私贸易。私贸易表面上是日本朝廷明令禁止的,但实际上却得到了地方官府的支持。地方官府本应等朝廷所派专员到后代表朝廷行使"先买权",在中央官员到之前是不可以先行与使节交易的。但实际上地方国司往往向朝廷欺瞒来使时间,或故意拖延上报,抢先与使节进行贸易。③

从渤海国携往日本的物品初期多以土特产品为主,如虎皮、豹皮、熊皮、罴皮、貂皮等珍贵毛皮,还有人参、麝香等稀有药材。随着贸易规模的扩大,又增加了大量做工精细、外观精美的手工艺品,如玳瑁酒杯等。由于渤海国深受唐朝文化影响,因此渤海国也是日本吸收唐文化的重要一站,成为中日文化交流的重要补充。

---

① 『続日本紀』、国史大系第 2 巻、黒板勝美・国史大系編修会編、吉川弘文館、1966 年、pp. 111—113、卷十。
② 同上书,p. 156,卷十。
③ 马一虹《9世纪渤海国与日本关系—东亚贸易圈中的两国贸易》,《日本研究论集》,天津人民出版社,2001年,p. 7。

4. 跨海而来的"唐物":商船贸易

遣唐使的废止,一般都认为是宽平六年(894)宇多天皇接受菅原道真的建议后正式废止,但仁明天皇于承和五年(838)派遣了最后一次遣唐使之后就再也没有成行的遣唐使,事实上从这一年开始已然是废止了。

遣唐使废止后,民间的交流并未中止,相反两国僧侣、商人的相互往来更加频繁密切。自承和六年(839)到907年唐朝灭亡短短七十年里,仅见于各种文字记载的往来于中日之间的商船次数几近四十次之多,大部分是唐朝商船,也偶有新罗和日本商船。①

唐朝商船到达博多港后,通常是由大宰府安置在鸿胪馆,供应食宿。朝廷派遣"唐物使"到大宰府主持贸易活动,"唐物使"由内藏寮官吏(后来由藏人所官吏)担任。贸易首先在唐商与大宰府之间进行,大宰府代表朝廷购买所需"唐物"之后,方准达官贵人以及商人市民等进行民间交易,这也就是所谓的朝廷"先买权"。

《竹取物语》中描写了一个唐商形象"王卿"。右大臣阿倍御主人接到辉夜姬的难题后,首先想到的就是"唐国来的贸易船上的朋友王卿"②,他写了一封信,让家臣中最为精干的小野房守去送给王卿。小野房守"持信赶到博多港,登上停泊在那儿的贸易船,呈上书信和用来购裘的钱款"③。小野房守甚至还跟随贸易船赴唐,数月后,唐船再度来到日本时随船归来。

历史上也有日本人为了购买"唐物"专程赴唐的记载,例如,《日本三代实录》贞观十六年(874)六月十七日载:

> 十七日癸酉。遣伊豫权掾正六位上大神宿祢己井。丰后介正六位下多治眞人安江等于唐家。市香药。④

大神己井等人被朝廷派到唐朝购买香料和药品,后来于元庆元年(877)搭乘唐商崔铎的船回国。⑤此外,据《朝野群载》卷一所载的《揔持寺钟铭》的略记记载,越前守藤原朝臣之子为了实现父亲的宿愿,将黄金交给"入唐使大神御井"请他带回白檀香木,用香木建造千手观音像,安放在摄津国岛下

---

① 木宫泰彦《日中文化交流史》,胡锡年译,商务印书馆,1980年,p.108。
② 王新禧译《竹取物语·御伽草子》,陕西人民出版社,2013年,p.14。
③ 同上。
④ 『日本三代実録』、国史大系第4卷、黒板勝美·国史大系編修会編、吉川弘文館、1966年、p.343、卷二十五。
⑤ 同上书,p.410,卷三十二,元庆元年八月条。

郡。①从这个例子可以了解到,当时日本朝廷也会出于采购目的派使节赴唐,与其有私交的贵族们也可以托他购买"唐物"带回。

进入五代十国时期,地处江南的吴越国占据扬州、明州两大港口,具有得天独厚的条件,推动了与日本民间贸易的开展。吴越王钱缪、钱元瓘、钱弘俶等人都通过商人与日本朝廷大臣等有过书信交往,并带去珍品土物等。吴越国商人来到日本时,带来孔雀、山羊等珍奇禽兽以及香药、锦绮等高级丝织品等。

960年中国进入北宋时期,当时正值日本藤原氏的全盛时代。日本在平安朝中后期规定宋船每三年才可来一次,同时禁止本国人私自出海贸易,因此往来商船都是宋船。但由于造船业的发展、航海技术的提高、需求的增加等多种因素,宋日之间商船往来非常频繁,贸易活动空前活跃。这一时期的重要特点是以民间贸易为主,而不像遣唐使废止前官方贸易占有重要地位。

宋商到达博多港后,也是由大宰府安置在鸿胪馆、供应食宿,享受和唐商同样的待遇。只是后来由于来航过于频繁,费用负担过重,日本朝廷开始规定三年期限,限制宋人来日。尽管如此,很多不遵守规定的商人为了不被驱逐回宋,谎称是遇风漂流所至,他们进入若狭、但马、敦贺等靠近平安京的港口,规避大宰府的盘查。

虽然宋朝与日本没有正式邦交,但并不妨碍两国之间的经济贸易活动。这一时期,商船往来之频繁、交易货物数量之多、种类之丰富都非以往任何时代能比。

5. "唐物"的种类

十一世纪有不少史料都有关于"唐物"的记载,从中可以了解到当时都有哪些"唐物"经宋商之手跨海而来。不过要说最全的记载要算《新猿乐记》了。

藤原明衡所著的《新猿乐记》成书于十一世纪中期,可以说是关于平安朝输入"唐物"的最全的记录,也是最有价值的史料之一。书中记录了一位从事日宋贸易的商人八郎真人,以及他所从事贸易中"唐物"的种类,有香

---

① 『朝野群載』、国史大系第29巻、黒板勝美・国史大系編修会編、吉川弘文館、1964年、p. 13。此事例参考田中史生「承和前後の国際交易―張宝高・文室宮田麻呂・円仁とその周辺―」(『承和期前後の国際交易』、2004年)。

料、染料、木材、药品、颜料等等多达五十三个种类,反映了当时进口"唐物"种类之丰富。

> 唐物沉・麝香・衣比・丁子・甘松・薰陆・青木・龙脑・牛头・鸡舌・白檀・紫檀・赤木・苏芳・陶砂・红雪・紫雪・金液丹・银液丹・紫金膏・巴豆・雄黄・可梨勒・槟榔子・铜黄・绀青・燕紫・绿青・空青・丹・朱砂・胡粉・豹虎皮・藤・茶埦・笼子・犀生角・水牛如意・马瑙(带)・瑠璃壶・绫・锦・绯襟・象眼・縹綢・高丽软锦・东凉锦・浮线绫・罗縠・吴竹・甘竹・吹玉等也。①

以上"唐物"中,沉香到白檀的十一种是香料;紫檀和赤木是贵重木材;苏芳是染料;陶砂是陶土;红雪到槟榔子的九种是药品;铜黄、绿清等是颜料;豹皮虎皮等皮革类;茶碗等陶瓷器;犀牛角水牛角;束带所用玛瑙带;琉璃壶是玻璃器皿;绫、锦、罗、縠、绯襟、象眼、縹綢、高丽软锦、浮线绫等是衣料;吴竹和甘竹是制作笛子的材料。②

除了以上物品之外,"唐物"也包括从中国输入的典籍即汉籍,还有珍稀鸟兽类,例如鹦鹉、孔雀、鸽、白鹅、羊、水牛、唐犬、唐猫、唐马等,此外还有文具类,如唐纸、唐砚、唐墨等。③

据入宋僧成寻所著《参天台五台山记》记载,宋神宗熙宁五年(1072),宋神宗派使者去见他,在信函中专门问及日本所需的物品。

> 一问:"本国要用汉地是何物货?"
> 答:"本国要用汉地香药、茶椀、锦、苏芳等也。"
> 一问:"本国有是何禽兽?"
> 答:"本国无狮子、象、虎、羊、孔雀、鹦鹉等,余类皆有。"④

根据成寻所答,日本需要进口的是香药、茶碗(陶瓷器)、高级丝织物等物品,这些在《新猿乐记》中也有记载。此外,成寻还提到日本没有"狮子、象、虎、羊、孔雀、鹦鹉"等动物。

---

① 川口久雄訳注『新猿楽記』、東洋文庫424、平凡社、1983年、p.279。
② 河添房江『唐物の文化史——舶来品からみた日本』、岩波新書1477、岩波書店、2014年、pp.47—48。
③ 同上书,p.48。
④ 王丽萍校点《新校参天台五台山记》,上海古籍出版社,2009年,pp.294—295,熙宁五年十月十五日条。

6. "心爱远物"的平安贵族

憧憬大陆文明的平安贵族对渡海而来的"唐物"钟爱有加,虽然朝廷规定需由"唐物使"先行为朝廷代买之后,他人才能购买,但实际上唐商船到达之后,在官使还未到之前贵族、富豪们就纷纷派遣使者到大宰府争相购买。

由于贵族官僚们的抢购,使得"唐物"价格高涨,为此,朝廷不得不下令禁止私自以高价抢购。《三代实录》仁和元年(885)十月二十日条载:

> 先是。大唐商贾人着大宰府。是日。下知府司。禁王臣家使及管内吏民私以贵直竞买他物。①

但是这样的限令实际上并不能起到限制"竞买"的作用,贵族富豪们的抢购风甚嚣尘上,以至于朝廷数年后又再次颁布禁令。《类聚三代格》卷十九载延喜三年(903)八月一日的太政官符为:

> 应禁遏诸使越关私买唐物事
> 右左大臣宣。顷年如闻。唐人商船来着之时。诸院诸宫诸王臣家等。官使未到之前遣使争买。又堺内富豪之辈心爱远物。踊直贸易。因兹货物价值定准不平。是则关司不慥勘过。府吏简略捡察之所致也。②

禁令屡禁不止,形同虚设,反映了豪门贵族"心爱远物"之迫切,可以想象远方跨海而来的"唐物"在平安贵族的生活中普及、渗透的状况。

后来,朝廷干脆取消了从藏人所派遣唐物使的做法,将所需物品的清单交给大宰府,由大宰府购买进献。例如,《扶桑略记》有如下记载:

> 闰八月九日,令仰。唐人货物。年来遣使令捡进。此度停遣使。令太宰府捡进之。又给藏人所牒。令仰可进上物色目太宰府。③

取消"唐物使"④使得对唐贸易由朝廷直接控制,转变为由地方控制。大

---

① 『日本三代実録』、国史大系第4卷、黒板勝美·国史大系編修会编、吉川弘文館、1966年、p. 597、卷四十八。
② 『類聚三代格』、国史大系第25卷、黒板勝美·国史大系編修会编、吉川弘文館、1965年、p. 612、卷十九。
③ 『扶桑略記』、国史大系第12卷、黒板勝美·国史大系編修会编、吉川弘文館、1965年、p. 179、卷第二十三延喜九年(909)条。
④ 延喜十九年(919)再次启用唐物使,后来又再次取消,多次反复,直到十二世纪才彻底废止。

宰府官吏利用职务之便,从贸易中获得极大利益。《小右记》长元二年(1029)七月十一日记载大宰大式藤原惟宪任满之后携带大量珍宝回京,称其"随身珍宝不知其数",又讽刺他"九国二岛物扫底夺取"。①

藤原惟宪是《源氏物语》作者紫式部的丈夫藤原宣孝之兄藤原惟孝之子,相当于紫式部的侄子。他原本是藤原道长的家司,后来被派任大宰府官员大宰大弍,与道长一族的关系颇深,《小右记》记载说他曾经献给藤原道长的儿子藤原赖通一尊中国舶来的文殊像。②

其实,大宰府官员给朝廷高官赠送"唐物"非常普遍。藤原实资虽然在日记中对藤原惟宪的敛财行为多次讽刺批评,但藤原惟宪也曾赠送给他绢、槟榔子等物品。③大宰大监藤原藏规也曾送给他雄黄、甘松香、荒郁金香、金青、紫草等"唐物"④,大宰权帅源经房又送给他苏芳⑤,这些在他的日记《小右记》中都有记载。藤原实资还记载说藤原道长侵吞了已故大宰大式藤原高远遗留下来的大琉璃壶,似乎对此颇为愤懑。⑥

《宇津保物语》和《源氏物语》中都描写了大宰府官吏的形象,有的敛财成为富翁,有的进献"唐物"给上级贵族,这些人物都是基于当时的历史事实塑造而成的。

《宇津保物语》中,贵宫的求婚者之一滋野真菅就是大宰府官吏大宰大式。滋野真菅从大宰府归任途中,妻子去世。他虽然年已六十,膝下有四男三女,但仗着自己在任期间累积的财富,也加入贵宫众多求婚者的行列。真菅拥有筑紫船来往于筑紫和京城,让自己的女儿挑选高级的绫罗绸缎,用餐时也使用舶来的"秘色杯"。

《源氏物语》《玉鬘》卷描写大宰府的判官大夫监虽然气质粗蠢,却也向玉鬘求婚,还使用舶来的"唐的色纸"。《梅枝》卷又描写大宰大式向光源氏奉赠"香料若干",光源氏又拿出家藏的,新旧两种一起送给六条院的各位夫人去调香。

从这些描写中可以看出,大宰府官员近水楼台先得月,比较容易获得"唐物"。而藤原道长、藤原实资这样的朝廷高官通过大宰府官员的进献或其他渠道也能够获得心仪的"唐物"。

---

① 『小右記』三、増補史料大成　別巻、臨川書店、1975年、p.206。
② 『小右記』十、大日本古記録、東京大学史料編纂所、岩波書店、p.57。《小右記目録》第十六,万寿五年(长元元年)六月十二日条。
③ 『小右記』三、増補史料大成　別巻、臨川書店、1975年、p.88、万寿二年十月二十六日。
④ 『小右記』一、増補史料大成　別巻、臨川書店、1975年、p.334、長和二年七月二十五日。
⑤ 『小右記』二、増補史料大成　別巻、臨川書店、1975年、p.381、治安三年閏九月十八日。
⑥ 『小右記』一、増補史料大成　別巻、臨川書店、1975年、p.414、長和三年十二月十二日。

二、"唐文化"的概念

物质与文化密不可分。"唐物"的输入和渗透也意味着"唐文化"的输入和渗透。在提到"唐文化"时,首先需要厘清以下几个概念。

1."唐风文化"与"国风文化"

日本平安朝(794—1192)是日本本国文化在吸收中国文化的基础之上得以形成的重要时期。九世纪前期是大量汲取和模仿中国文化的"唐风文化"时期,九世纪后期至十世纪是所谓"国风文化"形成的时期。[①]

所谓"唐风文化",并不是指长期以来一直效仿中国文化的整个日本古代文化,而是指日本平安朝初期的一种特定文化现象。具体说来,就是指九世纪前期嵯峨天皇在位期间(809—823)以及退位后他作为上皇干预、主导政治的期间(823—842)。嵯峨天皇热爱汉诗文、大力推行"唐化",他执政期间整个宫廷文化都深受中国文化的影响,有着浓厚的中国风格。尤其是汉诗文盛行,上至天皇、下至朝廷官员大多擅长汉诗文。在这样一种文学氛围中,平安初期诞生了许多优秀的汉诗文集,如《凌云集》《文华秀丽集》《经国集》等,同时也使得这一时期长久以来在文学史上都被称为"国风黑暗时代"。

九世纪后期以后,在对"唐风文化"消化创新的过程中逐渐形成了日本式文化,即所谓的"国风文化"。十世纪初,纪贯之等人奉醍醐天皇之命编撰了日本最早的敕撰和歌集《古今和歌集》,《古今和歌集》的编撰标志着和歌作为宫廷文学获得了能够与汉诗文平起平坐的地位,预示着"国风文化"的复兴。纪贯之在假名序中将"和歌"与"唐诗"相提并论,强调它也可以和唐诗一样在公开、正式场合吟咏,是可以登大雅之堂的。

十世纪初直到十一世纪是"国风文化"发展、成熟的时期。"国风文化"的发展、成熟与藤原氏摄关政治体系下宫廷文化的繁荣是密不可分的。以宫廷女官为创作主体的日记、随笔、物语等假名文学,以及大和绘、寝殿造等日本风格的造型艺术等大量出现,标志着日本在吸收、消化中国文化基础上,形成了具有独特审美意识的"国风文化"。

从物语文学的发展史来看,物语的开山之作《竹取物语》成书于九世纪

---

① 笹山晴生「唐風文化と国風文化」(『岩波講座日本通史第5巻』、岩波書店、1995年)、p.255。

后期,刚好是"国风文化"形成时期的作品。《宇津保物语》成书于十世纪后期,《源氏物语》成书于十一世纪初,正值"国风文化"的成熟、鼎盛时期。

长期以来,在对"唐风文化"和"国风文化"的认识上存在一个很大的误区,那就是认为894年菅原道真建议停派遣唐使,907年唐朝灭亡之后,唐文化影响大为减弱,日本也从模仿唐文化的"唐风文化"时期逐渐进入锁国状态,限制唐文化输入并致力于创造自身文化,这才使得"国风文化"开花结果。但事实上,遣唐使停派后,两国商船的来往更加频繁,将丰富的"唐物"带入了日本。即便是"国风文化"时期,中国文化仍然有着绝对的影响力,"唐"文化作为一种不同于"和"文化的价值体系继续与之并存,形成平安时期所特有的"唐"与"和"的双重文化体系。正如日本学者河添房江所指出的那样:"国风文化并非是在锁国的文化环境中发展繁荣的。可以说没有被称为唐物的舶来品,国风文化也就无从存在,某种意义上这是一种国际色彩浓厚的文化。"①

"唐风文化"转为"国风文化"后,日本文化的发展便脱离了中国文化的影响——类似这样的程式化的理解如今在日本学界已属于比较陈旧的观点,但对中国学界影响颇深,至今仍然有学者认为是因为唐风文化式微,而兴起独具日本风韵的国风文化,国风文化兴起之后,唐风文化就逐渐失去了往日的辉煌。

通过物语文学去观察的话,我们会发现《竹取物语》《宇津保物语》《源氏物语》等作品虽然产生于"国风文化"时期,被看作是"国风文化"的代表,但是物语中都融汇有丰富的异国、异域文化,尤其是中国文化。"唐物"以及中国的音乐、绘画、服装、室内装饰等方面的相关描写等随处可见。

2. "唐文化"

在对这三部物语作品中的"唐物"和"唐文化"做具体考察和论述之前,需要进一步厘清本书所使用的"唐文化"这一概念。

使用加引号的"唐文化",说明其并非完全等同于中国文化,也不是指平安初期的"唐风文化",之所以使用这个概念是因为日本平安朝具有复杂多层的文化体系。

平安朝中后期,日本风格的文学文化形式大量出现,"国风文化"逐渐成熟之后,中国文化仍然有着绝对的影响力。"唐"作为不同于"和"的文化体系

---

① 河添房江『源氏物語時空論』、東京大学出版会、2005年、p. 4。

与之并存，形成平安时期所特有的"唐"与"和"的双重文化体系。例如在文字、文学、绘画、音乐等方面具体表现为汉字与假名、汉诗与和歌、唐绘与大和绘、唐乐与和乐的并存。

在这样一种文化体系中，一般来说，"唐"与"和"分别承担"公"与"私"、"晴"（盛大仪式等正式、公开场合）与"亵"（非正式、日常生活等私下场合）的文化分工。例如，汉字多用于朝廷公文，汉诗用于宫廷正式场合的吟咏；假名则用于私信、日记等，用假名书写的和歌成为恋人、朋友私下交往时传情达意的工具。绘有"唐绘"的屏风用在宫廷典礼和仪式上，增添隆重、庄严的气氛；"大和绘"则多用在比较生活化、私人化的空间里。"唐绘"上的题词多用汉字书写，内容取自中国古典；"大和绘"上则常用平假名题写日本的和歌，被称之为"屏风歌"。

但是，值得注意的是，平安朝双重文化体系中的"唐"并不完全等同于中国（唐朝），其中还包括被日本消化吸收后的"唐"。日本著名美术史学者千野香织曾用一个图形来表示平安朝文化体系中中国文化与日本文化以及被日本消化吸收后的中国文化的关系：

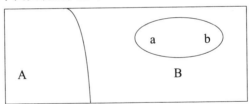

A=<唐>　　B=<和>
a=<和中之"唐">　　b=<和中之"和">①

A与B分别代表中国（"唐"）和日本（"和"）。a与b则是存在于日本（"和"）内部的"唐"与"和"。千野指出，平安时代的日本人所摸索建立的identity（自我认同），具有上图所示的复杂的双重结构，它也是将"唐"的先进文化尽可能吸收进来的一种绝妙的装置。有了这种装置，既可以保护日本本土的文化，即b（"和"中之"和"）不会受到外来文化的威胁实现自我发展，同时又可以尽可能地吸收先进的外来文化（唐文化），而不至于对日本自身的身份认同构成伤害。②千野的这一观点不仅适用于美术史，也适用于文化

---

① 千野香織「日本美術のジェンダー」（『美術史』136、1994年3月）、p.240。
② 同上。

文学史研究,对于日本的汉文学研究,平安朝文学、文化研究也都有着重要的意义。

本书使用的加引号的"唐文化"的概念,指的是A+a,即中国文化和已经被吸收到日本内部的唐文化。例如,平安朝贵族们所吟咏的"汉诗",既包括白居易等中国诗人的诗歌,也包括日本诗人所做的汉诗。白居易等中国诗人的诗歌就相当于A,而日本诗人在学习、吸收中国诗歌的基础上所作的汉诗则相当于a。十一世纪初藤原公任编撰的《和汉朗咏集》在同一项目(诗题)下,分别选入中国诗歌、日本汉诗、日本和歌三类,其实就是一个最好的A+a+b的例子。接下来将主要考察物语作品中所描写的"唐文化"(A+a)及其对"和文化"(b)的影响以及a"和中之'唐'"与b"和中之'和'"的互动关系。

第二章 《竹取物语》的异国方物

《竹取物语》是日本"国风文化"草创期的一部作品。随着假名文字的产生和普及,在韵文方面和歌得到发展,第一部敕选和歌集《古今和歌集》诞生;在散文方面,则出现了第一部假名日记《土佐日记》和第一部假名物语《竹取物语》。

虽说是"国风文化"草创期的作品,却并非只把眼光放在日本国内,作品中出现了位于东亚各地的异国方物,可以说是一部极具国际视野的作品。

辉夜姬给五个贵公子所出的五个难题,让竹取老翁感叹道:"皆非本国所出"。这五个难题分别是:

(1)佛之石钵:天竺
(2)蓬莱之玉枝:东海
(3)火鼠之裘:唐土
(4)龙首之辉玉:不明
(5)燕之安产贝:不明

辉夜姬在出题时,前三个难题都明确了所在地:佛之石钵在天竺国;玉枝在东海蓬莱;火鼠裘在唐土。负责寻找的三个贵公子使用各种方法和伎俩,无论真假都找来了物品并送给了辉夜姬。后两个则没有指明所在地,负责寻找的大伴御行大纳言和中纳言石上麻吕也都未能把东西找来。

《竹取物语》的作者一般认为是一位精通佛典和汉籍,有深厚文学修养的男性文人,作品中的异国方物也是作者在参考佛典和汉籍的基础上结合想象创作而成。关于各个方物作者有可能参考的出典,早在江户时代就有契冲、田中大秀等国学家指出,其后三谷荣一、三谷邦明等学者也做了进一步补充。

本文试图考察所在地明确的前三件异国方物,在前人的出典研究的基础上,探寻作者如何将古代东亚世界的文化、人员交流以及物品贸易等背景编织进异国方物的描写中,以期能够重新认识《竹取物语》这部作品的文学意义和价值。

一、"佛之石钵"

第一件"方物"(第一个难题)是"佛之石钵"。佛之石钵,是指佛陀所持用的石钵。这个故事中,关于佛之石钵的信息并不多,归纳起来有三点:1.辉夜姬出的题目是"天竺国有佛之石钵",说明石钵位于天竺。2.石作皇子找来的是大和国十市郡某山寺被油烟熏黑的石钵,说明他认为石钵是黑色的。3.辉夜姬看石钵不发光,甚至连萤火微光也没有,便知道石钵是假的,将其归还给石作皇子,说明石钵本应该是发光的。

1."佛之石钵"与《法显传》《大唐西域记》

《竹取物语》的作者描写这个"位于天竺、颜色发黑、发光的佛之石钵",是参考了什么资料呢?江户时代的国学家契冲在他的随笔《河社》中最早指出是参考了《大唐西域记》《南山主持感应传》里有关佛钵的叙述。①

玄奘《大唐西域记》"波剌斯国"中载"释迦佛钵,在此王宫"②,但没有关于佛钵的详细记载,而且佛钵的所在地是波斯国,而非印度。

关于《南山住持感应传》,山口敦史指出这一名称是契冲及之后研究者的误传,正确名称是《法苑珠林》卷三十八的《宣师住持感应》(道宣著)。③其中关于佛钵的记述如下:

> 又问。何故佛钵在灵鹫山十五年住。答曰。世尊未涅盘前在鹫山精舍。分析白豪光明以为百千分。留一分光施末法弟子。若持戒若破戒。乃至天龙鬼神等。于如来法中能作一念善者。施此光明。世尊初成道时。四天王奉佛石钵。唯世尊得用。余人不能持用。如来灭度后安鹫山。与白豪光共为利益。于末法中当随佛钵。于他方国施比丘

---

① 契冲「河社」(『日本随笔大成』第二期13、吉川弘文館、1974年)、p.34。
② 季羡林等校注《大唐西域记校注》,中华书局,2000年,p.939,卷第十一,引用时将原文中繁体字皆改为简体。
③ 山口敦史「竹取物語の出典としての『南山住持感応伝』について」(『九州大谷国文』24、1995年7月)。

食。①

根据这段记述,佛钵本是释迦初成道时由四大天王所供奉的,唯释迦得用,余人不能持用。释迦灭度后,佛钵安放在"灵鹫山"。"灵鹫山"又名耆阇崛山,位于中印度摩羯陀国首都王舍城之东北侧,是著名的佛陀说法之地。虽然地点是在天竺,与《竹取物语》的描写相符,但这段记述中也没有关于佛钵形状、外观等的叙述。

关于"佛之石钵"的出典,除了契冲所指出的《大唐西域记》《南山主持感应传》以外,田中大秀在《竹取翁物语解》中也指出《水经注》中有"西域有佛钵。今犹存。其色青绀而光"等描写。②

但仔细阅读《水经注》,可以发现《水经注》卷二中关于佛钵的记述实际上引用的是《法显传》。

> 《法显传》曰:国有佛钵,月氏王大兴兵众,来伐此国,欲持钵去,置钵象上,象不能进;更作四轮车载钵,八象共牵,复不进。王知钵缘未至,于是起塔留钵供养。钵容二斗,杂色而黑多,四际分明,厚可二分,甚光泽。贫人以少花投中便满;富人以多花供养,正复百千万斛,终亦不满。③

法显是东晋著名的西行求法僧,也是中国历史上有记载的第一位到达了印度本土的中国人。他归国后不久写成《法显传》,又称《佛国记》,记述他西行至天竺求取佛经并且返归中土的艰难历程。《法显传》中记载了关于佛钵的传闻。

> 从犍陀卫国南行四日,到弗楼沙国。(中略)佛钵即在此国。昔月氏王大兴兵众,来伐此国,欲取佛钵。既伏此国已,月氏王笃信佛法,欲持钵去,故兴供养。供养三宝毕,乃校饰大象,置钵其上,象便伏地不能得前。更作四轮车载钵,八象共牵,复不能进。王知与钵缘未至,深自愧叹。即于此处起塔及僧伽蓝,并留镇守,种种供养。可有七百余僧,日将欲中,众僧则出钵,与白衣等种种供养,然后中食。至暮烧香时复尔。可容二斗许,杂色而黑多,四际分明,厚可二分,甚光泽。贫人以少

---

① 新脩大正大蔵経テキストデータベース http://21dzk.l.u-tokyo.ac.jp/SAT/ddb-bdk-sat2.php.
② 田中大秀『竹取翁物語解』(『国文学叢書叢書(五)』、名著刊行会、1929年)、p.129。
③ 郦道元著《水经注》,巴蜀书社,1985年,p.61。

华投中便满;有大富者,欲以多华供养,正复百千万斛,终不能满。①

这里讲述了关于佛钵的故事。说是月氏国王征服了弗楼沙国之后本想把佛钵带走,但将钵放置于象身上,象便伏地不前,后又用四轮车、八头象载,也还是不能前行。于是月氏王得知钵缘未至,便在当地大为供养。在这段记述中,关于佛钵的外形有详细的描述,"杂色而黑多""甚光泽"等叙述与《竹取物语》中的描写一致。但关于佛钵所在地,《法显传》说是在弗楼沙(富楼沙)国即犍陀罗故地,今天巴基斯坦北部地区。

玄奘的《大唐西域记》卷二健驮逻国中有如下记载:

> 王城内东北有一故基,昔佛钵之宝台也。如来涅槃之后,钵流此国,经数百年,式遵供养,流转诸国,在波剌斯。②

说的是佛钵在佛涅槃之后就流至健驮逻国,后来又流转各国,最后到了波剌斯。

《法显传》《大唐西域记》的书名在正仓院文书中已见,作为佛教史上的重要资料于奈良时代就已传到日本,很有可能成为《竹取物语》作者的信息来源。但关于佛钵的所在地,作者并未采用其中详细地名,而是采用"天竺"这一日本人熟知的佛教起源地的地名,可以说是一种最为合理化的选择。

2."佛之石钵"与西行求法僧

石作皇子获知自己的任务是负责寻找天竺国佛之石钵之后,心想:"此石钵既在天竺,按理可以寻来。"③这样的描写说明当时的人们已经知道天竺是能够到达的,有这样的实例,那便是法显、玄奘等西行求法僧的事迹。中国僧人西行求法的例子还有很多,唐代义净所撰的《大唐西域求法高僧传》里记载了五十多位僧人(包括义净本人)西行到南海、天竺游历求法的事例,其中还包括新罗僧人和越南僧人。

同样是西行求法,与入唐求法的圆仁等人相比,到天竺求法的路途则更为遥远、艰辛。法显于隆安三年(399)踏上西行取经之路,从长安出发经过中亚进入北印度,总共游历了将近三十个国家,首尾经历了十四年。法显从

---

① 章巽校注《法显传校注》,上海古籍出版社,1985年,pp.39—40。引用时将繁体字均改为简体字。
② 季羡林等校注《大唐西域记校注》,中华书局,2000年,p.236,卷二。
③ 王新禧译《竹取物语·御伽草子》,陕西人民出版社,2013年,p.8。

陆路去天竺,经南海从海路回国,在狮子国(今斯里兰卡)搭乘商船,途经耶婆提国(今印尼爪哇岛),于义熙八年(412)在青州牢山(今山东青岛崂山)登陆。

《法显传》中记录了他求法途中的种种艰辛。过沙河时"上无飞鸟,下无走兽。遍望极目,欲求度处,则莫知所拟,唯以死人枯骨为标识耳"[①]。越葱岭时,"葱岭冬夏有雪。又有毒龙,若失其意,则吐毒风,雨雪,飞沙砾石。遇此难者,无万一全。"[②]渡印度洋时,"大海弥漫无边,不识东西,唯望日、月、星宿而进。"[③]

另一位著名的西行求法僧玄奘于唐贞观元年(627)离开长安,踏上西行长途。他过敦煌城,出玉门关,经过中亚地区,到达古印度。在印度学习了16年,贞观十七年(643)启程回国,最终于贞观十九年(645)正月回到长安。

《大唐西域求法高僧传》的作者义净因仰慕法显、玄奘的事迹,立志赴印求法。唐高宗咸亨二年(671),义净从今天的广州乘波斯商船前往印度,途经室利佛逝国(今印尼苏门答腊岛)居留半年学习,然后又乘船抵达印度。他瞻仰圣地,访师求经,曾在那烂陀寺学习十年。685年,他离开印度再次到室利佛逝国,居住了七年,从事经典翻译和撰述。长寿三年(694),义净乘船回到广州,证圣三年(695)到达洛阳。义净在印度和南海巡游求学二十五年,经历三十余国。

《大唐西域求法高僧传》中有很多求法路线的记载。义净以前,僧人们西行求法主要走陆路,即通过今新疆、中亚往来的"丝绸之路"。后来,海路就逐渐成为主要通道。义净在书中还很详细地记载了从南海往印度的交通情况。

《大唐西域求法高僧传》作为唐代佛教史上的重要资料,在奈良时代就已传到日本。《竹取物语》的作者对西行求法僧的事迹、路线等应该都是了解的。虽然在作品中,通过石作皇子的心理活动,"天竺距此极为遥远,石钵又系天竺无二之物,即便跋涉百千万里路程,也未必能取到手啊",只有轻描淡写、寥寥几句的简单描写,但就是这几句简单的描述后面承载着对西行求法僧历经艰难,九死一生的厚重历史的记忆。可以说,历史上求法僧们跋山涉水、历经艰辛到达遥远天竺的事迹是"佛之石钵"故事构思的重要背景和基础。

不过石作皇子可没有求法僧们的精神和毅力,他从大和国十市郡的山

---

① 章巽校注《法显传校注》,上海古籍出版社,1985年,pp.6—7。
② 同上书,p.24。
③ 同上书,p.167。

寺中取回的石钵也顿时就被辉夜姬识破。作者在西行求法僧的历史事迹的基础上,创作了一个没有西行就想求"钵"的反讽故事。

二、"蓬莱之玉枝"

1. 蓬莱与出典:"金、银、玉"的集体想象

第二件方物是蓬莱之玉枝。辉夜姬所出的题目是:"东海有仙山蓬莱,山上有宝树,以白银为根、以黄金为茎,结白玉果实。请他为我折一枝来。"①

关于蓬莱最早的文字记录应该算是《山海经·海内北经》了,但其中只有"蓬莱山在海中"的短短六个字。到了西汉司马迁的《史记·封禅书》,则有了比较详细的描述,《史记》又是日本平安朝文人熟读之书,以下这段叙述应当也是作者熟知的。

> 自威、宣、燕昭使人入海求蓬莱、方丈、瀛洲。此三神山者,其傅在勃海中,去人不远;患且至,则船风引而去。盖尝有至者,诸仙人及不死之药皆在焉。其物禽兽尽白,而黄金银为宫阙。未至,望之如云;及到,三神山反居水下。②

除了《史记》以外,平安朝文人最为喜爱的白居易《长恨歌》中方士寻找杨贵妃的部分也描写了蓬莱仙境:

> 忽闻海上有仙山,山在虚无缥缈间。
> 楼阁玲珑五云起,其中绰约多仙子。
> 中有一人字太真,雪肤花貌参差是。
> 金阙西厢叩玉扃,转教小玉报双成。③

《史记》中的"黄金银为宫阙"也好,《长恨歌》的"金阙西厢叩玉扃"也好,都提到了金、银和玉,但是并没有关于"玉枝"的描述。说到蓬莱仙山的宝树的话,最为接近的描写应当是《列子》。《列子》是东晋张湛假托春秋战国时期的列御寇所作。《列子·汤问》中有如下记载:

---

① 王新禧译《竹取物语·御伽草子》,陕西人民出版社,2013年,p.7。
② 《史记》,二十四史,中华书局,1997年,pp.1369—1370,卷二八 封禅书第六。
③ 朱金城笺校《白居易集笺校二》,上海古籍出版社,1988年,p.660。

> 渤海之东不知几亿万里,有大壑焉,实惟无底之谷,其下无底,名曰归墟。八纮九野之水,天汉之流,莫不注之,而无增无减焉。其中有五山焉:一曰岱舆,二曰员峤,三曰方壶,四曰瀛洲,五曰蓬莱。其山高下周旋三万里,其顶平处九千里。山之中间相去七万里,以为邻居焉。其上台观皆金玉,其上禽兽皆纯缟。珠玕之树皆丛生,华实皆有滋味;食之皆不老不死。①

这里描写蓬莱山上"珠玕之树皆丛生",即长满了珠玉之树。但与辉夜姬所要求的"以白银为根,以黄金为茎,结白玉果实"的玉枝还是不尽相同。"台观皆金玉"与《史记》和《长恨歌》里的描写一样,说明人们想象中的蓬莱仙境是以"金、银、玉"为基调的。

《竹取物语》中,负责寻找蓬莱玉枝的车持皇子假称是从难波港起航出海,在海上漂流五百天后终于到了蓬莱山。他送上假玉枝,还编造了一段关于蓬莱仙境的叙述。

> 某日,忽有一位天仙装扮的美女,携银碗下山汲水。于是我们舍船登岸,向仙女打听道,"此山何名?"仙女答道,"此乃蓬莱山。"一听山名,我顿时欣喜若狂。又问仙女道,"敢问芳名?"仙女答道,"我名宝嵌琉璃。"言毕飘然隐入山中。我细观蓬莱山,只见层峦叠嶂、山势险峻,甚难攀登,只好绕山周步行,沿途见无数奇花异草,皆是人世罕见之物。金银琉璃色之水,自山涧潺潺流出。小河上架着几座样式精巧的玉桥,周围的树木都闪着金光。②

此处虽是车持皇子虚假的汇报,但也反映了当时的日本人对蓬莱仙境的想象。车持皇子描述的蓬莱仙境也是以"金、银、玉"为基调的,此外,"奇花异草""金银琉璃"等在佛典中多见于对西方净土的描述,这段描写应该是作者基于汉籍和佛典基础上的想象,也可以说是当时的人们对于"蓬莱仙境"的一种集体想象吧。辉夜姬所要求的"以白银为根,以黄金为茎,结白玉果实"的玉枝,便是这种集体想象的产物。

2. 东海蓬莱与海上丝绸之路

那么为什么会产生这样一种集体想象呢?山口博从海上丝绸之路的贸

---

① 杨伯峻撰《列子集释》,中华书局,1979年,pp. 151—152,卷第五。
② 王新禧译《竹取物语·御伽草子》,陕西人民出版社,2013年,p. 12。

易背景来解释,提出了非常新颖独到的见解。他认为,"金、银、玉"实际上是天竺国、罽宾国、大秦国、波斯国等丝绸之路沿线国家的产物,金银宝石通过海上丝绸之路经印度、东南亚海域到达广州再运送到中国各地港口,这就使得当时的人们会想象在"渤海之东,不知几亿万里"处有座蓬莱山,山上有无穷无尽的金银宝石。日本的文人受到中国典籍的影响,也会想象蓬莱是"金、银、玉"之岛,辉夜姬的"蓬莱玉枝"难题就是在这样的背景之下产生的。①

海上丝绸之路主要指从中国东南沿海的广州、泉州、宁波等港口出发前往南海和印度洋的贸易航线,秦汉时期就已形成。《后汉书·西域传》大秦项中记载:

> 其王常欲通使于汉,而安息欲以汉缯彩与之交市,故遮阂不得自达。至桓帝延熹九年,大秦王安敦遣使自日南徼外献象牙、犀角、玳瑁,始乃一通焉。②

中国史书中的大秦,一般是指罗马帝国。这段记载说的是罗马意欲绕过安息等海上贸易中介,与中国进行直接贸易往来。延熹九年(166),大秦王安敦遣使,自日南(越南)入朝参觐,献上象牙、犀角、玳瑁等宝物,说明此时两国已有间接贸易往来。

关于大秦,《后汉书·西域传》大秦项又载:

> 大秦国一名犁鞬,以在海西,亦云海西国。(中略)土多金银奇宝,有夜光璧、明月珠、骇鸡犀、珊瑚、虎魄、琉璃、琅玕、朱丹、青碧。刺金缕绣,织成金缕罽、杂色绫。作黄金涂、火浣布。又有细布,或言水羊毳,野蚕茧所作也。合会诸香,煎其汁以为苏合。凡外国诸珍异皆出焉。③

根据这段记载可知,大秦国盛产丰富多彩的金银奇宝,有夜光璧、明月珠等多种宝石。这其中提到的"黄金涂、火浣布"也与下一个难题"火鼠裘"不无关系,将在下一节论述。

《三国志》魏书注引《魏略·西戎传》中对大秦的产物有更为详细的描述。

> 大秦多金、银、铜、铁、铅、锡、神龟、白马、朱髦、骇鸡犀、玳瑁、玄熊、

---

① 山口博『平安貴族のシルクロード』、角川選書397、角川書店、2006年、pp. 23—33。
②《后汉书》,二十四史,中华书局,1997年,pp. 2919—2920,卷一一八,西域传第七十八。
③ 同上书,p. 2919。

赤螭、辟毒鼠、大贝、车渠、玛瑙、南金、翠爵、羽翮、象牙、符采玉、明月珠、夜光珠、真白珠、虎珀、珊瑚、赤白黑绿黄青绀缥红紫十种流离、璆琳、琅玕、水精、玫瑰、雄黄、雌黄、碧、五色玉、黄白黑绿紫红绛绀金黄缥留黄十种氍毹、五色氍毹、五色九色首下氍毹、金缕绣、杂色绫、金涂布、绯持布、发陆布、绯持渠布、火浣布、阿罗得布、巴则布、度代布、温宿布、五色桃布、绛地金织帐、五色斗帐、一微木、二苏合、狄提、迷迷、兜纳、白附子、熏陆、郁金、芸胶、熏草木十二种香。①

通过这些记录,可以了解到古代大秦国丰富的物产,尤其是各种金银珍宝。除了大秦国以外,《后汉书·西域传》天竺项记载天竺也出产金银、玳瑁等,而且因为和大秦相通贸易,也能获得大秦的种种珍奇物品。②《汉书·西域传上》记载于阗国盛产玉石,罽宾国以金银为钱,出产珠玑、珊瑚、虎魄、璧流离等。③

海上丝绸之路不仅带来了异国的金银珍宝,也丰富了人们对仙境、对理想世界的想象,金银珍宝成为仙境传说中营造氛围和神奇效果必不可缺的元素。《太平广记》卷三十九引《广异记》"慈心仙人"条描绘了一个理想中的仙岛,文中说:

> 唐广德二年,临海县贼袁晁,寇永嘉。其船遇风,东漂数千里,遥望一山,青翠森然,有城壁,五色照曜。回舵就泊,见精舍,琉璃为瓦,玳瑁为墙。既入房廊,寂不见人。房中唯有胡觞子二十余枚,器物悉是黄金,无诸杂类。又有衾茵,亦甚炳焕,多是异蜀重锦。又有金城一所,余碎金成堆,不可胜数。(后略)④

仙岛位于浙江临海县东数千里的海上,岛上精舍以"琉璃为瓦,玳瑁为墙",房中器物悉是黄金,又有金城一所。整座仙岛也是以"金、银、玉"为基调的。有意思的是,文中还提到衾茵被褥多是"异蜀重锦"。蜀锦是丝路贸易的重要商品,隋唐以来,通过海上丝绸之路还曾大量流入日本。"金、银、玉"加"蜀锦",这些都是海上丝绸之路的重要商品。

东海蓬莱宝岛也好,位于东海海中某个仙岛也好,人们想象中的理想世

---

① 《三国志》,二十四史,中华书局,1997年,p.861,卷三〇,魏书乌丸鲜卑东夷传第三〇。
② 《后汉书》,二十四史,中华书局,1997年,p.2921,卷一一八,西域传第七十八。
③ 《汉书》,二十四史,中华书局,1997年,p.3835,卷九十六上,西域传第六十六上。
④ 宋·李昉著《太平广记》,上海古籍出版社,1990年,p.204。

界充满金银、珠宝,甚至是"蜀锦",而这些又刚好都是海上丝绸之路的重要商品。可以说,从遥远东方的海上运送而来的丰富多彩的奇珍异宝激发了人们的想象,关于蓬莱的集体想象就是这样形成的。

三、"唐土之火鼠裘"

1. "火浣布"到"火鼠裘"

辉夜姬给出的第三个难题是"唐土之火鼠裘"。火鼠裘到底是何物?日本十世纪的百科辞典《和名类聚抄》中有"火鼠"一项,其中引用了《神异记》的记述:

> 神异记云。火鼠和名、比祢须三取其毛织为布。若污以火烧之更令清洁以上。①

《神异记》原书已散佚,有学者认为可能就是伪托汉代东方朔所作的《神异经》。《神异经》南荒经中载:

> 不尽木火中有鼠,重千斤,毛长二尺余,细如丝。但居火中,洞赤,时时出外,而毛白,以水逐而沃之,即死。取其毛绩纺,织以为布,用之若有垢浣,以火烧之则净。②

此外,契冲的《河社》、田中大秀的《竹取物语解》等古注释中还提到晋张勃的《吴录》,以及《搜神记》《本草纲目》等汉籍中关于"火鼠"的记录。《太平御览》卷八二〇中引晋张勃撰《吴录》如下:

> 日南比景县有火鼠,取毛为布,烧之而精,名火浣布。③

《本草纲目》兽部中也有关于火鼠的记载:

> 李时珍云:出西域及南海火洲。其山有野火,春夏生,秋冬死。鼠产于中,甚大。其毛及草木之皮,皆可织布,污则烧之即洁,名火浣布。④

---

① 『和名類聚抄』、東京八木書店、1971年。
② 王根林等校点《博物志·外七种》,上海古籍出版社,2012年,p. 94。
③ 《太平御览》,中华书局,1960年,p. 3650。
④ 《本草纲目》二十五,万有文库,商务印书馆,1930年,p. 63。

归纳以上记载:南方(日南、南海火洲等)有火鼠,其毛可织布,称"火浣布",这种布如有污垢,用火烧便可使之洁净。

但是辉夜姬要求的"火鼠裘"(原文是"火鼠の皮衣"),与中国典籍记载的"火浣布"并不相同。如果说《竹取物语》的作者是参考了中国古籍中"火浣布"的相关记载,为什么要把它改成"火鼠裘"呢?

三谷邦明认为,平安朝贵族因奢侈成风,朝廷发布了关于穿火色(深红色)衣服和穿貂裘的禁令,"火鼠裘"正是火色衣和貂裘的隐喻,包含了作者对奢侈之风的讽刺。①

河添房江也指出,从"火浣布"到"裘"的联想,是以平安前期黑貂皮衣的流行为背景的。貂裘作为高级舶来品为平安贵族们所热爱,形成了一股毛皮风潮,甚至到了朝廷要发出禁令来限制的程度。②

2. 从天竺到京都:丝绸之路与中日海上贸易

辉夜姬出的难题指明要的是"唐土之火鼠裘",于是负责寻找火鼠裘的右大臣阿倍御主人便写了一封信给从唐国来的贸易船上的朋友王卿,恳请王卿帮忙购买。王卿回信说:

> 火鼠裘实非敝国之物,一向只闻其名,未曾亲眼得见。倘若世间真有其物,则必已舶至贵国。今无,可知阁下所托,实乃万难之事。然天竺或有此物,若碰巧舶来至天竺③,则在下当询于豪富者,借彼等助力而取之。如世间诚无其物,则今日所付钱款,当交来人全数奉还。特此致复。

唐商王卿说"火鼠裘"并非唐土之物,甚至不知道世间是否真有其物。但他又答应说如果天竺有,或是从别的地方碰巧舶来至天竺的话,自己会尽

---

① 三谷邦明「竹取物語の方法と成立時期－<火鼠の裘>とアレゴリー」(『平安朝物語Ⅰ』,有精堂出版、1975年),p.104。
② 河添房江「『竹取物語』と東アジア世界－難題求婚譚を中心に」(永井和子編『源氏物語時空論』,東京大学出版会、2005年),pp.34–35。
③ 中文译文引自王新禧译《竹取物语·御伽草子》,陕西人民出版社,2013年。此句笔者作了更改,原译文为:"若从天竺舶来敝国",p.14。此句原文为:"もし、天竺に、たまさかに持て渡りなば",应为"若碰巧舶来至天竺"。

力取之。关于"火浣布"的所在,有"南海斯调国"①、"南荒"②、"昆仑之墟"③、"西域及南海火洲"④等种种说法。此外,如上节所述,《后汉书》《三国志》等史书中均记载大秦国有"火浣布"。《后汉书·西域传》还说大秦国的火浣布是"黄金涂、火浣布",跟《竹取物语》中阿倍御主人购得的"毛末发出金光"的"火鼠裘"很相似。

事实上,史书中也不乏西域、天竺、大秦等地进献"火浣布"的例子。如张华《博物志》卷二云:

> 《周书》曰:西域献火浣布,昆吾氏献切玉刀。火浣布污则烧之则洁,刀切玉如脂。布,汉世有献者,刀则未闻。⑤

《晋书·张轨列传》又载:

> 西域诸国献汗血马、火浣布、犛牛、孔雀、巨象及诸珍异二百余品。⑥

关于天竺进献的例子,《晋书·苻坚载记十四》载:

> 鄯善王、车师前部王来朝,大宛献汗血马,肃慎贡楛矢,天竺献火浣布。⑦

《艺文类聚》卷八十五记录殷巨《奇布赋及序》又提到有大秦国进献之例:

> 惟泰康二年,安南将军广州牧滕侯,作镇南方,……大秦国奉献琛,来经于州,众宝既丽,火布尤奇。⑧

从这段记录可看到,大秦国进献火浣布,是经由海上丝绸之路,从广州

---

① 《三国志·魏书·三少帝纪》裴松之注引东汉杨孚《异物志》:"斯调国有火州,在南海中。其上有野火,春夏自生,秋冬自死。有木生于其中而不消也,枝皮更活,秋冬火死则皆枯瘁。其俗常冬采其皮以为布,色小青黑;若尘垢污之,便投火中,则更鲜明也。"
② 《神异经》曰:"南荒之外有火山,长四十里,广五十里。其中生不烬之木,火鼠生其中。"
③ 《搜神记》曰:"昆仑之墟,有炎火之山,山上有鸟兽草木,皆生于炎火之中,故有火浣布,非此山草木之皮枲,则其鸟兽之毛也。汉世西域旧献此布,中间久绝。"
④ 前引《本草纲目》。
⑤ 王根林等校点《博物志·外七种》,上海古籍出版社,2012年,p.15。
⑥ 《晋书》,二十四史,中华书局,1997年,p.2235,卷八六,列传第五六。
⑦ 《晋书》,二十四史,中华书局,1997年,p.2904,卷一一三,载纪第一三。
⑧ 欧阳询撰,王绍楹校《艺文类聚》,上海古籍出版社,1982年,p.1463,卷八十五。

入境的。

再来梳理一下《竹取物语》中的右大臣阿倍御主人获得"火鼠裘"的渠道。他把信交给家臣中最为精明干练的小野房守,送去给唐商王卿。小野房守持信赶到博多港,登上停泊在那儿的贸易船,呈上书信和用来购裘的钱款。数月后,唐国贸易船再度来到日本,小野房守随船归来,阿倍御主人命下人快马加鞭去迎。小野房守骑快马,仅用七日,便从筑紫赶至京城,同时带回一封王卿的信。信上写道:

> 火鼠之裘,遍寻不获。遣人探问,遂知此裘无论古时今世,皆非易见。据闻往昔有天竺圣僧曾携来敝国,存于西山寺中。吾请朝廷下旨,方才购得。只是付款之际,地方官员声言钱款不足,吾当即予以补足。所垫付黄金五十两,望即刻归还。吾船将归,如不愿付款,则尽速奉还此裘。①

根据王卿信的内容,"火鼠裘"存于唐土"西山寺"中,是往昔天竺圣僧所带来的。这与《晋书》所载天竺进献"火浣布"的史实也是吻合的。王卿前一封信中所说"若碰巧舶来天竺",说明也有可能是从其他地方(例如大秦)舶来天竺。《后汉书·西域传》天竺项记载说"西与大秦通,有大秦珍物"②,天竺和大秦相通贸易,可以获得大秦的种种珍奇物品。

也就是说"火鼠裘"先通过(大秦国→)天竺→唐土(西山寺)这条陆上丝绸之路到达唐土。西山寺是个虚构的地名,也许可以想象是长安以西,古代丝绸之路重镇敦煌的某个寺院吧。

王卿购得"火鼠裘"之后交给专门跟船到唐土的小野房守,由小野随唐的贸易船带回日本,在筑紫上岸后再赶回京城。于是"火鼠裘"又经过唐土→博多→平安京这一条中日海上贸易的路线,最终将天竺(或是大秦国)的火鼠裘(火浣布)送到了日本平安京的右大臣阿倍御主人的手里。

这条路线,从陆上丝绸之路到中日海上贸易之路,途经陆路、海路、陆路,可谓成本高昂、耗资巨大。也正因如此,其价格高涨到"黄金五十两"(还不算让小野房守带去的预付款),当然这些钱对家财丰厚的阿倍御主人来说并不算什么,

他眉开眼笑,欢悦道:"何出此言?区区钱款微不足道,自当奉还。

---

① 王新禧译《竹取物语·御伽草子》,陕西人民出版社,2013年,p.15。
② 《后汉书》,二十四史,中华书局,1997年,p.2921,卷一一八,西域传第七十八。

得此宝裘,实是大喜之事啊!"言罢向唐土方向,遥拜致谢。①

以上这一系列的描写,尤其是向唐土方向遥拜致谢反映了作者对平安贵族不惜重金购买"唐物",对"唐物"的盲目崇拜心理的深刻讽刺和批判。

阿倍御主人拿到的火鼠裘装在箱子里,箱子上面镶嵌了诸多美丽的琉璃。琉璃也是异国方物,上节提到大秦国的产物也包括琉璃。打开箱子之后,只见里面的火鼠裘"裘色绀青,毛末发出金光,瑰丽耀目,无与伦比"。河添房江指出,作品之所以描写阿倍御主人最后购得的火鼠裘"裘色绀青,毛末发出金光",是因为平安时代黄金是富贵的象征,阿倍御主人购得"火鼠裘"用的也是黄金,与裘毛的金光相呼应。②阿倍御主人花高价购买的这件物品,无论是镶嵌有美丽琉璃的箱子也好,里面所盛的毛末发出金光的火鼠裘也好,都精美无比,充满异域风情。只可惜一投入火中转瞬燃尽、灰飞烟灭,这些描写中可以看出作者辛辣的讽刺。

以上,对《竹取物语》所描写的天竺的佛之石钵、东海的蓬莱之玉枝以及唐土的火鼠之裘等异国方物进行了考察。辉夜姬所出的这些难题,虽然都是作者参考佛典和汉籍想象出来的物品,但是这些想象的异国方物,却是以古代的社会、历史事实为支撑的。其背景既包括僧侣西行求法等"人"的移动,也包括古代商业贸易往来中"物"的流动。从这个意义上来看,《竹取物语》是一部非常具有国际视野的作品。

---

① 王新禧译《竹取物语·御伽草子》,陕西人民出版社,2013年,p. 15。
② 河添房江「『竹取物語』と東アジア世界－難題求婚譚を中心に」(永井和子編『源氏物語時空論』、東京大学出版会、2005年)、p. 34。

第三章 《宇津保物语》的"唐物"与"唐文化"

《宇津保物语》是日本最早的一部长篇物语,同样也是一部非常具有国际意识的作品。物语中出现了"唐土""高丽""波斯""新罗""天竺"等多个异国国名,从一个侧面反映了平安朝日本人的世界观。

如同田中隆昭所指出的那样,《宇津保物语》《俊荫》卷所设定的时代背景是日本派遣遣唐使,同时渤海使节被派遣到日本朝廷的时代。[①]正因如此,作品中描写的"唐物"有几种来源:有遣唐使(俊荫)带回的,有唐人(唐商)带来的,还有渤海使节带来的。

一、丰富多彩的"唐物"及其来路

1. 俊荫带回的"唐物"

主人公清原俊荫被任命为遣唐使随员而渡唐,途中遭遇海难漂泊至波斯国。后来他求得宝琴之后又重返波斯,拜见波斯国王后踏上归途返回日本。作品尽管没有俊荫抵达唐土的描写,但在他回到日本后,作品中提到他的渡唐经历时,"波斯国"的名字不再出现,都说他是从唐土归来的。

《藏开上》卷描写俊荫之孙仲忠发现了收藏俊荫遗物的仓库,仓库里装满了俊荫从唐土带回的丰富"唐物"。仲忠打开仓库,取出记载仓库藏品的目录,并把目录给母亲看,

> 只见目录上列举了很多贵重珍奇的宝物,汉文书籍自不必说,还排列了很多连唐人都没有见过的东西。有医药之书、阴阳师之书、观相之

---

① 田中隆昭「渤海使と遣唐使—平安朝文学とのかかわりから」(『奈良・平安朝の日中文化交流—ブックロードの視点から』、農山漁村文化協会、2001年)、p.251。

书、怀孕生产之书等,各种书籍数量庞大,难得一见。①

可见,俊荫带回的"唐物"中数量最多的是中国书籍。这些书籍后来都派上了很大的用场,例如,仲忠妻子女一宫怀孕时,仲忠便从仓库中取出《产经》之书,根据书上记载为妻子准备各种所需的物品。②除了实用书以外,仲忠还在仓库中发现了祖父俊荫的诗集以及俊荫父亲式部大辅的诗集等,仲忠奉朱雀帝之命讲读,让朱雀帝感动不已。

仓库中除了珍贵的书籍以外,还收藏有贵重的香料,仲忠取出来后送给母亲和妻子女一宫,人们都觉得"这个家族的香是不同于世间一般的"③。后来,在藤壶(贵宫)所生第三皇子第九夜的贺宴上,仲忠又送上一件塞满各种香料的精美无比的礼品。

> 做成大海和蓬莱山的形状,蓬莱山下龟腹里放入裹衣香。蓬莱山以黑方、侍从、熏衣香、合香为土,山上有小鸟、玉枝。海面上有四只黑色的鹤,并排站立着,被海水浸湿,毛色越发显得黑。白色的鹤有六只,大小和真鹤一样,肚子是用白银铸造的,肚子里分别塞了麝香及各种珍贵的药材。④

这件礼品不仅造型精美,蓬莱山的意境充满异国风情,而且还使用了麝香等多种名贵的香料。藤壶和父母兄弟一起欣赏时,取下蓬莱山的香土在香炉里试焚,香气"无可比拟"。又看见白鹤肚子里塞的是麝香囊,取来一焚,香气"亲切浓郁,非同一般"⑤。这件礼物也是俊荫从唐土带回来的"唐物"。

除了书籍、香料,俊荫还从唐土带回了不少贵重的木材。仲忠所建的高楼使用的就是仓库中保存的苏芳、紫檀等木材⑥,所建的高楼不仅华丽辉煌,也成为俊荫之女向孙女犬宫传授琴艺的绝佳场所。

---

① 中野幸一校注・訳『うつほ物語2』、新編日本古典文学全集、小学館、2001年、p.330。译文为笔者译,以下同。
② 同上书,p.332。
③ 同上书,p.331。
④ 中野幸一校注・訳『うつほ物語3』、新編日本古典文学全集、小学館、2002年、p.156。《国让中》。
⑤ 同上书,p.160。
⑥ 同上书,p.457,《楼之上上》卷。

2. 唐商带来的"唐物"

除了俊荫带回的"唐物"以外,作品还描写了宫中藏人所①从唐商处购买后珍藏在宫中的种种"唐物"。

《内侍督》卷描写朱雀帝一直爱慕俊荫之女,他通过仲忠终于将其召入宫中,让她演奏秘琴,并封为尚侍。尚侍退出宫中时,左大臣领悟到朱雀帝的心思,拿出藏人所收藏的精美"唐物"赠予尚侍。

> 藏人所在每次唐土的人来时都会做唐物的交易,将唐人每次来朝带来的绫、锦等独一无二的珍稀物品,挑选后放入这个唐柜里,还选些上好的香木放进去,以待重要盛大的仪式之用。东西都叠放在柜子和挂箱里,在藏人所保管。都是左大臣为紧急重大仪式之备用,多年来积存的东西。但世间不会有比今宵的赠品更加重要的事情了吧。即便有,又会是在何年何月呢? 这是赠给俊荫之女,有名的风流之士右大将之妻。她的琴艺得其父俊荫之真传,天下何时才能有更胜一筹的高雅之事呢? 左大臣心想,'就算把这些都作为今宵的赠品,应该也不会受到责怪吧。'于是他又另取出藏人所收藏的十个衣柜。先前的十个衣柜放入内藏寮丝绸中最好的,其中五个唐柜里放入五百匹,另五个放入五百幅宽达五尺的雪白的丝棉。藏人所的那十个衣柜里,有绫、锦、花文绫,还有各种香木,有麝香、沉香木、丁子等。麝香和沉香木都是唐人每次来时挑选后收藏的。藏人所的这十个衣柜,就连担子、台子、底托和盖布都精美无比,万事都准备好了。②

这段描写反映了当时的历史事实,即唐朝商船到达博多港后,朝廷派遣藏人所官吏担任"唐物使"到大宰府主持贸易活动,代表朝廷执行"先买权",购买所需"唐物"。

从描写中可以看到,每次"唐人"(即唐朝商人)来到日本时,藏人所都会去购买"唐物"。所购的"唐物"包括"绫、锦等独一无二的珍稀物品",还有上好的香木,如麝香、沉香木、丁子等。购买的"唐物"保存、收藏在藏人所里,以待重大仪式时使用。

---

① 藏人所是平安朝初期所设的宫廷部门,负责处理宫中大小庶务。藏人所的文殿(主屋)里收藏了历代的图书、器物、钱币和服装等。
② 中野幸一校注・訳『うつほ物語2』、新編日本古典文学全集、小学館、2001年、pp. 273—274。

3. 渤海使节带来的舶来品

《藏开中》卷中描写了一个送黑貂皮衣御寒的场景。仲忠因夜里要留宿宫中给皇帝讲书,于是便写信告诉妻子女一宫,诉说夜里寒冷。女一宫收到消息后派人给他送去衣物,文中是这样描写的:

> 一件是红色织物直垂衣,另一件是绫面料的,都絮上了棉花,再加上白绫夹衣。六尺左右的黑貂裘,里子是用绫做的,絮上了棉花,都一起包了起来。①

直垂衣是贴身穿的睡衣,为了御寒都絮上了棉花。另有一件"六尺左右的黑貂裘",大概是披在外面的,绫绸衬里里面也絮上了棉花。

貂皮最早是由渤海使节带入日本的舶来品,最早的记录见于《续日本纪》神龟五年(728)一月十七日。

> 甲寅。天皇御中宫。高齐德等上其王书并方物。(中略)谨遣宁远将军郎将高仁义。游将军果毅都尉德周。别将舍航等廿四人。赍状。并附貂皮三百张奉送。土宜虽贱。用表献芹之诚。皮币非珍。还惭掩口之诮。②

神龟四年(727)十二月二十日,渤海使节高齐德一行八人入京,第二年一月十七日奉送日本朝廷貂皮三百张,这是渤海使赠送貂皮的最早记录。不仅是貂皮,渤海使节还带来了虎皮、豹皮、熊皮等各种动物皮毛,这些在当时都是非常珍贵的物品。

随着从渤海国大量进口貂皮,貂皮裘在日本流行起来。贵族们不惜重金,争相购买,以至于日本朝廷不得不采取措施进行控制。《日本三代实录》仁和元年(885)一月十七日载:

> 十七日癸酉。天皇御建礼门。观射礼。是日。始禁着用貂裘。但参议已上不在制限。③

---

① 中野幸一校注・訳『うつほ物語2』、新編日本古典文学全集、小学館、2001年、p.451。
②『続日本紀』、国史大系第2卷、黒板勝美・国史大系編修会編、吉川弘文館、1966年、pp.111—112、卷十。
③『日本三代実録』、国史大系第4卷、黒板勝美・国史大系編修会編、吉川弘文館、1966年、p.580、卷四十七。

这一天,光孝天皇亲临建礼门前观看射箭仪式,也许是天气冷,官人们全都穿着貂裘,让天皇觉得很扎眼吧,从这一天开始下令禁止穿着貂裘。这一禁令还被制定成了法律条文,平安中期的律令条文集《延喜式》卷四十一《弹正台》载:

> 凡五位以上听用虎皮。但豹皮者。参议以上。及非参议三位听之。自余不在听限。(中略)凡貂裘者。参议以上听着用之。[①]

这条条文对贵族穿着毛皮的标准进行了规定。虎皮是五位以上,豹皮为参议以上及非参议三位,貂皮则为参议以上。可见,在毛皮中对貂皮的穿着限制也是最严的,只允许参议以上穿着,使得貂皮成为上层贵族身份地位的象征。

女一宫送去的衣物,虽是给仲忠在宫中留宿作御寒之用,但都是最高级的物品。仲忠此时的身份是右大将,即近卫府的长官。近卫府是护卫天皇、警备皇居的部门,其长官为左右大将,是非常重要的官职。右大将官衔一般是从三位,穿着黑貂裘是当仁不让、符合规定的。换句话说,来自渤海的高级舶来品黑貂裘不仅能够御寒,也是非常符合仲忠的地位身份的。

二、充溢"唐物"的建筑

前面提到,仲忠所建的高楼使用了祖父俊荫从唐土带回的苏芳、紫檀等贵重木材。除了这座仲忠为了向女儿犬宫传授琴艺建造的高楼外,纪伊国大富豪神南备种松的吹上御殿也极有特色,作者花了大量笔墨精心描写。这两座建筑物都是富贵繁荣的象征,同时也都是用"唐物"堆砌起来的唐风空间。

1. 吹上御殿

纪伊国大富豪神南备种松的女儿在宫中出任女藏人时得嵯峨天皇之宠幸,产下一子后离世。其子名源凉,由外祖父抚养成人。种松对自己这个具有皇族血统的孙子宠爱无比,为他修建吹上御殿,要让他过上"不亚于国王之位的生活"。作品是这样描写的:

[①]『延喜式』、国史大系第26卷、黑板勝美・国史大系編修会編、吉川弘文館、1965年、p. 911。

> （种松）在吹上海滨选了一片面积很大且饶有风情的场地，在上面建起了金银琉璃的宫殿。宫殿四面八町，有三重围墙，并设有三座值勤角楼。宫殿内铺满了琉璃，共有十座大殿，还有高高的楼阁和蜿蜒的回廊。大殿用紫檀、苏芳、黑柿、唐桃等木材建成，分别用金银、琉璃、车渠、玛瑙等装饰。四面为四季风景，东面是春山之景，南面为夏日树荫，西面是秋日林间，北面则为常绿松林。各面所种草木也都不凡，盛开的鲜花、飘落的树叶，仿佛非世间之物。似乎旃檀、优云也交错其中，孔雀、鹦鹉也玩耍其间。①

吹上御殿首先是一座"金银琉璃"宫殿。三苫浩辅指出，《宇津保物语》特别偏好对金银琉璃的描写，尤其是金银。②他还指出这些描写与《阿弥陀经》中对西方净土的描写极为相似。

> 有七宝池、八功德水、充满其中。池底纯以金沙布地。四边阶道、金银琉璃合成。上有楼阁，亦以金银琉璃玻瓈车渠玛瑙、而严饰之。③

的确，《阿弥陀经》中的"金银琉璃玻瓈车渠玛瑙，而严饰之"与"分别用金银、琉璃、车渠、玛瑙等装饰"的描写几乎完全一致。《宇津保物语》的作者在描写吹上御殿时，很有可能在具体词句的层面上参考了《阿弥陀经》。

不过，虽然"金银琉璃"的描写给吹上御殿笼罩上了一层西方净土的色彩④，但是整篇物语中多次出现的"金银琉璃"的词句本身却与西方净土没有直接关系，或者说"金银琉璃"是为了将吹上御殿描写成像西方净土一般的理想世界，与紫檀、苏芳、孔雀、鹦鹉等"唐物"一样，都是为了凸显种松家的富贵荣华。

紫檀、苏芳等木材都是《新猿乐记》中所记载的唐物。孔雀、鹦鹉等也是作为珍稀鸟类被带到日本的"唐物"之一。例如，《续日本后纪》承和十四年（847）九月庚辰有如下记载：

---

① 中野幸一校注・訳『うつほ物語1』、新編日本古典文学全集、小学館、1999年、pp. 377—378。
② 三苫浩輔「宇津保物語の金銀描写」(『宇津保物語の研究』、桜楓社、1976年)、pp. 271—272。
③ 新脩大正大蔵経テキストデータベース http://21dzk.l.u-tokyo.ac.jp/SAT/ddb-bdk-sat2.php。
④ 作品描写仲赖回京后陈述自己对吹上御殿的观感，说"如同生在西方净土一般"(《吹上上》，p. 433)。

>入唐求法僧慧云献孔雀一。鹦鹉三。狗三。①

入唐求法僧回国后专门向朝廷献上孔雀、鹦鹉等动物,说明这些动物在当时也是为人们所喜好的珍贵"唐物"。

《宇津保》的作者通过借用佛经中"金银琉璃"的词句,再加上对种种"唐物"的描写,凸显了种松吹上御殿的富贵和财势,为种松之孙源凉的登场埋下了伏笔。源凉不仅家财万贯,容貌、人品及才华都无可挑剔,汉才卓越,更弹得一手好琴。他依靠秘传琴技和祖父的巨大财富成为仲忠强有力的竞争对手,并在贵宫的众多求婚者中脱颖而出。

2. 仲忠的高楼

另一座建筑物是仲忠在俊荫老宅旧址上建造的高楼,其中也使用了大量的"唐物",以下引用作品中相关描写。

>楼的勾栏等比较显眼的地方,用仓库②中存下的苏芳、紫檀等木材制成。黑铁上镀上白银和黄金。格子窗使用白色、蓝色和黄色的沉香木制成,五颜六色,有的地方还镀上白银和黄金纹路。
>
>(中略)
>
>登楼所用的吴桥,用多彩的木材搭配建成,是为了让桥下的流水显得清新凉爽。高楼的天井上贴的是镜子和云彩形状的高丽锦,地板上也铺了锦缎。(仲忠)自己的坐处,天井和地板都铺上了薄香色③的唐绫。西楼是尚侍的处所,东楼则为犬宫所用。唯有滨床④,犬宫的做得更为小巧。滨床使用紫檀、浅香、白檀、苏芳等木材,镶上螺钿、嵌入珍珠。三尺屏风有四扇,大将(仲忠)让人将画在唐绫上的唐人画裱在屏风上。两座高楼的滨床后面各放置一具。高楼天井上有三尺长的唐纸裱成的华盖,尚侍和犬宫的楼上都有。楼内美丽奢华,弥漫着芬芳的香气。室内装饰细致精巧、光彩照人、珍奇罕见。工匠和作物所的人都

---

① 『続日本後紀』、国史大系第3巻、黒板勝美・国史大系編修会編、吉川弘文館、1966年、p.200、巻十七。
② 《藏开》卷中,仲忠打开供奉祖父俊荫牌位的京极荒宅的仓库,发现了许多俊荫留下的贵重的"唐物"。
③ 香色是指微微发黄的淡红色。
④ 座台。用来坐和休息的方形台子。

说:"这样的建筑不会再有第二栋了。"①

楼的勾栏等比较显眼的地方使用俊荫从唐土带回的贵重木材苏芳、紫檀等。格子窗使用沉香木,滨床使用紫檀、白檀、苏芳等木材,这些也都是舶来的"唐物"。不仅是建筑材料,室内装饰也大量使用"唐物"。屏风上裱的是唐人的画,用的是"唐绫",天井上的华盖也是用"唐纸"裱成。

有意思的是,天井上不仅铺了薄香色的"唐绫",还贴上了镜子和云彩形状的"高丽锦"。前面也提到,《宇津保》中的"唐土"不仅是一个广义的地理概念,也是一个广义的文化概念,"高丽"这一文化符号往往被包含在内。《楼之上下》卷描写仲忠送给嵯峨上皇的是"唐土皇帝所赐的高丽笛",《藏开上》卷描写皇子们用"高丽笛"来吹奏唐乐"万岁乐",都说明"高丽"被统一进了"唐"的文化符号之中。这里的"高丽锦"同样如此,作为舶来品的一种,被融合进了高楼的种种"唐物"之中。

此外,从建筑风格来看,高楼也是一座典型的唐风建筑。

> 从近处看的话,美丽辉煌,让人觉得非世间之物。独一无二,耀眼得让人无法直视。南院有一片池水,池对岸的假山脚下建起两座楼,两座楼的间距有三间左右,中间很高的位置有拱桥连接,其南北都装有沉香木的格子窗。楼的白色部分,是用白色涂料加上磨碎的夜光贝涂成,闪闪发亮。楼顶不用丝柏树皮葺顶,而使用青瓷,颜色有深有浅,也有发黄的,烧成瓦的形状葺在楼顶。②

仲忠修建的是两座高楼,两座楼之间有拱桥连接,这是典型的中国式建筑风格。楼顶也不像普通日本房屋用丝柏树皮葺顶,而是模仿唐朝建筑铺的是青瓷瓦。

《楼之上下》卷中,仲忠于八月十五日夜在高楼举办母亲俊荫女和女儿犬宫的演奏会,琴声感动了嵯峨、朱雀两位上皇,追赠已故俊荫为中纳言,俊荫女也被加封为正二位尚侍。仲忠的高楼成为俊荫、仲忠家族繁盛的象征。

---

① 中野幸一校注・訳『うつほ物語3』、新編日本古典文学全集、小学館、2002年、p. 457、pp. 459－460。《楼之上上》。
② 同上书,p. 492。《楼之上上》。

三、"唐物"的使用和赠予场面

1. "唐物"的使用

《宇津保物语》中描写了大量的"唐物",主要用于宫廷盛大的仪式以及天皇的赐品、贵族之间的赠品等。"唐物"作为舶来的奢侈品,是权力、地位和身份的象征。

例如,嵯峨院皇太后六十大寿庆典准备了各式各样豪奢的物品,作品一一列举道:

> 御橱子六具,是沉木、麝香、白檀、苏枋的。香木唐柜等的盖布是织物、锦。箱子里装有熏香、药材、砚台等,衣物有女装、被衾,装束有夏冬春秋四季的、夜装、唐装、裳。(中略)沉香木制的扶手、白银制的镂空箱、唐绫的屏风、幔帐的骨架是苏枋、紫檀,夏天的、冬天的物品,都很稀罕。①

橱子等家具是用沉木、麝香、白檀、苏枋等舶来木材制作的,柜子是香木的"唐柜",箱子里装有"唐装",屏风也使用了"唐绫",全都是非常稀罕的高级"唐物"。

《宇津保物语》中像这样的列举式描写非常多,描写仪式、宴会、赠品时作者总是不厌其烦地一一罗列种种珍贵、豪奢的物品。佐野绿指出,这种重视细节,详细记录、罗列的描写方法与《源氏物语》的描写相比,显得还很不成熟,但另一方面,这也反映了当时读者的共同心态和审美,那就是将财富和情趣作为一种理想之美,唯美世界是通过物质财富来构筑的。②

除了木材、香料以外,丝织品"唐绫"也是《宇津保》中描写得最多的一种"唐物"。仲忠高楼里的屏风是用"唐绫"裱的,嵯峨院皇太后六十大寿庆典的屏风也是"唐绫"的。"唐绫"除了用于屏风等室内装饰以外,更多地用于正式场合的装束。

贵宫入宫时,父亲正赖不仅准备了种种高贵豪华的家具摆设,还为她挑选了四十名贴身侍女跟随她一同入宫。四十名侍女无论出身、长相、才华都无可挑剔,年纪都在二十岁以下,全都身着唐衣,唐衣是清一色的"唐绫,不混入一根杂绢,全红色"。另外还有六个十五岁以下的女童,都是五位官员

---

① 中野幸一校注・訳『うつほ物語2』、新編日本古典文学全集、小学館、2001年、p.44。《菊之宴》。
② 佐野みどり「王朝の美意識と造形」(『岩波講座日本通史 第六巻』、岩波書店、1995年)、p.256。

的女儿,也同样身穿"唐绫"质地的唐衣。①正赖为贵宫挑选优秀的侍女,还让侍女都穿着昂贵的"唐绫",充分彰显了自身的财富与权威,表明娘家对女儿的强大后援。

《内侍督》卷中,在相扑节这一盛大的节庆之日,负责陪膳的仁寿殿女御所穿的是"花纹绫上重叠了唐绫的印染长裙"和"红色唐衣和二蓝袭的外套"。②相扑节这样盛大的庆典上,后宫女性竞相斗艳,衣着装束自然十分重要。仁寿殿女御的唐绫长裙和红色唐衣美轮美奂,让皇帝也觉得她风华正茂、高贵完美。

对"唐绫"衣装的演绎在《楼之上下》卷中达到了一个高潮。仲忠母亲尚侍和女儿犬宫坐着轿子款款下楼,二人均身着唐装,华美无比。

> 夕阳西下,透过幔帐,只见尚侍身着一袭红得发黑的唐绫夹和服,三层裙裤,龙胆色系的丝织衬袍,唐縠外衣,多层重叠的印花曳地长裙,腰系颜色深浅不一的腰带,系着唐线木棉结,叠穿红色的二蓝袭,最外面再着一件唐衣。犬宫则着一袭唐蘗麦色的唐绫衬袍,桔梗色丝质细长袍,三重裙裤。③

仲忠在高楼举办盛大的演奏会,连嵯峨、朱雀两位上皇也特意前来欣赏,其规模之盛大自不必说。尚侍全身唐风打扮,唐绫夹衣、唐縠外衣、唐线木棉结及唐衣,犬宫也身着唐绫衬袍、衣装华美,充分展示了仲忠家族的风采。

唐绫的衣物并非只是女性专属,男性亦可穿着。《藏开上》卷中女一宫生下女儿犬宫,仲忠举办了第三夜、第五夜、第七夜等一系列贺宴,其中最为盛大的第七夜贺宴上,权门贵族均来参加。此时,他身穿"紫苑色丝质裙裤,同样淡紫色的直衣,唐绫软绢内衬","比以往显得更加风华正茂"④,充分展示了男性魅力。

2."唐物"的赠予

除了盛大的仪式以外,"唐物"还多用于天皇的赐品、贵族之间的赠

---

① 中野幸一校注·訳『うつほ物語2』、新編日本古典文学全集、小学館、2001年、pp. 117—118。《贵宫》。
② 同上书,p.195,《内侍督》。
③ 同上书,p.584,《楼之上下》。
④ 同上书,p.359。《藏开上》。

品等。

　　前面提到,朱雀帝赏赐爱慕已久的俊荫之女尚侍时,用的是唐人每次来朝时带来的绫、锦等独一无二的珍稀物品,以及藏人所精心挑选后收藏的麝香、沉香木等香木。藏人所置办、积攒各种珍稀"唐物",本是为了有重大仪式时使用,但左大臣认为给俊荫之女的赠品是比重大仪式更为重要的事情,即便送出了大量珍品也不会被责怪,因此他毫不吝惜、大手笔地送出了多年来的珍藏。

　　不仅是朱雀帝,皇太后也给了大手笔的赏赐,送出了精美华丽的各种"唐物"。

> 皇后所赐的,是同为宫中名匠的志津川仲经所制作的莳绘的衣箱五具,夏天的衣箱装的是夏天的衣物,秋天的装的是秋装,冬天的则装冬装,都无比美妙华丽。衣物有染成模板纹样的,也有染成各种颜色的,都非常精美。唐衣、外衣等更是奢华。都织成新奇的图案,这样也都是平日里精心准备以备急用的。这些衣物都放进衣箱,连包衣服的包布、包裹等也都美轮美奂。用绫作包布,印有海滨风景图案的绿色薄绸用作包裹。全都使用唐物。①

作品在描写完各类衣物、包裹衣物的包布的精美奢华之后,专门强调"全都使用唐物",说明"唐物"已成为高级、精美的代名词。

《白浪》卷中,贵宫最终入宫成了皇太子妃。在朱雀帝的安排下,仲忠娶了朱雀帝的大公主女一宫。朱雀帝专门派人给自己的爱女送去了种种"唐物"。

> 正在此时,宫中使者藏人式部丞送来皇上送给女一宫的礼物:是一个长方形的唐柜,里面有内藏寮的吴服、唐的朝服、绫、锦、平绫、花文绫等质地的薄衫,还有很多珍贵的宝物。来信写道:"此次的唐物,不算太好。用作正式朝服应该还可以吧。"女一宫赏给使者一套女性装束,回信说:"敬谨受之。如此朝服,无人能拜之所赐啊。"②

朱雀帝称"此次的唐物,不算太好"只是对自己所送礼物的自谦之词,从女一宫回信中说"如此朝服,无人能拜之所赐啊"便可知其实朱雀帝的赠品

---

① 中野幸一校注・訳『うつほ物語2』、新編日本古典文学全集、小学館、2001年、pp. 275—276。《内侍督》。
② 同上书,p. 300。《白浪》。

有多么奢华精美。

除了天皇、皇后下赐"唐物"以外,下级官员也会向上级贵族赠送"唐物"。《藏开下》卷中,仲忠的家臣在仲忠的助力之下被任命为近江守,他把自己的一处房屋连同屋内的摆设、收藏品等全都送给了仲忠,仲忠又送给了父亲藤原兼雅。房子重新装饰过,里面的摆设等一应俱全,有香木唐柜,有很多衣物、上等的丝绸、棉等。还有一个大的两层橱柜,"一层里面是华丽的唐物;另一层是日常用具,灯台等。"①

近江守不仅赠送房屋,还将屋子重新装修,安置好家具、摆设,准备好"华丽的唐物",这些都是为了感谢旧主仲忠在他任官之事上的助力。

《楼之上》上下卷中,仲忠将祖父俊荫所带回的"唐物"的作用发挥到了极致。他不仅用祖父仓库中保存下的苏芳、紫檀等木材建成了华丽辉煌的高楼,高楼演奏会结束之后,又使用丰富的"唐物"作为赠礼送给亲临演奏会的两位上皇。

八月十五日中秋夜,仲忠在高楼举办俊荫女和犬宫的演奏会。俊荫女应两位上皇的要求演奏宝琴,顿时雾散云涌、斗转星移。用波斯风弹奏时,更是电闪雷鸣、大地震动,发生了种种奇异的现象。琴声不仅让两位上皇和在场的人感动落泪,甚至传到了宫中,让皇帝也落下泪来。犬宫也抚琴献艺,美妙的琴声打动了在场的所有人。

被琴声感动的嵯峨、朱雀两位上皇,追赠已故俊荫为中纳言,俊荫女也被加封为正二位尚侍。母亲俊荫女问仲忠怎样回报两位上皇的厚待,仲忠的回答是:

> 在唐土的诗集中,有三卷小册子,画有各地的风光,咏有诗歌。其中一卷献给朱雀上皇吧。②
> 嵯峨上皇好像喜欢高丽笛,那就将唐土皇帝作为回礼所赐的高丽笛献给他吧。③

仲忠向嵯峨、朱雀两位上皇献礼,送给朱雀上皇的是祖父俊荫在唐时作的诗歌集,送给嵯峨上皇的则是"唐土皇帝所赐的高丽笛"。此处的高丽笛的赠予行为中所要强调的并非是高丽,"高丽笛"与"唐"融为一体,被统一在

---

① 中野幸一校注・訳『うつほ物語2』、新編日本古典文学全集、小学館、2001年、p.590。《藏开下》。
② 同上书,p.618。《楼之上下》。
③ 同上书,pp.618—619。《楼之上下》。

"唐"的文化符号之中。"高丽笛"因为是唐土皇帝所赐,所以才无比珍贵,适合献给嵯峨上皇。

仲忠将俊荫从唐带回的诗集献给朱雀上皇,将唐帝赐给的高丽笛献给嵯峨上皇,两位上皇又赐给俊荫女"唐绫""唐衣"等布料、衣物,这一系列描写象征着俊荫家族的荣华兴盛达到极点。

四、"唐文化":权威、典范和标准

1. 汉诗文与"高丽人"、赴唐博士

《俊荫》卷开篇描写俊荫从小聪颖过人,七岁时便效仿父亲,与"高丽人"吟诗赠答。十二岁成人礼之后,天皇找来曾三次赴唐学习的博士中臣门人,让他出题测试俊荫的才能。俊荫正确解答了博士出的所有难题,成为唯一的合格者。最终他的才能得到承认,十六岁那年被选为遣唐使的随员。

所谓"高丽人",很自然让人联想到公元935年灭新罗后统一朝鲜半岛直至公元1392年的高丽国。《宇津保物语》《源氏物语》成书的时代,统治朝鲜半岛的正是高丽王朝,因此很容易产生"高丽人"即高丽王朝使者的误会。①然而高丽国与日本之间并无正式邦交,作品不可能设定高丽使节下榻鸿胪馆的场面。九世纪以后,日本平安朝宫廷所接待的唯一的正式外国使节是渤海使,因此作品中出现的"高丽人"其实指的是渤海使。

渤海国(698—926)建立之后,共遣使前往日本三十多次,与日本之间进行了频繁的文化交流,其存在对平安朝文学、文化都产生了重大的影响。②《藏开》卷中,朱雀帝鼓励仲忠潜心钻研学问、为朝廷做贡献时,专门强调"高丽人"明年可能会来访,继而又感叹当今贤明之士太少。历史上,日本朝廷对渤海使节来访非常重视,派去接待并与之交流的只限于能够代表日本的一流文士,其中有很多都是文章博士。朱雀帝的感叹便是由此而发,担心贤士太少,没有合适的人选去接待"高丽人"。

在汉诗文方面,其本宗"唐土"自然是人们心中绝对的权威,这一点毋庸

---

① 丰子恺在《源氏物语》译本中也将"高丽人"译成了"朝鲜派的使臣"。
② 关于渤海使节来访与平安朝文学的关系有很多相关研究,例如田中隆昭的系列论文:田中隆昭「渤海使と遣唐使―平安朝文学とのかかわりから」(『交流する平安朝文学』、勉誠出版、2004年),「渤海使と日本古代文学―『宇津保物語』と『源氏物語』を中心に―」(『交流する平安朝文学』、勉誠出版、2004年),此外还有河野貴美子「渤海使と平安時代の宮廷文学」(仁平道明編『王朝文学と東アジアの宮廷文学』、竹林舎、2008年)等。

置疑。而在渤海使和日本文士文化交流的历史背景之下,"高丽人"在某种意义上也成为汉诗文权威的象征[1],或者说"高丽人"是"唐土"权威的具体体现者,与"高丽人"吟诗唱和的描写起到了证明其人卓越才华的作用。

《宇津保》的作者不详,一般认为是某一男性汉学家。作品成书于十世纪后期,虽然离最后一次派遣遣唐使已经过去了一个世纪,但汉诗文仍然是官方的正统学问,也是男性贵族必须具备的文化素养。对于置身于汉诗文等"唐"的文化体系、醉心于中国文化的男性官人来说,唐土作为汉诗文的摇篮、东亚的文化中心,依然是崇拜和景仰的对象。

另一方面,多次赴唐留学并学成而归的博士们理所当然成为汉诗文的权威。三次赴唐学习的博士中臣门人便是如此,皇帝让他给俊荫出题考试,测试其汉学才能。《吹上下》卷中,嵯峨上皇称赞几个殿上人的诗作得好时,说他们的诗跟赴唐留学的历代博士相比也毫不逊色。赴唐留学的历代博士作为一种权威,成为评价殿上人所作汉诗是否优秀的标准,嵯峨上皇的话无疑是对殿上人的最高褒奖。

可见,《宇津保》中的"高丽人"也好,多次赴唐的博士也好,都成为汉诗文权威的体现者。作品描写俊荫与"高丽人"吟诗唱和,被三赴唐朝的博士所承认,都是借其权威来表现俊荫的汉学才能。

2. 权威、典范和标准

高桥亨指出《宇津保》具有双重主题,即"将始祖俊荫在琴和汉诗文方面的才能,分成男系和女系两个传承系列","琴的音乐秘传以女系为中心,从俊荫女儿传给犬宫。而汉诗文则只在男系传承,由仲忠继承"。[2]

如果从琴和汉诗文两个主题来看的话,为了表现始祖俊荫在琴和汉诗文方面的才能和成就,作品一再强调他是从唐土归来,强调他作为遣唐使的非凡经历,都是因为需要"唐土"这一绝对权威来作强有力的保证和支撑。换句话说,就是利用唐土的权威来突出俊荫及其家族的超凡脱俗。

如前所述,多次赴唐留学的博士被看作是汉诗文的权威,不仅是汉诗文,在音乐方面也是如此,赴唐学习归来的人往往受到朝廷重视而成为权威。俊荫回国之后在天皇面前演奏一曲,顿时瓦崩石裂、六月飞雪,天皇大

---

[1] 关于这一点,金孝淑在「権威付けの装置としての『唐土』と『高麗』-『うつほ物語』『源氏物語』『狭衣物語』を通して」(『日本古代文学と東アジア』、勉誠出版、2004年)中也指出过。
[2] 高橋亨「宇津保物語の絵画的世界」(『物語と絵の遠近法』、ペリカン社、1991年)、p.149。

为震惊,请他当老师教授皇子琴艺却被他拒绝。另一名在唐学得琴艺及其他多种乐器的良岑行政归国后则受到重用,被任命为乐师,教授皇子们琵琶、筝等乐器。这些都说明,在汉学和音乐领域,赴唐留学归来之人被看作权威,代表当时的最高水平,而这正是以"唐"的绝对权威性为前提的。

另一方面,唐朝的先例、故事等常常在各种场合被引用,甚至被当成一种典范、标准和判断依据。《俊荫》卷中,俊荫在皇帝面前弹琴,一曲之后大殿上的瓦碎如花,再弹一曲后,六月的天气竟然下起了鹅毛大雪。皇帝便举出唐的例子,说是只听说唐土皇帝弹琴时瓦崩石裂、六月飞雪,而本朝尚无此例。①弹琴时的奇瑞现象本是唐土才会有,俊荫回到日本弹琴竟然出现同样的现象,说明俊荫琴艺之非凡。

《吹上下》卷中,嵯峨上皇犹豫是否要去吹上巡幸,大臣忠雅举出唐帝的例子,说唐帝常常出远门狩猎,一去就是十天二十天,所以去吹上四五天是很正常的。②忠雅举出唐帝的例子,是以此为标准,证明吹上巡幸的正当性。

《内侍督》中,朱雀帝对源凉提起在吹上举办的九月九日重阳宴会,说是重阳宴之新奇罕见甚至"连唐土都没有",希望把相扑节会也办成能同吹上重阳宴比肩的盛大庆典。③用"连唐土都没有"的标准来说明吹上重阳宴之特别。

《楼之上上》卷中,仲忠打算在祖父俊荫的京极旧宅宅址修建高楼,于是在宅邸内巡视,看见"世间所有的树木、花卉、红叶应有尽有",不仅如此,"唐土也有的那些果实美丽、花朵和红叶都很罕见的树木、花草,都是俊荫从前种下的"④。强调是"唐土也有的",暗示是俊荫从唐土带回的种子,也是为了借唐土这一标准来说明树木花草之新奇罕见。

《宇津保物语》中充满了对唐文化的尊重和赞美,唐土在作品中既是汉诗文、音乐的权威,也是其他方方面面的典范和标准。

---

① 中野幸一校注・訳『うつほ物語1』、新編日本古典文学全集、小学館、1999年、p.43。
② 同上书,p.514。
③ 中野幸一校注・訳『うつほ物語2』、新編日本古典文学全集、小学館、2001年、p.206。
④ 中野幸一校注・訳『うつほ物語3』、新編日本古典文学全集、小学館、2002年、p.455。

第四章 《源氏物语》的"唐物"与"唐文化"

一、丰富的"唐物"

《源氏物语》中也描写了丰富的"唐物",通过作品中的相关描写,可以看出"唐物"渗透到了平安贵族生活的方方面面,包括服饰、熏香、纸张、器具、摆设等等。关于"唐物",河添房江的一系列研究可以说代表了学界的最新成果。①本文在先行研究的基础之上,通过文本细读和用例分析,试图进一步梳理《源氏物语》中"唐物"的使用情况及其包含的意义。

1. "唐纸""高丽纸"和日本纸

《源氏物语》中描写的纸张共有四种:唐纸、高丽纸、纸屋纸和陆奥纸。前两种是舶来品,后两种则是日本纸。纸屋纸是京都官营造纸厂纸屋院产的纸,陆奥纸则是陆奥国②产的纸。

以下为了论述方便,将作品中唐纸、高丽纸、纸屋纸和陆奥纸的相关用例分别列于表中,在用例基础上分析几种纸各自的用途及特点,并加以相互比较以突出"唐纸"的特点。③

---

① 河添房江『源氏物語時空論』、東京大学出版会、2005年;『源氏物語と東アジア世界』、NHKブックス、日本放送出版協会、2007年;『唐物の文化史－舶来品からみた日本』、岩波新書1477、岩波書店、2014年。
② 日本旧国名,今天的东北地区。
③ 《源氏物语》的引用均摘自丰子恺译本(人民文学出版社,2006年)。

《源氏物语》中的"唐纸"

纸张种类	用途	用例(卷名和页数)
唐纸	书信 (光源氏→槿姬)	(1)槿姬但见一张天蓝色的中国纸上写道:"饱尝岁岁悲秋味,此日黄昏泪独多。"(《葵姬》p.172)
唐纸	书信 (光源氏→槿姬)	(2)诗用一张浅绿色的中国纸写,挂在白布上,白布系在杨桐枝上,表示是供奉神明的。(《杨桐》p.199)
唐纸	书信 (光源氏→胧月夜)	(3)源氏大将便教这送信使者稍稍等待,命侍女打开安放中国纸的橱来,选取一张特等贡纸,又仔细挑选精致的笔墨,郑重其事地写回信,神情甚是艳雅。(《杨桐》p.202)
唐纸	书信 (六条夫人→光源氏)	(4)六条夫人多愁善感,写此信时,几度搁笔长叹,方得写成。用白色中国纸四五张接合成卷纸,笔情墨趣异常优美。(《须磨》p.231)
唐纸	书信 (梅壶女御→朱雀院)	(5)用宝蓝色中国纸包了这柳端,交使者复呈朱雀院。(《赛画》p.311)
唐纸	书信 (大夫监→玉鬘)	(6)但大夫监不知此种情况,他自以为身份高贵,只管写情书给玉鬘。他的字写得不算很坏,用的信笺是中国产的色纸,香气熏得很浓。他力求写得富有风趣,然而文句错误百出。(《玉鬘》p.390)
唐纸	书信 (玉鬘→光源氏)	(7)玉鬘深恐露出乡下人相,羞涩不敢动笔。侍女们便取出一张香气熏得很浓的中国纸来,劝她快写。(《玉鬘》p.402)
唐纸	书信 (柏木→玉鬘)	(8)他查看一切情书,发现有一封信,写在宝蓝色中国纸上,香气浓烈,沁人心肺,折叠得非常小巧,怪道:"这封信为何折叠得这样好?"(《蝴蝶》p.423)
唐纸	书法册子	(9)写在平整的中国纸上的草体字,萤兵部卿亲王看了觉得特别优越。又有高丽纸,纹理细致,柔软可爱,色泽并不鲜丽,而有优雅之感。上面写着流利的假名,笔笔正确,处处用心,其美无可比拟。观者似觉跟着书家的笔尖而流着感动之泪,真乃百看不厌的佳作。又有本国制的彩色纸屋纸,色泽鲜艳的纸面上信笔率书着草体字的诗歌,其美亦无限量。(《梅枝》pp.520—521)

唐纸	书籍	（10）计有嵯峨帝所选录的《古万叶集》四卷，以及延喜帝所书《古今和歌集》一卷，由淡蓝色中国纸接合而成，有深蓝色中国花绫封面，淡蓝色玉轴，以及五彩丝带。（《梅枝》p.521）
唐纸	佛经	（11）又有《阿弥陀经》，因中国纸质地脆弱，朝夕持诵易于损坏，故特地宣召纸屋院工人，郑重叮嘱，令其加工制造最优名纸。（《铃虫》p.668）

《源氏物语》中的"唐纸"主要用于书信。"唐纸"共有11例，其中8例是书信。(1)—(8)的书信用例中，除了(7)以外都是求爱信或情书。(7)描写光源氏想要把刚从九州来到京城的玉鬘收为养女，便给她写了一封信，想通过她的回信测试一下她的素养。玉鬘在想要投奔光源氏的侍女们的催促下，使用"香气熏得很浓的中国纸"写了回信，让光源氏觉得"气品高雅，风度可爱"。

（1）—（4）都是光源氏和女性的书信往来。槿姬是桐壶天皇的弟弟、亲王桃园式部卿的女儿，她出身高贵、行事稳重，因有六条妃子的前车之鉴，一直没有接受光源氏的求爱，二人只是保持通信关系。光源氏给她写信非常用心，都是选用最高级的"唐纸"。胧月夜是右大臣的女儿、弘徽殿太后的妹妹，她与光源氏有了私情后抑制不住思念，派人送来和歌表达自己的寂寞之情。光源氏看后，自然是心生怜爱，专门从装"唐纸"的橱子中选取特等的贡纸写回信给她。六条妃子是前太子的遗孀，她爱慕光源氏却被疏远，后来陪伴女儿去了伊势。光源氏在须磨避居时写信给她，她的回信情意绵绵、优美高雅，也特意使用了"唐纸"。

（5）的梅壶女御和朱雀院也是如此。梅壶女御是六条妃子和前太子的女儿，后来当了冷泉帝的女御。朱雀院是桐壶帝的第一皇子，光源氏的哥哥。梅壶女御任斋宫赴伊势时，时任天皇朱雀帝曾为她加栉。①朱雀帝一直倾心于她，闻知她入宫成为冷泉帝女御，心中十分惋惜，于是将她当年加栉仪式的画送给她。梅壶女御收到后，把当年所用的那把栉子折断一端，在上面作诗后又用"宝蓝色中国纸"包了栉端回复给朱雀院。

（6）描写九州肥后国的大夫监给玉鬘写情书，大夫监虽是个粗蠢的乡下武士，却自以为身份高，附庸风雅，使用"中国产的色纸"，还熏很浓的香。大夫监是大宰府的官员，利用职务之便获得唐物比较方便，但是尽管使用高级

---

① 斋宫告别时的仪式。天皇亲手将栉插在她的额发上。

的唐纸,他的信却写得错误百出。

(8)描写柏木不知玉鬘是自己同父异母的妹妹,慕名写求爱信给她,用的是"宝蓝色的中国纸",还用熏香把信纸熏得"香气浓烈、沁人心肺"。

通过这些例子可以看出,"唐纸"作为中国舶来的高级纸张,往往用于写给皇族等身份高贵之人的信函。贵族们写求爱信等需要特别用心的书信时更是喜欢使用它。使用"唐纸"表示写信人之用心和重视程度,也能够显得有情趣和格调,或是显得非常正式和郑重。

关于(9)(10)两例,将在第三节中具体论述。(11)说"唐纸"质地比较脆弱,不适合用于抄写朝夕诵咏的佛经。这是因为"唐纸"一般是以麻为原料的。[①]

《源氏物语》中的"高丽纸"

纸张种类	用途	用例(卷名和页数)
高丽纸	书信 (光源氏→明石姬)	(1)源氏公子心想:此种偏僻地方,或许隐藏着意外优秀的佳人,便悠然神往,在一张胡桃色的高丽纸上用心地写道:"怅望长空迷远近,渔人指点访仙源。本当'暗藏相思情',但终于'欲抑不能抑'了!"(《明石》pp. 254—255)
高丽纸	书法册子	(2)他又选取几本非常华丽的、染成颜色上深下渐淡的高丽纸册子,要叫几个风流少年也都试书。(《梅枝》p. 520)
高丽纸	书法册子	(3)写在平整的中国纸上的草体字,萤兵部卿亲王看了觉得特别优越。又有高丽纸,纹理细致,柔软可爱,色泽并不鲜丽,而有优雅之感。上面写着流利的假名,笔笔正确,处处用心,其美无可比拟。观者似觉跟着书家的笔尖而流着感动之泪,真乃百看不厌的佳作。又有本国制的彩色纸屋纸,色泽鲜艳的纸面上信笔率书着草体字的诗歌,其美亦无限量。(《梅枝》pp. 520—521)

再来看"高丽纸"。同样是舶来品的"高丽纸"用于书信时与"唐纸"有异曲同工之效。《明石》卷中,光源氏满心期待偏僻的地方藏有佳人,给明石姬写了一封求爱信,用的就是"胡桃色的高丽纸"。"高丽纸"主要以桑为原料,

---

① 町田誠之「紙の巻」(『源氏物語・紙の宴』、藤原印刷、2002年)、p. 58。

为桑皮纸[①],所以如(3)所描述,是"纹理细致,柔软"的纸。

《源氏物语》中的"纸屋纸"

纸张种类	用途	用例(卷名和页数)
纸屋纸	和歌的插图本	(1)要读古歌,也该置备精选的善本,里面刊明歌题及作者姓名的,这才有意味。但末摘花所用的只是用纸屋纸或陆奥纸印的通俗版本,里面刊载的也只是些尽人皆知的陈腐古歌,真是煞杀风景了。(《蓬生》p. 289)
纸屋纸	画卷	(2)这《竹取物语》画卷是名画家巨势相览所绘,由名诗人纪贯之题字。用的纸是纸屋纸,用中国薄绫镶边。裱纸是紫红色的,轴是紫檀的。这是寻常的装潢。(《赛画》p. 309)
纸屋纸	诗歌笔记	(3)末摘花的父亲常陆亲王曾经用纸屋纸写了一册诗歌笔记。末摘花要我读,将此书送给我。其中全是诗歌作法的规则,还指出许多必须避免之弊病。(《玉鬘》p. 408)
纸屋纸	书法册子	(4)写在平整的中国纸上的草体字,萤兵部卿亲王看了觉得特别优越。又有高丽纸,纹理细致,柔软可爱,色泽并不鲜丽,而有优雅之感。上面写着流利的假名,笔笔正确,处处用心,其美无可比拟。观者似觉跟着书家的笔尖而流着感动之泪,真乃百看不厌的佳作。又有本国制的彩色纸屋纸,色泽鲜艳的纸面上信笔率书着草体字的诗歌,其美亦无限量。(《梅枝》pp. 520—521)
纸屋纸	佛经	(5)又有《阿弥陀经》,因中国纸质地脆弱,朝夕持诵易于损坏,故特宣召纸屋院工人,郑重叮嘱,令其加工制造最优名纸。(《铃虫》p. 668)

纸屋院是大同年间(806—809)在纸屋川沿岸所建的官营造纸厂。奈良时代生产的纸主要是为了抄写经书,平安时代则在宫廷贵族中得到普及。通过(5)的比较可以得知,与"唐纸"相比,"纸屋纸"更加结实耐用,适合用来抄写朝夕诵读的佛经。此外,纸屋纸还用于画卷、诗歌笔记、和歌插图本、书法册子等,可见用途很广、非常实用。

《源氏物语》中的"陆奥纸"

纸张种类	用途	用例(卷名和页数)
陆奥纸	书信(末摘花→光源氏)	(1)但见信纸是很厚的陆奥纸,香气倒十分浓烈,文字写得尽量工整。(《末摘花》p. 122)

[①] 町田誠之「紙の卷」(『源氏物語・紙の宴』、藤原印刷、2002年)、p. 59。

陆奥纸	书信 (光源氏→紫姬)	（2）有一封信中说："我想尝试一下：脱离尘世是否可能？然而无以慰我寂寥，反而更觉乏味。但目下尚有听讲之事未了，一时不能返家。你处近况如何？念念。"随意不拘地写在一张陆奥纸上，非常美观。（《杨桐》p.198）
陆奥纸	书信 (明石姬(明石道人)→光源氏)	（3）写在一张陆奥纸上，书体十分古雅，笔法饶有兴致。（《明石》p.255）
陆奥纸	和歌的插图本	（4）要读古歌，也该置备精选的善本，里面刊明歌题及作者姓名的，这才有意味。但末摘花所用的只是用纸屋纸或陆奥纸印的通俗版本，里面刊载的也只是些尽人皆知的陈腐古歌，真是太煞风景了。（《蓬生》p.289）
陆奥纸	书信 (末摘花→光源氏)	（5）回信用很厚的陆奥纸，香气熏得很浓，但因年久，纸色已经发黄。（《玉鬘》p.407）
陆奥纸	书信 (玉鬘→光源氏)	（6）他尽力装出父亲的口气，然而玉鬘看了非常厌恶。但倘置之不复，又恐别人疑讶，便在一张厚厚的陆奥纸上写道："赐示今已拜读。只因心绪恶劣，乞恕未能详复。"（《蝴蝶》p.428）
陆奥纸	书信 (明石道人→明石夫人(明石姬))	（7）明石道人的信，词句艰深，毫无风趣，写在厚实的陆奥纸上，共五六页。纸已陈旧，颜色变黄，但熏香十分浓重。（《新菜上》p.579）
陆奥纸	书信 (柏木→三公主)	（8）又有柏木亲笔的信，写道："我今病势已重，已到大限之期。此后即使简短的信，也不能再写了。然而恋慕之心，愈来愈深切！想起你已削发被缁，悲痛无限……"此信甚长，陆奥纸凡五六张，字体怪异，形似鸟迹。（《桥姬》p.795）
陆奥纸	书信 (薰中纳言→大女公子)	（9）信笺用陆奥纸，信笔直书，不讲风趣。（《总角》p.836）
陆奥纸	书信 (二女公子→薰中纳言)	（10）这信写在陆奥纸上，不拘形式，信笔直书，然亦清秀可爱。（《寄生》p.895）

"陆奥纸"也主要用于书信，10例中有9例是书信。（1）和（5）都是末摘花写给光源氏的信，用的都是"很厚的陆奥纸"。年轻女子使用厚实的陆奥纸写信，如同（7）中明石道人使用"厚实的陆奥纸"写信的风格一样，让人感到

"毫无风趣"。加上(4)又描写末摘花读古歌用的也只是"用纸屋纸或陆奥纸印的通俗版本",更进一步突出了末摘花不解情趣、索然乏味的性格特点。

另一方面,"陆奥纸"与"唐纸"相反,用于比较随意的书信。例如,(2)是光源氏写给紫姬的家信。光源氏去云林院佛寺诵经,听法师说教,想起自己与藤壶的关系,痛感人生无常,动了出家的念头。于是写了封家信慰问紫姬,也诉说自己的心情,家信随意不拘地写在陆奥纸上。

(6)(9)(10)则是写信人利用"陆奥纸"没有情趣的特点,故意使用"陆奥纸"来表示自己的随意、不重视等心情。(6)中,玉鬘厌恶光源氏对自己的亲密举动,但对他的信又不能不回,所以故意使用没有趣味的"陆奥纸",内含拒绝之意。(9)是薰中纳言怨恨大女公子的冷淡无情,故意用"陆奥纸"信笔直书,不讲风趣。(10)是二女公子见匂亲王久不来访,悲伤不已想要回到宇治,于是便给薰中纳言写信。二女公子已是匂亲王的妻子却又给薰中纳言写信,为了表示这只是一封普通的感谢信,也故意用"陆奥纸"写得"不拘形式,信笔直书"。

(8)是柏木临死前写给三公主的遗书。之所以使用"陆奥纸",或许是病重之时已经无法顾及使用的纸张,只是随手拿手边常用的纸记下自己想表达的话。

通过以上用例可以看出,"陆奥纸"是比较实用的纸张,写信时使用显得比较随意,或是让人觉得没有风趣,与高贵、优美、有情趣的"唐纸"刚好形成鲜明对比。

以上,通过对《源氏物语》中所描写的唐纸、高丽纸、纸屋纸和陆奥纸这四种纸张进行比较,可以了解到使用唐纸、高丽纸等舶来纸张显得优雅、高贵,尤其是唐纸,多用于用心书写的书信、精细制作的书法册子等。而国产的纸屋纸和陆奥纸的使用场景则更为实用和随意,使用陆奥纸还往往给人一种毫无情趣、纯事务性的印象。

2."唐绮""唐绫"与"唐锦"

根据《新猿乐记》中的记载,"绫、锦"等丝绸织品也是"唐物"的主要品种。《源氏物语》中描写了很多"唐绫""唐绮""唐锦"[①],除了用作服装以外,还往往用于盛大仪式、典礼上的屏风、毯子、垫子、盖布等摆设和饰品等。

先来看"唐绮"。所谓"绮",据东汉许慎的《说文解字》解释是"文缯也",

---

① 丰译本译文中往往译为"中国薄绸""中国薄绫""中国绫绸"等。

即有花纹的缯,一种有文彩的丝织品。根据宇都宫千郁的研究,"绮"最早见于十世纪中期的《吏部王记》和《西宫记》等日记、记录中,但在《源氏物语》成书、作者紫式部生存的一条天皇时代则极为罕见。①这种极为罕见的丝织品在《源氏物语》中只有两例用于服装,都是描写主人公光源氏不同凡响的着装。

《花宴》卷中,光源氏到右大臣家参加弘徽殿女御所生的公主的着裳仪式,他精心打扮,又故意晚到,让大家等得心焦。等到终于出现时,只见"他身穿一件白地彩纹中国薄绸(原文为'桜の唐の绮')常礼服,里面衬一件淡紫色衬袍,拖着极长的后裾"。光源氏穿的是潇洒随意的常礼服,而非正式的大礼服,但常礼服的质地却是最高级的"唐绮",使得他"夹在许多身穿大礼服的王公中间,显然是个风流潇洒的贵公子模样,大家肃然起敬",其风采连"花的色香也被减煞"。②

《行幸》卷中,光源氏想让玉鬘的亲生父亲内大臣在玉鬘的着裳仪式中担任结腰之职,于是借去探访内大臣生病的母亲太君之机,在太君府上与内大臣会面,共商着裳仪式之事。③内大臣得知光源氏在等候自己,"把衣服穿得特别讲究","身穿淡紫色裙子,上罩白面红里的衬袍,衣裾极长"。而光源氏则"身穿白面红里的中国绫罗常礼服(原文为'桜の唐の绮'),内衬当时流行的深红梅色内衣,那无拘无束的贵人模样,其美更是无可比拟"。与去右大臣家参加藤花宴时一样,光源氏虽然身着随意的常礼服,但质料却是最高级的"唐绮",因此"身上仿佛发出光辉,内大臣的严装盛饰,到底比不上他"。④

"唐绮"除了服装以外,与"唐绫""唐锦"等一样还往往用于盛大典礼和仪式上的摆设或装饰品等。梅壶女御和弘徽殿女御赛画时,左方梅壶女御所出的是《竹取物语》的画卷。画卷"用的纸是纸屋纸,用中国薄绫(原文为'唐の绮')镶边"⑤。由于两方难分胜负,最终决定在皇上面前一决胜负。于是双方都精心准备,拿出所藏的精品。比赛当天,"左方的画放在一只紫檀箱中,搁在一个苏枋木的雕花的台座上。下面铺的是紫地中国织锦(原文为

---

① 宇都宫千郁「平安朝における绮について」(『中古文学』61号、1998年5月)。
② 丰子恺译《源氏物语》,人民文学出版社,2006年,p.153。
③ 同上书,p.476。
④ 同上。
⑤ 同上书,p.309,《赛画》。

"唐の錦"),上面盖的是红褐色中国绫绸(原文为"唐の绮")。①(中略)右方的画放在一只沉香木箱中,搁在一只嫩沉香木的桌台上,下面铺着蓝地的高丽织锦台布。②紫檀箱、苏枋木的雕花台座,再加上中国织锦和绫绸的盖布、台布,左方使用的最高级的"唐物",充分展示了梅壶女御及其后援的财富和权势。

光源氏即将迎来四十岁时,冷泉帝决意要为他祝寿,仪式办得尤为隆重,有四叠屏风,"是皇上御笔,淡紫色中国绫子(原文为'唐の绫の薄缘')上的墨画,美妙不可言喻"③。在贵重的中国丝绸上作画的例子在《须磨》卷中也可见到,谪居须磨的光源氏在寂寞无聊之时,在珍贵的中国绢(原文为"唐の绫")上戏笔作画,贴在屏风上,画得非常美妙。④

除此以外,盛大的佛事中也往往会使用丰富的"唐物"。例如三公主出家后,举行佛像开光典礼,"佛前悬挂的幢幡,形色非常优美,是特选中国织锦(原文为'唐の錦')缝制的"⑤。佛事中所焚的香也是中国舶来的"百步香",关于熏香将在下节探讨。

《枕草子》"辉煌之物"中,首先列举的就是"唐锦"⑥。说明在平安时代,中国舶来的织锦广受人们推崇,被看作是优于日本本国的织锦。

3. 熏香

《新猿乐记》记录的"唐物"中一开始就列举了十一种香料:"沉·麝香·衣比·丁子·甘松·薰陆·青木·龙脑·牛头·鸡舌·白檀",香料中沉香和麝香又是排在第一、二位的。

平安时期,日本对香药的需要非常旺盛,圆仁在《入唐求法巡礼行记》中记录了遣唐使团人员回国前专门下船去购买香药等禁止买卖的物品,被唐朝官吏追捕,只好舍弃二百余贯钱逃走之事。《日本三代实录》贞观十六年(874)六月十七日记载了大神宿祢己井被日本朝廷派到唐朝购买香药之事。宋神宗询问入宋僧成寻日本最需要宋的什么物品时,成寻最先回答的

---

① 丰子恺译《源氏物语》,人民文学出版社,2006年,p.311,《赛画》。此处对译文略作修改,"敷物には紫地の唐の錦",将原译文"上面铺的"改为"下面铺的";"打敷は葡萄染の唐の綺なり",将原译文"下面铺的"改为"上面盖的"。
② 同上书,p.311,《赛画》。
③ 同上书,p.569,《新菜上》。
④ 同上书,p.233,《须磨》。
⑤ 同上书,p.668,《铃虫》。
⑥ 林文月译《枕草子》,洪范书店,2000年,p.105。原文为"めでたきもの"。

也是"汉地香药"(《参天台五台山记》熙宁五年),可见平安贵族对香药的需求有多么旺盛。

平安贵族生活中熏香是不可或缺的一部分,《枕草子》"兴奋愉悦者"中说"熏烧上等香料,独个儿横卧。梳洗罢、妆扮妥,穿上了熏香深染之衣裳。这种时候,即使没甚么人看见,心里总不免于兴奋欢愉的。"[1]

《枕草子》《源氏物语》的时代也是香文化最发达的时代,香剂根据使用目的主要分为三种:一是用于佛事活动的"名香";二是熏衣之用的"衣香"、"薰衣香";三是在室内熏烧的"空熏"。[2] 上面的《枕草子》引用文中就描写了室内熏烧的"空熏"和"薰衣香"两种,穿着熏过的香香的衣物,躺在熏着上等香料的房间,即便是独处,也是让人兴奋欢愉的。

香木和香料作为香的原料,主要有沉香、麝香、白檀、熏陆(乳头)香、占唐香、甲香(贝香)、甘松香、丁子、郁金香、藿香、安息香、苏合香等。原产于印度、东南亚,经由中国输入到日本。[3]

从制作方法来看,平安朝的熏香主要是将多种香木、香料捣碎后调和而成的"合香"。具体说来,香料的制作称为"调香"或"炼香",就是指把数种香木磨成粉末后,加入甲香,最后用蜂蜜调和凝固。[4]

《宇津保》《藏开上》卷描写了仲忠妻子女一宫生下女儿犬宫之后,女一宫的母亲仁寿殿女御大量使用香料的场景。

> 到了第六天,女御选了很多麝香,加上衣比香、丁子,一同放入铁臼中捣碎。在柔软的绢里加入棉花,让人缝成很多小袋,每个袋子里都装入调好的香,在每个房间的垂帘上都挂上。又取来四个银制的狮子,在狮子肚子里放入银制香炉不断焚烧合香,再把银狮子分别放在女一宫卧榻的四角上。在厢房里放置大大的香炉,将上好的沉香、合香放进去焚熏,上面再盖上一个烘笼,这样的香炉放了好几个。[5]

仁寿殿女御大量使用香料,是为了遮掩女一宫生产期间所吃的大蒜味道。大蒜在当时被认为具有滋养强壮的功效,孕妇、产妇食用可以补充气血。从这段描写中也可以看到平安朝贵族是怎样制作和使用合香的。仁寿

---

[1] 译文引自林文月译《枕草子》,洪范书店,2000年,p.38。
[2] 尾崎左永子「源氏物語の薫香」(『源氏物語講座 7 美の世界・雅びの継承』、勉誠社、1992年)、pp.91—93。
[3] 同上书,p.87。
[4] 池田亀鑑『平安時代の文学と生活』、至文堂、1977年、p.276。
[5] 中野幸一校注・訳『うつほ物語2』、新編日本古典文学全集、小学館、2001年、p.349。

殿女御是把麝香、衣比香、丁子等香料捣碎后制作成合香,然后放在香炉去焚熏,或是将沉香直接放入香炉里焚熏。

从中国舶来的不仅只是沉香等香木原料,还有已经制作好的"合香"。《宇津保物语》中,贵宫入宫时仲忠所赠的四箱礼物之一是"装有熏香的箱子。白银箱子中装有唐的合香"①,"唐的合香"("唐の合はせ薫物")是指直接从中国舶来的制作好的"合香"。《源氏物语》《行幸》卷中,玉鬘着裳仪式上秋好皇后所送的礼品除了精美的"白色女衫、唐装女袍、衬衣,以及梳妆用具"以外,"又照例添送装香料的瓶,装的是中国香料,香气异常浓烈"。②此处的"中国香料"("唐の薫物")也是指直接舶来的"合香"。《铃虫》卷中,三公主在家供奉的佛像完成,举行开光典礼时所焚的香是中国舶来的"百步香"("唐の百步の衣香"),另外"又有古代'荷花'香调制法调配而成的名香,其中隐隐加入蜂蜜,焚时与百步香合流,香气异常馥郁"。③这段描写中,"百步香"是直接从中国舶来的"合香","荷花"香则是根据一定的配方调制成的"合香","荷花"是夏季之香,与佛前所供花瓶里的莲花搭配。中国舶来的"百步香"和日本调制的"荷花"一同焚熏,使得香气异常馥郁。

除了沉香等香木原料、"合香"以外,有的"合香"配方也是从中国传来的。宽平三年(891)成书的藤原佐世所著《日本国见在书目录》一书,记录了平安朝前期在日本所能见到的中国书籍,其中就有《诸香方》一、《龙树菩萨和香方》一等,说明香方本身也传入了日本。

平安末期藤原范兼编写的《薰集类抄》是一本收录了各种合香配方的调香指南。其中也记录了中国舶来的香方,例如下面引用部分就记载了唐朝僧侣长秀的薰衣香奇方以及"洛阳薰衣香""会昌薰衣香"等中国舶来的调和方法。

> 唐僧长秀四作薰衣香。用蜜和合。是奇方也。作瓷瓮但瓮下若烟处涂丹烧调。穿其底。重曰。五口许。其最上瓮出小烟之孔穿五处。以碗或时盖寒。或时取去。以薰炉居瓮下。割沈香燃之。其烟多着盆里。而或如露落炉边。其时止也。出炉而居外。取瓶以木倍良削取其脂。入一器之中。取诸香任法春筛。和件沈脂。而盛温器之内纳。量取之任用。其香极芬芳也。
>
> 洛阳薰衣香。出淳和院。但公忠朝臣所献也。

---

① 中野幸一校注・訳『うつほ物語1』、新编日本古典文学全集、小学馆、1999年、p.118、《贵宫》。
② 丰子恺译《源氏物语》,人民文学出版社,2006年,p.479,《行幸》。
③ 同上书,p.668,《铃虫》。

沈五両。甲香二両二分。丁子一両。

白檀一分。已上大。麝香一分。占唐一分。

苏合一分。已上小。丁枝二両。大。

会昌薫衣香。随时朝臣所献。

沈三両。大。丁子二両。大。甲香一両二分。大。

白檀一分四朱。小。青木香二分四朱。小。

占唐一分四朱。小。

苏合二分。小。麝香四朱大。①

此外,该书还记录了汾王家、长宁公主、丹阳公主、姚家等不少从中国传来的合香配方。从上面记载可见,"洛阳熏衣香"是源公忠所献,"会昌熏衣香"是平随时所献,可以想象,平安朝贵族们搜集舶来的香方,再加上自己的改良创新,调制出各种合香。《薰集类抄》还记录了贺阳亲王、藤原冬嗣、源公忠等多位调香能手的名字和他们各自的香方。

《源氏物语》《梅枝》卷花大量笔墨描写光源氏大张旗鼓地准备爱女明石小女公子的着裳仪式及其入宫时所用的合香。光源氏本人、前斋院槿姬、六条院的各位夫人都调出了各具特色的合香。

作品先写大宰府官员大宰大式特意奉赠香料给光源氏,这些香料都是大宰府收购的最高级的"唐物"。但尽管如此,光源氏还是觉得品质不如从前的好,于是打开二条院的仓库,取出从前中国舶来的物品。他把从前舶来的香和太宰大式新送的香分送给六条院的各位夫人配制,让她们新旧两种各配一剂。

光源氏还请素来交情深厚的前斋院槿姬也参与调香,槿姬自然也是相当用心,派人送来了精心调制的香剂:"随函送来的是一个沉香木箱子,内装两个琉璃钵,一个是藏青色的,一个是白色的,里面都盛着大粒的香丸。藏青琉璃钵盖上的装饰是五叶松枝,白琉璃钵盖上的装饰是白梅花枝。系在两钵上的带子也都非常优美。"②看得出槿姬准备香剂非常用心,用来装香丸的琉璃钵以及沉香木箱子都是珍贵的"唐物",琉璃钵上的装饰也都独具匠心、造型精美。

据《薰集类抄》记载,不同的季节有相对应的熏香,平安贵族主要使用的熏香共有六种,分别对应的季节是:"黑方"(冬)、"梅花"(春)、"荷叶"(夏)、

---

① 『薫集類抄』、群書類従第19輯、塙保己一編、東京続群書類従完成会、1979年、p.537。
② 丰子恺译《源氏物语》,人民文学出版社,2006年,p.515,《梅枝》。

"侍从"(秋)、"菊花"(秋、冬)、"落叶"(秋、冬)。前四种在《源氏物语》中都有相关的描写。

光源氏和几位夫人分别按照不同的秘方配制香料,互相保密连侍女也不让入内。光源氏自己亲自调制的是"黑方"和"侍从",这两种配方是"仁明天皇承和年间秘传下来的"。前斋院槿姬调制的也是"黑方","黑方"是最庄重、正式,略显古风的一种香。《杨桐》卷描写藤壶发愿出家时熏的就是"黑方",正值寒冬大雪时节,从藤壶的垂帘飘出与冬季相宜的"黑方"的香气。

> 门外北风甚烈,雪花乱飞。帘内兰麝氤氲(原文为"いともの深き黒方にしみて"),佛前名香缭绕,加之源氏大将身上衣香扑鼻,此夜景有如极乐净土。①

"黑方"的空熏香,再加上供在佛前的名香,以及光源氏身上的衣香,三种香混合在一起,让人仿佛置身于极乐净土一般。

《梅枝》卷中,紫姬依照八条式部卿亲王的秘方调制了三种香:"黑方""侍从"和"梅花"。"梅花"顾名思义是模仿梅花香气的合香,是最能代表春天的衣香,也最符合住在六条院春殿的紫姬的形象。《古今和歌集》著名的"春夜梅花"咏的就是春夜梅花的香气,伸手不见五指的黑夜就算能把梅花藏起来,又怎能藏得了那氤氲的香气呢?

> 春夜亦何愚,妄图暗四隅,梅花虽不见,香气岂能无。②

紫姬调制的三种香剂之中,"梅花"的气味"爽朗而新鲜,配方分量稍强,有一种珍奇的香气",为萤兵部卿亲王所赞:"在这梅花盛开的季节,风里飘来的香气,恐怕也不能胜过这种香气吧。"③

住在夏殿的花散里所制的是夏天用的"荷叶",香气也很芬芳可爱。前面提到《铃虫》卷三公主佛像开光典礼上除了中国舶来的"百步香"以外,还熏了这种夏天的"荷叶"香与花瓶里的莲花搭配。

住在冬殿里的明石姬本想调制"落叶",但因担心比不上其他几位,干脆另辟蹊径,依照源公忠得宇多天皇秘传的薰衣香调制法,制成名香"百步"。

---

① 丰子恺译《源氏物语》,人民文学出版社,2006年,pp.204—205,《杨桐》。
② 杨烈译《古今和歌集》,复旦大学出版社,1983年,p.15。
③ 丰子恺译《源氏物语》,人民文学出版社,2006年,p.516,《梅枝》。

《薰集类抄》中也记录了一种"承和百步香"：

> 承和百步香。此方出自四条大纳言家。大江千古所上耳。
> 甲香八两。苏合一斤。占唐一斤。
> 白檀八两。零陵八两。藿香四两。
> 甘松花四两。乳头香五两。自膠二两二分。
> 麝香四两。爵金二两二分。已上小。
> 甲香一分。苏合二分。占唐二分。
> 白檀二分。零陵一分。藿香三朱。
> 甘松三朱。乳头四朱半。白膠二朱。
> 麝香三朱。爵金二朱半。已上为试四分之一所分出也。
> 　　右十一種。捣筛。蜜和之。於瓷器中盛埋。
> 　　经三七日取烧。百步之外闻香。①

《铃虫》卷中三公主佛像开光典礼上使用的"百步香"是中国直接舶来的，《梅枝》卷明石姬调制的"百步香"是源公忠得宇多天皇秘传的方子，《薰集类抄》又记录了一个出自四条大纳言藤原公任家的方子。可见，香方从中国传来之后，平安朝贵族们依照自己的喜好、风格进行改良创新，形成了各种不同的秘方。

《源氏物语》描写了从中国直接舶来的沉香等香木原料以及制作好的"唐的合香"，《梅枝》卷中更是重点描写了如何使用舶来的上等原料，参考唐土或日本的有来路的香方，调制出美妙的合香。这也是平安贵族特有的"香文化"，在《源氏物语》中得到了很好的体现。

4. 唐装与"唐风"

《源氏物语》中还描写了从中国舶来的衣装，例如，《梅枝》卷光源氏收到槿姬精心调制的合香之后，让夕雾赏赐给槿姬使者的是贵重的"红梅色中国绸制常礼服一袭"②（原文为"紅梅襲の唐の細長添へたる女の装束"）。

《横笛》卷描写刚刚一岁左右的小公子薰君穿着"一件白罗上衣，外加一件蔓草纹样红面紫里的中国绸衫（原文为"白き羅に、唐の小紋の紅梅の御衣"），那长长的衣裾随随便便地拖曳着，胸前几乎全部露出，那衣服都挤在

---

① 『薰集類抄』、群書類従第19輯、塙保己一編、東京続群書類従完成会、1959年、p. 538。
② 丰子恺译《源氏物语》，人民文学出版社，2006年，p. 515。

后面"①。幼小的薰君穿着贵重的中国绸衫,更显得神情"高贵堂皇,迥异常人",让光源氏不禁凝视镜中自己的面影,觉得薰君与自己相比并无不如之处。

《源氏物语》中描写的中国衣装并不很多,除了以上例子以外,还有的强调是中国舶来的面料,如前面提到的光源氏所穿的唐绮常礼服("唐の绮の御直衣")。有的则强调是中国风格,例如,光源氏在岁暮添置新装时,根据每人的容貌和气质送给各位夫人美丽的礼服,送给明石姬的是"有梅花折枝及飞舞鸟蝶纹样的白色中国式礼服"②,文中只说是"中国式礼服"(原文为"唐めいたる白き小桂"),并不一定是真正的舶来品。《藤花末叶》卷描写光源氏与儿子夕雾站在一起,不像是父亲,倒像是个略长几岁的哥哥,他"身穿淡色常礼服,内衬唐装式的白色内衣,花纹晶莹而透明"③,此处的白色内衣也只说是"唐装式的"("白き御衣の唐めきたる")。

根据《源氏物语》的描写,平安贵族们往往喜爱用"唐物"或是"唐风"的物品营造异国情调。例如,《蝴蝶》卷中,三月下旬春意盎然之际,光源氏在六条院的春殿泛舟赏花,所用的游船是"预先造好的中国式游船"("唐めいたる舟造らせたまひける"),"龙头鹢首的游船都用中国风格的装饰"("唐の装ひにことごとしうしつらひて"),"把舵操棹的童子,头发一概结成总角,身穿中国式的服装"("唐土だたせて")。④中国风格的游船、装饰以及打扮成中国风格的童子充满异国情调,让乘船的人觉得如同泛海远赴异国,生出无穷的趣味。

《须磨》卷描写光源氏避居须磨时,头中将前去探望,看到"源氏公子的居处,觉得很像中国式样('言はむ方なく唐めいたり')。四周风物,清幽如画。真是'石阶桂柱竹编墙',一切简单朴素,别有风味"⑤。

此处引用了白居易的《香炉峰下新卜山居草堂初成偶题东壁五首》的第一首:"五架三间新草堂,石阶桂柱竹编墙,南檐纳日冬天暖,北户迎风夏月凉。"⑥白居易于元和十年(815)因忠耿直言得罪权贵被贬任江州司马,次年秋在香炉峰下营建了草堂,并隐逸山居近三年。此处引用白诗来描写光源

---

① 丰子恺译《源氏物语》,人民文学出版社,2006年,p.660。
② 同上书,p.407,《玉鬘》。
③ 同上书,p.530。
④ 同上书,p.418。
⑤ 同上书,p.241。
⑥ 朱金城笺校《白居易集笺校二》,上海古籍出版社,1988年,p.1028,卷十六。

氏在须磨的住所,"竹编墙""石阶""松柱"①等都是为了凸显其"中国式样",即世外桃源式的、隐居山间的高雅情调。

这段对须磨风光的描写是《源氏物语》中的有名场面,如同一幅世外桃源般的中国画。高桥亨认为,须磨的场面描写与屏风画等绘画有很深的关系,也许是从"名所绘"等绘画中构思出来的。②佐野绿进一步指出,参考的绘画应该是"唐绘",例如收藏于京都国立博物馆的十一世纪的世俗画《山水屏风图》,图上画有草庵以及草庵前的唐风人物。正因为参考的是描绘山居隐逸生活的唐绘,物语所描写的也是一种观念上的理想世界。③

须磨虽然被描写成世外桃源式的理想世界,但另一方面,头中将眼中的须磨却和他所熟悉的都城的情景大相径庭:

> 源氏公子打扮得像个山农野老,穿着淡红透黄的衬衣,上罩深蓝色便服和裙子,样子甚是寒酸。虽然像个乡下人,但是别具风度,叫人看了含笑,觉得非常清雅。日常使用的器具也都很粗陋。所住的居室很浅,从外望去,一目了然。棋盘、双六盘、弹棋盘,都是乡下产的粗货。④

这些描写也反映了平安贵族对世外桃源式乡村生活的一种心理上的距离感和疏远感。

二、"唐物"与人物形象

《源氏物语》中的"唐物"与人物形象的塑造也密切相关。作者通过描写人物身边的"唐物",时而将"唐物"所象征的财富、权威、高贵、优雅等含义赋予人物形象,时而将"唐物"本身用作人物的象征和隐喻,时而还会用高级的"唐物"反衬人物的落魄。

关于《源氏物语》的人物形象与"唐物"的关系,涉及这个问题的先行研

---

① 原文为:"竹編める垣しわたして、石の階、松の柱"。
② 高橋亨「唐めいたる須磨」(『物語と絵の遠近法』、ペリカン社、1991年)、p. 163。
③ 佐野みどり「王朝の美意識と造形」(『岩波講座日本通史第六巻』、岩波書店、1995年)、pp. 266–267。
④ 丰子恺译《源氏物语》,人民文学出版社,2006年,p. 241,《须磨》。

究主要有中西纪子、河添房江及金孝淑等学者的论著。①本文在先行研究的基础上,以明石姬、三公主和末摘花这三位女性形象为中心,通过文本细读以及相关史料的调查等,试图做进一步考察和分析。

1. 明石姬与"唐物"

明石姬是明石道人的独生女,光源氏因得罪朝廷避居到须磨时,在当地结识了明石道人。光源氏在去须磨之前,就从随从良清处听说过明石道人。他原是大臣的后裔,辞去朝廷近卫中将一职,申请到明石当国守,后来削发为僧。明石道人心志很高,将家族繁盛的理想寄托在女儿身上,一心希望她能够嫁得贵婿,因此当地国守向女儿求婚他概不允诺。别人开玩笑讽刺说:"这个女儿真是宝贝,要她当海龙王的王后,志气太高了。"②

和光源氏身边的其他女性相比,明石姬只是一介地方官的女儿,在出身、地位方面有很多不如人之处。但作品通过描写她身边的种种"唐物",借用"唐物"烘托她气质的高贵,弥补了身份、地位上的不足。

首先,作品描写明石姬品貌端妍、气质高雅,弹得一手好琴。这里的"琴"是指从中国传入日本的七弦琴,有别于日本的"和琴"。光源氏回京前,为了能亲耳听一曲她的演奏,自己先弹一曲,琴音优美无比,让明石姬听了泪如雨下。明石姬感动之余,也轻弹一曲,作品描写她的琴声"高雅之极","风流蕴藉,典雅清幽",曲调"优美可爱而沁人心脾"。③

明石姬为光源氏生下了女儿明石小女公子后,光源氏一直劝她母女入京,但她却自知身份低微,不愿入京。后来明石道人在京郊大堰河买下宅邸并修缮之后,她才和母亲一同搬去。作品描写明石姬虽然身份低微,但气质高贵优雅,不亚于皇女。光源氏去大堰河宅邸探望她时,"姿态非常优美高雅。如此娇艳模样,即便说她是个皇女,也无不称之处。"④

后来光源氏的六条院建成,明石姬也终于搬进了西北院"冬殿"。她自知身份微不足数,要等别人都迁完之后,才悄悄地迁居,但其实迁居时的排场却丝毫不亚于人。岁暮添置新年服装时,光源氏根据每人的容貌和气质

---

① 中西纪子『源氏物語の姫君―遊ぶ少女期』、溪水社、2003年;河添房江『源氏物語時空論』、東京大学出版会、2005年;河添房江『唐物の文化史―舶来品からみた日本』、岩波新書1477、岩波書店、2014年;金孝淑「『源氏物語』の作中人物と異国―末摘花・玉鬘」(『源氏物語の言葉と異国』、早稲田大学出版部、2010年)。
② 丰子恺译《源氏物语》,人民文学出版社,2006年,p. 82,《紫儿》。
③ 同上书,p. 263,《明石》。
④ 同上书,p. 324,《松风》。

送给各位夫人美丽的礼服,送给明石姬的是"有梅花折枝及飞舞鸟蝶纹样的白色中国式礼服"①,梅花和鸟、蝶的组合是典型的"唐风"纹样,虽然文中只说是"中国式礼服",并没有说是真正的舶来品,但中国式样和风格也同样代表高贵和优雅,正因如此,一旁的紫姬从光源氏所赠的服装推想明石姬一定气质高雅,而心生妒忌。

到了元旦,光源氏走访各位夫人的住处,来到明石姬处时,只见房间里放置着"中国织锦制的茵褥('唐の綺のことごとしき縁さしたる褥')",镶着华丽的边缘,上面放着一张美丽的琴。在一个异常精致的圆火钵内,浓重地熏着侍从香,其中又交混着衣被香,气味异常馥郁"②。"唐绮"制成的茵褥,中国传来的七弦琴,种种"唐物"和唐风元素组合成一个充满异国情趣的唐风空间,女主人明石姬则身着光源氏岁暮所赠的"白色中国式礼服"膝行而出。明石姬身边丰富的"唐物"一方面烘托出她气质的高雅,另一方面也说明了明石家族的财力。明石道人虽然只是地方官,但靠着国守的势力置办了很多家产,有着雄厚的财力。明石姬甚至将珍贵的"中国织锦"用作茵褥(坐垫),《新菜下》卷也描写她"坐在一条青色高丽锦镶边的茵褥上"③,《源氏物语》中将贵重的舶来品用于坐垫的只有明石姬一人。

明石姬虽然自己出身不高,但是她的女儿明石小女公子成年后入宫做了太子妃,当上了女御,所生的第一皇子也立了太子,可以说实现了明石道人希望家族昌盛发达的梦想,也保证了光源氏的潜在皇权。"唐物"一直伴随着明石家族,成为明石家族权势的象征。

《梅枝》卷中,光源氏为明石小女公子准备着裳仪式时,大宰大式奉赠种种高级"唐物",但光源氏打开二条院中的仓库,取出以前中国舶来的种种物品,认为还是从前的品质好,于是便将最好的珍品用作仪式,大宰大式所赠的则赏赐给了众侍女。着裳仪式之后明石小女公子入宫,仪式上使用的各式物品也将伴随她一起运送到宫中,不仅如此,光源氏又为她精心准备了各种丰富的用具、物品、书法册子等。自此,作品所描写的明石家族的"唐物"也逐渐从明石姬身边转向她女儿身边。

《新菜上》卷中,紫夫人为祈愿光源氏长寿而举办药师佛供养,斋期圆满后的贺宴上,源氏面前放着两张桌子,是明石女御(即明石姬女儿)所献,"上面盖着中国绫罗桌毯('唐の地の裾濃の覆ひ'),其色彩自上而下由淡渐

---

① 丰子恺译《源氏物语》,人民文学出版社,2006年,p.407,《玉鬘》。
② 同上书,pp.412—413,《早莺》。
③ 同上书,p.605。

浓。载插头花的台,以雕花沉香木为台足,插头花中有停在白银枝上的黄金鸟"①。这份礼物虽是明石女御所献,却是她母亲明石夫人所设计的。插头花台台足使用沉香木,插头花里使用黄金白银,就连盖布都是中国绫罗质地的,礼物不仅构思巧妙,也非常高贵奢华,符合明石女御的身份。

《新菜下》又描写正月里明石女御的房间里装饰得辉煌灿烂,众侍女也互相争艳,打扮得花枝招展,华丽无比。明石女御的女童"穿的是青色外衣、暗红色汗衫,外缀中国绫绸裙子,中间又加棣棠色中国绫罗衬衣,个个一模一样"②。连侍女都穿着最高级的中国绫绸,象征明石女御和明石家族的财富、权势都已经达到了极点。

2. 三公主与"唐物"

《源氏物语》中身份高贵的三公主身边也有种种精美奢华的"唐物",都是父亲朱雀院为她精心置办的。

三公主已故的母亲藤壶女御生前深得朱雀院的宠爱,因此三公主也是朱雀院在众多子女之中最疼爱的一个。作品这样描写道:"院内秘藏的珍宝和器物,自不必说;连小小的玩具等,凡是略有来历之物,悉数赐与三公主。其余次等物品,则由其他诸子女分得。"③可见朱雀院对她的偏爱程度非同一般。

三公主下嫁光源氏之前,朱雀院为她举办了一个盛大无比、空前绝后的着裳仪式,仪式不仅"场所设在朱雀院内皇后所居的柏殿中",使用的也都是最高级的舶来品,"自帐幕、帷屏以致一切设备,一概不用本国绫锦,全部仿照中国皇后宫殿的装饰,富丽堂皇、灿烂夺目"④。

朱雀院用最为珍贵的"唐物"倾力打造女儿的着裳仪式,仪式上使用的全部都是"仿照中国皇后宫殿"的富丽堂皇的摆设、装饰品,这一方面是父爱的体现,另一方面也是朱雀院的一片苦心,有着更深的用意。因为三公主虽然身份高贵,却有着很大的性格缺陷:过分幼稚,自己全无主见。正因如此,朱雀院尤为操心她的终身大事,为她择婿的条件也是:"我要把这孩子托付给一个忠实可靠的人,其人须能真心疼爱她,原谅她的幼稚,好好地教养

---

① 丰子恺译《源氏物语》,人民文学出版社,2006年,p. 567。
② 同上书,p. 602。原文为:"青色に蘇芳の汗衫、唐綾の表袴、衵は山吹なる唐の綺を、同じさまにととのへたり。"
③ 同上书,p. 539,《新菜上》。
④ 同上书,p. 547,《新菜上》。

她。"① 他看中光源氏老成持重、值得信赖，一心想把三公主嫁给他。富丽堂皇的着裳仪式也是为了从物质上、气势上对三公主进行包装，凸显她的高贵、权势，以掩饰过于幼稚的性格缺陷。

朱雀院因身患重病即将出家修道，着裳仪式也是他为三公主举办的平生最后一次盛会。当今皇帝冷泉帝和皇太子也都来参加，还特意从藏人所和纳殿中取出许多唐朝舶来的宝物，作为献礼。可以想象，整个仪式无论是所用物品，还是赠礼、赐物等，使用的全都是最高级的"唐物"。这些"唐物"后来在三公主嫁给光源氏时也全都搬进了六条院，三公主就生活在一个充溢着"唐物"的华美空间之中，"唐"的文化符号所象征的高贵、权势为她营造出炫丽无比的耀人光环。

不仅如此，作品还在三公主的故事中成功塑造了一只"唐猫"形象。所谓"唐猫"，是指从中国舶来的中国猫。"唐猫"作为三公主的宠物，在柏木与三公主的故事中频繁出现，与人物命运密切相关，成为解读该故事的重要符码。

"唐猫"作为一种珍贵的舶来品，是平安朝贵族们所喜好的高级宠物，这一点可以从文献资料中得到确认。平安朝前期的天皇宇多天皇（867—931）的日记《宽平御记》中有一段关于唐猫的记载：

> 朕闲时、述猫消息曰、骊猫一只、太宰少式源精、秩满来朝所献于先帝、爱其毛色之不类 云々、皆浅黑色也、此独深黑如墨、为其形容恶似韩卢、长尺有五寸、高六寸许……（后略）②

宇多天皇所养的黑猫是大宰府的第二高官大宰少式源精献上的。如前所述，唐的商船靠岸之后，大宰府的官员们负责监督和管理贸易，因此他们利用职务之便，在任期间往往可以囤积不少外国进口的珍稀物品。任满回京后，也常常将许多珍贵的物品、动物等献给朝廷，这只唐猫便是源精任满回来之后献给先帝光孝天皇的。日记中详细描写了这只猫的与众不同，说"其行步时、寂寞不闻音声、恰如云上黑龙"，而宇多天皇对其也极为宠爱，"每旦给之以乳粥"。③

关于日本列岛上猫的起源，有学者认为是奈良时代末期经朝鲜半岛传

---

① 丰子恺译《源氏物语》，人民文学出版社，2006年，p. 542，《新莱上》。
② 和田英松校訂『三代御記』，続々群書類従 5，続群書類従完成会、1984年、p. 7。
③ 同上。

入日本的,也有学者认为是古来自生的,这一点已无从考证。但是通过文献资料却可以看出在当时舶来的"唐猫"和本土的猫是被"区别对待"的。例如,花山天皇(962—1008)咏过一首和歌,原文如下:

> 敷島の大和にはあらぬ唐猫を君がためにぞもとめ出でたる
> （《夫木和歌抄》雑部・動物部13045）①

和歌大意是"唐猫非和猫,为君来寻觅",左注解释说是因为三条太皇太后想养猫,于是花山天皇特意找来一只"唐猫"送给她,并作了这首和歌一同献上。太皇太后并未指定要"唐猫",但花山天皇却认为中国舶来的"唐猫"才更适合送给尊贵的太皇太后,所以花心思去寻觅,由此可以看出"唐猫"在当时是被视为适合贵人饲养的高级宠物。

《源氏物语》中的唐猫也是身份高贵的三公主所饲养的宠物。柏木在向皇太子描述这只小猫时,专门提到它与本土猫的不同:"那只猫是中国产,样子和我们这里的不同。同样是猫,然而这猫性情温良,对人特别亲昵,真是怪可爱的!"②

猫的形象本身具有娇小可人、惹人怜爱的特点,文学作品中用猫比喻女性并不罕见。但《源氏物语》之前的文学作品中并无这样的例子。《源氏物语》中,"唐猫"不仅是三公主的宠物,它也是三公主的"替身"和隐喻,可以说是这部作品首次将猫的形象提升到了文学的高度。

首先,作品中所有关于"唐猫"的描写都通过柏木的视线进行,对柏木来说,三公主的宠物"唐猫"就是三公主本人的"替身",成为他寄托爱慕之情的媒介。

柏木第一次窥视到三公主风韵娴雅的美丽姿态,便是因为三公主的"唐猫"从房间跑出来,身上系着的绳子将门帘高高掀了起来。虽然只是短短的一瞬间,但三公主的面影已挥之不去,柏木不禁愁绪满胸,"无可奈何,为欲聊以自慰,把那小猫呼过来,抱在怀里","把它比拟作三公主,觉得异常可爱"。③后来,柏木为解相思之苦,千方百计通过皇太子向三公主索要来了"唐猫"并百般疼爱。他本不喜欢猫,但"夜间叫它睡在身旁,天一亮就起来照管它,不惜辛苦,悉心抚养"④。小猫性情虽然不亲近人,也终于被他养驯

---

① 『新編国歌大観』第二卷、私撰集編、角川書店、1984年、p. 760。
② 丰子恺译《源氏物语》,人民文学出版社,2006年,p. 590,《新菜下》。
③ 同上书,p. 585,《新菜上》。
④ 同上书,p. 592,《新菜下》。

了。柏木烦闷之时,小猫向他咪咪叫,他觉得那叫声像是在耳边诱惑他。

　　柏木将对三公主的爱慕与欲求寄托到"唐猫"身上,连小猫的叫声在他听来都像是在他耳边诱惑他,刺激他的情欲。在关于"唐猫"的描写中,作者多处运用视觉、嗅觉、触觉、听觉等感官描写,例如,他望着猫的脸对它说:"难道这猫也与我有宿世因缘么?"①,"但觉猫身上染着公主的浓烈的衣香"②,"他很爱这只猫,便去抚摸它"③,"听了那娇嫩的叫声"④等,使得"唐猫"的身体与三公主同化,成为柏木寄托爱恋与欲求的媒介。

　　一直以来,"唐猫"形象都被解读为三公主的"替身"⑤,但笔者认为还有更深一层含义:"唐猫"就是三公主的隐喻——一个高贵的玩偶。

　　三公主的身份高贵无比,母亲藤壶女御是桐壶院前代的先帝所生的公主,父亲朱雀院是退位皇帝,哥哥是当今皇太子。皇太子后来即位当了皇帝,受父亲之托也非常关照这个同父异母的皇妹,晋封她为二品内亲王。不仅如此,她还继承了父亲朱雀院所有的财产,拥有最高级的"唐物",无论是身份、权势、还是财富都是至高无上的。至高无上的身份、权势和财富等形成一个强大的背景,从表面上为三公主笼罩上一层耀眼的光环。

　　与外在条件的强大形成鲜明对比的是三公主本人的娇小和天真幼稚。她外形"生得娇小可爱",与她房间里那些气势宏大的"唐物"并不相称,如同作品里描写的那样:"她的房间装饰得富丽堂皇,但她本人对于这些毫不关心,全无兴趣。穿着许多衣服,身体小得几乎看不见了。"⑥

　　三公主不仅身体娇小,性格上也极为幼稚,完全是一个未谙世事的孩子。正如父亲朱雀院所担心的那样:"我看三公主异常幼稚,自己全无主见。"⑦她见到光源氏时,不像一般成人女性表现出羞涩,却像一个不怕生的孩子。光源氏不禁在心里感叹道:"他(朱雀院)在风流韵事、雅兴逸趣方面,都比别人擅长。何以他教养出来的公主如此凡庸呢?这三公主还是他所最

---

① 丰子恺译《源氏物语》,人民文学出版社,2006年,p.592,《新菜下》。
② 同上书,p.585,《新菜上》。
③ 同上书,p.590,《新菜下》。
④ 同上书,p.585,《新菜上》。
⑤ 例如:阿部好臣『〈表現〉喩と心象風景—「源氏物語」』(『国文学』36-10、1991年9月;宫崎荘平『王朝文学に猫を見た』(『国文学』)27-12、1982年9月;葛綿正一『源氏物語の動物』(『源氏物語講座5　時代と習俗』、勉誠社、2001年)。
⑥ 丰子恺译《源氏物语》,人民文学出版社,2006年,p.559,《新菜上》。
⑦ 同上书,p.545,《新菜上》。

心爱的女儿呢。"①在与光源氏的对答中,三公主"对于源氏所说的话,无不乖乖地顺从。她的答话也毫无文饰,凡她知道的,无不率直地说出"②。尽管其天真烂漫之相让光源氏觉得惹人怜爱,然而与年幼时就才气横溢的紫姬相比,光源氏不禁感到乏味。相比之下,他更加赞佩紫姬的优越,对她的爱也就越发深厚。而对这个孩子般的三公主,只把她"看作一个美丽可爱的玩偶"③。

另一方面,对柏木来说,三公主又何尝不是一个玩偶呢?早在朱雀院为三公主择婿之时,柏木就有意求婚,但最初这个想法不无政治上的野心。柏木作为太政大臣家的长子,"选择配偶,志望甚高",且"打定主意非皇女不娶"。④三公主身份高贵,是朱雀院最为钟爱的女儿,朱雀院又是当今皇太子的父亲,柏木认为与公主联姻势必能让他仕途得意、家门昌盛。然而朱雀院挑中的女婿人选是光源氏,三公主嫁给光源氏后,柏木只好娶了三公主的姐姐落叶公主。落叶公主也是皇女,但她的母亲是身份低微的更衣,于是柏木便对她怀有轻蔑之心,心中也总是想念着身份高贵的三公主。

自从蹴鞠之日无意中窥见了三公主的美丽面影之后,柏木对三公主那原本基于政治野心的爱慕就转变成了一种抑制不住的激情。他想方设法要来三公主的宠物"唐猫",把小猫当成她的"替身"百般疼爱。柏木对三公主的爱,是盲目的、非理性的,自始至终他爱慕的只是三公主高贵的身份和美丽的外表,对三公主显而易见的缺点则视若无睹。例如,三公主让他窥视到自己的面容,虽说是小猫掀起门帘所致,但也是因为她自己站得离门口太近,态度过于轻率。柏木侵入三公主的帐内,原本以为三公主必定庄重严肃,却发现三公主其实"并无高不可攀之相,却很驯顺可爱"⑤,于是,柏木失却了自制之心,终于身不由己,与三公主发生了关系。当时女人一味驯顺,被视为态度轻浮,光源氏后来看到了柏木写给三公主的信,又听说她怀孕,不仅心想"大概为女子者,如果胸中没有主意而态度一味驯顺,便容易受男子轻侮"⑥。

古日语中用"らうたげ"一词来形容女性和小孩"柔弱可爱,令人禁不住

---

① 丰子恺译《源氏物语》,人民文学出版社,2006年,p.559,《新菜上》。
② 同上。
③ 同上书,p.564,《新菜上》。
④ 同上书,p.545,《新菜上》。
⑤ 同上书,p.616,《新菜下》。
⑥ 同上书,p.630,《新菜下》。

想要去保护"。《源氏物语》中该词集中使用在紫上、三公主两位女性身上,仅在《新菜》上下卷中就有12处是用来形容三公主的。与此同时,该词也被频繁用来形容"唐猫",次数多达6次。

"唐猫"除了娇小可爱的外形特征与三公主具有同一性以外,其驯顺、与人亲昵的性格特征也喻指三公主在与柏木的关系上表现出的过分驯顺。"唐猫"第一次出现在柏木面前时,"大约还没有被养驯,所以身上系着一根长长的绳子"①,但是后来柏木将它讨要回来之后,经过悉心抚养、百般疼爱,小猫"性情虽然不亲近人,也终于被他养驯了,动辄跑过来牵他的衣裾,或者躺在他身边和他戏耍"②。"唐猫"对柏木的驯顺也暗示着三公主的驯顺。可以说,柏木和三公主的悲剧就是因为三公主过于"驯顺"所造成的。

对于三公主的幼稚、无主见、过于驯顺等缺点,光源氏和柏木都视若无睹。光源氏是刻意不去看,柏木则是被激情冲昏了头脑。对他们来说,三公主都只是一个高贵、美丽的玩偶。在三公主的故事中,"唐猫"不仅只是作为三公主的"替身",是柏木寄托爱慕之情的对象。"唐猫"的高贵、驯顺、宠物等属性直接指代三公主的高贵、驯顺、受宠爱等特征,"唐猫"就是三公主的隐喻。

"唐猫"作为三公主的象征和隐喻,既代表高贵和权势,又喻指三公主可爱、驯服等性格特点,同时还影射了三公主自身的境遇:一个高贵的玩偶。紫式部通过对"唐猫"形象的成功运用,不仅在日本文学史上首次将猫的形象从单纯的贵族宠物形象提升到了文学高度,而且还赋予了三公主这一女性形象更为丰富的寓意和内涵。

3. 末摘花与"唐物"

末摘花是常陆亲王的女儿,拥有皇族的高贵身份。常陆亲王晚年得女,对此女倍爱有加。只可惜亲王去世之后,家道败落,末摘花只能一个人孤苦伶仃地艰难地生活着。平安朝贵族男子往往持有一种猎奇心理,希望能在一个荒芜的所在意外发现与境遇完全不相称的美丽女子,正是这种心理使得光源氏对末摘花产生了兴趣,但是终于如愿之后,却发现一切与他期待的相反。

末摘花的故事中描写了两件非常具体的"唐物":一件是"中国产的青瓷

---

① 丰子恺译《源氏物语》,人民文学出版社,2006年,p.585,《新菜上》。
② 同上书,p.592,《新菜下》。

碗盏"(原文为"秘色やうの唐土のもの"),另一件是"黑貂皮袄"(原文为"黑貂の皮衣")。关于这两件"唐物",究竟是怎样的舶来品,其具体内涵以及在末摘花故事中所起的作用等,河添房江已经有详细的研究。河添认为,"秘色瓷器"也好"黑貂皮袄"也好,曾经都是最高级的"唐物",但是到了《源氏物语》的时代,已经被看作是"过时"的舶来品,在作品中是用于负面意义。①

笔者在先行研究的基础上对"秘色"和"黑貂"及其在古文献中的使用情况等做了进一步调查,认为这两件"唐物"本身即使到了《源氏物语》的时代也并未过时,作品只是巧妙地利用了最高级的"唐物"去反衬末摘花的家道中落以及装束的不合时宜。

"秘色"

第一件"唐物""秘色"出现在这样的场景:某天,光源氏偶访末摘花的宅邸,他悄悄走进,从格子门的缝隙里窥探,看见"四五个侍女在吃饭,桌上放着几只中国产的青瓷碗盏,由于经济困难,饭菜十分粗劣,甚是可怜"②。

此处的"中国产的青瓷碗盏",原文为"秘色やうの唐土のもの",直译出来就是"像是叫作秘色的唐土之物"。

那么,什么是"秘色"呢?在中国,"秘色"一词最早见于晚唐诗人陆龟蒙(?—881)《秘色越器》一诗的诗名。诗云:"九秋风露越窑开,夺得千峰翠色来。好向中宵盛沆瀣,共嵇中散斗遗杯。"③五代时期徐夤又在《贡余秘色茶盏》中赞叹曰:"捩翠融青瑞色新,陶成先得贡吾君。巧剜明月染春水,轻旋薄冰盛绿云。"④

秘色是越窑青瓷的一种,但何为"秘色",一直是学术界讨论的焦点,至今未得到真正的统一,存在多种观点。关于"秘色"的解释,归纳起来大体有三种观点:1)"秘色"为秘密之色。即把秘色瓷之"秘"释为"神秘"之秘,认为它是专作供奉之物,因此它的釉料配方、制作技术都是隐秘不示人的。2)认为秘色是指越窑精品瓷的釉色。3)笼统地认为"秘色"就是越窑青瓷中的精品。

第一种观点主要沿用了宋人的说法。宋人周辉说:"越上秘色器,钱氏

---

① 河添房江『源氏物語時空論』、東京大学出版会、2005年、p. 103、p. 109。
② 丰子恺译《源氏物语》,人民文学出版社,2006年,p. 118,《末摘花》。
③ 《全唐诗》第九册,中华书局,1999年,p. 7264,卷六二九。
④ 《全唐诗》第十一册,中华书局,1999年,p. 8255,卷七一〇。

有国曰,供奉之物,不得臣下用,故曰秘色"①。新编日本古典文学全集本《源氏物语》在注释中引用了民国邓之诚《古董琐记续记》中所引宋人曾慥在《高斋漫录》的说法,说是"不得臣庶用之,故云秘色"②。

现在学界比较一致的看法是第二种,即认为"秘色"是越窑青瓷的釉色。但至于这种釉色究竟何指,亦众说纷纭。有学者认为是"香草之色"③,也有学者认为"秘色"即为"碧色","碧是一种青绿色的玉。'碧'与'秘'古音相同,当越窑烧制出碧玉般的瓷器并销往各地时,令人惊叹不已,以为神奇,因而讹写为'秘色'"④。

秘色到底是指越窑青瓷中的精品,还是特指具有碧玉质感的青瓷,也许在讨论日语语境中的这个称呼时概念上已不需要如此严密,因为传到日本之后很可能意思本身已发生了一定的变化。河添房江认为"秘色"是指越窑青瓷中的精品,"秘色"进口到日本后,在日本平安京一度受到贵族的追捧,但随着吴越国的衰落而衰落,978年吴越国灭亡后,输入到日本的量也越来越少,十一世纪几乎就不再输入,因此逐渐成为"过时"的物品。⑤

吴越国灭亡后,秘色瓷生产逐渐由盛转衰是不争的事实,但是真正衰落到底是在什么时候,在《源氏物语》的时代是否就已经成为"过时"的物品,关于这一点值得商榷。

中国古代文献中所见的最后一次记载越州进贡秘色瓷是在《宋会要辑稿》:"神宗熙宁元年(1068年)十二月尚书户部上诸道府土产贡物……越州……秘色瓷器五十事。"⑥根据这则记载,学者们对于越窑"秘色瓷"烧造年代的分期尽管有各种分法,但其下限一般都划在北宋年间。例如,孙新民认为"秘色瓷"烧造晚期为北宋前期,以宋太宗元德李后陵、辽陈国公主墓、韩佚墓和朝阳耿氏墓出土的秘色瓷为代表。⑦林士民则将"秘色瓷烧制的衰落到停止阶段"定为自咸丰朝后至熙宁元年(1003—1068)。⑧也就是说,至少在十一世纪六十至七十年代还有秘色瓷器的烧造。

---

① 宋·周辉撰《清波杂志》,上海古籍出版社,四库笔记小说丛书,1991年,p.36,卷五。
② 阿部秋生·秋山虔·今井源衛·鈴木日出男校注·訳『源氏物語 1』,新編日本古典文学全集、2002年、p.290。
③ 朱裕平《中国瓷器鉴定与欣赏》,上海古籍出版社,1993,p.101。
④ 李刚《"秘色瓷"探秘》(《文博》,1995年第6期),p.66。
⑤ 河添房江『源氏物語時空論』、東京大学出版会、2005年、p.103。
⑥ 《宋会要辑稿》,中华书局,1957年,pp.5556—5557,食货四一。
⑦ 孙新民《越窑秘色瓷的烧造历史与分期》(《文博》,1995年第6期),p.148。
⑧ 林士民《谈越窑青瓷中的秘色瓷》(《文博》,1995年第6期),p.62。

在中国,"秘色瓷"真正开始衰落是在十一世纪以后,吴越国978年灭亡之后还持续了近百年的时间。但是传到日本的情况如何,"秘色"一词又到底是指什么呢?研究日本贸易陶瓷史的学者龟井明德指出,青瓷输入日本大概始于八世纪后半至末期,九世纪前半期供给以大宰府为中心的九州地区,九世纪中期以后精品被运入平安京,而十世纪到十一世纪前半期的产品为多数,这一时期几乎不输入越窑以外的青瓷。①他还指出,随着大量青瓷的输入,"秘色"这一特殊的称呼也被传到日本,日本史料中所称的"秘色"有可能只是作为"唐物"(陶瓷器)的代名词。②

日本古代史料中关于"秘色"的资料极少,目前已知的除了《源氏物语》以外,总共只有两例。最早的记载是醍醐天皇的四皇子重明亲王(906—954)的日记《吏部王记》,这部日记只留存下部分逸文。关于宫中的忌火御膳的记载中出现了"秘色":

天历五年六月九日 御膳沈香折敷四枚瓶用秘色③

所谓忌火御膳是指六月和十二月一日使用"忌火"(即用取火臼和取火杵摩擦取得的神圣洁净的火)做成膳食进献给天皇。忌火御膳使用四枚沉香木的托盘,瓶子用的则是"秘色"。可见,"秘色"是用于宫廷重要仪式的高级"唐物"。

另一例出现在《宇津保物语》中滋野真菅向贵宫求婚的故事里。滋野真菅是大宰府的官员大宰大式,妻子在他从大宰府归任途中去世。六十岁的滋野真菅想靠自己的财富迎娶贵宫,作品为了渲染他的财富和奢华的日常生活,描写他就餐时自己用"秘色杯",女儿用"金杯",儿子用的是"金碗"。滋野真菅是大宰府官员,"秘色杯"应该也是他利用职务之便所收集的"唐物"。在这里,"秘色杯"和"金杯""金碗"都是滋野真菅一家富裕奢侈生活的象征。

《宇津保物语》是十世纪末期的作品,与十一世纪初期的《源氏物语》相差不过几十年。如果滋野真菅的"秘色杯"还是象征财富和奢华的物品,那么末摘花的"秘色"餐具不应该就已经过时了。如果像龟井明德所说,"秘色"只是泛指"唐物",即中国舶来的青瓷的话,那么十一世纪前半期依旧不

---

① 龟井明德《日本古代史料中'秘色'青瓷的记载与实例》,王竞香译(《文博》1995年第6期),p. 114。
② 同上文,p. 115。
③ 『吏部王記』、史料拾遗、古代学协会编纂第3卷、京都临川书店、1969年、p. 120。

断跨海而来的青瓷更不应该是"过时"的物品。

但同是用餐的场面,与滋野真菅相比,末摘花使用"秘色"却给人完全不同的印象。虽然膳台上放着"像是叫作秘色的唐土之物",但饭菜显得很寒碜,也没有什么吃的,看上去很可怜。原文使用的是一个转折句,意思是"虽然是秘色,但是因为没有像样的食物,所以显得寒碜、可怜。"高级的唐物"秘色"让人想起末摘花父亲常陆亲王在世时所过的奢侈豪华的生活,但所盛的饭菜却连像样的食物都没有,让人感到凄凉、可怜,甚至滑稽。也就是说,"秘色"本身并不是过时的、寒碜的物品,是用高级的唐物来反衬粗劣的饭菜,凸显末摘花的家道衰败和穷困潦倒。

黑貂皮袄

末摘花故事中的第二件"唐物"是黑貂皮袄。一个下雪的早晨,光源氏第一次看清了末摘花的容貌,"鼻子首先映入人目,很像普贤菩萨骑的白象的鼻子"[①],末摘花的鼻子不仅又高又长,鼻尖带红色,而且还长了一副长脸孔,身体也瘦骨嶙峋。作品先是通过光源氏的视线将末摘花的容貌到服装都描写得历尽无遗,然后又写道:"现在再来描写她所穿的衣服,似乎太刻毒了;然而古代的小说中,总是首先描写人的服装,这里也不妨模仿一下。"[②]接下来末摘花的装束是这样被描写的:

> 这位小姐身穿一件淡红夹衫,但颜色已经褪得发白了。上面罩一件紫色褂子,已旧得近于黑色。外面再披一件黑貂皮袄,衣香扑鼻,倒很可喜。这原是古风的上品服装。然而作为青年女子的装束,到底不大相称,非常触目,使人觉得稀罕。[③]

前面已提到,貂皮由渤海使节带入日本之后,貂裘作为高级舶来品为平安贵族所热爱,在平安朝社会大为流行,以至于日本朝廷不得不采取措施进行控制,对贵族穿着毛皮的标准进行了规定。

但有意思的是,在渤海使节来日在京期间,日本朝廷却对包括毛皮在内的穿戴方面的禁令给予解除。例如,《日本三代实录》元庆七年(883)四月二十一日载:

---

① 丰子恺译《源氏物语》,人民文学出版社,2006年,p.119,《末摘花》。
② 同上书,p.120,《末摘花》。
③ 同上。

> 廿一日丁巳。缘飨渤海客。诸司官人杂色人等。客徒在京之间。听带禁物。①

这条记录说渤海客在京期间，天皇允许穿戴原本被设了禁令的物品。《扶桑略记》延喜二十年（920）五月五日也有类似的记录，第三十四次渤海使裴璆一行来访，于五月五日入京时的记载如下：

> 五月五日。定客徒可入京日。并蕃客入京之间可听着禁物。②

"并蕃客入京之间可听着禁物"是指渤海使节入京期间对穿着解禁，貂皮等毛皮也都可以自由穿着了。五月十二日，朝廷在丰乐院举办宴会招待渤海使节一行时，醍醐天皇的皇子重明亲王（906—954）竟然身穿八件黑貂裘出现。《江家次第》描写了当时的具体场景：

> 昔蕃客参入时、重明亲王乘鸭毛车、着黑貂裘八重见物、此间蕃客缠以件裘一领持来为重物、见八重大惭云々③

"蕃客"（即渤海使）来时，重明亲王穿了八件黑貂裘出席，而貂皮原产地来的渤海使节裴璆却只穿着一件，见了重明亲王的八件而大惭。

重明亲王为什么会在五月份天气已经很热的时候，如此夸张地穿上八重貂裘呢？上田雄认为，这是重明亲王出于竞争心理对自己拥有的毛皮时装的展示。④河添房江则指出重明亲王被认为是末摘花父亲常陆宫的原型，黑貂裘本是最高级的舶来品，在末摘花的故事中却成了已经过时的、负面的物品，给故事增添了滑稽的色彩。⑤

关于重明亲王的逸事，研究日本北方历史文化的学者蓑岛荣纪提出了一种新的见解，他认为重明亲王还有在渤海使节前彰显国威的政治用意，暗含即使不和渤海国交易，日本也有自己的渠道能够获得贵重的黑貂皮。蓑岛的这一观点是建立在他对日本北方获得貂皮渠道的研究之上，他认为，由于渤海使节所带来的黑貂毛皮的量已经远远满足不了当时平安贵族的需

---

① 『日本三代実録』、国史大系第4卷、黒板勝美・国史大系編修会編、吉川弘文館、1966年、p. 534、卷四十三。
② 『扶桑略記・帝王編年記』国史大系第12卷、黒板勝美・国史大系編修会編、吉川弘文館、1965年、p. 193、卷二十四。
③ 『江家次第・江家次第秘抄』、新訂増補版故実叢書二十三、明治図書出版、1953年、p. 154。
④ 上田雄『渤海国・東アジア古代王国の使者たち』、講談社学術文庫、2004年、pp. 130—133。
⑤ 河添房江『源氏物語と東アジア世界』、NHKブックス、日本放送出版協会、2007年、pp. 150—152。

求,因此日本朝廷又开辟了新的渠道,那就是经由奥州从北海道、桦太(萨哈林)入手的渠道。①正因如此,渤海使节见到重明亲王的八重貂裘,才会有"大惭"的反应。

这条渠道的貂裘在日本史料中的确也可以见到。藤原道长在他的日记《御堂关白记》长和四年(1015)七月十五日记载,宋僧念救回国时,他托念救带回给天台山大慈寺的物品中就包含有"奥州貂裘"。

> 日本国左大臣家
> 施送
> 木槵子念珠陆连<四连琥珀装束、二连水精装束>。
> 螺钿莳绘二盖厨子一双。
> 莳绘筥二合。
> 海图莳绘衣箱一双。
> 屏风形软障陆条。
> 奥州貂裘参领<长二领、一领>。
> 七尺鬘一流。
> 砂金百两<于莳绘圆筥中>。
> 大真珠五颗。
> 橦华布十端<有印>。②

除了琥珀、金等物品以外,藤原道长还送了三件奥州貂裘,两长一短。《御堂关白记》中这之后还有一条记录说宋僧常智送了一部《文集》,道长作为回礼又送给他"貂裘一领"。从这些记录可以看出,直到十一世纪初,黑貂和貂裘依然被平安贵族看作是贵重物品,藤原道长才会将它用作送给宋朝的礼品。

在物语文学中,前面提到《宇津保物语》中也描写了黑貂皮衣,女一宫给留宿宫中的丈夫仲忠送去黑貂皮衣御寒。此外,大致成书于应和(961—964)、康保年(964—968)间的《多武峰少将物语》中也有关于"黑貂"的记述。藤原高光出家后,家人都很悲伤、挂念。姐姐安子担心他呆在山里就算是夏天也会冷,给他送去了很多衣物,其中一件就是黑貂皮衣。安子付歌曰:

> 虽说夏日暖,人言山中寒。念君赠皮袄,防风保平安。

---

① 箕島栄紀「平安朝貴族社会とサハリンのクロテン」(『北方島文化研究』3、2005年)、pp. 348–356。
② 『御堂関白記』下、大日本古記録、東京大学史料編纂所編、岩波書店、1954年、pp. 18–20。

（夏なれど山は寒しといふなればこの皮衣ぞ風は防がむ）

藤原高光又回赠诗一首：

皮袄添温暖，山风也能挡。喜上心头故，泪下湿衣袖。
（山風も防ぎ止めつつ皮衣のうれしきたびに袖ぞ濡れぬる）①

安子是村上天皇的皇后，她给高光送了不少衣物，但在和歌中仅咏了皮衣，说明皮衣是其中最贵重也最具代表性的，高光也在回赠诗中吟咏了自己喜悦的心情。

《多武峰少将物语》《宇津保物语》都是十世纪后期成书的作品，与《源氏物语》的成书年代相差不了几十年，很难想象黑貂皮袄已经从最高级的舶来品变成了"过时的"、前一个时代的物品。况且紫式部所侍奉的藤原彰子的父亲藤原道长送给中国天台山的礼品中还有黑貂皮袄，说明黑貂皮袄在紫式部的时代依然是贵族们所喜爱的高级品。

再来看看《源氏物语》中对黑貂皮袄的描述：

外面再披一件黑貂皮袄，衣香扑鼻，倒很可喜。这原是古风的上品服装。然而作为青年女子的装束，到底不大相称，非常触目，使人觉得稀罕。②

原文中对黑貂皮衣的形容是"きよらにかうばしき"，即华丽典雅，衣香扑鼻。接下来又说"古代③のゆゑづきたる御装束"，直译是"古风的有来历衣装"。这里也用了一个转折，意为："虽然是古风有来历的服装，但作为年轻女子的装束极不相称，让人觉得夸张、触目。"

《源氏物语》的时代，在日本通过奥州——北海道渠道已经能够获得国产的貂皮，藤原道长可以赠送奥州黑貂给中国天台山。在这一背景下，"古代のゆゑづきたる"（古风有来历）的评价并不是说黑貂皮衣已经"过时"，而是指日本与渤海交流的时代，渤海使节所带来的高级舶来品。这种有来历的黑貂皮衣只有像末摘花的父亲常陆亲王那样的皇族或是高等贵族才有可能获得。

黑貂皮衣虽然高级，但主要是男性使用。重明亲王也好，《多武峰少将

---

① 『多武峯少将物語』、群書類従第27輯、塙保己一編、続群書類従完成会、1980年、p. 442。
② 丰子恺译《源氏物语》，人民文学出版社，2006年，p. 120，《末摘花》。
③ 也作"古体"，古风的意思。

物语》《宇津保物语》等描写的都是男性穿着的例子。《早莺》卷中,末摘花向光源氏抱怨说自己的黑貂皮衣被哥哥阿阇梨拿了去,光源氏忍住笑对她说:"毛皮衫送给他,很好。可给这位山僧当衲裰衣穿。"[①]说明光源氏也觉得黑貂皮衣更适合阿阇梨穿用。

也就是说,《源氏物语》描写的真意在于,"黑貂皮衣"固然是渤海使节带来的有来历的高级舶来品,但是并不适合女性穿着,尤其末摘花皮衣下面还穿着褪得发白的红衫和旧得近乎黑色的紫色裤子,物语用最高级的舶来品"黑貂皮衫"凸显了亲王女儿的落魄和在穿着上的不合时宜。

末摘花的"黑貂皮衣"也好"秘色"也好,都是已故亲王传给她的最高级的"唐物"。但是即便最高级的"唐物"如果没有与之相称的气质、环境和搭配的话,"唐物"不仅不能彰显财富和权势,反而只能反衬出使用者的落魄、不相称和不合时宜。

三、三种文化符号的多重对比和映照:唐土、高丽与大和

《源氏物语》中,除了表示本国的"日本""大和"以外,还可见到"唐土""高丽""新罗""百济"等异国国名,其中叙述较多的是"唐土"和"高丽"。作品中"唐土""高丽"与"大和"这三种文化符号通过复杂的多重对照、组合和相互映衬构成了一个"东亚文化共同体"。

以下聚焦于《源氏物语》中有关唐土、高丽和大和的叙述,对三种文化符号所呈现的多重对比和映照的关系进行梳理,并结合当时的社会历史背景,考察和分析作品的文化价值观以及审美观。

1. 唐土与大和

日本平安朝(794—1192)是日本本国文化在吸收中国文化的基础之上得以形成的重要时期。在汲取模仿和消化创新的过程中,逐渐形成了"唐"与"和"并存的两种文化体系,在文字、文学、绘画、音乐等方面具体表现为汉字与假名、汉诗与和歌、唐绘与大和绘、唐乐与和乐的并存。在对唐文化的尊崇这一大前提之下,"唐"与"和"作为承担不同的文化分工、具有不同存在价值的两种文化体系长期并存。这种文化背景和氛围在《源氏物语》中也得到了充分体现。

---

① 丰子恺译《源氏物语》,人民文学出版社,2006年,p.415。

唐诗[①]与和歌

中岛尚指出,《源氏物语》中汉字与假名、唐诗与和歌的对比关系非常明显。[②]"唐"与"和"往往超越其本来的"公"与"私"、"晴"(盛大仪式等正式、公开场合)与"亵"(非正式、日常生活等私下场合)的文化分工,共存、交融于同一场面、同一空间。

例如,《桐壶》卷描写桐壶天皇在缅怀逝去的桐壶更衣时,朝夕披览一本《长恨歌》画册,画册上题有"著名诗人伊势和贯之所作的和歌及汉诗"[③]。伊势和贯之都是平安朝著名的和歌歌人,女歌人伊势曾受宇多天皇宠爱,其私家集《伊势集》中记载说宇多天皇曾让人制作过一幅长恨歌屏风,自己还进献了和歌。贯之便是《古今和歌集》的编者纪贯之,但纪贯之却没有留下关于长恨歌的和歌或汉诗。可以推测所谓的《长恨歌》画册是作者在一定史实基础上杜撰的,在《长恨歌》这一"唐"的绘画空间中融汇了和歌与汉诗两种文化符号。

《葵姬》卷中,葵姬逝去后,左大臣家整理光源氏住过的房间,发现了他弃置的墨稿,墨稿上"有缠绵悱恻的古诗,有汉文的,也有日文的"[④]。墨稿上的古诗是白居易《长恨歌》中"旧枕故衾谁与共"与"霜华白"[⑤]两句,两句诗句旁边各自对应一首和歌。

像这种以一句诗歌为题作一首和歌的形式被称为"句题和歌"。公元894年大江千里奉宇多天皇之命编撰的《句题和歌》便是一部这样的作品,取一到两句汉诗为题,将该句翻译或改写成一首和歌。这是"唐诗"与"和歌"对照的一种崭新的形式,也说明日本和歌的发展和兴盛从来都离不开唐诗的影响,它不仅借鉴唐诗的题材、意象、语言表达,还从中获取了丰富的灵感。

除了画册、墨稿以外,《源氏物语》还描写了各种游宴上贵族们吟诗作歌的场景。《杨桐》卷中,光源氏与三位中将竞赛,中将输后举办认输飨宴,"诸

[①] "唐诗"和"汉诗"一样,都是对中国古典诗歌或日本人用汉字所作诗歌的称呼。例如,《源氏物语》在对比汉诗和和歌时,使用"大和言の葉をも、唐土の詩をも""唐のも大和のも""漢のも大和のも"等表述。
[②] 中岛尚「うつほ物語から源氏物語へ—漢と和と」(『国語と国文学』54-11、1997年11月)、pp.49—50。
[③] 丰子恺译《源氏物语》,人民文学出版社,2006年,p.9。
[④] 同上书,p.176。
[⑤] 《长恨歌》原文为"鸳鸯瓦冷霜华重,翡翠衾寒谁与共。"据日本学者考证,"旧枕故衾"有可能是别本。"霜华白"为"霜华重"之误。

人皆极口赞誉源氏大将,或作和歌,或作汉诗。"①《铃虫》卷描写月色优美之夜,光源氏等人参见冷泉院时,"是夜诗歌酬酢,不论汉诗或日本诗,用意无不精深美妙"②。这些可以说都是平安朝贵族文化生活的写照,贵族们在正式或非正式场合不仅吟咏汉诗,也吟咏和歌;谈论汉诗时,也谈论和歌。

在平安朝初期"唐风文化"盛行的很长一段时间内,汉诗文才是宫廷主流文学,和歌只是贵族们私下交往时传情达意的工具。十世纪初,纪贯之等人奉醍醐天皇之命编撰了日本最早的敕撰和歌集《古今和歌集》之后,这种情况才开始改变。《古今和歌集》的编撰标志着和歌作为宫廷文学获得了能够与汉诗文平起平坐的地位,预示着"国风文学"的复兴。纪贯之在假名序中将"和歌"与"唐诗"相提并论,强调它也可以和唐诗一样在公开、正式场合吟咏,是可以登大雅之堂的。

《源氏物语》成书与《古今和歌集》相隔百年,将"和歌"与"唐诗"相提并论,让二者平分秋色这一点与《古今和歌集》假名序却是一脉相承的。这也反映了在"国风文化"日渐盛行的背景之下,平安贵族的文化生活中"和歌"与"唐诗"相得益彰、缺一不可的一面。

"先例主义"

综观平安朝的社会历史背景,中国是东亚的文化中心,汉诗文是官方的正统学问,是男性贵族必备的修养。在这样一种背景之下,中国和中国文化自然成为日本人崇拜和景仰的对象。"唐"在人们的意识当中作为一种判断标准和价值体系,具有绝对的权威性。

日本平安朝中后期直到整个中世时期都存在一种重视"先例"的风气,即援古证今,把过往的先例作为证明自己意见和主张的依据,这便是所谓的"先例主义"③。《源氏物语》中在对重大政治事件进行判断时,同样也是首先将唐的先例作为依据和标准。例如《桐壶》卷中,桐壶天皇一味宠爱桐壶更衣,朝中大臣们便引用唐朝玄宗皇帝因专宠杨贵妃,不理朝政,最终引发安史之乱的先例,纷纷议论道:"这等专宠,真正教人吃惊!唐土就为了有此等事,弄得天下大乱。"④唐玄宗与杨贵妃的先例成为人们非难桐壶天皇和更衣

---

① 丰子恺译《源氏物语》,人民文学出版社,2006年,p. 209。
② 同上书,p. 674。
③ 加藤洋介「中世源氏学における準拠説の発生—中世の『準拠』概念をめぐって—」(『国語と国文学』68-3、1991年9月),pp. 27-29。
④ 丰子恺译《源氏物语》,人民文学出版社,2006年,p. 1。

的依据。

但《源氏物语》在重视唐的先例的同时,也重视本国的先例,往往将二者并列,共同作为判断依据,在这一点上也表现出明显的"唐"与"和"的对比意识。

例如,《须磨》卷中光源氏因得罪朝廷避居须磨时,明石道人想把女儿嫁给他却遭到夫人反对,于是便搬出中国的先例开导夫人道:"获罪谪戍,在唐土,在我国朝廷,都是常有的事。凡是英明俊杰、迥异凡俗的人,必然难免谪戍。"[1]

《薄云》卷中,冷泉帝闻知自己出生的秘密,心情颓丧,意欲及早让位。光源氏得知后安慰他道:"圣明天子时代发生意外变乱,在唐土也有其例,在我国亦复如是。"[2] 冷泉帝始终无法释怀,于是浏览种种书籍,寻求唐土和日本的先例,"他在书中发现:帝王血统混乱之事,在唐土实例甚多,有公开者,有秘密者;但在日本则史无前例。即使亦有实例,但如此秘密,怎能见之史传?"[3] 在《源氏物语》中,无论是引用先例证实自己的观点也好,或是从先例寻求判断依据也好,唐土的先例和日本的先例同等重要。当然,物语毕竟是虚构的文学作品,其所谓的"先例"也大多都是虚构的,并非都是史实、都是实际存在的"先例"。

"汉才"与"和魂"

《少女》卷中,光源氏在儿子夕雾即将行成人礼之时,谈了一番自己的教育方针:

> 凡人总须以学问为本,再具备大和魂,而见用于世,便是强者。[4]

此处学问(原文为"才")指的是"汉才""汉学","大和魂"则指以汉学为基础,运用汉学中的基本原理处理日常事务的智慧和才能。作品借光源氏之口提出,从政之人需以汉学("才")为本,再具备实际运用的才能("和魂"),将学问运用于世,方能成为天下柱石。

如前所述,"汉学"在平安朝是官方的正统学问,被看作是万事之本而受到尊崇。《宇津保物语》的作者把主人公俊荫及其孙仲忠等都塑造为汉才卓

---

[1] 丰子恺译《源氏物语》,人民文学出版社,2006年,p.240。
[2] 同上书,p.340。
[3] 同上书,p.341。
[4] 同上书,p.361。译文本为"大和智慧",此处按原文改作"大和魂"。

越的人物,在他们身上寄托了自身的治学理想。《国让下》卷中,作者借朱雀帝之口表明了"无才(汉学)之人不能治国"的主张。朱雀帝认为太政大臣因为无"才"而不能治国,唯有汉学渊博的正赖、仲忠等人才能担负得起治国重任。

一方面,对"汉才"的尊崇是平安朝政治和文化理念的轴心;另一方面,现实生活中人们更加重视的却是更具有现实意义的"和魂"。"和魂"是一种处世智慧和实干能力,尤其指从政治国之人所必备的能力,因此"和魂"往往被用来评价摄政、关白及他们周边的政治人物。例如,历史物语《大镜》描写藤原时平、藤原隆家等平安朝著名政治家时,称赞他们是"和魂"卓越的人物。史论《愚管抄》卷四中评价权大纳言藤原公实不仅富有和汉之才,人品和"和魂"甚至高于当时的摄政藤原忠实。这种重视"和魂",将其看作是政治家必备资质的观念到了平安朝后期已然成为一种社会共识。这一点从平安末期言谈笔录集《中外抄》的以下记录便可见一斑:当藤原师通抱怨其子不愿学习汉学时,大江匡房安慰他说:"摄政关白即便无'汉才',只要'和魂'卓越,便可为政。"①

反之,尽管汉才卓越、汉学精深,但却不能灵活变通、没有处变能力的迂腐学者,往往会成为人们嘲笑的对象。《源氏物语》中夕雾的师傅大内记就被塑造成这样一种形象:"脾气古怪,学识渊博,而怀才不遇,孤苦贫困。"②《今昔物语》卷二十九第二十话中描写明法博士清原善澄对着本已扬长而去的强盗大喊大叫,结果被强盗回转身来砍下头颅,被评论为"汉才精妙,和魂尽无"。

由此看来,到了《源氏物语》的时代,对汉学汉才的尊崇已成为一种理想之谈,现实社会更加注重的是"和魂",是处世智慧和实干能力。在这样的背景之下,作品借光源氏之口提出"汉才"乃是"和魂"之本,只有兼备"汉才"与"和魂"才是强者,说明《源氏物语》一方面继承了《宇津保物语》中对汉学的尊崇,另一方面将"汉才"与"和魂"相提并论体现了《源氏物语》的一贯理念:"和"以"汉"为本且应在"汉"的基础上发扬光大。

2. 唐土与高丽

异国的代名词

《源氏物语》中,唐土与高丽也时常并列出现。九世纪中期日本实施"乐

---

① 『江談抄・中外抄・富家語』,新日本古典文学大系、岩波書店、1997年、p.338。
② 丰子恺译《源氏物语》,人民文学出版社,2006年,p.364,《少女》。

制改革",将外来音乐分为两种:左方唐乐主要是来自中国的音乐,右方高丽乐则是源自朝鲜半岛的音乐。舞蹈也分为左、右方,唐乐伴奏的舞蹈为"左舞",高丽乐伴奏的称为"右舞"。"左舞"舞者服装为"赤"(朱红)色系,"右舞"舞者服装为"青"(黄绿)色系。①唐乐与高丽乐作为两种最具代表性的外来音乐,在表演中往往共同演奏,而"左方为唐,右方为高丽"也形成了一种模式。

《红叶贺》中皇上行幸朱雀院,演奏管弦之乐的游船在庭中池塘回旋穿行,只见"唐人的舞乐,高丽的舞乐,种种歌舞依次表演,品类繁多"②。游船分为龙头和鹢首,龙头船演奏唐乐,鹢首船演奏高丽乐,左卫门督与右卫门督分别指挥左右乐,即唐乐和高丽乐。

《源氏物语》不仅在音乐表演中遵循左方为唐,右方高丽的模式,还将这种模式扩展到了其他场面。《赛画》卷描写宫中赛画时,只见"左方的画放在一只紫檀箱中,搁在一个苏枋木的雕花的台座上。上面铺的是紫地中国织锦,下面铺的是红褐色中国绫绸"。与此相对,"右方的画放在一只沉香木箱中,搁在一只嫩沉香木的桌台上,下面铺着蓝地的高丽织锦台布"③。十五世纪的《源氏物语》古注释书《花鸟余情》就已指出,左边铺中国绫绸,右边铺高丽织锦,这是模仿了左方唐乐,右方高丽乐的模式。

唐与高丽既是最有代表性的异国音乐,也成为异国的代名词。《新菜下》卷中,光源氏感叹中国舶来的七弦琴学理奥妙,提到在七弦琴传入前,日本虽有人远客他乡潜心学习却难于学成,举例说:"在此万事日渐衰微之世间,独自树立大志,抛却妻子,远访中国、高丽等异域,固将被世人视为狂徒"④。这里虽未提名,但很明显说的是《宇津保物语》中俊荫漂流异域,携带宝琴归来的故事。

《宇津保物语》中俊荫作为遣唐使随员在赴唐途中遭遇暴风,漂流到了波斯国,后在波斯国遇上天仙获得宝琴。作品并没有描写他到达唐土,更没有远赴高丽的记述。《源氏物语》的这一"错误"可以解释为此处光源氏只是

---

① 伊原昭(「源氏物語における女性の服色」『和洋国文研究』10、1973年7月、pp. 32—33)指出,受日本上代的左尊右卑思想的影响,平安时期的"歌合"(左右两方各出和歌决出胜负的赛歌游戏)中的左右方以及舞乐中的左右乐,都是将左方作为上位,配以"赤"(朱红)色系,右方作为下位,配以"青"(黄绿)色系。河添房江(「源氏物語と東アジア世界」、日本放送出版協会、2007年、pp. 176—178)也指出,歌合中的左右方和舞乐中的左右乐本身就是左尊右卑思想的产物。
② 丰子恺译《源氏物语》,人民文学出版社,2006年,p. 129。
③ 同上书,p. 311。
④ 同上书,p. 607。

举例说明国人远赴异国求学之不易,于是便列举了两个最有代表性的异国。反过来也说明在《源氏物语》的世界观中,"唐土"和"高丽"是最典型、最有代表性的两个异国。

"高丽人"的活跃

除了异国文化、音乐及物品以外,《源氏物语》中还描写了与外国人的交流。

田中隆昭指出,《宇津保物语》《俊荫》卷所设定的时代背景是日本派遣遣唐使,同时渤海使节被派遣到日本朝廷的时代;而《源氏物语》所设定的则是渤海使节被派遣来朝,遣唐使已经停派的时代。[1]也就是说,《宇津保物语》和《源氏物语》所设定的都是渤海使节来访日本的时代,两部作品中也都描写了渤海使节"高丽人"的来访。

《宇津保物语》《俊荫》卷开篇就描写主人公俊荫从小聪颖过人,七岁就效仿父亲与"高丽人"吟诗赠答。《源氏物语》《桐壶》卷也描写了一个类似的,但更为具体的场面:小皇子(光源氏)七岁开始读书,聪明颖悟,多才多艺,绝世无双。此时"高丽人"来朝觐,其中有一个高明的相士。由于宇多天皇定下禁令外国人不得入宫,于是皇上派右大弁带着小皇子到鸿胪馆[2]去访问。"高丽人"不仅与才艺过人的博士右大弁相见恨晚,吟诗作文,看到小皇子相貌不凡,更是深感欣幸,与小皇子之间互赠诗文,不忍离别。

如前所述,渤海国(698—926)建立之后,共遣使前往日本三十多次,与日本之间进行了频繁的文化交流,渤海使节也是九世纪以后日本平安朝宫廷所接待的唯一的正式外国使节,其存在对平安朝文学、文化都产生了重大的影响。对当时的日本文人来说,与渤海使节之间的诗歌往来和赠答可以说是非常难得的诗歌交流机会,能够获得这样机会的也只限于第一流的文人。河野贵美子指出,历史上和渤海使节吟诗作答的都是都良香、菅原道真、纪长谷雄等能够代表日本的文人,是日本朝廷能够充满自信派出的才子,正是因为与渤海使节的汉诗文交流形成了"强烈的记忆",才使得在物语中所描写的渤海使节都与汉诗文有关。[3]

---

[1] 田中隆昭「渤海使と遣唐使—平安朝文学とのかかわりから」(『奈良・平安朝の日中文化交流—ブックロードの視点から』、農山漁村文化協会、2001年)、p. 251。
[2] 日本古代专门接待外国使节的迎宾馆,设置在筑紫(福冈)、难波(大阪)、平安京(京都)三处。
[3] 河野貴美子「渤海使と平安時代の宮廷文学」(『王朝文学と東アジアの宮廷文学』、仁平道明編、竹林舎、2008年)、p. 329。

《宇津保物语》的俊荫也好，《源氏物语》的光源氏也好，描写他们七岁就能和"高丽人"互赠诗歌，是为了表现他们超凡脱俗的才能。在渤海使和日本文士文化交流的历史背景之下，"高丽人"在某种意义上也成为汉诗文权威的象征，与"高丽人"吟诗唱和的描写起到了证明其人卓越才华的作用。

历史上渤海使节每次访日时，都会向日本朝廷进呈各种珍稀礼物。关于这一点，《宇津保物语》没有直接描写，《源氏物语》《桐壶》卷描写"高丽人"不仅与光源氏吟诗作答，还"奉赠了种种珍贵礼品"。①高丽人奉赠的这些礼品在《梅枝》卷中再次出现，光源氏为女儿明石小女公子精心准备着裳仪式时，"命人把桐壶帝初年高丽人所进贡的绫罗金锦等今世所无的珍品取出来"②。由此可见，高丽人当初奉赠的都是今世所无的珍品，光源氏精心收藏，直到为爱女精心操办的成年仪式上才舍得拿出来。

不仅如此，在《源氏物语》中，高丽人还演变成了一个"高明的相士"，他的预言左右了光源氏的一生。

3. 唐土、高丽与大和

异国文化的理想美

来自异域的舶来品往往用于豪华隆重的正式仪式，成为权势、地位和身份的象征。《梅枝》卷中，光源氏为女儿明石小女公子准备着裳仪式时，大宰大式奉赠了香料、绫罗。作为大宰府的官员，大宰大式奉赠的应该都是高级的"唐物"，但光源氏却觉得品质不及以前的好，于是打开旧宅仓库，"取出以前中国舶来的种种物品"，又"命人把桐壶帝初年高丽人所进贡的绫罗金锦等今世所无的珍品取出来"③，大宰大式所赠的绫罗都赏赐给了众侍女。光源氏收藏的丰富的唐物，显示了他经久不败的权势和财力。他为了女儿的着裳仪式不惜拿出最好的珍品，是因为仪式之后女儿便要入宫，各式物品也将伴随她一起运送到宫中，只有最高级的"唐物"才符合女儿的身份，才能彰显其权势和财富。

《新菜上》卷中三公主下嫁光源氏时，父亲朱雀上皇为她举办着裳仪式，仪式盛大无比、空前绝后，使用的全都是最高级的舶来品，"自帐幕、帷屏以至一切设备，一概不用本国绫锦，全部仿照中国皇后宫殿的装饰，富丽堂皇、

---

① 丰子恺译《源氏物语》，人民文学出版社，2006年，p. 12。
② 同上书，p. 514。将译文的"朝鲜人"改成了"高丽人"。
③ 同上。

灿烂夺目。"①参加仪式的都是王侯公卿,连皇帝和皇太子也特意送来许多唐朝舶来的宝物。

一般来说,只有天皇和身份高贵的皇族才有可能拥有最高级的舶来品。《蜉蝣》卷描写常陆守因女儿产子大肆庆祝,"他家中珍宝几乎应有尽有,近又收集了唐土和新罗的种种物品。然而身份所限,这些物品毕竟甚不足观。"②"唐土和新罗"是指来自中国和朝鲜半岛的种种舶来品,常陆守因身份有限,能够收集到的舶来品的数量及等级也极为有限,这也从反面反映了舶来品与身份、地位和权势的关系。

从《源氏物语》的时代背景来看,一方面作为"唐风文化"时期的一种延续,中国文化依然是权威、是理想美。作品中表现出的对舶来品以及对"唐""高丽"等异国文化的憧憬和热爱反映了当时平安朝宫廷的气氛。另一方面,"国风文化"的发展、成熟使得在憧憬异国文化的同时,必然也会更多地关注"和文化"的存在。

例如,《新菜下》卷中将唐乐、高丽乐和日本传统音乐"东游乐"进行对比,评论说:"大规模的高丽乐和唐乐,倒不及听惯的东游乐来得亲切可爱。"③"东游"是指发源于东国地区的一种日本传统歌舞,演奏的乐曲自然也是日本固有的和乐。《宿木》卷中描写匂亲王回到自邸二条院时,回想"在左大臣家看惯了高丽、唐土舶来的金碧辉煌的绫罗锦绣,现在看到自邸的装饰,觉得虽是寻常世间之物,却也十分可亲"④。这里寻常世间之物指的是日本本国物品,与高丽、唐土的舶来品形成对比。

在《源氏物语》中,一方面,"唐"与"高丽"等异国文化或规模宏大或金碧辉煌或富丽堂皇,是理想美的体现;另一方面,本国的"和"文化更让人感到可亲可爱。

本国文化的亲和美

日本著名美术史学者千野香织分析指出,平安朝的人们一直在不断地摸索寻求自身的自我认同,在充分意识到"唐"这一伟大存在的同时,他们选择的却是与"唐"相对的、"既非官方、亦非表面、更非原则、场面"的"和文

---

① 丰子恺译《源氏物语》,人民文学出版社,2006年,p.547。
② 同上书,p.1012。
③ 同上书,p.597。
④ 同上书,p.900。

化",在"可亲可爱让人心平气和"的"和文化"中建构起了自我认同感。①

《源氏物语》在提到"和文化"时常用"なつかし"一词,"なつかし"原本表示一种亲近感,平安时代更多用来形容一种让人亲近的美感,非常细腻微妙的内心感受。②本书称之为"亲和美"。

《源氏物语》在绘画、音乐等许多方面都有关于"唐"与"和"的对比和评论,作品往往对"なつかし"的亲和美更为赞赏和倾斜,对具有女性气质的"和文化"表现出亲切感和归属感,而这也正是当时的日本人所寻求的一种文化认同感,与"国风文化"逐步走向成熟这一作品的时代背景是相一致的。

例如,《帚木》卷中有一段关于"唐绘"与"大和绘"的绘画评论,认为"唐绘"画的往往是人们所不曾见过的蓬莱山、深山大海中的猛兽怪鱼、鬼神等荒唐无稽的空想之物,全凭作者想象,但求惊心骇目,不须肖似实物。而"大和绘"画的则是世间常见的山容水态、寻常巷陌,这样反倒能够看出画家真正的实力。③这段评论强调的是绘画作品应该具有"亲和美",有沁人肺腑、感动人心的力量。

《桐壶》卷中,桐壶帝端详《长恨歌》画册,心想:"诗中说贵妃的面庞和眉毛似'太液芙蓉未央柳',固然比得确当,唐朝的装束也固然端丽优雅,但是,一回想桐壶更衣的妩媚温柔之姿,便觉得任何花鸟的颜色与声音都比不上了。"④将画册中的杨贵妃与记忆中的桐壶更衣相比较,强调更衣的温柔妩媚、"なつかし"的亲和美,突出桐壶帝对已故更衣的缅怀和思念。

在音乐方面,中国传来的"琴"(七弦琴)与日本固有的"和琴"(六弦琴)的对比也是一个典型的例子。在平安朝物语作品中,"琴"往往都是最重要的乐器,演奏者的身份也最高。最典型的例子就是《宇津保物语》,以清原俊荫一家四代琴艺相传的故事为主线,"琴"被描写成至高无上的乐器。相比之下,日本的"和琴"被看作是等级较低的乐器,演奏者的身份也较低。⑤

《源氏物语》中主人公光源氏最擅长的乐器便是"琴",其余的演奏者也都是身份高贵的皇族。然而《源氏物语》一方面重视"琴",认为只有中国的七弦琴才是"调整音律之标准"⑥,另一方面对日本本国的"和琴"大加赞赏,

---

① 千野香織「日本美術のジェンダー」(『美術史』136、1994年3月)、p.240。
② 西村亨『新考・王朝恋詞の研究』、桜楓社、1981年、p.323。
③ 丰子恺译《源氏物语》,人民文学出版社,2006年,pp.24—25。
④ 同上书,p.10。
⑤ 详见中川正美「琴から和琴へ」(『源氏物語と音楽』、和泉書院、2007年)、pp.64-66。
⑥ 丰子恺译《源氏物语》,人民文学出版社,2006年,p.607,《新菜下》。

给予和琴很高的评价。《常夏》卷中,光源氏教导玉鬘说:"和琴虽然规模不大,构造简单,然而这乐器具备其他许多乐器的音色与调子,确有其独得的长处。世人称之为和琴,视为甚不足道之物,其实具有无限深幽之趣。"他看到玉鬘流露出想要学习的热情,于是又进一步说:"听到和琴这个名词,似乎觉得是乡村田舍的低级乐器。岂知御前管弦演奏时,首先宣召掌管和琴的书司女官。外国如何,不得而知;在我日本国,以和琴为乐器之始祖。"①在作品中,包括光源氏在内,紫姬、夕雾、头中将、柏木、薰等主要人物都是和琴的演奏者,其中尤数柏木和紫姬两人将和琴的特色发挥得淋漓尽致。《新菜上》卷中光源氏四十寿宴上,柏木的和琴"用非常明朗的调子,弹出娇媚可爱的声音"②。《新菜下》卷光源氏诸夫人合奏时,紫夫人的"和琴"让一旁侧耳倾听的夕雾不胜惊叹,"想不到和琴也有这等美妙的弹法","觉得爪音亲切可爱,反拨之音也异常新颖悦耳"。③在形容柏木和紫姬的琴声时,作品都使用了"なつかし"一词,突出了"和琴"的亲和美。

可见,《源氏物语》中的"和琴"是作为象征"亲和美"的乐器而受到赞美和推崇。正如中川正美所指出的那样:"《源氏物语》中琴到和琴的发展不仅是音乐的问题,更是在文化意义上的新的审美意识的创造。"④这一新的审美意识就是"和琴"所代表的"亲和美"。

无论是东游乐的音色、大和绘的画法、桐壶更衣的容貌,抑或是柏木和紫姬的"和琴"演奏,它们都是与异国文化的理想美相对的另一种美:"なつかし"的亲和美。

相互映衬的和谐美

除了"なつかし"的亲和美以外,《源氏物语》还展示了另一种美:将唐土、高丽和大和等几种文化符号进行组合、搭配而营造出的和谐美。

最典型的例子就是作品中对纸的描写。《梅枝》卷中,光源氏为爱女入宫做准备,请书法名家书写习字帖,自己也精心书写了一本。作品描写这本册子使用"唐纸""高丽纸"和日本纸屋院产的"纸屋纸"等三种纸,根据纸的特点书写不同的字体,采用不同的书写风格:中国纸质地厚实,上写草书,字体优美;高丽纸柔软细腻、色泽优雅,上写假名,字体端丽;国产的色泽艳丽的

---

① 丰子恺译《源氏物语》,人民文学出版社,2006年,pp.445—446。
② 同上书,p.554。
③ 同上书,p.604。
④ 中川正美「琴から和琴へ」(『源氏物語と音楽』、和泉書院、2007年)、p.74。

纸屋纸上则写草体假名,字体洒脱。①通过唐土、高丽和大和这三种文化符号的绝妙搭配和组合,渲染了光源氏亲笔字帖的美妙和无穷趣味。

萤兵部卿亲王看了光源氏的册子之后大为感动,派儿子侍从回家去取来两本册子赠送给光源氏。一本是嵯峨天皇从《古万叶集》中选录的亲笔墨宝,另一本是延喜天皇亲笔书写的《古今和歌集》。这两本最能体现日本风格的和歌集却书写在浅蓝色的中国纸上,装帧也是中国风格。对此,光源氏的回礼是:"版本极佳的中国古书,装在一只沉香木制的书箱里,再加一支精美的高丽笛。"②

萤兵部卿亲王所赠的和歌集是天皇的墨宝,使用了中国舶来的高级纸张,它不仅是最高等级的礼物,由于和歌集体现的是"和"文化的女性气质,正适合送给光源氏的女儿。与此相对,光源氏所送的中国古书和高丽笛体现的是"唐"和"高丽"的男性气质③,送给了萤兵部卿亲王的儿子。

同一份礼物中也可以同时搭配异国和本国元素。例如《新菜上》卷中光源氏为多年的好友太政大臣精心准备的礼物是:"优良的和琴一张,又添太政大臣所喜爱的高丽笛一支,还有紫檀箱一具,内装各种中国书籍及日本草书假名手本。"④这份礼物由乐器和书法手本组成,乐器是和琴和高丽笛的组合,书法手本则是中国的和日本草书假名的组合,各自都包含本国物品和异国物品。本土与异国,唐土、高丽与大和这三种文化符号在此得到了完美统合。

---

① 丰子恺译《源氏物语》,人民文学出版社,2006年,pp. 520—521。
② 同上书,p. 521。
③ 千野香織「日本美術のジェンダー」(『美術史』136、1994年3月、pp. 240−241)用gender的视点来分析平安朝"唐"与"和"的两个文化体系,指出唐＝公＝男性气质,和＝私＝女性气质。在此基础上,河添房江(『源氏物語時空論』、東京大学出版会、2005年、pp. 48−49)提出,当"唐"与"和"中间加上"高丽"时,"高丽"相对于唐的男性气质则倾向于女性气质,而相对于和的女性气质则倾向于男性气质。
④ 丰子恺译《源氏物语》,人民文学出版社,2006年,p. 570。

终　章

平安朝物语中可以看到"唐土""高丽""波斯""新罗""天竺"等多个异国国名，从一个侧面反映了平安朝日本人的世界观、对世界的认知，另一方面也说明这些千年以前成书的作品已经具有非常国际化的视野。

例如，"物语的鼻祖"《竹取物语》中辉夜姬所出的难题其实就是位于东亚各地的异国方物，这些方物虽然基本都是作者参考佛典和汉籍想象出来的，但却是以古代的社会、历史事实为背景的。这一背景既包括古代僧侣入唐、甚至远赴天竺西行求法等"人"的移动，也包括金银珍宝等古代商业贸易往来中"物"的流动。

日本最早的长篇物语《宇津保物语》，以及成书于"国风文化"的鼎盛时期、被看作是最能代表日本"国风文化"的《源氏物语》中都描写了大量异国文化，尤其是中国文化。从中国进口的舶来品——"唐物"，以及中国的音乐、绘画、服装、室内装饰等方面的相关描写在作品中随处可见。

一、"唐物"：富贵荣华、高雅优美的象征

平安朝末期藤原明衡所著的《新猿乐记》中，记录了一位叫八郎真人的商人从中国进口的"唐物"，种类多达52种，反映了当时"唐物"品种之丰富。通过《宇津保》《源氏物语》中的相关描写，也可以看出"唐物"渗透到了平安贵族生活的方方面面，包括服饰、薰香、纸张、器具、摆设等等。

《宇津保》花了大量笔墨精心描写了两座建筑物：一座是纪伊国大富豪神南备种松的吹上御殿，另一座是俊荫的孙子仲忠为了向女儿犬宫传授琴艺建造的高楼，它们都是富贵繁荣的象征，同时也都是用"唐物"堆砌起来的唐风空间。作品通过"金银琉璃"的描写给吹上御殿笼罩上了西方净土的色彩，再加上对种种"唐物"的描写，凸显了神南备种松吹上御殿的富贵和财

势。仲忠的高楼不仅建筑材料、室内装饰大量使用"唐物",就连建筑风格也是一座典型的唐风建筑。

《宇津保》中的"唐物"主要用于宫廷盛大的仪式以及天皇的赐品、贵族之间的赠品等。作品描写宫中各种庆典、仪式、宴会时,总是不厌其烦地一一罗列各种珍贵、豪奢的物品,包括木材、香料、丝织品等各种丰富的"唐物"。

八月十五日夜仲忠在高楼举办盛大的演奏会,连嵯峨、朱雀两位上皇也特意前来欣赏,其规模之盛大自不必说,两位演奏者——仲忠母亲尚侍和女儿犬宫身着"唐绫",全身唐装打扮,衣装华美,充分展示了仲忠家族的风采。演奏会之后,仲忠将俊荫从唐带回的诗集献给朱雀上皇,将唐帝赐给的"高丽笛"献给嵯峨上皇,两位上皇又赐给俊荫女"唐绫"等布料、衣物,一系列描写象征着俊荫家族的荣华兴盛达到极点。

《源氏物语》也一样,"唐物"是权力、地位和身份的象征,通常用于正式场合、隆重仪式等。三公主下嫁光源氏时,父亲朱雀上皇为她举办着裳仪式,仪式盛大无比、空前绝后,使用的全都是最高级的舶来品。朱雀上皇用最珍贵的"唐物"倾力打造女儿的着裳仪式,是父爱的体现,也是权势的彰显,如同光源氏为女儿明石小女公子准备着裳仪式一样。《梅枝》卷描写光源氏连大宰府高官赠送的高级"唐物"都弃之不用,而是打开旧宅仓库,拿出家藏的顶级珍品。光源氏收藏的丰富"唐物",显示了他经久不败的权势和财力。他为了女儿的着裳仪式不惜拿出最好的珍品,是因为仪式之后女儿便要入宫,各式物品也将伴随她一起运送到宫中,只有最高级的"唐物"才符合女儿的身份,才能彰显其权势和财富。

另一方面,"唐物"作为来自先进文化国家——中国的舶来品,在物语中也是高雅优美的代名词。例如,写信时如果使用从中国舶来的高级纸张"唐纸"便会显得更有情趣和格调。"唐纸"多为颜色鲜艳的彩纸,纸质较厚,纸上还印有底色花纹。贵族们写求爱信等需要特别用心的书信时,往往喜欢使用它。光源氏在写信给朝颜、胧月夜等身份高贵的女性时,用的便是"唐纸"。柏木写求爱信给玉鬘时用的是宝蓝色的"唐纸",还用薰香把信纸熏得"香气浓烈、沁人心肺"。

与《宇津保》相比,《源氏物语》赋予了"唐物"更大的表现空间,那就是通过对"唐物"的描写来塑造人物形象。例如,明石姬虽然身份不够高贵,但作品通过对她身边中国琴、中国式服饰、装饰摆设等的描写,借用"唐物"烘托出她的高贵典雅气质,以弥补她身份上的不足。三公主虽然身份高贵,却过分幼稚、全无主见,父亲朱雀上皇一手操办富丽堂皇的着裳仪式是为了从物质上、气势上对三公主进行包装,凸显她的高贵与权势,掩饰其过于幼稚的性格缺陷。三公主饲养的中国舶来的高级宠物"唐猫"不仅是她的"替身",还成为三公主本人的象征和隐喻,喻指她可爱、驯服等性格特点,也影射了她的境遇——一个高贵的玩偶。另一个人物末摘花虽然拥有皇族的高贵身份,但父亲常陆亲王去世之后家道败落,作品巧妙地用她使用的"黑貂皮衣""秘色"等最高级的唐物来反衬她的落魄、不相称和不合时宜。

二、"唐文化":权威、典范和标准

综观平安朝的社会历史背景,中国是东亚的文化中心,中国诗文是官方的正统学问,是男性贵族必备的修养。在这样一种背景之下,中国和中国文化自然成为日本人崇拜和景仰的对象,"唐文化"在人们的意识当中作为一种判断标准和价值体系,具有绝对的权威性。

《宇津保》中,多次赴唐留学的博士被看作是汉诗文的权威,赴唐学习琴艺归来的俊荫、良岑行政等人也都受到朝廷重视成为音乐方面的权威。唐朝的先例、故事等也常常在各种场合被引用,被当成一种典范、标准和判断依据,整部作品中充满了对"唐文化"的尊重和赞美。

《源氏物语》也是如此,在对重大政治事件进行判断时,首先将唐的先例作为依据和标准。《桐壶》卷中,桐壶天皇一味宠爱桐壶更衣,朝中大臣议论纷纷,险些要引用唐朝玄宗皇帝因专宠杨贵妃,不理朝政,最终引发安史之乱的先例,唐土的先例可以作为人们非难桐壶天皇和更衣的依据。不过,在《源氏物语》中,无论是引用先例证实自己的观点也好,或是从先例中寻求判断依据也好,唐土的先例和日本的先例同等重要。在重视唐的先例的同时,也重视本国的先例,往往将二者并列,共同作为判断依据,这一点与《宇津保》不同。

"汉学"在平安朝是官方的正统学问,被看作是万事之本而受到尊崇。《宇津保物语》的作者把主人公俊荫及其孙仲忠等都塑造为汉才卓越的人物,在他们身上寄托了自身的治学理想。《国让下》卷中,作者还借朱雀帝之口表明了"无才(汉学)之人不能治国"的主张。

《源氏物语》《少女》卷也借光源氏之口提出,从政之人需以汉学("才")

为本,再具备实际运用的才能("和魂"),将学问运用于世,方能成为天下柱石。也就是说,"汉才"乃是"和魂"之本,只有兼备"汉才"与"和魂"才是强者,说明《源氏物语》一方面继承了《宇津保物语》中对汉学的尊崇,另一方面将"汉才"与"和魂"相提并论体现了《源氏物语》的一贯理念:"和"以"汉"为本且应在"汉"的基础上发扬光大。

《少女》卷中,光源氏召集儒学博士及学者,令大家赋诗,其中以夕雾所作的表明刻苦求学大志之诗为最佳,"时人无不赞誉,认为此诗即使传入唐土,也不失为优秀之作"①。在此,首先把唐土看作是诗文方面的绝对权威和判断标准,在此基础上,进一步强调国人所作诗歌的优秀。

赞扬国人才华横溢、学识渊博却以唐、唐土为其衡量标准,这也并非《源氏物语》特有,而是整个平安朝都可见的现象。平安朝末期,藤原赖长在日记《台记》中记录说因博学多才而闻名世间的藤原通宪(信西)称赞自己的学识说:"阁下之才,不耻千古。访于汉朝,又少比类。既超我朝中古先达,其才过于我国。"②

可以说,整个平安朝,"唐"和"唐文化"都是一种绝对性的权威和规范,高高在上。《源氏物语》在视"唐"为权威的同时,也关注"和"的存在,对"唐"的关注和意识在很大程度上激发和引导了对本国文化的认识以及对自身文化认同的建构。

三、"唐"与"和"的并列、对比和互动

从文化角度来看,平安朝文化最大的特点就是"唐"与"和"双重文化体系的并存。例如在文字、文学、绘画、音乐等方面具体表现为汉字与假名、汉诗与和歌、唐绘与大和绘、唐乐与和乐的并存。

在这样一种文化体系中,一般来说,"唐"与"和"分别承担"公"与"私"、"晴"(盛大仪式等正式、公开场合)与"亵"(非正式、日常生活等私下场合)的文化分工。例如,汉字多用于朝廷公文,汉诗用于宫廷正式场合的吟咏;假名则用于私信、日记等,用假名书写的和歌成为恋人、朋友私下交往时传情达意的工具。绘有"唐绘"的屏风用在宫廷典礼和仪式上,增添隆重、庄严的气氛;"大和绘"则多用在比较生活化、私人化的空间里。"唐绘"上的题词多

---

① 丰子恺译《源氏物语》,人民文学出版社,2006年,p.363,《少女》。
② 『台记』,増補史料大成、京都临川书店、1965年、p.154、天養二年六月七日条。

用汉字书写,内容取自中国古典;"大和绘"上则常用平假名题写日本的和歌,被称之为"屏风歌"。

然而在《源氏物语》中,"唐"与"和"往往超越"公"与"私"、"晴"与"褻"的文化分工,共存、交融于同一场面、同一空间。这种共存和交融体现出一种将"和文化"与"唐文化"相提并论、进行对比的意识。作品有意将假名与汉字、和歌与汉诗并列,描写男性贵族们在正式场合不仅吟咏汉诗,也吟咏和歌;谈论汉诗时,也谈论和歌。这其实是在强调和歌的存在,强调和歌也可以和汉诗一样在公开、正式场合吟咏,是可以"登大雅之堂"的。

在《源氏物语》中,首先我们看到的是对"唐文化"的憧憬、赞美和尊重。但另一方面,《源氏物语》也更加关注"和文化"的存在。这一点,从对"唐"与"和"的绘画、音乐、服装、室内装饰乃至女性的容貌等多方面所进行的对比和评价中也可以看出。

整体来看,《源氏物语》对"唐文化"与"和文化"的评价可以归纳为:"唐"的音乐、绘画、装饰乃至服装、容貌等固然气势磅礴或富丽堂皇或端丽优雅,但终究是"和"更让人感到可亲可爱。代表官方、场面的"唐文化"是一种宏大的理想美,但作品又提出另一种"可亲可爱、让人心平气和"的美,即"既非官方、亦非表面、更非原则、场面"①的"和文化"。《源氏物语》中表现出的对"和文化"的亲切感其实也正是当时的日本人所寻求的文化认同感,这与"国风文化"逐步走向成熟这一时代背景是相一致的。

《源氏物语》的作者紫式部作为一名女性,其生活环境更多是由假名、和歌、大和绘等构成的"和文化"的世界,她自然也会更加关注与之生活密切相关的"和"。作品评价"和文化"更让人感到亲切,也是由于"和文化"更贴近女性的日常生活。因此这种评价包含作家个人的情感因素,融入了她作为一名宫廷女官、一名女性的个人感知和态度。

在不同文化的交流与碰撞之中,必然会形成一种文化对另一种文化的想象与认知,即"自我"与"他者"的关系。但对于平安朝的日本人来说,如果说"和"文化体系是"自我"的话,"唐文化"既是"他者",也是另一个"自我"。因为"唐文化"既是一种外来文化,同时也是已经被吸收到日本内部的,代表另一个"自我"的文化。在此再回忆一下第一章提到的千野香织所用的以下图形:

---

① 千野香織「日本美術のジェンダー」(『美術史』136、1994年3月)、p.240。

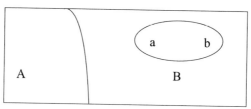

A=<唐>　　B=<和>
a=<和中之"唐">　　b=<和中之"和">①

平安朝的"唐"与"和"的双重文化体系也就是存在于和(B)内部的"唐"(a和中之"唐")与"和"(b和中之"和")。两者的关系不仅是并列、对比的关系,也是一种相互影响的互动关系:一方面,吸收外来的中国文化(A)到日本内部形成"和中之唐"(a),在此基础上通过汲取、消化和创新建立起"和中之和"(b);另一方面,在"和中之和"(b)逐渐发展、成熟的过程中,"和中之唐"(a)的内涵和意义与完全追随"唐风文化"的时期也不尽相同,必然也会不断地发生一定的动摇、偏移和变化。

四、三种文化符号:唐土、高丽与大和

《宇津保物语》和《源氏物语》都描写了"高丽"和"高丽人"。所谓"高丽",却并非是公元935年灭新罗后统一朝鲜半岛直至公元1392年的高丽国。

九世纪以后,日本平安朝宫廷所接待的唯一的正式外国使节是渤海使,作品中出现的"高丽""高丽人"指的是渤海国和渤海使。

渤海国(698—926)位于今天中国东北地区、朝鲜半岛北部以及俄罗斯沿海地区,是由高句丽的遗民所建立的。高句丽被新罗所灭之后,其遗民自称高丽国与唐和日本都开展了积极的外交关系。渤海国建立之后,共遣使前往日本三十多次,与日本之间进行了频繁的文化交流,其存在对平安朝文学、文化都产生了重大的影响。历史上,日本朝廷对渤海使节来访非常重视,派去接待并与之交流的只限于能够代表日本的一流文士,其中有很多都是文章博士。《宇津保》《藏开》卷中,朱雀帝鼓励仲忠潜心钻研学问、为朝廷做贡献时,专门强调"高丽人"明年可能会来访,继而又感叹当今贤明之士太

---

① 千野香織「日本美術のジェンダー」(『美術史』136、1994年3月)、p.240。

少，担心没有合适的人选去接待"高丽人"。

《宇津保》和《源氏物语》都描写主人公俊荫和光源氏七岁时就能和"高丽人"互赠诗歌，通过这一描写来表现俊荫和光源氏超凡脱俗的汉学才能。在汉诗文方面，其本宗"唐土"本来是人们心中绝对的权威，但在渤海使和日本文士文化交流的历史背景之下，"高丽人"在某种意义上也成为汉诗文权威的象征，或者说成为唐土权威的具体体现者，与"高丽人"吟诗唱和的描写起到了证明其人卓越才华的作用。

历史上渤海使节每次访日时，都会向日本朝廷进呈各种珍稀礼物。《源氏物语》《桐壶》卷描写"高丽人"不仅与光源氏吟诗作答，还奉赠了种种珍贵礼品。这些礼品都是今世所无的珍品，光源氏一直精心收藏，直到为爱女明石小女公子精心操办的成年仪式上才舍得拿出来。

《源氏物语》中，高丽往往与"唐""唐土"并列，成为异域、外来音乐、舶来品等的代名词。九世纪中期日本实施"乐制改革"，将外来音乐分为左方唐乐和右方高丽乐之后，唐乐与高丽乐也成为两种最具代表性的外来音乐，在表演中共同演奏，"左方为唐，右方为高丽"也形成了一种模式，这种模式还扩大到了其他场面。

除了"唐"与"和"，"唐土"与"高丽"的并列、对比以外，《源氏物语》还将唐土、高丽和大和这三种文化符号进行组合、搭配，营造出一种和谐美。河添房江指出，当"唐"与"和"中间加上"高丽"时，"高丽"相对于唐的男性气质则倾向于女性气质，相对于和的女性气质则倾向于男性气质。[①]"唐土""高丽"与"大和"这三种文化符号在《源氏物语》中形成了复杂的多重对照："唐土"和"高丽"等异国文化代表"理想美"，是令人憧憬和向往的对象，但作品更加倾向和赞美的是本国文化的"亲和美"。而当三种文化符号组合和相互映衬时，又构成了一种和谐美，这是《源氏物语》创造出的新的审美意识，也是《源氏物语》的审美意识中最重要、最本质的地方。

---

① 河添房江『源氏物語時空論』、東京大学出版会、2005年、pp.48－49。

第三部 物语中的中国故事

平安朝物语作品中,有两部物语收集了大量的中国故事:《今昔物语集》和《唐物语》。

《今昔物语集》成书于十二世纪初,共三十一卷(其中卷八、十八及二十一的三卷缺卷),共收录了一千余则故事。全书分为三部分,卷一到卷五为天竺,卷六到卷十为震旦,卷十一到卷三十一则为本朝,收录了包括古印度、中国和日本三国在内的故事。天竺—震旦—本朝是按照佛教产生和传播的时空顺序所进行的排列,"三国"也反映了当时人们的佛教世界观,"三国"就意味着佛法里的整个世界。

《今昔物语集》"震旦部"包括第六、七、九、十卷共四卷(第八卷缺失)。卷六和七的标题是《震旦·附佛法》,分别收录四十八则和四十则,主要是佛教在中国的传播故事以及佛和佛经的灵验故事。卷九的标题是《震旦·附孝养》,共四十六则,主要是孝子故事,也有一些佛教因果报应的故事。卷十的标题是《震旦·附国史》,共四十则,收录了秦汉以来的历史人物故事及一些世俗民间故事。

《今昔物语集》中只有"震旦"部分收录了中国故事,另一部作品《唐物语》则如其名,全书收录的都是中国故事。《唐物语》成书于十二世纪末到十三世纪初,作者一般认为是镰仓时代的著名歌人藤原成范。《唐物语》共收录了二十七个中国故事,除了第十八篇《玄宗皇帝与杨贵妃的故事》较长以外,大多为千字左右的短篇。

《今昔物语集》与《唐物语》虽然都是物语,但二者风格、特色完全不同。《今昔物语集》被称为"说话文学",其中收录的故事被称为"说话"。使用的是"和汉混合体"的语言,汉字和汉字词汇很多。而《唐物语》则属于"和歌物语",即以和歌来画龙点睛的。和《源氏物语》等典型的平安朝物语文学一样,使用的是日语文言,很少用汉字词汇。

由于篇幅所限,在这一部分中选取上阳人、王昭君和杨贵妃三个有代表性的中国故事为中心进行分析。这三个红颜薄命的悲剧故事在平安朝文学中非常流行和受欢迎,在各种文学形式中都可以看到。

在分析这三个故事在平安朝各种文学体裁中的受容和演变情况之前,拟先明确几个概念,对平安朝文学接受中国文学的基本方法做一个大概的梳理。

第一章　平安朝文学对中国文学的受容

"受容"本是一个日语词汇,即"接纳、接受"的意思。本文使用"受容"这一术语来描述平安朝各种文学体裁中对中国文学的吸收和接受。"受容"的方法有很多,涵盖的范围可以很广,包括引用、化用、翻译、翻案等等。

可以说,整个平安朝的日本文学史就是对以《白氏文集》为首的中国诗文、典籍等全面受容的基础之上进行改写和再创作的历史。以下通过具体例子,先分析一下受容的几个基本方法。

一、引用与化用

首先来看一下引用。引用是指直接使用中国文学作品中的专有名词或引用原文。以《源氏物语》首卷《桐壶》卷对《长恨歌》的引用为例,作品中直接使用了"长恨歌""杨贵妃"等专有名词。桐壶帝宠爱桐壶更衣,朝中高官认为唐土因此等事情弄得天下大乱,差点就有人举出"杨贵妃"的例子来劝谏皇帝了。桐壶更衣死后,桐壶帝晨夕披览的是"长恨歌"画册。对"长恨歌""杨贵妃"等专有名词不加任何说明直接使用,说明《长恨歌》在当时非常流行,妇孺皆知。

此外,对《长恨歌》的诗句进行引用时,有"太液芙蓉未央柳"(原文为"太液の芙蓉、未央柳")这样的直接引用,但更多的是将原诗句翻译或改写成和文加以引用。例如,描写桐壶帝对更衣的宠爱时,引用了"春宵苦短日高起,从此君王不早朝"的句子,《源氏物语》将诗句改写成和文调文章,即"大殿籠りすぐしてやがてさぶらはせたまひなど、あながちに御前さらずもてなさせたまひしほどに"[1](丰子恺译文为"有时皇上起身很迟,这一天就把这

---

[1] 阿部秋生・秋山虔・今井源衛・鈴木日出男校注・訳『源氏物語1』、新編日本古典文学全集、小学館、2002年、p. 19。

更衣留在身边,不放她回自己宫室去。")。又引用"承欢侍宴无闲暇,春从春游夜专夜"为"さるべき御遊びのをりをり、何ごとにもゆゑあることのふしぶしには、まづ参上らせたまふ"[1](丰子恺译文为"每逢开宴作乐,以及其他盛会佳节,总是首先宣召这更衣")。更衣死后,桐壶帝回忆从前同桐壶更衣朝夕相处的日子时,引用了"在天愿作比翼鸟,在地愿为连理枝""天长地久有时尽,此恨绵绵无绝期",改写为"朝夕の言ぐさに、翼をならべ、枝をかはさむと契らせたまひしに"、"かなはざりける命のほどぞ尽きせずうらめしき。"[2](丰子恺译文为"在天愿作比翼鸟,在地愿为连理枝","天命如此,抱恨无穷")。接下来又继续引用"夕殿萤飞思悄然,孤灯挑尽未成眠。迟迟钟鼓初长夜,耿耿星河欲曙天"的句子为"灯火を挑げ尽くして起きおはします。右近の司の宿直奏の声聞こゆるは、丑になりぬるなるべし。人目を思して、夜の御殿に入らせたまひても、まどろませたまふことかたし。"[3](丰子恺译文为"挑尽残灯,终夜枯坐凝思,懒去睡眠。听见巡夜的右近卫官唱名,知道此刻已经是丑时了")。这些引用痕迹比较明显,读者看后也能马上联想到原诗。

还有一种引用是引用某句诗或典故,但却已融入作品中,不经仔细研读不容易发现。丸山清子指出,《源氏物语》对白居易《上阳白发人》这首诗的引用,除了"打窗声"这样的明显的摘词引句以外(关于"打窗声"将在下节详述),《源氏物语》更多的是把它的细微之处镌刻到物语中去,"以上阳人为暗喻,利用它的形象对物语的叙述给以衬托。有的场合使之形象化,给以更鲜明的印象;在另一场合,则充分利用上阳人的语言,使之赋有新鲜的感受"[4]。例如,《帚木》卷雨夜品评,左马头谈到自己和爱嫉妒的女子分手之后久无联系,很久以后某个寒夜去探访她,只见"壁间灯火微明"(丰译,原文为"火ほのかに壁に背け")[5],这句其实是化用了《上阳人》的"耿耿残灯背壁影"。《杨桐》卷写六条妃子时隔多年再次入宫时,说她"十六岁上入宫,当已故皇太子的妃子,二十岁上与皇太子死别,今年三十岁,重见九重宫阙"(丰译,原文为"十六にて故宮に参りたまひて、二十にて後れたてまつりたま

---

[1] 阿部秋生・秋山虔・今井源衛・鈴木日出男校注・訳『源氏物語1』、新編日本古典文学全集、小学館、2002年、p.19。
[2] 同上书,p.35。
[3] 同上书,p.36。
[4] 丸山清子《源氏物语与白氏文集》,申飞译,国际文化出版公司,1985年,pp.108—109。
[5] 阿部秋生・秋山虔・今井源衛・鈴木日出男校注・訳『源氏物語1』、新編日本古典文学全集、小学館、2002年、p.75。

ふ。三十にてぞ、今日また九重を見たまひける"①),这一描写化用了"玄宗末时初选入,入时十六今六十"。《魔法使》卷叙述光源氏因怀念紫夫人独自住于六条院时有一句"凡疏远的人,(源氏)一概不见"("疎き人にはさらに見えたまはず"②),这是化用了"外人不见见应笑"之境。《竹河》卷玉鬘夫人策划女儿的未来,盘算着如果送女儿入宫,一定会被明石皇后压倒,只能在许多妃嫔中忝列末席,"遥遥地仰承她的眼色,实在毫无意味"("遥かに目をそばめられたてまつらむもわづらはしく"③),这句则是用了"已被杨妃遥侧目"之典。

像这样的引用和化用,不仅是《源氏物语》,在平安朝的物语、随笔、日记等假名文学中非常常见,或是将中国诗句摘词引句进行明显地直接引用,或是融入文中不易察觉地加以化用,形成平安朝散文文学独有的特色。

二、翻译与翻案

引用与化用,其实与翻译的问题紧密相关。因为引用往往是引用诗句的训读文,或是翻译而成的和歌,化用也是在此基础之上的化解和灵活运用。

藤原公任编撰的《和汉朗咏集》是日本古代文学史上第一部汉日诗歌的合集,在同一项目下,分别选入中国诗歌、日本汉诗、日本和歌,开创了融中日文学于一书的模式。其中所选的中国诗歌,包括日本汉诗,都以训读形式注出汉诗的日语读法。"训读"可以理解为是对汉诗文的一种翻译形式,是用和语进行的翻译。④也有学者认为它是"介于原文阅读与翻译之间,可视为一种自动式翻译法,在世界翻译史上实属罕见"⑤。

例如,下卷"恋"中收录了《长恨歌》的三句诗,其中"行宫见月伤心色"一

---

① 阿部秋生・秋山虔・今井源衛・鈴木日出男校注・訳『源氏物語2』、新編日本古典文学全集、小学館、2002年、p.93。
② 阿部秋生・秋山虔・今井源衛・鈴木日出男校注・訳『源氏物語4』、新編日本古典文学全集、小学館、2002年、p.527。
③ 阿部秋生・秋山虔・今井源衛・鈴木日出男校注・訳『源氏物語5』、新編日本古典文学全集、小学館、2002年、p.61。
④ 中村春作《"训读"论开拓的新视野》,王志松编《文化移植与方法东亚的训读・翻案・翻译》,广西师范大学出版社,2013年,p.5。
⑤ 金文京《东亚汉文训读起源与佛经汉译之关系—兼谈其相关语言观及世界观》,王志松编《文化移植与方法东亚的训读・翻案・翻译》,广西师范大学出版社,2013年,p.15。

句是这样训读的。

<ruby>行宮<rt>かうきう</rt></ruby>に<ruby>月<rt>つき</rt></ruby>を<ruby>見<rt>み</rt></ruby>れば<ruby>心<rt>こころ</rt></ruby>を<ruby>傷<rt>いた</rt></ruby>ましむる<ruby>色<rt>いろ</rt></ruby>

行宫见月伤心色

可以看出,训读只是根据日语语法对原诗的语序进行了调整,并增加了相应的助词。内容上完全没有任何增减的地方,可称为"彻底的直译"。

《和汉朗咏集》是对中国诗句进行的"训读"式翻译,与之相比,大江千里奉宇多天皇之命于宽平六年(894)进献的和歌集《大江千里集》不仅是日本文学史上第一部句题和歌集,而且是一部典型的汉诗和译的翻译文学作品。它是以唐诗诗句为题通过翻译而创作的和歌。大多数和歌是对唐诗诗句的直译。例如:

莺声诱引来花下

うぐひすのなきつる声にさそはれて花のもとにぞ我はきにける①

(和歌意为:被黄莺叫声所诱引,我来到了花下)

新愁多待夜长来

あたらしきうれへはおほくさむきよのながきよりこそはじめなりけれ②

(和歌意为:新愁大多是从漫长的寒夜开始的)

不明不暗胧胧月

てりもせずくもりもはてぬ春のよのおぼろ月よぞめでたかりける③

(和歌意为:不是很明亮,也不是很暗淡,春夜的朦胧月色真美啊。)

上面这几个例子都是比较典型的直译。可以看到,即使是直译,也需要灵活运用翻译技巧。例如加译,"新愁多待夜长来"一句增加了"寒(夜)"这一修饰语,"不明不暗胧胧月"一句增加了"(月色)真美"的感叹。

《大江千里集》所开拓的句题和歌这种将中国诗句翻译成和歌的方式,

---

① 平野由紀子・千里集輪読会共著『千里集全釈』、風間書房、2007年、p.60。
② 同上书,p.153。
③ 同上书,p.173。

不仅拓宽了和歌的题材，增加了和歌的表现方式，还使和歌获得了丰富的灵感。大江以后，句题和歌这一体裁逐渐向在原诗内容的基础上融入创意进行再创作的方向发展。例如，被收入《和汉朗咏集》中的《长恨歌》"行宫见月伤心色"一句，在藤原高远（949—1013）和源道济（？—1019）所咏的句题和歌中各自被赋予了不同的创意：

行宫见月伤心色

おもひやるこころもそらになりにけりひとりありあけの月を眺めて（『大弐高遠集』）①

（中文大意：思绪万千，我的心变得如此空虚，当我独自一人眺望黎明残月之时。）

行宫见月

見るままに物思ふことのまさるかなわが身より入る月にやあるらむ（『道済集』244）②

（中文大意：看着看着月亮越发忧虑起来，这月亮难道（不是西沉），是要沉落到我这里吗？）

可以看到，不同于《和汉朗咏集》中"训读"式直译，也不同于《大江千里集》中的"汉译和"式直译，这两句和原诗的内容相对而言，已经有了不小的改变。"行宫"这一特指帝王出行时居住地的词在和歌中不再出现，"见月"保留下来，"伤心色"也略有不同，第一首转化为"空虚"，第二首为"思虑、忧虑"。藤原高远的第一首增加了"黎明残（月）"的描写，源道济的第二首将《长恨歌》的句子改为四个字"行宫见月"，和歌内容与原诗也有了较大的差距。

那么，句题和歌这种创作形式到底是翻译还是翻案呢？这就涉及什么是"翻案"的问题。《日本国语大辞典》第二版对"翻案"有两个解释，一是指改变前人作品的旨趣，或是改变事实。二是借用本国和外国小说、戏剧作品的基本情节、内容，对风俗人情、地名人名等加以改变，进行改编创作。

"翻案"这一创作手法在日本近世非常流行，尤其是在读本小说中可以说是最基本的创作手法之一。国语大辞典的两个解释中，第二个应该主要是针对翻案现象比较典型的近世小说以及谣曲等戏剧形式。

---

① 中川博夫著『大弐高遠集注釈』、私家集注釈叢刊、東京貴重本刊行会、2010年、p.294。
② 桑原博史著『源道済集全釈』、私家集全釈叢書、風間書房、1987年、p.196。

张哲俊指出王昭君、杨贵妃等故事及其在本国和外国的发展、演变构成了东亚文学中的母题和嬗变现象。他认为,这一现象与翻案现象既非常相似,又存在重要的差别:

> 翻案文学主要是以一、两篇作品为底本重新创作,在相当大的程度上保留着原作的内容。母题与嬗变现象是指同一故事题材的作品系列,这一作品系列有继承,也有变异,变异因素是相当多的。另外翻案文学一般是指叙事文学,母题与嬗变现象并不局限在叙事文学。母题与嬗变对于文类的形式没有规定性要求,抒情文学或叙事文学、诗歌、小说、戏曲,都可以列入母题与嬗变现象。①

这里说"翻案文学一般是指叙事文学",大概也是针对日本近世翻案小说而言的吧。但其实对诗歌的改编、再创作同样也可以称作翻案。

周以量指出,在中国古代诗学理论中,"翻案"一词大多指祖述者反原作者之意而用之,但也曾使用"翻案"一词对"夺胎换骨""点铁成金"的诗歌创作手法进行评价。例如宋人杨万里在《诚斋诗话》中对杜甫的"忽忆往时秋井塌,故人白骨生青苔,如何不饮令心哀"和苏东坡的"何须更待秋井塌,见人白骨方衔杯"进行对比后指出:"此乃翻案法也。"

在日本,"翻案"作为一个术语早在十四世纪就出现了,就是作为改编前人诗文的一种方法而使用的。十四世纪的《三体诗抄》中就有这样的用法:

> 公道世间惟白发,贵人头上不曾饶……东坡所作"白发近来渐不公"即翻案此诗。(一之一)

《太平记》中也有相同的用法:

> 打这以后,大战即将停止之时,各国的军力只是枉自守卫着城池,没有一点办法。这时,不知何人吟咏起和歌来,这是一首翻案自古歌的和歌,人们将它张贴在大将的阵前。②

也就是说,"翻案"一语最早应该是用于对诗歌的改写改编。日语语境中,在提到对中国诗歌进行改写、改编的和歌时,往往使用"翻案"这一术

---

① 张哲俊《东亚比较文学导论》,北京大学出版社,2007年,p.385。
② 以上参考周以量《日本近世文学与"翻案"》,王志松编《文化移植与方法东亚的训读·翻案·翻译》,广西师范大学出版社,2013年,p.150。

语。例如,《大江千里集》中直译式的和歌也被称为"翻案"①,藤原高远和源道济融入不同创意的和歌自然也是"翻案"。

本书中所用的"翻案"一词,也主要是指这种改写、改编的方法,在王昭君、杨贵妃等母题在日本的嬗变现象中,翻案是一种重要的方法。正因为对中国的诗歌、散文、小说等文学形式进行了各自不同的翻案,才有了丰富多彩的嬗变。

三、直接翻案与间接翻案

那么,《今昔物语集》《唐物语》中的大量中国故事是否属于翻案,可以称之为翻案文学呢?

王晓平指出,《今昔物语集》"震旦部"中最富于文学色彩的是第十卷,并将第十卷的出典分成了五个部分:第一类是来源于《左传》《史记》《汉书》《后汉书》等史籍;第二类是来源于诸子散文的传说和寓言故事;第三类是源出于魏晋以来的汉译佛经故事;第四类源自魏晋六朝志怪、世情小说及唐传奇;第五类源出于白居易的叙事诗。②

第十卷的故事如果溯其源头,的确都是中国历史典籍、文学名著或是佛学经典中的故事。但是根据多年来日本学者对出典的精密考证和研究,已经可以证明《今昔》的编写者在第六七卷佛法部分参考了唐代志怪小说《冥报记》等书,但第十卷却基本没有直接使用中国资料,而是参考了《俊赖髓脑》《宇治拾遗物语》《注好选》等日本的资料。③

例如,源俊赖(1055—1129)所著和歌论著《俊赖髓脑》与《今昔物语集》有十四篇类似的故事,其中有八篇都在震旦部第十卷。经过橘健二④、今野达⑤、野口博久⑥、池田富藏⑦、小峰和明⑧、宫田尚⑨等诸多学者的研究、考证,

---

① 例如,柳下顺子『大江千里における「句题和歌」制作の意図』(『広島女子大学国際文化学部紀要』第13号、2005年2月),p. 194。
② 王晓平《佛典・志怪・物语》,江西人民出版社,1990年,pp. 197—199。
③ 小峯和明『今昔物語集の形成と構造』、笠間書院、1985年、pp. 473—474。
④ 橘健二「『今昔物語集』と『俊賴髄脳』との関係」(『奈良女子大学付属高等学校研究紀要』5、1962年12月)。
⑤ 今野達「今昔物語集の成立に関する諸問題—俊賴髄脳との関連を糸口に—」(『解釈と鑑賞』28-1、1963年1月)。
⑥ 野口博久「俊賴髄脳」(『解釈と鑑賞』30-2、1965年2月)、『歌論書と説話文学』(『日本の説話』中世ⅱ、東京美術、1973年)。
⑦ 池田富藏『源俊賴の研究』、桜楓社、1973年。
⑧ 小峯和明「『俊賴髄脳』と中国故事」(『中世文学研究』8、1982年8月)。
⑨ 宫田尚『今昔物語集震旦部考』、勉誠社、1992年。

现在学界基本认定《俊赖髓脑》就是《今昔物语集》的出典之一。因此,如果说是翻案,那么这些以《俊赖髓脑》等日本资料为出典的故事只能说是对日本资料的翻案,即"间接翻案"。

关于《唐物语》,二十七个故事中除了个别故事以外,基本都已经明确了出典。学界一般认为其主要出典是《蒙求》和《白氏文集》。①但是由于《唐物语》的语言风格是非常朗朗上口的和文,而且还将和歌插入文中,呈现出和歌物语的特点,也有学者质疑说:"很难想象其出典是汉文体的作品。"②

小峰和明也指出《唐物语》的行文和表达方式是以日本和歌和歌语③为基础的。例如,在白居易诗歌的基础上吟咏的和歌或歌语,独立之后便成为白诗或相关故事的意象,《唐物语》在行文时参考或使用了这些和歌或歌语。④他还指出,《唐物语》的形成是中国故事翻案史上成熟的典型,与平安后期和歌讲读、讨论等歌学的兴盛、歌坛的生气以及歌林苑等歌会场所都有紧密联系。⑤如果是这样的话,《唐物语》的翻案也许情况就更为复杂,可能既包括对中国诗文的直接翻案,也含有对日本和歌和文的间接翻案。

以下就对上阳人、王昭君、杨贵妃这三个故事在《今昔》之前的和歌、物语等文学形式中的受容情况和特点进行梳理,然后分别分析《今昔》和《唐物语》的受容方法、特点以及所受容的故事发生了哪些演变,这些演变又分别反映了作品的哪些特点。通过这一过程,我们可以了解到平安朝的日本人是怎么样将中国故事作为自身的物语进行再创作——翻案的。

---

① 小林保治编著『唐物语全釈』解説(三田明弘)、笠間書院、1998年、pp. 303 – 306。
② 安田孝子「唐物語——編纂の意図」(『説話集の世界 1』4、1992年)、p. 309。
③ 和歌用语,和歌里特有的词汇或表达方式。
④ 小峯和明「唐物語の表現形成」(『説話文学と漢文学』、和漢比較文学叢書4、汲古書院、1987年)。
⑤ 同上文,p. 214。

第二章 《今昔物语集》和《唐物语》之前的受容基础

《今昔物语集》《唐物语》中的大量中国故事并非平地而起、突然生成,在其之前已有很深厚的受容基础。中国的汉诗文传入日本之后,日本人在理解的基础上进行引用、化用,或是吸收之后译为和歌和文(翻译),抑或是从中获取灵感进行创作(翻案),有着各种各样丰富的受容方法。受容形式也多种多样,包括日本汉诗、和歌、歌论、物语、绘画等等。《今昔》和《唐物语》中的中国故事都是在先行的受容基础之上创作而成的。本章主要探讨《今昔》和《唐物语》之前的受容情况。

一、上阳人的故事:"打窗声"

《上阳白发人》是白居易《新乐府》五十首中的第七首,是一首著名的政治讽喻诗。原诗如下:

> 上阳人,红颜暗老白发新。
> 绿衣监使守宫门,一闭上阳多少春!
> 玄宗末岁初选入,入时十六今六十。
> 同时采择百余人,零落年深残此身。
> 忆昔吞悲别亲族,扶入车中不教哭。
> 皆云入内便承恩,脸似芙蓉胸似玉。
> 未容君王得见面,已被杨妃遥侧目。
> 妒令潜配上阳宫,一生遂向空房宿。
> 秋夜长,夜长无寐天不明。
> 耿耿残灯背壁影,潇潇暗雨打窗声。

> 春日迟，日迟独坐天难暮。
> 宫莺百啭愁厌闻，梁燕双栖老休妒。
> 莺归燕去长悄然，春往秋来不记年。
> 唯向深宫望明月，东西四五百回圆。
> 今日宫中年最老，大家遥赐尚书号。
> 小头鞋履窄衣裳，青黛点眉眉细长。
> 外人不见见应笑，天宝末年时世妆。
> 上阳人，苦最多。少亦苦，老亦苦。少苦老苦两如何！
> 君不见昔时吕向美人赋，又不见今日上阳白发歌。①

"上阳"指当时东都洛阳的皇帝行宫上阳宫。诗题下作者自注曰："天宝五载已后，杨贵妃专宠，后宫人无复进幸矣。六宫有美色者辄置别所，上阳是其一也。贞元中尚存焉。"作者在诗中以哀怨同情的笔调，描写了上阳宫女"入时十六今六十"的不幸命运和哀怨之心，暴露了无数宫女青春和幸福被葬送的遭遇，批判和控诉了封建社会的嫔妃制度，是一首深刻、尖锐的政治讽喻诗。

诗的标题下还有作者自注云："愍怨旷也。""愍"是同情之意，"怨旷"则指成年无婚配之人，成年无夫之女为怨女，无妻之男为旷夫。这里"怨旷"偏指怨女，即被幽禁在宫廷中的可怜女子。白居易非常同情后宫的可怜女子，元和四年（809）三月，他以谏官的身份在上呈皇帝的奏状《请拣放后宫内人》中写道："宫内人数，稍久渐多。伏虑驱使之余，其数尤广。上则虚给衣食，有供亿糜费之烦；下则离隔亲族，有幽闭怨旷之苦。事宜省费，物贵遂情。"②《上阳白发人》于同年写下，是于启奏之外为同一目的而写的作品。

这首诗在日本的受容最初是以"摘句"的形式，即摘取诗中最精华、最朗朗上口的佳句进行欣赏。平安朝中期大江维时（888—963）编撰的《千载佳句》就是这样一部汉诗佳句集，从唐诗的七言诗中选取两句编排而成，收集了上百家唐代诗人的上千首作品。《千载佳句》"雨夜"中收载了"耿耿残灯背壁影，萧萧暗雨打窗声"的两句。

平安朝宫廷中盛行按照一定的音调吟唱诗歌的"朗咏"活动，摘取汉诗佳句再配上相应的和歌进行朗咏。藤原公任（966—1041）所编的《和汉朗咏集》就是一部为朗咏而编的汉诗和和歌合璧的作品。其中"秋夜"收录了《上

---

① 朱金城笺校《白居易集笺校一》，上海古籍出版社，1988年，p.156，卷三讽喻三。
② 朱金城笺校《白居易集笺校五》，上海古籍出版社，1988年，p.3340，卷五十八奏状一。

第三部　物语中的中国故事　239

阳白发人》中的"秋夜长,夜长无寐天不明。耿耿残灯背壁影,潇潇暗雨打窗声"。

秋の夜長し夜長くして眠ることなければ天も明けず、
耿々たる残んの燈の壁に背ける影
蕭々たる暗き雨の窓を打つ声
　　　　　　　　　　　　　　　　　　　　　　　　　上陽人
　　　　　　　　　　　　　　　　　　　　　　　　　白

秋夜长　夜长无眠天不明　耿耿残灯背壁影　萧萧暗雨打窗声
　　　　　　　　　　　　　　　　　　　　　　　　　上陽人
　　　　　　　　　　　　　　　　　　　　　　　　　白①

　　约于宽弘九年(1012)成书的《和汉朗咏集》是日本受容中国诗歌的一部重要作品,柳泽良一指出,日本院政期,或者说平安朝中后期的日本文学都是在关注白居易诗歌的基础上形成的,而藤原俊成等和歌歌人受容白诗的方法则是通过《和汉朗咏集》,可以说是经过《和汉朗咏集》的"过滤"之后去吸收的。②也因此,其中所摘取的四句"秋夜长　夜长无眠天不明　耿耿残灯背壁影　萧萧暗雨打窗声"为"上阳白发人"故事在日本的受容定下了基调,和歌和文中对该诗的引用都以这四句为主。
　　例如,继《古今和歌集》《后选和歌集》《拾遗和歌集》之后的第四部敕选和歌集《后拾遗和歌集》杂三中,以"咏文集的'萧萧暗雨打窗声'之心"为题,收有平安中期的歌人、三十六歌仙之一藤原高远的一首和歌。

文集の蕭々暗雨打窗声といふ心をよめる
　　　　　　　　　　　　　　　　　　　　　　　　　大弐高遠
恋しくは夢にも人を見るべきを窓うつ雨に目をさましつつ③
咏文集的"潇潇暗雨打窗声"之心
　　　　　　　　　　　　　　　　　　　　　　　　　大式高远
若是长相思,梦中来相会,暗雨打窗声,却是无眠夜。④

　　这首和歌也被收录在藤原高远的私家集《大式高远集》中,集中以"某人从长恨歌、乐府中选取感人之事,将其诗意咏为和歌二十首寄来"为题,收录

---

① 川口久雄・志田延義校注『和漢朗詠集』、日本古典文学大系、岩波書店、1965年、p.106。
② 柳沢良一「院政期和歌と白居易」(『白居易研究講座』第三卷、勉誠社、1993年)、pp.247—248。
③ 久保田淳・平田喜信校注『後拾遺和歌集』、新日本古典文学大系、岩波書店、1994年、p.328、卷十七。
④ 笔者译。以下中文译文未注明引用出处的,均为笔者译。

了二十首和歌(255—274),这是其中的一首(269),也是最广为人知的一首名作。

"咏文集的'潇潇暗雨打窗声'之心"的这首和歌巧妙地将平安朝和歌中常咏的"梦中来相会"与《上阳白发人》诗中"暗雨打窗声"结合了起来。当时有一种俗信,认为白天思念某人,晚上就会在梦中相会。很多和歌都以此为题材,吟咏只能将希望寄托在梦中相会的相思之苦,例如《古今和歌集》恋歌二中小野小町的几首著名和歌:

> 思ひつつ寝ればや人の見えつらむ夢と知りせば覚めざらましを
> 念久终沉睡,所思入梦频,早知原是梦,不作醒来人。

> うたた寝に恋しき人を見てしより夢てふものは頼みそめてき
> 假寐一时熟,梦中见可人,始知虽梦寐,可靠竟如神。

> いとせめて恋しき時はうばたまの夜の衣を返してぞ着る
> 入夜翻衣睡,伊人梦里归,此时劳眷恋,特地反穿衣。①

小野小町的这几首和歌咏的都是无法与恋人相会时的心情,希望在梦中与恋人相会,故而不愿从梦中醒来,或是按照当时的俗信反穿衣睡觉以期梦中相会等。藤原高远的"梦中来相会"与"暗雨打窗声"结合起来,就使得白诗中所咏的上阳人因秋夜漫长无寐,只能孤苦伶仃地聆听"暗雨打窗声"这一意境发生了微妙的变化,成为"被雨打窗声惊醒而夜不成寐,所以就连梦中相会都成了不可能的事情",更加突出了相思之苦。这是藤原高远最有代表性的一首,入选敕选和歌集《后拾遗和歌集》,"窓打つ雨"(打窗雨)一词也成为一个关键词,唤起关于上阳人的种种联想,在和歌与和文的世界中广泛运用开来。

《和泉式部日记》中五月长雨持续之际,敦道亲王遣人捎信来问,"昨宵雨声惊人,未知如何自处?"女人回歌一首:

> よもすがらなにごとをかは思ひつる窓打つ雨の音を聞きつつ②

---

① 小沢政夫・松田成穂校注・訳『古今和歌集』、新編日本古典文学全集、小学館、2002年、pp. 221—222。杨烈译《古今和歌集》,复旦大学出版社,1983年,p. 114。
② 藤岡忠美・中野幸一・犬養廉・石井文夫校注・訳『和泉式部日記・紫式部日記・更級日記 讃岐典侍日記』、日本古典文学全集、小学館、1971年、p. 96。

究竟思何事,通宵又无眠,只听雨潇潇,打窗声不休。

恋人敦道亲王久久未来访,好容易来访却又阴差阳错未能相会。女主人公经历忽悲忽喜的感情起伏变化,又正值让人倍感寂寥的梅雨季节,不禁产生了厌世之感。此时收到敦道亲王的问候,于是在和歌中咏到"窓打つ雨の音"(雨打窗声),这就能唤起对方对《上阳白发人》"潇潇夜雨打窗声"的联想,从而将自己与独守空房、凄恻哀怨的上阳人形象重合,突出自己思念爱人的孤寂愁苦的心情。

《源氏物语》《魔法使》卷中,虽然紫夫人去世已经半年有多,光源氏依然沉浸在丧妻之痛中。梅雨季节的五月,突然乌云密布,下起倾盆大雨,灯笼被风吹熄,四周一片漆黑。于是光源氏幽幽低吟"打窗声"(窓をうつ声)的诗句。作品描写说此句并不新奇①,但因适合眼前情景,吟声异常动人。说它"并不新奇",说明"潇潇暗雨打窗声"的诗句对当时的贵族文人们来说已是非常熟悉、耳熟能详了。虽然原诗的"潇潇暗雨打窗声"描写的是上阳人独守空房的寂寥哀戚,光源氏的"打窗声"表现的是思念亡妻的悲苦哀愁,但一句"打窗声",唤起读者对上阳人诗境的记忆和联想,使得雨中思念亡妻、寂寥悲伤的光源氏形象跃然纸上。

"打窗声"逐渐成为歌人们喜爱的"歌语",从平安时期到中世的镰仓、室町时期,一直在和歌中广为吟咏,其用法和使用语境也得到进一步扩展。不仅仅用于吟咏思念爱人的寂寥悲苦之情,也用于吟咏出家修行的超然心态、感叹时光流逝等,或者只是用于春夜、秋雨等季节性抒怀当中,例如:

> ふかき夜のまどうつ雨におとせぬはうき世をのきの忍なりけり
> （寂蓮法師『新古今和歌集』卷二十）②
> 深夜打窗雨,无声又无息。檐下有忍草,退隐尘世外。

> いにしへをおもへば身さへふりにけり窓うつ雨の夜半のね覚に
> （平貞行『新続古今和歌集』卷十八雑歌中）③
> 怀念往昔日,才知身已老。夜半打窗声,醒来不能寐。

---

① 此处丰译本为"此句并不十分出色",原文为"めづらしからぬ古事"应为"并不稀奇"之意。
② 『新編国歌大観』第一卷、勅撰集編、角川書店、1983年、p.257。
③ 同上书,p.762。

春のよを窓うつ雨にふしわびて我のみ鳥のこゑを待つかな
(藤原定家『拾遺愚草』)①
春夜打窗雨,卧闻生寂寞。心盼鸟啭声,唯独我一人?

よそにのみあらしのこゑはおとづれて窓うつ物は木のはなりけり
(寂蓮法師『続拾遺和歌集』卷八雑秋)②
凄凄风雨声,却是他处来。此处打窗物,只是树之叶。

くらき夜の窓うつ雨におどろけば軒ばの松に秋風ぞふく
(『新続古今和歌集』卷十七雑歌上)③
暗夜打窗雨,惊从梦中醒。檐下松树影,秋风簌簌响。

以上和歌中,有的反其道而咏之,咏"打窗雨"之无声无息,意思是退隐尘世的自己已经不再为之所动;有的用"打窗雨"来感叹易逝年华;有的则借春夜的"打窗雨"来抒发期盼和煦春日的心情;还有的甚至将"打窗雨"改成了"打窗叶",可见在原诗的基础上,无论是内容、意境,有了不少改变和扩展。

此外,汉诗文中吟咏的"打窗雨"还用于"言志"诗中,模仿、借用原诗诗句和意境,将其用于吟诵冬夜苦读的情景。例如《本朝无题诗》藤原茂明的"冬夜言志":

冬夜萧萧梦结难。林园胜趣足相看。
庭前月色当望冷。云外雁声落枕寒。
暗雨打窗天未曙。孤灯背壁晓犹残。
为怜苦学疲萤幌。十五年回秋已阑。④

《江吏部集》中大江匡衡(952—1012)的"法音寺言志"则是表达自己一心向佛的志向,诗中"红叶岚深窗暗雨"一句描写了夜宿北山三昧堂的秋景。

身未出家志道场。追随佛事积年光。
昨逢东洛万灯会。今宿北山三昧堂。
红叶岚深窗暗雨。苍华日暮鬓寒霜。

---

① 『新編国歌大観』第三卷、私家集編I、角川書店、1985年、p.791。
② 『新編国歌大観』第一卷、勅撰集編、角川書店、1983年、p.370。
③ 同上书,p.758。
④ 『本朝無題詩』、群書類従第9輯、塙保己一編、続群書類従完成会、1980年、p.58、卷五。

香花绍介在风月。此契他生不可忘。①

由上可见,《上阳白发人》的"潇潇暗雨打窗声"在日本汉诗文、和歌、和文中得到了广泛的运用,使用情景、抒情内容都有各自不同的变化和扩展。但其受容的核心还是用于独守空房、凄恻哀怨的悲情女性形象。

二、王昭君的故事:"胡角一声霜后梦"

王昭君的故事在中国不仅见于《汉书》《后汉书》等正史记载,又为历代诗人吟咏不绝,再加上为数众多的野史杂传、小说戏曲等,在长期传播的过程中也在不断演变、丰富和再创作。因此,在考察日本的受容之前,有必要先对中国的王昭君故事的传承和演变进行梳理。以下从日本平安时代受容的视角,先梳理一下日本平安朝有可能接触和参考的中国史料。

昭君故事始见于《汉书》,《汉书·元帝纪》的记载非常简单:

> 竟宁元年春正月,匈奴乎韩邪单于来朝。诏曰:"匈奴郅支单于背叛礼义,既伏其辜,乎韩邪单于不忘恩德,乡慕礼义,复修朝贺之礼,愿保塞传之无穷,边陲长无兵革之事。其改元为竟宁,赐单于待诏掖庭王嫱为阏氏。②

此处关于王昭君的文字只有一句,说是将她赐予单于为"阏氏"(匈奴君主之妻)。《汉书·匈奴传》中的记录稍微具体一些。

> 竟宁元年,单于复入朝,礼赐如初,加衣服锦帛絮,皆倍于黄龙时。单于自言愿婿汉氏以自亲。元帝以后宫良家子王嫱字昭君赐单于。单于欢喜,上书愿保塞上谷以西至敦煌,传之无穷,请罢边备塞吏卒,以休天子人民。③

《匈奴传》还载有王昭君生子,以及单于死后嫁给其子,又生二女之事。这些记述与日本的王昭君受容没有太大关系,故略去。

继班固《汉书》之后,较早记载昭君故事的是《琴操》。《琴操》一书,相传为东汉蔡邕所著。④因为蔡邕通音律,《琴操》又是解说琴曲标题的著作,故

---

① 『江吏部集』,群書類従第9輯、塙保己一編、続群書類従完成会、1980年、p. 216、卷二。
② 《汉书》,二十四史,中华书局,1997年,p. 297,卷九,元帝纪第九。
③ 同上书,p. 3803,卷九四下,匈奴传第六十四下。
④ 一说为东晋孔衍。

传为蔡邕所撰,但其真实性已不可考。《琴操》中的王昭君事迹分为两部分,一为《怨旷思惟歌》,一为琴曲解题的故事。现引故事及《怨旷思惟歌》如下:

> 王昭君者,齐国王穰女也。昭君年十七时,颜色皎洁,闻于国中,穰见昭君端正闲丽,未尝窥看门户,以其有异于人,求之皆不与,献于孝元帝。以地远既不幸纳,叨备后宫,积五六年。昭君心有怨旷,伪不饰其形容,元帝每历后宫,疏略不过其处。后单于遣使者朝贺,元帝陈设倡乐,乃令后宫妆出。昭君怨恚日久,不得侍列。乃更修饰,善妆盛服,形容光辉而出,俱列坐。元帝谓使者曰:"单于何所愿乐?"对曰:"珍奇怪物,皆悉自备。惟妇人丑陋,不如中国。"帝乃问后宫:"欲一女赐单于,谁能行者起?"于是昭君喟然越席而前曰:"妾幸得备在后宫,粗丑卑陋,不合陛下之心,诚愿得行。"时单于使者在旁,帝大惊,悔之,不得复止。良久太息曰:"朕已误矣。"遂以与之。昭君至匈奴,单于大悦,以为汉与我厚,纵酒作乐,遣使者报汉,送白璧一双、骏马十匹、胡地珠宝之类。昭君恨帝始不见遇,心思不乐,心念乡土。乃作《怨旷思惟歌》曰云云:"秋木萋萋,其叶萎黄。有鸟爰止,集于苞桑。养育毛羽,形容生光。既得升云,获侍帷房。离宫绝旷,身体摧藏。志念抑沉,不得颉颃。虽得委食,心有徊徨。我独伊何,改往变常。翩翩之燕,远集西羌。高山峨峨,河水泱泱。父兮母兮,道里悠长。呜呼哀哉,忧心恻伤。"昭君有子曰世违,单于死,子世违继立。凡为胡者,父死妻母。昭君问世违曰:"汝为汉也?为胡也?"世违曰:"欲为胡耳。"昭君乃吞药自杀,单于举葬之,胡中多白草,而此冢独青。①

《琴操》中的昭君故事与《汉书》相比,不仅有了很大变化,而且给昭君出塞的故事蒙上了哀怨悲凉、激愤无奈的感情色彩。故事描写昭君虽然容貌极美,但在嫔妃众多的后宫也不得见御长达五六年之久,昭君心有怨旷,越发无心梳妆,使得元帝每每疏略不过其处。昭君"怨恚日久",等到皇帝招待匈奴使者的宴会上,她故意精心打扮,"形容光辉而出",当使者提出和亲要求时,她主动请行,一句"妾幸得备在后宫,粗丑卑陋,不合陛下之心,诚愿得行"将心中的委屈、哀怨暴露无遗。到了胡地之后,她心念乡土,闷闷不乐,最终由于单于死后其子逼婚,"吞药自杀"而死。《琴操》中昭君自愿请行的故事极富悲剧色彩,也成为后来诸多昭君故事的基调。

---

① 逯钦立《先秦汉魏晋南北朝诗》,中华书局,1965年,pp. 315—316。

《琴操》中所收琴曲《怨旷思惟歌》又名《昭君怨》,受其影响,后来的人们争相把昭君故事谱成琴曲。晋代石崇著名的《王明君辞并序》,也是在《昭君怨》的基础之上创作而成,被收入梁昭明太子萧统的《文选》卷二十七乐府上中,其序和辞如下:

> 王明君者,本是王昭君,以触文帝讳,改焉。匈奴盛,请婚于汉。元帝以后宫良家子昭君配焉。昔公主嫁乌孙,令琵琶马上作乐,以慰其道路之思。其送明君,亦必尔也,其造新曲,多哀怨之声,故叙之于纸云尔。

> 我本汉家子,将适单于庭。辞诀未及终,前驱已抗旌。
> 仆御涕流离,辕马悲且鸣。哀郁伤五内,泣泪湿朱缨。
> 行行日已远,遂造匈奴城。延我于穹庐,加我阏氏名。
> 殊类非所安,虽贵非所荣。父子见陵辱,对之惭且惊。
> 杀身良不易,默默以苟生。苟生亦何聊,积思常愤盈。
> 原假飞鸿翼,乘之以遐征。飞鸿不我顾,伫立以屏营。
> 昔为匣中玉,今为粪上英。朝华不足欢,甘与秋草并。
> 传语后世人,远嫁难为情。①

《王明君辞》同《昭君怨》一样,也是以昭君自述口吻,抒发了出塞的悲苦和愁怨。序中"令琵琶马上作乐"等句影响很大,从此,昭君与琵琶结下了不解之缘。

日本平安朝文学中所受容的王昭君故事中大多有"画工丑图"的情节,这一情节最早是见于葛洪(283—343)的《西京杂记》卷二:

> 元帝后宫既多,不得常见,乃使画工图形,案图召幸之。诸宫人皆赂画工,多者十万,少者亦不减五万。独王嫱不肯,遂不得见。匈奴入朝,求美人为阏氏,于是上案图,以昭君行。及去,召见,貌为后宫第一,善应对,举止闲雅。帝悔之,而名籍已定,帝重信于外国,故不复更人。乃穷案其事,画工皆弃市,籍其家。资皆巨万。画工有杜陵毛延寿。为人形,丑好老少,必得其真。安陵陈敞,新丰刘白、龚宽,并工为牛马飞鸟众势,人形好丑,不逮延寿。下杜阳望,亦善画,尤善布色。樊育亦善布色。同日弃市。京师画工于是差稀。②

---

① (梁)萧统编,(唐)李善注《文选》,中华书局,1977年,p.393。
② (晋)葛洪《燕丹子·西京杂记》,中华书局,1985年,p.9。

《西京杂记》和《琴操》中的昭君故事相比,更富有传奇性。它不仅进一步突出了王昭君之美,强调"貌为后宫第一",且"善应对,举止闲雅",还引进了毛延寿等"画工丑图"的情节,将昭君自愿请行的情节改为因昭君不愿贿赂画工,被画工画丑见不到元帝,才被元帝赐给匈奴。"画工丑图"的情节不仅对昭君被冷落、被赐匈奴给予了富有传奇性的新的诠释,如张文德所指出的那样,还"深刻揭露了当时社会贿赂公行、奸佞专权、正道不彰的丑恶现实;更加鲜明地突出了昭君才美不外现、洁身自好、清高脱俗的高尚人格"①。"画工丑图"情节在日本也备受青睐,被吸收进和歌、和歌故事、物语等多种文学形式之中。

南朝宋范晔(398—445)的《后汉书》虽然也是正史,但与《汉书》相比,《后汉书·南匈奴传》的记载就不只是记述历史事实了,而是明显地带有感情色彩,也更多传奇性,但同时也远离了史书实录的特点。

> 昭君字嫱,南郡人也。初,元帝时,以良家子选入掖庭。时呼韩邪来朝。帝敕以宫女五人赐之。昭君入宫数岁,不得见御,积悲怨,乃请掖庭令求行。呼韩邪临辞大会,帝召五女以示之。昭君丰容靓饰,光明汉宫,顾景裴回,竦动左右。帝见大惊,意欲留之,而难于失信,遂与匈奴。②

唐代昭君故事中影响最大的是《王昭君变文》。变文是唐代新兴的一种民间文学样式,说唱结合,为民众所喜爱。现存《王昭君变文》为敦煌遗书残本,上卷残缺,下卷完好。

> (前缺)
> □□□□□迷,前□□□□□,
> □□□□□此难,路难荒径足风恼,
> □□□□□□,□□景色似酝腩。
> 纟每银北奏黄芦泊,原夏南地持白□,
> □□□搜骨利干,边草叱沙纥逻分。
> 阴圾爱长席箕掇,□谷多生没咄浑,
> 纵有衰蓬欲成就,旋被流沙剪断根。
> □(酒)泉路远穿龙勒,石堡云山接雁门,

---

① 张文德《王昭君故事的传承与嬗变》,学林出版社,2008,p.65。
②《后汉书》,二十四史,中华书局,1997年,p.2941,卷一一九,南匈奴传第七十九。

蓦水频过及敕戌,□□□(望)见可岚屯。
如今以暮(慕)单于德,昔日还承汉帝恩,
□□□(定)知难见也,日月无明照覆盆。
愁肠百结虚成着,□□□(千)行没处论,
贱妾傥期蕃里死,远恨家人昭(招)取魂。

汉女愁吟,蕃王笑和,宁知惆怅,恨别声哀,管弦马上横弹,即会途间常奏。侍从寂寞,如同丧孝之家,遣妾攒蚖,仗(状)似败兵之将。

（中略）

明妃既策立,元来不称本情,可汗将为情和,每有善言相向。"异方歌乐,不解奴愁;别城(域)之欢,不令人爱。"单于见他不乐,又传一箭,告报诸蕃,非时出腊(猎),围绕烟　旨山,用昭军(君)作中心,万里攒军,千兵逐兽。昭军(君)既登高岭,愁思便生,遂指天叹帝乡而日处若为陈说?

单于传告报诸蕃,各自排兵向北山,
左边尽着黄金甲,右件(半)芬云(纷纭)似锦团。
黄羊野马捻枪拨,鹿鹿从头吃箭川(穿),
远指白云呼且住,听奴一曲别乡关:
"妾家官宛(苑)住奏(秦)川,南望长安路几千,
不应玉塞朝云断,直为金河夜蒙连。
烟　旨山上愁今日,红粉楼前念昔年,
八水三川如掌内,大道青楼若服(眼)前。
风光日色何处度,春色何时度酒泉?
可笑轮台寒食后,光景微微上(尚)不传。
衣香路远风吹尽,朱履途遥蹑镫穿,
假使边庭突厥宠,终归不及汉王怜(怜)。
心惊恐怕牛羊吼,头痛生曾(憎)乳酪膻,
一朝愿妾为红□(鹤),万里高飞入紫烟。
初来不信胡关险,久住方知房塞□,
祁雍更能何处在,只应弩那白云边。"

昭军(君)一度登千山,千回下泪,慈母只何在?君王不见追来。当嫁单于,谁望喜乐。良由画匠,捉妾陵持,遂使望断黄沙,悲连紫塞,长咽赤县,永别神州。虞舜妻贤,涕能变竹,飑良(杞梁)妇圣,哭烈(裂)长城。乃可恨积如山,愁盈若海。单于不知他怨,至夜方归。虽还至帐,

卧仍不去。因此得病,渐加羸瘦。单于虽是番人,不那夫妻义重。频多借问,明妃遂作遗言,略述平生,留将死处若为陈说?

"妾嫁来沙漠,经冬向晚时,
和明以合调,翼以当威仪。
红检(脸)偏承宠,青娥侍妾时,
□□□□,每怜岁寒期。
今果连其病,容华渐渐衰,
五神俱惚(总)散,四代的危危。
月华来瞑塞,风树已惊枝,
錬药须岐伯,看方要巽离,
此间本无草,何处觅良师。
妾皃(貌)如红线。
孤鸾视犹影(影犹)□□□,龙剑非人常(尚)忆难,
妾死若留故地羿(六),临时□(请)报汉王知。"(后略)①

张文德将《变文》遗存部分的内容归纳为六个方面:其一,昭君不惯异域生活及思乡念国的悲愁;其二,全面展示胡地人们的生活和社会风俗;其三,强调单于虽是蕃人,但对昭君夫妻情重;其四,单于厚葬昭君;其五,汉哀帝遣使杨少征来祭奠昭君;其六,表彰昭君出塞和亲的历史功绩。他还指出,以上六个方面,除了第一个方面是继承和发展了旧有题材的悲怨主题,其他皆为创新。②的确,将《变文》与之前的昭君传说相比便可发现,其情节有了很大的发展,《变文》不仅着力渲染昭君不习惯异域生活而思念故土,而且用较多篇幅描写了胡地风俗及风光、单于对昭君的夫妻情重以及昭君和亲的伟大功绩等。

唐代是诗歌的繁盛时期,吟咏昭君的诗歌大量涌现,李白、杜甫、白居易、李商隐等名家都留下了各有特色的昭君诗。其中对日本影响最大的还是要数白居易了。白居易咏过近十首昭君诗,其中最有名的是早年的《王昭君二首》:

满面胡沙满鬓风,眉销残黛脸销红。
愁苦辛勤憔悴尽,如今却似画图中。

---

① 王重民等编《敦煌变文集》,人民文学出版社,1957年,pp. 98—107。
② 张文德《王昭君故事的传承与嬗变》,学林出版社,2008,pp. 127—129。

> 汉使却回凭寄语,黄金何日赎蛾眉?
> 君王若问妾颜色,莫道不知宫里时。①

"如今却似画图中"将画工丑图的情节也咏了进去,说昭君如今的容颜倒像是当初画工故意将她画丑的样子了,表达了对昭君出塞后憔悴色衰的同情。

以上这些中国文献资料中,三史、文选自不必说,是当时日本文人贵族们熟读之书。《西京杂记》《琴操》的书名在记录日本九世纪后期宫廷藏书目录的《日本见在书目》里也可以看到。川口久雄指出,平安朝日本人首先通过《汉书》了解到基本史实,然后还可以通过《文选》中石季伦的《王明君词并序》、江淹的《恨赋》、白居易的《王昭君二首》等诗歌,以及其他六朝诗人的诗集,或是《玉台新咏》《修文殿御览》等类书接触、了解到王昭君的故事。②

来看日本的受容情况。王昭君的故事早在八世纪奈良时代就传到日本。成书于天平胜宝三年(751)的日本最早的汉诗集《怀风藻》中就已见吟咏王昭君故事的诗歌。

> 钟楼沸城闉。戎蕃预国亲。
> 神明今汉主。柔远静胡尘。
> 琴歌马上怨。杨柳曲中春。
> 唯有关山月。偏迎北塞人。③

这首五言律诗的作者是释辨正。第一部里已提到过,辨正(也作弁正)公元702年入唐,在长安城谒见唐玄宗且受唐玄宗赏识,后客死于唐。这首诗是他在唐所作,诗中包含了"杨柳曲""关山月"等古乐府曲名,还称颂"汉主"(指唐玄宗)通过和亲政策以"静胡尘"的英明。"琴歌马上怨"一句吟咏了王昭君出塞时在马上弹琴所表达的哀怨之情,其出典是石崇的《王明君词并序》中的"令琵琶马上作乐,(中略)多哀怨之声"。

平安时代初期,三大敕选汉诗集《凌云集》《文华秀丽集》《经国集》中均有以《王昭君》为题所咏的汉诗。《凌云集》中滋野贞主的《王昭君》咏道:

> 朔雪翩翩沙漠暗。边霜惨烈陇头寒。

---

① 朱金城笺校《白居易集笺校二》,上海古籍出版社,1988年,p.870,卷二十四律诗。
② 川口久雄『王昭君変文と日本の王昭君説話』(『敦煌よりの風2・敦煌と日本の説話』、明治書院、1999年)、p.175。
③ 小島憲之校注『懐風藻・文華秀麗集・本朝文粋』、日本古典文学大系、岩波書店、1964年、p.97。

　　　　行行常望长安日。曙色东方不忍看。①

　　这首七言绝句咏的是王昭君远赴大漠时难舍故土,回头观望长安时的悲哀心情。诗中渲染了沙漠朔雪风霜的恶劣环境,与"曙色东方"形成鲜明的对比。

　　《文华秀丽集》模仿《文选》的分类,在《乐府》中以"王昭君"为题,收录了嵯峨天皇和臣下们的组诗,嵯峨天皇咏一首《王昭君》,良岑安世、菅原清公、朝野鹿取、藤原是雄等人《奉和王昭君》各一首。嵯峨天皇的《王昭君》咏道:

　　　　弱岁辞汉阙。含愁入胡关。
　　　　天涯千万里。一去更无还。
　　　　沙漠坏蝉鬓。风霜残玉颜。
　　　　唯余长安月。照送几重山。②

　　这首诗同样也是吟咏了昭君"一去更无还"的悲惨命运,"沙漠坏蝉鬓。风霜残玉颜"两句尤其感叹大漠风霜摧残了昭君的容颜。奉和诗中朝野鹿取的"画眉逢雪坏。裁鬓为风残",藤原是雄的"脂粉侵霜减。花簪冒雪残"③等诗句也都吟咏了相似的内容。

　　《经国集》卷十收录了小野岑嗣的《奉试,赋得王昭君》一首:

　　　　一朝辞宠长沙陌。万里愁闻行路难。
　　　　汉地悠悠随去尽。燕山迢迢犹未殚。
　　　　青虫鬓影风吹破。黄月颜妆雪点残。
　　　　出塞笛声肠暗绝。销红罗袖泪无干。
　　　　高岩猿叫重坛苦。遥岭鸿飞陇水寒。
　　　　料识腰围损昔日。何劳每向镜中看。④

　　这首诗着重描写昭君出塞的路途艰辛,"青虫鬓影风吹破,黄月颜妆雪点残"突出了风霜雨雪等艰苦的自然环境对昭君容颜的侵蚀。

　　以上,三大敕选汉诗集中的昭君诗基本都是以同情的口吻吟咏昭君出塞路途的遥远、环境的恶劣以及昭君内心的哀怨和不舍。诗中大都渲染和突出了沙漠、风霜、寒冷等自然环境的恶劣,对环境摧残昭君容颜表示惋惜

---

① 『凌雲集』、群書類従第8輯、塙保己一編、続群書類従完成会、1980年、p. 465。
② 小島憲之校注『懐風藻・文華秀麗集・本朝文粋』、日本古典文学大系、岩波書店、1964年、p. 251。
③ 同上书,pp. 253—254。
④ 『経国集』、群書類従第8輯、塙保己一編、続群書類従完成會、1980年、p. 530。

和慨叹。

这一类怜惜昭君红颜不在的诗句一方面与石崇的"昔为匣中玉,今为粪上英",敦煌变文中昭君自叙"容华渐渐衰",白居易的"满面胡沙满鬓风,眉销残黛脸销红"等可以说是一脉相承的,另一方面,也反映了这一时期日本的受容重点和特点,那就是对北方大漠恶劣自然环境的想象,以及对命运多舛的悲情女子昭君的同情和对她红颜衰败的怜惜。

三大敕选汉诗集中大多数诗歌的立意都是抒写王昭君的离愁别恨,惋惜她的红颜憔悴,没有咏到画工丑图的情节。较早在汉诗中咏入昭君不肯贿赂画工这一故事的是大江匡衡(952—1012),他的诗文集《江吏部集》人伦部收入一首《王昭君》:

> 可惜明妃在远营。本来尤物感人情。
> 九重恩薄罗裙去。万里路遥画鼓迎。
> 汉月不知怀土泪。边云空愧惜金名。
> 家园亲党无相见。只听琵琶怨别声。①

诗中将昭君称为"尤物",说她是因为"惜金"不肯贿赂,才落得"只听琵琶怨别声"的地步。

藤原公任的《和汉朗咏集》约于宽弘九年(1012)成书,下卷中专设"王昭君"一题,这也是下卷中所设的唯一一个中国故事题,可见当时"王昭君"故事深受文人们的喜爱。"王昭君"题下收录了中国和日本诗人共八首诗歌。中国诗人的诗歌收录了白居易的"愁苦辛勤憔悴尽,如今却似画图中",日本诗人的汉诗收录了纪长谷雄的"身化早为胡朽骨。家留空作汉荒门",源英明的"数行暗泪孤云外。一点愁眉落月边",以及大江朝纲的一首七律联句:

> 翠黛红颜锦绣妆。泣寻沙塞出家乡。
> 边风吹断秋心绪。陇水流添夜泪行。
> 胡角一声霜后梦。汉宫万里月前肠。
> 昭君若赠黄金赂。定是终身奉帝王。②

这首诗除了描写边关景象和昭君内心的愁苦以外,也咏进了画工丑图的情节,"昭君若赠黄金赂。定是终身奉帝王"说的是假如昭君当初贿赂了

---

① 『江吏部集』、群書類従第9輯、塙保己一編、続群書類従完成会、1980年、p.217。
② 川口久雄・志田延義校注『和漢朗詠集・梁塵秘抄』、日本古典文学大系、岩波書店、1965年、pp.230-231。

画师,定然是终身服侍皇帝,而不会落到今天的地步了,表达了诗人深深的同情和怜悯。大江朝纲的这首诗影响很大,为《源氏物语》等很多作品引用。

在日本汉诗频频吟咏的背景下,和歌中也开始出现直接吟咏王昭君的作品。成书于宽治元年(1087)的第四部敕选和歌集《后拾遗和歌集》杂三中有三首"咏王昭君"的和歌,分别是女歌人赤染卫门及怀寿、怀圆的作品。

王昭君をよめる
なげきこし道の露にもまさりけりなれにし里を恋ふるなみだは
(赤染衛門)
一路叹别离,戚戚行千里。思念故土泪,胜过草上珠。

思ひきや古きみやこをたちはなれこの国人にならむものとは
(僧都懐寿)
今日离古都,世事实难违。而成胡国人,更是谁能料?

見るからに鏡の影のつらきかなかからざりせばかからましやは
(懐円法師)①
一看镜中影,顿生心中苦。若非如此美,怎会有今天。

这几首和歌所咏的都是王昭君的心情,以王昭君的语气咏出。但是内容已经发生了变异,除了怀寿的和歌中咏到"古き都を立はなれ"(离古都)、"この国人にならん"(成胡国人)以外,赤染卫门和怀圆的两首如果不看歌题的话,根本看不出是在咏王昭君。这两首和歌后被源俊赖收入《俊赖髓脑》中,而《俊赖髓脑》又是《今昔物语集》所收王昭君故事的出典,下章将会详述。

在和文世界中,《宇津保物语》和《源氏物语》中都提到王昭君的故事。《宇津保物语》《国让下》卷中,后宫(中宫)希望立自己的侄女梨壶之子为太子,但新帝(东宫)因宠爱藤壶,对母亲的决定并不能赞同。后宫便举出中国皇帝的例子,说是"将王昭君送到胡国、将杨贵妃赐死的皇帝也不是没有",以此说明在不得已的时候皇帝也只能放弃自己心爱的后妃。用"王昭君"和"杨贵妃"的故事来劝诫皇帝,说明平安朝宫廷贵族们对这两个故事的熟知

---

① 久保田淳・平田喜信校注『後拾遺和歌集』,新日本古典文学大系,岩波书店,1994年、p. 328、卷十七。

和喜爱。

《内侍督》卷中，仲忠使计让母亲（俊荫女）入宫拜见皇帝，已多年不弹琴的俊荫女经不住朱雀帝的再三要求，终于再抚琴弦。琴声感动了在场的所有人，尤其是多年来一直爱慕俊荫女的朱雀帝本人。当俊荫女弹奏胡笳琴曲之后，朱雀帝讲了一个关于胡笳的故事：

> 从前，唐朝的皇帝打仗眼看要输的时候，胡人给平定了战乱，皇帝大喜之下，对胡人说，七位后妃中你选一个吧，于是让画师把七位后妃画在画上，让胡人挑选。七位中有一位特别美丽，皇帝也尤为宠爱。她以为得皇帝宠爱，心想："虽然国母、夫人众多，唯有我一人最享皇恩，怎么也不会把我赐给胡国武士吧。"于是其余六位国母都送给画像的画师黄金千两，这个美丽的国母却自恃有皇恩没有送。画师把不如她美丽的六人画得更加不美，而美丽的这位画得越发美丽，给胡国武士看后，武士说："请赐我这位国母。"都说天子无戏言，所以皇帝不能拒绝，只能把这位国母赐给胡人。国母出发去胡国时，叹息不已，又闻胡笳之音而悲，连骑的马都发出哀鸣。这便是《胡妇行》啊。听那马鸣声，竟不像是畜牲。你所弹胡笳之音色，绝无仅有，似情景历历在目。①

这个故事中虽然没有提"王昭君"，但很明显讲的就是王昭君的故事。故事中也有画工的情节，但与《西京杂记》的内容相比已经发生了很大的变异，主要不同有以下几点。首先，《西京杂记》为"元帝后宫既多。不得常见"，而《宇津保》中后妃是皇帝的宠后，是第一国母；其次，《西京杂记》中画图本是为了皇帝召幸后妃，王嫱因不肯贿赂，"遂不得见"，《宇津保》中画图就是为了让胡人挑选；《西京杂记》中王嫱不肯贿赂，故而被画丑，所以得不到皇帝召幸，最终被赐给匈奴，《宇津保》则是因没有贿赂而被画得更美，故而被胡人挑中。

不仅如此，《宇津保》中的故事是作为琴曲的由来而讲述的。朱雀帝讲完故事之后，作品描写："弹琴也到第八拍了"，由此可推测俊荫女所弹的是《胡笳十八拍》。《胡笳十八拍》相传是东汉末年蔡文姬所作，蔡文姬因匈奴入侵，被掳掠到南匈奴，后来归汉后创作了《胡笳十八拍》。《宇津保》中朱雀帝所讲故事的后半部分其实就是蔡文姬的故事。《乐府诗集》卷五十九《琴曲歌辞》中收录了《胡笳十八拍》，其序所收录的《蔡琰别传》载：

---

① 中野幸一校注『うつほ物語2』、新編日本古典文学全集、小学館、2001年、pp. 253－254。

> 汉末大乱,琰为胡骑所获,在右贤王部伍中。春月登胡殿,感笳之音,作诗言志,曰:"胡笳动兮边马鸣,孤雁归兮声嘤嘤"。①

可见,《宇津保》故事中"又闻胡笳之音而悲,连骑的马都发出哀鸣"等描写是依据《蔡琰别传》的"胡笳动兮边马鸣"。也就是说,这段不提名的故事是以王昭君的故事为基础,又融合了蔡文姬的故事和诗词,以此作为胡笳琴曲的由来而讲述的。

但是问题是其中所叙述的王昭君故事虽然包含画工绘图的情节,但却不是"画工丑图",而是"画工美图"。画工将昭君画得更美,故而被胡人选中,这一描写不仅与《西京杂记》正好相反,在《今昔物语集》《唐物语》等日本受容的其他昭君题材的故事中也没有,可以说是《宇津保》独特的描写。

为什么会出现"画工美图"的情节呢?回到作品文脉中去理解。俊荫女是主人公俊荫的独生女,也是唯一得俊荫琴艺真传,掌握弹琴秘技之人,被塑造成作品中的理想女性。《藏开上》卷中,侍奉太皇太后的女官典侍点评当今首屈一指的人,说是"三条殿夫人第一、藤壶第二、女一宫第三"②,三条殿夫人就是藤原兼雅夫人俊荫女。此外,作品还多次描写俊荫女的美貌,甚至连亲生儿子仲忠都"忘了是自己的母亲,以为是哪儿的天女下凡"③。朱雀帝一直倾心于才艺双全的俊荫女,只是苦于她是右大臣兼雅心爱的夫人而不能据为己有。

作品描写俊荫女听完朱雀帝的故事之后继续演奏,等弹完第二拍之后,朱雀帝又继续说:

> 第二拍琴声如诉,曲调哀怨也是必然。这是国母出发去胡国,越过本国和胡国国界时悲叹而弹时的手法。她本是天皇的正妃、第一皇后,却落入如此武士之手,该是怎样的心情啊。你的琴声感同身受、与众不同,让人感动。因为有守关人守着不让过,连我都想放声痛哭,绝不输给第二拍的琴声。越过国界的国母让人同情,也不要忘了这越不过关的国王啊。④

朱雀帝将俊荫女比作"越过国界西去胡国的国母",把自己比作"越不过

---

① 郭茂倩《乐府诗集》,上海古籍出版社,1993年,p.525。
② 中野幸一校注『うつほ物語2』、新編日本古典文学全集、小学館、2001年、p.402。
③ 同上书,pp.237—238。
④ 同上书,pp.255—256。

关的国王"。此处的"关"是指俊荫女已是兼雅之妻这一现实障碍,自己便是"越不过关"的国王。蔡文姬《胡笳十八拍》第二拍的内容说的正是蔡文姬被掳西去的途中情况:

> 戎羯逼我兮为室家,将我行兮向天涯。云山万重兮归路遐,疾风千里兮扬尘沙。人多暴猛兮如虫蛇,控弦被甲兮为骄奢。两拍张悬兮弦欲绝,志摧心折兮自悲嗟。①

王昭君故事正是在这样一种文脉中,由口述者朱雀帝充满感情地讲述而成。就在俊荫女弹完琴之后,朱雀帝正式封她为尚侍,还对她说:"你若早进宫来,现在已被称作国母了。"②也就是说,朱雀帝在讲故事时"对号入座",将眼前美丽的俊荫女想象成王昭君,将自己想象成唐朝的皇帝,因此他所讲的昭君故事中昭君自然就成为皇帝最为宠爱的第一国母。不仅如此,美丽的国母被画工画丑这样的情节对于深爱俊荫女的朱雀帝来说也是无法容忍的,于是在其描述中便成了昭君是因被画得太美而被选中的。

在《宇津保物语》中,王昭君的故事与同样是嫁给匈奴王的蔡文姬的故事相结合,在朱雀帝充满主观感情色彩的描述中,王昭君故事演变成为"皇帝迫不得已让心爱的国母远行,自己因越不了关只能暗自神伤"的故事,强调君王对"国母"之爱。

《源氏物语》《须磨》卷也引用了王昭君的故事。光源氏谪居须磨时,一个大雪天,触景伤怀、深感凄凉,便取琴来弹,令随从良清唱歌、惟光吹横笛合奏。光源氏的琴弹得情深意长、哀怨动人,良清惟光均停下拭泪。此时,光源氏"想起了古昔汉皇遣嫁胡国的王昭君。设想这女子倘是我自己所爱之人,我将何等悲伤!要是这世间我所爱的人被遣放外国,又将如何呢?想到这里,似觉果真会有其事。便朗诵古人'霜后梦'之诗"③。

光源氏谪居须磨,在荒凉的海边经受着孤独的煎熬。他思念紫姬,甚至想接她来同住,但又不忍让紫姬也流离到如此荒凉之地。于是,当他大雪天弹琴,触景伤怀之时想起了王昭君的故事。他将心爱的紫姬比作王昭君,自己则比作汉皇,设想汉皇将所爱之人遣放外国时的心情。对时刻思念紫姬的光源氏来说,与心爱的人别离的痛苦之情让他感同身受。

---

① 郭茂倩《乐府诗集》,上海古籍出版社,1993年,p. 526。
② 中野幸一校注『うつほ物語2』、新編日本古典文学全集、小学館、2001年、p. 267。
③ 丰子恺译《源氏物语》,人民文学出版社,2006年,p. 237。

光源氏所咏的"霜后梦"的诗出自《和汉朗咏集》中大江朝纲的诗句"胡角一声霜后梦"。"胡角一声霜后梦"说的是霜夜在胡人的角笛声中从梦中醒来,光源氏身处偏远的须磨之地,雪夜弹琴吹笛的情景和意境都与这句极为相似。朗诵这句诗,说明他对王昭君远赴偏远胡国的心情同样感同身受,有着切身的体会。

可见,《须磨》卷引用王昭君故事的重点是突出汉皇和昭君的别离之苦。光源氏身上既有汉皇的影子,思念远方的爱人;更与王昭君的形象重叠,身处荒凉偏远的须磨,雪夜中思念遥远的都城和心爱之人。

此外,《寄生》卷中也引用了王昭君的故事。薰中纳言向二女公子倾诉自己对已故大女公子的情意,说是想要依照故人面影雕一个肖像,再绘一幅画像,当作佛像礼拜。二女公子因恼怒他对自己也有不良之念,因此讽刺说:"说起雕像,叫人联想起放入'洗手川'里的偶像,反而对不起亡姐了。至于画像呢,世间有看黄金多少而定容貌美丑的画师,所以也是不放心的。"①"洗手川"的偶像说的是在举行祓禊仪式时,将人偶放在寺院门前的洗手川中让它流去,以修洁净身、祓除不祥。让人偶代受活人的罪过,自然是觉得对不起亡姐了。"看黄金多少而定容貌美丑的画师",很明显是指《西京杂记》中画工受贿的情节,讽刺说能否画得美丽让人不放心。

三、杨贵妃的故事:"浅茅原野上,唯有秋风吹"

杨贵妃即杨玉环,号太真。本为寿王李瑁王妃,后唐玄宗将她册封为贵妃,天宝十五年(756),安禄山发动叛乱后第二年随玄宗流亡蜀中,途经马嵬驿时自缢而死。

唐玄宗与杨贵妃的这段故事在《旧唐书》列传第一后妃上、本纪玄宗下,《新唐书》列传第一后妃上等史书中均有记载。白居易《长恨歌》及陈鸿《长恨歌传》的创作成功,使得玄宗、贵妃爱情故事得到广泛的传播和接受,以此为创作素材的文学作品源源不断地产生。宋代乐史的《杨太真外传》便是最有代表性的一篇,将杨贵妃的命运作为小说的主线,撷拾史实加上传说等,以小说的形式表现了杨贵妃的一生经历。

故事传入日本后,和歌、物语、绘画等不同形式的受容,对平安朝文学的创作产生了巨大的影响。唐玄宗和杨贵妃的爱情故事也称为长恨歌故事、

---

① 丰子恺译《源氏物语》,人民文学出版社,1980年,pp.904—905。

长恨歌物语、杨贵妃故事等,本文中统称为杨贵妃的故事。

《和汉朗咏集》下卷"恋"中,收录了《长恨歌》中的三句诗:"行宫见月伤心色,夜雨闻猿断肠声"①、"春风桃李花开日,秋露梧桐叶落时"②、"夕殿萤飞思悄然,秋灯挑尽未能眠"。③三首描写的都是杨贵妃死后,玄宗思念贵妃时的孤寂忧伤之情,这也是日本受容杨贵妃故事的主基调。

在和歌中,杨贵妃的故事主要是以长恨歌诗句为题吟咏句题和歌的形式,或是分别吟咏唐玄宗和杨贵妃的心情。野中和幸对和歌中所咏的杨贵妃故事进行了整理、分类④,指出平安朝歌人私家集中吟咏长恨歌、杨贵妃故事的和歌主要包括《伊势集》中十首、《大弐高远集》三十六首、《道济集》十首、《道命阿阇梨集》两首。

《伊势集》中所收的十首中前五首的"词书"⑤为:"亭子院⑥命人绘长恨歌屏风,让咏屏风各段图画,代皇帝作歌";⑦后五首的"词书"为:"此为皇后所作。"⑧也就是说《伊势集》的这十首和歌是一边欣赏长恨歌绘画一边吟咏的,歌人伊势分别以皇帝和皇后(杨贵妃)的语气吟咏二人的心情,各咏了五首。以皇帝语气所咏的五首全都是吟咏贵妃逝去后皇帝悲伤心情的,例如:

もみぢばにいろ見えわかず散るものはものおもふ秋のなみだなりけり
秋深人寂寞,血泪溅哀思。满阶红叶暮,却是不知晓。

くれなゐにはらはぬ庭はなりにけりかなしきことのはのみ積りて
庭院多落叶,满阶红不扫。一层又一层,遍地是忧伤。⑨

从和歌内容来看,应该是在《长恨歌》的"落叶满阶红不扫"等诗句的基础上作成的。咏皇帝心情的五首和歌中有两首咏的都是堆满落叶的庭院,由此可以推测伊势所欣赏的长恨歌屏风上画的很有可能就是这幅场景。

《大式高远集》中的"词书"写道:"某人从长恨歌、乐府中选取感人之事,

---

① 白居易原诗为"夜雨闻铃肠断声"。
② 原诗为"秋雨梧桐叶落时"。
③ 川口久雄・志田延義校注『和漢朗詠集・梁塵秘抄』、日本古典文学大系、岩波書店、1965年、p.252。
④ 野中和幸「楊貴妃伝承と和歌」(『活水日文』27、1993年9月)。
⑤ 和歌前面对咏歌的来由、情况等进行说明的文字。
⑥ 即宇多天皇(867—931),退位后被称为亭子院。
⑦ 関根慶子・山下道代共著『伊勢集全釈』、私家集全釈叢書、風間書房、1996年、p.140。
⑧ 同上书,p.145。
⑨ 同上书,p.141、p.144。

将其诗意咏为和歌二十首送来。"①继二十首和歌之后,又收录了十六首和歌,其"词书"为:"同长恨歌中,选取感人之事,又补咏了十六首给他。"②由此可以看出,这是高远和友人以《长恨歌》的诗句为题吟咏和歌并互赠欣赏为乐。

例如补咏的十六首中,第三首是以"花钿委地无人收"为题所作的和歌:

はかなくてあらしの風に散る花を浅茅が原の露や置くらん③
花落风中散,如梦又如幻,浅茅原野上,露水铺一地。

《道济集》中也有十首以长恨歌诗句为题的和歌,其"词书"为:"长恨歌,当时的好士吟咏和歌,在下也咏十首。"④所谓"好士",指的是喜好风雅情趣之士,可见这十首也是源道济回应别人而咏的。《道济集》将长恨歌诗句缩略为四字歌题而咏,例如,《长恨歌》"不见玉颜空死处"的诗句缩略为"不见玉颜",以此为题咏道:

思ひかね別れし人を来てみれば浅茅が原に秋風ぞ吹く⑤
离别相思苦,故地寻故人,浅茅原野上,唯有秋风吹。

这首和歌被源俊赖收入《俊赖髓脑》,源俊赖把它作为咏杨贵妃故事的和歌,后面附上杨贵妃的故事。

《道命阿阇梨集》中有两首,其中一首被收入第四部敕选和歌集《后拾遗和歌集》。其"词书"为:"长恨歌画上,玄宗皇帝回到旧地,虫鸣草枯,于是叹息不已的情形,咏之。"⑥

ふるさとはあさぢがはらとあれはててよすがらむしのねをのみぞなく⑦
故地重又游,却已尽荒芜,浅茅原野上,彻夜虫鸣声。

《大式高远集》《道济集》《道命阿阇梨集》中上面所列和歌都有一个共同的特点,那就是都将"浅茅が原(长满低矮茅草的原野)"作为杨贵妃临终之

---

① 中川博夫著『大弐高遠集注釈』、東京貴重本刊行会、2010年、p. 291。
② 同上书,p. 313。
③ 中川博夫著『大弐高遠集注釈』、東京貴重本刊行会、2010年、p. 315。
④ 桑原博史著『源道済集全釈』、私家集全釈叢書、風間書房、1986年、p. 194。
⑤ 同上书,p. 196。
⑥ 『新編国歌大観』第7巻、私家集編Ⅲ、角川書店、2012年、p. 76。
⑦ 同上。

地。"浅茅"是指低矮的茅草,在和歌中常常用于象征荒凉的景物。这些和歌通过"浅茅"及其相关景物——秋风、露水、虫鸣等来表现杨贵妃死后故地之荒芜以及重游故地时玄宗内心之凄凉。这并非偶然,说明"浅茅"及秋风、露水、虫鸣等相关景物,已形成了当时人们心目中的一幅典型的《长恨歌》画面。

平安朝贵族的《长恨歌》受容中,绘画也是很重要的一部分。《源氏物语》《桐壶》卷中,桐壶天皇在缅怀逝去的桐壶更衣时,晨夕披览的"是《长恨歌》画册。这是从前宇多天皇命画家绘制的,其中有著名诗人伊势和贯之所作的和歌及汉诗。"①女歌人伊势曾受宇多天皇宠爱,前面也提到其私家集《伊势集》的词书中说"亭子院命人绘长恨歌屏风,让咏屏风各段图画",说明宇多天皇的确让人绘制过长恨歌画。一边观赏绘画(或许是屏风画),一边吟咏和歌,这也是平安贵族们鉴赏《长恨歌》的一种方式。

《源氏物语》中还有一处提到《长恨歌》绘画的地方。《赛画》卷描写了因冷泉帝热爱绘画,两个女御梅壶和弘徽殿相互竞赛的场面。光源氏支持梅壶女御,为了拿出好画给皇帝欣赏,他回到二条院,把保存新旧画幅的橱子打开,与紫姬二人一同挑选。"凡新颖可喜之种种作品,尽行取出。惟描写长恨歌与王昭君的画,虽然富有趣味,意义未免不祥,故此次决定不予选用。"②虽说长恨歌和王昭君的故事因为都是悲剧、不吉利,画卷没有被选用,但是也说明平安朝贵族热衷收藏这类绘画,中国故事通过绘画等形式融入了日常生活之中。

《桐壶》卷中,桐壶帝端详《长恨歌》画册,心想:"画中杨贵妃的容貌,虽然出于名画家之手,但笔力有限,到底缺乏生趣。诗中说贵妃的面庞和眉毛似'太液芙蓉未央柳',固然比得确当,唐朝的装束也固然端丽优雅,但是,一回想桐壶更衣的妩媚温柔之姿,便觉得任何花鸟的颜色与声音都比不上了。"③家永三郎指出,当时的长恨歌画图虽然也有类似这样描绘杨贵妃的美人图,但是从伊势等人的和歌来看,咏的都是玄宗在秋天庭院中悲叹的景象,可以推想当时长恨歌绘画中主要一幅图景描画的就是秋天堆满落叶的庭院。④或者像是《道命阿阇梨集》的"词书"所描绘的那样,"玄宗皇帝回到旧地,虫鸣草枯,于是叹息不已"。

此外,家永三郎还指出,当时的长恨歌绘画应该是在和文的《长恨歌物

---

① 丰子恺译《源氏物语》,人民文学出版社,2006年,p.9。
② 同上书,p.307。
③ 同上书,p.10。
④ 家永三郎『上代倭絵全史』、墨水書房、1966年、p.60。

语》的基础之上形成的,属于"物语绘"。①《长恨歌》除了被咏入和歌,画进画图以外,还被用和文写成了物语。菅原孝标女的日记《更级日记》中有如下记述:

> 听说世间有长恨歌这首汉诗写成的物语,我非常想读,却一直没能跟人说(想借),后来通过一个因缘,于七月七日跟人说了。
> 七月七之日,声声诉盟誓,只因寻往昔,吾也渡天河。
> 返歌
> 君欲渡天河,去寻七夕誓,心领又神会,忘其不祥意。②

作者想读《长恨歌物语》,但一直没有机会。后来通过一个因缘,在七月七日向对方开口借书,说是想知道二人(玄宗和贵妃)在七夕之日立下盟誓的故事,而对方也心领神会同意借书,但却提到这本是个不祥的故事。

可见,当时还流传着用和文写成的《长恨歌物语》,人们虽然觉得它是悲剧、不吉利,但还是热衷于阅读。和歌中说二人(玄宗和贵妃)在七夕之日立下盟誓,说明菅原孝标女在阅读之前,就已经对《长恨歌》的内容有了一定的了解,可能是耳闻,也可能是其他方式,这些都说明《长恨歌》受容形式之多样,范围之广泛。

当时流行的《长恨歌物语》到底是什么样的内容呢?由于没有留存下来,已无从得知。但《今昔物语集》《唐物语》中都收录有杨贵妃故事,也许从中能够窥见一斑。

《源氏物语》《桐壶》卷的基本构思参考了《长恨歌》,桐壶天皇与桐壶更衣的爱情故事也是在唐玄宗和杨贵妃故事的基础上写成的。桐壶天皇思念死去的更衣,派韧负命妇去探访更衣娘家,命妇将更衣的衣衫、梳具等带回给天皇,这是模仿和参考了《长恨歌》中玄宗命方士去寻找贵妃,方士带回贵妃的钿合金钗等情节。

这段描写中也出现了道济、道命等和歌所咏的"浅茅"这一关键词。命妇准备动身回宫之时,"凉月西沉。夜天如水;寒风掠面,顿感凄凉;草虫乱鸣,催人堕泪"③。更衣母亲太君咏歌一首托她带给皇帝:

---

① 家永三郎『上代倭絵全史』、墨水書房、1966年、p.30。
② 藤岡忠美・中野幸一・犬養廉・石井文夫校注 訳『和泉式部日記・紫式部日記・更級日記 讃岐典侍日記』、日本古典文学全集、小学館、1971年、pp.306—307。
③ 丰子恺译《源氏物语》,人民文学出版社,2006年,p.8。

> いとどしく虫の音しげき浅茅生に露おきそふる雲の上人
> 虫鸣浅茅中,声声如泣诉,添得泪如露,宫中云上人。

"虫鸣""浅茅"都是为了表现荒凉寂寞的情景所用的歌语。太君将更衣死后的宅邸比作"浅茅生"(浅茅丛生的地方),桐壶帝听了命妇的汇报之后咏道:

> 雲のうへも涙にくるる秋の月いかですむらん浅茅生の宿
> 宫中云上人,泪眼秋月朦,浅茅荒郊舍,何来清辉月。①

这实际上也是在回应太君的和歌,桐壶帝想到自己在宫中尚且"泪眼秋月朦"(每天以泪洗面,泪眼蒙眬连秋月都看不清楚),更衣娘家该有多么悲伤。

桐壶帝将更衣病逝的娘家称为"浅茅生之宿"(浅茅丛生的荒郊舍),咏歌寄托自己的思念,日本的《长恨歌》受容中,杨贵妃逝去之地也正是"浅茅丛生的原野",玄宗皇帝在秋风中寻访贵妃临终之地——长满浅茅的原野,这是最典型的一幅《长恨歌》画面。

上野英二指出,日本平安时代对《长恨歌》的理解就是秋风吹拂、浅茅丛中的悲哀情景,《桐壶》卷描写的"浅茅""寒风"与这一时代受容的《长恨歌》中的"浅茅"风景是相通的,《桐壶》卷在描写悼念故人的哀伤之情时,是从当时对《长恨歌》的一般性理解当中学到了表现的方法。②

《长恨歌》《长恨歌传》抑或是新旧唐书、《杨太真外传》等中国的相关文献中都没有玄宗皇帝寻访贵妃旧地的情节,更没有"浅茅""秋风"的描写。玄宗在秋风中寻访贵妃临终之地——长满浅茅的原野,这是日本在受容过程中形成的独特的《长恨歌》风景。

---

① 这两首和歌未用丰译,为笔者译。
② 上野英二「長恨歌から源氏物語へ」(『国語国文』50-9、1981年9月)、pp. 11—12。

第三章 《今昔物语集》的中国故事及受容特点

一、上阳人的故事:追悔莫及的皇帝

《今昔物语集》卷十《震旦·国史》的第六个故事是《唐玄宗后妃上阳人虚度年华的故事》。上阳人的故事排列在王昭君和杨贵妃的故事中间,这三个故事都是平安贵族最为喜爱的红颜悲命故事。

《今昔物语集》中有不少故事和源俊赖(1055?—1129?)的和歌论著《俊赖髓脑》中的故事相似。经过考证,学界一致认为《俊赖髓脑》是《今昔物语集》的出典之一,这一观点基本已成为定论。[①]王昭君和杨贵妃的故事《俊赖髓脑》中也有,可以认为是其直接出典。但《俊赖髓脑》中没有上阳人的故事,《今昔》中这则故事的具体出典也尚不明确。

如果将《今昔》的上阳人故事与《上阳白发人》原诗仔细比较,会发现能够与《上阳白发人》诗句直接对应的只有以下几处:

《今昔物语集》 《唐玄宗后妃上阳人虚度年华的故事》	《上阳白发人》
1. 春ノ日遅^{オソク}シテ不暮^{クレ}ズ 　春恨日迟,	春日迟,日迟独坐天难暮。
2. 秋ノ夜長クシテ難晩^{クレガタ}シ。 　秋愁夜长,	秋夜长,夜长无寐天不明。
3. 十六歳ニテ参リ給ヒシニ、既ニ六十二成リ給^{タマヒ}ニケリ。 　十六岁时嫁入宫里,转眼已经到了六十岁。	入时十六今六十。

[①] 宫田尚『今昔物语集震旦部考』、勉诚社、1992年、p. 308。

也许是因为《今昔》更重视故事性，和歌歌人们喜爱的"潇潇暗雨打窗声"的抒情诗句在这个故事中并没有出现。

《上阳白发人》原诗没有直接描写皇帝，《今昔》中却增加了不少对皇帝言行的描写。例如，说上阳人入宫是因为她生得无比美丽，皇帝听说之后，"勤召"①她入宫；又说上阳人没有被皇帝召见是因为"国家幅员广大，政务繁多，没有人来提醒皇帝"。结尾部分还描写上阳人六十岁时，"皇帝想起她来，追悔莫及，于是想召见她。她由于羞耻而拒绝了"。②

不仅是上阳人的故事，这则故事前后的王昭君、杨贵妃的故事也都突出描写了皇帝，可以说，刻画和突出皇帝形象是《今昔》中这几则故事的共同特点。不仅如此，这则故事中的皇帝形象还与日本古代天皇有共通之处，例如，皇帝听说上阳人的美丽"勤召"她入宫之后，多年来却一直忘了此事，后来想起她来时追悔莫及，这才想要召见她，这些描写与《古事记》下卷的雄略天皇形象颇为相似。

《古事记》下卷"雄略天皇"中有名的"赤猪子"故事讲的是雄略天皇出游到了美和河，看见在河边洗衣的美丽少女，便询问她的名字，告诉她说："你不要出嫁，我马上就来召唤。"但雄略天皇说完却忘了，赤猪子空等了八十年。后来赤猪子为"表显己志"③入宫去找天皇，天皇大惊，本想召幸她，因她极度衰老，所以只厚赐她，遣她归去。从"天皇主动召唤、忘却、多年后想召幸"等故事的基本情节来看，可以说上阳人故事中的皇帝唐玄宗身上有日本雄略天皇的影子。④

白居易的《上阳白发人》是一首政治讽喻诗，诗中末尾两句为"君不见昔时吕向美人赋，又不见今日上阳白发歌"，根据白居易自注："天宝末，有密采艳色者，当时号花鸟使。吕向献《美人赋》以讽之"，说是天宝末年有到民间搜集美女的花鸟使，当时吕向曾献《美人赋》来讽谏此事。白居易将吕向的《美人赋》与《上阳白发人》并提，是对一直没有改变的广选妃嫔制度进行讽谏，同时也表现了诗人对宫女不幸命运的同情。

《今昔》中的上阳人故事不仅没有讽喻后宫广选妃嫔之意，还将上阳人

---

① 此处引用的是原文"勤召"。
② 金伟、吴彦译《今昔物语集》，万卷出版公司，2006年，p.398。
③ 周启明译《古事记》，人民文学出版社，1963年，p.146。
④ 王晓平《<今昔物语集>中的中国故事》(《佛典·志怪·物语》，江西人民出版社，1990年)中也指出了唐玄宗和雄略天皇言行的相似，p.211。

得不到召见的原因归为"国家幅员广大,政务繁多,没有人来提醒皇帝"①,似乎是在为皇帝辩解。故事不仅凸显了原诗中没有涉及的皇帝形象,还在唐玄宗形象中融入了日本古代雄略天皇的影子。

《上阳白发人》原诗本来只是表现后宫女性悲惨命运的故事,但到了《今昔》中,却演变成了"宫女空老和皇帝追悔莫及"的故事。

二、王昭君的故事:思恋昭君的皇帝

《今昔物语集》卷十《震旦·国史》第五个故事是"汉元帝后妃王昭君行胡国的故事"。如前所述,这个故事的出典一般认为是《俊赖髓脑》,《俊赖髓脑》作为歌论书,其中收录的故事是为了解读和歌的意思。王昭君的故事也是作为两首和歌的典故所收录的。现将《俊赖髓脑》的这部分内容试译如下:

> みるたびにかがみのかげのつらきかなかからざりせばかからましやは
> 一看镜中影,顿生心中苦。若非如此美,怎会有今天。
> なげきこし道の露にもまさりけりなれにしさとをこふる涙は
> 一路叹别离,咸咸行千里。思念故土泪,胜过草上珠。

这是怀圆和赤染咏王昭君的和歌。话说唐土有皇帝召见年轻女子,把她们都纳入宫中,人数达四五百人,但也无用,因为人数过多,无法一一召见。当时,有夷人模样的人从外国来到都城。皇帝让大臣们决定该怎么办,大臣上奏说:"宫中宫女甚多,择一丑者相送。没有比这更好的计策了。"皇帝赞同这个主意,亲自去后宫挑选,但宫女太多,他看烦了,于是召见画师说:"把这些宫女的相貌都画下来。"画师一个个地画,宫女们想到会成为夷人之物,都叹息不已,她们有的给画师黄金,有的给其他物品,让画师把自己画得漂亮一些。有个叫王昭君的,容貌非常美丽,她自恃美貌,没有给画师送礼,让他随意去画。画师没有画她的原貌,把她画得很丑,皇帝按照画像把她选上了。到了日子,皇帝召见王昭君,见她生得光彩照人、如同美玉,美得无法言喻,皇帝大惊,想到要把此人赐给夷人实在不情愿,叹息不已。没多久,夷人听说所赐

---

① 金伟、吴彦译《今昔物语集》,万卷出版公司,2006年,p.398。

之人是昭君,来到宫中,皇帝不能再重新选人,只能把王昭君赐给他。夷人让昭君骑上马,带她去了遥远的地方。王昭君无比悲伤,叹息不已。皇帝也思念昭君,思念之深,去到她住过的地方。只见春风拂柳,莺啼鸟啭,秋叶堆积,屋檐下的忍草密密麻麻,皇帝无限感伤。前面的和歌咏的是皇帝的心情。"若非如此美"说的是如果王昭君相貌丑陋,那我也不会如此惦念了。"思念故土泪,胜过草上珠"是推测王昭君的心情而咏。上文说"夷人模样的人",是因为有书上写,说胡国国王曾经说过:"因为我国没有漂亮女子,所以请陛下赐给我美丽的女人。"①

再来看《今昔》的王昭君故事。除了没有开头两首和歌(开始到"咏王昭君的和歌")以及结尾部分("前面的和歌"到最后)关于和歌的说明以外,中间部分内容与《俊赖髓脑》基本相同。此外,《今昔》还加了一个独特的结尾:

> 胡人非常高兴,弹琵琶演奏各种乐曲,王昭君一路上热泪涟涟,但乐声给她带来一丝宽慰。她来到胡国,成为王后,但心里充满遗憾。当时的人们嘲讽说,这都是因为没给画师钱财的缘故。②

《俊赖髓脑》《今昔》中的王昭君故事都有画工丑图的情节,但是如果与《西京杂记》相比,可以发现主要情节上有所不同。《西京杂记》中画图是在匈奴来朝之前,是为了皇帝召幸后妃所为,昭君因不肯贿赂,"遂不得见"。而《俊赖髓脑》《今昔》中画图则是在胡人来朝之后,是为了方便皇帝挑选容貌丑的赐给胡人。在这一点上,之前的《宇津保物语》以及之后的《唐物语》也都一样,画工画像都是发生在胡人来朝后。

宫田尚认为,从悲剧效果来看,与《琴操》的自愿请行相比,《西京杂记》的被迫出塞更加具有悲剧效果。但《俊赖髓脑》中"紧急事态性"的画工丑图和突然被选中又比《西京杂记》的为皇帝召见而实施的"日常性"的丑图更富有悲剧性。③的确,相比"日常性"的画工丑图,《俊赖髓脑》《今昔》中"紧急事态性"的画工丑图让这一情节成为故事的高潮,从而达到更好的艺术效果。除了《俊赖髓脑》《今昔》之外,《宇津保》《唐物语》采用的也都是"紧急事态性"的画工丑图(《宇津保》是画工美图),说明这一情节因其传奇性、悲剧性

---

① 橘本富美男・有吉保・藤平春男校注・訳『歌論集』,新編日本古典文学全集,小学館,2002年,pp. 211—214。
② 金伟、吴彦译《今昔物语集》,万卷出版公司,2006年,p. 397。
③ 宫田尚『今昔物語震旦部考』,勉誠社,1992年,pp. 305—306。

在日本得到了广泛的接受和喜爱。

《俊赖髓脑》将这个故事作为怀圆和赤染卫门所咏和歌的典故,怀圆和赤染卫门的和歌被收在《后拾遗和歌集》中,题为"咏王昭君",两首和歌本来都是以王昭君的语气咏王昭君心情的和歌,但源俊赖却将两首和歌都作为皇帝所咏的和歌。怀圆的和歌解读为咏皇帝心情的和歌,赤染卫门的和歌为皇帝所咏的推测昭君心情的和歌。

> みるたびにかがみのかげのつらきかなかからざりせばかからましやは
>
> 一看镜中影,顿生心中苦。若非如此美,怎会有今天。

怀圆的和歌中连续出现了两个"かかる",这是一个指示词,它不具备独立意思,其意依附于和歌的语境。正因如此,这首和歌才具有较大的解读空间,既可解读成咏昭君的心情,"若不是拥有这般美貌,我的命运是否就不会像现在这样",也可解读成皇帝的心情,"如果昭君不是拥有这般美貌,我也不会如此地惦记她了"。

有学者认为这是源俊赖对和歌的误读[①],笔者以为这也许是俊赖故意的"误读",或者说是《俊赖髓脑》中昭君故事的情节所需。《俊赖髓脑》描写了皇帝看到昭君真人后的悔恨、哀叹和无奈,甚至还添加了昭君走后,皇帝因为过于思念去到昭君住过的地方,却因触景生情而更加伤感的场面。《西京杂记》中也有对汉元帝见到昭君本人之后后悔之情的描写,"帝悔之,而名籍已定,帝重信于外国,故不复更人",但无论是《西京杂记》也好,或是其他中国史书、文学作品中均未见描写皇帝失落、思念等心情的内容,可以说这是《俊赖髓脑》中王昭君故事的最大特点,是继承了日本和歌物语的传统。

男子思念离别的女子,便去寻访女子曾经住过的地方,然而已是时过境迁、物是人非,更加伤怀,于是咏歌一首。这是《伊势物语》第四段的经典场面,也是和歌物语的经典场面。

> 从前,皇太后住在东京的五条地方。其西边的屋子里住着一个女子。有一个男子,并非早就恋慕这女子的,只因偶然相遇,一见倾心,缠绵日久,终于情深如海了。不意那年正月初十过后,这女子忽然迁往别处去了。向人打听,得悉了她所住的屋子。然而这是宫中,他不能随便前往寻访。这男子就抱着忧愁苦恨之心度送岁月。

---

① 橋本富美男・有吉保・藤平春男校注・訳『歌論集』、新編日本古典文学全集、小学館、2002年、頭注「俊頼の誤解か」、p.211。

翌年正月,梅花盛开之际,这男子想起了去年之事,便去寻访那女子已经迁离了的西边的屋子,站着眺望,坐着凝视,但见环境已经完全变更。他淌着眼泪,在荒寂的屋檐下,横身地面上,直到凉月西沉,回想去年的恋情,吟成诗歌如下:

月是去年月,春犹昔日春。我身虽似旧,不是去年身。

到了天色微明之时,吞声饮泣地回家去。①

也就是说,《俊赖髓脑》中描写皇帝寻访昭君故居追忆往事、寄托哀思,其实是融入了和歌物语中惯有的场景,接下来的杨贵妃的故事中也描写了玄宗皇帝去杨贵妃被杀的地方追忆往事、独自哀伤。

和歌物语的惯用手法是在故事高潮时让主人公吟咏和歌,将人物的心情全部浓缩、凝聚在和歌之中,让读者通过和歌去感受人物的喜怒哀乐,同时也留下无穷的想象空间。《伊势物语》第四段的"月是去年月"的和歌便是如此,充分反映了男主人公的失落、惆怅之情。

《俊赖髓脑》虽不是和歌物语,但也是以和歌为中心的和歌故事。故事中添加了和歌物语特有的"寻访旧地、思念旧人、无限感伤而吟咏和歌"的情节,因此需要有一首和歌来代言皇帝的心情。吟咏王昭君故事的和歌大都是以昭君的语气咏昭君的心情,很少有咏皇帝心情的,所以俊赖就巧妙利用怀圆的这首解读空间较大的和歌,将它作为咏皇帝心情的和歌,对皇帝的内心世界进行诠释。

《俊赖髓脑》通过对皇帝思恋昭君的描写,对和歌的"误读",将这个故事诠释成为"皇帝思恋远去爱人的悲恋故事"。《今昔》中的昭君故事虽然没有和歌,但继承了《俊赖髓脑》的基本情节,将汉元帝形象刻画成一个"思恋昭君的皇帝"。

三、杨贵妃的故事:明白"道理"的皇帝

《今昔物语集》卷十《震旦·国史》中第七个故事是"唐玄宗后妃杨贵妃依皇宠被杀的故事"。《今昔》中这个故事的出典一般认为是《俊赖髓脑》,现将《俊赖髓脑》的这部分内容试译如下:

思ひかね別れし野べをきてみれば浅茅が原に秋風ぞふく

---

① 丰子恺译《伊势物语》,上海译文出版社,2011年,p.49。

离别相思苦，故地寻故人，浅茅之原野，唯有秋风吹。

这首和歌咏的是杨贵妃的事。杨贵妃的故事说的是，从前唐土有个皇帝叫玄宗，生性好色。他非常宠爱一个皇后和一个妃子，皇后叫源献皇后，妃子叫作武淑妃。皇帝与她们非常相爱，但两人却相继去世了。皇帝思恋不已，一心想找和她们长得相像的人，终于找到了杨元琰的女儿。她长得美丽出众，皇帝听说后，把她接来一看，比先前的皇后和妃子还要更加美丽。于是皇帝一心宠爱她，把对后宫三千后妃的宠爱都集于一身。皇帝不问朝政，春天一同赏花，秋天共同望月，夏天同泉消暑，冬天相伴赏雪。如此一来，皇帝没有闲暇，便将朝政委托给这个妃子的哥哥杨国忠。世人为此感叹道："生儿不如育女。"于是，一个叫安禄山的人，听说世间骚乱，便顺应人心，想要让皇帝了解情况危急，甚至还想杀了这个女御。皇帝和贵妃在渔阳游玩时，安禄山起兵将矛插在腰间，跪在皇帝轿前奏上："惟愿赐我杨贵妃，杀了她以平天下之愤。"皇帝不惜将杨贵妃交给了他。安禄山便在皇帝面前杀死了她。皇帝看到此景，肝胆欲裂，泪如雨下，无法再看下去。就这样，皇帝回到宫中，让位于太子。皇帝想起这件事便哀叹不已。春天不知鲜花飘散，秋天不见枯叶凋零，庭中积满落叶，无人打扫。有个叫作"幻"的道士，听说皇帝整日哀叹，便来拜见说："我作为皇帝的御使去寻找这个女御吧。"皇帝大喜，说道："那你就为我去找到她的所在回来告诉我。"道士奉命之后，上至虚空下至黄泉都找了个遍，也没能找到。有人说："东海有个蓬莱岛。岛上有座很大的宫殿，那里有个玉妃大真院，杨贵妃就在那儿。"道士找到那儿，当时太阳落到山边海面渐渐暗了下来。花门全都关上了听不见人的声音。道士敲门，一个身穿青衣的双鬟童女出来问道："你是何人，从何而来？"道士答道："我是皇帝御使，因有话转达，才不远千里寻到此处。"童女说道："玉妃已入睡。还请稍候。"其时，道士"幻"合掌而坐。天亮之后，杨贵妃将"幻"召进来问道："皇帝平安吗？天宝十四年后到今天，都发生了什么事情？""幻"给她讲了这段时间发生的事情，临走前，她把玉簪折成两半，其中一半交给"幻"说："把此物交给皇帝。让他想起过去的事情。""幻"说："玉簪是寻常之物，单凭此物，皇帝不会相信。过去，你和皇帝之间说过别人都不知道的悄悄话吧？请告诉我。我转告皇帝的话，他就一定会相信了。"杨贵妃想了一会，说："从前的一个七月七日的夜里，我和皇帝一起遥望牵牛织女星,皇帝站在我身边对我说,'牵牛织女之约太感人了。我也希望能像他们那样。正所谓在天愿作比翼鸟,在地愿为连理枝。天长地久有时尽,此恨绵绵无绝期。'你就这么说吧。"道士回去禀告皇帝,皇帝大为悲伤,最终伤心过度,没有多久便去世了。皇帝生前去杨贵妃被杀的地方追忆往事,旷野上的浅茅也在风中起伏,皇帝一定感到非常悲哀吧。这首歌便是推测皇帝心情所作。①

《俊赖髓脑》的这个故事放在源道济的"思ひかね"的和歌之后,说和歌咏的是"杨贵妃的事",用故事来说明和解读这首和歌。源道济是当时的著名歌人,著有歌学书《道济十体》。前面也提到,其私家集《道济集》中有以《长恨歌》诗句为题的十首句题和歌,其中四首咏的是玄宗皇帝失去杨贵妃后的心情,"思ひかね"便是以"不见玉颜"为句题所咏的一首,这首和歌还被收入敕选和歌集《金叶和歌集》中。

源道济的和歌是以玄宗皇帝的语气所咏的,意在咏出皇帝的悲伤和失落。正因如此,源俊赖在解释这首和歌时虽然称和歌咏的是"杨贵妃的事",但叙述视角更加偏向于玄宗皇帝,在故事中皇帝和上一个故事(王昭君故事)中的皇帝一样,失去所爱之人后去故地重游,吟咏和歌以寄托悲伤失意,如同日本和歌物语中的男主人公。

如上章所述,"秋风""长满浅茅的原野"等是日本《长恨歌》受容中形成的独特风景,道济的和歌吟咏的正是这一画面,《俊赖髓脑》也将这一画面作为点睛之笔,以"皇帝生前去杨贵妃被杀的地方追忆往事,旷野上的浅茅也在风中起伏"的描写作为结尾。

再来看《今昔》中的这个故事。《今昔》虽是以《俊赖髓脑》为出典,但也有自己独特的内容,这些内容正反映了《今昔》这部作品的特点。与《俊赖髓脑》相比,有以下的不同点:

首先,《今昔》描写杨贵妃入宫是皇帝亲自出宫寻找的,说是"皇帝离开王宫出游",来到一个名叫弘农的地方,发现草庐中杨玄琰的女儿长得无比美丽,光艳照人。这段皇帝亲自出游找到杨贵妃的叙述是《今昔》所特有的,《俊赖髓脑》中没有,《唐物语》等其他日本作品中均未有见。

关于贵妃入宫的经历,如《长恨歌传》所述:"诏高力士潜搜外宫,得弘农杨玄琰女于寿邸"②,杨贵妃本是玄宗之子寿王之妃,是被高力士选中从寿王

---

① 桥本富美男・有吉保・藤平春男校注・訳『歌論集』、新編日本古典文学全集、小学館、2002年、pp. 214-219。
② 朱金城笺校《白居易集笺校二》,上海古籍出版社,1988年,p. 656。

邸被召入宫内的。日本的作品一般不提及这一事实,如《唐物语》只是以"杨家之女"一笔带过。《今昔》却将贵妃入宫描写成皇帝亲自出宫找来,给唐玄宗形象赋予了浓厚的日本古代天皇的色彩。

日本古代天皇在出游时向当地女子求婚的故事散见于《古事记》《日本书纪》等典籍中。例如,《古事记》中卷《应神天皇》中记载天皇前往近淡海国,到了木幡村时,在路上遇见了一个美丽的少女。天皇问道:"你是谁家的女儿?"在古代,询问对方的名字就表示求婚,少女回答道:"我是丸迩比布礼之意富美的女儿,名叫宫主矢河枝比卖。"天皇于是对少女说:"我明天归来的时候,到你的家里去。"第二日,天皇归来果然到少女家去,少女的父亲把家里装饰得庄重美丽,二人就此结婚。下卷《雄略天皇》中也描写了雄略天皇的求婚故事,到美和河向"赤猪子"求婚,在吉野川河边召幸少女等。雄略天皇的求婚故事很多,《万叶集》开篇第一首著名的和歌就是雄略天皇向初春在野外摘嫩菜的少女的求婚之歌。

日本民俗学家折口信夫从民俗学角度解读古代的"好色",提出了有名的"好色"①论:日本古代的英雄们通过征服各地的女性、拥有当地神灵保佑从而实现对王权的支配,因而天皇到各地与当地女子成婚这种"好色"行为是古代英雄所特有的美德,理想的性格,也是行为基准的一种伦理,这种伦理是古代皇权所必需的。日本古代的倭建命、大国主神、仁德天皇等皇权人物都是"好色"的典型。《今昔》开篇就描写唐玄宗"好色"②,接下来描写他出游前往弘农,发现美丽的杨贵妃,于是把她带回宫中日夜宠爱。出游时与当地女子成婚这一本属于古代日本天皇的"好色"行为,给唐玄宗的"好色"又增添了一层新的含义,给玄宗形象赋予了日本古代天皇的色彩,也符合《今昔》说话文学的特点。

另外,《今昔》中安禄山形象比较正面,被称为"贤明有谋略的人"③。直接上奏并杀死杨贵妃的人也不是安禄山,而是陈玄礼。关于这一点,《俊赖髓脑》中也描写安禄山是"顺应人心"才想要杀了杨贵妃,可以说评价也偏于正面。只是《俊赖髓脑》中是安禄山直接上奏玄宗赐死杨贵妃,并在皇帝面前处决。而《今昔》中则换成了陈玄礼。

---

① 折口信夫所说的"好色"是日语的「色好み」,他认为「色好み」由于同汉语词的"好色"相似,反而歪曲了「色好み」原本的意思。详细论述参考拙论《「色好み」小考》(黄华珍、张仕英主编《文学·历史传统与人文精神——在日中国学者的思考》,中国社会科学出版社,2003年)。
② 原文为"性、本ヨリ色ヲ好ミ女ヲ愛シ給フ心有ケリ。"
③ 此句金伟、吴彦译文中未出现,其底本日本古典文学大系原文为"心賢ク思量有ケル人ニテ"。

竹村则行认为,之所以《俊赖髓脑》《今昔》等作品中安禄山作为正义一方出场,被描写成"善人",与中国史书中的"恶人"形象相去甚远,是因为作者只参考了《长恨歌传》。《长恨歌传》中关于安禄山的叙述只有"天宝末,兄国忠盗丞相位,愚弄国柄。及安禄山引兵向阙,以讨杨氏为词"一句,仅从这一句来判断的话,安禄山的行为完全可以看作是"正世之义举"①。但《今昔》中出现了"陈玄礼"的名字,而《长恨歌》《长恨歌传》中都未提及"陈玄礼",因此《今昔》的作者应该还是接触到了《旧唐书》《新唐书》等史书中的相关内容的。

关于杨贵妃之死的描写《今昔》也和其他作品略有不同。《今昔》中杨贵妃之死并未得到皇帝同意,皇帝本不堪忍痛割爱,但陈玄礼强行绞杀了杨贵妃,皇帝也无可奈何。相关叙述如下:

> 陈玄礼腰间佩剑,跪在皇帝轿前请求道:"皇帝因宠爱杨贵妃不理朝政,以致天下大乱,国难无过于此。惟愿皇帝交出杨贵妃,以平息天下之怒。"皇帝深爱贵妃,不堪忍痛割爱。
>
> 这时,杨贵妃逃入堂中,躲在佛光背后,陈玄礼发现后,用练绢将杨贵妃绞杀。皇帝看见后肝胆欲裂,心迷神乱,泪如雨下,看不下去。但依道理应该如此,也没有动怒。②

关于杨贵妃之死与玄宗皇帝的关系,《旧唐书》中记载"帝不获已,与妃诏,遂缢死于佛室"③,《新唐书》也是类似的内容,"帝不得已,与妃诀,引而去,缢路祠下"④,都是皇帝不得已而赐死的内容。《长恨歌传》中为"上知不免,而不忍见其死,反袂掩面,使牵之而去,仓皇展转,竟就绝于尺组之下"⑤,进一步描写了玄宗"反袂掩面"的不忍。玄宗尽管有千万不忍,但却迫于形势,不得不允许缢死贵妃。《俊赖髓脑》也描写说"皇帝不惜将杨贵妃交给了他"。

但《今昔》却写玄宗不舍交出杨贵妃,陈玄礼是在玄宗未同意的情况下,强行将贵妃处死的。皇帝看见后"肝胆欲裂,心迷神乱,泪如雨下,看不下

---

① 竹村则行「善人安禄山の登場—『今昔物語集』巻十の楊貴妃説話と『長恨歌伝』」(新日本古典文学大系月報90、1999年)、pp.5—6。
② 金伟・吴彦译《今昔物语集》,万卷出版公司,2006年,p.399。
③ 《旧唐书》,二十四史,中华书局,1997年,p.2181,卷五十一,列传第一后妃上。
④ 《新唐书》,二十四史,中华书局,1997年,p.2181,卷五十一,列传第一后妃上。
⑤ 朱金城笺校《白居易集笺校二》,上海古籍出版社,1988年,p.657。

去"。也就是说,《今昔》通过这一细节上的微小改动凸显了皇帝失去心爱女人时的无能为力,这就更加符合平安朝贵族们偏爱的爱情悲剧中的男主人公形象,例如《伊势物语》第六段的男主人公,他千辛万苦把心爱的女人偷出来相偕私奔,女子却被鬼一口吃掉,男主人公只能"捶胸顿足地哭泣,然而毫无办法了"。①

皇帝虽有千万不忍,"但依道理理应该如此,也没有动怒"。强调理重于情,将"道理"放到了第一位。结尾部分作者独特的评语中再次提到了"道理"。

> 然而,安禄山杀掉杨贵妃是为了正天下②,皇帝也不能怜香惜玉。从前的皇帝和大臣都明白这个道理。③

本来文中描写杀死杨贵妃的是陈玄礼,这里又写安禄山杀掉杨贵妃,看上去似乎前后矛盾,也许是指杨贵妃之死的直接原因是安禄山发动兵变。作者对安禄山的行为是予以肯定的,其原因是杨贵妃是乱世之因,只有杀了她才能"正天下"。

《今昔》描写杨贵妃被杀前躲在"佛光"背后,小峰和明指出,"佛光"是指佛身后的光环,佛光本来是灵验、拯救的象征,也是佛法保佑的象征,而杨贵妃却未能获得佛光的保佑。④

杨贵妃未能获得佛光保佑,这一描写与这个故事中对"道理"的强调是有关的。故事中"道理"一词出现了两次:皇帝看见贵妃死后,虽然"肝胆欲裂,心迷神乱,泪如雨下,看不下去",但依"道理"应该如此,并没有动怒。篇末评语又说,杀死杨贵妃是为了正天下,连皇帝也不能怜香惜玉,"从前的皇帝和大臣都明白这个道理"。也就是说,"道理"第一,依"道理"只能杀了杨贵妃正天下,所以连佛光都不能保佑她。

所谓"道理"本来是指凡事理应如此,理所当然的秩序规范、正确的逻辑、论理等,日本古代也有"文书道理"的说法,指过去的文书中有明证的事物,用来作为判断正确性的标准。⑤平安朝院政期,所谓"山阶道理"盛行,无理之事也能靠权力行得通。《大镜》中卷六《藤氏物语》(道长传)中有如下记

---

① 丰子恺译《伊势物语》,上海译文出版社,2011年,p. 51。
② 此处金伟、吴彦译文为"为了杀掉安禄山平定天下",根据原文改为"安禄山杀掉杨贵妃是为了正天下"。
③ 金伟、吴彦译《今昔物语集》,万卷出版公司,2006年,p. 399。
④ 小峯和明『今昔物語集の形成と構造』、笠間書院、1985、p. 468。
⑤ 『日本国語大辞典』第二版、小学館、2000年。

录：

> 即便是毫无道理的非道之事，一旦到了山阶寺，便无人敢言，于是称为"山阶道理"放任不管。藤原氏实在是威势逼人，无人能比啊。[①]

藤原氏的寺院被称为山阶寺，即使是毫无道理可言的"非道"之事，只要跟山阶寺有关，便无人指责，所以称作"山阶道理"。《大镜》表面上是在赞赏藤原氏之兴盛，其实也暗含对靠权势把"非道"变为"道理"的一种讽刺。

《今昔》在结尾处用"道理"来点评这个故事，也许正是基于对"山阶道理"等现实社会非道之事的认识，如同小峰和明所指出的那样，强调"从前的皇帝和大臣都明白道理"，反映了作者对现实皇权政治的强烈意识。[②]

《今昔》中很多具体描写跟《俊赖髓脑》几乎一致，应该是以《俊赖髓脑》为第一手资料，但其叙述态度则与《俊赖髓脑》完全不同，可以看到由"情"到"理"的一个变化。《俊赖髓脑》是为说明和歌而叙述故事，叙述的是一个"あはれ"（悲哀、让人感伤）的故事，当然这也是杨贵妃故事在日本的最普遍的受容方式。《今昔》一方面描写了一个不忍交出杨贵妃，以情为重的皇帝，另一方面又以"道理"为重，即便是重情的皇帝因为"道理"，纵然肝胆欲裂也不能动怒；杀杨贵妃是为了正天下，所以不能怜香惜玉，这是皇帝和大臣都明白的"道理"。讲"道理"，这是《今昔》中杨贵妃故事的最大特点，也包含了杨贵妃故事受容的另一种方式和可能性。

[①]『大鏡』、日本古典文学大系、岩波書店、1966年、p. 235。
[②] 小峯和明『今昔物語集の形成と構造』、笠間書院、1985年、p. 469。

第四章 《唐物语》的中国故事及受容特点

一、上阳人的故事：与杨贵妃争宠？

《唐物语》的第二十四个故事是《宫女被杨贵妃嫉妒、终生幽闭上阳宫的故事》。这则故事译文如下：

> 从前，上阳人被幽闭在上阳宫中，度过了很多年岁。秋夜与春日、白天与黑夜，除了风声、虫音以外，再无人来访。雨打后的似锦红叶，黄莺的百啭千啼，都让她觉得凄恻哀怨，夜雨打窗的声音让她愁泪更增。
>
> いとどしくなぐさめがたきあきのよにまどうつあめぞいとどわりなき
>
> 秋夜宿空房，悲苦又凄凉，暗雨打窗声，更是添愁肠。
>
> 这个人过去曾入后宫，自恃相貌出众，所以有了与杨贵妃争宠之心吧，结果一生独守空床，花容失色，黑发变白。①

如果将这则故事与原诗《上阳白发人》比对，可以看到有的句子有可能是原诗诗句的翻译或翻案，如下表所示：

《唐物语》 《宫女被杨贵妃嫉妒、终生幽闭上阳宫的故事》	《上阳白发人》
(1) むかし、上陽人上陽宮にとぢこめられて、おほくのとし月をおくりけり。 从前，上阳人被幽闭在上阳宫中，度过了很多年岁。	一闭上阳多少春。
(2) 秋の夜、春の日、 秋夜与春日，	秋夜长。春日迟。

---
① 译文为笔者译。为了便于分析，尽可能使用直译。以下同。

(3) あけくれは、風のをと、むしのこゑよりほかに又をとづるゝ物なきには、あらしにたぐふもみぢのにしき、 白天与黑夜,除了风声、虫音以外,再无人来访。雨打后的似锦红叶,	夜长无寐天不明。日迟独坐天难暮。
(4) もゝさへづりのうぐひすのこゑも、我ためは、いとなさけなき心ちす。 黄莺的百啭千啼,都让她觉得凄恻哀怨,	宫莺百啭愁厌闻。
(5) よるのあめ、まどをうつをとにも、うれへの涙いとゞまさりけり。 いとどしくなぐさめがたきあきのよに まどうつあめぞいとどわりなき 夜雨打窗的声音让她愁泪更增。 秋夜宿空房,悲苦又凄凉,暗雨打窗声,更是添愁肠。	潇潇暗雨打窗声。
(6) このひと、むかし、うちにまいりけるに、そのかたちはなやかにおかしげなりけるをたのみて、楊貴妃などをもあらそふ心やありけん、 这个人过去曾入后宫,自恃相貌出众,所以有了与杨贵妃争宠之心吧,	未容君王得见面,已被杨妃遥侧目。
(7) 一生つゐにむなしきゆかをのみまもりつゝ、はなのかたちいたづらにしほれて、むばたまのくろかみしろくなりにけり。 结果一生独守空床,花容失色,黑发变白。	一生遂向空房宿。红颜暗老白发新。

上表中,除了(6)的意思与原诗有较大出入以外,其他基本与《上阳白发人》诗句意思相同。其中(1)、(4)、(5)与原诗意思基本一致,(2)与(3)只取原诗部分意思。

但是值得注意的是,虽然看似整个故事基本与原诗《上阳白发人》内容保持一致,但《唐物语》的故事已完全是和歌和文的表达方式,故事与原诗的顺序也完全不同,如果把上阳人、杨贵妃等专有名词去掉的话,可以说就完全看不出是《上阳白发人》的故事了。正如小峰和明所指出的那样,这个故事与原典脱离,其文章表达是建立在和歌的表现传统之上的。[①]

像《唐物语》这样的和歌物语不需要直接参考白居易诗歌,在先行受容

---

① 小峯和明「唐物語の表現形成」(『説話文学と漢文学』、和漢比較文学叢書4、汲古書院、1987年),pp. 202—205。

的和歌或"歌语"的基础之上,加上日本传统和歌式的表达,就能创作出一个新的故事,这种方式可以称为"间接翻案"。也就是说,在白居易诗歌基础上所吟咏的和歌或某个"歌语",例如"打窗雨",在某种程度上已经代表了诗歌或诗歌所述故事本身。

例如,平安中期的歌人、三十六歌仙之一藤原高远的私家集《大式高远集》中收有十首以《上阳白发人》的诗句为题咏的"句题和歌"。其中包括:1.一闭上阳多少春;2.一生遂向空房宿;3.秋夜长,夜长无寐天不明;4.耿耿残灯背壁影;5.萧萧暗雨打窗声;6.春日迟,日迟独坐天难暮;7.宫莺百啭愁厌闻;8.春往秋来不记年;9.唯向深宫望明月;10.外人不见见应笑。《唐物语》的这个故事除了(6)以外,其他内容与这十首"句题和歌"的前七句内容完全一致。虽然无法证明《唐物语》的这则故事的出典就是《大式高远集》,但《唐物语》的创作在很大程度上应该依据和参考了这些先行受容的和歌、和文中的《上阳白发人》。

此外,(3)的下划线部分是原诗中没有的,非常日本式的表达方式。"风声(かぜのをと)""虫音(むしのこゑ)"等是和歌中为了烘托渲染寂寥情景和心情时常用的,例如:

秋風のやゝ吹きしけば野を寒みわびしき声に松虫ぞ鳴

(『後撰和歌集』261)[①]

秋风频频吹,松虫声声鸣,寂寥又孤单,只因旷野寒。

另一句"嵐にたぐふ紅葉の錦"(雨打后的似锦红叶)也是和歌的表达方式,例如:

いとどしく秋の心をもよほすは嵐にたぐふもみぢなりけり

(『拾玉集』638)[②]

风雨翻怒涛,红叶飞如锦,最是惹人怜,催得秋意浓。

关于(6)中与原诗内容不符的部分,原诗中"未容君王得见面,已被杨妃遥侧目"明确指出是杨贵妃的嫉妒造成上阳人被发配到上阳宫,《唐物语》却说是上阳人自恃容貌出众,想要和杨贵妃争宠。关于这一点,《今昔》中的处理是回避直接写杨贵妃的嫉妒,不点出"杨贵妃"之名,只说是因为别的后妃

[①] 片桐洋一校注『後撰和歌集』、新日本古典文学大系、岩波書店、1990年、p. 80。
[②] 『新編国歌大観』第三巻、私家集編Ⅰ、角川書店、1985年、p. 663。

嫉妒上阳人的美丽,便想方设法将她打入冷宫。

冈部明日香指出这一受容方法是为了回避描写杨贵妃的厉害可怕的一面,以免和《长恨歌》中的杨贵妃形象产生矛盾。① 的确,杨贵妃在平安朝文学中是爱情悲剧的女主人公,也是《源氏物语》《桐壶》卷桐壶更衣形象的原型,是楚楚可怜的受害者形象。描写杨贵妃迫害上阳人的"恶"的一面,不仅与平安贵族心目中的杨贵妃形象不符,从作品本身来说,也与这个故事之后收录的玄宗与杨贵妃的故事中杨贵妃形象形成冲突。

关于这篇的主题,冈部明日香认为《今昔》和《唐物语》的物语化过程中,白居易本来试图表现的"后宫女性的悲惨命运"这一问题意识发生了换骨夺胎式的变化,日本式的新的受容是作为"嫉妒"的故事以及作为一种"教训"的再生。②

《唐物语》作者往往会在故事末尾通过评语来说明某种道理或教训,具有一定的批判精神。例如,第三《贾氏之妻见丈夫弓箭之技始笑》的评语是"痛感人一定要有一技之长",第五《卓文君嫁相如,相如出人头地之故事》末尾又说"善于忍耐,自强不息,无论古今,都是正确的处事态度",第十九《妻子抛弃朱买臣后悔而死的故事》中又评论说:"目光短浅的人,做事总留遗恨"等等。上阳人故事的结句部分("这个人过去曾入后宫,自恃相貌出众,所以有了与杨贵妃争宠之心吧,结果一生独守空床,花容失色,黑发变白")的确也具有一定的"教训"的意思,但与其他故事相比更像是说明原因,"教训"意思并不很强。整个故事的重点还是在表现郁郁寡欢、悲伤度日的后宫佳人的形象,主题也还是集中在对佳人不幸命运的同情和哀叹上。在《今昔》中没有出现的"窓打つ音"(打窗声)、"窓打つ雨"(打窗雨)在这个故事中作为一个关键词在文章和和歌中各出现一次,以其在和歌和文中已经形成的意境和联想突出上阳人的凄恻哀怨之情。

二、王昭君的故事:从"不贿赂"到"被嫉妒"

《唐物语》中王昭君故事收录在上阳人之后,为第二十五个故事,以下是笔者试译的全文译文:

---

① 冈部明日香「楊貴妃と上陽白髪人——白居易新楽府の日本での解釈と受容について」(『アジア遊学』27、2001 年 5 月)、p. 126。
② 同上文,p. 127。

第二十五　王昭君、画像被画丑而嫁给胡王的故事

　　从前，有个皇帝叫汉元帝。在他的三千后妃中，有个叫王照君的美貌绝伦，无人能及。很多后妃心生嫉恨，"此人若在皇上身边亲密侍奉，我等定被视如草芥。"其时，夷人之王来朝拜见皇帝说："三千后妃中，可否赏我一人，谁人都可。"皇帝觉得亲自在后妃中挑选颇为麻烦，于是让把后妃们全都画下来，看画挑选。也许画师是被谁教唆吧，把王照君的容貌画得非常难看，于是她被赐给了夷人之王，夷王大喜，带她回国。照君思念故土，泪水比路旁草上的露珠还要多；和亲朋好友离别的叹息，伴随她翻越茂密的丛林，去到远方。既已如此，失声痛哭又有何益。

　　うき世ぞとかつはしるしるはかなくもかがみのかげをたのみけるかな

　　世上忧愁多，吾本应知之。轻信镜中影，悲叹太无常。

　　夷王本是不解风情不懂情意之人，因被照君可爱的容貌打动，对照君百般疼爱之程度超出该国的习惯。尽管如此，照君自离开故乡之日起愁眉不展，流泪至今。这个人只知镜中自己的容貌美得没有瑕疵，却不知人心污浊。

小林保治《唐物语全释》（底本为名古屋大学附属图书馆藏影印本）中"王昭君"均写作"王照君"[①]，"照"应为"昭"之误，但当时"王照君"的写法似乎也很普遍，《日本国见在书目》"别集家"中还载有"御制王照君集一卷"一书。此书为何书不明，但可见当时有"王昭君"和"王照君"两种写法。

《唐物语》中的王昭君故事具有以下几个特点。首先，是参考和借用了吟咏王昭君的歌语与和歌。例如，"照君思念故土，泪水比路旁草上的露珠还要多；和亲朋好友离别的叹息，伴随她翻越茂密的丛林，去到远方（ふるさとをこふる涙は道の露にもまさり、なれし人々にたちわかれぬるなげきは、しげきみ山の行すゑはるかなり）"，这段描写是借用了《后拾遗和歌集》中赤染卫门的和歌：

なげきこし道の露にもまさりけりなれにしさとをこふる涙は
　　一路叹别离，咸咸行千里。思念故土泪，胜过草上珠。

　　再比如说，故事中吟咏王昭君心情的和歌为"うき世ぞとかつはしるし

[①] 书陵部本则为"王昭君"。日本古典文学大系《今昔物语集》中也为"王照君"。

るはかなくもかがみのかげをたのみけるかな(世上忧愁多,吾本应知之。轻信镜中影,悲叹太无常)",其中"镜中影(かがみのかげ)"这一歌语应该也是来自于《后拾遗和歌集》中怀圆咏昭君的和歌,

  みるたびにかがみのかげのつらきかなかからざりせばかからましやは
  一看镜中影,顿生心中苦。若非如此美,怎会有今天。

其实将昭君与镜子联系在一起并不是怀圆的独创。早在平安初期敕选汉诗集《经国集》中就已见咏王昭君与镜子的汉诗。小野末嗣在《奉试‧赋得王昭君》中咏道:

  一朝辞宠长沙陌。万里愁闻行路难。
  汉地悠悠随去尽。燕山迢迢犹未殚。
  青虫鬓影风吹破。黄月颜妆雪点残。
  出塞笛声肠暗绝。销红罗袖泪无干。
  高岩猿叫重坛苦。遥岭鸿飞陇水寒。
  料识腰围损昔日。何劳每向镜中看。①

小岛宪之指出,这首诗模仿了唐朝诗人董思恭的《相和歌辞‧王昭君》。②

  琵琶马上弹,行路曲中难。
  汉月正南远,燕山直北寒。
  髻鬟风拂散,眉黛雪沾残。
  斟酌红颜尽,何劳镜里看。

其实,除了董思恭的诗以外,中国诗人咏昭君的诗歌中也有不少咏入"镜子"意象的。例如,北周诗人庾信《王昭君》的"镜失菱花影,钗除却月梁",初唐诗人骆宾王的同题诗"妆镜菱花暗,愁眉柳叶嚬",南梁武陵王萧纪的"谁堪览明镜,持许照红妆"③等等。诗歌中咏"镜"都是为了咏叹王昭君嫁到胡国后红颜衰败、美貌逝去,小野末嗣的汉诗自然也是如此。

---

① 『経国集』、群書類従第8輯、塙保己一編、続群書類従完成会、1980年、p. 530。
② 小島憲之『上代日本文学と中国文学』下、塙書房、1988年、pp. 1596—1597。
③ 以上诗歌参考郭茂倩《乐府诗集》卷二十九《相和歌辞四》,上海古籍出版社,1993年,p. 268。

怀圆和歌中的"镜中影"却完全相反，咏的是昭君看见镜中自己的美貌而感叹，都是因为美貌才落到今天的地步。类似的和歌还有《丹后守为忠朝臣家百首》中所咏的一首《王昭君》：

> くやしくも鏡の影を頼みつつちぢのこがねをつくさざりける①
> 轻信镜中影，不送千两金。今日方悔之，又怎奈何今？

这两首都是以王昭君的语气感叹因自恃镜中容颜之美，而落得远离故土的悲惨命运。《唐物语》故事中的和歌也是在这类和歌基础之上创作而成的。

《唐物语》昭君故事还描写了"夷王"（单于）对昭君的疼爱。关于夷王的描写，在日本的其他作品中都未曾见到。与《王昭君变文》中"单于虽是番人，不那夫妻义重"等关于单于重夫妻情意，疼爱昭君的描写相似。

《唐物语》昭君故事最大的特点是将昭君的悲剧归结于"被嫉妒"所致。《西京杂记》中"画工丑图"的情节极富趣味性和传奇性，不仅为中国后世文学所继承，传到日本后也深受喜爱，在汉诗文、《宇津保物语》《源氏物语》《俊赖髓脑》《今昔物语集》等作品中得到广泛的受容。然而这一情节在《唐物语》中却发生了变异，《唐物语》中"画工丑图"的情节虽然保留了下来，但其原因不是昭君不贿赂画工，而是嫉妒她的人挑唆了画工。也就是说，王昭君的悲剧是由于美貌招致其他后妃嫉妒所致。

《今昔》中描写宫中后妃人数达四五百人，《唐物语》则为"三千后妃"，很明显这是将《长恨歌》的"后宫佳丽三千人"移植到了王昭君的故事中，是为了将悲剧根源归结于后宫妃嫔明争暗斗的一种铺垫。故事末尾说"这个人只知镜中自己的容貌美得没有瑕疵，却不知人心污浊"，这一评语一方面与文中昭君反省自己对容貌过于自信的"镜中影"的和歌相呼应，一方面也是《唐物语》作者常用的方法，即通过故事来说明某种道理或教训，这个故事的教训便是"不知人心污浊"。这与《今昔》中作者最后的评论："当时的人们嘲讽说，这都是因为没给画师钱财的缘故"，形成鲜明的对比。说明《今昔》中王昭君故事受容的重点仍然是因为没有贿赂画师造成的"画工丑图"，而《唐物语》中的这个故事已演变成因为不知人心污浊遭到嫉妒而造成的"画工丑图"。

---

① 『新編国歌大観』第四卷、私家集編Ⅱ、角川書店、1986年、p. 271。

三、杨贵妃的故事:"人非木石皆有情"

《唐物语》第十八话为"玄宗皇帝与杨贵妃的故事",是全篇中篇幅最长的一篇。故事主要内容与《长恨歌》及《长恨歌传》一致,基本是按照《长恨歌》与《长恨歌传》中故事发展的顺序进行写作,同时又采录了《杨太真外传》《旧唐书》《新唐书》中的一些内容。

由于故事很长,按照情节发展分成四个部分进行分析。

一、唐玄宗对杨贵妃的宠爱及七夕盟誓;

二、安禄山之乱、杨贵妃之死、玄宗打发手下;

三、玄宗的悲痛、方士访问蓬莱山;

四、篇末评语。

以下先将全篇试译成中文,分成四个部分分别进行考察。在参考先行研究的基础上①,首先梳理具体词句的出典及引用状况。提取《唐物语》不同于或是找不到出典的部分用下划线标出,这部分也应该就是《唐物语》特有的描写,对此再进行分析,从而找出这部作品的特点。

一、

(1)从前,有位叫唐玄宗的皇帝在位之时,(2)世间太平。和风轻抚树叶,雨水充足及时,<u>人们安于太平之乐,只知赏花看月</u>。(1)皇帝爱女色,热衷此事心无余暇。万事交给左大臣,自己则怠于朝政。

(3)过去,皇帝万分宠爱元献皇后、武淑妃。她们去世之后,后宫众多嫔妃中没有合皇帝心意的。(4)于是皇帝命令高力士到都城外去寻找,找来了杨家之女。(5)她的容貌仿佛秋月从山边高高升起,又像夏日池塘中初开的红莲。(6)正所谓一笑百媚生,迷惑万人心。<u>简直不像这个世上的人,如同天女下凡。</u>

(7)于是皇帝马上让人在宫中挖掘温泉,让她沐浴。浴后出水的姿态实在娇柔妩媚,似乎薄薄的衣裳也承重不起。<u>面色微红走出来的样子既轻柔又优美可爱,一举一动文静典雅。</u>(8)皇帝每次看到这幅情景,都无比高兴满意。(9)她不仅容貌美丽动人、举止优雅无双,还精通万事,做事有情有义。皇帝心中所想之事,她均能察觉领会,<u>世人都说,难</u>

---

① 岩山泰三「『唐物語』長恨歌説話における和様化の方法」(『国語国文』66-2、1997年2月);青木五郎「『唐物語』第十八話〈玄宗・楊貴妃譚〉について(その一)—和漢比較文学ノート(3)」(『京都教育大学紀要(人文・社会)』90、1997年3月);小林保治編著『唐物語全釈』、笠間書院、1998年 等。

怪皇帝如此宠爱了。(10)皇帝出行必与她同车,就寝必与她同床。(11)后宫虽有三千后妃,皇帝连看都不看,随着时间流逝,越发宠爱她一人。

(12)皇帝巡幸骊山宫,让杨贵妃舞一曲霓裳羽衣曲。<u>只见舞袖在风中翻飞,玉饰坠落在庭院中,让人觉得极乐世界的琉璃之地便是此景了。无人不被骊山宫的秋日晚宴所打动。</u>(13)春从春游,夜叹夜短。如此这般,皇帝每日不分昼夜只知道宠爱杨贵妃,其他什么事都不做,连朝政是好是坏都无从得知。(14)还有无数人受贵妃恩泽,忘记世间之苦,骄奢放逸。天下之人,不分贵贱,都不敢违逆贵妃心意。所见所闻之人羡慕赞赏之事,说也说不尽。而生女之家都喜出望外、精心养育,希望女儿也能像这样,实在是愚蠢至极。

(15)皇帝有个弟弟叫宁王,常伴随皇帝左右。他总是坐在皇帝身边,皇帝不分昼夜玩乐时必然在近前伺候。(16)这个亲王有枝琉璃玉笛悄悄放在帐内,杨贵妃把它拿过来吹。(17)皇帝见了,变了脸色说:"<u>玉笛非其主不能吹,而你自恃受宠违背礼数,这不是乱了规矩吗?"杨贵妃也许是深深悔恨了吧</u>,(18)她剪下一缕头发献给皇帝,哭着说:"我身体除了发肤之外,全是拜皇帝所赐。而我却忤逆了君意,愿服罪认错。"传话的使者也慌了,赶紧奏上贵妃的话。皇帝听了心乱如麻,不知如何是好,没过多久就将她召回,<u>心想:"真是世间难得的好性情啊"</u>,于是更加宠爱了。

(19)初秋七日傍晚,皇帝来到骊山宫,羡慕牵牛织女千年不变的誓言,又感叹无常世间男女别离之易。于是立下誓言:"即使六道轮回身体改变,也要永远相见相爱。"

　　すがたこそはかなき世々にかはるともちぎりはくちぬものとこそきけ

　　<u>世事真无常,爱情难恒久,即使形貌变,盟誓永不朽。</u>

(20)两人双手相执,眼泪涟涟。<u>后世之人听后也难免湿了衣袖。</u>

第一部分,也就是描写玄宗对杨贵妃宠爱的部分基本上是基于《长恨歌传》的相关部分写成,其中插入了杨贵妃偷吹宁王玉笛的小插曲,是取自《杨太真外传》。此外,还有一些直接引用《长恨歌》诗句的地方。以下是各个部分对应的出典。

(1)玄宗在位岁久,倦于旰食宵衣,政无小大,始委于右丞相。深居游

宴,以声色自娱。(《传》)①

(2) 儒者论太平瑞应,(中略)风不鸣条,雨不破块,五日一风,十日一雨。(《论衡》"是应")②

(3) 先是元献皇后、武淑妃皆有宠,相次即世。宫中虽良家子千数,无可悦目者。(《传》)

(4) 诏高力士潜搜外宫,得弘农杨玄琰女于寿邸。(《传》)

(5) 秋夜待月。纔望出山之清光。夏日思莲。初见穿水之红艳。(《和汉朗咏集》催妆诗序,菅原道真)

(6) 回眸一笑百媚生,(《歌》)③

(7) 别疏汤泉,诏赐澡莹。既出水,体弱力微,若不任罗绮,(《传》)

(8) 上甚悦,(《传》)

(9) 非徒殊艳尤态致是,盖才智明慧,善巧便佞,先意希旨,有不可形容者。(《传》)

(10) 与上行同辇,居同室,宴专席,寝专房,(《传》)

(11) 后宫佳丽三千人,三千宠爱在一身。(《歌》)

(12) 进见之日,奏《霓裳羽衣曲》以导之。(《传》)

骊宫高处入青云,仙乐风飘处处闻。缓歌慢舞凝丝竹,尽日君王看不足。惊破霓裳羽衣曲。(《歌》)

(13) 春从春游夜专夜。(《歌》)

春宵苦短日高起,从此君王不早朝。(《歌》)

(14) 叔父昆弟皆列在清贯,爵为通侯。姊妹封国夫人,富埒王室,车服邸第与大长公主侔,而恩泽势力则又过之。出入禁门不问,京师长吏为侧目。故当时谣咏有云:生女勿悲酸,生男勿喜欢。又曰:男不封侯女作妃,看女却为门上楣。其人人心羡慕如此。(《传》)

姊妹弟兄皆列土,可怜光彩生门户;

遂令天下父母心,不重生男重生女。(《歌》)

(15) 上旧置五王帐,长枕大被,与兄弟共处其间。(《外传》)④

(16) 妃子无何窃宁王紫玉笛吹。(《外传》)

---

① 朱金城笺校《白居易集笺校二》,上海古籍出版社,1988年,pp. 656—659,以下同。
② 王充撰《论衡》,上海古籍出版社,1990年,pp. 169—170。
③ 朱金城笺校《白居易集笺校二》,上海古籍出版社,1988年,pp. 659—661,以下同。
④ (五代)王仁裕等撰、丁如明校《开元天宝遗事十种》,上海古籍出版社,1985年,pp. 131—146,以下同。

（17）因此又忤旨，放出。(《外传》)

（18）妃泣谓韬光曰："请奏：妾罪合万死。衣服之外，皆圣恩所赐。惟发肤是父母所生。今当即死，无以谢上。"乃引刀剪其发一缭，附韬光以献。妃既出，上怃然。至是，韬光以发搭于肩以奏。上大惊惋，遽使力士就召以归，自后益嬖焉。(《外传》)

（19）秋七月，牵牛织女相见之夕……独侍上。上凭肩而立，因仰天感牛女事，密相誓心，愿世世为夫妇。(《传》)

（20）言毕，执手各呜咽。(《传》)

第一部分引用《长恨歌传》频率最高，在《长恨歌传》基本情节的基础之上，再加上对《长恨歌》《杨太真外传》的引用。画线部分的《唐物语》特有的描写中，有的是基于日本和歌、和文中常用的表达方式。例如，形容杨贵妃的美貌时，说她"简直不像这个世上的人，如同天女下凡"。类似的形容也散见于《源氏物语》《荣华物语》等作品中。例如，《源氏物语》《习字》卷描写投水自杀的浮舟被救起之后，经横川僧都的妹妹尼僧悉心看护，逐渐痊愈，看上去"好比天上降下来的仙子"[①]。《荣华物语》卷八描写一条天皇巡幸土御门邸时，两名内侍"仿佛是唐绘中的人物，又如同天人下凡。"[②]

关于《杨太真外传》所记载的杨贵妃偷吹宁王玉笛的小插曲，《外传》只说"妃子无何窃宁王紫玉笛吹。因此又忤旨，放出"，并未说明忤旨的原因。《唐物语》增加了唐玄宗教训贵妃的话语，说明皇帝为何不悦，让读者更好理解。

杨贵妃受宠，世人皆羡慕不已，生女之家都喜出望外，精心养育，希望女儿也能像这样。这段描写与《长恨歌传》的"故当时谣咏有云：生女勿悲酸，生男勿喜欢。又曰：男不封侯女作妃，看女却为门上楣。其人人心羡慕如此"相对应。但《唐物语》又加了一句"实在是愚蠢至极"的评语，反映了作者一贯的批判精神。

此外，"极乐世界的琉璃之地""六道轮回"等佛教用语也是这篇故事的特点，关于这一点将在后面详细论述。

二、

日子就这样一天天过去，(1)右大臣杨国忠、杨贵妃的哥哥，执掌大

[①] 原文为"天人"。丰子恺译《源氏物语》，人民文学出版社，2006年，p. 1034。
[②] 松村博司・山中裕校注『荣花物语』、日本古典文学大系、岩波书店、1964年、p. 268。

权,却因逆民心之事越来越多,世人愤怒愈甚。(2)其中,杨贵妃的养子、左大臣安禄山因争权夺势而心中积怨甚深,无人能够压得住他。(3)于是,他很快就召集士兵十五万人,想要灭掉杨国忠,天下大乱、动荡不安。因为害怕乱事波及宫中,(4)皇帝逃往宫外。(5)太子和杨贵妃陪在身边。杨国忠、高力士、陈玄礼、韦见素等人也跟着。

就在逃亡蜀国途中,皇帝心想:"无论是怎样的荒山野岭,只要和她两人在一起,有生之年就不会烦恼。"(6)但没想到周围人神色有变,像是很无礼,皇帝诧异便询问何故。(7)陈玄(礼)对太子说:"杨国忠的乱政伤害民心,皇帝今天才会落到这个地步。必须赐死杨国忠,安抚人心。"(8)太子应允,杨国忠就在眼前被赐死了。皇帝大惊,不禁感叹世事无常。正打算继续前行,(9)但士兵们却徘徊不进,(10)似乎想说:"还有乱政之祸根。"至此,(11)皇帝已知杨贵妃免不了一死,用袖子掩面,一语不发。杨贵妃本来还想就算是在岩洞里,只要能和皇帝安心居住,就一点也不难过,"没想到竟然会命断黄泉",于是潸然泪下,泪水的颜色比染过千次的红色还要深,虽然已知道无法挽救,但还是望着皇帝,直到身影都快消失了还在回头张望,那姿态简直无从比拟。比露水打湿的瞿麦还要惹人怜爱,比清风吹拂的青柳还要娇柔美丽,(12)太液芙蓉未央柳般的容貌。(13)可怜这样的美人就在路旁的寺里,(14)被绢丝缠绕脖子而缢死。连不解风情的草木都变了颜色,没有感情的鸟兽都流下眼泪。

　　ものごとにかはらぬいろぞなかりけるみどりのそらもよものこずゑも
　　世间人和物,皆为此动容,青空也变色,还有那树梢。

随行的人,解风情的、不解风情的,勇猛的、不勇猛的,全都流下眼泪、不知所措。皇帝在心中咏歌一首:

　　なにせんにたまのうてなをみがきけん野辺こそつゆのやどりなりけれ
　　琼楼与玉宇,缘何而建之,谁料此荒野,竟成君之宿。

(15)皇帝用袖子挡着,流下涟涟的血泪。也许是心中大乱,就连在马上也坐不稳了,随从们前后护驾,总算是勉强前行。(16)士兵们断了军粮,于是生了二心,陈玄礼也不想制止。(17)就在这时,从益州运来了大量贡品,皇帝让把贡品堆在面前,分给随从们,对他们说:"<u>我因不知政治清廉还是污浊而遭此大乱。</u>(18)你们就为了我一人,狠心和父母兄弟分离,<u>舍弃宝贵的生命跟随我。</u>(19)我也并非木石,怎会没有报恩之心?(20)快快拿了这些东西,各自回到你们的家乡去吧。"<u>皇帝袖子上的泪水比秋天草叶上的露水还多。</u>(21)随从们听了这席话,都忍住泪水说:"我等愿随从殿下至死。"

第二部分主要描写安禄山兵变和杨贵妃之死。这一部分涉及的很多历史事实,主要引自《旧唐书》。例如,安禄山召集士兵十五万人;玄宗出逃时身边跟从杨国忠、高力士、陈玄礼、韦见素等人;陈玄礼上奏诛杨国忠;玄宗将益州贡品分给随从等等都是《长恨歌》《长恨歌传》中没有的内容,取自《旧唐书》的《玄宗本纪》《安禄山传》《杨贵妃传》等。

(1) 兄国忠盗丞相位,愚弄国柄。(《传》)
(2) 后请为贵妃养儿。(《旧唐书》列传第一百五十安禄山)[①]
(3) 矫称奉恩命以兵讨逆贼杨国忠。以诸蕃马步十五万。(《旧唐书》列传第一百五十安禄山)
(4) 将谋幸蜀。(《旧唐书》玄宗本纪)[②]
(5) 扈从惟宰相杨国忠韦见素、内侍高力士及太子、亲王、妃主、皇孙已下多从之不及。(《旧唐书》玄宗本纪)
(6) 诸卫顿军不进。(《旧唐书》玄宗本纪)
(7) 龙武大将军陈玄礼奏曰:"逆胡指阙,以诛国忠为名,然中外群情,不无嫌怨。今国步艰阻,乘舆震荡,陛下宜徇群情,为社稷大计,国忠之徒,可置之于法。"(《旧唐书》玄宗本纪)
(8) 禁军大将陈玄礼密启太子,诛国忠父子。(《旧唐书》列传第一后妃上)[③]
(9) 兵犹未解。(《旧唐书》玄宗本纪)
四军不散。(《旧唐书》列传第一后妃上)
(10) 贼本尚在。(《旧唐书》列传第一后妃上)

[①]《旧唐书》,二十四史,中华书局,1997年,pp. 5367—5374,卷二〇〇上,列传一五〇上,以下同。
[②] 同上书,pp. 207—237,卷九,本纪第九,以下同。
[③] 同上书,pp. 2178—2181,卷五一,列传第一后妃上,以下同。

（11）上知不免，而不忍见其死，反袂掩面。(《传》)
（12）太液芙蓉未央柳。(《歌》)
（13）遂缢死于佛室。(《旧唐书》列传第一后妃上)
（14）仓黄展转，竟就绝于尺组之下。(《传》)
（15）君王掩面救不得，回看血泪相和流。(《歌》)
（16）军士各怀去就，咸出丑言，陈玄礼不能制。(《旧唐书》玄宗本纪)
（17）会益州贡春䌽十万匹，上悉命置于庭。(《旧唐书》玄宗本纪)
（18）甚知卿等不得别父母妻子。(《旧唐书》玄宗本纪)
（19）人非木石皆有情。(新乐府《李夫人》)①
（20）今有此䌽，卿等即宜分取，各图去就。(《旧唐书》玄宗本纪)
（21）众咸俯伏涕泣曰："死生愿从陛下。"(《旧唐书》玄宗本纪)

第二部分除了涉及历史事实的内容主要引用《旧唐书》以外，关于人物心情的描写部分大多采用日本和歌、和文常用的表达方式。例如，"就算是在岩洞里，只要能和皇帝安心居住"等描写是来自于《古今和歌集》。

　　いかならむ巌のなかに住まばかは世の憂きことの聞こえこざらむ（952）
　　何处山岩住，悠然似白云，世间忧患事，掩耳不求闻。②

《源氏物语》《须磨》卷中，光源氏即将启程赴须磨之际，安慰紫姬说："我离京之后，倘朝廷犹不赦罪，多年流放在外，那时虽居岩穴之中，我亦必迎接你去同居。"③这里的"虽居岩穴之中"也是基于《古今和歌集》的这首和歌。

此外，"泪水的颜色比染过千次的红色还要深"也是来自于和歌的描写。

　　くれなゐにちしほそめたる色よりもふかきは恋の涙なりけり（『拾玉集』460）④
　　千染又万染，颜色深似血。恋人相思泪，最是一片红。

在描写杨贵妃一步一回头的姿态时，用"比露水打湿的瞿麦还要惹人怜

---

① 朱金城笺校《白居易集笺校一》，上海古籍出版社，1988年，pp. 236—237，以下同。
② 小沢政夫・松田成穂校注・訳『古今和歌集』、新編日本古典文学全集、小学館、2002年、p. 360。中文为杨烈译。
③ 丰子恺译《源氏物语》，人民文学出版社，2006年，p. 221。
④ 『新編国歌大観』第三巻、私家集編Ⅰ、角川書店、1985年、p. 662。

爱,比清风吹拂的青柳还要娇柔美丽"来形容。用"瞿麦""青柳"来形容女性的例子在《源氏物语》中也可见到。例如,头中将用常夏花(又名抚子花,即瞿麦)来比喻曾经交往过的女子夕颜。夕颜生下了头中将的孩子(玉鬘)后,为了让孩子父亲关照这个孩子,折了一枝抚子花并附上和歌一首送给头中将。

  山がつの垣ほ荒るともをりをりにあはれかけよ撫子の露
  败壁荒山里,频年寂寂春。愿君怜抚子,叨沐雨露恩。①

夕颜和歌所咏的抚子(即瞿麦),也是用来比喻女儿玉鬘。《新菜下》卷中,光源氏在灯笼的光亮下窥看三公主,觉得她"缺乏艳丽之相,只觉高贵秀美,好比二月中旬的新柳,略展鹅黄,而柔弱不似莺飞"②,用二月的青柳来形容娇柔的三公主。

贵妃死后形容皇帝伤心得"袖子上的泪水比秋天草叶上的露水还多",这也是典型的和歌式表达方式,例如《新古今和歌集》中所收的菅原道真的和歌。

  草葉にはたまとみえつつわび人の袖の涙の秋のしら露(『新古今和歌集』461)③
  入夜草叶寒,白露亮如珠。天涯寂寥人,泪满秋衫袖。

三、

  <u>就这样,每天到了黄昏、身边寂寞之时,皇帝就会胡思乱想:"杨贵妃的中阴身之旅是怎样的,是不是一个人在黑暗中迷惘呢?"他的痛苦绝非"非常悲伤"之类的词就能形容的。夜过天明,继续出发。黎明的残月西斜,从遥远的云端传来雁鸣声,皇帝心中黯然,不知该去往何方。</u>(1)蜀山山峰险峻,浮桥像是架在云中时断时续,皇帝过桥的样子实在让人不忍目睹。身边侍奉的百官越来越少,威风凛凛的皇旗也在雨水、露水中湿了、蔫了,完全看不出原来的样子。<u>随行的人们事事感到不安。连鸟叫声都听不见的深山里,</u>(2)皇帝的临时住所简陋不堪。除了月光以外,觉得似乎再没有其他光亮,真是生不如死的悲惨状况。因

---

① 阿部秋生·秋山虔·今井源衛·鈴木日出男校注·訳『源氏物語1』、新編日本古典文学全集、2002年、p.82。丰子恺译《源氏物语》,人民文学出版社,2006年,p.30。
② 丰子恺译《源氏物语》,人民文学出版社,2006年,p.605。
③ 峯村文人校注·訳『新古今和歌集』、新編日本古典文学全集、小学館、1995年、p.143。

地而建的住所形状不同一般,若非这种时候,倒是别有情趣。皇帝不禁心想:"想当初在宫中锦帐内的玉床上,与贵妃同枕共寝之时,我是身在福中不知福啊。"的确如此啊。

(3)后来皇帝将皇位让给太子,太子即位。灭掉有逆反之心的人,平定天下,将太上天皇接回京城。太子说:"父王就住在皇宫旁边,万事一起商量共同执政吧。"但太上天皇满腹心事,完全无意如此。等到天下太平,心里也踏实了之后,太上天皇的心思更是全放在思念杨贵妃上了。(4)时移事去,乐尽悲来。(5)池莲夏开,庭中树叶秋落,(6)太上天皇心情难以抚慰,由于思念过度,便亲自来到与杨贵妃永别的旷野缅怀故人。看茫茫原野中浅茅被风吹打,黄昏时分露珠消逝,又怎找得到那永不消失的余香呢?皇帝悲痛欲绝。

もろともにかさねし袖も朽果ていづれの野べの露むすぶらん
共枕之叠袖,如今均已朽,何方旷野中,夕露沾君衣

皇帝心中这么想着,(7)忍住泪水踏上归途,那弱不禁风的样子,如果说出来无人会信吧。

(8)別にし道のほとりにたづねきてかへさはこまにまかせてぞゆく

与君离别日,路旁欲断肠,我今寻访来,归路任马行。

(9)清晨花在春风中盛开,黄昏叶在秋雨中飘落,宫中荒凉寂寞,庭院里种种花草开得热闹,颜色深浅不同的红叶堆积在台阶之上。(10)从前在杨贵妃身边服侍的宫女们,在月明之夜怀念往昔,一边抽泣哽咽,一边弹奏琴和琵琶。太上天皇听了泪盈衣袖,让人心痛不已,也忍不住要落泪。(11)因为不能忘掉杨贵妃而入眠,所以在梦中也很难相见。夜里听见蟋蟀在枕边鸣叫也会止不住流泪,(12)黄昏看见萤火虫在水边闪烁的光亮也难抑心中的苦痛。(13)背朝墙的残灯之光幽幽地照着,二人朝夕共处的床上积满了尘土。(14)旧枕故衾空无常,虽然就放在身边,又能和谁一起用呢?

就这样两年过去了。(15)一天,一个叫"幻"的仙人来求见说:"我知道太上皇心中思念杨贵妃,无穷无尽。六道中没有我不知晓的。愿我能找到杨贵妃轮回之处回来禀报。"(16)太上天皇大喜,忧思顿时化解。

(17)"幻"上天入地到处寻找却都找不到。(18)他乘云飞到更远的

东方,发现海中有座高山。(19)山上排着很多琼楼玉宇黄金殿,外观形状都不像是凡间之物。(20)其中有很多仙女在玩耍。"幻"去到那里,(21)叩响一扇玉门,出来一位不像是这个世间的美女,美得无法言喻。她见到"幻"对他说:"杨贵妃出生的蓬莱宫就是此地。""幻"喜出望外,告诉她说:(22)"我是唐玄宗的使者。"(23)"杨贵妃正在就寝,请等到清晨吧",她说完便回头进去了,留下"幻"一个人站在外面不安地等候。傍晚的风很安静,海浪上阳光远远地照过来,也许是因为这个时间吧,"幻"等得很不安,终于过了夜半时分,他看见花门上结满了白露,

　　あけやらぬはなのとぼそのつゆけさにあやなく袖のそぼちぬるかな
　　夜半盼天明,白露满花门,不知缘何故,濡湿吾衣袖。

　　天亮后,太阳升起,(24)杨贵妃也终于出来了。(25)金钗亮光闪闪,玉饰也晶莹发光。她面对"幻",半天说不出话来。泪水倒是先流下来,觉得很难堪。方士也泪水涟涟,沾满了衣袖。过了一会,杨贵妃开口说道:(26)"天宝十四年以后,只要一想到皇帝的心意,我就痛苦万分。虽然生在此等妙境,但与皇帝的因缘太深,让我至今难忘留下了浮名的故乡。"(27)她说话的样子,还像是霓裳羽衣舞的姿态。方士知道皇帝的心思,也向贵妃如实转达,互诉二人心中的苦闷。方士正要离去时,(28)杨贵妃折断金钗说:"(29)请献给皇上,就说是我的东西。"(30)方士拿了金钗,也许是觉得还不够吧,"金钗并非独一无二之物。(31)但往昔定有人所不知的誓言。只请告诉我,我好回去上奏。"杨贵妃听了不禁动容,泪水涌出,似乎心绪大乱。(32)"从前,天宝十年之秋,在骊山宫时,牵牛织女相会的之夜,(33)长生殿内静悄悄,让人触景生情的夜半时分,(34)皇上站在我身边对我说,(33)'在天愿为比翼鸟,在地愿为连理枝。'(35)这句话除了皇上以外无人知晓。(36)这个誓言是永恒的,所以我也定会落入凡间,定会与皇上相会,和从前一样相亲相爱。我早已知道这件事,所以有时想想很悲伤,有时想想又很高兴。"从她说话的样子,可以看出她心中难忍别离之苦。(37)马嵬道旁临终前的那个傍晚的怨恨,就好像方才发生的事情,(38)杨贵妃的样子正所谓是"梨花一枝春带雨"。

　　(39)ひかりさすたまのかほばせせしほたれてなをそのかみの

第三部　物语中的中国故事　291

　　　　　　　　　　　　　　　　ここちこそすれ
光照颜如玉,涟涟泪珠流,昔日别离景,重现在眼前。

　　(40)方士回去后将此事奏上。太上天皇却日渐烦恼,<u>也许是等不及杨贵妃重生之日了吧</u>,那年夏天四月玄宗逝去。

<u>しらざりしたまのうてなをしりえてぞよはのけぶりときみもなりにし</u>
　　<u>佳人居玉宇,本是无人知,谁料君闻之,夜半化轻烟。</u>

　　第三部分描写玄宗的思念与寻找。这部分基本情节沿袭了《长恨歌传》。但与第一部分不同的是,在细节、情景描写上更多是依据了《长恨歌》。

(1) 云栈萦纡登剑阁。峨嵋山下少人行,旌旗无光日色薄。(《歌》)
(2) 行宫见月伤心色。(《歌》)
(3) 肃宗受禅灵武。明年,大凶归元,大驾还都。尊玄宗为太上皇,就养南宫。(《传》)
(4) 时移事去,乐尽悲来。(《传》)
(5) 池莲夏开,宫槐秋落,(《传》)
(6) 思ひかね別れし野べをきてみれば浅茅が原に秋風ぞふく
　　离别相思苦,故地寻故人,浅茅之原野,唯有秋风吹。(《道济集》)
　　はかなくて嵐の風に散る花を浅茅が原の露や置くらん
　　花落风中散,如梦又如幻,浅茅原野上,露水挂一地。(《大式高远集》)
(7) 君臣相顾尽沾衣,(《歌》)
(8) 东望都门信马归。(《歌》)
(9) 春风桃李花开夜,秋雨梧桐叶落时。西宫南苑多秋草,宫叶满阶红不扫。(《歌》)
(10) 梨园弟子玉管发音,闻霓裳羽衣一声,则天颜不怡,左右欷歔。(《传》)
(11) 孤灯挑尽未成眠。
　　魂魄不曾来入梦。(《歌》)
(12) 夕殿萤飞思悄然,(《歌》)
(13) 耿耿残灯背壁影。(《上阳白发人》)
(14) 翡翠衾寒谁与共?(《歌》)

（15）适有道士自蜀来，知上皇心念杨妃如是，自言有李少君之术。(《传》)

（16）玄宗大喜，(《传》)

（17）出天界，没地府以求之，不见。(《传》)

升天入地求之遍。(《歌》)

（18）又旁求四虚上下，东极大海，跨蓬壶，见最高仙山，(《传》)

忽闻海上有仙山，山在虚无缥缈间。(《歌》)

（19）上多楼阙，(《传》)

楼阁玲珑五云起，(《歌》)

（20）其中绰约多仙子。(《歌》)

（21）金阙西厢叩玉扃。(《歌》)

（22）方士因称唐天子使者，(《传》)

（23）玉妃方寝，请少待之。(《传》)

（24）玉妃出。(《传》)

（25）冠金莲，披紫绡，佩红玉，曳凤舄，(《传》)

（26）次问天宝十四年已还事。言讫悯然，(《传》)

（27）犹似霓裳羽衣舞。(《歌》)

（28）指碧衣取金钗钿合，各析其半(《传》)

（29）为谢太上皇，谨献是物，(《传》)

（30）方士受辞与信，将行，色有不足。(《传》)

（31）请当时一事不为他人闻者，验于太上皇，(《传》)

（32）昔天宝十载，侍辇避暑骊山宫，秋七月，牵牛织女相见之夕，(《传》)

（33）七月七日长生殿，夜半无人私语时。在天愿作比翼鸟，在地愿为连理枝。(《歌》)

（34）上凭肩而立，(《传》)

（35）此独君王知之耳！(《传》)

（36）因自悲曰：由此一念，又不得居此，复堕下界，且结后缘，或为天，或为人，决再相见，好合如旧。"(《传》)

（37）从幸至马嵬。(《旧唐书》列传第一后妃传上)

（38）梨花一枝春带雨。(《歌》)

（39）玉容寂寞泪阑干，(《歌》)

（40）使者还奏太上皇，皇心震悼，日日不豫。其年夏四月，南宫晏驾。

(《传》)

　　第三部分是这则故事中篇幅最长的一部分,描写贵妃死后玄宗的悲痛以及仙人"幻"找到杨贵妃并带回贵妃的金钗。玄宗的悲痛是描写的重点,这部分主要出典是《长恨歌》而非《长恨歌传》。例如,引用《长恨歌》的"孤灯挑尽未成眠","魂魄未曾来入梦","夕殿萤飞思悄然","翡翠衾寒谁与共"等名句来表现玄宗的悲伤,甚至还引用了《上阳白发人》中用来形容上阳人寂寞孤苦的"耿耿残灯背壁影"来形容玄宗。

　　《唐物语》在引用《长恨歌》诗句时,还往往插入和歌式表达,和汉诗的引用形成对照。例如在引用"夕殿萤飞思悄然"时,将其用散文叙述成"黄昏看见萤火虫在水边闪烁的光亮也难抑心中的苦痛"①,在这句之前又加上一句"和歌式表达":"夜里听见蟋蟀在枕边鸣叫也会止不住流泪"②,一句和歌式表达,一句汉诗的散文叙述,让两句形成对比。"枕边鸣叫的蟋蟀"在和歌中频频被吟咏,是典型的"和歌式表达",例如:

　　　　我がごとく物やかなしききりぎりすまくらつどへによもすがらなく　　　　　　　　　　　　　　　　　　(『古今六帖』3990)③
　　　　蟋蟀枕边聚,知鸣不停息。与我竟同悲,彻夜不能眠。

　　　　露しげき野辺にならひてきりぎりすわが手枕の下に鳴くなり
　　　　　　　　　　　　　　　　　　(『金葉和歌集』218)④
　　　　原野寒露深,促织啾啾声。泪水湿玉枕,枕下声声鸣。

　　同样,在引用《长恨歌》的"翡翠衾寒谁与共"时,改写成"旧枕故衾空无常,虽然就放在身边,又能和谁一起用呢?"⑤的和文叙述。关于"旧枕故衾",《源氏物语》《葵姬》卷中引用这句诗时也说是"旧枕故衾谁与共",《新选朗咏集》卷下摘录这句时也为"旧枕故衾谁与共",据考证《长恨歌》古写本中有作

---

① 原文为:"ゆふべのほたるのみぎはにわたるおもひにも御むねのくるしさをさへがたし"。
② 原文为:"よるのきりぎりすまくらにすだくこゑにも御涙まさり"。
③ 『新編国歌大観』第二卷、私撰集編、角川書店、1984年、p.248。
④ 川村晃生・柏木由夫・工藤重矩校注『金葉和歌集・詞花和歌集』、新日本古典文学大系、岩波書店、1989年、p.62。
⑤ 原文为:"ふるき枕ふるきふすまむなしくて、御かたはらにあれども、たれとともにか御身にもふれさせ給べき"。

"旧枕故衾"的。①在引用这句之前,《唐物语》描写"あさゆふもろともにおきふし給しとこのうへもちりつもりつつ(二人朝夕共处的床上积满了尘土)"与之并列。"床上积满尘土"也是和歌中常咏的"和歌式表达",例如:

> ちりつもりとこの枕もさびにけりこひする人のぬるよなければ
> (『伊势大辅集』69)②
> 空床枕席冷,厚厚满尘土。若有相思意,入夜总难眠。

> 君なくて塵積もりぬるとこなつの露うち払ひいく夜ねぬらむ
> (『源氏物语』「葵」)③
> 抚子多朝露,孤眠泪亦多。空床尘已积,夜夜对愁魔。(丰译)

在描写玄宗重回与贵妃诀别之地缅怀贵妃的部分,作品描写道:"看茫茫原野中浅茅被风吹打,黄昏时分露珠消逝,又怎找得到那永不消失的余香呢?"如前章所述,平安朝吟咏杨贵妃故事的和歌中常常用"浅茅"及其相关景物——秋风、露水、虫鸣等来表现杨贵妃死后故地之荒芜以及玄宗内心之凄凉。此处的"看茫茫原野中浅茅被风吹打"便是在藤原高远、源道济等的和歌基础上形成的和歌式表达。此外,作品中还插入了两首和歌。第一首吟咏了相爱的两人共枕时叠放的衣袖,这是和歌中惯用的表达方式。

> もろともにかさねし袖も朽果ていづれの野べの露むすぶらん
> 共枕之叠袖,如今均已朽,何方旷野中,夕露沾君衣。

已朽的衣袖加上旷野、露珠,以此来吟咏玄宗的悲伤心情。第二首和歌则是对《长恨歌》"东望都门信马归"的翻案。

> 別にし道のほとりにたづねきてかへさはこまにまかせてぞゆく
> 与君离别日,路旁欲断肠,我今寻访来,归路任马行。

可以说,描写玄宗缅怀贵妃的这段文字"和汉交错",既有对《长恨歌》诗句的翻案,也有典型的和歌式表达。旷野、浅茅、露珠等都是《长恨歌》《长恨歌传》中所没有的,是日本平安朝所特有的《长恨歌》的风景。

---

① 丸山清子著《源氏物语与白氏文集》,申飞译,国际文化出版公司,1985年,p.154。
② 『新编国歌大観』第七卷、私家集编Ⅲ、角川书店、1989年、p.100。
③ 阿部秋生・秋山虔・今井源衛・鈴木日出男校注・訳『源氏物语2』、新编日本古典文学全集、2002年、p.65。

《唐物语》中寻找杨贵妃的方士,即《长恨歌》中的"临邛道士"被赋予了一个新的名字:"まぼろし(幻)",《俊赖髓脑》杨贵妃故事中的道士也叫"まぼろし(幻)"。"まぼろし(幻)"其实是取自《源氏物语》中的两首和歌:

　　たづねゆくまぼろしもがなつてにても魂のありかをそことしるべく①(「桐壺」)
　　　　愿君化作鸿都客,探得香魂住处来。(丰译)

　　大空をかよふまぼろし夢にだに見えこぬ魂の行く方たづねよ②(「幻」)
　　　　梦也何曾见,游魂忒渺茫。翔空魔法使,请为觅行方。(丰译)

第一首和歌是命妇带回已故更衣的遗物,桐壶帝睹物思人时所咏。第二首则是光源氏看见群雁飞过,触景思人,怀念逝去的紫夫人时所咏。这两首和歌都是借《长恨歌》中道士寻找贵妃的故事来抒发对故人的思念。

也就是说,《俊赖髓脑》和《唐物语》是参考和借用了《源氏物语》中与《长恨歌》相关的内容。由于《源氏物语》受《长恨歌》影响之深,作品本身影响之大,后世的作品受其影响,在受容杨贵妃故事时反而又来借鉴《源氏物语》中的相关内容。这与《今昔》参考《俊赖髓脑》性质一样,也是一种典型的通过日本先行作品的间接受容。只不过《今昔》参考《俊赖髓脑》是以其为基础进行翻案,《俊赖髓脑》和《唐物语》参考《源氏物语》是吸收和借用关键词,但二者根本性质是一样的。这样一来,《唐物语》中的唐玄宗和杨贵妃故事还与《源氏物语》中的桐壶帝和桐壶更衣、光源氏和紫夫人的故事一脉相承,悲痛的玄宗形象中还可以看到思念桐壶更衣的桐壶天皇以及思念紫夫人的光源氏的影子,故事内涵、人物形象都愈发丰富多层了。

四、

<u>这样的事并非只是在皇帝身上才会发生。</u>(1)人非木石皆有情。<u>从古至今,无论高低贵贱、聪明愚蠢,没有人不入此道。而一旦入了此道,就不会不执迷。</u>(2)所以最好是不要碰上让人心动的美色。世间皆如梦幻。终究逃脱不了八苦,应当厌世。天上虽然有无尽欢乐,但也难免五

---

① 阿部秋生・秋山虔・今井源衛・鈴木日出男校注・訳『源氏物語1』、新編日本古典文学全集、2002年、p.35。
② 同上书,p.545。

衰，不值得期待，生在那里也没有意思。所以应当厌三界，一心只求九品。但是即使祈求往生极乐，却还留执念在此世，就好像不解缆绳却要下船一样。而如果不祈求往生极乐的话，就好像把车辕横过来驾车一样。如果既厌世又祈求极乐，就一定能度过苦海到达极乐世界，不容置疑。绝不能回归难出离的恶道，一定要到达易去的净土。

最后一段是作者的评语。这一部分与杨贵妃故事的文本都没有直接联系，只是引用了两句白居易新乐府中《李夫人》的诗句。

（1）人非木石皆有情。（新乐府《李夫人》）
（2）不如不遇倾城色。（新乐府《李夫人》）

在篇末评语中，作者通过引用《李夫人》的"人非木石皆有情"和"不如不遇倾城色"，表明了自己对这个故事的态度。

《李夫人》是白居易新乐府讽喻诗中的一首，"生亦惑，死亦惑，尤物惑人忘不得"等诗句很明显是对皇帝的劝诫。此处引用"人非木石皆有情"和"不如不遇倾城色"的两句既可以理解为替皇帝辩解，也可看作是一种消极的鉴戒。这种态度与《唐物语》作者对玄宗和贵妃故事的态度是完全一致的，即消极的鉴戒。最后一段关于欣求净土的言论则是作者基于佛教思想的感悟。

总的来看，《唐物语》这则故事的四个部分中，一和二重在叙事，以《长恨歌传》《杨太真外传》《旧唐书》为主要出典，散文性、叙事性较强。三重在抒情，虽然情节上依然借用《长恨歌传》，但采用《长恨歌》的诗句，再加上和歌式的行文表达，增强了这一部分的韵文性和抒情性。四则重在评论，佛教思想渗透其中。

总体来看，日本对《长恨歌》《长恨歌传》中玄宗皇帝和杨贵妃故事的受容方法可大致分为两种：一种是以情至上，在和歌中吟咏两人的心情，在物语中描写两人的爱情，尤其是玄宗皇帝对贵妃的爱以及失去之后的悲痛之情。另一种则是以理至上，用杨贵妃故事进行鉴戒。例如《源氏物语》《桐壶》卷中，天皇宠爱后妃不理朝政之时，人们马上就会联想到杨贵妃的故事，担心会出现杨贵妃那样的滔天大祸。镰仓初期的军记物语《平治物语》描写后白河上皇过分宠信藤原信赖，信西入道（藤原通宪）为了进谏此事，找人画了安禄山的画卷大三卷进献给上皇。

骄奢之人不长久,必会衰亡。为进谏此事,特意让人画安禄山之画,制成大三卷进献。皇上睿览,但对信赖之宠爱依然鲜闻。①

信西进谏一事发生在平治元年(1159)十一月平治之乱前夕。后来,九条兼实看到了这幅画卷,将它记录在自己的日记《玉叶》里,时间是建久二年(1191)十一月五日,九条兼实这样记载:

> 抑长恨歌绘相具天、有一纸之反故、披见之处、通宪法师自笔也、文章可褒、义理悉显、感叹之余、写留之、其状云、
>   唐玄宗皇帝者、近世之贤主也、然而、慎其始弃其终、虽有泰岳之封禅、不免蜀都之蒙尘、今引数家之唐书、及唐历、唐纪、杨妃内传、勘其行事、彰于书图、伏望、后代圣帝明王、披此图、慎政教之得失、又有厌离秽土之志、必见此绘、福贵不常、荣乐如梦、以之可知欤、以此图、永施入宝莲华院了、于时平治元年十一月十五日、弥陀利生之日也、
>   　　　　　　　　　　　　　　　　　　　沙弥　在判
> 此图为悟君心、予察信赖之乱、所画彰也、当时之规模、后代之美谈者也、末代之才士、谁比信西哉、可褒可感而已、②

历史上有名的平治之乱发生在平治元年(1159)十二月,刚好是信西进献长恨歌画卷的一个月之后,信西也在战乱中死去。但他用长恨歌画卷讽谏时事之举得到了兼实的褒奖,说他预先察觉到信赖之乱,为"悟君心"而献画,是"后代之美谈"。

此外,从《玉叶》所载的信西的进谏文来看,除了"后代圣帝明王、披此图、慎政教得失",即用长恨歌画卷来讽谏政治之外,还有浓重的佛教色彩,例如"又有厌离秽土之志、必见此绘、福贵不常、荣乐如梦、以之可知欤"。藤原通宪于天养元年(1144)出家,人称信西,进谏是在十五年后的平治元年(1159),难怪进谏文中充满佛教色彩。同时这段文字中又可见一种新的受容方式,那就是用佛教思想去理解杨贵妃故事,藤原通宪的儿子藤原成范所作的《唐物语》也继承了这一点。

《唐物语》的杨贵妃故事中不仅出现了诸如"极乐世界""六道轮回""中阴身之旅""八苦""五衰""三界""往生""净土"等大量的佛教用语,篇末评语

---

① 『平治物語』、日本古典文学大系、岩波書店、1966年、p. 192。
② 黑川真道·山田安楽校訂『玉葉』、国書刊行会、1906年、pp. 736—737。

还宣扬了"欣求净土"的思想。可见,藤原通宪和藤原成范父子都是在用"厌离秽土,欣求净土"的佛教思想来理解杨贵妃的故事。

这种佛教式受容的大背景当然离不开当时日本社会佛教的盛行,具体说来,又与当时流行的"追善愿文"和"唱导文集"有密切关系。"追善愿文"是指为死者祷告、祈求冥福的祷告文,"唱导文集"则是记录佛教僧侣讲经说法、宣传教义的文集。

例如,大江匡房所编的《江都督纳言愿文集》卷二"圆德院供养愿文"中就可见和《唐物语》篇末评语同样的方法,即举出汉武帝李夫人和唐玄宗杨贵妃之例,然后将其引入佛教思想,称之为"玄而何为,唯须恃佛"。

> 愿莫引专夜之昔恩、以轮廻于巫岭之雨。愿莫忆七夕之旧契、以怅望于骊山之云。(中略)彼汉武帝之伤李夫人也、遗芬之梦空觉。唐玄宗之恋杨皇后也、宿草之露犹沾。玄而何为、唯须恃佛。功德之余、普及幽显。①

小峰和明指出,这一类"追善愿文"的基本方法就是将皇后比作李夫人、杨贵妃,然后再转化为爱别离苦的佛教文脉,祈祷极乐往生,以此为死者祈福。②《唐物语》这则故事的篇末评语也引用了《李夫人》中的两句诗句,其中心思想也正是愿文中提到的"唯须恃佛",手法与"追善愿文"同出一辙。

此外,藤原成范的哥哥藤原澄宪所著的唱导文集《澄宪作文集》"五十二爱别离苦"中也列举了王昭君、杨贵妃和上阳人的例子,将上阳人幼小时离别父母之生别,王昭君离别故国之生别,杨贵妃离别玄宗之死别都归为佛教中所说的"八苦"中的"爱别离苦"。

> 夫爱别离苦者　离恩爱父母　别丁宁妻子　方名爱别离苦　所以树欲静　风不停　子欲养　亲不待也　实凡夫境界口惜事贵贱事与心相叶万如思事无支度外离恩所知识违思别善友亲族一事侍也　就此有生之别　有死之别　王昭君之隔雁山之云是生别　杨贵妃残马嵬哀是死别也　上阳人幼离父母手是生别　李将军之思放孝养矢是死别也③

在"三十七夫妻报恩"中又举出玄宗派方士寻找贵妃的故事,然后将其

---

① 『江都督願文集』、六地蔵寺善本叢刊第3卷、汲古書院、1984年、pp. 101—102、卷二。
② 小峯和明「願文表白を中心に」(『白居易研究講座』第4卷、勉誠社、1994年)、p. 152。
③ 大曽根章介「澄憲作文集」(秋山虔『中世文学の研究』所収、東京大学出版会、1972年、p. 424。

转化为佛教文脉。

> 玄宗皇帝　遣方士于蓬莱山　求杨贵妃魂魄　金地国夫人　投玉体于炎聚中　欣大王值偶　思切　志苦　不应诽　不该谤　云昔云今　叹敢无替　成我成人　悲只同事也　但有　徒叹虚愁无由　同后世　可助菩提也[①]

在"六十三覆贝表白"中又提到这个故事,用到了"五衰""八苦"等佛教用语。

> 夫天上五衰之悲　在今推之　人間之八苦憂　就中尤重　契非七夕之旧语　何怅望骊山之云[②]

"五衰"是指天人命终时,其身所显现的五种衰亡之相。"八苦"则是指生活在三界的人的八苦,即是生苦、老苦、病苦、死苦、怨憎会苦、爱别离苦、求不得苦及五取蕴苦。《唐物语》的篇末评语中也表达了同样的思想,说世间皆如梦幻,因终究逃脱不了八苦,应当厌世;天上虽然有无尽欢乐,但也难免五衰,不值得期待,所以应当厌离秽土,欣求净土。

可见,《唐物语》这则故事中的佛教表述和思想,与当时的愿文、唱导等同出一辙,都是举杨贵妃故事之例,然后转入佛教文脉,倡导佛教思想。这也反映了杨贵妃故事在日本的另一种受容方法,即佛教式受容。

《唐物语》中的杨贵妃故事,可以说是日本平安时代受容杨贵妃故事的集大成版。不仅是因为其篇幅最长,包含的内容最多,也是因为其中包含了多种受容方法。

首先,平安朝对杨贵妃故事最主流的受容就是以情为重,将其理解为玄宗和贵妃的爱情悲剧,一个充满感性和抒情的世界。《唐物语》也不例外,画了大量笔墨和篇幅来描写玄宗对贵妃的宠爱及失去贵妃后的悲伤。

其次,《唐物语》的作者是有一定的批判精神的。例如,写到杨贵妃受宠,生女之家都喜出望外,精心养育,希望女儿也能像杨贵妃一样时,作者批评说:"实在是愚蠢至极。"

在篇末评语中,作者引用了《李夫人》的"人非木石皆有情"和"不如不遇

---

① 大曽根章介「澄憲作文集」(秋山虔『中世文学の研究』所収、東京大学出版会、1972年、p.419。汉字保留原文,假名处进行了翻译。

② 同上书,p.430。

倾城色"，可以理解为是一种消极的鉴戒。但总的来说，作者对玄宗皇帝的态度是同情和肯定的，例如，这则故事中插入了两个《长恨歌》和《长恨歌传》中都没有的小插曲。一个是取自《杨太真外传》的杨贵妃偷吹宁王玉笛的小插曲；另一个取自《旧唐书》，玄宗分贡品给随从的小故事。这两个小插曲与玄宗和贵妃的恋爱悲剧并无关系，看似是偏离了故事本身的主题。但从两个小插曲中对玄宗的描写来看，作者是想要塑造一个重视礼数，能够正确处理君臣关系的明君形象。"这样的事并非只是在皇帝身上才会发生"的表述说明作者是站在玄宗一方，从人性弱点的角度来诠释这个爱情悲剧的。正如池田利夫所指出的那样："唐物语作者既有道德教训式的价值观，又非常重情。"[①]

在"不如不遇倾城色"的消极鉴戒之后，作者利用唱导文体，将故事转化成为佛教文脉，宣扬厌离秽土，欣求净土的思想。可见，《唐物语》中的杨贵妃故事，包含了爱情悲剧、鉴戒、佛教思想等多种受容方法，当之不愧是日本平安朝受容杨贵妃故事的集大成版。

---

① 池田利夫『日中比較文学の基礎研究－翻訳説話とその典拠－』、笠間書院、1974年、p. 19。

终　章

在第三部分中,选取了上阳人、王昭君、杨贵妃这三个红颜薄命的悲剧故事,考察分析了它们作为母题在日本平安朝文学中的嬗变情况,由此探讨平安朝的日本人是怎么样将中国故事作为自身的物语进行再创作——翻案的。

总体来说,这几个故事都经历了复杂的嬗变。中国的汉诗文传入日本之后,日本人在理解的基础上进行引用、化用,或是吸收之后译为和歌和文(翻译),抑或是从中获取灵感进行创作(翻案),有着各种各样丰富的受容方法。受容形式也多种多样,包括日本汉诗、和歌、歌论、物语、绘画等等。《今昔》和《唐物语》中的中国故事都是在深厚的先行受容基础之上创作而成的。

一、上阳人故事的嬗变

《上阳白发人》是白居易的一首著名的政治讽喻诗,白居易曾以谏官身份上呈《请拣放后宫内人》的奏状进谏皇帝,同年又写下这首讽喻诗,对一直没有改变的广选妃嫔制度进行讽谏,同时也表现了对宫女不幸命运的同情。

诗歌传到日本之后,其主题和思想意义发生了变化。白居易本来试图表现的是被束缚在后宫的女性的悲惨命运,在日本其受容的核心却是独守空房、凄恻哀怨的悲情女性形象。

《和汉朗咏集》"秋夜"收录了《上阳白发人》中的"秋夜长,夜长无寐天不明。耿耿残灯背壁影,潇潇暗雨打窗声"四句,这四句也成为"上阳白发人"故事在日本受容的主基调,尤其是"潇潇暗雨打窗声"一句。

平安中期的歌人,三十六歌仙之一藤原高远以"咏文集的'萧萧暗雨打窗声'之心"为题所作的和歌最具代表性,被收录在敕选和歌集《后拾遗和歌集》中。"窗打つ雨"(打窗雨)、"窗打つ声"(打窗声)也逐渐发展成为和歌中常用的歌语,作为一个关键词能够唤起关于上阳人的种种联想,在和歌与和文的世界中广泛运用开来。

《和泉式部日记》作者在给恋人的和歌中咏到"窓打つ雨の音"(雨打窗声),将自己与独守空房、凄恻哀怨的上阳人形象重合,突出自己思念爱人的孤寂愁苦的心情。《源氏物语》《魔法使》卷中,光源氏思念亡妻,幽幽低吟"打窗声"的诗句。一句"打窗声",唤起读者对上阳人的记忆和联想,将光源氏的寂寥悲苦表现到了极致。

"打窗雨""打窗声"逐渐成为歌人们喜爱的"歌语",从平安时期到中世的镰仓、室町时期,一直在和歌中广为吟咏,其用法和使用语境也得到进一步扩展。

《今昔》和《唐物语》中的上阳人故事在情节和主题上都发生了变异。《今昔》注意刻画和突出皇帝形象,增加了不少对皇帝言行的描写,这是原诗中没有的。皇帝听说上阳人的美丽"勤召"她入宫之后,多年来却一直忘了此事,后来想起她来时追悔莫及,这才想要召见她,这些描写与《古事记》下卷的雄略天皇形象颇为相似。《今昔》还将上阳人得不到召见的原因归为"国家幅员广大,政务繁多,没有人来提醒皇帝",似乎是在为皇帝辩解。从主题上来看,《今昔》已经不再只是表现后宫女性悲惨命运的故事,演变成了"宫女空老和皇帝追悔莫及"的故事。

《唐物语》的上阳人故事中"窓打つ音"(打窗声)、"窓打つ雨"(打窗雨)作为一个关键词在文章和和歌中各出现一次,以其在和歌和文中已经形成的意境和联想突出上阳人的凄恻哀怨之情。整个故事完全是日本式的和歌和文的表达方式,其创作在很大程度上应该是依据和参考了藤原高远的和歌等先行受容的和歌、和文。

另外,原诗中"未容君王得见面,已被杨妃遥侧目"明确指出是杨贵妃的嫉妒造成上阳人被发配到上阳宫,《唐物语》却说是上阳人自恃容貌出众,想要和杨贵妃争宠,才落得现在的下场。杨贵妃在平安朝文学中是爱情悲剧的女主人公,是楚楚可怜的受害者形象,描写杨贵妃迫害上阳人的"恶"的一面,不仅与平安贵族心目中的杨贵妃形象不符,从作品本身来说,也与这个故事之后收录的玄宗与杨贵妃的故事中杨贵妃形象形成冲突。因此,可以认为这一情节是作者有意地改写。此外,《唐物语》作者具有一定的批判精神,从结句部分("这个人过去曾入后宫,自恃相貌出众,所以有了与杨贵妃争宠之心吧,结果一生独守空床,花容失色,黑发变白")可以看出这个故事具有一定的讲述"教训"的意思。但整个故事受容的重点还是郁郁寡欢、悲伤度日的后宫佳人的形象，主题也还是集中在对佳人不幸命运的同情和哀叹上，这也是平安朝文学对上阳人故事最主流的受容方式。

二、王昭君故事的嬗变

王昭君的故事在中国不仅见于《汉书》《后汉书》等正史记载，又为历代诗人吟咏不绝，再加上为数众多的野史杂传、小说戏曲等，在长期传播的过程中也在不断演变、丰富和再创作。

这个故事早在八世纪奈良时代就传到日本，平安初期三大敕选汉诗集中的昭君诗大多是用同情的口吻吟咏昭君出塞路途遥远、环境恶劣或是表现昭君内心的哀怨和不舍。诗中大都渲染和突出了沙漠、风霜、寒冷等自然环境的恶劣，对环境摧残昭君容颜表示惋惜和慨叹，反映了这一时期的受容重点和特点：对北方大漠恶劣自然环境的想象，以及对命运多舛的悲情女子昭君的同情和对她红颜衰败的怜惜。

《和汉朗咏集》下卷中专设"王昭君"一题，也是下卷中所设的唯一一个中国故事题，可见当时"王昭君"故事深受文人们的喜爱。其中大江朝纲的七律影响很大，《源氏物语》等很多作品都有引用。作者描写了边关景象和昭君内心的愁苦，"胡角一声霜后梦，汉宫万里月前肠"一句说的是霜夜里在号角声中从梦中醒来，想起自己离汉宫已有万里之遥，心肠欲断。诗里也咏进了画工丑图的情节，"昭君若赠黄金赂，定是终身奉帝王"说的是假如昭君当初贿赂了画师，定然是终身服侍皇帝，而不会落到今天的地步了，表达了诗人深深的同情和怜悯。

在日本汉诗频频吟咏王昭君的背景下，和歌中也开始出现直接吟咏王昭君的作品。《后拾遗和歌集》杂三中收录了女歌人赤染卫门、怀寿、怀圆各一首咏王昭君的和歌。和歌所咏的都是王昭君的心情，以王昭君的语气咏出。

在和文世界中，《宇津保物语》和《源氏物语》中都提到王昭君的故事。《宇津保物语》《国让下》卷中，后宫（中宫）用"王昭君"和"杨贵妃"的故事来戏诫皇帝，说是"将王昭君送到胡国、将杨贵妃赐死的皇帝也不是没有"，以此说明在不得已的时候皇帝也只能放弃自己心爱的后妃，从一个侧面说明平安朝宫廷贵族们对这两个故事的熟知和喜爱。

《内侍督》卷中朱雀帝所讲的胡笳的故事以王昭君的故事为基础,又融合了同样是嫁给匈奴王的蔡文姬的故事和诗词,以此作为胡笳琴曲的由来而讲述。朱雀帝在讲故事时植入了自己的感情,将美丽的俊荫女想象成王昭君,将自己想象成唐朝的皇帝,因此他所讲的昭君故事中昭君自然就成为皇帝最为宠爱的第一国母。不仅如此,美丽的国母不是被画丑,而是因被画得太美而被选中的。在朱雀帝充满主观感情色彩的描述中,王昭君故事演变成为"皇帝迫不得已让心爱的国母远行,自己因越不了关只能暗自神伤"的故事,强调君王对"国母"之爱。

《源氏物语》《须磨》卷描写光源氏谪居须磨时,"想起了古昔汉皇遣嫁胡国的王昭君",他将心爱的紫姬比作王昭君,自己则比作汉皇,设想将所爱之人遣放外国时汉皇的心情,又引用大江朝纲的"胡角一声霜后梦"的诗句,"霜后梦"一句说明他对王昭君远嫁偏远胡国的心情同样感同身受,身处荒凉偏远的须磨,雪夜中思念遥远的都城和心爱之人。

《今昔物语集》卷十《震旦·国史》第五个故事是"汉元帝后妃王昭君行胡国的故事"。这个故事的出典一般认为是《俊赖髓脑》,《俊赖髓脑》中这个故事是作为怀圆和赤染卫门的"咏王昭君"和歌的典故所收录的。

怀圆和赤染卫门的和歌本来都是以王昭君的语气咏王昭君心情的和歌,但源俊赖在此却将两首和歌都作为皇帝所咏的和歌。怀圆的和歌本来是咏昭君的心情,"若不是拥有这般美貌,我的命运是否就不会像现在这样",源俊赖却将其解读成皇帝的心情:"如果昭君不是拥有这般美貌,我也不会如此地惦记她了。"之所以做这样的解读,是《俊赖髓脑》中这则故事的特点所决定的。《俊赖髓脑》中王昭君故事的最大特点,就是继承了日本和歌物语的传统,添加了昭君离开后,皇帝因为过于思念去到昭君住过的地方,却因触景生情而更加感伤的场面。寻访爱人故居追忆往事、寄托哀思是和歌词书或和歌物语中惯有的场景,由于增加了这一情节,所以需要有和歌来对皇帝的内心进行阐释。

《俊赖髓脑》将王昭君故事的主题诠释成为"皇帝思恋远去爱人的悲恋故事"。《今昔》也继承了《俊赖髓脑》的基本情节,将汉元帝形象刻画成一个"思恋昭君的皇帝"。

《唐物语》中王昭君故事收录在上阳人之后,为第二十五个故事。故事行文参考和借用了吟咏王昭君的歌语与和歌,完全是和歌式表达方式。此外,这个故事的最大特点是将昭君的悲剧归结于"被嫉妒"所致。《唐物语》中

"画工丑图"的情节演变成不是昭君不贿赂画工,而是嫉妒她的人挑唆了画工。也就是说,王昭君的悲剧是由于美貌招致其他后妃嫉妒所致。

《唐物语》将《长恨歌》的"后宫佳丽三千人"移植到了王昭君的故事中,描写汉元帝有三千后妃,这是将悲剧根源归结于后宫妃嫔明争暗斗的一种铺垫。故事末尾的评语说"这个人只知镜中自己的容貌美得没有瑕疵,却不知人心污浊",说明作者认为悲剧的根源是因为王昭君不知人心污浊、遭人嫉妒所致。这与《今昔》形成鲜明的对比,《今昔》中王昭君故事受容的重点仍然是没有贿赂画师造成的"画工丑图",而《唐物语》中的这个故事的重点已演变成因不知人心污浊遭到嫉妒而造成的"画工丑图"。

三、杨贵妃故事的嬗变

唐玄宗与杨贵妃的故事在《旧唐书》列传第一后妃上、本纪玄宗下,《新唐书》列传第一后妃上等史书中均有记载。白居易《长恨歌》及陈鸿《长恨歌传》的创作成功,使得唐玄宗、杨贵妃爱情故事得到广泛的传播和接受。

故事传入日本后,和歌、物语、绘画等不同形式的受容,对平安朝文学的创作产生了巨大的影响。《和汉朗咏集》下卷"恋"中,收录了《长恨歌》中的三句诗:"行宫见月伤心色,夜雨闻猿断肠声","春风桃李花开日,秋露梧桐叶落时","夕殿萤飞思悄然,秋灯挑尽未能眠"。三句表现的都是杨贵妃死后,玄宗思念贵妃时的孤寂忧伤之情,这也是日本受容杨贵妃故事的主基调。

和歌中吟咏杨贵妃的故事主要是以长恨歌诗句为题吟咏句题和歌,或是分别吟咏唐玄宗和杨贵妃的心情。有不少和歌通过"浅茅"及其相关景物——秋风、露水、虫鸣等来表现杨贵妃死后故地之荒芜以及重游故地时玄宗内心之凄凉。这并非偶然,说明"浅茅"及秋风、露水、虫鸣等相关景物,已形成了当时人们心目中的一幅典型的《长恨歌》画面。

《源氏物语》《桐壶》卷桐壶帝将更衣娘家,即更衣病逝之地称为"浅茅生之宿"(浅茅丛生的荒郊舍),咏歌思念已故的更衣。日本的《长恨歌》受容中,杨贵妃逝去之地正是"浅茅丛生的原野",也就是说,《源氏物语》描写桐壶帝悼念故人的哀伤时,参考了和歌等日本所受容的《长恨歌》的表达方法。玄宗在秋风中寻访贵妃临终之地——长满浅茅的原野,这是日本在受容过程中形成的独特的《长恨歌》风景。

《今昔物语集》卷十《震旦·国史》中第七个故事是"唐玄宗后妃杨贵妃依

皇宠被杀的故事"。《今昔》中这个故事的出典一般认为是《俊赖髓脑》,《俊赖髓脑》用这个故事来说明和解读源道济以"不见玉颜"为句题所咏的和歌。和歌是以玄宗皇帝的语气所咏的,意在咏出皇帝的悲伤和失落,"秋风""长满浅茅的原野"等也是吟咏《长恨歌》的和歌中的惯用语句。《俊赖髓脑》的这个故事的叙述视角也偏向于玄宗皇帝,描写的皇帝和王昭君故事中的皇帝一样,失去所爱之人后去故地重游,吟咏和歌以寄托悲伤失意,如同日本和歌物语中的男主人公。

《今昔》虽是以《俊赖髓脑》为出典,但也有自己独特的内容,例如,《今昔》描写杨贵妃入宫是"皇帝离开王宫出游",来到名叫弘农的地方,发现草庐中杨玄琰的女儿长得无比美丽,光艳照人。日本古代天皇在出游时向当地女子求婚的故事散见于《古事记》《日本书纪》等典籍中。这样的描写给唐玄宗形象赋予了浓厚的日本古代天皇的色彩。另外,《今昔》中安禄山形象比较正面,被称为"贤明有谋略的人"。

关于杨贵妃之死,《今昔》也和其他作品略有不同。杨贵妃之死并未得到皇帝同意,皇帝本不堪忍痛割爱,但是陈玄礼强行绞杀了杨贵妃,皇帝看见后"肝胆欲裂,心迷神乱,泪如雨下,看不下去。"《今昔》通过这一细节上的微小改动突出"深爱贵妃"的皇帝失去心爱女人时的无能为力,从而使玄宗皇帝的形象更符合平安朝贵族们偏爱的爱情悲剧中的男主人公形象。

但《今昔》在结尾处又用"道理"来点评这个故事,由"情"到"理"发生了一个转变。即便是重情的皇帝因为"道理",纵然肝胆欲裂也不能动怒。杀杨贵妃是为了正天下,所以不能怜香惜玉,这是皇帝和大臣都明白的"道理"。讲"道理",这是《今昔》中杨贵妃故事的最大特点,也包含了杨贵妃故事受容的另一种方式和可能性。

《唐物语》第十八话为"玄宗皇帝与杨贵妃的故事",是全篇中篇幅最长的一篇。故事主要内容与《长恨歌》及《长恨歌传》一致,基本是按照《长恨歌》与《长恨歌传》中故事发展的顺序进行写作,同时又采录了《杨太真外传》《旧唐书》《新唐书》中的一些内容。

从行文措辞上看,很多描写依然是基于日本和歌、和文中常用的表达方式,形成《唐物语》特有的和歌式表达。另外,《唐物语》还参考和借用了《源氏物语》中基于《长恨歌》的内容,例如寻找杨贵妃的方士的名字"幻"就是取自《源氏物语》中的和歌。由于《源氏物语》受《长恨歌》影响之深,作品本身影响之大,后世的作品受其影响,在受容杨贵妃故事时反而又来借鉴《源氏物语》中的相关内容,是典型的通过日本先行作品的间接受容。

《唐物语》的这则故事中出现了诸如"极乐世界""六道轮回""中阴身之旅""八苦""五衰""三界""往生""净土"等大量的佛教用语,作者利用唱导文体,在篇末评语中将故事转化成为佛教文脉,宣扬了厌离秽土,欣求净土的思想。

另外,在篇末评语中,作者引用了《李夫人》的"人非木石皆有情"和"不如不遇倾城色",可以理解为是一种消极的鉴戒。"这样的事并非只是在皇帝身上才会发生"的表述说明作者是站在玄宗一方,从人性弱点的角度来诠释这个爱情悲剧的。

四、小　结

通过对上阳人、王昭君、杨贵妃这三个故事作为母题在日本平安朝文学中嬗变情况的分析,可以看到这三个故事都经历了一个解体→融合→变异的过程。

首先,这三个故事都具有在日本受欢迎的特质,那就是红颜悲命的故事中哀怨、感伤的格调契合平安朝的审美情趣。三个故事传到日本之后,首先经历了一个从形式到内容都被"解体"的过程。日本人通过"摘句"、汉诗、和歌等较为短小的形式,汲取了原典里的精华部分,或者说是最符合日本人审美情趣、最能引起共鸣的部分。在此基础上,再加上日记、物语等叙事作品中的引用、化用等,逐渐形成了日本平安朝特有的受容基调和基础。例如,上阳人故事中"打窗声"一句朗朗上口、最有代表性,成为这个故事的关键词,故事中孤苦伶仃、凄恻哀怨的意境成为受容的重点。王昭君则是以"悲运美女"形象博得了人们的同情,日本文人们想象北方大漠恶劣的自然环境摧残她的美丽容颜,用汉诗和和歌对她表示了深切的同情和怜悯,又揣摸她远嫁偏远胡国的心情,吟咏她对故国的思念、不舍及心中的悔恨等。《长恨歌》传到日本,最主要的受容方法却并非是在杨贵妃,而是在表达杨贵妃死后玄宗思念她时的孤寂忧伤之情。和歌当中多吟咏玄宗重游故地,用"浅茅"及其相关景物——秋风、露水、虫鸣等来表现杨贵妃死后故地之荒芜以及重游故地时玄宗内心之凄凉。

在解体的过程中,不仅是形式和内容,原诗的情感、思想意义等也被解体、置换了。例如,《上阳白发人》原诗的讽喻意义已荡然无存,《长恨歌》与《长恨歌传》主题的表层、深层意蕴也被简化、浓缩成了凄美、哀婉的文学情感。

　　"解体"之后形成的日本所特有的受容基调和质地,与具体文学作品的特色、作家风格等相"融合"就会发生新的"变异"。例如,《今昔物语集》注重刻画君王形象,于是《今昔》中的上阳人故事不仅仅表现上阳人的孤苦,演变成了"宫女空老和皇帝追悔莫及"的故事。王昭君故事添加了昭君离开后,皇帝因为过于思念去到昭君住过的地方,却因触景生情而更加感伤的场面,将汉元帝形象刻画成一个"思恋昭君的皇帝"。杨贵妃的故事中也描写了玄宗皇帝去杨贵妃被杀的地方追忆往事、独自哀伤。不仅如此,《今昔》还很注意维护君王形象,将上阳人得不到召见的原因归为"国家幅员广大,政务繁多,没有人来提醒皇帝",为皇帝辩解。《今昔》中杨贵妃之死并未得到皇帝同意,皇帝本不堪忍痛割爱,但陈玄礼强行绞杀了杨贵妃,皇帝也无可奈何。还将玄宗皇帝描写成一个明白"道理"的皇帝,虽然皇帝看见贵妃死后,"肝胆欲裂,心迷神乱,泪如雨下,看不下去",但因为依"道理"应该如此,并没有动怒。

　　《唐物语》则又是完全不同的风格。从语言风格和表现手法上看,《唐物语》的创作很大程度上依据和参考了先行受容的和歌、和文,其文章很大程度上是建立在和歌传统之上,是一种和歌式表达方法;从情节上看,《唐物语》将女性悲剧的原因总结成"嫉妒"或"被嫉妒",上阳人是因为想与杨贵妃争宠,王昭君则是因为被其他后妃嫉妒;从文学思想上来看,《唐物语》的作者具有一定的批判精神,往往会通过评语来说明某种道理或教训。例如,评论王昭君的悲剧是因为"不知人心污浊"招人嫉妒所致。写到杨贵妃受宠,生女之家都喜出望外、精心养育,希望女儿也能像杨贵妃一样时,作者批评说:"实在是愚蠢至极。"另外,唐物语还在这则故事中融入了佛教表述和思想,与当时的愿文、唱导等同出一辙,通过举杨贵妃之例,然后转入佛教文脉,倡导佛教思想。

　　通过分析这三个故事在日本经历的解体→融合→变异的过程,我们可以看出中国文学传入日本之后,是怎样逐渐融入日本独特的审美情趣与文学色彩而发生变异的。了解这个过程,可以为我们把握日本平安朝文学的特点提供借鉴和思考。

结　语

　　让思绪飞向遥远的日本平安朝,我们可以看到彼时日本人对"唐土"的尊重和热爱。他们努力学习和模仿中国诗文,吸收中国诗文中的精髓;他们把玩中国进口的"唐物",对唐风唐文化推崇备至;他们面对明月,憧憬遥远的异国,将现实生活中无法实现的渡唐梦编织到文学作品中。

　　但是另一方面,我们也要看到与之相对的另一层面。随着日本人文化自觉意识的提升,他们大量吸收中国诗文、传说故事的养分,却又并非照单全收,而是经过取舍借鉴,在日本的风土上孕育出别具一格的花朵;他们钟爱中国舶来的"唐物",尊重"唐文化",却又发现与富丽堂皇、规模宏大的"唐文化"相比,原来日本本土的"和文化"是如此的亲切可爱;他们描写日本人渡唐的物语,把主人公描写成在唐土大显身手、无所不能的完美人物,甚至连唐人都自叹弗如,反映出一种对本民族的文化自信。

　　平安朝前后绵延四百年,这个时代最大的特点就是日本经历了纯粹的模仿之后,在消化和吸收大唐文明的基础上,创造出日本本国的"国风文化",开始出现了"唐"与"和"并存的双重文化体系。这一时期的中日文化交流是整个中日文化交流史上的一个巅峰,以遣唐使全盘吸纳中国文化为开端,即使遣唐使停派之后,日本也绝非进入锁国状态,两国之间商船往来更加频繁,贸易活动空前活跃。

　　鉴于平安朝在整个中日文化交流史上的特殊地位和重要性,研究这一时期叙事文学中对中国唐宋两朝社会、经济、民俗、文学艺术方面的印象与描述具有重要意义。不只可以看到日本平安朝文人对中国的认知和想象,也可以看到这种认知和想象与平安时期中日交流关系的互动现象,并从中透视出这一时期日本文学与文化的特征。

　　为此,本书以平安朝物语文学为对象,从文本内部和文本外部两个方面进行了深入研究,也许这也可以称得上是这本书的两个特点吧。

首先是文本内部研究。研究立足于文本细读，以实证研究为基础，注重文本的内部解析，对各个文本中的中国叙述从词语、结构单位以及故事情节等各个层面上进行了细致研究，而不仅只是做一个勾勒或介绍。已有中译本的文本尽量使用现有中译本，但所有研究都立足于日语原文，对译文中个别不够准确的地方进行了修正。尚没有中译本的文本中相关内容尽可能详尽地进行了译介，在一定程度上可补充中文资料的不足。

其次是文本外部研究。文本外部研究注重对相关文化语境加以把握，把文本放置在历史、社会、文化语境中，以期更好地阐释文本中的相关描述，把握其内在逻辑。

严绍璗指出，从文学的发生学立场上说，应当在"多元文化语境"中"还原"文学文本。"文化语境"是文学文本生成的本源，它指的是在特定的时空中由特定的文化积累与文化现状构成的文化场。"文化语境"包括两个层面的内容，一是指与文学文本相关联的特定的文化形态包括生存状态、生活习俗、心理形态、伦理价值等组合成的特定的"文化氛围"；另一层面指的是文学文本的创作者的生存方式、生存取向、认知能力、认知途径与认知心理，以及由此到达的认知程度，即文学创作者的"认知形态"。[1]

本书的文本外部研究致力于在多元文化语境中还原文学文本，从深层挖掘平安朝物语文学的魅力。具体说来，以唐宋时期中日文化交流的繁昌局面为背景，在日本遣唐使、入唐学问僧、入宋僧等人员交流的历史语境中还原真实的和想象的两种"渡唐物语"；在宋日民间贸易活动活跃，物品交易频繁的历史语境中还原包含"唐物""唐文化"等中国元素的物语；在日本摄取和消化中国文化并进行改良和变异这一文化文学语境之下，还原收录中国题材故事的物语。

同时，每部作品都有各自不同的特点，打下了创作者深深的烙印。虽然古代物语中有的连作者尚不能确定，这也是古代文学研究的宿命吧。然而经过长年累月先行研究的积累，至少能从当时的文化氛围以及作品风格等推测出一个模糊的作者形象：男性、女性，知识文化背景，生活环境等。尚未确定的、模糊的作者形象也好，或是已经明确的清晰的作者形象（例如紫式部）也好，尽量去解析创作者的"认知形态"这一层面的文化语境，厘清创作者与作品和作品中描写所反映出的文化意识、心理等的关系。例如，紫式部作为女性、作为宫廷女官的生活环境、文化心理与《源氏物语》中对"唐"与

---

[1] 严绍璗《比较文学与文化"变异体"研究》，复旦大学出版社，2011年，p. 57。

"和"两种不同文化体系的相关描写的关系。藤原定家和菅原道标女两个创作者,一个是汉学丰富的男性文人,一个是中国知识并不精深的女性作家,他们的文化背景、知识资源又是怎样直接影响到他们作品中对"唐土"的描写,又与作品中反映出的文化心态有何种关系等等。

平安朝是中日交流非常密集的时期,文学、文化、物质等各种中国事物传入日本,进入到了日本文人的笔下。研究日本文人如何描写中国事物,不仅可以了解到当时的日本人对中国和中国事物的各种不同视角、想象与理解,也有助于通过"异域之眼"更丰富多彩地认识中国社会文化历史等多方面情况。

本研究始于形象学研究,研究日本平安朝文学中对中国形象的塑造和描述。然而随着研究的深入,很自然地就发现仅在形象学层面上展开研究的话,无法梳理和解析平安朝叙事文学中所涉及的各种层面的中国事物。于是研究得以拓宽,不再局限于形象学层面,而是从中国形象、中国元素和中国题材三个方面深入挖掘,并用"中国叙述"这一概念来描述日本文人笔下的这些方方面面的中国事物。

这些描写其实并不只是文学意义上的描写,其中还包含了对异国文化的想象以及自身的价值判断、思想情感等。无论描写是否清晰、正确,都有必要予以全面的考察。通过考察,我们可以从相关叙述的演变、发展中看到古代日本人在不同历史时期的不同文化心态;看到东亚各种文化元素的碰撞、共存和互动;看到一个文化母题是如何融入日本独特的审美情趣与文学色彩的,从而把握日本古典文学方法的一斑。或许这也可以称为在"多元文化语境"中"还原"文学文本,将古代文学与历史、文化研究结合的一个有益尝试吧。

参考文献

基本典籍

中文：

王重民等编《敦煌变文集》，人民文学出版社，1957年
(宋)李昉《太平御览》，中华书局，1960年
逯钦立编《先秦汉魏晋南北朝诗》，中华书局，1965年
(梁)萧统编，(唐)李善注《文选》，中华书局，1977年
杨伯峻撰《列子集释》，中华书局，1979年
(唐)欧阳询撰，王绍楹校《艺文类聚》，上海古籍出版社，1982年
杨烈译《万叶集》，湖南人民出版社，1984年
(晋)葛洪撰《燕丹子·西京杂记》，中华书局，1985年
郦道元著《水经注》，巴蜀书社，1985年
章巽校注《法显传校注》，上海古籍出版社，1985年
(五代)王仁裕等撰，丁如明校《开元天宝遗事十种》，上海古籍出版社，1985年
白居易著，朱金城笺校《白居易集笺校一~五》，上海古籍出版社，1988年
王邦维校注《大唐西域求法高僧传校注》，中华书局，1988年
(宋)李昉著《太平广记》，上海古籍出版社，1990年
王充撰《论衡》，上海古籍出版社，1990年
(宋)周辉撰《清波杂志》，上海古籍出版社，四库笔记小说丛书，1991年
白化文、李鼎霞、许德楠修订校注《入唐求法巡礼行记校注》，花山文艺出版社，1992年
(北宋)郭茂倩著《乐府诗集》，上海古籍出版社，1993年
《史记》，二十四史，中华书局，1997年
《汉书》，二十四史，中华书局，1997年

《三国志》,二十四史,中华书局,1997年
《后汉书》,二十四史,中华书局,1997年
《晋书》,二十四史,中华书局,1997年
《宋史》,二十四史,中华书局,1997年
《旧唐书》,二十四史,中华书局,1997年
《新唐书》,二十四史,中华书局,1997年
季羡林等校注《大唐西域记校注》,中华书局,2000年
申飞译《平家物语》,北京燕山出版社,2000年
林文月译《枕草子》,洪范书店,2000年
丰子恺译《源氏物语》,人民文学出版社,2006年
金伟・吴彦译《今昔物语集》,万卷出版公司,2006年
王丽萍校点《新校参天台五台山记》,上海古籍出版社,2009年
丰子恺译《伊势物语》,上海译文出版社,2011年
王根林等校点《博物志 外七种》,上海古籍出版社,2012年
《历代笔记小说大观:杨文公谈苑・后山谈丛》,上海古籍出版社,2012年
王新禧译《竹取物语 御伽草子》,陕西人民出版社,2013年

日文:
黒川真道・山田安楽校訂『玉葉』、国書刊行会、1906年
『校訂増補　吾妻鏡』、国書刊行会、1943年
『続日本紀』、国史大系第2巻、黒板勝美・国史大系編修会編、吉川弘文館、1966年
『日本後紀・続日本後紀・日本文徳天皇実録』、国史大系第3巻、黒板勝美・国史大系編修会編、吉川弘文館、1966年
『日本三代実録』、国史大系第4巻、黒板勝美・国史大系編修会編、吉川弘文館、1966年
『類聚国史』、国史大系第6巻、黒板勝美・国史大系編修会編、吉川弘文館、1965年
『日本紀略前篇』、国史大系第10巻、黒板勝美・国史大系編修会編、吉川弘文館、1965年
『日本纪略後篇・百炼抄』、国史大系第11巻、黒板勝美・国史大系編修会編、吉川弘文館、1965年

『扶桑略記・帝王編年記』、国史大系第12巻、黒板勝美・国史大系編修会編、吉川弘文館、1965年

『類聚三代格・弘仁格抄』、国史大系第25巻、黒板勝美・国史大系編修会編、吉川弘文館、1965年

『交替式・弘仁式・延喜式』、国史大系第26巻、黒板勝美・国史大系編修会編、吉川弘文館、1965年

『朝野群載』、国史大系第29巻上、黒板勝美・国史大系編修会編、吉川弘文館、1964年

『本朝文粋・本朝続文粋』、国史大系第29巻下、黒板勝美・国史大系編修会編、吉川弘文館、1965年

『日本高僧傳要文抄・元亨釋書』、国史大系第31巻、黒板勝美・国史大系編修会編、吉川弘文館、1965年

小島憲之校注『懐風藻　文華秀麗集　本朝文粋』、日本古典文学大系、岩波書店、1964年

松村博司・山中裕校注『栄花物語』、日本古典文学大系、岩波書店、1964年

阪倉篤義校注『夜の寝覚』、日本古典文学大系、岩波書店、1964年

川口久雄・志田延義校注『和漢朗詠集　梁塵秘抄』、日本古典文学大系、岩波書店、1965年

山田孝雄等校注『今昔物語集』、日本古典文学大系、岩波書店、1965年

三谷栄一・関根慶子校注『狭衣物語』、日本古典文学大系、岩波書店、1965年

松村博司校注『大鏡』、日本古典文学大系、岩波書店、1966年

川口久雄校注『菅家文草　菅家後集』、日本古典文学大系、岩波書店、1966年

永積安明・島田勇雄校注『古今著聞集』、日本古典文学大系、岩波書店、1966年

永積安明・島田勇雄校注『平治物語』、日本古典文学大系、岩波書店、1966年

藤岡忠美・中野幸一・犬養廉・石井文夫校注・訳『和泉式部日記　紫式部日記　更級日記　讃岐典侍日記』、日本古典文学全集、小学館、1971年

川村晃生・柏木由夫・工藤重矩校注『金葉和歌集 詞花和歌集』、新日本古典文学大系、岩波書店、1989年
片桐洋一校注『後撰和歌集』、新日本古典文学大系、岩波書店、1990年
大曾根章介・金原理・後藤昭雄校注『本朝文粋』、新日本古典文学大系、岩波書店、1992年
久保田淳・平田喜信校注『後拾遺和歌集』、新日本古典文学大系、岩波書店、1994年
後藤昭雄・池上洵一・山根対助校注『江談抄　中外抄　富家語』、新日本古典文学大系、岩波書店、1997年

峯村文人校注・訳『新古今和歌集』、新編日本古典文学全集、小学館、1995年
小島憲之・木下正俊・東野治之校注・訳『万葉集』、新編日本古典文学全集、小学館、1995年
樋口芳麻呂・久保木哲夫校注・訳『松浦宮物語・無名草子』、新編日本古典文学全集、小学館、1999年
池田利夫校注・訳『浜松中納言物語』、新編日本古典文学全集、小学館、2001年
小沢政夫・松田成穂校注・訳『古今和歌集』、新編日本古典文学全集、小学館、2002年
阿部秋生・秋山虔・今井源衛・鈴木日出男校注・訳『源氏物語』、新編日本古典文学全集、小学館、2002年
橋本富美男・有吉保・藤平春男校注・訳『歌論集』、新編日本古典文学全集、小学館、2002年
中野幸一校注・訳『うつほ物語』、新編日本古典文学全集、小学館、1999－2002年

『続本朝往生伝』、群書類従第5輯、塙保己一編、続群書類従完成会、1980年
『凌雲集』、群書類従第8輯、塙保己一編、続群書類従完成会、1980年
『経国集』、群書類従第8輯、塙保己一編、続群書類従完成会、1980年
『本朝無題詩』、群書類従第9輯、塙保己一編、続群書類従完成会、1980年
『江吏部集』、群書類従第9輯、塙保己一編、続群書類従完成会、1980年

『新猿楽記』、群書類従第9輯、塙保己一編、続群書類従完成会、1980年
『薫集類抄』、群書類従第19輯、塙保己一編、続群書類従完成会、1979年
『多武峯少将物語』、群書類従第27輯、塙保己一編、続群書類従完成会、1980年
『慈覚大師伝』、続群書類従第8輯下、塙保己一編、続群書類従完成会、1958年
『三代御記』、続々群書類従第5輯、塙保己一編、続群書類従完成会、1984年

田中大秀『竹取物語抄』、国文学注釈叢書五、名著刊行会、1929年
『校訂増補　吾妻鏡』、国書刊行会、大観堂、1943年
筒井英俊校訂『東大寺要録』、全国書房、1944年
『御堂関白記』、大日本古記録、東京大学史料編纂所・陽明文庫編、岩波書店、1952年
『江家次第・江家次第秘抄』、新訂増補版故実叢書、明治図書、1953年
『源信寂伝』、大日本史料、东京大学史料编纂所、东京大学出版会、1957年
『吏部王記』、史料拾遺第3巻、古代学協会編纂、臨川書店、1969年
『和名類聚抄』、八木書店、1971年
『日本随筆大成』、吉川弘文館、1974年
『小右記』、増補史料大成　別巻、臨川書店、1975年
『台記』、増補史料大成、臨川書店、1975年
今川文雄『訓読　明月記』、河出書房新社、1977年
『新編国歌大観』、角川書店、1983-1992年
『江都督願文集』、六地蔵寺善本叢刊第3巻、汲古書院、1984年
久保田淳『訳注　藤原定家全歌集上下』、河出書房、上1985、下1986年
桑原博史著『源道済集全釈』、私家集全釈叢書、風間書房、1986年
『平安朝漢文学総合索引』、吉川弘文館、1987年
本間洋一注釈『本朝無題詩全注釈』、新典社、1994年
関根慶子・山下道代共著『伊勢集全釈』、私家集全釈叢書、風間書房、1996年
小林保治編著『唐物語全釈』、笠間書院、1998年
平野由紀子・千里集輪読会共著『千里集全釈』、風間書房、2007年
中川博夫著『大弐高遠集注釈』、私家集注釈叢刊、東京　貴重本刊行会、2010年

研究著作

中文：

陈寅恪《元白诗笺证稿》，上海古籍出版社，1978年
木宫泰彦《日中文化交流史》，胡锡年译，商务印书馆，1980年
丸山清子《源氏物语与白氏文集》，申非译，国际文化出版公司，1985年
严绍璗《中日古代文学关系史稿》，湖南文艺出版社，1987年
王晓平《佛典·志怪·物语》，江西人民出版社，1990年
道端良秀《日中佛教友好两千年史》，徐明 何燕生译，商务印书馆，1992年
朱裕平《中国瓷器鉴定与欣赏》，上海古籍出版社，1993年
刘建《佛教东渐》，社会科学文献出版社，1997年
爱德华·W.萨义德《东方学》，王宇根译，三联书店，1999年
中西进《源氏物语与白乐天》，马兴国、孙浩译，中央编译出版社，2001年
孟华主编《比较文学形象学》，北京大学出版社，2001年
张哲俊《中日古典悲剧的形式——三个母题与嬗变的研究》，上海古籍出版社，2002年
周相录《〈长恨歌〉研究》，巴蜀书社，2003年
叶渭渠 唐月梅著《日本文学史 古代卷（上、下）》，昆仑出版社，2004年
张哲俊《东亚比较文学导论》，北京大学出版社，2004年
张哲俊《中国古代文学中的日本形象研究》，北京大学出版社，2004年
后藤昭雄著《日本古代文学与中国文学》，高兵兵译，中华书局，2006年
古濑奈津子《遣唐使眼里的中国》，郑威译，武汉大学出版社，2007年
王向远《中国题材日本文学史》，上海古籍出版社，2007年
周宁主编《世界之中国 域外中国形象研究》，南京大学出版社，2007年
张文德《王昭君故事的传承与嬗变》，学林出版社，2008年
王晓平《亚洲汉文学》，天津人民出版社，2009年
吴光辉《日本的中国形象》，人民出版社，2010年
隽雪艳《文化的重写：日本古典中的白居易形象》，清华大学出版社，2010年
严绍璗《比较文学与文化"变异体"研究》，复旦大学出版社，2011年
葛兆光《宅兹中国》，中华书局，2011年
张哲俊《杨柳的形象：物质的交流与中日古代文学》，人民文学出版社，2011年
王勇《日本文化——模仿与创新的轨迹》，高等教育出版社，2012年

隽雪艳，高松寿夫主编《白居易与日本古代文学》，北京大学出版社，2012年
王志松编《文化移植与方法 东亚的训读·翻案·翻译》，广西师范大学出版社，2013年
於国瑛《异彩纷呈的物语世界》，知识产权出版社，2013年
葛兆光《想象异域 读李朝朝鲜汉文燕行文献札记》，中华书局，2014年
气贺泽保规著《绚烂的世界帝国 隋唐时代》，石晓军译，广西师范大学出版社，2014年
河添房江著《源氏风物集》，丁国旗 丁依若译，新星出版社，2015年

日文：

山田孝雄『源氏物語之音楽』、宝文館、1934年
森克己『遣唐使』、至文堂、1955年
家永三郎『上代倭絵全史』、墨水書房、1966年
秋山虔『中世文学の研究』、東京大学出版会、1972年
池田富蔵『源俊頼の研究』、桜楓社、1973年
川口久雄『西域の虎』、吉川弘文館、1974年
池田利夫『日中比較文学の基礎研究－翻訳説話とその典拠－』、笠間書院、1974年
塚本善隆『日中仏教交渉史研究』、大東出版社、1974年
藤岡作太郎（秋山虔他校注）『国文学全史2　平安朝篇』、平凡社、1974年
森克己『続日宋貿易の研究』、国書刊行会、1975年
池田亀鑑『平安時代の文学と生活』、至文堂、1977年
佐伯有清『最後の遣唐使』、講談社現代新書520、1978年
中野幸一『うつほ物語の研究』、武蔵野書院、1981年
西村亨『新考　王朝恋詞の研究』、桜楓社、1981年
近藤富枝『服装から見た源氏物語』、文化出版局、1982年
中西健志『浜松中納言物語の研究』、大学堂書店、1983年
高木博『万葉の遣唐使船』、教育出版センター、1984年
E.O.ライシャワー著、田村完誓訳『円仁　唐代中国への旅』、原書房、1984年
西岡虎之助『文化史の研究Ⅰ』、西岡虎之助著作集第三巻、三一書房、1984年

小峯和明『今昔物語集の形成と構造』、笠間書院、1985年
『説話文学と漢文学』、和漢比較文学叢書4、汲古書院、1987年
小島憲之『上代日本文学と中国文学』、塙書房、1988年
池田利夫『日中比較文学の基礎研究：翻訳説話とその典拠』、笠間書院、1988年
高橋亨『物語と絵の遠近法』、ぺりかん社、1991年
宮田尚『今昔物語集震旦部考』、勉誠社、1992年
池田温編『古代を考える　唐と日本』、吉川弘文館、1992年
『源氏物語講座7　美の世界　雅びの継承』、勉誠社、1992年
荒野泰典、石井正敏編『アジアの中の日本史5　自意識と相互理解』、東京大学出版会、1993年
『白居易研究講座』1－5、勉誠社、1993－1998年
小泉和子『室内と家具の歴史』、中央公論社、1995年
森公章『古代日本の対外認識と通交』、吉川弘文館、1998年
王勇『唐から見た遣唐使　混血児たちの大唐帝国』、講談社選書メチエ、1998年
池田利夫『更級日記　浜松中納言物語攷』、武蔵野書院、1998年
川口久雄『敦煌よりの風2　敦煌と日本の説話』、明治書院、1999年
秋山虔編『王朝語辞典』、東京大学出版会、2000年
田中隆昭『奈良・平安朝の日中文化交流―ブックロードの視点から』、農山漁村文化協会、2001年
村井康彦『日本の文化』、岩波ジュニア新書、2002年
町田誠之ほか『源氏物語　紙の宴』、藤原印刷、2002年
中西紀子『源氏物語の姫君―遊ぶ少女期』、渓水社、2003年
『院政期文化論集第三巻　時間と空間』、森話社、2003年
新間一美『源氏物語と白居易の文学』、和泉書院、2003年
新間一美『平安朝文学と漢詩文』、和泉書院、2003年
田中隆昭『交流する平安朝文学』、勉誠出版、2004年
田中隆昭編『日本古代文学と東アジア』、勉誠出版、2004年
上田雄『渤海国　東アジア古代王国の使者たち』、講談社学術文庫、2004年
中西健治『浜松中納言物語全注釈』、和泉書院、2005年
河添房江『源氏物語時空論』、東京大学出版会、2005年

斉藤希史編『日本を意識する』、講談社選書メチエ、2005年
中西健治『浜松中納言物語論考』、和泉書院、2006年
山口博『平安貴族のシルクロード』、角川選書397、角川書店、2006年
長井和子編『源氏物語へ　源氏物語から』、笠間書院、2007年
中川正美『源氏物語と音楽』、和泉書院、2007年
佐伯有清『最後の遣唐使』、講談社学術文庫、2007年
河添房江『源氏物語と東アジア世界』、NHKブックス、日本放送出版協会、2007年
榎本淳一『唐王朝と古代日本』、吉川弘文館、2008年
仁平道明編『王朝文学と東アジアの宮廷文学』、竹林舎、2008年
久保田孝夫　倉田実『王朝文学と交通』、竹林舎、2009年
金孝淑『源氏物語の言葉と異国』、早稲田大学出版部、2010年
河添房江・皆川雅樹編『唐物と東アジア　舶載品をめぐる文化交流史』、アジア遊学147、勉誠出版、2011年
松原睦『香の文化史—日本における沈香需要の歴史』、雄山閣、2012年
小峯和明『東アジアの今昔物語集　翻訳・変成・予言』、勉誠出版、2012年
森公章『成尋と参天台五臺山記の研究』、吉川弘文館、2013年
河添房江『唐物の文化史—舶来品からみた日本』、岩波新書、岩波書店、2014年
荒木浩『かくして「源氏物語」が誕生する』、笠間書院、2014年

研究论文

中文：
李刚《"秘色瓷"探秘》(《文博》1995年第6期)
孙新民《越窑秘色瓷的烧造历史与分期》(《文博》1995年第6期)
林士民《谈越窑青瓷中的秘色瓷》(《文博》1995年第6期)
龟井明德《日本古代史料中'秘色'青瓷的记载与实例》,王竞香译(《文博》1995年第6期)
张哲俊《母题与嬗变：从<长恨歌>到<杨贵妃>》(《外国文学评论》1997年第3期)
俞钢《圆仁闻见的会昌法难》(《上海师范大学学报(哲学社会科学版)》1999年1月)

张哲俊《母题与嬗变:从明妃故事到日本谣曲<王昭君>》(《外国文学评论》2000年第3期)

鲜于煌《试论日本圆仁对中国唐代历史详尽描写的重要意义》(《四川外语学院学报》2000年7月)

鲜于煌《日本圆仁〈入唐求法巡礼行记〉对中国历史记载的重要贡献》(《重庆大学学报〈社会科学版〉》,2000年第6卷第1期)

马一虹《9世纪渤海国与日本关系——东亚贸易圈中的两国贸易》(《日本研究论集》,天津人民出版社,2001年)

丁莉《「色好み」小考》(黄华珍 张仕英主编《文学·历史传统与人文精神 在日中国学者的思考》,中国社会科学出版社,2003年)

曹家齐《略谈《参天台五台山记》的史料价值》(《宋史研究论丛》2006年00期)

张龙妹《源氏物语桐壶卷与《长恨歌传》的影响关系》(《日语学习与研究》2007年第4期)

阿部泰记《中日王昭君故事中的通俗文艺思想》(《三峡论坛:三峡文学·理论版》2010年第4期)

王勇《最后一次遣唐使的特殊使命——以佚存日本的唐代文献为例》(《甘肃社会科学》2010年第5期)

宋立道《法显西行求法及其意义》(《佛学研究》2010年第6期)

张龙妹《平安物语文学中的古琴》(《日语学习与研究》2012年第6期)

金文京《东亚汉文训读起源与佛经汉译之关系——兼谈其相关语言观及世界观》(王志松编《文化移植与方法 东亚的训读·翻案·翻译》,广西师范大学出版社,2013年)

中村春作《"训读"论开拓的新视野》(王志松编《文化移植与方法 东亚的训读·翻案·翻译》,广西师范大学出版社,2013年)

周以量《日本近世文学与"翻案"》(王志松编《文化移植与方法 东亚的训读·翻案·翻译》,广西师范大学出版社,2013年)

郑新超,岩山泰三《《唐物语》的王昭君故事在日本的演变》(《南京工程学院学报(社会科学版)》,2014年12月)

日文:

松尾聪「浜松中納言物語の唐の描写について」(『文学』第1卷第7号、1933年10月)

中村忠行「俊蔭のモデル」(「台大文学」4-4、1939年9月)
山川常次郎「『御津の浜松』における日支関係」(『古典研究』616、1941年6月)
萩谷朴「松浦宮物語作者とその漢学的素養(上)」(『国語と国文学』第18巻第8号、1941年8月)
萩谷朴「松浦宮物語作者とその漢学的素養(下)」(『国語と国文学』第18巻第8号、1941年8月)
玉上琢弥「昔物語の構成　上・中・下」(『国語国文』13-6、13-8、13-9、1943年6・8・9月)
須田哲夫「浜松中納言物語に於ける作者の唐知識論」(『文学・語学』5、1957年9月)
橘健二「『今昔物語集』と『俊頼髄脳』との関係」(『奈良女子大学付属高等学校研究紀要』5、1962年12月)
今野達「今昔物語集の成立に関する諸問題—俊頼髄脳との関連を糸口に—」(『解釈と鑑賞』28-1、1963年)
野口博久「俊頼髄脳」(『解釈と鑑賞』30-2、1965年2月)
秋山光和「源氏物語の絵画論」(『源氏物語講座　第五巻』有精堂、1971年)
大曽根章介「澄憲作文集」(秋山虔『中世文学の研究』、東京大学出版会、1972年)
伊原昭「源氏物語における女性の服色」(『和洋国文研究』10、1973年7月)
野口博久「歌論書と説話文学」(『日本の説話4』中世ⅱ、東京美術、1974年)
久保田淳『「松浦宮物語」の橘氏忠』(『国文学』20-15、1975年11月)
三谷邦明「竹取物語の方法と成立時期―<火鼠の裘>とアレゴリー」(『平安朝物語Ⅰ』有精堂出版、1975年)
森克己「吉備大臣入唐絵詞の素材について」(『新修日本絵巻物語全集6　粉河寺縁起絵・吉備大臣入唐絵』解説、角川書店、1977年)
石川徹「宇津保物語の人間像―源氏物語との比較を中心に―」(『平安時代物語文学論』、笠間書院、1979年)
上野英二「長恨歌から源氏物語へ」、(『国語国文』50-9、1981年9月)
宮崎荘平『王朝文学に猫を見た』(『国文学』27-12、1982年9月)
森正人「対中華意識の説話―寂照・大江定基の場合―」(『伝承文学研究』25、1981年4月)

小峯和明「『俊頼髄脳』と中国故事」(『中世文学研究』8、1982年8月)
片桐洋一「漢詩の世界　和歌の世界—勅撰三詩集と『古今集』をめぐっての断章」(『文学』53-12、1985年12月)
小峯和明「唐物語の表現形成」(『説話文学と漢文学』、和漢比較文学叢書4、汲古書院、1987年)
保科富士男「古代日本の対外関係における贈進物の名称—古代日本の対外意識に関連して—」(『白山史学』25、1989年4月)
大曽根章介「中古を読み解く入唐求法巡礼行記—中国への求法の旅」(『解釈と鑑賞』54-12、1989年12月)
佐野正人「『松浦宮物語』論」—新古今時代の唐土—」(『日本文芸論叢』8、1990年3月)
阿部好臣「〈表現〉喩と心象風景—「源氏物語」』(『国文学』36-10、1991年9月)
三田村雅子「<方法>語りとテクスト—実例『源氏物語』」(『国文学』36-10、1991年9月)
加藤洋介「中世源氏学における準拠説の発生—中世の『準拠』概念をめぐって—」(『国文学』36-10、1991年9月)
広瀬昌子「浜松中納言・松浦宮物語の地名表現について」(『甲南国文』39、1992年3月)
安田孝子「唐物語—編纂の意図」(『説話集の世界1』4、1992年)
塩田公子「浜松中納言物語と松浦宮物語—『唐国らしさ』をめぐって」(藤井貞和『物語の方法』桜楓社、1992年)
後藤昭雄「『入唐求法巡礼行記』の円仁は何を見、何を思ったか」(『国文学』38-2、1993年2月)
野中和孝「楊貴妃伝承と和歌」(『活水日文』27、1993年9月)
千野香織「日本美術のジェンダー」(『美術史』136、1994年3月)
伊井春樹「松浦宮物語の方法」(『詞林』15、1994年4月)
山口敦史「竹取物語の出典としての『南山住持感応伝』について」(『九州大谷国文』24、1995年7月)
笹山晴生「唐風文化と国風文化」(『岩波講座日本通史　第五巻』、岩波書店、1995年)
岡崎真紀子「平安朝における王昭君説話の展開」(『成城国文学』11、1995年3月)

佐野みどり「王朝の美意識と造形」(『岩波講座日本通史　第六巻』、岩波書店、1995年)

石井正敏「古代の異国・異国人論　遣唐使の見た大陸と人々」(『解釈と鑑賞』61-10、1996年10月)

岩山泰三「『唐物語』長恨歌説話における和様化の方法」(『国語国文』66-2、1997年2月)

青木五郎「『唐物語』第十八話〈玄宗・楊貴妃譚〉について(その一)―和漢比較文学ノート(3)」(『京都教育大学紀要(人文・社会)』90、1997年3月)

中島尚「うつほ物語から源氏物語へ―漢と和と」(『国語と国文学』、1997年11月)

宇都宮千郁「平安朝における綺について」(『中古文学』61号、1998年5月)

久保田孝夫「吉備真備伝と『松浦宮物語』―絵伝から物語へ」(『日本文学』47-5、1998年5月)

竹村則行「善人安禄山の登場―『今昔物語集』巻十の楊貴妃説話と「長恨歌伝」(新日本古典文学大系月報90、1999年)

田中隆昭「うつほ物語　俊蔭の波斯国からの旅」(『アジア遊学』3、1999年4月)

王勇「遣唐使時代のブックロード」(『アジア遊学』3、1999年4月)

中西紀子「『源氏物語』の舶来品をめぐる人々―光源氏・紫の上の場合―」(『浪速短期大学紀要』24、2000年3月)

大井田晴彦「『うつほ物語』の言葉と思想―「孝・不孝」「才」をめぐって」(『国文学』4-10、2000年8月)

葛綿正一「源氏物語の動物」(『源氏物語講座5　時代と習俗』、勉誠社、2001年)

中西紀子「『源氏物語』の舶来品をめぐる人々(2)―父朱雀院と娘女三の宮の場合」(『大阪芸術大学短期大学部紀要』25、2001年3月)

田中隆昭「『うつほ物語』『源氏物語』における遣唐使と渤海使」(『アジア遊学』27、2001年5月)

濱田寛「最後の遣唐使と円仁『入唐求法巡礼行記』」(『アジア遊学』27、2001年5月)

岡部明日香「楊貴妃と上陽白髪人―白居易新楽府の日本での解釈と受容について」(『アジア遊学』27、2001年5月)

小峯和明「吉備大臣入唐絵巻とその周辺」(『立教大学日本文学』86、2001年7月)

神尾暢子「松浦宮の唐土女性―月光と女性美」(『学大国文』45、2002年3月)

池田利夫「浜松中納言物語における唐土の背景―特に日本漢文学と関わる一、二の問題」(池田利夫編『野鶴群芳　古代中世国文学論集』、笠間書院、2002年)

伊東祐子「唐の小紋の紅梅の御衣―源氏物語の「唐の」衣装の視点から―」(『源氏物語の鑑賞と基礎知識』26、2002年12月)

小峯和明「吉備真備入唐譚の生成と展開」(大隅和雄編『文化史の諸相』、吉川弘文館、2003年)

ダリア・シュバンバリーテ「『源氏物語』における唐代の理想」(『日本文学誌要』67、2003年3月)

田中史生「承和期前後の国際交易―張宝高・文室宮田麻呂・円仁とその周辺―」(『承和期前後の国際交易』、2004年)

田中隆昭「『うつほ物語』俊蔭の波斯国からの旅」(田中隆昭編『日本古代文学と東アジア』、勉誠出版、2004年)

金孝淑「権威付けの装置としての『唐土』と『高麗』―『うつほ物語』『源氏物語』『狭衣物語』を通して」(田中隆昭編『日本古代文学と東アジア』、勉誠出版、2004年)

岡部明日香「良岑行正―清原俊蔭との違いと独自性―」(田中隆昭編『日本古代文学と東アジア』、勉誠出版、2004年)

菊地真「平安朝物語文学の中の愛玩動物―猫について―」(『交錯する古代』、勉誠出版、2004年)

中西紀子「『源氏物語』の舶来品をめぐる人々(3)―皇女三宮の婿えらび」(『大阪芸術大学短期大学部紀要』28、2004年3月)

箕島栄紀「平安朝貴族社会とサハリンのクロテン」(『北方島文化研究』3、2005年6月)

柳下順子『大江千里における「句題和歌」制作の意図』(『広島女子大学国際文化学部紀要』第13号、2005年2月)

森下要治「『唐物語』の心象世界―第十八話「楊貴妃」をめぐって」(『文教国文学』50、2006年2月)

小峯和明「円仁の求法の旅」(『解釈と鑑賞』71-3、2006年3月)

森正人「天竺・震旦―『今昔物語集』の三国仏教史観のなかで」(『解釈と鑑賞』71-5、2006年5月)

中川正美「琴から和琴へ」(『源氏物語と音楽』、和泉書院、2007年)

渡辺誠「平安貴族の対外意識と異国牒状問題」(『歴史学研究』823、2007年1月)

金孝淑「『源氏物語』異国関連用語考―「から」「もろこし」を中心に」(『日本文学』56・6、2007年6月)

安達敬子「『松浦宮物語』の方法」(『中世王朝物語の新研究』、新典社、2007年)

大井田晴彦「清原俊蔭と小野篁―『うつほ物語』発端の基盤―」(『名古屋大学文学部研究論集(文学)』54、2008年3月)

ジョシュア・モストウ「『源氏物語』に登場する絵の役割」(谷岡健彦 長瀬真理訳『海外における源氏物語』、講座源氏物語研究11、2008年4月)

河野貴美子「渤海使と平安時代の宮廷文学」(仁平道明『王朝文学と東アジアの宮廷文学』、竹林舎、2008年)

大井田晴彦「『うつほ物語』の俊蔭漂流譚」(『平安文学と隣接諸学7　王朝文学と交通』、竹林舎、2009年)

皆川雅樹「『唐物』研究と『東アジア』的視点―日本古代・中世史研究を中心に」(『アジア遊学』147、勉誠出版、2011年)

伊藤守幸「平安文学史の構想『うつほ物語』と和漢交流の文学史」(『国語と国文学』88-11、2011年11月)

附录：引用文献日文原文

序章

P2- 注①

　春、夏も、まして秋、冬など、月明かき夜は、そぞろに、心なき心も澄み、情なき姿も忘られて、知らぬ昔、今、行く先も、まだ見ぬ高麗、唐土も、残るところなく、遥かに思ひやらるることは、ただこの月に向かひてのみこそあれ。

（『無名草子』「捨てがたきふし——月」）

P6- 注②

　文は　文集。文選。新賦。史記、五帝本紀。願文。表。博士の申文。

（『枕草子』「文は」）

第一部　物语中的"唐土"

P14- 注①

　　山上臣憶良、大唐に在りし時に、本郷を憶ひて作る歌
　いざ子ども　早く日本へ　大伴の　三津の浜松　待ち恋ひぬらむ

（『万葉集』巻一・六十三）

P14- 注②

日本の御津の浜松こよひこそわれを恋ふらし夢に見えつれ

（『浜松中納言物語』・巻一）

P15- 注①

けふよりや月日の入るを慕ふべき松浦の宮に我が子待つとて

（『松浦宮物語』・巻一）

P20- 注②

好去好来(かうきょかうらい)の歌一首

神代(かみよ)より　言ひ伝(つた)て来(く)らく　そらみつ　大和(やまと)の国は
皇神(すめかみ)の　厳(いつく)しき国　言霊(ことだま)の　幸(さき)はふ国と
語(かた)り継(つ)ぎ　言ひ継がひけり　今の世の　人もことごと
目(ま)の前(まへ)に　見たり知りたり　人さはに　満ちてはあれども
高光(たかひか)る　日の大朝廷(おほみかど)　神(かむ)ながら　愛(め)での盛(さか)りに
天(あめ)の下(した)　奏(ま)したまひし　家の子と　選(えら)ひたまひて
勅旨(おほみこと)〈反して、大命(おほみこと)と云(い)ふ〉　戴(いただ)き持ちて　唐(もろこし)の　遠(さか)き境(ひ)に
遣(つか)はされ　罷(まか)りいませ　海原(うなはら)の　辺にも沖にも
神留(かむづ)まり　うしはきいます　諸(もろもろ)の　大御神(おほみかみ)たち
船舳(ふなのへ)に〈反して、ふなのへにと云ふ〉　導(みちび)きまをし　天地(あめつち)の　大御神たち
大和(やまと)の　大国御魂(おほくにみたま)　ひさかたの　天(あま)のみ空ゆ
天翔(あまかけ)り　見渡(を)したまひ　事終(を)り　帰らむ日には
また更に　大御神たち　船舳に　御手(みて)うち掛けて
墨縄(すみなは)を　延(は)へたるごとく　あぢかをし　値嘉(ちか)の岬(さき)より
大伴(おほとも)の　三津(みつ)の浜辺(はまび)に　直泊(ただは)てに　御船(みふね)は泊(は)てむ
つつみなく　幸(さき)くいまして　はや帰りませ

（『万葉集』巻五・八九四）

P21－注①

　　　　　　天平五年、入唐使に贈る歌一首

　　　　　　　歌　作主未詳なり

そらみつ　大和の国　あをによし　奈良の都ゆ　おしてる　難波に下り　住吉の　三津に船乗り　直渡り　日の入る国に　遣はさる　我が背の君を　かけまくの　ゆゆし恐き　住吉の　我が大御神　船舳に　うしはきいまし　船艫に　み立たしまして　さし寄らむ　磯の崎々　漕ぎ泊てむ　泊まり泊まりに　荒き風波にあはせず　平けく　率て帰りませ　もとの朝廷に

　　　　　　　　　　　　　　　　（『万葉集』巻十九・四二四五）

P21－注③

　　　　　天平五年癸酉、遣唐使の船難波を発ちて

　　　　　　海に入る時、親母の子に贈る歌一首

秋萩を　妻問ふ鹿こそ　独り子に　子持てりといへ　鹿子じもの　我が独り子の　草枕　旅にし行けば　竹玉を　しじに貫き垂れ　斎瓮に　木綿取り垂でて　斎ひつつ　我が思ふ我が子　ま幸くありこそ

　　　　　　　　　　　　　　　　（『万葉集』巻九・一七九〇）

P22－注①

　　　　阿倍朝臣老人、唐に遣はされし時に、母に奉る悲別の歌一首

天雲の　そきへの極み　我が思へる　君に別れむ　日近くなりぬ

　　　　　　　　　　　　　　　　（『万葉集』巻十九・四二四七）

P28－注④

嘉祥三年の春、掃部頭貞敏渡唐の時、大唐の琵琶の博士廉承武にあひ、三曲を伝へて帰朝せしに、玄象、師子丸、青山、三面の琵琶を相伝してわ

たりけるが、龍神や惜しみ給ひけむ、浪風あらく立ちたれば、師子丸をば海底に沈め、いま二面の琵琶をわたして、吾朝の御門の御宝とす。

(『平家物語』巻七・十八)

P32－注②

魚養の事

　今は昔、遣唐使の、唐にある間に妻を設けて子を生ませつ。その子いまだいとけなき程に、日本に帰る。妻に契りて曰く、「異遣唐使行かんにつけて、消息やるべし。またこの子、乳母離れん程には迎へ取るべし」と契りて帰朝しぬ。母、遣唐使の来るごとに、「消息やある」と尋ぬれど、敢へて音もなし。母大きに恨みて、この児を抱きて日本へ向きて、児の首に遣唐使それがしが子」といふ札を書きて結ひつけて、「宿世あらば、親子の中は行きあひなん」といひて、海に投げ入れて帰りぬ。

　父、ある時難波の浦の辺を行くに、沖の方に鳥の浮びたるやうにて、白き物見ゆ。近くなるままに見れば、童に見なしつ。あやしければ馬を控へて見れば、いと近く寄りくるに、四つばかりなる児の白くをかしげなる、波につきて寄り来たり。馬をうち寄せて見れば、大きなる魚の背中に乗れり。従者をもちて抱き取らせて見ければ、首に札あり。「遣唐使それがしが子」と書けり。「さは我が子にこそありけれ。唐にて言ひ契りし児を問はずとて、母が腹立ちて海に投げ入れてけるが、しかるべき縁ありて、かく魚に乗りて来たるなめり」とあはれに覚えて、いみじうかなしくて養ふ。遣唐使の行きけるにつけて、この由を書きやりたりければ、母も今ははかなきものに思ひけるに、かくと聞きてなん、希有の事なりと悦びける。

　さてこの子、大人になるままに手をめでたく書きけり。魚に助けられたりければ、名をば魚養とぞつけたりける。七大寺の額どもは、これが書きたるなりけりと。

（『宇治拾遺物語』巻十四・四）

P58－注①

律師清範知文殊化身語第三十八

今ハ昔、律師清範ト云フ學生有ケリ。山階寺ノ僧也、清水ノ別當ニテゾ有ケル。心ニ智リ深クシテ、人ヲ哀ブ事佛ノ如シ。其ノ中ニ説経ナム並ビ无カリケル。然レバ、諸ノ所ニ行テ、法ヲ説テ人ニ令聞テ、道心ヲ令發ム。

而ルニ、其ノ時ニ、入道寂照ト云フ人有リ。俗ニテハ大江ノ定基ト云ヒケリ。身ノ才、止事无クシテ、公ケニ仕ケル程ニ、道心ヲ發シテ出家セル也。

而ルニ、此ノ入道寂照、彼清範律師ト俗ノ時ヨリ、得意トシテ互ニ隔ツル心无クシテ過ケルニ、清範律師ノ持タリケル念珠ヲ、入道寂照ニ与ヘテケリ。其ノ後、清範律師死テ、四五年ヲ経ケル間ニ、入道寂照ハ震旦ニ渡ニケリ。

彼清範律師ノ与ヘタリシ念珠ヲ持テ、寂照、震旦ノ天皇ノ御許ニ參タリケルニ、四五歳許ナル皇子走リ出タリ。寂照ヲ打見テ宣ハク、「其ノ念珠ハ、未ダ不失ハズシテ持タリケリナ」ト、此ノ國ノ言ニテ有リ。寂照、此レヲ聞テ、「奇異也」ト思テ、答テ云ク、「此ハ何ニ仰セ給フ事ゾ」ト。御子ノ宣ハク、「有テ其ノ持タル念珠ハ、自ラガ奉リシ念珠ゾカシ」ト。

其ノ時ニ、寂照ガ思ハク、「我ガ此ク持タル念珠ハ、清範律師ノ令得タリシ念珠ゾカシ。此ノ御子ハ、然バ、其ノ律師ノ生レ給フト」心得テ、「此ハ何ニ此クテハ御マシケルゾ」ト問ヒケレバ、御子ノ宣ハク、「此ノ国ニテ可利益キ者共ノ有レバ、此ク詣来タル也」ト許答テ、走リ返リ入給ヒニケリ。

其ノ時ニ、寂照思ハク、「彼ノ律師ヲバ、皆人、『文殊ノ化身ニ在スト』云ヒシ。『説経ヲ微妙ニシテ、人ニ道心ヲ令發レバ云フナメリ』ト思ヒシニ、然バ、實ノ文殊ノ化身ニコソ在マシケレ」思ニ、哀レニ悲クテ涙ヲ流シテゾ、御子ノ入給ヒヌル方ニ向テゾ礼ミケル。
實ニ此レコソ聞ニ貴ク悲シキ事ノ有レ。
此レハ彼ノ律師ノ共ニ震旦ニ行タル人ノ返テ語ルヲ聞キ継テ語リ伝ヘタルトヤ。

（『今昔物語集』巻十七・三十八）

P69－注②

「一昨々年の二月の十日ごろに、難波より船に乗りて、海の中にいでて、行かむ方も知らずおぼえしかど、思ふ事成らでは世の中に生きて何かせむと思ひしかば、ただ、むなしき風にまかせて歩く。命死なばいかがはせむ、生きてあらむかぎりかく歩きて、蓬莱といふらむ山にあふやと、海に漕ぎただよひ歩きて、我が国のうちを離れて歩きまかりしに、ある時は、浪荒れつつ海の底にも入りぬべく、ある時には、風につけて知らぬ国に吹き寄せられて、鬼のやうなるものいで来て、殺さむとしき。ある時には、来し方行く末も知らず、海にまぎれむとしき。ある時には、糧つきて、草の根を食物としき。ある時には、いはむ方なくむくつけげなる物来て、食ひかからむとしき。ある時には、海の貝を取りて命をつぐ。旅の空に、助けたまふべき人もなき所に、いろいろの病をして、行く方そらも覺えず。

（『竹取物語』・蓬莱の玉の枝）

P70－注①

いかがしけむ、疾き風吹きて、世界暗がりて、船を吹きもて歩く。いづれの方とも知らず、船を海中にまかり入りぬべく吹き廻して、浪は船にうちかけつつ巻き入れ、雷は落ちかかるやうにひらめきかかるに、大納言心惑ひて、「まだ、かかるわびしき目は、見ず。いかならむとするぞ」とのたまふ。楫取へて申す、「ここら船に乗りて罷り歩くに、まだかかるわびしき目を見ず。御船海の底に入らずは、雷落ちかかりぬべし。もし、幸に神の助あらば、南海に吹かれおはしぬべし。うたてある主の御許に仕うまつりて、すずろなる死をすべかめるかな」とて、楫取泣く。

（『竹取物語』・龍の首の珠）

P72－注②
　父母、眼だに二つありと思ふほどに、

（『うつほ物語』・「俊蔭」）

P72－注③
　一生に一人ある子なり。かたち身の才、人にすぐれたり。朝に見て夕のおそなはるほどだに、紅の涙を落とすに、遥かなるほどに、あひ見むことの難き道に出づ立つ、父母俊蔭、悲しび思ひやるべし。

（『うつほ物語』・「俊蔭」）

P82－注②
　父母を離れて我が国に渡れり。こよい我に会ふ事、契りなきにあらず。（中略）華陽公主と聞こゆる女公主には及びたてまつらず。君はかの公主の手より、この音をば伝ふべき人なり。かの公主は八月九月の月のころ、かならず商山といふところにこもりて、琴の音をととのへたまふ。かれは、年はじめて二十、我に及ばぬこと六十三年。女の身なれど、先の世に琴を習ひて、しばしこの世に宿りたまへるゆゑに、おのづからさとりありて、その手を仙人に伝へたまへり。（中略）その声を習ひ知りて後、この国にて、ゆめゆめ人に聞かせたまふな。（中略）「これを持ちて、かの商山を尋ねたまへ。その音を伝へて後に、我が国にてその声をたてたまふことなかれ」

（『松浦宮物語』・巻一）

P83－注①

「さらば、われらが思ふところある人なれば、住みたまふなりけり。天の掟ありて、天の下に琴弾きて族立つべき人になむありける。われは昔、いささかなる犯しありて、ここより西、仏の御国よりは東、中なるところに下りて、七年ありて、そこにわが子七人とまりにき。その人は、極楽浄土の楽に琴を弾きあはせて遊ぶ人なり。そこに渡りて、その人の手を弾き取りて、日本国へは帰りたまへ。この三十の琴の中に、声まさりたるをばわれ名づく。一つをばなん風とつく。一つをばはし風とつく。この二つの琴は、かの山の人の前にてばかり調べて、また人に聞かすな」とのたまふ。

（『うつほ物語』・「俊蔭」）

P99－注②

おはしますところは、京の檜皮の色もせず、紺青を塗りかへしたるやうに、ただおほかたの調度は赤きに、朱塗りたるさまにて、錦の縁さしたる御簾ども、かけ渡し飾られたるに、

（『浜松中納言物語』・巻一）

P99－注③

日本の人は、ただうち垂れ、額髪も縒りかけなどしたるこそ、わがかたざまに、なつかしくなまめきたる事なれ、と思ひ出づるに、うるはしくて、簪して髪上げられたるも、人がらなりければにや、これこそめでたく、さまことなりけれ、と見るに、

（『浜松中納言物語』・巻一）

P100－注①

杭州といふところに泊り給ふ。その泊り、入江のみづうみにて、いとお

もしろきにも、石山の折の近江の海思ひ出でられて、あはれに恋しきことかぎりなし。

（『浜松中納言物語』・巻一）

P100－注②

三日といふ夜さり、長里といふところは、日本の西の京なり。

（『浜松中納言物語』・巻一）

P100－注③

六月つごもりに、内裏より南に大きなる川流れたり。その川の名を長河といふ。（中略）住み馴れし国の大堰川、宇治川などやうに、早く大きなる川なり。

（『浜松中納言物語』・巻一）

P100－注④

未央宮といふ所は、日本にとりては、冷泉院などいふところのやうなり、池十三有て、めでたくおもしろき事たぐひなきに、

（『浜松中納言物語』・巻一）

P100－注⑤

この国のやうは、つくろふことなくもの言ふなるべし。この人、いささかたはならず、才、ありさまもきらきらしくやむごとなきが、かく言ふは悪しからことにこそ、と聞えながら、わが世の人いみじく飾りつくろふならひに、いとをかしう、うち笑はれて、

（『浜松中納言物語』・巻一）

P114 —注①

　知り知らぬ秋の花、色を尽くして、いづこをはてともなき野原の、片つかたはるかなる海にて、寄せ返る波に月の光を浸せるを、はるかにながめやりて、道に任せて馬をうち早めたまへば、夜中ばかりにもなりぬらんと見ゆる月影に、松風遠く響きて、高き山の上に、かすかなる楼を作りて、琴弾く人ゐたり。

（『松浦宮物語』・巻一）

P114 —注②

　あまりことごとしくも見ゆべきかんざし、髪上げたまへる顔つき、さらにけ遠からず。あてになつかしう、きよくらうたげなること、ただ秋の月のくまなき空に澄みのぼりたる心地ぞするに、

（『松浦宮物語』・巻一）

P114 —注③

　いはけなくてこの山に物忌したまひける秋の月の夜、仙人下りて、この琴を教へけるによりて、八月九月の月のさかりには、かならずかの山にこもりて、この音をならしたまふ。

（『松浦宮物語』・巻一）

P114 —注④

　十四日の月の、雲間を分けて澄み昇る空を、つくづくとながめたまへる御かたはらめぞ、なほ似るものなくきよらなる。

（『松浦宮物語』・巻二）

P114 —注⑤

　夕べの空にながめわびて、なにとなくあくがれ出でぬ。いたく高きに

はあらぬ山がかれる里の梅のにほひ、外よりもをかしきあたりを分け入れば、松風はるかに聞こえて、山の端出づる月の光、暮れはつるままに、浮き雲残らず空晴れて、さえゆく夜のさまに、物のあはれまさりて、

(『松浦宮物語』・巻二)

P115－注①

かたちの、光を放つと言ふばかり、目も驚く心地するに、いささか暑げなる御気色もなく、みどりの空に澄み昇る月の影ばかりきよく、くまなき御さま、

(『松浦宮物語』・巻三)

P115－注③

「さらば、音に聞きし巫山の雲、湘浦の神の謀りたまふか」

(『松浦宮物語』・巻二)

P116－注①

あだに立つ朝の雲のなか絶えばいづれの山をそれとだに見む

(『松浦宮物語』・巻二)

P116－注②

朝の雲、暮の雨の借れる姿とも知らず、

(『松浦宮物語』・巻三)

P116－注③

朝の雲の名ばかりを隔てんとにはあらねど

(『松浦宮物語』・巻三)

P116 －注⑤

　十四日。天晴る。明月片雲無し。庭梅盛んに開く。芬芳四散す。家中人無く、一身徘徊す。夜深く寝所に帰る。燈、髣髴として猶寝に付くの心無し。更に南の方に出で、梅花を見る間、忽ち炎上の由を聞く。

（『明月記』・第一巻）

P117 －注①

　心こそもろこしまでもあくがるれ月は見ぬ世のしるべならねど

（『訳注　藤原定家全歌集上下』・41番）

　月きよみねられぬ夜しももろこしの雲の夢まで見る心ちする

（『訳注　藤原定家全歌集上下』・695番）

　心のみもろこしまでもうかれつゝ夢ぢにとほき月のころ哉

（『訳注　藤原定家全歌集上下』・1047番）

第二部　物語中的"唐物"与"唐文化"

P131 －注②

　平安時代では、舶来品について「貨物」「雑物」「方物」「土物」「遠物」等のいろいろな表現がなされるが、「唐物」は中国製品あるいは中国経由の輸入品に使用され、渤海や新羅からの輸入品には使用されない。また、史書・記録以外の資料でも、「唐物」を中国と無関係な舶来品に使用した例を見ないので、平安時代では、舶来品一般をさす言葉としてではなく、文字どおりの意味で使用されていたと考えられる。

（『日本国語大辞典』第二版）

P132 －注①

　シナから渡来した品物。唐錦・唐織物など舶来品の総称。室町時代には、贅沢品としてもてはやされ、金襴・緞子や、茶の湯の道具、沈香・麝香・

唐絵の類がおもなものである。それらを模し日本で作ったものをも含めていう。近世には南蛮品が来たので、それらを含めて広く長崎に輸入される舶来品を称し、これを商う唐物屋があった。

（『角川古語大辞典』）

P153－注②

　二三日ばかり、見歩くに、天人のよそほひしたる女、山の中よりいで来て、銀の金鋺を持ちて、水を汲み歩く。これを見て、船より下りて、『この山の名を何とか申す』と問ふ。

　女、答へていはく、『これは、蓬莱の山なり』と答ふ。これを聞くに、嬉しきことかぎりなし。この女、『かくのたまふは誰ぞ』と問ふ、『我が名はうかんるり』といひて、ふと、山の中に入りぬ。その山、見るに、さらに登るべきやうなし。その山のそばひらをづらをめぐれば、世の中になき花の木ども立てり。金、銀、瑠璃色の水、山より流れいでたり。それには、色々の玉の橋わたせり。そのあたりに照り輝く木ども立てり。

（『竹取物語』・蓬莱の玉の枝）

P157－注③

　火鼠の皮衣、この国になき物なり。音には聞けども、いまだ見ぬ物なり。世にある物ならば、この国にも持てまうで来なまし。いと難き交易なり。しかれども、もし、天竺に、たまさかに持て渡りなば、もし長者のあたりにとぶらひ求めむに、なきものならば、使にそへて金をば返したてまつらむ。

（『竹取物語』・火鼠の皮衣）

P159－注①

　火鼠の皮衣、からうじて人をいだして求めて奉る。今の世にも昔の世にも、この皮は、たやすくなき物なりけり。昔、かしこき天竺の聖、この国に持て渡りてはべりける、西の山寺にありと聞きおよびて、朝廷に申して、からうじて買ひ取りて奉る。価の金少しと、国司、使に申ししかば、王けいが物くはへて買ひたり。いま、金五十両賜はるべし。船の帰らむにつけて賜び送れ。もし、金賜はぬものならば、かの衣の質、返したべ。

（『竹取物語』・火鼠の皮衣）

P160－注①

　「なに仰す。いま、金すこしにこそあなれ。嬉しくしておこせたるかな」とて、唐土の方に向ひて伏し拝みたまふ。

（『竹取物語』・火鼠の皮衣）

P162－注①

　この書の目録を見たまへば、いといみじくありがたき宝物多かり。書どもはさらにもいはず、唐土にたに人の知らざりける、みな書きわたしたり。薬師書、陰陽師書、人相する書、孕み子生む人のことといひたる、いとかしこくて多かり。

（『うつほ物語』・「蔵開上」）

P162－注④

　大いなる海形をして、蓬莱の山の下の亀の腹には、香ぐはしき裏衣を入れたり。山には、黒方・侍従・薫衣香・合はせ薫き物どもを土にて、小鳥・玉の枝並み立ちたり。海の面に、色黒き鶴四つ、みなしとどに濡れて連なり、

色はいと黒、白きも六つ。大きさ例の鶴のほどにて、白銀を腹ふくらに鋳さ
せたり。それには、麝香・よろづのありがたき薬、一腹づつ入れたり。

(『うつほ物語』・「国譲中」)

P163-注②

　それに、蔵人所にも、すべて唐土の人の来ることに、唐物の交易したまひ
て、上り来るごとには、綾、錦、になくめづらしき物は、この唐櫃に選り入
れ、香もすぐれたるは、これに選り入れつつ、やむごとなく景迹ならむこ
とのためにとてこそ、櫃と懸籠に積みて、蔵人所に置かせたまへるを、左のお
とど、年ごろ、にはかにかうざくならむ折にとて、調せさせたまふてあるを、
天の下、今宵の御贈り物より絶えて、さらにさらにせじ。これよりいつかあ
らむ。一つは俊蔭が娘なり。男は右大将といひて、え名だたり。し出だすわ
ざ、俊蔭が世の琴なり。天の下、これより越えたる心憎さ、いつからあらむ。
これを今宵の贈り物にせむ。勘当あらじ、など思ぼして、それ十掛取り出で
られ、今十掛の御衣櫃に、内蔵寮の絹の限り、になき選り出だして、五掛の
唐櫃のうちに、五百疋、いみじき限り、今五掛には、畳綿の雪の降りかけた
るやうなるが五尺ばかりの広さ、五百枚選り入れて、かの蔵人所の十掛には、
綾、錦、花文綾、いろいろの香は色を尽くして、麝香、沈、丁子、麝香も沈
も、唐人の度ごとに選り置かせたまへる、蔵人所の十掛、杬、台、覆ひ、さ
らにもいはず、いといみじくめでたくて、懸け整へて候ひたまふ。

(『うつほ物語』・「内侍のかみ」)

P164-注①

　赤色の織物の直垂、綾のにも綿いれて、白き綾の桂重ねて、六尺ばかりの

黒貂の裘、綾の裏つけて綿入れたる、御包みに包ませたまふ。

(『うつほ物語』・「蔵開中」)

P166－注①

吹上の浜のわたりに、広くおもしろき所を選び求めて、金銀瑠璃の大殿を造り磨き、四面八町の内に、三重の垣をし、三つの陣を据ゑたり。宮の内、瑠璃を敷き、おとど十、廊、楼なんどして、紫檀、蘇枋、黒柿、唐桃などいふ木どもを材木として、金銀、瑠璃、車渠、瑪瑙の大殿を造り重ねて、四面めぐりて、東の陣の外には春の山、南の陣の外には夏の陰、西の陣の外には秋の林、北には松の林、面をめぐりて植ゑたる草木、ただの姿せず、咲き出づる花の色、木の葉、この世の香に似ず。栴檀、優曇、交じらぬばかりなり。孔雀、鸚鵡の鳥、遊ばぬばかりなり。

(『うつほ物語』・「吹上上」)

P168－注①

楼の高欄など、あらはなる内造りなどは、かの開けたまひし御蔵に置かれたりける蘇枋、紫檀をもちて造らせたまふ。黒鉄には、白銀、黄金に塗り返しをす。連子すべき所には、白く、青く、黄なる木の沈をもちて、色々に造らせたまふを、さるべき所々には、白銀、黄金、筋やりたり。

（中略）

かくて、楼に上りたまふべきほどの呉橋は、色々の木をまぜまぜに造りて、下より流るる水は、すずしく見ゆべく作る。楼の天井には、鏡形、雲の形を織りたる高麗錦を張りたり。板敷にも、錦を配せさせたまふ。わが御座所には、ただ唐綾の薄香なるを、天井にも張りたる板にも敷かせたまふ。西の楼には、尚侍のおとどのおはし所、東の楼には、いぬ宮のおはし所なり。浜床をのみぞ、いぬ宮の御料は、ささやかにせさせたまへる。その浜床には、紫檀、浅香、白檀、蘇枋をさして、螺鈿摺り、玉入れたり。三尺の屏風四帖、唐綾に唐土の人の絵描きたりけるを、ここにて大将の張らせたまひて、一具づつ、二つの楼の浜床の後ろに立てたり。楼の天井に、三尺の唐紙を、尚侍のおとどの御にもこれにも懸けたまへり。いといみじう、香の匂ひはよに香ばしきよりも、このしつらひ、細かなる有様に造り果てたる、照り輝き、めづらかなるを、工匠、作物所の者ども、「またかかることはあらじ」といひ思ふ。

（『うつほ物語』・「楼の上上」）

P168－注②

　近うて見たまふ人々の御目には、照り輝きて、この世にかかることあらじと、またなければ、目もあやに見えたり。南の庭の、遥かなる水の洲浜のあなた、山際に立てる二つの楼の中三間ばかりを、いと高き反橋の高きにして、北、南には、沈の格子かきたり。白き所には、白物には夜具貝をつき混ぜて塗りたれば、きらきらとす。楼の上に、檜皮をば葺かで、青瓷の濃き薄き、黄ばみたるを、瓦の形に焼かせて、葺かせたまへり。

（『うつほ物語』・「楼の上上」）

P169－注①

　御厨子六具、沈、麝香、白檀、蘇枋。香の唐櫃など、覆ひ、織物、錦、御箱、薫物、薬、硯の具よりはじめて、御衣は女、御衾、御装ひ、夏、冬、春、秋、夜の御衣、唐の御衣、御裳。（中略）沈を丸に削りたる貫簀、白銀の半挿、沈の脇息、白銀の透箱、唐綾の御屏風、御几帳の骨、蘇枋、紫檀、夏、冬、ありがたし。

（『うつほ物語』・「菊の宴」）

P170－注③

　几帳、夕日の透き影より、尚侍、紅の黒むまで濃き唐綾の打ち袿一襲、三重の袴、龍胆の織物の袿、唐の縠、薄物重ねたる地摺りの裳、村濃の腰さして、唐の糸木綿、赤色の二藍重ねて、唐衣着たまへり。いぬ宮、唐撫子の唐綾の袿一襲、桔梗色の織物の細長、三重襲の御袴。

（『うつほ物語』・「楼の上下」）

P171－注①

　后の宮より、同じき志津川仲経が仕うまつれる蒔絵の御衣箱五具に、御装束、夏のは夏、秋のは秋、冬のは冬の御装ひ、さまざまに、いふ限りなく清らなり。御裳どもは、形木のにもあれ、また染めたる色も限りなし。唐の御衣、御表着など、いへばさらなり。めづらしき文に織りて、これも、かかる用もこそとみにあれとて、よろづにめでたくて設けたまへるなりけり。これなむ御箱どもに入れたまひて、入帷子、包みなど、いと清らなり。綾を入帷子にして、綺の緑の繪の海賦の文を、また包みにしたり。みな唐物どもをしたり。

（『うつほ物語』・「内侍のかみ」）

P171－注②

　かかるほどに、内裏より一の宮の御もとに、蔵人の式部丞を御使にて、長櫃の唐櫃一具に、内蔵寮の呉服、唐の朝服、綾、錦、平綾、花文綾の薄物、よき宝ども入れて、御文に、かう聞こえたまへり。
　朱雀　この度の唐物、ようもあらずなむありける。わざとの朝服にはあへぬべしやとてなむ。
　とあり。宮、御使の蔵人に、女の装束一領かづけたまひて、御返り、

女一宮　かしこまりて賜はりぬ。かかる朝服は、賜はるべき人なむ侍らざりけるを。

（『うつほ物語』・「白浪」）

P172－注②・注③
　唐土の集の中に、小冊子に、所々絵描きたまひて、歌詠みて、三巻ありしを、一巻を朱雀院に奉らむ。
　高麗笛を好ませたまふめるに、唐土の帝の御返り賜ひけるに賜はせたる高麗笛を奉らむ。

（『うつほ物語』・「楼の上下」）

P177－178

『源氏物語』の中の「唐紙」

紙の種類	使い方	用例（巻数とページ数、新編古典文学全集）
唐紙	文（光源氏→槿姫）	①空の色したる唐の紙に、源氏「わきてこの暮こそ袖は露けけれもの思ふ秋はあまたへぬれどいつも時雨は」とあり。（「葵」P57）
唐紙	文（光源氏→槿姫）	②唐の浅緑の紙に、榊に木綿つけなど、神々しうしなして参らせたまふ。（「賢木」P119）
唐紙	文（光源氏→朧月夜）	③御使とどめさせて、唐の紙ども入れさせたまへる御厨子あけさせたまひて、なべてならぬを選り出でつつ、筆なども心ことにひきつくろひたまへる気色艶なるを、御使なる人々、誰ばかりならむとつきしろふ。（「賢木」P127）
唐紙	文（六条院→光源氏）	④ものをあはれと思しけるままに、うち置きうち置き書きたまへる、白き唐の紙四五枚ばかりを巻きつづけて、墨つきなど見どころあり。（「須磨」P194）
唐紙	文（梅壺女御→朱雀院）	⑤縹の唐の紙につつみて参らせたまふ。御使の禄などいとなまめかし。（「絵合」P385）

唐紙	文（大夫監→玉鬘）	⑥と思ひ嘆くをも知らで、我はいとおぼえ高き身と思ひて文など書きておこす。手などきたなげなう書きて、唐の色紙かうばしき香に入れしめつつ、をかしく書きたりと思ひたる。言葉ぞいとみたりける。（「玉鬘」P95）
唐紙	文（玉鬘→光源氏）	⑦いとこよなく田舎びたらむものをと恥づかしく思いたり。唐の紙のいとかうばしきを取り出でて書かせてまる。（「玉鬘」P124）
唐紙	文（柏木→玉鬘）	⑧みな見くらべたまふ中に、唐の唐の縹の紙の、いとなつかしうしみ深う匂へるを、いと細く小さく結びたるあり。源氏「これはいかなれば、かく結ぼほれたるにか」とてひきあけたまへり。（「胡蝶」P177）
唐紙	書の草子	⑨書きたまへる草子どもも、隠したまふべきならねば、取う出たまひて、かたみに御覧ず。唐の紙のいとすくみたるに、草書きたまへる、すぐれてめでたしと見たまふに、高麗の紙の、膚こまかに和うなつかしきが、色などははなやかならで、なまめきたるに、おほどかなる女手の、うるはしう心とどめて書きたまへる、たとふべきかたなし。見たまふ人の涙さへ水茎に流れそふ心地して、飽く世あるまじきに、またここの紙屋の色紙の色あひはなやかなるに、乱れたる草の歌を、筆にまかせて乱れ書きたまへる、見どころ限りなし。（「梅枝」P419）
唐紙	書物	⑩嵯峨帝の、古万葉集を選び書かせたまへる四巻、延喜帝の、古今和歌集を、唐の浅縹の紙を継ぎて、同じ色の濃き紋の綺の表紙、同じき玉の軸、綾の唐組の紐などなまめかしうて（「梅枝」P421）
唐紙	御経	⑪さては阿弥陀経、唐の紙はもろくて、朝夕の御手ならしにもいかがとて、紙屋の人を召して、ことに仰せ言賜ひて心ことにきよらに漉かせたまへるに（「鈴虫」P374）

P179

『源氏物語』の中の「高麗紙」

紙の種類	使い方	用例（巻数とページ数）
高麗紙	文（光源氏→明石の姫君）	①心恥づかしきさまなめるも、なかなかかるものの限にぞ思ひの外なることも籠るべかめると心づかひしたまひて、高麗の胡桃色の紙に、えならずひきつくろひて、源氏「をちこちも知らぬ雲居にながめわびかすめし宿の梢をぞとふ思ふには」とばかりやありけむ。（「明石」P248）
高麗紙	書の草子	②高麗の紙の薄様だちたるが、せめてなまめかしきを、「このもの好みする若き人々試みん」とて（「梅枝」P417）
高麗紙	書の草子	③書きたまへる草子どもも、隠したまふべきならねば、取う出たまひて、かたみに御覧ず。唐の紙のいとすくみたるに、草書きたまへる、すぐれてめでたしと見たまふに、高麗の紙の、膚こまかに和うなつかしきが、色などははなやかならで、なまめきたるに、おほどかなる女手の、うるはしう心とどめて書きたまへる、たとふべきかたなし。見たまふ人の涙さへ水茎に流れそふ心地して、飽く世あるまじきに、またここの紙屋の色紙の色あひはなやかなるに、乱れたる草の歌を、筆にまかせて乱れ書きたまへる、見どころ限りなし。（「梅枝」P419）

P180

『源氏物語』の中の「紙屋紙」

紙の種類	使い方	用例（巻数とページ数）
紙屋紙	和歌	①古歌とても、をかしきやうに選り出で、題をも、よみ人をもあらはし心得たるこそ見どころもありけれ、うるはしき紙屋紙、陸奥紙などのふくだめるに、古言どもの目馴れたるなどは、いとすさまじげなるを、せめてながめたまふをりをりは、ひきひろげたまふ。（「蓬生」P331）

紙屋紙	物語絵	②絵は巨勢相覧、手は紀貫之書けり。紙屋紙に唐の綺を陪して、赤紫の表紙、紫檀の軸、世の常のよそひなり。(「絵合」P381)
紙屋紙	和歌の草子	③常陸の親王の書きおきたまへりける紙屋紙の草子をこそ、見よとておこせたりしか、和歌の髄脳いととこるせう、病避るべきところ多かりしかば(「玉鬘」P138)
紙屋紙	書の草子	④書きたまへる草子どもも、隠したまふべきならねば、取う出たまひて、かたみに御覧ず。唐の紙のいとすくみたるに、草書きたまへる、すぐれてめでたしと見たまふに、高麗の紙の、膚こまかに和うなつかしきが、色などははなやかならで、なまめきたるに、おほどかなる女手の、うるはしう心とどめて書きたまへる、たとふべきかたなし。見たまふ人の涙さへ水茎に流れそふ心地して、飽く世あるまじきに、またここの紙屋の色紙の色あひはなやかなるに、乱れたる草の歌を、筆にまかせて乱れ書きたまへる、見どころ限りなし。(「梅枝」P419)
紙屋紙	御経	⑤さては阿弥陀経、唐の紙はもろくて、朝夕の御手ならしにもいかがとて、紙屋の人を召して、ことに仰せ言賜ひて心ことにきよらに漉かせたまへるに(「鈴虫」P374)

P180－181

『源氏物語』の中の「陸奥国紙」

紙の種類	使い方	用例（巻数とページ数）
陸奥国紙	文（末摘花→光源氏）	①陸奥国紙の厚肥えたるに、匂ひばかりは深う染めたまへり。(「末摘花」P298)
陸奥国紙	文（光源氏→紫の上）	②行き離れぬべしやと試みはべる道なれど、つれづれも慰めがたう、心細さまさりてなむ。聞きさしたることありて、やすらひはべるほどを、いかに。 など、陸奥国紙にうちとけ書きたまへるさへぞめでたき。(「賢木」P118)

附录:引用文献日文原文　349

陸奥国紙	文（明石の姫君→光源氏）	③陸奥国紙に、いたう古めきたれど、書きざまよしばみたり。（「明石」P249）
陸奥国紙	和歌の挿絵本	④古歌とても、をかしきやうに選り出で、題をも、よみ人をもあらはし心得たるこそ見どころもありけれ、うるはしき紙屋紙、陸奥紙などのふくだめるに、古言どもの目馴れたるなどは、いとすさまじげなるを、せめてながめたまふをりをりは、ひきひろげたまふ。（「蓬生」P331）
陸奥国紙	文（末摘花→光源氏）	⑤御文には、いとかうばしき陸奥国紙のすこし年経、厚きが黄ばみたるに（「玉鬘」P137）
陸奥国紙	文（玉鬘→光源氏）	⑥さすがに親がりたる御言葉も、いと憎しと見たまひて、御返り事聞こえざらむも、人目あやしければ、ふくよかなる陸奥国紙に、ただ、玉鬘「承りぬ。乱り心地のあしうはべれば、聞こえさせぬ」とのみあるに（「胡蝶」P381）
陸奥国紙	文（明石の御方→明石の姫君）	⑦この文の言葉、いとうたて強く憎げなるさまを、陸奥国紙にて、年経にければ黄ばみ厚肥えたる五六枚、さすがに香にいと深くしみたるに書きたまへり。（「若菜・上」P123）
陸奥国紙	文（柏木→女三宮）	⑧さては、かの御手にて、病は重く限りになりにたるに、またほのかに聞こえんこと難くなりぬるをゆかしう思ふことはそひにたり、御かたちも変りておはしますらんが、さまざま悲しきことを、陸奥国紙五六枚に、つぶとあやしき鳥の跡のやうに書きて（「橋姫」P164）
陸奥国紙	文（薫中納言→大君）	⑨陸奥国紙に追ひつぎ書きたまひて、設けの物どもこまやかに、縫ひなどもせざりける（「総角」P274）
陸奥国紙	文（女二宮→薫中納言）	⑩陸奥国紙に、ひきつくろはずまめだち書きたまへるしも、いとをかしげなり。（「宿木」P422）

P185－注①

　よき薫物たきて、一人臥したる。唐鏡の少し暗き見たる。よき男の、車とどめて、案内し問はせたる。頭洗ひ化粧じて、香ばしうしみたる衣など着たる。ことに見る人なき所にても、心のうちは、なほいとをかし。

（『枕草子』・「心ときめきするもの」）

P185－注⑤

　かくて、六日になりぬ。女御、麝香ども多くくじり集めさせたまひて、裛衣、丁子、鉄臼に入れて搗かせたまふ。練絹を綿入れて、袋に縫はせたまひつつ、一袋づつ入れて、間ごとに御簾に添へて懸けさせたまひて、大いなる白銀の狛犬四つに、腹に同じ火取据ゑて、香の合はせの薫物絶えず焚きて、御帳の隅々に据ゑたり。廂のわたりには、大いなる火取によきほどに埋みて、よき沈、合はせ薫物多くくべて、籠覆ひつつ、あまた据ゑわたしたり。

（『うつほ物語』・「蔵開上」）

P188－注①

　風はげしう吹きふぶきて、御簾の内の匂ひ、いともの深き黒方にしみて、名香の煙もほのかなり。大将の御匂ひさへ薫りあひ、めでたく、極楽思ひやらるる夜のさまなり。

（『源氏物語』・「賢木」）

P188－注②

　春の夜の闇はあやなし梅の花色こそ見えね香やはかくるる

（『古今和歌集』・41番）

P191－注④

　山がつめきて、聴色（ゆるしいろ）の黄がちなるに、青鈍（あをにび）の狩衣（かりぎぬ）、指貫（さしぬき）、うちやつれて、ことさらに田舎（ゐなか）びもてなしたまへるしもいみじう、見るに笑まれてきよらなり。取り使ひたまへる調度（てうど）どもかりそめにしなして、御座所（おましどころ）もあらはに見入れらる。碁（ご）、双六（すぐろく）の盤（ばん）、調度、弾棊（たぎ）の具（ぐ）など、田舎わざにしなして、念誦（ねんず）の具、行なひ勤めたまひけりと見えたり。

　　　　　　　　　　　　　　　（『源氏物語』・「須磨」）

P203－注③

　聴色（ゆるしいろ）のわりなう上白（うはじら）みたる一かさね、なごりなう黒き袿（うちき）かさねて、表着（うはぎ）には黒貂の皮衣（ふるきかはぎぬ）、いときよらにかうばしきを着たまへり。古代のゆゑづきたる御装束なれど、なほ若やかなる女の御よそひには似げなうおどろおどろしきこと、いともてはやされたり。

　　　　　　　　　　　　　　（『源氏物語』・「末摘花」）

P206－注①

　中宮よりくるみのいろの御ひたゝれ・くちなしぞめのうちぎひとかさね・ふるきのかはのおほんぞ・あをにびのさしぬき・あはせのはかま、たてまつれたまふ。御うた、

　　夏なれど山は寒しといふなればこの皮衣ぞ風は防がむ

　　山風も防ぎ止めつつ皮衣のうれしきたびに袖ぞ濡れぬる

　　　　　　　　　　　　　　　　　　（『多武峯少将物語』）

P206－注②

　表着（うはぎ）には黒貂の皮衣（ふるきかはぎぬ）、いときよらにかうばしきを着たまへり。古代のゆゑ

づきたる御装束なれど、なほ若やかなる女の御よそひには似げなうおどろお
どろしきこと、いともてはやされたり。

（『源氏物語』・「末摘花」）

P210－注④

なほ、才をもととしてこそ、大和魂の世に用ゐるる方も強うはべらめ。

（『源氏物語』・「少女」）

第三部　物語中的中国故事

P253－注①

「むかし唐土の帝の戦に負けたまひぬべかりける時、胡の国の人ありて、
その戦を静めたりける時、天皇喜びのきはまりなきによりて、『七の后の中
に願ひ申さむを』と仰せられて、七人の后を絵に描かせたまひて、胡の国の
人に選ばせたまひける中に、すぐれたるかたちありける。そのうちに、天皇
思すこと盛りなりければ、その身の愛を頼みて、ここばくの国母、夫人の中に、
われ一人こそはすぐれたる徳あれ、さりともわれを武士に賜ばむやはの頼み
に、かたち描き並ぶる絵師に、六人の国母は千両の黄金を贈る。すぐれたる
国母がはおのが徳のあるを頼みて贈らざりければ、劣れる六人はいとよく描
き落として、すぐれたる一人をばいよいよ描きまして、かの胡の国の武士に
見するに、『この一人の国母を』と申す時、天子は言変へず、いとふもの
なれば、え否びず、この一人の国母を賜ふ時に、国母胡の国へ渡るとて嘆く
こと、胡笳の音を聞き悲しびて、乗れる馬の嘆くなむ、胡の婦が出で立なり
ける。それを聞くに、獣の声にあらじかし。それを遊ばしつる御手、二つな
し。あらはとも思ほえたつれ」

（『うつほ物語・「内侍のかみ」）

P254－注④

「二の拍のあはれなるに、心すごき音をきけば、ことわりなり。この手なむ、かの胡の国へ渡りたる国母、胡の国とわが国と越えける境のほど、嘆きける手なる。げにさる天皇の正妃として、一の后とてしありけむに、さる武士の手に入りけむ心地いかなりけむ、と思ふに、まして遊ばしますさまの殊なるこそ、いみじくあはれなれ。関許されぬ人あるには、二の拍に劣らぬ声出だしつべき心地なむする。境越えけむ国母に、関入らぬ国王をこそ思しも落とさざらめ」

（『うつほ物語・「内侍のかみ」』）

P260－注②

世の中に長恨歌といふふみを、物語に書きてある所あんなりと聞くに、いみじくゆかしけれど、えいひよらぬに、さるべきたよりを尋ねて、七月七日いひやる。

　　契りけむ昔の今日のゆかしさにあまの川浪うち出でつるかな返し、
　　たちいづる天の川辺のゆかしさにつねはゆゆしきことも忘れぬ

（『更級日記』）

P265－注①

　　みるたびにかがみのかげのつらきかなからざりせばかからましやは
　　なげきこし道の露にもまさりけりなれにしさとをこふる涙は

この歌、懐円と赤染とが、王昭君を詠める歌なり。もろこしには、みかどの、人のむすめ召しつつ御覧じて、宮のうちに、すゑなめさせ給ひて、四五百人とゐなみて、いたづらにあれど、ここには、あまり多くつもりにければ、御覧ずる事もなくてぞ候ひける。それに、えびすのやうなるものの、外の国より、都に参りたる事のありけるに、いかがすべきと、人々にさだめさせ給ひけるに、「この宮のうちに、いたづらに多く侍る人の、いとしもなからむを、一人(ひとり)給ぶべきなり。それにまさる心ざしはあらじ」と、さだめ申しければ、さもと思(おぼ)し召して、みづから御覧じて、その人を、さだめさせ給ふべけれど、人々の多さに、思し召しわづらひて、絵師を召して、「この人々のかた、絵に画(か)きうつして参れ」と、仰せられければ、次第に画きけるに、この人々、えびすの具にならむ事を嘆き思ひて、われもわれもと思うて、おのおの、こがねをとらせ、それならぬものをもとらせければ、いとしもなき容姿(かたち)をも、よく画きなして、持てきたりけるに、王昭君(わうせうくん)といふ人の、容姿のまことにすぐれて、めでたかりけるをたのみて、絵師に、物をも、心ざさずして、うちまかせて画かせければ、本(もと)のかたちのやうには画かで、いとあやしげに、画きて持て参りければ、この人を給ぶべきにさだめられぬ。その程になりて、召して御覧じけるに、まことに玉のひかりて、えもいはざりければ、みかど、おどろき思し召して、これを、えびすに給ばむ事を、思し召しわづらひて、嘆かせ給ひて、日頃ふる程に、えびす、その人をぞ賜はるべきと聞きて、参りにければ、あらためさだめらるる事もなくて、つひに賜ひにければ、馬にのせて、はるかにゐていにけり。王昭君、嘆き悲しむ事かぎりなし。みかど、恋しさに、思し召しわづらひて、かの王昭君が居たりける所を、御覧じければ、春は柳、風になびき、うぐひす、つれづれにて、秋は、木の葉につもりて、軒のしのぶ、隙なくて、いとど、もの哀(あはれ)なる事かぎりなし。この心を詠める歌なり。かからざりせば と詠めるは、わろからましかばたのまざらまし、と詠めるなり。ふるさとを恋ふる涙は、道の露にまさるなど詠むも、王昭君(わうせうくん)が思ふらむ心のうちおしはかりて詠むなり。かの、えびすのやうなる物と申すは、胡の国みかどの、「わが国にはよき女のなきに、容姿よからむ人賜はらむ」と申しけるとも、申したる文(ふみ)ありとぞ。

(『俊頼髄脳』)

P267－注①

　むかし、東(ひんがし)の五条に、大后(おほきさい)の宮(みや)おはしましける西(にし)の対(たい)に、すむ人ありけり。それを、本意(ほい)にはあらで、心ざしふかかりける人、ゆきとぶらひけるを、正月(むつき)の十日ばかりのほどに、ほかにかくれにけり。あり所は聞けど、人のいき通ふべき所にもあらざりければ、なほ憂(う)しと思ひつつなむありける。またの年の正月(むつき)に、梅の花ざかりに、去年(こぞ)を恋ひていきて、立ちて見、ゐてみ、見れど、去年に似るべくもあらず。うち泣きて、あばらなる板敷(いたじき)きに、月のかたぶくまでふせりて、去年を思ひいでよめる。

　　月やあらぬ春やむかしの春ならぬわが身ひとつはもとの身にして

　とよみて、夜(よ)のほのぼのと明くるに、泣く泣くかへりにけり。

　　　　　　　　　　　　　　　　　　　　　　　（『伊勢物語』）

P269－注①

　思ひかね別れし野べをきてみれば浅茅(あさぢ)が原に秋風そふく
　これは、楊貴妃(やうきひ)が事を詠めるなり。楊貴妃といへるは、昔、もろこしに、玄宗(げんそう)と申すみかどおはしけり。もとより、色をなむ好み給ひける。いみじうあひし給ひける、女御(にょうご)、なむおはしける。后をば、源憲皇后(げんけん)といひ、女御をば、武淑妃(ぶしゅくひ)となむ聞えける。いみじう、あひおぼしける程に、とりつづき、二人(ふたり)ながら亡(う)せ給ひにけり。それ、おぼしめし嘆きて、これらに似たる人やあると、もとめ給ふ程に、やうやう、楊元琰(やうげんたん)といへる人のむすめありけり。容姿(かたち)、世に優れて、めでたくなむおはしける。みかど、これを聞こし召して、むかへとりて御覧じけるに、はじめおはしける女御、后にもまさりて、めでたくなむおはしける。三千人の寵愛(ちょうあい)、一人(ひとり)なむおはしけるを、もてあそび給ひけるほどに、世の中の政治(まつりごと)をもし給はず。春は、花をともにもてあそび、秋は、月をともに御覧じ、夏は、いづみをあひし、冬は、雪をふたり見給ひき。これより、御いとまなく、この女御の御兄の、楊国忠といへる人になむ、その政治をばまかせて、せさせ給ひける。これより、世間なむ、いみじう嘆きていひける。「世にあらむ人は、をのこごをばまうけずして、女子をなむまうくべき」とぞいひける。かく、世の中なむ騒ぎけるを聞きて、世人の心にしたがひて、安禄山といふ人、いかでみかどをあやぶめたてまつりて、この女御を殺さむと思ふ心ありけり。漁陽といへる所に、あそばせ給ひける程に、この安禄山、いくさを起し、ほこをこしにさして、御輿のさきに伏して、申しけるやう、「ねがはくは、その楊貴妃を賜ひて、天下のいかかりをなごめむ」と申しければ、みかど、惜しみ給はずして、この女御を賜ひてけり。安禄山、賜はりて、みかどの御前にして、殺してけり。みかど、これを御覧じて、肝心まどひて、涙よもにながれて、見給ふにたへずぞありける。かくて、都に帰り給ひて、位をば、東宮にゆづり給ひにけり。この事、思し嘆きて、春は、花のちるをも知らず、秋は、木の葉の落つるをも見給はず。木の葉は、庭につもりたれど、あへてはらふ人なし。かく、思し嘆くを聞きて、まぼろしといへる道士の、参じて申さく、「我がみかどの御使として、この女御の、おはし所を尋ね侍らむ」と申しければ、みかど、大きに喜びてのたまはく、「しからば、我がために、この人のあり所を、尋ねて聞かせよ」とのたまふ。このみことのりを承して、上は大空をきはめ、下はそこ根の国までもとめけれど、終に、え尋ね得ずなりにけり。ある人のいはく、「ひんがしの海に、蓬莱といふ島あり。その島の上に、大きなる宮殿あり。そこになむ、玉妃の大真院といふ所あり。それになむおはする」といひければ、尋ねていたりにけり。その時に、山の端に、日やうやういたりて、海のおもて、くらがりゆく。花のとびらも、みなたてて、人の音もせざりければ、この戸をたたきけり。青ききぬ着たる乙女の鬢づらあげたる、いで来たりていはく、「汝は、いかなる所より来たれる人ぞ」。まぼろし、答へていはく、「みかどの御使なり。申すべきことのあるにより、かくはるかに、尋ねきたれるなり」。この乙女のいはく、「玉妃、まさに寝給へり。ねがはくは、しばらく待ち給へ」。その時、まぼろし、てを手向てゐたり。夜あけて、このまぼろしを召しよせて、玉妃のたまはく、「帝王は、平かにおはしますや、いなや。次には、天宝十四年よりこのかた、今日に至るまで、いかなる事かある」。まぼろし、その間の事を語り申しけり。帰りなむとしける時にのぞみて、玉のかんざしをなむ、つみ折りて賜はせける。「これを持ちて、みかどにたてまつれ。昔の事、これにて思しいでよ」となむ申し給ひける。まぼろし申さく、「玉のかんざしは、世にある物なり。これをたてまつらむに、我が君、まことと思し召さじ。ただ、昔、君と忍びて語らひ給ひけむ事の、人に知られぬ侍りけむ。それを申し給へ。さてなむ、まことと思し召すべき」と申しければ、楊貴妃、しばらく思しめぐらして、のたまはく、「われ、むかし七月七日に、七夕あひ見し夕に、みかど、われに立ちそひてのたまはるる事は、たなばた、ひこほしの契りあはれなり。われもかくあらむと思ふ。もし、天にあらば、翼をならべる鳥とならむ。地にあらば、ねがはくは、枝をかはしたる木とならむ。天も長く、地も久しく、終わる事あらば、この怨は、綿綿として絶ゆる期なからむ。と申せ」と、語らひ給ひける。帰りて、この由を奏しければ、みかど、大きに悲しび給ひて、つひに、悲しびに堪へずして、幾程もなくて亡せ給ひにけりとぞ。その楊貴妃が殺されける所へ、おはしまして御覧じければ、野辺に、あさぢ、風に波よりて、あはれなりけむと、このみかどの、御心のうちを、おしはかりて詠める歌なり。

（『俊頼髄脳』）

P273－注①

いみじき非道事も、山階寺にかゝりぬれば、又ともかくも人ものいはず、「山しな道理」とつけて、をきつ。まつかゝれば、藤氏の御有様たぐひなくめでたし。

（『大鏡』・第五巻）

P297－注①

人の奢りひさしからずしてほろびし事を申さんが為に、安禄山を絵にかゝせて、大なる三巻の書を作てまいらせたり。是を叡覧ありしかど、信頼が寵愛いやめづらかにぞ聞えける。

（『平治物語』上）

『今昔物語集』所収の三説話：

　　　　唐ノ玄宗ノ后上陽ノ人、空シク老イタル語第六

今ハ昔、震旦ノ唐ノ玄宗ノ代ニ、后・女御、員、数御ケルニ、或ハ寵愛シ給モ有リ、或ハ天皇ニ見エ奉ル事无ケレドモ、皆、宮ノ内ニゾ候ケル。

而ル間、或ル公卿ノ娘□並无ク形チ美麗ニ有様微妙キ有ケルヲ天皇聞給テ、懃ニ召。父母否不惜ズシテ、娘ノ年□□テ奉テケリ。其ノ参リノ有様嚴キ事无限シ。其ノ國ノ習トシテ女御ニ参ヌル人ハ、亦、罷リ出ル事无カリケレバ、父母別ル事ヲ歎キ悲ビケリ。

然テ、其ノ女御ハ天皇ノ御マス同内ニモ非ヌ、離レテ別ナル所ニゾ候ヒ給ケル。其ノ所ノ名ヲバ上陽宮トゾ云ケル。其ニ、何ナル事カ有ケム、其ノ女御参給ケルヨリ後、天皇召ス事モ无ク、御使ダニ不通ハザリケレバ、只ツクヅクト宮ノ内ニ長メ居給ヘリケルニ、暫ハ今ヤ今ヤト思ヒ給ケルニ、年月只過ニ過テ、微妙カリシ形モ漸ク衰ヘ、美麗也シ有様モ悉ク替ニケリ。家ノ人ハ、参リ給ヒシ當初ミハ、「我ガ君、内ニ参リ給ナバ、我等ハ必ズ恩ヲ可蒙キ者也」ト思ケルニ、本意无ク思ケル事无限シ。

此ク、天皇ノ召シ人ハ何ガトダニ思シ不出ヌ事ハ、他ノ女御達ノ此ノ女御

ノ形ノ美麗並ビ无ケレバ、可劣キニ依テ、謀ヲ成シテ押籠タリケルニヤ、亦、國廣クシテ政滋ケレバ、天皇モ思シ忘ニケルヲ、驚カシ奏スル人ノ无カリケルニヤ、世ノ人極ク怪ビ思ケリ。

此テ、天皇ニ面ヲモ不向ズシテ歎キ給ケルニ、幽ナル宮ノ内ニシテ数ノ年ヲ積リテ、年月ニ副テ十五夜ノ月ヲ見ル毎ニ計フレバ、我ガ年ハ若干ニ成ニケリ。春ノ日遅シテ不暮ズ、秋ノ夜長クシテ難晩シ。而ル間、紅ノ顔有シ匂ニ非ズ、柳ノ髪ハ黒キ筋モ无シ。然レバ、疎キ人ニハ不見エジト恥ヂ給ケリ。然テ、十六歳ニテ参リ給ヒシニ、既ニ六十ニ成リ給ニケリ。

其ノ時ニ、天皇、「然ル事有シゾカシ」ト思シ出テ、悔ヒ給フ事无限カリケリ。然バ、「何デカ不見デハ止マム」トテ召ケレドモ、恥テ参リ不給ハズシテ止ニケリ。此レヲ上陽人ト云フ。

物ノ心知タラム人ハ、此レヲ見テ、心モ付カジトテ此ナム語リ傳ヘタルトヤ。

漢ノ前帝ノ后王照君、行胡国語第五

今ハ昔、震旦ノ漢ノ前帝ノ代ニ、天皇、大臣、公卿ノ娘ノ形チ美麗ニ、有様微妙キヲ撰ビ召ツ、見給テ、宮ノ内ニ皆居ヘテ、其ノ員四五百人ト有ケレバ、後ニハ餘リ多ク成テ、必ズ見給フ事モ无クテゾ有ケル。

而ル間、胡国ノ物共、都ニ参タル事有ケリ。此レハ夷ノ様ナル者共也ケリ。此レニ依テ。天皇ヨリ始メ大臣、百官、皆、此ノ事ヲ縡テ議スルニ、思ヒ得タル事无ツ。但シ、一人ノ賢キ大臣有テ、此ノ事ヲ思ヒ得テ申ケル様、「此ノ胡国ノ者共ノ来レル、国ノ為ニ極テ不宜ヌ事也。然レバ、構ヘテ、此等ヲ本国ヘ返シ遣ム事ハ、此ノ宮ノ内ニ徒ニ多ク有ル女ノ形チ劣ナラムヲ一人、彼ノ胡国ノ者ニ可給キ也。然ラバ、定メテ喜ムデ返ナム。更ニ此レニ過タル事不有ジ」ト。

天皇、此ノ事ヲ聞給テ、「然モ」ト思給ケレバ、自ラ此等ヲ見テ、其ノ人ヲト定メ可給ケレドモ、此ノ女人共ノ多カレバ、思ヒ煩ヒ給フニ、思ヒ得給フ様、「数ノ繪師ヲ召テ、此ノ女人共ヲ見セテ、其ノ形ヲ繪ニ令書メテ、其レヲ見テ、劣ナラムヲ胡国ノ者ニ与ヘムと」思ヒ得給テ、繪師共ヲ召テ、彼の女人共ヲ見セテ、「其ノ形共ヲ繪ニ書テ持参レ」ト仰セ給ケレバ、繪師共此レヲ書ケルニ、此ノ女人共、夷ノ具ト成テ遥ニ不知ヌ国□行ナムズム事ヲ歎キ悲テ、各我モ我トモ繪師ニ、或ハ金銀ヲ与ヘ、或ハ餘ノ諸ノ財ヲ施シケレバ、繪師、其レニ耽テ、弊キ形ヲモ吉ク書成シテ持参タリケレバ、其ノ中ニ、王照君ト云ウ女人有リ。形チ美麗ナル事餘ノ女ニ勝タリケレバ、王照君ハ、我ガ形ノ美ナルヲ憑テ、繪師ニ財ヲ不与ザリケレバ、本ノ形ノ如クニモ不書ズシテ、糸ト賤氣ニ書テ持テ参リケレバ、「此ノ人ヲ可給ベシト」被定ニケリ。

天皇、怪ビ思給テ、召テ此レヲ見給フニ、王照君、光ヲ放ツガ如クニ實ニ微妙シ。此レハ玉ノ如ク也、餘ノ女人ハ皆士ノ如ク也ケレバ、天皇、驚キ給テ、此レヲ夷ニ給ハム事ヲ歎キ給ケル程ニ、日未ヲ経ケルニ、夷ハ「王照君ヲナム可給キ」ト自然ヲ聞テ、宮ニ参テ其ノ由ヲ申ケレバ、亦、改メ被定ル事无クテ、遂ニ王照君ヲ胡国ノ者ニ給テケレバ、王照君ヲ馬ニ乗セテ胡国ヘ将行ニケリ。

王照君、泣キ悲ムト云ヘドモ、更ニ甲斐无カリけり。亦、天皇モ王照君ヲ恋ヒ悲ヒ給テ、思ヒノ餘リニ、彼王照君ガ居タリケル所ニ行テ見給ケレバ、春ハ、柳井、風ニ靡キ、鶯、徒ニ鳴キ、秋ハ、木ノ葉、庭ニ積リテ、檜隙无クテ物哀ナル事云ハム方无カリケレバ、弥ヨ恋ヒ悲ビ給ケリ。

彼ノ胡国ノ人ハ王照君ヲ給ハリテ、喜ムデ、琵琶ヲ弾キ諸ノ楽ヲ調ベテゾ将行ケル。王照君、泣キ悲ビ乍ラ此レラ聞テゾ少シ嘆ム心地シケル、既ニ本国ニ将至ニケレバ、后トシテ傅ケル事無限シ。然レドモ、王照君ノ心ハ更ニ不遊モヤ有ケム。此レ、形ヲ憑テ繪師ニ財不与ザルガ故也トゾ、其ノ時ノ人謗ケルトナム語リ傳ヘタルトヤ。

唐ノ玄宗ノ后楊貴妃、依皇寵被殺語第七

今ハ昔、震旦ノ唐ノ代ニ玄宗ト申ス帝王御ケリ。性、本ヨリ色ヲ好ミ女ヲ愛シ給フ心有ケリ。而ルニ、寵シ思シケル后・女御有ケリ、后ヲバ□□后宮ト云ヒ、女御ヲバ武淑妃トゾ云ケル。天皇、此ノ人々ヲ朝暮ニ愛シ傅キ給ケル程ニ、其ノ二人ノ后・女御、相次キテ失ニケレバ天皇、无限ク思歎給ケレドモ甲斐无クテ、只、彼ノ人々ニ似タラム女人ヲ見トバヤ、強ニ願ヒ求メ給ケルニ、人ヲ以テ求メ給ハムニ、心モト无クヤ思シケム、天皇自ラ宮ヲ出テ遊ビ行テ所々見給ケルニ、弘農ト云フ所ニ至リ給ケリ。其ノ所ニ一ノ楊ノ菴有リ。其ノ菴ニ一人ノ翁居タリ、楊玄琰ト云フ。人ヲ以テ其ノ菴ニ入レテ令見給フニ、楊玄琰ガ一人ノ娘有リ、形チ端正テニ有様ノ微妙キ事、世ニ並ビ无シ、光ヲ放ツガ如キ也。使、此レヲ見テ、天皇ニ此ノ由ヲ奏ルニ、天皇、喜ムデ、「速ニ将参レ」ト仰セ給ヘバ、使、彼ノ女ヲ将参タルニ、天皇此ヲレ見給フニ、初ノ后・女御ニハ増テ、美麗ナル事倍々セリ。

然レバ、天皇、喜ビ乍ラ輿ニ乗セテ宮ニ将返リ給ヒヌ。三千人ノ中ニ只此ノ人ナム勝レタリケル、名ヲバ楊貴妃ト云フ。然レバ、他ノ事无ク、夜ル晝ル翫ビ給ケル程ニ、世ノ中ノ政モ不知給デ、只、春ハ花ヲ共ニ興ジ、夏ハ泉ニ並テ冷ミ、秋ハ月ヲ相見テ長メ、冬ハ雪ヲ二人見給ケリ。此様ニテ天皇聊ノ御モ无クテ、此ノ女御ノ御兄ニ楊國忠ト云ケル人ニナム、世ノ政ヲバ任セ給タリケル。此レニ依テ、世ノ極キ歎ニテナム有ケル。然レバ、世ノ人ノ云合ヘリケル様ハ、「世ニ有ラム人ハ男子ヲバ不儲ケズシテ女子ヲ可儲クベキ也ケリゾ」ト繚ケル。

此ク世ノ騒ニテ有ケルヲ、其ノ時ノ大臣ニテ、安禄山ト云フ人有ケリ。心

賢ク思量有ケル人ニテ、此ノ女御ノ寵ニ依テ、世ノ中ノ失ヌル事ヲ歎テ、「何デ此ノ女御ヲ失ナヒテ世ヲ直サムト」思フ心有テ、安禄山、蜜ニ軍ヲ調ヘテ工宮ニ押入ル時ニ、天皇恐怖レ給テ、楊貴妃ヲ相具シテ王宮ヲ逃給フニ、楊国忠モ共ニ逃ル間、天皇ノ御共ニ有ル陳玄禮ト云フ人有テ、楊国忠ヲ殺シツ。

其ノ後、陳玄禮、鉾ヲ腰ニ差テ、御輿ノ前ニ跪テ、天皇ヲ礼シテ申シテ申サク、「君、楊貴妃ヲ哀ビ給フニ依テ、世ノ政ヲ不知給ハズ。此レニ依テ、世既ニ乱レヌ。国ノ歎ゲキ、何事カ此レニ過ム。願クハ、其ノ楊貴妃ヲ給ハリテ、天下ノ瞋可透□」ト。天皇悲ビノ心深クシテ愛ニ不堪ザレバ、給フ事无シ。

而ル間、楊貴妃逃テ堂ノ内ニ入テ仏ノ光ニ立副テ隠ルト云ドモ、陳玄禮、此レヲ見付テ捕テ練絹ヲ以テ楊貴妃ノ頸ヲ結テ殺シツ。天皇、此レヲ見給フニ、肝砕ケ心迷テ、涙ヲ流ス事、雨ノ如シ。見給フニ難堪カリケム。然レドモ、道理ノ至レルニ依テ、嗔ノ心ハ无シ。然テ、安禄山ハ、天皇ヲ追出シテ、王宮ニ在テ世ヲ政ツ間、即チ、死ニケリ。然レバ、玄宗、御子ニ位ヲ譲テ、我レハ大政天皇ニテ御ケルニ、尚、此ノ事ヲ思ヒ不忘ズ歎キ悲ビ給テ、春ハ花ノ散ヲモ知シラズ、秋ハ木ノ葉ノ落ヲモ不見ズ。木ノ葉ハ庭ニ積タレドモ掃フ人モ无シ。日ニ随テハ歎ノミ増リ給ヒケル程ニ、方士ト云ハ蓬莱ニ行ク人ヲ云フ也、其ノ人参リテ、玄宗ニ申シケル様、「我レ、天皇ノ御使トシテ彼ノ楊貴妃ノ御シ所ヲ尋ネムト。」天皇、此レヲ聞テ、大キニ喜ムデ宣ハク、「然ラバ、彼ノ楊貴妃ガ有リ所ヲ尋テ我ニ聞セヨト。」方士、此ノ仰ヲ奉ハリテ、上ハ虚空ヲ極メテ、下ハ底根ノ国マデ求ケレドモ、遂ニ不尋得ズ成ニケリ。而ル間、或ル人ノ云ク、「東ノ海ニ蓬莱ト云フ嶋有リ。其ノ嶋ノ上ニ大ナル宮殿有リ。其ニナム玉妃ノ大真院ト云フ所有ル。其ニゾ彼ノ楊貴妃御ナル」。方士、此レヲ聞、彼ノ蓬莱ニ尋ネ至ニケリ。

其ノ時ニ、山ノ葉ニ日漸ク入テ、海ノ面暗ガリ持行ク。花ノ扉モ皆閉テ人ノ音モ不為ザリケレバ、方士、其ノ戸ヲ叩ケルニ、青キ衣着タル乙女ノ鬟上タル、出来テ云ク、「汝ハ何ナル所ヨリ来レル人ゾ」ト。方士答テ云ク、「我レハ唐ノ天皇ノ御使也。楊貴妃ニ可申キ事有ルニ依テ、此ク遥ニ尋ネ来レル也」ト。乙女ノ云ク、「玉妃、只今、寝給タリ。暫ク可待シ」ト。然レバ、方士、手ヲ□テ居タリ。

而ル間、夜明ヌレバ、玉妃、方士ノ来レル由ヲ聞ニ、方士ヲ召寄セテ宣ハク、「天皇ハ平カニ御」マスヤ否ヤ。亦、天寶十四年ヨリ以来今日ニ至マデ、国ニ何ナル事カ有ル」ト。方士、其ノ間ノ事ヲ語リ申ス。然テ、方士ニ給テ、「此レヲ持テ天皇ニ可奉シ。『昔ノ事ハ此レヲ見テ思シ出ヨ』ト申」ト。方士申サク、「玉ノ簪ハ世ニ有ル物也。此レヲ奉タラムニ、我ガ君、寶ト思シ不食ジ。只、昔、天皇ト君ト、忍テ語ヒ給ケム事ノ人ニ不被知ヌ有ケム、其レヲ申シ給ヘ。其レヲバ寶ト思シ食サムト。」

其ノ時ニ、玉妃、暫ク思ヒ廻シテ宣ハク、「我レ、昔シ、七月七日ニ織女共ニ相見シタニ、帝王、我レニ立副テ宣ヒシ事ハ、『織女・牽星ノ契リ、哀レ也。我レモ、亦、此ナム有ラムト思フ。若シ天ニ有ラバ、願クハ翼ヲ並タル鳥ト成ラム。若シ、地ニ有バ願クハ枝ヲ並タル木ト成ナム。天モ長ク地モ久クシテ終ル事有ラバ、此ノ恨ハ綿々トシテ絶ユル事カラムト』申セ」ト。方士、此ノ言ヲ聞テ返テ、此ノ由ヲ天皇ニ奏レバ、天皇弥ヨ悲ビ給テ、遂ニ此ノ思ヒニ不堪シテ、幾ノ程ヲ不経ズシテ失給ニケリ。

彼ノ楊貴妃ノ被殺ケル所ニ、思ヒノ餘リニ、天皇行給テ見給ケル時ニ、野辺ニアサヂ、風ニ並寄テ哀也ケリ。彼ノ天皇ノ御心何許也ケム。然レバ、哀ナル事ノ様ニハ此レヲ云フナルベシ。

但シ、安禄山ノ殺スモ、世ヲ直サムガ為ナレバ、天皇モ否不惜給ザリケル也。昔ノ人ハ天皇モ大臣モ道理ヲ知テ此ゾ有ケルナムト語リ傳ヘタルトヤ。

『唐物語』所収の三説話：

　　　第二四　宮女、楊貴妃に妬まれ、上陽宮に終生幽閉せらるる語

　むかし、上陽人上陽宮にとぢこめられて、おほくのとし月をおくりけり。秋の夜、春の日、あけくれは、風のをと、むしのこゑよりほかに又をとづるゝ物なきには、あらしにたぐふもみぢのにしき、もゝさへづりのうぐひすのこゑも、我ためは、いとなさけなき心ちす。よるのあめ、まどをうつをとにも、うれへの涙いとゞまさりけり。

　　いとどしくなぐさめがたきあきのよに
　　まどうつあめぞいとゞわりなき

　このひと、むかし、うちにまいりけるに、そのかたちはなやかにおかしげなりけるをたのみて、楊貴妃などをもあらそふ心やありけん、一生つゐにむなしきゆかをのみまもりつゝ、はなのかたちいたづらにしほれて、むばたまのくろかみしろくなりにけり。

　　　第二五　王昭君、絵姿を醜く写され、胡の王に嫁ぐ語

　むかし漢の元帝と申御かどおはしましけり。三千人の女御きさきのなかに王昭君ときこゆるひとなん、はなやかなる事はだれにもすぐれ給へりけるを、「この人にかどにまぢかくむつれつかうまつらば、我らさだめて物のかずならじ」と、あまたの御こゝろにいやましくおぼしけり。この時にえびすの王なりけるものまいりて申さく、「三千人までさぶらひあひ給へる女御きさき、いづれにてもひとりたまはらん」と申に、うへみづから御覧じつくさん事もわづらひ有ければ、そのかたちをゑにかきて見給に、人のをしへにやありけん、この王昭君のかたちをなん見にくきさまになむうつしたりければ、えびすの王給てよろこびゞらけゝ、我くにへぐしてかへるに、ふるさとをこふる涙はみちの露にもまさり、なれし人々にたちわかれぬるなげきは、しげきみ

山の行すゑはるかなり。かゝるまゝには、たゞねをのみなけどもなにのかひかはあるべき。

　うき世ぞとかつはしるばしるはかなくも

　かゞみのかげをたのみけるかな

あはれをしらずなさけふかゝらぬものなれども、らうたきすがたにめでゝ、かしづきうやまふ事その国のいとなみにもすぎたり。かかれどもふりにしみやこをたちわかれにしより、今に至るまで、うれへのなみだかはくまもなし。この人はかがみのがげのくもりなきをのみたのみて、ひとの心のにごれるをしらず。

第十八　玄宗皇帝と楊貴妃の語

（一）

むかし、唐の玄宗と申けるみかどの御時、世中めでたくおさまりて、ふく風も枝をならさず、ふる雨も時をたがへざりければ、みな人あめのしたおだしきにほこりて、花をおしみつきをもてあそぶよりほかのいとなみなし。御門も、色にめで、かにのみふけり給へる御心のひまなさにや、よろづをば左大臣ときこゆる人にまかせて、やうやくみづからの御まつりごとをこたらせ給けり。

これよりさきに、元獻皇后、武淑妃などきこえたまひしきさき、世にならびなく御こころざしふかくおはしましき。それはかなくならせ給てのちは、あまたのなかに御心にかなひたる人おはせざりき。これにより、高力士におほせられて、みやこのほかまでたづねもとめさせ給に、楊家の娘をえ給てけり。そのかたち、秋月の山のはよりたかくのぼる心地して、そのいきざしは、夏のいけにくれなゐのはちすはじめてひらけたるにやとみゆ。ひとたびゑむにもゞのなりて人のこころまどひぬべし。すべてこの世のたぐひにあらず。

たゞ天人などのしばしあまくだれるとぞみえる。

かゝりければ、うへ内裏のうちにたちまちにいでゆをはらせて、このひとにあむせ給。水よりいでたるすがたまことに心ぐるしく、うす物のころもなをゝもげになむみえける。色ざしあゆみいでたまへる気色かるびたる物から、けだがくあひあひしくて、さすがまたおもふ所ある様にふるまひたまへり。うへこれを見給たびに、うれしくよろこばしくおぼさるゝ事たぐひなし。たゞみめかたちの人にすぐれ、しわざありさまの世にならびなきのみにあらず、よろづにつきてくらさながらそらにしりてふるまひ給れば、かぎりなき御心ざしをも、よの人ことわりとおもへり。おなじくるまひとつゆかにあらねば、みゆきし、いね給事なし。三千人の女御きさき我も我もとさぶらひ給へど、御めのつてにだにかけ給はず、ただこの人をのみぞ、月日にそへてたぐひなきものにおぼしける。

驪山のみやにみゆきし給て、霓裳羽衣のまひをそうせさせたまふ。まひの袖風にひるがへるたびに、たまのかざりにはにおちつもりて、極楽世界のるりの地もかくやあらんとおぼえたり。おほよそ驪山宮の秋のゆふべに心をとめぬ人なし。春ははるのあそびにしたがひ、夜はよのみじかき事をなげき給ける。かくてよもすがらひめもすに時をわかず、これよりほかの御いとなみなかりければ、国のまつりごとのすみにごれるをいかにもしらせたまはざりけり。すべてこの楊貴妃のはぐみによりて、世のくるしきことをわすれつゝ、ほこりをごれる人そのかずをしらず。またあめのしたのひと、たかきもいやしきも、心にたがはじとおもへる気色なべてならず。見る人きくひと、うらやみめづるさまいひつくすべからず。これによりて、をんなごをうめるものはよろこびかしづきて、かゝるたぐひを心にかけゝるもおこがましくこそ。又御かどの御おとうとに寧王と申人、御かたはらをはなれず、まぢかくゆかをならべて、よるひるをわかぬ御あそびにもかならずさぶらひ給けり。この親王瑠璃のたまのふえを、ちゃうのうちにかくしをかせ給へりけるを、楊貴妃なにとなくふきならしたまう。みかどこれを御覧じつけて、「たまのふえはあるじにあらずしてふく事なし。しかるを心ざしのをもきにほこりて礼をあやまてり。ことのみだれにはあらずや」と、ことのほかに御気色かはりにけり。これによりて楊貴妃いたみおぼす心やふかゝりけん、びむのかみ一ふさをきりて帝にたてまつり給。「我身のはだへかしらのかみならずは、みなこれ君のたま物にあらずや。しかるを我いま御心にそむきぬれば、つみにふしてをこたりを申べし」と、なくなくきこえさせ給に、御つかひもいとはしたなきまでおぼえつつ、このよしを奏するに、御心もあはて、物もおぼえさせ給はずながら、時のまにめしかへして、「世になをたぐひなくもある心ばせかな」とおぼしつづくるに、御心ざしのふかさ日ごろにはすぎにけり。

はつ秋の七日のゆふべ、驪山宮にみゆき給て、たなばたひこぼしのたえぬ契をうらやみ、はかなきこの世わかれやすき事をぞ、かねてなげき給ける。「かたちは六のみちにかはるとも、あひみんことはたゆることあらじ」と契給ても、

　　すがたこそはかなき世々にかはるとも
　　ちぎりはくちぬものとこそきけ

などの給つつ、御てをとりかはして涙をながし給けるを、すゑの世にきくひとさへ袖のうへ露けし。

　　　　　（二）

かくてとして月ををくらせ給に、右大臣楊国忠、楊貴妃のせうとにて、よのまつりごとをとれりけれど、ひとのこころにそむく事おほくつもりにければ、世中いきどほりふかくなりぬ。そのなかに、楊貴妃の養子（に）、左大臣安禄山ときこゆる人、いきおひをあらそひて、心のうちいきどほりふか

けれども、これをあやむる人さらになし。これによりて、たちまちにつはものの十五万人あつめて、つゐに楊国忠をほろぼすに、世中みだれてさわぎのゝしりあへり。もゝしきのうちまでもそのおそれふかければ、みかどほかへにげさせ給。春宮楊貴妃、御かたはらにさぶらひ給。楊国忠・高力士・陳玄礼・韋見素、又御ともに候。

かくて蜀といふ国へしりぞきさらせ給に、「いかならむ野のすゑ山のなかなりとも、このひ（と）だにふたりあらば、いけけらんかぎりおもふことあらじ」とおぼさるゝに、人の気色おもはずにかはりて、はしたなくみえければ、みかどあやしみとはせ給。陳玄といふ人、春宮に申ていはく「はやく楊国忠、まつりごとをみだり、ひとの心をやぶるゆへに、君もけふこの事にあはせ給。しかじたゞやうこくちうをうしなひて、人のうれへをやすめんには」ときこえさす。春宮これをゆるし給により、楊国忠めのまへにはかなくなりぬ。帝あさましくはかなくおぼされながら、このゝちゆかんとし給に、つはものどもたちまはりつゝ、「なほこゝろよからぬみだれのねやあらん」と申気色ありけり。この時に、うへ楊貴妃のまぬかるまじき事をしらせ給にければ、御かほに袖をおほいて、ともかくもきこえさする事なし。この世に楊貴妃、いかならんいはほのなかなりとも、おぼつかなからぬ御すまひならば、いと心ぐるしからずおぼしけるに、「おもひのほかにいのちたえぬべきにや」と、あさからぬわかれの涙、ちしほのくれなゐよりも色ふかくて、せんかたなくみえながら、なをみかどにめをかけたてまつりて、かくれさせ給（ふま）でかへり見給つる御ありさま、なににたとふべしともみえず。なでしこの露にぬれたるよりもらうたく、あおやなぎの風にしたがへるよりもなよらかに、大液の芙蓉、未央のやなぎにかよひたまへるをしも、なさけなくみちのほとりのてらの中にして、ねりたるきぬを御くびにひきまつひつつ、つゐにはかなくなしたてまつる。物のあはれをしらぬ草木までも色かはり、なさけなきとりけだものさへ涙をながせり。

　　ものごとにかはらぬいろぞなかりける

　　みどりのそらもよものこずゑも

御ともに侍ける人、心あるも心なきも、たけきもたけからぬも、涙にをぼれてゆきかたもしらず。

　帝の御心のうちには、

　　なにせんにたまのうてなをみがきけん

　　野邊こそつゆのやどりなりけれ

たゞ御袖のしたより、ちの涙そながれいづる。御こゝろまよひにや、むまのうへあやうくみえさせ給へば人々うらうへにそひたてまつりて、やうやうゆかせ給に、つはものどもかてにつかれて帝にしたがひたまつらんこと二心なきにあらねば、陳玄礼もとどむべき心地せず。かゝる程に益州といふ国より、みつぎ物かずしらずはこべりけるを、御前につみをかせて、さぶらふ人々にわかちたまはせてのたまはく。「我まつりごとのすみにごれるをしらざりしよりこのみだれにあへり。我身ひとつによりてさりがたきをやはらからにもわかれ、二なきいのちをもすててなをわれにしたがへり。われ又いはきならねばむくふこころあさからむや。はやくこの物をたまふて、をのをのふるさとへかへりね」と、のたまはする御袖のうへ、秋のくさ葉よりもつゆけくみゆ。この御ことをうけたまはるもの、みな涙ををさへて申ていはく、「いのちのをはらんまでは、ただ身にしたがひたてまつるべし」。

（三）

かくて日もゆふくれになるほどに、御かたはらさびしきにつけても、「いかなる中有のたびのそらに、ひとりややみにまよふらむ」など、おぼしみだれたる心ぐるさ、「あはれにかなし」などいふもをろかなり。夜もやうやうあけがたになりぬれば、いでゆかせ給に、ありあけの月にしにかたぶく程、雲をはるかになきわたるかりがねをきかせ給にも、御心のうちかきくらされて、いづかたくゆくともおぼされず。蜀山といふやまさかしくて、とだへがちなる雲のかけはしあゆみわたらせ給御気色、よそにだになを忍がたし。もゝのつかさ人かずおとろへ、いきおひいかめしかりしはたなどさへ、雨にぬれ露にしほれてその物ともみえず。御ともに候人々、なにごとにつけても物心ぼそくおぼえて、とりのこゑもせぬ深山に、かりの宮いと恠しきさまなり。月のかげよりほかに光なき心地のみして、有にもあらずあさましきほどなれど、所につけたるすまゐは、さまかはりて、かゝらぬおりならばおかしくもありぬべし。これにつけても、「九重のにしきの帳の内のたまものゝうへに、枕をならべ衣をへだてざりしむかしは、われなに事をおもひけん」などおぼされけるも、まことにことはりなり。

　かゝるほどに春宮はゆづりをうけて位につかせ給ひぬ。あらき心あるものを失ひ、世の中をしづめて太上天皇をむかへとりたてまつらせ給。「まぢかく内裏をならべてよろづを申合つゝ御政あるべし」と聞させ給へど、この御物おもひのあまりにさるべき事ともおぼされず、世も平ぎ御心もしづまりて後は、御なげきもわくかたなく一すぢになりぬ。時うつり事をはり、たのしびつきかなしみきたる、池のはちすなつひらけ、庭の木の葉秋ちれるごとに、御心のなぐさめがたさ、たぐひなくおぼされける時は、はかなく別にし野べに行幸せさせ給ひけれど、あさぢが原に風打吹て、夕の露玉とちるを御覧じても、きえなでなごりかあるべき。たえいりぬべくぞおぼしける。

　　もろともにかさねし袖も朽果て
　　　いづれの野べの露むすぶらん
　かやうにおもひつゝなみだををさへてかへせ給ふ御ありさまのよはよはしさも、いはゞをろかに成ぬべし。

別にし道のほとりにたづねきて
　　かへさはこまにまかせてそゆく
　春の風に花のひらけたるあした、秋の雨に木の葉ちる夕、宮のうちあれさびしくて、さまざまの草の花庭の面に咲みだれ、色々の紅葉はしのうえにちり積。昔楊貴妃のまぢかくつかへ給ひし女房など、月くまなき夜は、昔をこひ、なみだにむせびつゝことをしらべ、びわをひきけるにも、いとど御袖のうへひまなくみゆる心ぐるしさ、よそのたもとまでもせきかぬるここちす。わすれてもまどろませ給時なりければ、ゆめのうちにもあひ見たまふ事はありがたし。よるのきりぎりすまくらにすだくこゑにも御涙まさり、ゆふべのほたるのみぎはにわたるおもひにも御むねのくるしさをさへがたし。かべにそむけたるのこりのともし火ひかりかすかにて、あさゆふもろともにおきふし給しとこのうへもちりつもりつゝ、ふるき枕ふるきふすまむなしくて、御かたはらにあれども、たれとともにか御身にもふれさせ給べき。

（『唐物語』）

＊テキストの引用は、『今昔物語集』、『大鏡』、『平治物語』は日本古典文学大系、『更級日記』は日本古典文学全集、『多武峯少将物語』は群書類従、『明月記』は『訓読　明月記』（河出書房新社）、『唐物語』は『唐物・全釈』（笠間書院）に拠り、それ以外は全て新編日本古典文学全集に拠った。

后　记

　　十年前,当我结束长达十年的在日留学、工作生涯启程回国时,临行前夕将书稿交给出版社,后来收获了第一本专著,我把它看作是第一个十年的成果。

　　十年后,我终于又收获了第二本专著。本书是在教育部人文社会科学研究项目的结项报告基础上完成的,项目本身做了三四年,又花了一年多时间修改,前前后后大概用了五六年时间。但如果把回国之后很长一段适应期、磨合期以及酝酿期等也都算上,那么也可以算得上是第二个十年的成果。

　　每一个研究课题的确定,与人生不同的时期、经历,身处的研究环境、氛围等都是密切相关的。我的第一本专著《伊势物语及其周缘》在日本完成,是在博士论文基础上修改而成,用日语撰写的。关注以《伊势物语》为中心的日本平安朝早期物语的生成和发展、特点与魅力及其对后来作品的影响等等,可以说是以具体作品为对象的非常微观、纹理细腻的研究。

　　本书则将研究对象扩大到了整个平安朝物语,从"物语的鼻祖"一直到平安末期、镰仓初期的作品,同时还有一个非常明确的问题意识,那就是关注这些作品中的"中国叙述"。与上一本书相比,本书的研究应该说是对象更广,主题更明确,也更加有系统性。不过,尽管在不同的时期、不同的环境下,关注点、问题意识不一样,基本的研究方法应该是一贯的、不变的,那就是建立在对原典文献进行细致调查、整理和细读基础之上的实证研究的方法,而这一点也得益于在日本留学时打下的"基本功"。

　　感谢我的导师平野由纪子教授多年来的谆谆教诲、关心爱护和鼓励帮助。

　　感谢张哲俊、张龙妹、李铭敬、刘雨珍、于荣胜等几位教授对我结项报告的肯定、认可,以及提出的中肯意见,这些宝贵的意见建议也成为我在进一步修改时的重要参考。

感谢北京大学日语系老前辈孙宗光先生、潘金生先生一直以来对我研究的关心,也感谢日语系亲爱的同事们对我的鼓励和鞭策。

感谢日语系研究生虞雪健、游潇、张路、云青等同学帮我查核和录入文献资料,让我有更多时间能够潜心修改书稿。特别是虞雪健同学,查核了大量资料,付出了辛勤的劳动。

感谢我的同门师姐——名古屋大学的胡洁教授对我的关爱和鼓励,从学生时代持续至今的友情给我勇气和力量,伴我前行。

感谢我多年来的友人——旅日学者黄华珍、徐前夫妇,每当我有苦于国内查找不到的资料时,他们总是帮我在日本或查阅或购买,给了我太多的帮助。

感谢我的父母、家人总是默默地支持我,给我的爱让我心里无比温暖、充实。

感谢北京大学出版社,感谢本书的责任编辑兰婷女士尽心尽责,使得本书得以顺利出版。

感谢……

想要感谢的人还有很多很多……

十年前第一本专著出版后得到一定的肯定,获得了宋庆龄基金会孙平化日本学学术奖和日本关根奖等奖项,记得我曾在某次颁奖典礼的"获奖感言"中说过一番"豪言壮语":"留学苦读十年我写出第一本书,回国后的第二个十年我希望能写出第二本甚至第三本书。"现在看来这番话虽然还算是勉强达标,没有沦为大话、空话,但我深知其中的艰难和不易,更为当初的轻狂而汗颜。此刻,我已不再想要去定第三个十年规划,只是希望下一个十年、二十年或者更长的时间,能一直保持一颗平和、冷静和谦虚的心,脚踏实地、跬步前行。

丁莉
2015年深秋